EXIL

INTÉGRALE SAISON 2

www.editionsdu38.com

ISBN : 978-2-37453-838-9
Toulouse, mars 2021
Couverture : illustration JefK
Maquette : Anne-Eléonor Olivier

Stéphane Desienne

EXIL

INTÉGRALE SAISON 2

Les Éditions du 38

La poigne virile s'accompagna d'un sourire amical auquel Cleaver répondit par une expression équivalente tout aussi feinte, tandis qu'ils se jaugeaient sans sourciller. Leach supervisait les opérations spéciales des conglos de toute la côte ouest depuis une plateforme mobile qui se déplaçait constamment au large. Chargées de protéger le chantier de San Diego, notamment lors des délicates phases de lancement des cités flottantes, ses équipes veillaient à la sécurité de centaines de kilomètres de côtes, jusqu'en Basse-Californie.

— Saviez-vous que durant la Seconde Guerre mondiale, les alliés avaient lancé l'opération *Market Garden* qui visait à s'emparer de ponts sur le Rhin pour s'ouvrir une voie vers le cœur industriel de l'Allemagne ?

Féru d'histoire militaire, Leach stockait des téraoctets de documents concernant l'ensemble d'une période dont il se plaisait à affirmer qu'il en était l'un des derniers experts. Selon ses propres renseignements, Cleaver avait appris qu'il était sensible aux thèses du courant des « nostalgiques », un regroupement de Grandes Familles, souvent issues d'anciens conglos du pétrole et du complexe militaro-industriel, qui prônaient un retour aux « véritables » valeurs. Peu importait ce que recouvrait au juste ce terme.

— Je l'ignorais, monsieur.

Étant donné le statut double-A de son interlocuteur – nostalgique ou pas –, le respect était de rigueur et le ton, des plus officiels.

— *Mirror Garden* en est l'exact reflet. Vous saisissez ?

— Vous allez détruire les ponts.

Cleaver avait été mis dans la boucle, à titre d'information.

Leach se planta devant le Ptéro vidéo pour écarter les données d'un geste rapide et afficher une carte. Cinq croix rouges marquaient les objectifs de l'opération visant à couper les principales voies de communication vers le nord. L'une d'elles, en plein cœur de la baie de San Francisco, attira son attention, mouvement qui n'échappa pas à Leach.

— Le Golden Gate est une cible prioritaire, confia-t-il. Lorsque le drone sera en position, ses missiles détruiront les deux piliers, ce qui fermera définitivement ce passage et clôturera un chapitre de notre Histoire.

Leach fit glisser la carte vers la droite et appela un portrait, celui d'une femme aux traits fins et à la chevelure ébène. Elle ne souriait pas, arborant un masque de sévérité propre à ce genre de cliché biométrique.

— Vous avez transmis une demande officielle d'informations au sujet de Kara Lau. J'aimerais comprendre pour quelle raison vous vous intéressez à l'un de mes meilleurs éléments.

Cleaver ne répondit pas malgré le ton insistant.

La liste de ses états de service apparut en surimpression ainsi que sa citation pour son action au titre de Chef de la Sécurité de la plateforme Concordia. En théorie, elle aurait dû en ce moment voguer au large de Jupiter en direction du Portail, mais le destin en avait décidé autrement. Ses capacités exceptionnelles avaient été jugées trop précieuses pour être expédiées à l'autre bout de l'Univers.

— Où est-elle ?

— Sur le terrain. Je l'envoie sur les missions les plus délicates.

Cleaver haussa un sourcil d'étonnement. Pourquoi avaient-ils besoin de troupes au sol alors que les deux engins que larguerait le drone n'auraient aucun problème à trouver leurs cibles ?

— Comme pour *Market Garden*, nous rencontrons des complications, révéla alors Leach.

Kara Lau s'accroupit derrière un véhicule cannibalisé dont subsistaient le coffre, la lunette et les ailes arrière, les sens et *sur-sens* en alerte. Situé à cinquante mètres, le barrage était constitué de plusieurs autocars à la carrosserie jaune délavé, collés cul contre tête. Sur les toits des bâtiments voisins, elle compta une demi-douzaine d'hommes en armes. Le *check-point* filtrait l'entrée du pont dont les arches majestueuses et les piles de couleur rouille captaient les rayons du soleil levant. Une chape cotonneuse recouvrait toujours une bonne partie de la baie et dissimulait les pieds du géant de métal. Quand la chaleur de la vallée centrale de Californie rencontrait l'air frais et humide de l'océan Pacifique, une épaisse brume se levait donnant l'impression de se retrouver au-dessus d'une mer de nuages. D'après les données météo, elle ne se lèverait pas avant la fin de la matinée. D'ici là, l'opération serait terminée. Sa liaison *terminex* remonta la position de chacun des membres de son équipe ainsi que leur statut sur son imagerie tactique. Tout le monde était en place.

— Je suis prête à entrer sur le pont, annonça-t-elle en subvocal avant de quitter sa cachette.

Elle marcha au milieu de l'unique voie d'accès en service, délimitée de part et d'autre par un alignement de voitures, les mains en évidence et écartées des flancs afin de lever toute ambiguïté sur ses intentions. Les sentinelles pointèrent immédiatement leurs fusils dans sa direction. Elle leur sourit sans proférer un mot, focalisa ses sens sur les effluves transportés par un léger courant d'air. La zone agissait comme un entonnoir concentrant les molécules odoriférantes. Au moins l'un d'eux exhalait des vapeurs d'alcool. Soit il buvait de bon matin, soit il cuvait ses excès de la veille. Dans les deux cas, ses réflexes en seraient émoussés. Kara retira lentement la capuche de son sweat troué. Les frusques nauséabondes qui lui collaient à la peau suffiraient à la faire passer pour une habitante du cru désireuse de se rendre de l'autre côté de la baie. Ses cheveux graisseux lui conféraient un air de méduse et elle n'avait pas mégoté sur la crasse pour foncer son épiderme.

Un groupe d'hommes ne tarda pas à se former, chacun portant un AK en bandoulière. Le plus proche la toisa de haut en bas, le regard vitreux. Elle ne suscita pas la moindre réaction de désir tant son camouflage vestimentaire adhérait – littéralement – à l'image souhaitée. Kara nota l'écusson grossier composé d'un « H » stylisé censé symboliser les piliers de l'ouvrage et les initiales GK. Les *Gate Keepers* contrôlaient l'ensemble des accès au Golden Gate depuis des années en prélevant un droit de passage dont le tarif variait en fonction de la tête du client. Les tentatives pour les en déloger avaient toutes connu une fin piteuse pour le reliquat moribond des forces de police de la République de Californie. Ils avaient d'ailleurs fini par jeter l'éponge, abandonnant l'ouvrage aux gangs.

L'homme leva une main pour lui intimer de s'arrêter. Elle obtempéra tout en gardant le regard baissé. La moindre provocation suffisait à augmenter nettement le prix, mais ce n'était pas ce qui l'inquiétait outre mesure. Une chaîne de molécules se glissa devant ses yeux : delta-9-tétrahydrocannabinol. Plus communément appelé THC, le principe actif du cannabis, dont le commerce rapportait autant sinon plus que le péage.

— Tu vas où ? l'interrogea-t-il.

— Sausalito.

— Pour quoi faire ?

— Voir ma sœur.

Ses yeux se plissèrent.

— Ton nom ?

— Rosa Lau.

— T'as de quoi payer, Rosa Lau ?

Elle hocha furtivement en plongeant ses mains dans les poches. Les hommes braquèrent immédiatement leurs fusils sur elle, la faisant sursauter. Elle leva les bras.

— Ola, ma belle ! Tout doux ! Faut pas faire ce genre de geste ici. C'est dangereux.

— Je… J'ai l'argent sur moi. Pour le passage, balbutia-t-elle.

Avec une lenteur calculée, Kara extirpa un billet froissé de vingt yuans du bout des doigts puis elle le tendit à celui qui, lui sembla-t-il, commandait ce groupe. Il prit la coupure, l'inspecta puis la rangea dans sa poche de poitrine.

— Très bien, Rosa Lau. Tu peux traverser. Marche tout droit en suivant la ligne bleue tracée sur le sol. Ne t'en éloigne pas si tu ne veux pas avoir d'ennuis.

On a des dizaines de types qui vont te tenir à l'œil jusqu'à ce que tu sois de l'autre côté, alors pas de blague.

Elle esquissa un sourire craintif et hocha la tête à la manière d'un animal apeuré.

Une fois le barrage franchi, elle releva sa capuche qu'elle ramena sur sa tignasse dépareillée.

— Je suis à l'intérieur, informa-t-elle en subvocal à l'attention de son équipe.

— Bien reçu.

Le gigantesque ouvrage avait mieux résisté que la civilisation mise à terre par la succession de conflits. La rouille et le sel rongeaient peu à peu le métal, mais le pont tenait toujours debout tel un vaisseau longiligne flottant au-dessus d'une mer de brume. Une nef avec des habitants, des logis de tentes, de cartons et de matériel de récupération, un navire qui fumait de ses dizaines de cheminées improvisées charriant des odeurs de cuisson. En levant les yeux, elle suivit les lignes verticales des piliers qui s'élançaient vers le ciel, où un drone, sur son circuit d'attente, se préparait à frapper aussitôt qu'elle aurait trouvé ce qu'elle était venue chercher.

Respectant la consigne, elle ne s'éloigna pas de la ligne peinte sur le bitume fissuré. Elle se poussa de côté pour libérer le passage au profit d'un pick-up chargé de balles de feuilles de cannabis séchées qui arrivait en face. À nouveau, le THC fit son apparition dans son imagerie tactique. Les *Gate Keepers* inondaient la région et les alentours de leur production fournie par des cultures dont les satellites avaient révélé l'étendue sur des kilomètres carrés de collines au nord, au voisinage du pont. Une voiture qui suivait la camionnette ralentit à sa hauteur et un homme glissa la tête en travers de la vitre pour l'apostropher :

— Salut ma mignonne, tu vas où comme ça ?

Kara rentra ses épaules et poursuivit son chemin. Derrière, le véhicule stoppa et une portière claqua.

— Connasse ! perçut-elle alors. Quand je te parle, tu me réponds !

Elle s'arrêta de marcher, mais ne se retourna pas. L'individu aux gestes menaçants se rapprocha, mais une autre voix surgit.

— Hé l'ami, tu ferais mieux de remonter dans ta voiture. On ne veut pas de ça ici, compris ?

Elle l'entendit renifler, capta les vapeurs d'alcool expulsées de sa bouche et transportées jusqu'à son nez aussi sensible que celui d'un canidé. Sans attendre, elle poursuivit sa progression.

Le pont bruissait d'activité, d'une vie insoupçonnée, dissimulée sous les toiles tendues, les voiles déchirés, les blocs de béton criblés d'impacts ou de graffitis, à l'abri de plaques de bitume, par endroits trouées. Des cris d'enfants, des ordres, des bruits métalliques, celui d'un pilon qui battait l'acier, des marteaux et des rires graves. Des arômes de friture lui parvinrent ainsi que des infrarouges diffusés par les poêles à bois et les réchauds à gaz mêlés qui s'ajoutaient aux nombreuses de sources de chaleur humaine. Combien étaient-ils à vivre ici ? Plusieurs dizaines ? Des centaines, sans doute. Elle dressa une cartographie des lieux, dont les traits et les lignes se superposèrent à sa vision. Avec ses deux points d'accès lourdement protégés, l'endroit paraissait sûr, un havre de tranquillité garantie par les *Gate Keepers*. Les milices des autres quartiers de San Francisco défendaient également leur population, tissant à travers la ville un réseau de lignes tortueuses matérialisant de nouvelles frontières. Elle repéra plusieurs positions de tir occupées par des mitrailleuses intelligemment dissimulées derrière d'épaisses tôles. Plus loin, un filet de camouflage abritait deux véhicules blindés, certes pas très frais, mais apparemment en état de rouler. Pas étonnant que la police, avec ses maigres moyens et sans appui aérien, n'ait pas réussi à reprendre le pont.

Les signatures thermiques défilaient en périphérie de sa vision alors qu'elle marchait sans se presser, ni laisser paraître qu'elle prenait son temps ; dans les deux cas, une attitude qui attirerait l'attention.

— Toujours rien, émit-elle à voix basse. Je continue à avancer.

En proie au doute, elle se demanda si les miliciens n'avaient pas décidé de déplacer la cible. Bien plus que la police, impuissante, ils craignaient les conglos dont la République de Californie avait finalement sollicité l'aide. Les grandes familles refusaient toutefois d'intervenir sur la terre ferme sauf quand leurs intérêts s'en trouvaient directement menacés. En plus d'avoir choisi le mauvais endroit pour établir leur QG, les *Gate Keepers* avaient commis une grave erreur d'appréciation.

Kara Lau faillit s'arrêter en plein milieu de la voie au moment où une voix faible, lointaine, lui parvint. Elle tourna la tête dans l'espoir d'en localiser la source, mais le soleil levant satura ses récepteurs IR. Même en jouant avec les filtres, elle n'arriva pas à isoler correctement la signature trop ténue du fond ambiant afin d'obtenir une confirmation thermique. Elle marcha sur quelques mètres en se repassant les mots étouffés à peine discernables au milieu des parasites : *Je n'ai pas faim ! Fichez-moi la paix !*

La correspondance n'était pas idéale : cinquante-trois pour cent. La seule manière d'avoir une meilleure empreinte vocale consistait à quitter le rail de guidage. Dans les hauteurs, trois miliciens armés suivaient sa progression, en la tenant en joue, leurs yeux rivés à leurs optiques de visée. Elle avait déjà déterminé les angles de tir et les trajectoires, les calculs montraient qu'ils avaient de bonnes chances de l'atteindre avant qu'elle gagne un endroit à couvert.

— Matz, exprima-t-elle sans bouger les lèvres, j'ai besoin d'un support de *contre-sniping*.

— Je vous écoute, chef.

Par le réseau *terminex*, elle envoya les coordonnées des deux hommes qu'elle souhaitait voir éliminés par son équipe. En moins d'une minute, elle reçut un nouveau message.

— En position, c'est quand vous voulez.

Le compte à rebours débuta aussitôt et une fois à zéro, Kara Lau se débarrassa de son poncho à capuche d'un geste rapide ; le vêtement épais voleta dans les airs puis elle se mit à courir vers les rangées de caisses les plus proches.

— Cibles abattues, entendit-elle.

Deux détonations étouffées lui parvinrent, trop voisines pour provenir de ses hommes, dissimulés à plus de mille cinq cents mètres. Une volée de balles découpa toiles et cartons dans son sillage. Elle ne s'arrêta pas de courir jusqu'à l'ouverture dans la structure du pont à travers laquelle elle plongea pour se réceptionner, six mètres plus bas.

Accroupie dans la pénombre, elle scruta les environs, sur sa droite, bouchée par la remorque d'un poids lourd qui n'avait probablement pas bougé d'ici depuis des années, puis sur sa gauche, tout aussi encombrée. La route avait été cloisonnée et entravée à l'aide de tôles, de carcasses de véhicules, de palettes de bois, dessinant un quadrillage complexe de logis de fortune et d'allées étroites. Au-dessus, on s'agitait, si elle en croyait les cris et les pas précipités. Telle une ombre, Kara se faufila à travers le dédale de décombres formant un bidonville suspendu entre mer et ciel. Sous un parapet de béton, elle croisa le regard d'une femme, des prunelles claires au milieu d'un visage si crasseux qu'il semblait fait de boue séchée. Plus loin, un type jeta un morceau de viande sur une grille posée sur un baril d'où s'échappaient des flammes d'un orange vif. À chaque foulée, ses sens captaient des fragments de vie, des miettes d'une humanité brisée qui avait trouvé un refuge sur l'immense vaisseau de métal. En sautant par-dessus une crevasse ouverte sur le vide, elle entrevit les filaments de brume qui dissimulaient l'océan. Une détonation éclata. Un pot de terre cuite sur une brique fut transpercé de part en part avant de choir. Elle ne s'arrêta pas de courir, de tourner, de franchir des obstacles, jusqu'à ce qu'elle retrouve le signal thermique qu'elle savait quelque part, devant elle.

Pour s'assurer leur impunité, les *Gate Keepers* avaient cru bon d'enlever un membre d'une Grande Famille au cours d'une opération d'infiltration plutôt osée. Ils avaient attiré la gamine de douze ans à l'écart de la propriété à l'aide d'un drone-jouet. Puis, des hommes avaient surgi en pleine rue depuis l'ancien système d'évacuation des eaux pour l'emmener. Ensuite, ils avaient envoyé une vidéo expliquant que la vie de Rosalyne Tildwell-Baume dépendait du désintérêt des conglos pour la zone de San Francisco. La règle était cependant aussi immuable que les dix commandements des temps révolus : *on ne négocie jamais avec les terroristes.*

Toutes les personnes qu'elle croisait n'en étaient pas, loin de là. Ces malheureux étaient les otages d'une situation politique locale, des victimes qui se trouvaient au mauvais endroit, au mauvais moment, mais ce n'était pas son problème. Kara marqua une légère pause, afin de recaler sa position par rapport à la source de la voix. Elle dressa l'oreille, perçut des chuchotements à quelques mètres sur sa droite, des bruits de respiration et les mots à peine murmurés d'une mère en train de rassurer son enfant. Et une odeur. Caractéristique. La formule de la fragrance s'inscrivit devant ses yeux avec une correspondance à 99,87 %. La femme sourit : personne ici ne portait de parfum hors de prix.

— Le sujet est localisé, avertit-elle.

— On se met en route. Extraction dans quatre minutes.

— Compris.

Kara se glissa à pas feutrés sur les traces ténues et fugaces de molécules en suspension qui la guidèrent à proximité d'un assemblage de tôles figurant un lieu de détention. Devant la porte se tenaient deux individus armés, ce qui n'était certainement pas un hasard.

— Extraction, trois minutes.

En raison d'une possible fouille à l'entrée du pont, elle avait décidé de ne pas emporter d'arme. Au regard interloqué de ses hommes, elle avait répondu que, si nécessaire, elle en trouverait suffisamment à l'intérieur du camp retranché. Les armes circulaient partout.

Kara évalua les distances, les angles d'attaque puis elle se mit à courir en direction des deux gardiens qui braquèrent leur fusil d'assaut sur elle. Elle prit appui sur un muret pour se projeter dans les airs. Elle atterrit sur le premier qu'elle neutralisa en brisant sa nuque d'un violent mouvement de rotation des cuisses tandis que sa main plongeait pour s'emparer du couteau qu'elle envoya se ficher dans la gorge du second. Les deux rafales qui se perdirent vers le plafond résonnaient encore quand elle posa les deux pieds au sol. D'un coup de crosse, elle se débarrassa du cadenas et son coup de talon fit valdinguer la fragile porte.

— Je m'appelle Kara Lau, lança-t-elle à la fillette. Je suis venue te chercher.

Puis, en subvocal :

— J'ai le sujet.

— Bien reçu. Extraction, deux minutes.

Elle tendit la main à Rosalyne, restée au fond de sa geôle ; paralysée par la peur, refusant de bouger.

— Nala a hâte de te revoir, ajouta Kara, déclenchant une réaction positive.

La gamine s'avança dans la lumière rasante filtrée par les planches disjointes et les trous dans la tôle, révélant ses boucles dorées et ses yeux bleus aux reflets turquoise.

— Vous connaissez Nala ?

Kara lui sourit :

— Bien sûr ! Je monte moi-même à cheval depuis que je suis toute petite. Je suis certaine que tu as hâte de retrouver ta jument. Nala t'attend. À la maison.

Cette fois-ci, ses lèvres s'étirèrent et Rosalyne lui saisit la main.

— Extraction, quatre-vingt-dix secondes.

— Il faut qu'on file, déclara-t-elle en libérant l'enfant de sa prison miteuse.

Un bruit attira son attention dans son dos. Son premier réflexe fut d'écarter la gamine tandis qu'elle se baissait pour éviter les projectiles qui réduisirent en bouillie la porte du cloaque où ils avaient osé enfermer un membre d'une Grande Famille. Elle ramassa l'AK au sol qu'elle pointa dans la direction du tireur selon les données inscrites devant ses yeux. Les trois balles se logèrent en plein front de l'assaillant qui tomba à la renverse. Kara lâcha le fusil, prit Rosalyne en train de crier dans ses bras et se mit à courir.

— Extraction, quarante-cinq secondes.

Elle grimpa sur un parapet, glissa le long d'une plaque à moitié rouillée et gondolée pour se réceptionner sur une portion de bitume crevassé, arrachant un nouveau cri de stupeur à Rosalyne qu'elle tenait fermement contre elle. Elle la gratifia d'un sourire.

— Accroche-toi à moi comme à ta pouliche au galop, ça va secouer.

Elle sentit les petites mains l'agripper puis elle reprit sa course à grandes enjambées. Des coups de feu éclatèrent dans leur dos. En périphérie de sa vision, un vase explosa, des échardes volèrent d'une planche déchiquetée par les balles.

— Extraction, quinze secondes.

Kara Lau accéléra encore le pas et rallongea ses foulées. Grâce à son bio-transpondeur, les membres de son équipe connaissaient sa localisation au centimètre près et en matière de précision, ce n'était pas de trop pour l'exploit qu'elle s'apprêtait à accomplir. Le dernier obstacle, de loin le plus délicat à négocier, nécessitait une combinaison parfaite de vitesse et de prise d'appel. Tandis que la voix égrenait les secondes restantes, elle posa un pied sur une planche qui plia sous son poids, sollicita ses quadriceps pour chercher une détente maximale. Son second pied se réceptionna sur la rambarde qui, soudain, se mit à éructer des gerbes d'étincelles sous un fracas de projectiles. En suspension dans les airs, Kara Lau enserra dans ses bras Rosalyne qui hurlait à pleins poumons. La femme et l'enfant plongèrent alors dans un vide vertigineux.

En interrogeant son serveur à l'aide de sa liaison *terminex*, Cleaver découvrit que le tablier principal du Golden Gate Bridge culminait à plus de soixante-cinq mètres au-dessus des eaux froides de la baie. Sauter de cette hauteur équivalait à foncer vers un mur liquide devenu aussi dur et mortel que du synthébéton. Sur le flux vidéo pris depuis la rive par un petit drone tactique, Kara et la gamine ressemblaient à un sac de lest sur le point de s'écraser.

Leur chute libre sembla durer une éternité jusqu'à ce que le chopper, équipé de deux bras tenant un filet, jaillisse du tapis de brume pour les récupérer.

Cleaver se détourna de cette fin heureuse.

Sur les images voisines, une vue du drone numéro quatre montrait le pont distant d'une dizaine de kilomètres, ses deux éminences rougeâtres émergeant de la nappe épaisse, chacune encadrée d'un rectangle blanc. Après trente secondes de silence, deux flashs signalèrent les impacts. Pendant un instant, il ne se produisit rien, comme si les frappes étaient restées sans effet. Puis, les tours commencèrent à bouger, à tanguer, à pencher, créant une tension de rupture sur les haubans qui cédèrent un à un. Le tablier se mit alors à osciller, à se tordre avant de se briser en plusieurs endroits tandis que les piliers poursuivaient leur effondrement. En moins d'une minute, tout fut terminé. La brume avait englouti le vaisseau de métal, mettant fin à un règne de près de deux siècles. Le Roi de la baie de San Francisco était tombé.

— Elle est impressionnante, n'est-ce pas ? proféra Leach, d'une voix empreinte d'admiration.

D'ordinaire, les double-A ne se laissaient pas aller à ce genre de commentaire teinté d'émotion, encore moins en face d'un alter ego. Leach manifestait ainsi sa crainte légitime à l'idée de devoir se défaire des talents de la jeune femme, il est vrai, très à son aise sur le terrain.

Cleaver s'exprima sans ambages, avec un sourire destiné à appuyer là où ça faisait mal.

— C'est pour cette raison que je suis venu en personne pour lui remettre sa nouvelle affectation. J'ai besoin de ses services.

Le conseiller envoya l'ordre officiel sur le serveur d'Adrian Leach. S'il accusa le coup, il n'en laissa rien paraître. De toute façon, il n'avait pas d'autre choix que de se conformer à une décision que Cleaver était allée chercher aux échelons supérieurs, lesquels ne tenaient pas le courant des nostalgiques en haute estime.

La Zone d'Intérêt Septentrionale concentrait l'attention des plus puissants conglos et la destruction des ponts entrait dans une stratégie globale visant à préserver le futur sanctuaire. Leach valida sa demande de transfert sans discuter puis il revint vers la vue où, la brume se dispersant peu à peu, l'on devinait le drame qui s'était déroulé quelques instants auparavant.

— Cela ne fera que les ralentir, observa-t-il avec discernement. L'Histoire démontre combien il est difficile de contrer les volontés les plus farouches.

Cleaver acquiesça sans répondre puis se retira, satisfait d'avoir obtenu ce qu'il désirait : Kara Lau à son service, un atout décisif pour ses projets. Leach avait raison, elle était impressionnante. Très.

EMILY

Le blizzard avait balayé la baie, surprenant ses habitants et replongeant la ville dans la torpeur hivernale. Seward n'avait pas connu d'épisode tardif de cette intensité depuis plusieurs années, surtout si loin après l'entrée dans le printemps. Le climat devenait de plus en plus imprévisible, spécialement lors des intersaisons. Selon Rachel, même les Inuits ne comprenaient plus les signes erratiques provoqués par des températures trop élevées qui, soudain, se mettaient à chuter en dépit du bon sens et en dehors de toute logique.

Emmitouflée dans une parka au tissu épais d'un orange criard, Emily Redwild souleva une jambe, secoua son pied chaussé d'une raquette et le reposa sur la surface meuble. Son bâton perça la fine croûte de glace et s'enfonça dans un mètre de poudreuse avant de rencontrer le socle rocailleux. Elle prit appui pour bouger sa deuxième jambe et avança ainsi, lentement. Trop, au goût de son compagnon.

— Nom de Dieu, Red ! C'est encore loin ?

Emily sourit en l'écoutant pester. Elle s'arrêta, les mains en appui sur ses bâtons et se retourna. À travers les sapins, la vue révélait une partie de *Resurrection Bay* dont la langue bleue léchait les pentes rocheuses qu'on aurait dit recouvertes de diamants brillants sous un astre généreux. La ville avait pratiquement disparu sous le manteau blanc ; seuls le port avec sa jetée et la route nationale dégagée par l'unique chasse-neige – relique de l'Ancien Monde – signalaient la présence d'une activité humaine pour l'heure engourdie par un froid inattendu.

Palluk O'Phellan la rejoignit en soufflant, le visage enrubanné de volutes de vapeur. Le soleil et le ciel azur étaient trompeurs : la région subissait les effets d'un anticyclone descendu des zones polaires avec des températures largement négatives.

— Tu avais besoin de poser tes pièges aussi loin de la maison ?

— Ça ne te fait pas de mal de crapahuter un peu dans la montagne. J'ai l'impression que tu t'encroûtes un peu, lui répondit-elle avec une pointe d'espièglerie.

Il improvisa, amusé, un air outré :

— Moi ? Je m'encroûte ?

Red pouffa.

— Cela fait plusieurs jours que tu n'as pas mis le nez dehors.

— S'il n'y avait pas toute cette neige, maugréa-t-il, ça aurait été une chouette balade. C'est quand même dingue, rappelle-moi quel mois on est ?

— Fin avril, mon chéri.

Le dérèglement climatique, entamé des décennies auparavant, se poursuivait et des rumeurs affirmaient que par endroits la situation était pire : sécheresses, inondations, et tempêtes se succédaient jusqu'à arracher la terre à la roche. La fonte progressive du permafrost dans le nord de l'Alaska avait entraîné une débâcle catastrophique que même ce coup de froid passager ne permettrait pas d'enrayer. Aucune région n'était épargnée par les désastres en séries.

— Il faut voir le bon côté des choses, j'écoulerai peut-être quelques fourrures supplémentaires.

Pour compléter leurs revenus et éviter une trop forte dépendance vis-à-vis de son père, qui avait accepté que Pop se joigne à eux sous le même toit, elle avait décidé de reprendre l'activité de sa mère. La vente du stock aux Concordiens lui avait permis d'investir dans l'achat de matériel et d'une licence d'exploitation d'une ligne de trappe, la première depuis des lustres selon le responsable de la municipalité, surpris par sa demande. Il n'avait d'ailleurs pas été le seul. Quand elle avait annoncé son plan, les deux hommes de sa vie l'avaient regardée avec un air plus que perplexe.

— Quoi ? avait-elle répondu. Vous ne m'en croyez pas capable ? Si maman, qui était résidente d'une éco-cité, a pu se convertir, je le peux également.

Peut-être qu'ils s'étaient tous les deux imaginé qu'elle resterait sagement derrière le comptoir de la boutique ou bien la maison. Ils se trompaient.

Emily reprit son ascension, sourire aux lèvres. Pop essayait de suivre son rythme. Après une demi-heure d'une progression entre des sapins aux branches chargées à craquer, le couple parvint à sa première halte. À l'aide d'une pelle, Red dégagea le piège, une opération compliquée par les raquettes qu'elle portait. Qu'il fût recouvert de neige le rendait inutilisable, comme les autres, raison pour laquelle elle consacrait cette radieuse journée à les remettre en service. La mairie lui avait accordé le droit d'en poser cinq pour son affaire de peaux. Les Concordiens partis, elle avait trouvé un débouché commercial avec la communauté de Lowell Point dont les Inuits cherchaient à renouer avec leur savoir-faire ancestral en matière de confection de vêtements.

Emily avait même pris la petite Sakari sous son aile pendant quelque temps afin de le lui transmettre quelques rudiments sur le tannage, ce qui avait plu à Rachel.

Tandis qu'elle désarmait le piège pour le déplacer, Pop se perdait dans la contemplation de la baie.

— Tu crois qu'ils vont revenir ? demanda-t-il après un moment d'introspection.

Les Concordiens avaient pris le large depuis plus d'un an maintenant. Red ne dit rien. Ce n'était pas la première fois que le sujet se glissait dans leurs discussions. Oleg manquait à Pop, avait-elle compris. Le Russe avait décidé de suivre son destin en acceptant le protocole et peut-être qu'il voguait à présent quelque part au milieu des étoiles à siroter des cocktails, une femme à chaque bras. Elle le lui souhaitait en tout cas.

— Je n'en sais rien, répondit-elle avant d'ouvrir son sac pour en retirer un morceau de viande séchée qu'elle fixa sur la pointe reliée au déclencheur, un bon appât pour le genre de prédateur dont elle convoitait la fourrure. Les soubresauts du climat perturbaient également une faune dont certains représentants, comme les loups, effectuaient un retour en force dans la région du fait de la migration plus au sud des élans. Les gens s'en inquiétaient, des spécimens ayant été aperçus en pleine ville à la nuit tombée ainsi que des empreintes repérées dans la terre ou dans la neige.

— Peut-être qu'on aurait dû partir avec eux, lâcha Pop dans un soupir. Tu ne crois pas ?

Elle plissa les yeux tandis que l'air expiré s'échappait en fumerolles éphémères. Emily se redressa lentement puis elle abandonna son piège pour se rapprocher de lui. Elle le saisit par le bras. Pop n'avait pas encore complètement tourné la page. Il avait besoin de sang neuf, d'un nouveau but dans la vie.

— Tu penses vraiment qu'une éco-cité est l'endroit idéal pour élever une famille ? proféra-t-elle avec un air ingénu.

En une fraction de seconde, il se détourna du paysage. Sa bouche s'ouvrit, libérant un nuage blanc, ses yeux s'agrandirent et se plantèrent dans les siens dans l'attente d'une confirmation.

— J'ai vu Brockman ce matin… continua-t-elle en se demandant s'il n'allait pas se liquéfier sur place.

Puis geler, se transformer en statue de glace.

Le docteur Brockman l'avait reçue à la clinique pour un test dont le verdict était tombé en quelques minutes après son passage aux toilettes. Pop l'agrippa, ses mains se refermèrent sur les manches de sa parka qu'il serra si fort qu'elle faillit reculer :

— On va avoir un enfant ?

Elle hocha la tête, en prenant plaisir à le voir ainsi déstabilisé et en découvrant les étoiles dans ses yeux.

— C'est pour ça que tu voulais que je vienne avec toi aujourd'hui ? Pour me l'annoncer ?

À nouveau, elle confirma. Pop la prit par la taille, il la souleva, écrasa ses lèvres sur les siennes avec une violence telle qu'elle en resta bouche bée. Puis, il se mit à rire aux éclats, à courir les bras levés, en tournoyant sur lui-même jusqu'à ce qu'il tombe dans la poudreuse et disparaisse sous un nuage blanc. Emily se précipita vers son compagnon et le retrouva béat, en train de sourire :

— Red, c'est extraordinaire ! On va avoir un bébé !

Les doutes qu'il avait exprimés auparavant s'étaient envolés aussi facilement que la vapeur d'eau expulsée par ses poumons s'évanouissait dans l'air glacé. Du sang neuf. C'était exactement ce qu'il lui fallait.

— Oui, et nous devrons le nourrir. Et pour ça, je dois vendre des peaux. Alors au boulot !

Il se remit debout et elle put terminer son travail dans la joie et la bonne humeur. Pop avait arrêté de parler des Concordiens ou d'Oleg, il spéculait à présent sur le sexe de l'enfant et dressait déjà des listes de prénoms. En moins de deux heures, Emily avait dégagé ses pièges puis tous deux s'étaient élancés sur le chemin du retour, l'esprit plus libéré qu'à l'aller, en oubliant le froid mordant alors que le soleil brillait au-dessus de la chaîne des monts du Kenaï.

Ce ne fut qu'une fois arrivés à quelques dizaines de mètres du domicile que son cœur rata un battement en découvrant l'ambulance garée sur l'allée et la voiture de patrouille du shérif Green barrant l'accès à la rue. En un instant, elle sut. Elle comprit. Emily lâcha la main du père de son futur enfant et se mit à courir en criant :

— Papa !

DALTON

Président Dalton.

Ça sonnait bigrement bien. Et davantage encore dans la bouche de sa conseillère en communication, laquelle mordillait le lobe de son oreille en répétant inlassablement : « Président Dalton, le sauveur de Seward et de l'Alaska… », avec cette voix suave qui ne manquait jamais d'électriser ses sens. Elle se glissa au-dessus de lui en se pinçant les lèvres, fit retomber sa chevelure ébène en avant tandis qu'elle guidait sa virilité de sa main. L'ex-maire de

Seward ferma les paupières et la laissa prendre le contrôle puisque tel était son désir. Il sentit son bassin rouler contre le sien en un mouvement régulier, son corps répondant aux sollicitations de sa partenaire qui tantôt accélérait, tantôt ralentissait à la recherche du chemin vers un sommet d'extase. Lorsque ce dernier fut atteint, elle se cambra violemment et l'espace d'un court instant, Miles Dalton trembla, vacilla. Son être se contracta à son tour joignant son souffle rauque et sa respiration devenue haletante aux gémissements de plaisir. Sous l'impulsion de son propre emballement, il s'empara fermement de ses hanches puis ses mains glissèrent pour saisir son postérieur afin de hâter la conclusion. Le point de communion dépassé, elle se pencha vers lui pour l'embrasser.

— Bonjour, monsieur le président.

En sueur, Dalton lui retourna son sourire, sans toutefois lui répondre. Ce n'était pas nécessaire et la petite gymnastique matinale qu'ils s'octroyaient dans son nouveau pied-à-terre de Juneau relevait de l'exquise routine. Une bien agréable façon de commencer la journée chargée. Il lui en était reconnaissant pour cela. Transfuge de l'équipe de l'ex-présidente Hastings, Aubrey Perry avait assez tôt rejoint ses rangs, *celui des vainqueurs*, avait-elle dit pour justifier sa trahison. Qu'elle rejoigne son lit était en revanche un bonus inattendu… L'Alaska restait une nation de passion, de feu et de glace, une terre d'opportunités qui s'accompagnait de son lot de surprises.

Comme le jour où il avait remporté les élections au terme d'une campagne éclair. L'image du maire de Seward face aux troupes sibériennes, un pistolet sur la tempe, avait suffi à déclencher un raz de marée en sa faveur. Presque un plébiscite. Les gens attendaient à présent qu'il sauve l'Alaska du déclin. Il avait ranimé un espoir que beaucoup pensaient perdu et depuis, un vent nouveau soufflait sur Juneau.

Rien n'est impossible, se dit-il en se redressant tandis que la conseillère plaçait sa tête contre son cœur. Un miracle avait même été déjà accompli : la larve qu'il avait été s'était fait papillon. Le miroir accroché sur le mur, en face du lit, lui renvoya une image quasi méconnaissable, au point de lui donner l'impression de revoir le visage d'un homme du passé, celui qui figurait sur de vieilles photos rangées dans une malle au grenier de la demeure familiale à Seward. Bien sûr, le temps œuvrait en apportant des touches de gris et en creusant ses rides, mais la médecine des conglos avait réalisé des prodiges. Dalton avait littéralement fondu. Encore plus vite que les glaciers de la chaîne Saint-Élie qui s'étendait à cheval sur le Yukon juste au nord de la capitale et dont les sommets étincelants d'antan s'étaient si rapidement effacés du paysage.

Dalton repoussa les couvertures, non sans avoir préalablement déposé un baiser sur le front de la conseillère.

— Une longue journée nous attend ! déclara-t-il avec l'enthousiasme d'un jeune premier.

Il bondit hors du lit et alla prendre son traitement après avoir revêtu un peignoir. Sa rémission tenait à ces deux pilules qu'il devait ingurgiter tous les matins. Avec un grand verre d'eau. C'était extraordinaire. Fou. Ces deux simples gélules oblongues, dans le creux de sa main, avaient transformé sa vie. Cleaver l'avait libéré d'un poids qu'il s'était vu traîner jusqu'à la fin de son existence. Un chirurgien l'avait débarrassé des plis de peau et des séances d'électrostimulation lui avaient rendu sa tonicité musculaire.

Dalton vida le verre d'un trait.

— Quand est-ce que tu prévois de rencontrer le président du Yukon ? lui demanda Aubrey qui paressait dans le lit.

Son exploit avait également franchi la frontière, jusqu'à Whitehorse, à trois cent cinquante kilomètres de Juneau. À l'échelle du continent nord-américain, les deux capitales étaient, pour ainsi dire, presque voisines et peu le savaient : les deux cités avaient été jumelées, avant que les crises successives ne brisent les États fédéraux dont elles avaient longtemps dépendu.

— Le calendrier n'est pas encore établi. Je dois en discuter avec Cleaver dans la matinée.

— Oh ! lâcha son amante. Je vois…

Elle ne portait pas en haute estime son collaborateur, bien plus proche de lui qu'elle ne le serait jamais sur un certain plan. Coucher avec le président ne signifiait pas qu'il partagerait tous ses secrets avec elle. Cleaver avait mis Dalton en garde à ce sujet, dès le début de leur liaison dont il avait eu très vite eu vent. D'ailleurs, la délicieuse enfant n'avait-elle pas déjà planté un couteau dans le dos de sa patronne ?

Dalton sourit.

— Nous allons évidemment développer les relations commerciales avec le Yukon. Ce sera aux discussions du prochain sommet.

La réunion avait été prévue de longue date, sous le mandat de Hastings. Il ne pouvait pas se permettre de l'annuler purement et simplement sans provoquer des remous.

L'Alaska et le Yukon formaient ce qu'une poignée d'historiens et de spécialistes appelaient un continuum socioculturel. En réalité, il s'agissait ni plus ni moins du vieux rêve d'une nation polaire s'étendant du détroit de Béring aux côtes de la baie d'Hudson. Presque un empire. Dans l'autre sens, au-delà de Béring, les Sibériens partageaient une vision similaire qui avait servi de socle idéologique à l'invasion, finalement avortée, de Seward. Dalton ne se sentait pas particulièrement en phase avec ce concept.

— Tu n'as pas l'air enthousiaste, remarqua-t-elle sans se rendre compte qu'elle marchait sur un terrain glissant. Les relations avec le Yukon sont importantes et cela fait des années qu'ils attendent qu'on leur tende la main.

— Ils peuvent encore patienter un petit peu, non ?

— Pas longtemps. Tu sais ce qu'on dit à propos des occasions manquées ?

Elle possédait un esprit vif et une sorte de don pour anticiper les situations. Il revint vers elle, se pencha pour l'embrasser.

— Le Yukon attendra. Ce n'est pas la priorité, argua-t-il.

— Vraiment, est-ce une suggestion ?

Aubrey avait compris l'influence de Cleaver, peut-être même avant tout le monde, mais son nom ne franchissait jamais le barrage de ses lèvres, comme si elle savait qu'il valait mieux éviter d'aller sur ce terrain.

Dalton quitta la chambre pour la salle de bain d'où il ressortit cinq minutes plus tard. Aubrey l'aida à ajuster sa cravate d'un rouge soyeux.

— On se voit pour le déjeuner ? demanda-t-il.

— Avec le président de la commission des affaires économiques.

Pêches, chasse, transports… Des sujets qu'il traitait déjà à Seward. Un an à peine, auparavant. C'était à la fois proche et étrangement lointain, comme si les liens se distendaient déjà.

— Parfait.

Depuis la chute de l'État fédéral, l'ancienne résidence du gouverneur faisait office de palais présidentiel. Avec ses vingt-six pièces, ses six chambres et ses dix salles d'eau, elle en possédait en tout cas les critères. Ses colonnes blanches en façade et son style colonial lui conféraient un petit air de Maison-Blanche, la mythique masure un temps connue sur toute la planète. Si d'aucuns la jugeaient d'un luxe tapageur en cette époque difficile, Dalton lui trouvait une classe indéniable, bien plus confortable et spacieuse que la mairie miteuse de son fief. Il descendit les larges escaliers et un secrétaire poussa la double porte de son cabinet où Cleaver l'attendait déjà, le dos aussi droit qu'un robot.

C'est drôle, se dit-il en pénétrant dans la grande pièce, *comment ça me rappelle toujours ma première rencontre avec le légat Jordan.* Les deux dirigeants partageaient les mêmes codes vestimentaires, costume sur mesure à la coupe soignée, tissu de couleur sombre ou neutre et les attributs d'une jeunesse que les rumeurs en tout genre affirmaient éternelle. De son point de vue, leur médecine avancée avait déjà accompli une forme de rajeunissement de sa propre personne, alors prolonger la vie était chez eux sans doute, une sorte d'acquis social.

— Monsieur le président, le salua-t-il.

— Conseiller Cleaver, nous avons à discuter, je crois.

— En effet, sourit-il.

Sous cette peau lisse, derrière ce regard clair, se dissimulait un esprit doté d'une redoutable capacité d'analyse en plus d'un accès à des montagnes d'informations. Son rôle dans la campagne avait été déterminant. Ça et des fonds presque illimités. Les conglos s'étaient pleinement investis, jusqu'à ancrer une éco-cité, Solaris, à l'entrée du détroit de Cross dont les hauts-fonds barraient l'accès vers Juneau. La ville flottante demeurait toujours à cent quarante kilomètres de la capitale de l'Alaska. Une distance qui, somme toute, lui convenait même si elle obligeait Cleaver à effectuer de nombreux allers et retours en chopper.

Dalton s'installa derrière son bureau en bois précieux dont il caressa la surface laquée et équipée – raffinement suprême ! – d'un interphone en état de marche. Il appuya sur le bouton pour commander un café et en proposa à son hôte qui déclina d'un mouvement de tête. Une fois son mug posé sur son sous-main et la première gorgée de breuvage avalée, le cerveau de Dalton passa la vitesse supérieure.

Cleaver produisit l'un de ses gadgets que les gens de son espèce appréciaient tant. Cela ressemblait à une grande feuille de papier, sauf qu'elle avait le toucher du plastique et quand il en frôla le coin, elle s'illumina, présentant une carte aux contours familiers.

— Maintenant que vous êtes installé dans ce fauteuil, ce qui était la partie facile, déclara le Solarien, nous allons pouvoir nous atteler à la prochaine tâche.

Ses doigts tracèrent une ellipse, des rivages de l'océan Arctique au nord jusqu'à l'île Kodiak au sud-ouest de Seward.

— Ceci est ce que nous appelons la Zone d'Intérêt Septentrionale. Son importance ira croissant au cours des années à venir. Et Seward en occupera le foyer. Votre rôle, en tant que président de l'Alaska, est de la protéger.

Cela avait toujours été sa priorité. Au péril même de sa vie qu'il avait exposée en première ligne.

— Les Sibériens devraient se tenir tranquilles pour un temps, réagit Dalton. Ils reviendront peut-être à la charge, mais pas dans l'immédiat.

— Nous partageons cette analyse. Cependant, ce Nouveau Monde regorge de périls.

Le président haussa un sourcil.

— Le Yukon et la Ligue du Nord-Ouest n'ont pas les moyens de se lancer dans une aventure militaire.

— C'est exact. Notre préoccupation est toutefois de nature différente.

Son index dessina une nouvelle figure. Celle-ci partait de l'île de Vancouver, au large de la Colombie-Britannique, traversait l'ancien État de Washington jusqu'aux contreforts des Rocheuses dans l'Idaho, une véritable barrière naturelle. Toute la région n'avait jamais été qu'une zone migratoire pour des populations attirées par les rumeurs de vie meilleure en République de Californie qui, d'après le récit qu'en avait fait Emily Redwild, n'était qu'un vaste écran de fumée recouvrant des bidonvilles crasseux dans lesquels venaient s'entasser des millions de pigeons. Cependant, les gens cherchaient toujours à descendre vers le sud, ce que ne manqua pas de faire remarquer Dalton.

— Les flux migratoires se sont déjà inversés dans le passé, exposa Cleaver. Dans ce cas précis, c'est certainement ce qu'ils vont faire à nouveau.

Dans sa bouche, cela sonnait comme une vérité ou une sentence. Les conglos manipulaient des milliards de données, leurs outils informatiques, leur science leur offraient de prévoir, d'anticiper, de calculer. Ils n'étaient pas du genre à laisser les détails au hasard. Et si Cleaver estimait que cela pouvait se produire, alors cela arriverait. Quant à la raison de ce retournement, Dalton devina que le Solarien n'en dirait rien. Pas pour l'instant en tout cas. Il pesta intérieurement puis son regard lorgna vers le chariot à liqueurs. Un entretien avec ce type suffisait à raviver ses travers, mais il résista à l'envie.

— C'est quoi l'accord à négocier avec la Ligue ?

— Votre premier déplacement à l'étranger aura pour but de sceller une alliance solide, durable. Le gouverneur général va nous aider à bâtir un mur.

Dalton en resta comme deux ronds de flan.

— Un mur ?

— Il est vital de bloquer ce futur flux migratoire. Pour cela, vous devez vous rendre à Vancouver. Un chopper est prêt à vous y conduire.

— Ça risque de ne pas plaire au Yukon.

Cleaver esquissa une moue.

— Quantité négligeable. On trouvera bien un os ou deux à leur jeter pour les amadouer. Je pensais à des contrats de transport pour la *Yukon Transport Lines*. Puisque mademoiselle Perry se fait du mouron à leur sujet, elle pourrait ouvrir la négociation commerciale. C'est une jeune femme remarquable et compétente, déjà du temps de la présidente Hastings. Vous devriez l'envoyer à Whitehorse.

Sans grande subtilité, Cleaver travaillait à éloigner sa conseillère tout en lui rappelant qu'elle avait déjà trahi. Il se trompait. Elle était loin d'être néfaste. Bien contraire. Avec elle, il se sentait un homme nouveau, revigoré. Dalton abandonna son siège et marcha vers le bar.

— Vous avez également un discours à prononcer aujourd'hui, monsieur.

Cela ne l'empêcha pas de se verser un verre. Ici, le whisky était bien meilleur. Miles leva son breuvage à la coloration ambrée.

— Vous en voulez un ? proposa-t-il sur un ton quelque peu provocateur.

— Non, je vous remercie. Je me permets de vous rappeler que vous êtes sous traitement et qu'il vaut mieux éviter ce genre d'excès à l'avenir.

Dalton ne tint pas compte de la remarque.

— Vous pouvez disposer, Cleaver, je dois encore peaufiner quelques phrases de mon discours.

Le conseiller se retira et le président gagna son fauteuil, dans lequel il se laissa tomber en se demandant combien de temps il allait devoir se coltiner son éminence grise. Ces types ne s'arrêteraient pas à de simples recommandations.

Un mur… songea-t-il.

Cleaver et sa clique de nantis avaient des plans pour Seward, *son* fief logé au cœur de leur Zone d'Intérêt Septentrionale. Ils ne reculeraient devant aucun défi pour en assurer la protection. Miles Dalton avala son verre d'un trait et le reposa sur le bord de son bureau.

Le discours fut prononcé dans les jardins devant quelques caméras et une foule venue pour acclamer le sauveur de Seward. Dalton descendit ensuite les marches pour les rejoindre. Les bras se tendirent… Hommes, femmes, enfants. Leurs yeux brillaient de fierté, ce qui lui prodiguait le même effet qu'une drogue, aussi puissante – sinon plus – que la médecine des conglos. Dalton savoura chaque pas tandis que les paroles fusaient autour de lui : « Bravo, monsieur le président ! », « Joli discours ! », « Vous avez vaincu les Sibériens ! ». Il entendit un incongru : « Vive Seward ! ». Dalton sourit en distribuant des bons mots à droite, à gauche. Il avait également abandonné ses costumes clairs qui, selon Aubrey, lui donnaient une allure mafieuse ou de dirigeant corrompu, tout en lui rappelant, sur un ton presque vexant, qu'il n'était plus à Seward. Dans le fond, elle n'avait pas tout à fait tort, *Resurrection Bay*, avait toujours été un cul-de-sac, un terminus à l'écart d'un monde rempli de menaces.

Une demi-heure plus tard, il était assis derrière son bureau, en train de consulter des rapports sur la situation, pour tout dire catastrophique, de l'économie de l'Alaska. Fairbanks était devenue une ville fantôme et Anchorage lui emboîtait peu à peu le pas, gangrenée par une flambée dans la guerre des gangs qui provoquait un nouvel exode de la population. Quelques communautés côtières se maintenaient sur le fil du rasoir, comme Seward. À Juneau, la proximité du Yukon et de la Ligue apportait de l'activité, mais la capitale souffrait de son enclavement, un havre de civilisation perdue au milieu d'îles et de montagnes plus hautes les unes que les autres. À la différence de Seward, aucune route ne la reliait au continent et l'état de fatigue de l'unique ferry imposait de fréquentes interruptions du service maritime.

Dalton referma le dossier et se leva pour prendre un verre. Le deuxième de la matinée. *Les gens attendent un miracle*, pensa-t-il. Il y avait peu de chances qu'il survienne. Les conglos avaient des plans pour Seward et s'il était ici, dans ce bureau, c'était pour que s'accomplisse le destin de sa propre ville. Il entendit frapper à la porte.

— Oui ?

Son secrétaire se présenta :

— J'ai bien peur d'être porteur d'une mauvaise nouvelle, fit-il, en lui tendant un papier.

Lorsqu'il parcourut la missive, ses doigts se serrèrent autour du verre. Il déglutit puis ferma les yeux. *Non, il n'y a pas de miracle. Pas même pour les vieux amis.*

— Dites à Cleaver que j'écourterai mon séjour à Vancouver et que nous ne rentrerons pas directement à Juneau après notre entrevue avec le gouverneur général de la Ligue.

L'homme en costume s'inclina légèrement.

— Bien, monsieur.

Nom de Dieu, pensa-t-il ensuite, *Bill Redwild… Je n'arrive pas à y croire.*

DOKES

Tandis que James Dokes mâchonnait son bout de cigare en tenant la barre d'une main ferme, le *Molly Pen* filait fièrement ses douze nœuds sur une mer étale entre deux murs de roches. Le patron pêcheur gardait toujours un œil inquiet sur une surface qu'il aurait voulu sonder pour être certain qu'aucune menace ne rôdait dans les profondeurs. Son navire avait échappé de justesse aux torpilles sibériennes. Un prodige que personne à bord ce jour-là n'était parvenu à expliquer. Au point d'en devenir un sujet tabou. Quant au sous-marin du commandant Stanovoï, nul ne savait ce qu'il était devenu. Aucune épave ne s'était échouée. Aucun débris n'était remonté des profondeurs. L'océan les avait littéralement aspirés, lui, son équipage et son bateau… Corps et biens, selon la formule consacrée.

Avant de lui rendre son précieux navire, les Concordiens lui avaient fait un cadeau. Le *Molly Pen* avait été remis à neuf de la carène au mat à présent porteur d'une antenne radar en parfait état de marche, afin d'éviter, avait déclaré le légat Jordan, qu'une autre collision ne survienne. Ce salopard avait même souri. James avait eu l'impression qu'ils achetaient son silence et qu'ils s'assuraient qu'il retournait à son labeur, sagement et sans poser de questions.

C'était bien mal le connaître.

Il orienta la proue du navire pour négocier l'embouchure de la baie, le siège de courants violents qui, si un navigateur en sous-estimait la force, pouvait fracasser une coque contre les rochers. En mer, l'imprudence ou l'arrogance ne pardonnaient pas et ceux qui en abusaient finissaient par nourrir les crabes. Après un bref regard sur l'écran du radar qui ne signalait aucune présence métallique sur plusieurs nautiques, il augmenta de deux crans la manette des gaz pour apporter un surcroît de puissance. Les moteurs n'avaient jamais aussi bien rugi. Mike Finegan ne tarissait pas d'éloges à ce sujet. Il ne l'avait jamais vu autant sourire de sa vie et l'équipage avait été content d'appareiller ce matin. Le blizzard avait surpris tout le monde et gelé la ville, ce qui l'avait forcé à repousser la sortie. Dokes espérait que les nouvelles lignes de casiers n'avaient pas trop souffert de cette offensive brutale venue du cercle polaire.

Le visage barbu de Finegan apparut dans l'encadrement de la porte de la timonerie.

— Les gars sont prêts et motivés, patron.

La levée de l'embargo, consécutivement au départ de Concordia, avait été un soulagement pour tout le monde, de quoi retrouver la forme et l'enthousiasme. Si la perte du contrat d'approvisionnement en crabe avec les Concordiens avait créé un trou d'air dans ses finances, le Yukon avait maintenu ses engagements commerciaux ; un signal positif envoyé en direction du nouveau président de l'Alaska. Visiblement, Whitehorse attendait beaucoup de la consécration soudaine – et imprévisible – de Miles Dalton, le maire d'une bourgade inconnue, presque mourante, au fin fond d'un fjord du Kenaï, avant le passage des Sibériens et des Concordiens. Dalton avait exploité sans tarder sa notoriété et maintenant, il tirait les ficelles depuis Juneau. Restait à espérer qu'il en fasse un usage judicieux, ce qui lui paraissait sujet à caution. Dokes avait cependant retrouvé sa baie, son fief, ses lignes, ses crabes et des eaux vierges de toute présence étrangère, à nouveau libre et ça, ça n'avait pas de prix.

— Parfait, répondit-il sans quitter la surface de la mer des yeux. Vérifie que tout le monde est correctement attaché. Je ne tiens pas à ce qu'un de ces jeunes crétins passe par-dessus et me fasse gaspiller du carburant en plus de perdre un temps précieux pour le repêcher.

Grogner, avait affirmé un jour son père, allait avec la fonction et le regard brillant de Finegan en disait long : il était content de revoir son boss aux commandes.

— À vos ordres ! exulta-t-il.

Dokes repéra la première bouée, à quatre cents mètres à peine. Il joua des gaz pour mettre le *Molly Pen* dans la bonne position afin de faciliter le travail de son équipage et, après quelques minutes, le premier casier plein à craquer d'une marchandise vivante de la meilleure qualité creva la surface. Les impressionnants crustacés renversés sans ménagement sur le pont filèrent sur leurs immenses pattes avant de terminer dans leur course dans des bacs réfrigérés. Le *Molly Pen* enfila sans la moindre difficulté la première ligne sous un ciel azur et une mer apaisée. Lorsque Dokes changea de bord pour remonter l'alignement suivant de bouées, il cligna des yeux puis son cœur rata un battement. La superstructure qui venait de franchir la ligne ne ressemblait pas à la monstruosité flottante qui lui avait pollué l'existence. C'était bien plus petit, estima-t-il d'un œil expert. Il saisit les jumelles : la coque lui apparut aussi rouge que la carapace d'un King Crab. Il songea alors aux Sibériens.

— Nom de Dieu, murmura-t-il. Qu'est-ce que c'est encore que ça ?

D'après ce que clamait la légende, la vidéo de Sarah Pherson venant à l'appui des dires des nombreux témoins directs de la scène, Dalton avait à lui seul repoussé l'invasion. Dokes était bien placé pour savoir que les Sibériens n'en resteraient pas là. Le temps que le *Molly Pen* remonte une ligne supplémentaire de casiers et qu'ils remplissent leurs cales, le navire devint parfaitement visible. Sans banc de brume pour le dissimuler, il ne pouvait échapper à la vue de personne. Mike passa à nouveau sa tête à travers la porte :

— Vous avez vu ça, patron ?

— Ouais, ronchonna Dokes. Je n'ai pas la moindre fichue idée de qui sont ces gens.

— Une coque rouge, c'est peut-être un ancien brise-glace que quelqu'un a remis en service.

— J'en sais rien.

— Ils se dirigent droit sur l'entrée de la baie, remarqua Finegan d'une voix teintée d'une inquiétude partagée.

Ses yeux du vieux marin se plissèrent tandis qu'il détaillait la coque, sans nom ni mention de port d'attache, ce qui n'augurait rien de bon. Il remonta vers la poupe et ne vit aucun pavillon. Sur la plage arrière en revanche, il devinait les contours d'un aéronef cargo, le même genre qu'il avait déjà vu sur Concordia.

— Ils sont de retour, marmonna Dokes… Ces salopards suffisants reviennent à Seward !

— On devrait peut-être rentrer en vitesse, proposa Mike.

— Oui. On relève les dernières lignes et on rentre.

La mine soucieuse, Mike Finegan acquiesça et redescendit sans plus de questions pour se remettre au travail avec ses gars.

Le *Molly Pen* franchit la passe de la jetée principale du port de Seward au milieu de l'après-midi. Le navire croisé plus tôt avait accosté à l'ancien quai des paquebots de croisière que l'antique chasse-neige terminait de déblayer. Aussitôt son bateau amarré, Dokes grimpa dans son pick-up tandis que les hommes s'occupaient de décharger la cargaison et de la conditionner dans des caisses remplies de glace.

Il y avait du monde au pied de la coque rouge. En s'arrêtant à quelques mètres du check-point tenu par plusieurs hommes en armes, il repensa aux Sibériens, sauf que les uniformes – sans signes distinctifs – ne collaient pas. Ni l'allure des jeunes gens. L'un d'eux s'avança devant son capot. Casquette noire vissée sur le crâne, la main levée, il lui intima de faire demi-tour. Il portait également un pistolet à sa ceinture, nota Dokes qui ne se démonta pas pour autant.

Il abaissa sa vitre :

— Que se passe-t-il ?

— Nous débarquons du matériel.

— Quel matériel ?

Le blanc-bec lui sourit :

— Je ne peux rien dire, mais vous pouvez rentrer chez vous sans crainte, monsieur.

Dokes le considéra un instant. L'ovale parfait du visage le ramenait plus d'un an en arrière. *Cela ne finira donc jamais ?*

Devant son silence, le jeune homme réitéra son ordre, sur un ton plus sec :

— Je vous demande de partir, monsieur.

Dokes obtempéra.

Cinquante mètres plus loin, après avoir bifurqué sur la route principale, il se dit qu'il aurait bien besoin d'un remontant. Un sifflement de turbine réverbéré par les montagnes attira son attention. Les silhouettes bulbeuses de deux aéronefs filaient à basse altitude vers Spring Creek.

Que signifie ce bordel ? s'interrogea-t-il en les observant tourner autour de l'ancienne prison avant de se poser.

Le patron pêcheur effectua une halte aux *Trois Ours*, devenu le centre de toute l'activité sociale de Seward. Il se gara sur le parking qu'il trouva plutôt clairsemé et, au moment de passer la porte, il fronça les sourcils.

— Salut Dokes, lui lança Palluk O'Phellan d'une voix triste.

Son regard semblait… lourd et sa mine, défaite.

— Pop ? Est-ce que… ça va ?

Le gamin secoua la tête. Quand ce dernier lui annonça la terrible nouvelle, le pêcheur resta planté à deux pas du comptoir, les yeux rivés sur Pop, la gorge soudainement aussi rêche que du papier de verre.

Bill Redwild...

Bill Redwild est...

Il n'arrivait même pas à se figurer l'idée.

EMILY

Emily comprenait à présent ce qu'avait ressenti son père le jour où elle avait décidé de partir avec la ferme intention de ne plus jamais remettre un pied à la maison. Il s'était accroché, il avait survécu durant toutes ces années avec cet espoir, plus fragile qu'une lueur étouffée par un blizzard cinglant, qu'un jour elle lui reviendrait. Et, au bout du compte, le miracle s'était bel et bien produit. Ce qui la rendait si triste, au-delà de la douleur de la perte et des circonstances, c'était que lui, il ne lui accordait aucun espoir. William « Bill » Redwild ne reviendrait pas.

Lorsqu'un arrêt cardiaque survenait au moment où la victime était seule, avait expliqué Brockman d'une voix emplie d'émotion, il y avait peu de chances de s'en sortir. Mary, la secrétaire de la mairie et dernière compagne de son père, avait découvert le corps au milieu de la cuisine, deux heures après l'attaque fulgurante. La rapidité de l'intervention était un facteur critique dans la possible récupération des fonctions vitales. Or, personne à Seward ne portait l'un de ces coûteux implants médicaux qui avertissaient les secours dès que les signes annonciateurs d'une pathologie fatale émergeaient sans prévenir.

Concordia est partie trop tôt, s'était-elle répété en boucle.

Bien trop tôt.

Pop était tout aussi retourné qu'elle. Il n'avait pas ménagé sa peine pour redorer son blason auprès d'un beau-père qui l'avait toujours considéré comme un bon à rien, le genre dont les filles de bonne famille s'entichaient sans qu'une explication rationnelle ne puisse être avancée, autre que celle de faire sortir les parents de leurs gonds. Red lui avait fait sournoisement remarquer que sa mère, Victoria Kambon-Thomsen s'était pourtant amourachée d'un pauvre tenancier de bar perdu au fin fond de la plus lointaine des terres. Ce qui avait mis un terme à la dispute. L'amour et la passion ne se justifiaient pas. Ils se vivaient.

Il restait aussi des regrets. Immenses.

Les trois jours qui suivirent le décès, elle les avait passés à travers une sorte de brume où les visages fantomatiques s'étaient succédé. Les voisins, les amis, les clients des *Trois Ours* – autant dire toute la ville tellement ils étaient nombreux – ; le shérif Green, si choqué qu'il lui était tombé dans les bras ; Dokes, solennel et accompagné de tout son équipage ; Rachel, qui lui avait présenté ses condoléances en qualité de maire par intérim ; Nicholas Daanak, très ému, qui l'avait serrée longuement ; Mary s'était effondrée en larmes. Emily n'avait aucune idée de la manière de la consoler, de gérer sa peine alors qu'elle-même avait du mal à reprendre le dessus. L'enfant qu'elle portait l'y aidait. Ainsi que Pop le lui rappelait : la relève était assurée, la vie continuait, envers et contre tout. Il avait proposé William comme prénom si c'était un garçon.

Puis elle s'était retrouvée, toute de noir vêtue, devant la pierre tombale sur laquelle des lettres d'or brillaient à côté d'un ours sculpté dans le bois : *William Redwild, 2071-2128. Cinquante-sept ans.* La crise perpétuelle érodait l'espérance de vie, en retrait partout sur la planète. Red serra le bouquet de fleurs arctiques entre ses mains. Pop se tenait à ses côtés, le regard grave tandis que le pasteur Ron Georges prononçait l'éloge funèbre. Une foule compacte s'était rassemblée pour ce dernier hommage à l'une des figures emblématiques de Seward. Rachel avait revêtu un tailleur sobre, la poitrine barrée de son écharpe de maire entourée de sa famille, dont la petite Sakari qui, impressionnée sans doute par tout ce monde, restait collée à sa mère.

Emily leva légèrement la tête alors que l'homme d'Église en terminait avec un texte qu'elle avait relu plusieurs fois, les larmes aux yeux. Elle croisa le regard grave de Sara Pherson puis celui de Dalton sur lequel elle s'arrêta un instant. Le président récemment élu de l'Alaska était méconnaissable, comme si sa chair fondue avait donné le jour à une nouvelle personne. Qui était le président Dalton ? Il lui semblait à la fois différent dans son corps et pareil dans son regard que le maire qui s'était dressé contre les Sibériens.

Ron Georges acheva son discours et ouvrit sa bible pour psalmodier des paroles millénaires puis, dignement, dans un calme olympien, chacun vint recouvrir le cercueil d'une poignée de sable. Emily resta jusqu'au bout, assista à la mise en terre avant de s'en retourner et rejoindre Pop, demeuré à quelques pas derrière elle. Elle glissa une main sous son bras et elle esquissa un sourire douloureux.

Une bonne partie de l'assemblée présente aux premières loges se donna rendez-vous aux *Trois Ours* pour un pot en l'honneur de son père. Rachel prit la parole et exprima sa profonde tristesse. En observant les visages sereins, Emily perçut les courants qui circulaient entre les plus prestigieux invités. Dokes regardait Dalton avec ce mélange de méfiance et de surprise. Le changement d'enveloppe corporelle en étonnait plus d'un, comme si l'ancien maire avait été remplacé par un inconnu. Ce fut son conseiller qui vint la saluer en profitant du brouhaha comme d'un écran de confidentialité. Elle crut d'abord que c'était Dalton qui l'avait envoyé pour lui présenter ses condoléances à sa place, mais le Solarien lui assura qu'il agissait de sa propre initiative. Qu'il devait s'entretenir avec elle.

— Je me prénomme Cleaver.

— Je sais qui vous êtes, répondit-elle sur un ton frisant le sarcasme. Double-A ? Légat ? Quelle cité ?

Il lui sourit.

— Solaris.

— Conseiller spécial du président Dalton, l'homme qui a fait élire le héros de Seward. Le changement physique, c'est aussi vous, pas vrai ?

Elle avait lâché les mots en une rafale nourrie.

— Je me rends compte que ce n'est pas le meilleur moment pour vous parler alors que vous traversez une épreuve douloureuse, poursuivit-il, mais il me paraît essentiel de vous projeter dans l'avenir.

Red arqua un sourcil et sur le coup, elle se demanda s'il avait deviné ou bien s'il lançait simplement un coup de sonde, histoire de voir ce qu'il remonterait au bout de la ligne, une tactique habituelle chez les membres de sa caste. Car de l'avenir, il en était effectivement question. De la relève, avait même précisé Pop. Elle lui avait fait jurer de garder le secret en arguant qu'il valait mieux laisser s'écouler un peu de temps. La vérité, c'était qu'elle ne se sentait pas prête. Ni pour le deuil ni pour la maternité. Mais les deux événements étaient arrivés. *De quoi donner du grain à moudre aux logiciels des double-A*, se surprit-elle à penser.

— Je crois m'être exprimée à ce sujet, légat Cleaver.

— Je vous en prie, l'interrompit-il en agitant la main, appelez-moi Cleaver. Techniquement, je n'ai pas la charge d'une telle responsabilité.

Pas encore, nota-t-elle.

— Très bien, je vais donc vous répéter ce que j'ai déjà dit à Daniel et à Jordan en refusant de me plier au protocole, il y a quoi ? Plus d'un an de cela maintenant ?

— Dix-huit mois, pour être exact. Nous espérions que votre position aurait évolué entre-temps.

Il ne précisa pas : *À présent que votre père est mort*, mais l'ombre de Bill planait au-dessus de cette conversation.

— Sachant ce que vous vous apprêtez à infliger à cette baie, il est hors de question que je collabore à ce désastre.

Elle marqua une pause, en observant Dalton en périphérie de son champ de vision. Il s'entretenait avec des gens qu'il n'avait pas vus depuis des mois : Green lui souriait, de même que Gary et Rachel.

— Dites-moi, reprit-elle alors en sautant sur une intuition. Qu'est-ce que Dalton vous a promis en échange de son accession au trône et de sa cure d'amaigrissement ?

Si elle était allée trop loin, Cleaver n'en laissa rien paraître. Il se contenta de faire diversion en trempant le bout de ses lèvres dans son whisky, ou bien était-ce sa manière de garder le contrôle d'une entrevue sur le point de lui échapper ?

— Peut-être devriez-vous le lui demander ? éluda-t-il. Ce fut un plaisir de vous rencontrer, mademoiselle Redwild. Et je vous présente à nouveau mes sincères condoléances pour la perte de votre père.

Emily inclina légèrement la tête. Bill n'aurait pas voulu qu'elle fasse un esclandre dans sa propre boutique, encore moins le jour de ses funérailles. Après une brève inspiration, elle alla saluer le héros de Seward, président d'une nation convoitée. Le Yukon, les Sibériens, les conglos… l'Alaska attirait de puissants regards. Trop à son goût. Imitant les amis, voisins et connaissances avec qui elle avait échangé des mots, Dalton lui délivra son témoignage de sympathie avant de lever son verre à Bill.

— C'était un homme de caractère, un vrai Alaskan.

Son propre verre contenait de l'eau agrémentée d'un sirop mentholé. Elle avait le sentiment que son état ne trompait personne et qu'ils attendaient tous qu'elle annonce la nouvelle. Elle ne cessait de placer sa main afin de dissimuler son breuvage sans alcool. Dalton glissa un regard curieux à son attention.

— Je préfère rester sobre, précisa-t-elle.

— Je comprends.

— Alors, ce nouveau job ? questionna-t-elle sur un ton léger.

— C'est comme gérer Seward avec des ennuis multipliés par mille. En gros.

Le costume aussi, c'était nouveau, songea-t-elle en l'écoutant esquisser une description de ses activités. Dalton revenait de Vancouver où, expliqua-t-il, la ville n'était plus que l'ombre de ce qu'elle avait été par le passé. Red l'avait traversée à deux reprises. À l'aller et au retour. Les images des tours délabrées, tels des piquets livrés aux affres du temps, surgirent de sa mémoire. Au milieu de ces bâtiments déliquescents, l'Administration, agrégat de l'ancienne Colombie-Britannique et de l'État de Washington, gérait comme elle le pouvait la dégradation inéluctable tandis que les habitants fuyaient vers la République de Californie.

— Le gouverneur général est un type charmant, mais complètement dépassé, acheva-t-il.

— Ce qui fait de toi, le nouvel homme fort de cette région du globe, hum ?

Sa lèvre se tordit, feignant la modestie, mais ses yeux brillaient de fierté. Elle avait visé juste.

— C'est beaucoup dire, je crois. Nous sommes aussi mal qu'eux.

— Tu as l'air en forme en tout cas, tu es… comment dirais-je, revigoré.

L'affirmation proférée sur un ton enjoué n'en contenait pas moins une question qui, même non formulée, appelait une réponse.

— La médecine des conglos accomplit des miracles. J'en suis la preuve vivante.

Au moins, il se montrait franc. De toute façon, personne n'était dupe et la présence de Cleaver apportait une confirmation : Dalton leur devait sa victoire. Emily se pencha vers le président :

— J'espère que tu sais ce que tu fais avec eux, que tu comprends à quoi tu t'engages en acceptant leurs miracles.

— Red, je suis venu pour toi. Pour ton père. Laissons de côté la politique et toutes ces choses qui ont empoisonné… nos vies, par le passé.

— Ouais…

Elle sentit du mouvement dans son dos, puis une voix familière.

— Dalton, lança Pop, c'est incroyable comme tu as fondu ! Tout le monde ne parle que de ça. Et ce costume, c'est la classe !

L'intéressé esquissa un demi-sourire et lui adressa un regard oblique. Pop défendait son territoire et, à sa manière, il venait d'uriner sur les bottes de l'homme le plus puissant de l'Alaska. Après ces quelques paroles, Dalton le remercia et s'excusa de devoir prendre congé. Red le laissa rejoindre Rachel et Nicholas.

— Pop, lui dit-elle alors, j'aimerais que tu cesses de t'interposer à chaque fois que je discute avec Dalton. On pourrait croire que tu es jaloux, ce n'était pas très adulte comme attitude.

Sa bouche s'ouvrit et il eut un mouvement de recul, autant surpris par le ton que les mots employés.

Emily le laissa sur place pour aller s'aérer à l'extérieur, prise de remords. Qu'est-ce qui lui arrivait ? Les hormones la travaillaient-elles déjà au corps ?

Elle inspira profondément, releva la tête. Son regard se porta au-delà du port. Au loin, un halo lumineux signalait de l'activité du côté de Spring Creek.

Emily se souvint des mots de Daniel prononcés depuis le yacht de luxe voguant au milieu de la baie : Resurrection Bay *offre de multiples avantages. C'est presque une cale naturelle qu'il ne nous serait pas si difficile d'aménager. Le fjord est profond, déjà abrasé par le passage des glaciers. Les montagnes constituent un excellent rempart.*

La main sous la triple épaisseur de vêtements, elle se caressa le ventre en songeant à l'avenir. Celui-ci ne s'annonçait pas glorieux. Ni paisible.

DALTON

— Que se passe-t-il à Spring Creek ? questionna Rachel.

Dalton soupira sans détacher son regard de la vitre teintée derrière laquelle défilaient les rues froides et endormies de ce qui demeurait sa ville.

Techniquement, elle l'était toujours, la représentante de la communauté de Lowell Point et directrice du foyer assurait l'intérim jusqu'à la prochaine tenue des élections, échéance qui devait la travailler. Pas uniquement elle, d'ailleurs.

— Seward va renaître, pour de bon cette fois-ci. Concordia n'était qu'un début, une mise en bouche, lui répondit-il sans chercher à s'en expliquer tandis que la voiture s'arrêtait sur le parking de la mairie.

Miles foula le gravier familier, le sourire aux lèvres en détaillant le bâtiment qui n'avait pas changé depuis son départ. Bien sûr, il ne soutenait pas la comparaison avec le faste indécent de sa nouvelle résidence, mais il avait arpenté ses couloirs depuis si longtemps qu'il les considérait comme les siens à vie. Il était ici chez lui et cela lui faisait plus de bien qu'il ne l'aurait pensé en débarquant en début d'après-midi.

Son poste demeurant par définition éphémère, Rachel avait apporté peu de modifications au décor, aussi retrouva-t-il ses marques. Le drapeau de l'Alaska trônait fièrement dans l'entrée. Il sourit en dépassant le bureau de Mary en ordre. Après avoir ouvert en grand les battants de la double porte, il resta un moment sur le palier, laissant sa fidèle amie pénétrer son antre. Elle jeta son pardessus sur le dossier du fauteuil et se dirigea vers le bar. Son bar. Elle semblait s'être approprié les lieux et Dalton comprit qu'elle ferait le nécessaire pour conserver ce privilège. Rachel lui indiqua le sofa.

— Comme au bon vieux temps ? proposa-t-elle en tenant une bouteille de scotch.

Qui n'est pas si lointain que cela, se dit-il encore peu habitué par cette inversion des rôles. Il hocha la tête et s'assit sur le canapé dans lequel il s'était souvent allongé pour un somme réparateur.

L'ancienne directrice du foyer, devenue la femme la plus puissante de Seward, le détaillait à la manière de ces gens dont il avait croisé le regard intrigué pendant et après la cérémonie funéraire. Il avait éprouvé un plaisir à lire sur leurs visages la surprise, mais aussi de la fierté, voire du ravissement. La même expression animait les traits indigènes de sa remplaçante en train de remplir les deux verres.

— Comme tout le monde, je suis étonnée de voir les conglos débarquer dans la baie sans que j'en sois prévenue. J'aurais au moins aimé être préparée à cela. D'où est-ce qu'ils viennent cette fois-ci ?

Au lieu de répondre, Miles leva son verre. À la base, l'idée d'un black-out sur la question venait de Cleaver toujours un brin suspicieux dès qu'il s'agissait de leurs opérations.

— L'information ne m'a été transmise qu'après avoir quitté Vancouver, mentit-il. Je suis comme toi, mis devant le fait accompli.

— À d'autres. Tu ne me feras pas croire que tu n'en savais rien.

Dalton décela une étincelle de défi dans les yeux de Rachel Daanak, qui n'avait rien à voir avec l'alcool.

— Ils ne me disent pas tout. Je ne suis pas intime à ce point avec les représentants des conglos. Ces types ont leur propre agenda. Avec ou sans nous.

Il observa la couleur du liquide en inclinant le verre en songeant aux remarques de son conseiller spécial à ses objections tandis que Rachel laissait libre cours à ses pensées.

— Je vois. Il n'empêche que ça envoie un mauvais signal, que tu m'as fait un enfant dans le dos et les gens vont imaginer que je n'ai pas l'autorité nécessaire, ni ce qu'il faut pour gérer les affaires de la ville.

Il esquissa une moue puis redressa la tête.

— Dis-moi Rachel, Red ne serait pas enceinte, par hasard ?

Elle écarquilla les yeux, eut un mouvement de recul.

— Je… Pourquoi tu dis ça ?

Aux *Trois Ours*, Emily avait eu l'air contrariée et sur les nerfs, ce qui restait compréhensible après ce qu'elle avait dû vivre. Pop s'était interposé comme un mari jaloux et protecteur. Et elle buvait de l'eau. Pas une goutte d'alcool. Dans les mêmes circonstances, lui-même aurait dévalisé le bar.

— Je ne sais pas. Une impression.

— Pas que je sache, partagea-t-elle. Elle et Pop habitent dans la maison familiale des Redwild depuis le départ de Concordia et elle a repris le commerce de peaux de sa mère en plus de son travail à la boutique. Elle possède l'unique licence de trappeur de la baie.

— Vraiment ? Et Pop ?

— Je l'ai embauché au service voirie à la demande de Bill.

— Histoire de l'avoir à l'œil. C'est malin.

— J'ai été à bonne école.

Il sourit en levant son verre quand deux discrets coups furent frappés à la porte. Rachel hésita, elle n'attendait pas de visite à cette heure-ci.

— Entrez Cleaver ! s'écria alors Dalton.

Le Solarien fit son entrée et se présenta respectueusement à la maire sous le titre de conseiller spécial du président puis il se plaça en retrait. Dalton s'éclaircit la voix après avoir reposé son verre sur le coin de table où il avait eu l'habitude d'étaler ses dossiers. Il se rappela que l'une de leurs dernières discussions avait eu trait au rôle de la communauté de Lowell Point. Elle y bénéficiait toujours de forts soutiens, mais dans la lutte à venir, cela ne suffirait pas.

— Rachel, je suis aussi venu pour t'apporter mon aide pour la campagne municipale. Fut un temps, Seward comptait pour quantité négligeable, les choses importantes se décidant à Juneau, Whitehorse ou dans les mers du sud. Cette situation changera d'ici peu et je vais avoir besoin d'une personne de confiance à Seward, de quelqu'un qui tienne les rênes, qui soit capable de garder le cap d'une main ferme.

Il la sentit se raidir, prise au dépourvu, impressionnée par les mots, et sans doute par le ton solennel. Et ce n'était que le début des réjouissances. Dalton céda la parole à Cleaver, bien mieux qualifié que lui en la matière.

— Madame la maire, nous allons construire des éco-cités à Seward, annonça-t-il tout de go.

Rachel faillit en lâcher son verre au point que Dalton se glissa à côté d'elle et posa une main sur la sienne, tremblante, tandis qu'elle arborait une mine estomaquée.

— Le bateau, qui a accosté il y a deux jours, a déchargé du matériel à Spring Creek, continua le conseiller. Un lieu choisi comme base principale des opérations de construction en raison de sa proximité avec Seward et pour tout dire, de son statut particulier.

— Une base… d'opérations ? Qu'est-ce que cela signifie ? s'inquiéta-t-elle.

— Rassurez-vous, madame la maire, nous n'avons pas l'intention de mettre en danger la population. Le terme est trompeur, j'en conviens. Le site est idéal. Nous aurons tout l'espace nécessaire pour entreposer le matériel.

— Légalement, la prison appartient toujours à l'Alaska, murmura-t-elle sous le choc de l'annonce.

— C'est exact. Le président de ce même État nous vient de nous y accorder une concession. Sur cent ans.

Il y met les formes, songea Miles. Il suffisait toutefois d'observer Rachel pour saisir que l'idée lui restait en travers la gorge. Un an et demi après le départ de Concordia, la ville n'était pas prête. Cela n'avait pas d'importance, avait affirmé Cleaver durant le vol depuis Vancouver.

— Nous sommes conscients de l'impact de ces décisions sur la vie locale, poursuivit le conseiller. Cependant…

Rachel l'interrompit en levant la main :

— Vous êtes en train de saper un travail de plus d'un an. Dois-je comprendre que je n'ai pas mon mot à dire ?

— J'entends votre sentiment. Il est bien entendu qu'en compensation, nous nous acquitterons des taxes qui seront directement versées à la municipalité. Mais il y a plus…

Le Solarien marqua une pause afin de laisser l'idée faire son chemin dans l'esprit de la politicienne toujours soucieuse de l'équilibre budgétaire de la commune pour l'heure, plutôt précaire.

— Plus ? dit-elle.

Dalton sourit.

— Le chantier apportera des emplois à vos administrés y compris à la communauté de Lowell Point dont les qualités seront sans doute très appréciées par nos experts. Saviez-vous qu'il y a deux siècles, l'on embauchait des Américains natifs de vos régions dans la construction des gratte-ciel, car ils se montraient moins sensibles au vertige, robustes et adroits lorsqu'ils évoluaient dans les hauteurs ?

Il marqua une pause. Dalton but une gorgée en étudiant sa protégée en train d'avaler une sacrée couleuvre.

— Seward bénéficiera d'un boom économique, une prospérité sans précédent, même du temps ancien des États-Unis d'Amérique.

— Et les ennuis qui vont avec.

— La sécurité des habitants est l'une de nos priorités, affirma Cleaver. Nous sommes en capacité de protéger la ville de toutes les menaces.

Dalton se leva du sofa, laissant le soin à son conseiller solarien de dérouler une liste d'arguments qu'ils avaient longuement préparée. Le visage de Rachel se détendit au fur et à mesure qu'elle percevait ce qu'elle avait à y gagner sur le plan politique. Seward avait toujours été l'objectif des conglos, dès la venue-surprise de Concordia. De sa propre expérience, il valait sans doute mieux que ce soient eux plutôt que les Sibériens, même si plus rien ne serait comme avant.

Il marcha vers la fenêtre en évacuant les paroles de Rachel dont le ton de plus en plus amical montrait que les arguments faisaient mouche. Cleaver était doué. *Plus que Jordan*, songea-t-il en écartant le rideau sur une ville prise d'assaut par des volutes blanches chargées en humidité. Il connaissait Seward par cœur et il n'y avait aucun doute sur la manière dont certains de ses habitants accueilleraient la nouvelle. Dokes monterait en première ligne, soutenu par de nombreux partisans parmi les pêcheurs. Il n'hésiterait pas à s'engager dans un duel fratricide pour protéger le gagne-pain de ses gars. Politiquement, Rachel pourrait ne pas survivre à un tel affrontement, mais il conservait un atout dans sa manche.

Red.

Sauf qu'elle attendait un bébé. Il n'arrivait pas à s'ôter cela de la tête. Personne ne part à la conquête d'une mairie enceinte jusqu'aux dents. Dans son esprit, Red était la véritable Reine de Seward, elle serait capable de réunir tous les antagonismes qui étaient sur le point de s'exprimer : les conglos, les habitants de Seward, les Inuits de Lowell Point, Dokes… Elle seule était en mesure de rassembler et de tenir le troupeau.

Il fixa un instant le fond de son verre – vide – puis se tourna vers le sofa. Le regard de Rachel en disait suffisamment long : elle acceptait le deal dans lequel elle avait beaucoup à gagner. La promesse de formation de la main-d'œuvre inuite avait fait pencher la balance, ainsi qu'il l'avait expliqué à Cleaver dans le chopper. Rachel Daanak plaçait toujours les intérêts de sa propre communauté en premier lieu. Ce qui finirait par la perdre.

DOKES

Même s'il se refusait à y croire, Dokes ne se berçait pas d'illusions : depuis le départ de Concordia, son instinct lui soufflait que les conglos reviendraient à Seward. Pas aussi tôt, cependant. L'arrivée surprise du navire à la coque rouge – puis d'un second – avait ébranlé la ville, comme la réplique secondaire d'un séisme appelé Concordia. Ou peut-être que la principale secousse était encore à venir… Cela restait difficile à établir.

Des mois s'étaient écoulés depuis ses manœuvres destinées à chasser cette pollution visuelle de son bras de mer et voilà qu'elle s'invitait à nouveau dans son pré carré, lui qui espérait profiter de sa baie pour quelques décades, jusqu'à ce qu'il soit trop usé pour tenir la barre du *Molly Pen*. Il possédait encore suffisamment de force et d'énergie pour se battre ; quel que fût l'envahisseur, il le bouterait hors de chez lui.

L'œil maussade, Dokes grimpa dans son pick-up et enfila la route qui longeait la côte en direction de l'ancien centre pénitentiaire. Les phares tentaient de percer une brume épaisse faite de fines gouttelettes en suspension. Les mains agrippées au volant, le regard rivé à la bande de bitume craquelée, le patron pêcheur eut un mouvement de recul et un geste réflexe, il écrasa la pédale de frein faisant crisser les pneus.

Quelque chose venait de traverser la chaussée, juste devant lui. Une personne.

Un fantôme ?

Il pensa immédiatement à Kara Lau. Il aurait reconnu sa silhouette élancée entre mille, sauf que l'apercevoir ici au beau milieu de la nuit tenait de l'hallucination. Il secoua la tête puis descendit du véhicule ; il explora les alentours, les fossés, en se demandant si la fatigue ne lui jouait pas des tours. Il retourna au pick-up et reprit son chemin. Dokes avala un peu plus d'un kilomètre de route déserte et de brouillard avant qu'une lueur bleue électrique l'oblige à stopper et à quitter une seconde fois son siège.

Dokes jura devant la barrière électronique semi-transparente. Le ruban d'énergie de près de deux mètres de haut traversait la voie pour disparaître, de chaque côté, dans la forêt. Il le longea, l'examina sans oser le toucher de peur d'y laisser sa vie et en tendant l'oreille, il perçut un léger grésillement équivalent au bruissement d'une ligne à haute tension. Il tenta d'apercevoir quelque chose à travers le filigrane d'air ionisé, mais il ne vit rien d'autre qu'un halo blanchâtre.

Rester ici ne rimait à rien, aussi, il prit le chemin du retour. En arrivant à proximité de l'aéroport, des gyrophares bleus et rouges percèrent la brume qui se coulait en s'enroulant au-dessus du sol froid. James Dokes se rangea sur le bas-côté et attendit, les mains en évidence sur le volant.

Lorsque Green vint toquer à sa vitre, il l'abaissa et salua son vieil ami :

— C'est un peu tôt pour une balade, non ? déclara ce dernier.

— Insomnie, chef. Vous savez ce que c'est.

Green le gratifia d'un sourire, laissant s'échapper une bouffée.

— Il faut qu'on discute, Dokes.

— Ça m'en a tout l'air, chef. Qu'est-ce qu'ils fabriquent à Spring Creek ?

Le shérif dégaina un thermos qu'il avait gardé hors de sa vue.

— Je t'offre le café.

Les deux hommes se rejoignirent à l'avant du pick-up. Récemment, une cargaison était arrivée aux *Trois Ours*, de l'arabica. D'après Bill, il s'agissait d'une erreur puisqu'il n'en avait pas commandé, cette denrée étant devenue trop chère. Et la saloperie synthétique que leur refourguaient des exportateurs du Yukon ne soutenait pas la comparaison, elle était, pour tout dire, pratiquement imbuvable. Le patron des *Trois Ours* avait décidé de ne pas retourner la livraison pour en faire profiter le plus grand nombre. Sûr qu'ils allaient tous le regretter.

Dokes leva la tasse en plastique.

— À Bill.

— À Bill, lui répondit GG.

Ils dégustèrent la première gorgée en silence, enveloppés dans une nasse de coton brumeux.

— J'aimerais savoir ce qui se trame à Spring Creek, réitéra alors Dokes.

— Pour être franc, je n'en ai aucune idée. Rachel ne m'a rien dit. Les types des conglos nous ont conseillé de rester à l'écart, qu'ils se chargeaient de la sécurité du transport de leur matériel. Ils ont bouclé Spring Creek sans rien demander à personne. C'est à peu près tout ce que je suis en mesure de te dire.

— Il se prépare un truc pas net. Je le sens. Rachel n'est pas au courant de ce qui se passe sous son nez ?

— De toi à moi, je ne suis pas certain qu'elle ait été mise dans la confidence, mais plutôt devant le fait accompli, avoua le shérif sur un ton quelque peu dépité. De toute façon, le terrain n'appartient pas à la ville, mais à l'État.

Le front de Dokes se plissa :

— Dalton… Ce salopard est dans le coup. Les gens vont exiger des réponses.

Green acquiesça.

— Je suis de ton avis, mais tu connais la patronne.

Le pêcheur dissimula sa surprise en détournant le regard. Pour autant qu'il le sût, c'était la première fois qu'une critique sortait de la bouche du shérif. D'ordinaire, Green restait neutre, observant son devoir de réserve. Certes, tout le monde avait compris que l'ancienne directrice de foyer pour jeunes paumés n'égalerait jamais le héros de Seward, mais Dalton l'avait nommée pour prendre sa succession. On ne pouvait guère faire mieux comme parrainage.

— Elle a tendance à pratiquer la rétention d'informations, poursuivit-il.

Il n'y avait pas que ça, comme le savait Dokes, dont les oreilles traînaient souvent en ville, dans les rares commerces en service ou encore aux *Trois Ours*. Les gens goûtaient très diversement le favoritisme municipal accordé à la communauté de Lowell Point.

— Chef, êtes-vous en train de me suggérer quelque chose ? s'enquit alors le patron pêcheur.

GG parut embarrassé. Puis, il le regarda avec franchise.

— Beaucoup de ces braves types t'aiment bien, Dokes. Certains sont prêts à rouler pour toi, moi y compris, même si nous n'avons pas toujours été en d'excellents termes.

Il s'en souvenait. Dalton lui avait ordonné de le suivre. Finalement, Green avait perdu son maître, occupé à jouer dans la division supérieure. Devant lui se tenait un chien sans collier. En quelque sorte.

— Nous sommes nombreux à penser que tu es l'homme de la situation, quelqu'un qui pourra gérer le foutoir qui se profile à l'horizon et préserver les intérêts de la ville. *Nos* intérêts.

Dokes feignit la surprise. Il y songeait depuis un moment et l'initiative-surprise du shérif le confortait dans son opinion.

— Les élections…

Green rangea le thermos.

— Pour les gagner, il faut déjà entrer au conseil municipal. Une place va se libérer. Demain.

— Demain ? Si tôt ?

— Je ne maîtrise pas le calendrier, Dokes. Parfois, nous sommes forcés d'agir vite, je crois que tu comprends ça. La maire a mis le remplacement d'Orca à l'ordre du jour. Elle doit prendre sa retraite.

— Ouais, mais… c'est que… c'est rapide.

Green posa le récipient sur le capot.

— Peut-être qu'elle veut nous prendre de court. Cela dit, il n'y aura pas d'autres opportunités avant un moment. Je dois savoir maintenant si tu en es. Le conseil se réunit demain, à huit heures. Il va falloir que tu prennes le train en marche.

Dokes hésita un court instant avant d'acquiescer.

— Très bien, chef. Je monte à bord.

— Parfait.

Le shérif regagna son véhicule de patrouille, le laissant seul au milieu de la brume, dans un air figé, froid. Calme. De ceux qui précèdent les tempêtes ou les combats.

Comme d'habitude, son amante l'attendait au vieux motel et, la porte de la chambre à peine franchie, il la plaqua contre le mur pour l'embrasser dans le cou, ses doigts s'insinuèrent sous sa jupe, remontèrent vers le haut de ses cuisses.

— Du calme matelot, lui susurra-t-elle sur un ton espiègle. Tu n'es pas resté aussi longtemps en mer, si ?

Il se mit à rire, la renversa sur le lit puis planta son regard dans le sien.

— Ouah ! On dirait qu'il se passe un truc…

Dokes ne lui répondit pas. Il lui retira son chemisier, glissa une main dans son dos pour défaire l'agrafe de son soutien-gorge. Elle se cambra légèrement pour lui simplifier la tâche et très vite, il se lova contre elle, s'enivra d'elle, de sa peau, de son parfum, de son regard devenu la proie de flammes de désir.

Ce ne fut qu'après ce premier round qu'elle lui reposa la question, tout en consumant une cigarette.

— Tu peux m'expliquer ? Non pas que je n'aie pas apprécié la balade, bien au contraire, mais tu m'as prise par surprise.

Dokes expulsa une bouffée de fumée qui dessina un rond presque parfait.

— T'as couvert la campagne de Dalton, pas vrai ?

— C'est donc ça qui te met dans un tel état ? Le président devrait revenir à Seward plus souvent alors.

Il esquissa un sourire.

— Très drôle. Est-ce que… qu'il y aurait des choses intéressantes à savoir ? Comment Dalton gère son équipe ?

Intégrée dans l'équipe de communication, Sara Pherson avait suivi l'ascension du maire pour les habitants de Seward. L'idylle médiatique n'avait cependant pas duré. Après une série de désaccords sur sa manière de couvrir la campagne, Dalton avait tranché. Sara était rentrée au bercail.

— Le conseiller Cleaver tire toutes les ficelles en coulisse. Il a pratiquement installé Dalton sur le fauteuil de gouverneur. Ce type vient d'une cité du même genre que Concordia, ancrée à près de cent cinquante bornes de Juneau, Solaris. Ils leur donnent vraiment des noms à chier si tu veux mon avis.

— Si loin ?

— La capitale est enfermée dans un bras de mer difficile d'accès.

— T'as autre chose ? Du genre croustillant ?

— Des ragots ? Hum… Tu m'intrigues, là !

Puis, elle se redressa sur ses coudes, en le fixant droit dans les yeux.

— Ça ne te ressemble pas, James. Pourquoi tu veux savoir avec qui Dalton s'envoie en l'air ?

— Pour me tenir au courant.

Elle plissa des yeux.

— Il s'est entiché de sa conseillère en communication, Aubrey Perry.

— Celle qui t'a remplacée ? (Le regard de la journaliste s'assombrit) En fait, il n'y a jamais eu de désaccord, pas vrai ?

Sara soupira :

— Plus jeune, plus jolie… Plus aguicheuse. Je ne te fais pas un dessin. Et Dalton se découvre une seconde jeunesse.

— Il lui a offert le poste pour l'avoir près de lui. Je suppose qu'il voulait profiter, en quelque sorte, son « nouveau lui ». En tout cas, il a sacrément fondu.

— Oui, sans rien perdre de sa verve. Hastings n'avait aucune chance contre un héros doublé d'un homme remis à neuf. Enfin, si on lui ouvre le ventre, on y retrouvera sans doute l'authentique salopard.

L'image lui plut, il sourit. Juneau lui paraissait loin, presque dans un autre pays. Pour l'heure, il ne voyait pas comment exploiter cette faiblesse. En revanche, un scandale à même de saper la position de Rachel arrangerait ses affaires.

— Est-ce que tu penses que ce Cleaver apportera un appui à Rachel ?

Elle plissa ses yeux.

— Qu'essaies-tu de me dire, James ?

Puis, la bouche de la journaliste s'ouvrit. Elle lâcha un juron.

— Nom de Dieu… Tu vas te présenter ?

Dokes ne le confirma pas. Il ne le démentit pas non plus, mais ses lèvres étirées se passaient de réponse.

— Si tu te lances dans la course à la mairie, je veux l'exclusivité.

Il lui glissa le revers de son index sur sa joue :

— Tu l'as déjà, il me semble.

— Ce n'est pas pareil.

— Tu as besoin d'une autre démonstration de mon dévouement à ton égard ?

Elle partit d'un grand éclat de rire et écrasa sa cigarette avant de s'asseoir à califourchon sur lui. Il la laissa faire.

— C'est mon tour de jouer avec toi.

Il haussa les sourcils en souriant.

— Mais il y a une chose que tu dois savoir. Cleaver est derrière ce qui se trame à Spring Creek. Dalton est sous son contrôle médical et politique, tu saisis ?

— Hm… souffla Dokes alors que le bassin de son amante ondulait sur son bas-ventre.

Il ferma les yeux et laissa la chaleur l'envahir à nouveau.

— Alors, tu penses que tu peux battre Rachel Daanak ? lui susurra-t-elle. Croiser le fer avec une femme autre que moi, je risque d'être très jalouse.

— Pour l'instant, je vais juste lui mettre un coup de pression. Histoire de tâter le terrain.

— Tâter le terrain… répéta-t-elle d'une voix gourmande.

— J'espère que tu viendras avec une caméra…

Elle prit appui sur son torse avec ses mains et en se penchant pour lui mordiller l'oreille.

— Compte sur moi.

Croiser le fer… Les mots réveillèrent des souvenirs, ceux d'une chevelure brune, d'un corps athlétique et d'un regard plus que pénétrant. Avait-il rêvé sur la route, à l'embouchure de la baie ? Kara Lau semblait avoir laissé une empreinte indélébile sur sa mémoire. Elle était du genre qu'on n'oubliait pas facilement.

EMILY

La « presque » dispute avec Pop, le soir des funérailles, refusait de sortir de son esprit, comme si sa conscience tentait d'attirer son attention sur quelque chose qu'elle se sentait bien en peine de définir. Et qu'y avait-il d'autre à dire ? Ou bien, réfléchit-elle en portant un lourd carton, il s'agissait d'une forme d'avertissement. Emily ajouta également la fatigue à la liste des causes possibles à sa réaction épidermique, au-dessus même de son état de femme enceinte. Elle s'était piteusement servie de cette dernière excuse pour se faire pardonner pendant le dîner.

Ces trois derniers jours, Pop évitait de se montrer trop inquisiteur. Il la laissait respirer et elle l'en remerciait pour cela. Plus encore que de ne pas avoir éventé le secret de sa grossesse, bien qu'il en brûlât d'envie.

Elle traversa une partie de la boutique, s'arrêta à mi-chemin où elle marqua la pause.

— Bordel Papa ! s'écria-t-elle par habitude. Pourquoi faut-il que tu charges les cartons à ce point ? Je ne suis pas une mule !

Bien sûr, elle ne reçut aucune réponse, aucun écho, pas même un rire. Sa voix se perdit dans un silence morne, mais elle apprécia de se retrouver seule et… d'éviter les gens. Beaucoup de leurs amis – ainsi que ceux de son père – estimaient que de la compagnie lui ferait du bien, que leur présence l'aiderait à surmonter l'épreuve. Cela partait d'un bon sentiment et elle ne leur en voulait pas. Red se levait avant les aurores en sachant pouvoir jouir de la sérénité du début de matinée, en tête à tête avec elle-même, non loin de l'ombre paternelle.

Elle lâcha un soupir en entendant le tintement de la porte d'entrée et son sobriquet.

— Red ? T'es où ? Je fais une courte halte avant de filer à l'aéroport. Y a des ornières de taille d'un minibus sur la piste, je dois aider les gars à les remplir de gravier.

— Par ici !

Pop va devenir papa, se dit-elle pour évacuer son agacement soudain, *il a d'excellentes raisons de se montrer protecteur*. C'était supposé être le devoir de chaque père quand bien même le monde partirait à la dérive.

— Comment tu te sens ma chérie ? s'enquit-il en arrivant face à elle dans l'étroite allée bordée d'étagères.

Puis, après l'avoir embrassée :

— Tu ne devrais pas porter ces trucs.

— Je suis une grande fille, Pop.

— Ouais, je sais. Ce serait quand même bien que tu te fasses aider. Un peu comme tu faisais avec ton père quand tu lui disais qu'il ne devait plus faire autant d'efforts.

Une moue de contrariété anima son visage.

— Pendant des années, il s'est débrouillé tout seul. Je suis une Redwild, je suis parfaitement capable de prendre la relève, déclara-t-elle en soulevant le carton qu'elle emporta jusqu'au comptoir. Et je te rappelle que j'ai été chef de chantier à San Diego. Je manipulais des morceaux de cité flottante de plusieurs centaines de tonnes.

— Certes, mais tu n'étais pas… Il indiqua son ventre. Enfin, tu sais. Et qui va s'occuper des pièges, des peaux à tanner ? Tu ne peux pas tout gérer, Red, même si tu es une sorte de superwoman.

Pourquoi fait-il ça ? se demanda-t-elle en fuyant son regard.

Il ne s'agissait pas de tout faire toute seule, mais de se libérer l'esprit. Certaines personnes avaient besoin de s'isoler, d'autres préféraient s'entourer, se promener ou encore s'enivrer afin d'atténuer la douleur, jusqu'à ce qu'elle devienne un murmure lointain, un cri étouffé. Pour l'heure, elle aspirait simplement à s'occuper de son affaire, travailler et s'activer.

Pop posa une main sur son avant-bras :

— Je sais qui tu es Red, ce dont tu es capable, ce que tu traverses. Tu peux compter sur moi, je suis là pour toi.

Elle se laissa couler contre son torse.

— Je le sais, mais c'est juste que… ce n'est pas le moment.

— Je comprends.

Dans le fond, elle en doutait parce qu'elle ne se comprenait pas vraiment elle-même.

Pop s'en retourna à la voiture qu'elle lui prêtait après qu'il l'eût déposée le matin devant la boutique. La routine avait du bon, en ce qu'elle permettait de garder pied. Sur le trajet qu'ils empruntaient, quatre navires ancrés face au port lui rappelaient que Seward se dirigeait tout droit vers un futur dont elle ne percevait que trop bien les tenants et aboutissants. Un avenir contre lequel elle ne pourrait rien.

Red soupira.

— Courage ma vieille, murmura-t-elle.

Quelques minutes plus tard, elle se retrouva à nouveau dans la réserve pour déplacer un autre carton, aussi lourd que le précédent. Quand elle revint, l'élégante secrétaire de la maire était accoudée au comptoir. La mise professionnelle et soignée dissimulait son désarroi.

— Je passais prendre un café avant d'embaucher, lui dit Mary.

Emily acquiesça. Le dos tourné, elle se pinça la lèvre. Comment avait-elle pu oublier ? La secrétaire était également une personne en deuil, la dernière femme de son père, celle qui avait partagé les ultimes instants de sa vie, une compagne qui l'avait rendu heureux et souriant en dépit des épreuves, de l'âpreté de l'existence en terre d'Alaska.

Elle prépara la tasse et ajouta une tranche de pain confit.

— Merci, Emily.

— De rien, je… Comment ça va ?

Mary se servit une cuillère de sucre, une denrée qui viendrait vite à manquer si elle en jugeait par l'état des stocks. La secrétaire de Rachel lui sourit, bien que le cœur n'y fût pas vraiment.

— On va survivre, hein ?

— Oui, on va… survivre, répondit Red sur un ton hésitant.

Durant sa vie, il y avait bien une chose qu'elle n'avait pas prévu de gérer : une belle-mère. De surcroît aussi endeuillée qu'elle. Elle se maudit de son propre égoïsme, pour sa dispute avec Pop qui démontrait, au final, qu'elle se regardait un peu trop le nombril. Elle afficha un sourire de façade à la secrétaire de Rachel.

Bill avait été un trait d'union entre elles. Elles se voyaient parce qu'elle était avec son père, qu'elle l'aimait, qu'elle partageait tout avec lui. À sa mort, le pont s'était effondré, les laissant chacune sur une rive depuis laquelle elles s'observaient sans savoir comment se rejoindre.

— Mary, je sais à quel point il comptait pour toi. Je… me sens mal de t'avoir quelque peu abandonnée. Ta perte n'est pas moins lourde que la mienne.

— Ce n'est rien. C'était ton père, je le comprends.

— Oui, mais en d'autres circonstances, il aurait pu être ton mari.

Elle soupira.

— Nous… y avons songé. Après le départ de Concordia.

Red tressaillit. Il avait donc remplacé sa mère, dans son cœur en tout cas.

— Et puis, continua Mary, les choses en entraînant une autre, on en a plus trop reparlé. Il avait les *Trois Ours*, toi et Pop à la maison, trop de choses à penser et à gérer en même temps. Moins de temps pour nous.

— Je suis désolée.

— Il ne faut pas, c'est la vie. C'est comme ça. J'avais aussi pas mal de travail à la mairie pour aider Rachel. Elle s'est beaucoup reposée sur moi pour assurer l'intérim et ça ne va pas s'arranger avec les élections.

À sa manière, Mary était une bâtisseuse. Un ouvrage s'écroule ? On en reconstruit un à côté, plus solide, plus durable que le précédent. Du moins, c'était l'idée, pensa-t-elle en glissant une main sur celle de la secrétaire qui sursauta face à ce geste d'affection. Elle resta digne, résistant sans doute à la montée de larmes qui finiraient de toute façon par rouler sur ses joues diaphanes.

— Il y a une chose que je dois te révéler, dit alors Emily, mais j'aimerais que ça reste uniquement entre nous. Dans un premier temps.

— Bien sûr.

La future mère prit une inspiration avant de se lancer. Les mots lui vinrent sans effort. Au fur et à mesure qu'elle parlait, elle vit se transformer le regard de sa belle-mère. L'étincelle éclaira à nouveau la prunelle de ses yeux clairs, ses lèvres s'étirèrent.

— Un bébé… Vous attendez un bébé, toi et Pop ? C'est extraordinaire ! s'exclama-t-elle en se jetant littéralement au pied du tabouret du bar pour aller serrer Emily.

La nouvelle va sans doute changer sa matinée et ses jours suivants, sourit Red en se demandant toutefois si elle avait bien fait.

Mary repartie, Red s'attela à rattraper le retard de travail consécutif aux deux coupures imprévues. Les premiers clients débarquèrent dix minutes plus tard. Fort heureusement, cette demi-journée fut calme, jusqu'au coup de feu de midi où, traditionnellement, les *Trois Ours* se transformait en un réfectoire sonore rempli de pêcheurs, de commerçants, des employés du port et des services municipaux. Ils échangeaient, riaient et parfois, parlaient avec animation après quelques verres.

Bill aimait cette ambiance qu'il qualifiait de « vivante ».

Elle trouva quelques minutes pour déjeuner avec Pop sur un coin du comptoir. Quand fut abordée la visite de Mary, la réaction de Pop ne se fit pas attendre :

— Tu le lui as dit ? s'étrangla-t-il presque, à voix basse.

— Pop, c'est la copine de papa, s'il y a bien quelqu'un qui peut savoir, c'est elle, non ?

Il se renfrogna, à nouveau frustré de ne pas obtenir le rôle tant convoité de porteur de la bonne nouvelle.

— Et dire que tu m'as seriné pendant des jours pour que je me taise ! Je devrais grimper sur cette chaise et le crier à tout le monde. Je ne comprends pas pourquoi tu refuses d'en parler.

À la base, elle avait voulu réserver la primeur à son père. Et bien sûr, il l'aurait annoncé à tous les clients des *Trois Ours* et aussitôt, les tournées générales se seraient succédé dans une ambiance déchaînée.

C'était ce qu'elle avait imaginé.

Ce dont elle avait rêvé.

Le repas sur le pouce s'acheva sans que le secret soit éventé et elle poussa un soupir quand son compagnon franchit la porte vers le parking avec ses collègues. Le début de l'après-midi défila comme d'habitude : elle n'eut pas le loisir de réfléchir, entre les commandes, la vérification des stocks, les cartons à déplacer, les fournisseurs à lister, à identifier…

Quand vint le soir, elle s'écroula sur la banquette et s'endormit avant même que Pop finisse de préparer le repas.

Chaque jour apportait son lot de surprises et ce matin, Emily sortit sur le parking des *Trois Ours*, interpellée par des vociférations et des éclats de voix. Son regard croisa l'inscription sur une pancarte brandie par un homme en ciré de pêcheur : *Spring Creek*.

Depuis le commencement du ballet des navires, les deux mots fleurissaient sur toutes les bouches de Seward, des plus jeunes et plus vieux. Les ragots allaient bon train et, une fois la stupéfaction passée, l'inquiétude gagnait la population. Personne ne savait ce qui se tramait derrière les barrières bleutées de l'autre côté de la baie.

Quelqu'un a décidé de passer aux choses sérieuses, songea Emily. Devenu un point de ralliement, un carrefour de la vie sociale, l'établissement de son père occupait une position stratégique sur l'échiquier des revendications. Les habitants y échangeaient leurs points de vue autour d'un café, d'un thé ou d'une boisson plus forte et, occasionnellement, ils y manifestaient leur mécontentement. Pas directement dans l'enceinte des *Trois Ours*.

Fort heureusement. Emily préférait se tenir à l'écart toute forme d'agitation.

Elle estima à plus d'une cinquantaine d'individus le groupe rassemblé de l'autre côté de la route principale, juste à l'extrémité sud du port. La plupart brandissaient des pancartes aux titres éloquents. *Rejetez-les à la mer ! Sauvez Spring Creek ! Les envahisseurs, ce sont eux !*

Une caricature de Rachel circulait avec en ombre le contour du visage de Dalton grimé en marionnette des conglos symbolisés par la silhouette fuyante de Concordia. Accompagnée de son caméraman, Sara Pherson interviewait des manifestants. Cela sentait le coup monté. Green avait positionné une voiture de patrouille à proximité, gyrophares allumés, en guise de rappel. L'ambiance restait toutefois bon enfant. Pas de quoi déclencher une intervention.

Red frissonna, son estomac se contracta. Elle n'avait jamais réussi à se défaire de son malaise lors des rassemblements, même les petits. Dans ses pires cauchemars, elle se voyait piétinée par une foule légitimement en colère. Ces heures terribles passées dans un container à San Diego la hanteraient sûrement jusqu'à la fin de ses jours.

La plupart des manifestants, surtout les plus braillards, entouraient leur chef souriant, mais silencieux ; l'une des rares personnes à s'être opposée avec véhémence aux Concordiens. Il s'était jeté à leur poursuite à travers la baie, essuyant jusqu'au tir de torpilles sibériennes lancées contre le *Molly Pen*. En un sens, ses actes relevaient de la même bravoure que Dalton sauf que seul ce dernier en avait recueilli les fruits. L'Histoire ne retenait que le nom d'un héros.

Emily rentra au *Trois Ours* pour en ressortir cinq minutes plus tard avec un grand thermos de café chaud et une tour de gobelets de plastique empilés. Elle marcha droit vers les manifestants dans un effort qu'elle estima pouvoir surmonter. Elle devait comprendre ce que mijotait Dokes.

La fille de William Redwild, que tous connaissaient, fut accueillie par des vivats ce qui provoqua une nette augmentation du volume sonore.

— Red est avec nous ! s'écrièrent plusieurs marins du *Molly Pen*.

Elle leur sourit sans oser doucher leur enthousiasme.

— Ce café est une merveille, déclara Mike Finegan.

Les gens se pressèrent autour d'elle alors qu'elle versait le breuvage fumant dans les tasses tout en partageant quelques bons mots avec eux histoire de masquer son inquiétude et son angoisse qu'elle refoulait aux tréfonds de son corps. En se concentrant pour ne pas renverser de café brûlant, elle parvint à maîtriser en partie la sensation d'étouffement. Plusieurs hommes en profitèrent pour lui asséner une tape amicale sur l'épaule et l'encourager ou la remercier. Elle sursautait presque à chaque fois.

Puis, Emily se retrouva face à Dokes dont les traits creusés s'étirèrent.

— Tu as toujours été très populaire, Red.

En réponse, elle leva le récipient, déjà considérablement allégé.

— Avec ça, succès facile et garanti ! Et c'est moi qui régale.

D'un signe de tête, il accepta volontiers ce « café » de l'amitié avant de lui signifier qu'il désirait s'entretenir avec elle.

— Vous pouvez confier votre trésor à mon quartier-maître, je me porte garant de sa moralité et de sa bonne foi, déclara-t-il en plaisantant.

Emily abandonna son thermos dans des mains deux fois plus larges que les siennes.

— Marchons un peu, proposa Dokes.

Le patron pêcheur releva le col de sa parka de marin, presque un uniforme, pour se protéger la brise fraîche qui descendait des glaciers dont la fonte se poursuivait inexorablement sous l'effet du réchauffement global. Il porta le gobelet à ses lèvres.

— Excellent. Ça change du jus de chaussettes de ton père.

— La qualité de la matière première, monsieur Dokes, fait toute la différence, mais je crois que je ne vous apprends rien à ce sujet.

— Bill était… un type bien. Comme on en fait plus. Il a toujours eu à cœur les intérêts de la ville et il aimait la baie. C'est certain. Il n'avait cependant pas le pied marin, même pas fichu de tenir droit sur le pont par mer calme. Il n'aurait pas fait un bon matelot, ça se voyait au premier coup d'œil.

Son cœur se serra à l'évocation de ces souvenirs. Dataient-ils d'avant sa propre naissance ? Elle préféra garder ce mystère intact et ce n'était pas souvent qu'on entendait Dokes formuler des compliments sur quelqu'un.

Le pêcheur s'arrêta de marcher, jugeant qu'ils étaient suffisamment éloignés de la foule pour couvrir ses paroles.

— Tu es comme ton père. Tu aimes la baie et ce qu'elle représente pour nous tous ici. Je le sais. Sinon, tu ne serais pas revenue après toutes ces années et tu serais partie… Avec eux.

D'un geste leste, il indiqua la direction de Spring Creek. Les barrières électroniques dressées sur le rivage empêchaient de voir ce qui s'y tramait, mais le mystère n'en était pas vraiment un pour elle. Les hommes et les machines des conglos posaient les premières pierres d'une colossale entreprise.

— Qu'est-ce qui se passe là-bas ? Pourquoi la maire n'a toujours rien dit ?

— Elle a émis un communiqué indiquant de ne pas s'inquiéter. Rachel a aussi pris un arrêté pour fermer Nash Road, rappela-t-elle.

D'autres propos accompagnaient le texte comme : *Les conglos œuvrent pour notre sécurité*. Elle jugea opportun de ne pas citer ce passage.

— Des foutaises, tu le sais aussi bien que moi.

Puis, le regard de Dokes changea. Ses yeux se plissèrent.

— Nous ne sommes plus que quatre, à Seward, à être revenus de Concordia, continua-t-il d'une voix grave. Quatre témoins de ce qui s'est passé ce jour-là, à l'intérieur de leur palace flottant. Toi, Pop, madame la maire et moi.

Oleg avait intégré le protocole et nul ne savait ce qu'était devenu l'adjoint Chad. Emily éprouva un étrange malaise à examiner les événements sous cet angle.

— Tu es restée dans la chambre, avec Pop. Je ne cesse de penser à ces instants, confessa Dokes. Qu'ont-ils bien pu vous raconter pour que vous décidiez de débarquer ? Ils donnaient plutôt l'impression de vouloir vous garder, surtout cette Clarisse avec ses airs de danseuse.

Pourquoi avons-nous cette conversation maintenant ?

Sa bouche s'assécha et Emily dut faire un effort pour trouver ses mots.

— Ce qui s'est passé, ce qui s'est dit, ne regarde que moi et Pop. C'était… personnel. Je suis désolée, je ne peux vous en révéler davantage.

Il était hors de question que le fantôme de sa mère, cette figure lointaine et inconnue, s'intercale au milieu de cette discussion.

Le pêcheur n'insista pas comme s'il s'était attendu à ce genre de réponse. Emily poussa un *ouf* mental de soulagement, sans toutefois parvenir à se défaire de son appréhension.

— Je le comprends, lâcha-t-il après une nouvelle gorgée de café, donnant l'impression qu'il savait de quoi il en retournait.

Comment le pouvait-il ? se rassura-t-elle. Dokes avait des oreilles partout, mais elles ne traînaient pas jusque dans sa chambre à coucher, lieu où elle et Pop avaient souvent débattu de leur choix. Enfin, il y avait aussi eu cette balade en forêt.

— Je vais prendre la mairie, lui annonça-t-il tout de go.

Elle en resta bouche bée.

— Vous allez vous présenter contre Rachel ?

— Depuis huit heures, je suis membre de plein droit du conseil municipal. C'est la première étape.

Emily faillit en renverser son gobelet.

— Comment ça ?

— Par un vote, le conseil a entériné le remplacement d'Orca. Mon nom a remporté une courte majorité de suffrages. Rachel a fait une de ces têtes… Ce sera bientôt annoncé, par un autre communiqué, je suppose, prédit-il non sans une pointe de sarcasme.

La représentante Orca, de la communauté de Lowell Point, était frappée par la limite d'âge. En plus de se voir opposer un adversaire sérieux, Rachel avait perdu un soutien fidèle.

— Alors, si je comprends bien, vous fêtez votre nomination avec vos amis et vos collègues au milieu de la route.

— C'est une façon intéressante de considérer les choses, sourit Dokes.

Emily crut bon de mettre les points sur les « i ».

— Je ne veux rien avoir à faire avec vos plans. Rachel est mon amie, je ne lui planterai pas un couteau dans le dos.

— Je ne te le demande pas, mais tu sais ce qui arrivera si on les laisse faire, tu l'as vu de tes propres yeux quand tu es allée en Californie. Je suis franc avec toi, je ferai tout ce qui est en mon pouvoir pour empêcher que cela se produise ici.

— Qu'est-ce que vous voulez ?

— La vérité sur ce qu'ils nous préparent.

Emily inspira, indécise.

— L'océan est brutal, reprit-il, il engloutit des bateaux, il engloutit des vies, de jeunes marins passent par-dessus bord. Faute à pas de chance ou à la négligence, c'est ainsi et j'ai accepté de vivre avec ces règles, à les intégrer dans mon quotidien. La mer donne, la mer reprend. C'est comme ça.

À nouveau, il montra Spring Creek.

— Mais ça, je ne peux pas m'y résoudre. Je dois savoir à quoi on doit m'attendre et tu détiens les réponses.

— Ça va être moche, lâcha alors Emily. Ils vont vider une partie de la baie pour la transformer en cale sèche naturelle. Leur choix n'est pas le fruit du hasard. Ils calculent tout, dans les moindres détails, chaque paramètre, chaque donnée sont passés au crible. C'est comme mélanger plein de trucs dans un chapeau et en retirer un lapin. Ce lapin blanc, c'est Seward. L'écosystème en pâtira et plus rien ne sera comme avant. Plus rien. Et personne ne pourra rien y faire.

Pour la première fois depuis qu'elle le connaissait, elle le vit blêmir. Il conserva le silence durant quelques secondes puis il la fixa.

— Je te remercie de ta franchise.

— Vous ne pourrez rien y faire non plus, Dokes. Ils sont extrêmement puissants, croyez-moi.

Elle se retint de lui parler de Nancy Kreiss. Ce n'était probablement pas une bonne idée.

— Je vais conquérir la mairie et écarter Rachel Daanak. Je sais bien qu'elle est ton amie, qu'elle et toi, vous avez partagé des choses, mais je te demande de comprendre que les intérêts de plus de cinq cents familles sont plus importants.

Trahir Rachel ne faisait en aucun cas partie de ses plans. Pas plus que de soutenir l'une ou l'autre des factions politiques qui se préparaient pour une lutte à couteaux tirés.

— Puisque nous nous parlons franchement, Dokes. Je puis vous assurer que je n'ai nullement l'intention de me joindre à ce combat. Je ne veux rien avoir à faire avec ça.

— Vraiment ? Je suis certain que Rachel passera te voir avec une proposition d'embauche ; et que ces types en face, savent également qui tu es. Que tu le veuilles ou non, tu es un enjeu.

Elle sourit.

— Ma place est aux *Trois Ours*, et j'y suis très bien.

Puis, elle se pencha en avant, en pensant au sermon qu'elle avait passé à Pop. *Fais ce que je dis, mais pas ce que je fais.*

— J'attends un heureux événement, Dokes. La course à la mairie est loin de mes priorités. Très loin.

Son regard se mit à briller. Elle recula.

— C'est pour l'instant un secret que je vous demanderai de garder pour vous jusqu'à ce que ce soit officiel.

Elle ajouta un clin d'œil pour accompagner sa confidence.

Emily retrouva le comptoir des *Trois Ours*, l'esprit en proie à de multiples interrogations. Des préoccupations qu'elle venait pourtant de jurer de n'y accorder que peu d'attention. Elle dressa une carte mentale des forces en présence. Si Dokes se lançait à l'assaut de la mairie, une lutte sans merci se profilait de la part d'un homme endurci par des années de mer et qui n'avait pas hésité à s'opposer aux Concordiens. Rachel disposait du soutien du président Dalton ainsi que, sans doute, de l'appui des conglos qui jouaient leur propre partition. Sur le papier, l'affaire paraissait pliée d'avance. En pratique, un homme comme Dokes, qui avait le soutien d'une partie de population, réservait toujours des surprises. Sa nomination au conseil municipal en était la parfaite illustration.

DALTON

Ce que lui avait dit Cleaver, avant d'entrer en campagne contre Hastings, était vrai : Seward ne se situait jamais qu'à moins d'une heure de vol à peine de la capitale. Il devait réapprendre à raisonner comme dans l'ancien temps, lorsqu'il existait des liaisons aériennes régulières reliant toutes les villes du globe ou presque.

Cleaver avait accédé à sa demande de visiter le chantier de Spring Creek. Dalton devait s'y rendre, voir par lui-même. Le chopper mis à sa disposition avalerait les neuf cents kilomètres en moins de quarante-cinq minutes, le temps de préparer les prochains dossiers ou d'évoquer l'agenda et il serait sur place. Profitant du ciel limpide, Dalton jeta un œil à travers le hublot. Cela lui faisait toujours un drôle d'effet de voir son monde de si haut.

— Les glaciers ont perdu du terrain, remarqua Miles.

Assis en face de lui dans son confortable siège anti-crash, Cleaver esquissa un vague geste d'intérêt.

Victime d'une disette budgétaire quasi permanente, l'État n'avait plus accès à l'imagerie satellite. Les conglos facturaient des sommes colossales pour ce genre de prestation. Les clichés ne valaient rien sans une solide expertise derrière pour en exploiter le potentiel, pour déterminer où et comment agir. À quoi bon savoir, avait-il plusieurs fois entendu, puisqu'au final on ne peut rien y faire ?

— La situation est moins dégradée ici qu'ailleurs, exposa le Solarien. Le temps de la débâcle générale arrivera cependant. Le Pôle Nord, par exemple, est vierge de glaces plus de neuf mois dans l'année et, sans le poids de l'ancienne calotte, le Groenland a amorcé son relèvement. Les conséquences sur la circulation thermohaline dans l'Atlantique Nord sont inévitables. À long terme, les prévisions convergent vers une seule et même conclusion : dans quelques décennies, nous entrerons dans une nouvelle ère glaciaire. Selon nos experts, c'est une glaciation de type Varanger qui se profile à l'horizon.

— Varanger ?

— La théorie de la Terre boule de neige. De la glace, jusqu'à l'équateur. Bien sûr, ce n'est pas pour demain, ni même après-demain, mais les événements sont en route en dépit des apparences trompeuses dues au réchauffement global actuel. Le refroidissement sera encore plus brutal. Et sans doute fatal à notre espèce.

Miles hocha légèrement la tête en examinant les versants gorgés de chlorophylle du bord de mer et l'arrière-plan montagneux, certes toujours crémeux, mais les sommets étincelaient beaucoup moins que sur les vieilles photographies.

Inévitables, brutal, fatal...

Le conseiller exprimait souvent des avis bien arrêtés et très pessimistes sur les questions écologiques. À l'entendre, toute la planète était fichue et il n'existait aucune autre issue qu'un déclin inexorable.

— Le printemps est la saison du renouveau, remarqua simplement Dalton désireux d'en revenir aux joies de l'instant présent.

Le Solarien esquissa un sourire.

— Et de la vitalité retrouvée. Vous avez raison, gardons un état d'esprit… frivole.

Faisait-il une allusion à Aubrey Perry ? Il avait envoyé sa dynamique conseillère à Whitehorse par la route, pour s'entretenir avec le président du Yukon et le rassurer quant à la préservation de leurs intérêts respectifs, lesquels, comme le lui avait rappelé Cleaver, différaient quelque peu de ceux des Grandes Familles aux préoccupations plus « sudistes ».

Cleaver détourna le regard du panorama extérieur, revenant sur des sujets plus sérieux.

— La Ligue va renforcer les patrouilles au sud de Vancouver. Le gouverneur général se montre très coopératif, ce qui est une excellente chose.

Les conglos avaient les moyens d'obtenir sa collaboration.

— Et le mur ? s'enquit Dalton.

— Les travaux avancent rapidement. Vu que nous les finançons, j'aime autant ne pas perdre de temps. D'ici quelques mois, les soixante kilomètres entre la côte et North Cascade formeront une barrière infranchissable. Plus personne ne circulera du nord au sud et vice versa, ce qui arrangera aussi les affaires du Yukon sous hémorragie démographique depuis des décennies.

— Tout cela dans le but de protéger Seward ?

— La stratégie de l'oignon, monsieur le président. Plus on multiplie les couches entre un objet et ceux qui le convoitent, plus on se donne de marge de manœuvre, plus on leur complique la tâche et plus le coût pour s'en emparer s'élève. C'est mathématique.

L'obstination de Cleaver pour la barrière sud-est, au détriment de la menace sibérienne qu'il jugeait plus immédiate, le renforçait dans son opinion : les conglos tramaient quelque chose.

Quelque chose d'énorme.

L'aéronef imprima un trait de condensation sur l'azur, glissa entre les rares pics enneigés pour se poser, telle une feuille, sur la plateforme construite à cet effet, à quelques dizaines de mètres de l'ancienne prison fédérale de Spring Creek. Dès que la porte s'ouvrit, déployant un escalier de métal devant ses pieds, Dalton resta sur le palier, bouche bée, choqué par la vue, la main tremblante sur la garde froide.

Des machines autonomes terrassaient un réseau de tranchées à travers la forêt dévastée jusqu'à la rive. Un drone passa devant lui transportant sous élingues une tôle d'acier de plusieurs tonnes pour venir se positionner juste au-dessus d'une profonde fosse. Petit à petit, le colossal étai servant sans doute à consolider les bords s'enfonça dans la glaise comme dans du beurre et des robots soudeurs entrèrent aussitôt en action projetant une pluie d'étincelles dans les airs. Des anciennes installations portuaires, il ne restait que la jetée. Les vieilles coques, le hangar et les baraquements avaient été rasés pour faire place nette aux énormes rouleaux de câbles, aux sections de conduites, aux piliers et treillis de béton attendant d'être enterrés ou ancrés Dieu seul savait où. Les routes n'existaient plus, pas plus que la couche de verdure littéralement arrachée à la terre. Des troncs d'arbres reposaient, empilés, à l'écart dans une sorte de cimetière de cellulose à ciel ouvert.

Dalton lâcha un soupir.

On ne fait certes pas d'omelette sans casser des œufs, se dit-il en découvrant ce spectacle. Étrangement, le bruit ne lui perçait pas les tympans.

— Moteurs électriques et à hydrogène, lui expliqua Cleaver.

— Au moins, vous assassinez la Nature en silence.

Les deux hommes descendirent de la plateforme, rejoints par une demi-douzaine de personnes chargées de les accompagner durant la visite du chantier. Un seul d'entre eux prenait la parole lorsque Cleaver posait des questions. Ce devait être le chef, en déduisit Dalton dont les pieds, maculés de boue, s'enfonçaient moins dans le sol meuble que par un temps pas si lointain. Quant à la fatigue, il ne la ressentait pratiquement plus. Le plus extraordinaire, cependant, restait la quasi-disparition de la sudation, excepté lors des efforts physiques intenses. Miles Dalton pouvait enfin marcher, y compris sur ce terrain, sans dégouliner comme un cochon. Et ça, sourit-il, ça valait bien quelques sacrifices.

Le groupe emprunta le sentier limoneux qui serpentait entre débris, fondations, puits et crevasses vers la prison. Du moins, ce qu'il en demeurait. La tour centrale avait été abattue et plusieurs blocs éventrés vomissaient leurs entrailles de tiges de fer, de tuyaux, de poutres ou de câbles électriques. Une excavatrice sans conducteur s'acharna sur une travée de béton armé qui ne résista pas à l'assaut de ses lames serties de diamants industriels. Une impressionnante gerbe d'étincelles jaillit, illumina les environs en concurrençant des dizaines d'éclats générés par les robots-soudeurs aux alentours.

Puis, le chef de chantier, dont il avait fugitivement capté le nom – Cornélius –, se tourna vers lui.

— Monsieur, nous souhaiterions vous montrer quelque chose.

L'absence de son titre n'était pas un oubli. Ces hommes ne lui devaient rien, ne lui obéissaient pas et ne le reconnaissaient pas en tant que supérieur hiérarchique. Ils s'en remettaient à d'autres maîtres, bien plus puissants qu'il ne le serait jamais. Ici, il n'était pas le sauveur de Seward.

— Bien sûr, allons-y, acquiesça-t-il sur un ton sec.

La foule attentionnée de Juneau lui parut aux antipodes de cet accueil mesuré, presque froid. Cleaver se glissa à côté de lui.

— Il est de coutume, chez nous, de faire preuve de réserve face à l'autorité, précisa-t-il.

— Moi qui avais pris goût à la popularité…

— Ils savent qui vous êtes.

Ça, je ne crois pas, non.

Dalton suivit Cornélius en se demandant pourquoi ces gens portaient tous des noms à la consonance étrange, un mélange de passé et d'une modernité usée. Cela sonnait décadent. Ils pénétrèrent dans l'un des deux complexes – sur cinq – encore intacts. La configuration des lieux avait certes été chamboulée, mais il se rappela sa dernière visite, avant l'assaut sur la planque d'Oleg Verevkine. D'ailleurs, si ces souvenirs étaient corrects, le Russe avait miné toute la zone.

Il réprima un frisson d'angoisse.

— Le terrain a été nettoyé, expliqua Cornélius. Ces engins militaires sont de vraies antiquités capricieuses, l'une d'elles a failli nous expédier dans l'autre monde. Du reste, ce n'est pas la seule surprise sur laquelle nous soyons tombés.

Le couloir humide et sombre menait à une grande salle qui avait dû être un réfectoire du temps de l'administration pénitentiaire.

— Nous avons retrouvé beaucoup d'armes, de quoi déclencher une petite guérilla personnelle.

Oleg n'en avait jamais eu après Seward, s'abstint de rappeler ouvertement Dalton en découvrant l'arsenal du Russe. Fusils d'assaut, grenades, munitions, lance-roquettes… Comment avait-il pu planquer tout ça ici sans éveiller les soupçons ? Avait-il bénéficié de la complicité active du jeune O'Phellan, ou bien ce dernier ignorait ce qu'il faisait en réalité ? Dalton se rendit compte que bien des mystères demeuraient, un an après les faits l'ayant conduit face au canon d'un pistolet tenu par un officier sibérien. À chaque fois qu'il y repensait, la sueur perlait sur son front.

Cleaver échangea quelques propos avec le chef de chantier avant de revenir vers lui.

— Ça fait réfléchir, n'est-ce pas ?

Dalton le regarda en se demandant s'il ne se foutait pas de lui. Ces peccadilles ne rivaliseraient jamais avec les moyens des forces de sécurité des éco-cités.

Un objet attira son attention au milieu du matériel. Il saisit ce qui ressemblait à une sorte de pièce de métal en forme de médaillon avec trois lettres gravées dessus, en capitales d'imprimerie : *RED*. Il le glissa dans sa poche sous le regard perplexe de son conseiller qui ne proféra pas la moindre remarque.

— Très bien, déclara Dalton. C'est quoi la suite de la visite ? Je suis d'ailleurs étonné de croiser si peu de monde sur le site.

Ils quittèrent l'aile psychiatrique du centre correctionnel pour gagner une allée récemment bétonnée qui les emmena jusqu'à un assemblage de conteneurs bardés d'antennes, de câbles et de faisceaux de fibre optique reliés à un générateur de la taille d'un ancien bus scolaire.

— La plupart de nos opérateurs travaillent ici, annonça Cleaver.

Deux portes coulissèrent, donnant accès à un sas. De l'autre côté, un plateau de plus de deux cents mètres carrés bruissait des pas feutrés d'ingénieurs et de techniciens affairés devant des murs vidéo. Installés dans des sièges inclinés, les télépilotes orchestraient le ballet de la noria de drones et robots au milieu de leurs sphères holographiques. Une rangée de consoles courrait le long d'une cloison, affichant des listings, des plans, des diagrammes, des prévisions météo…

Son conseiller le guida vers un écran flottant. Il échangea un regard avec une femme aussi jeune que lui et plus jolie qu'Aubrey. L'image changea, révélant une foule rassemblée aux abords des *Trois Ours*.

— Des drones survolent Seward, lui apprit Cleaver.

Une attitude logique, pensa-t-il. À défaut d'être normale. Ou morale.

— Pour notre sécurité, j'imagine ?

D'un geste de la main, le Solarien écarta le flux vidéo pour faire apparaître des dizaines, des centaines de portraits.

— Nous gardons un œil sur la ville, nous pistons les gens importants, nous les observons. Ce programme de surveillance nous semble nécessaire.

Cela lui fit carrément froid dans le dos. Encore plus que les armes d'Oleg.

Il reconnut le visage de Rachel. Sa vignette était accompagnée d'informations aux caractères illisibles. Cleaver revint au flux vidéo dont il accéléra le défilement jusqu'aux images d'une petite foule rassemblée devant les *Trois Ours*.

— Ce matin, Dokes a réuni ses hommes et des soutiens. Ils manifestaient contre notre présence à Spring Creek.

— Et c'est un crime ?

— Non, bien sûr que non. Dans notre jargon, nous appelons cela un indicateur. Vous devez également savoir que le conseil municipal a voté la nomination de James Dokes à la place de la représentante de Lowell, madame Orca.

Dalton se souvint d'elle. Il était déjà question de son remplacement au cours de son dernier mandat. Il était content pour elle. Elle accédait à une retraite bien méritée.

Sur l'afficheur, Dokes et Red s'écartèrent du groupe, probablement pour discuter. Pactisait-elle avec lui ? Qu'est-ce que ces deux-là tramaient ?

Son ancien adversaire avançait donc ses pions. Et il ne perdait pas de temps.

— L'image est belle, mais vous avez du son ?

— Le drone était trop haut et il y avait du vent.

— Autant pour les miracles de la technologie, le tança Miles.

Cleaver ne se démonta pas pour autant.

— Nos algorithmes de lecture labiale ont pu reconstituer une partie de la conversation. James Dokes va se lancer dans la course à la mairie. Il l'a annoncé à mademoiselle Redwild qui semble avoir pris fait et cause en sa faveur. C'est ce qu'indiquent nos analyses préliminaires basées sur leurs comportements et leurs gestuelles. Elle ne lui témoigne en tout cas aucune animosité.

Dalton gardait les yeux rivés sur Red, tout en retournant la pièce de métal gravée entre ses doigts.

— Apprenez-moi quelque chose que je ne sais pas déjà, dit-il en guise de provocation.

Il la vit se pencher vers Dokes. Ils restèrent ainsi durant plusieurs secondes, les visages dissimulés à la vue des objectifs mettant en échec les logiciels d'imagerie. Ce qu'ils se disaient demeurait inaccessible, mais lorsqu'elle recula, les traits souriants, Dalton comprit de quoi il en retournait avant même de lire la transcription qui défila sous le cadre : *C'est pour l'instant un secret que je vous demanderai de garder pour vous jusqu'à ce que ce soit officiel.*

Venait-elle de lui annoncer une heureuse nouvelle ?

De quoi mettre ses plans à mal. Cleaver centra la vue sur Dokes.

— Vous pensez qu'il peut être un problème ?

Évidemment, songea Miles. James Dokes avait toujours été un problème, une épine plantée depuis trop longtemps dans son pied. On ne se débarrassait pas facilement d'un type de sa trempe, capable d'acculer Rachel dans les cordes avant de la réduire en miettes.

— À ma connaissance, Dokes n'a jamais eu peur que d'une seule personne. Quelqu'un de chez vous. Une femme.

— Kara Lau, répondit le conseiller tout en faisant apparaître sa vignette.

Une manie chez eux. Ils fichaient tout le monde, y compris les leurs.

— Si vous pouviez la faire revenir… formula alors Dalton sur un ton innocent.

Il esquissa un sourire en sentant sous les doigts les trois lettres peut-être gravées par Pop.

— On a tous ses démons, pas vrai ? s'en amusa Cleaver.

RACHEL

La lumière crue pénétrait par la petite lucarne, un carré de verre incrusté dans la façade et orienté plein est, directement sur la tête de lit. Pour Rachel Daanak, il n'existait pas de meilleur réveil que la chaleur prodiguée par les premiers rayons du soleil sur sa peau. La maire de Seward remua, s'étira, puis se retourna pour regarder son mari étendu à ses côtés, l'esprit toujours accroché à ses rêves, quels qu'ils puissent être, ses lèvres s'élargirent puis frémirent. Elle lui caressa une mèche de cheveux.

Nicholas ouvrit un œil, le second un instant plus tard, sous le sourire attendri de son épouse. Rachel aimait ces moments, en chérissait chaque seconde depuis qu'elle assurait l'intérim. Et ce jour, plus que n'importe quel autre, elle avait besoin de recharger ses batteries à bloc avant d'entrer dans l'arène. Nicholas n'était cependant pas dupe, perçut-elle quand il se mit sur ses coudes pour l'embrasser.

— T'es sûre que ça va ?

Leurs nez se touchèrent, ils se frottèrent l'un à l'autre, puis Rachel rompit le contact sans lui répondre pour enfiler un sweat-shirt ample aux motifs tribaux. Le retour de Dalton, les révélations de Cleaver sur Spring Creek et maintenant le conseiller municipal Dokes… Ces « surprises » lui remuaient les tripes et perturbaient son sommeil. Elle ne cessait de les examiner sous toutes les coutures en s'interrogeant : où était l'arnaque ?

— Tu as le soutien de Dalton, le président de l'Alaska qui a l'appui des conglos. Dokes ne fait pas le poids, lui glissa son mari sur un ton assuré. Tout ce que tu dois faire, c'est le garder sous contrôle.

Elle esquissa une moue.

Le garder sous contrôle…

Pouvait-on contrôler un homme tel que James Dokes ?

Dalton y était parvenu. À sa manière.

— Ouais… Je le sais, lâcha-t-elle un peu sèchement.

Nicholas s'assit sur le bord du lit.

— Dokes n'est pas un obstacle. Sa manifestation, c'était du vent. Ils n'étaient qu'une cinquantaine autour de lui. Des travailleurs du port pour la plupart. Il est très apprécié là-bas, c'est pas un scoop.

Soixante-sept individus, selon le décompte d'un adjoint de Green.

— Pendant plus d'un an, tu as maintenu un équilibre, tu as montré que tu étais à ta place. Le fait est, ajouta-t-il en se levant pour lui saisir les épaules, tu as fait un excellent boulot. Dalton n'en attendait pas moins de toi. Nous n'en attendions pas moins de toi. Et nous en sommes fiers. Tout le monde, ici, à Lowell Point et en ville.

Les paroles apportaient l'énergie, la chaleur et le réconfort dont elle avait besoin. Son mari avait toujours été ce pilier contre lequel elle s'appuyait lorsque l'univers vacillait. Tandis qu'elle partait toute la journée affronter les problèmes pour ne rentrer que tard le soir, épuisée, Nicholas tenait leur famille à bout de bras. Il assurait.

— Tu dois parler aux gens, poursuivit-il, et pas te contenter d'un simple communiqué. C'est dans ce sens que tu dois comprendre la décision du conseil avec Dokes. Ils t'adressent un message.

— Tu as raison, lui concéda-t-elle avant de déposer un baiser sur ses lèvres.

Son petit univers se réunit autour de la table du petit-déjeuner qu'elle avalait habituellement en moins de temps qu'il faut pour dire *ouf*. Il le lui rappelait d'ailleurs de temps en temps sur un ton empreint de reproches. Sakari balançait ses jambes sur la chaise en dégustant un toast.

— Vous vous souvenez, le jour où on a retrouvé le mort sur la plage, celui qui était tout bleu ? dit-elle alors.

Rachel et Nicholas se regardèrent, interloqués.

— On ne risque pas de l'oublier, je crois, lui répondit son père.

— Est-ce qu'il va y en avoir d'autres ?

La maire en exercice fronça les sourcils et, après un nouvel échange silencieux avec son mari, s'assit à côté de sa fille.

— Pourquoi tu dis ça ?

— Bin, à cause des gens qui sont à Spring Creek. Tout le monde raconte des tas d'histoires sur leur compte.

— Comme quoi ?

— Bin… qu'ils vont tout détruire, qu'ils raseront les montagnes et les forêts.

Rachel ne se démonta pas.

— Tant que je serais maire, cela n'arrivera pas. Ce ne sont que des bêtises. Les conglos ont déjà fait beaucoup pour nous. Ils ont réparé notre hôpital, par exemple.

La gamine, qui tenait également de sa mère, la regarda d'un air perplexe.

— Pourquoi sont-ils partis la première fois ? Je ne comprends pas pourquoi ils sont revenus. Qu'est-ce qu'ils cherchent ?

Les questions qui travaillaient sa fille remuaient l'ensemble de la population de Seward. Les rumeurs voyageaient d'un bord à l'autre de la baie, déformées comme les vagues d'un tsunami inarrêtable.

— Ils sont là pour nous aider, répéta Rachel sans pour autant être certaine de ce qu'elle avançait.

— Mouais… Je n'en suis pas aussi sûre que toi.

Si elle échouait à convaincre sa propre gamine, comment pourrait-elle rassurer ses administrés ? Nicholas avait raison : elle devait leur parler avec le langage de la vérité, de la passion et du cœur.

La voie efficace – et rapide – consistait à organiser une interview avec Sara Pherson. La journaliste n'était peut-être pas sa meilleure alliée si elle en jugeait par le ton, plutôt sympathique, de son reportage sur la manifestation des soutiens de Dokes, mais son émission était très suivie. Aussitôt le petit-déjeuner avalé, Rachel s'isola dans le bureau pour passer des coups de fil. La remise en état du réseau téléphonique avait grandement simplifié sa vie.

Plus tard, sur la route longeant le bord de mer entre Lowell Point et Seward, Rachel récapitula dans sa tête les points essentiels qu'elle comptait aborder dans la matinée.

À son arrivée à la mairie, Sara Pherson partageait un café avec Mary qui arborait un sourire avenant. Peut-être qu'elle surmontait la douleur de la disparition de Bill et, dans le fond, c'était une excellente chose. L'ensemble des forces vives de la municipalité ne serait pas de trop pour contenir Dokes. Rachel invita la journaliste dans son bureau. Les deux femmes convinrent du meilleur emplacement : le sofa où elles esquissèrent un plan de l'interview. Après s'être mis d'accord, la maire s'isola pendant que Sara préparait le matériel et positionnait les trépieds de ses caméras numériques.

Dalton avait privilégié les tête-à-tête avec Sara durant ses propres mandats, pour instaurer un lien et une forme de proximité. Il disait que lui parler tout droit dans les yeux, c'était s'adresser à la population avec la même conviction. Une assurance que les objectifs se chargeaient d'immortaliser. Rachel s'installa dans le fauteuil en face de la journaliste qui affecta un sourire destiné à la mettre en confiance. Sa vidéo, le jour de l'invasion, avait fait de Dalton un héros. Tout le monde avait retenu son souffle quand le pistolet lui avait pressé la tempe et que son regard n'avait pas vacillé. Rachel n'en demandait pas autant, tout en espérant beaucoup de cette émission. Elle suivit les gestes de décompte du caméraman derrière sa console de régie. Quand il leva le pouce, Sara ouvrit le feu.

— Madame la maire, des rumeurs secouent la ville au sujet de Spring Creek.

Je ne pense pas être la seule à m'interroger sur le retour des conglos et ce, dix-huit mois après le départ de Concordia. Qu'en est-il au juste ?

Le choix des mots importait tout autant que le ton et Rachel se rendit compte que Sara n'avait nullement l'intention de lui faciliter la tâche. *C'est son boulot après tout*, se rassura-t-elle en se rappelant qu'elle avait régulièrement bousculé Dalton.

— Je comprends fort bien les questions qui agitent la population. La venue de Concordia l'an passé a mis en lumière deux faits. Le premier, c'est que nous avons besoin d'aide pour rénover nos infrastructures. Eau, électricité, routes, presque tout est à reconstruire. Nous n'y parviendrons pas seuls. Second constat : notre ville est vulnérable et exposée. Même boutés hors de *Resurrection Bay*, les Sibériens n'en demeurent pas moins une menace sérieuse.

— Êtes-vous en train de nous dire que Seward va se placer sous la tutelle des conglos ?

Elle y allait quand même assez fort, mais Rachel ne se laissa pas déstabiliser.

— Ce sont des partenaires, les seuls qui puissent garantir notre sécurité. Il n'est cependant pas question de transfert d'autorité, en aucune manière. Le maire est et restera l'unique dépositaire de l'autorité à Seward.

— Pourtant, ils se sont bien installés à Spring Creek. J'en déduis que des accords ont été passés. Ou bien, ils ne vous ont pas consultée à ce sujet…

— Techniquement, nous n'avons rien à voir avec cela. L'État d'Alaska possède le terrain. Si accord il y a eu, j'imagine qu'il s'est conclu avec la présidence.

— Selon vous, Dalton serait responsable de leur retour ?

Rachel hésita à le citer directement. Il lui paraissait risqué d'invoquer le nom du héros pour soutenir sa position. Elle refusait de le brandir comme un bouclier, une carte joker ou un talisman.

— Je n'irais pas jusque-là…

— Était-ce la raison de la visite du président Dalton la semaine passée ? Je veux dire, en dehors de la triste disparition qui a causé un choc dans notre communauté. Bill Redwild était un homme apprécié de tous.

— La perte de William Redwild nous a tous affectés. Dalton et lui se connaissaient bien. Grâce aux *Trois Ours*, Seward lui doit beaucoup. Comme elle doit aux conglos qui ont rénové notre hôpital ou notre réseau de téléphone, par exemple. La communauté va bénéficier de leur présence.

La maire marqua une pause avant d'aborder ce qu'elle considérait comme le message le plus important.

— Les travaux en cours de l'autre côté de la baie réclament de la main-d'œuvre. Un programme de recrutement se met en place en ce moment même et sera géré ici, par nos soins. Nous prenons une part active dans le processus.

La journaliste arqua un sourcil.

— Vous voulez dire des emplois ?

— Exactement, Sara. De vrais jobs. Correctement rémunérés. Et des formations, l'un des piliers du redressement que nous engagerons durant les prochains jours.

— Eh bien… Je dois avouer que je suis impressionnée, sourit Sara qui embraya sur un sujet plus polémique. En quoi consistent ces travaux ? Personne n'imagine que les conglos vont s'installer durablement sur nos terres, n'est-ce pas ?

Dalton lui avait conseillé de dire la vérité qui, de toute façon, éclaterait tôt ou tard. Il valait donc mieux en être à l'origine et couper l'herbe sous les pieds de Dokes.

— Au contraire, Sara, ils sont là pour un bon moment. Spring Creek deviendra un chantier de construction des éco-cités. Tous les habitants de la baie y seront associés, soit directement pour les employés, soit par le biais de retombées économiques. Nous sommes sur le point de connaître une ère de prospérité sans précédent, même du temps des anciens États-Unis.

Son annonce fit l'effet d'une bombe, lut-elle dans les yeux de son interlocutrice, qui n'en démordit cependant pas.

— Voilà une nouvelle qui va faire plaisir du côté du port ! lança Sara.

— Tout le monde sera associé à cette entreprise, insista Rachel, d'une façon sans doute un peu visible. Il n'y aura pas de laissés pour compte.

— Ne pensez-vous pas que cette prospérité risque de nous attirer des ennuis ? Au nord, Anchorage sombre dans le chaos. Des pillards ratissent de vastes territoires. Souvenez-vous de l'attaque de Concordia par les membres d'un gang, sans parler de l'invasion par les Sibériens…

Cette fois-ci, sa lèvre se gauchit, légèrement. Suffisamment pour que l'experte en communication audiovisuelle le remarque.

— Les conglos auront pour tâche de nous protéger. Nous affronterons ensemble ces périls et si jamais les Sibériens reviennent, nous les bouterons hors de *notre* baie. Une fois encore.

Rachel se pencha pour appuyer son propos.

— La sécurité est un élément incontournable. Sans sécurité, il n'y aura pas de prospérité.

— Au risque de nous isoler, de nous fermer au monde extérieur ? Des rumeurs évoquent une quarantaine, comme celle mise en place par le maire Dalton après l'arrivée de Concordia, ce qui n'a pas été sans poser des problèmes, de ravitaillement notamment.

— Les marchandises continueront à entrer et à sortir même si les mouvements des biens et des personnes peuvent se voir limités. Ce qui importe à mon sens, c'est que Seward se remette en selle et que soit enfin enrayée la spirale du déclin.

Sara afficha un large sourire.

— Cela sonne comme un discours du président Dalton. Je suis toutefois étonnée, puisqu'il aurait appuyé l'installation des conglos, qu'il ne soit pas à vos côtés pour nous l'annoncer.

La grimace ne fut pas loin. Rachel comprit qu'elle encaissait les premiers coups de la campagne pour les élections municipales.

— Miles Dalton a un agenda très chargé. Je rappellerai simplement qu'il a toujours œuvré pour le bien de Seward, au péril de sa vie et qu'il m'en a confié les clefs. Je ne compte pas déroger à ces mêmes principes.

Comment s'était-elle retrouvée acculée alors qu'elle était censée annoncer de bonnes nouvelles ?

Puis, elle se souvint du reportage de Sara sur Sakari au sujet du cadavre découvert sur la plage l'an passé. C'était curieux la manière dont sa fille lui avait remis cet épisode en mémoire. Comme un avertissement.

À l'issue de l'interview, la journaliste se leva pour lui serrer la main. Sara perçut son hésitation.

— J'espère que vous ne m'en voudrez pas trop de vous avoir bousculée un peu, cela fait partie de mon job. C'est le jeu. Après tout, nous sommes en campagne à présent.

Rachel la darda de son regard le plus sévère.

— On peut dire que vous excellez dans votre travail.

Lorsqu'elle regagna son domicile, au terme d'une journée éreintante, Nicholas l'accueillit en lui ouvrant ses bras à l'intérieur desquels elle se blottit. Elle relâcha la pression, s'imprégna de l'odeur de son homme, retrouva de la force dans son regard rassurant.

— Sale journée, hein ? fit-il.

— Ouais, souffla-t-elle.

— Tu as bien fait de parler. C'était important.

— Sara ne m'a pas raté. J'ai l'impression d'avoir merdé.

— Hm… Je t'ai trouvée excellente.

— Menteur. J'ai été nulle. J'aurais dû la voir venir.

Il avait visionné l'interview comme tout le monde à Seward, mais il eut la prévenance de ne pas en rajouter. Rachel l'aimait aussi pour cela. Ils évoqueraient ces événements quand elle serait prête, une fois qu'elle aurait pris du recul. Nicholas Daanak se montrait patient. Sakari traversa la pièce principale en courant pour se jeter contre elle, suivie de peu par son frère Chance qui la salua à distance avant de se vautrer dans le canapé.

— Maman ! On t'a vu à la télé. Sara t'a démoli !

Les enfants prenaient évidemment moins de pincettes. Elle esquissa une moue puis éluda le sujet.

— J'aimerais autant éviter de parler de ça pour l'instant. Qu'y a-t-il pour le dîner ? Je meurs de faim.

DALTON

— Partout, j'entends cette musique du déclin comme si notre monde ne chantait désormais plus qu'un seul refrain, une rengaine rejouée sans cesse, jusqu'à l'épuisement, jusqu'à l'agonie autoréalisatrice de notre civilisation…

Ce qui changeait par rapport à Seward, ce n'était pas la taille de l'auditoire. Lors de ses discours, notamment de Nouvel An, la mairie faisait salle également comble. Sauf que le président du Yukon et le gouverneur général de la Ligue Nord-Ouest ne se seraient jamais déplacés à *Resurrection Bay* pour l'écouter.

— Il y a un an et demi, j'ai été le témoin d'un miracle…

Miles observa une pause à ce moment, ainsi que le lui avait conseillé Aubrey lors des répétitions. Habillée d'une somptueuse réalisation vestimentaire aux lignes fluides, elle siégeait au premier rang avec les invités de marque. La grande salle de réception du palais brillait de mille feux et, depuis l'estrade où il se tenait, derrière son pupitre, les convives paraissaient auréolés, nimbés d'une lueur d'optimisme. Il se plaisait à penser qu'il en était le responsable, qu'il incarnait une dynamique nouvelle, irrésistible, qu'il changerait les choses. Comme à Seward. Avant de reprendre, ses yeux se posèrent durant une fraction de seconde sur la pièce de métal gravée qu'il avait placée au centre de la feuille où il avait écrit son discours.

— Les représentants des conglos nous ont montré la voie, ils nous ont appris que cette spirale pouvait être enrayée et mieux même, brisée !

Il appuya son propos en mimant le geste consistant à casser une flèche en deux.

— Le centre médical a été rénové et doté de nouveaux équipements, des infrastructures sont en cours de rénovation, l'aéroport devrait rouvrir sous peu. Ce qui a été réalisé à Seward peut être appliqué à travers tout l'État et même chez nos proches voisins. Ensemble, nous pouvons redonner vie à nos nations, ensemble, nous pouvons sortir de la décadence, ensemble, nous redresserons la tête !

C'était sans doute exagéré, mais l'important ne se trouvait pas dans le réalisme. Aubrey le lui avait dit : *Tu dois susciter l'envie, soulever l'enthousiasme. Les gens veulent écouter les paroles du héros.*

Le président de l'Alaska sourit à ses invités au moment d'aborder le point délicat.

— Ce miracle, continua-t-il en prenant appui de ses deux mains sur les rebords du pupitre, ne peut cependant voir le jour sans l'aide de nos amis, ici présents.

Le conseiller Cleaver hocha subtilement la tête. Il était accompagné d'une ravissante femme que Dalton avait déjà rencontrée à Seward. À l'époque, songea-t-il, Kara Lau lui était apparue plus… rigide. Ou bien c'était une impression, portée par la robe de couleur crème très seyante.

— Leur technologie, leurs connaissances sont des atouts considérables pour rebâtir nos pays et unir nos peuples. Avec leur assistance, nous inverserons une tendance que tant de gens pensent irréversible.

Il fixa la première table, celle où il dînerait avec le président du Yukon et son homologue de la Ligue. Le premier n'avait toujours pas digéré l'affront de sa non-venue et Aubrey avait accompli un prodige diplomatique en le traînant jusqu'ici. Quant au second, il se trouvait sur la ligne de front d'un combat dont il ne percevait pas les enjeux. L'essentiel, avait proclamé Cleaver, c'était que la construction du mur avance selon les échéances déterminées par les algorithmes.

Le discours arriva à son terme et Dalton remercia l'auditoire qui se leva comme un seul homme pour l'applaudir. Il savoura ce moment jusqu'à la dernière salve, électrisé par l'énergie positive qui emplissait la salle. Il rejoignit sa chaise et glissa une main sous la table, vers la cuisse de sa conseillère qui lui rendit sa touchante attention par un sourire. Elle se pencha vers lui pour lui susurrer quelques mots.

— Vous avez été parfait, monsieur le président. Ils sont sous votre charme.

Cleaver et Kara Lau prirent également place autour d'une table dressée comme dans l'ancien temps. La femme possédait toujours cette profondeur dans le regard, comme si elle pouvait sonder les gens, lire à travers leurs entrailles comme une sorte de vieux chaman inuit détenteur d'une vérité ancestrale. Ou un scanner médical.

— Je suis ravi de vous revoir, mademoiselle Lau.

— Le plaisir est partagé, président Dalton. Je suis heureuse de constater que vous avez brisé votre spirale personnelle, si vous me permettez cet emprunt à vos bons mots.

Elle inclina légèrement la tête pour accompagner son compliment. Miles sentit le plat des escarpins d'Aubrey contre sa jambe. Peut-être marquait-elle son territoire ? Une seule personne manquait à cette table, songea-t-il. Une femme à qui il aurait voulu montrer qu'il changeait les choses.

Reconduit plusieurs fois à la tête de son vaste Yukon, le président Powell lui inspirait une forme de respect et, l'entendant évoquer l'amitié entre les peuples du nord, la prospérité de leurs échanges commerciaux, Miles se disait qu'il aurait dû écouter sa conseillère. Le bonhomme, taillé comme un ours, arborait une mine ronde, des joues épaisses et deux billes très expressives enchâssées dans leurs orbites. La barbe coupée courte lui conférait une aura intellectuelle, un esprit que l'on imaginait sans peine éclairé par l'expérience et la sagesse. Powell leva son verre à l'Alaska, à la Ligue et au Yukon, scellant par là une sorte d'alliance tripartite. Le toast résonna bizarrement à ses oreilles.

Le gouverneur de la Ligue, Jake Ross, avait fait le déplacement avec son épouse, Jennie dont les accents eurasiens attiraient les regards. Son mari s'inquiétait de ce qui allait arriver après la construction du mur. Dalton laissa Cleaver s'exprimer à ce sujet. Après tout, il s'agissait de son projet.

— Vous accomplissez un effort capital, déclara le conseiller. La Ligue Nord-Ouest occupe un verrou stratégique. Une fois le mur en place, nous vous assisterons pour remettre en service vos infrastructures.

Les mots déclenchèrent une réaction intéressante de Powell dont les paupières se plissèrent tout en affectant une petite moue discrète. Il n'appréciait guère ces perspectives, en conclut Dalton.

— Et, j'imagine que vous avez aussi des plans mirobolants pour le Yukon ?

Le ton, subtilement acide, ne troubla pas le Solarien.

— Mon experte ici présente, Kara Lau, se rendra prochainement à Whitehorse pour faire le point sur vos besoins, notamment en matière de sécurité. Nous prêtons une grande attention à votre situation, ne vous y trompez pas.

Powell inclina légèrement la tête à l'attention de l'ancienne chef de la sécurité de Concordia.

— Je m'en réjouis d'avance. Quant à nos besoins, ils sont immenses. Comme partout.

— Nos ressources le sont également, déclara Cleaver.

Le dîner s'écoula paisiblement, les convives échangèrent leurs appréciations sur la situation dans le grand Nord ou de la possibilité de nouvelles incursions sibériennes. La soirée s'acheva après que les délégations aient été reconduites vers les choppers mis à disposition par les conglos. En tant que partie accueillante, Dalton accompagna les invités et ses alliés. Il assista au départ des aéronefs, ainsi que l'exigeait le protocole, au pied de la plateforme dressée sur la pelouse. Aubrey se tenait légèrement en retrait, à la même hauteur que Cleaver qui avait abandonné sa cavalière.

Au moment de se retourner, ce dernier lui adressa la parole :

— Nous devons nous entretenir, monsieur le président.

Sous-entendu sans Aubrey, décoda Dalton en hochant la tête. À sa manière, son conseiller marquait aussi son territoire.

Le cabinet de travail baignait dans une douce lumière prodiguée par des appliques murales. Une atmosphère propice à la réflexion et aux discussions officieuses. Dalton hésita à se resservir un verre. Il se ravisa après un regard en direction de son assortiment d'alcools forts trônant sur la desserte. Cleaver attendait de lui qu'il garde les idées claires s'il en jugeait par sa posture moins détendue que durant le dîner. Il jeta un rapide coup d'œil vers la porte où Kara Lau l'observait avec attention. Comme elle l'avait précisé, il avait changé. Peut-être qu'elle comparait le nouveau et l'ancien. Physiquement, il n'y avait évidemment pas photo.

— C'est une excellente chose que vous alliez à Whitehorse. Powell est en train de faire dans son froc. Il voit ses voisins se renforcer avec l'aide des conglos et lui, il n'a rien obtenu.

— Une vision un tantinet exagérée, intervint Cleaver.

— Je ne crois pas. Ne le sous-estimez pas. Le Yukon est un partenaire commercial de longue date. Ils ont pratiquement ressuscité une compagnie de transport. Leurs camions livrent jusqu'à Seward.

Les lèvres du Solarien s'étirèrent légèrement.

— Si j'envoie Kara Lau là-bas, c'est bien parce que je ne le sous-estime pas. De même que je ne sous-estime pas James Dokes.

Miles crut voir la chef de la sécurité se raidir en entendant ce nom.

— Il y a du nouveau à Seward ? demanda-t-il.

— Rachel Daanak s'est fait malmener hier. L'ambiance est en train de changer.

Le conseiller activa son écran pour lui présenter un extrait d'une émission où Sara Pherson interviewait la maire. Quelques phrases prononcées par la journaliste, dont Dalton connaissait toutes les ficelles depuis des années, lui suffirent pour prendre la mesure de la situation.

— Je vois, dit-il. Pherson n'est pas le genre à retenir les coups. Tout ça, ça veut dire que la campagne électorale est lancée.

Cleaver afficha une expression curieuse qui le fit sourire.

— J'oubliais, ajouta le président sur un ton acide, que vous n'avez pas la liberté de la presse et… plus de presse du tout d'ailleurs. L'exercice de la démocratie, ça fait souvent chier, mais c'est tout ce qui nous reste de la civilisation. Alors, on y tient.

Il ne se berçait pas d'illusions : le combat pour la mairie s'annonçait fratricide. Dokes pouvait étriller Rachel. Elle n'avait pas l'étoffe ni la trempe nécessaires pour résister à la pression. Dans le fond, elle était une gestionnaire compétente, avisée et il l'avait choisie pour cette raison. Mais elle n'était pas une politicienne. Sur ce plan, Dokes lui ressemblait davantage : il se faisait loup pour défendre son territoire. Et les loups attaquaient directement la jugulaire.

— À mon avis, déclara-t-il en se tournant vers Kara Lau, vous devriez plutôt l'envoyer à Seward. Je suis certain qu'elle pourrait déstabiliser Dokes. Elle l'a déjà fait.

— Nous y songerons au moment opportun. Pour l'instant, comme vous venez de le rappeler, il ne s'agit que d'un jeu démocratique. Rachel Daanak doit s'endurcir.

Au milieu des draps, Miles pensa à nouveau à cette hypothèse en caressant les mèches de cheveux d'Aubrey. Certes, Kara n'était pas le genre de femme que l'on pouvait oublier. Il avait entendu dire qu'il s'était passé quelque chose entre elle et l'ancien adjoint de Green, arrêté par les Concordiens pour une affaire qui n'avait pas été éclaircie. Il doutait que Dokes puisse être dompté ou tenu en laisse, mais elle possédait quelque chose.

Quelque chose qui impressionnait l'irascible pêcheur.

Il se retourna lentement et repoussa les couvertures pour sortir du lit imprégné de leurs odeurs corporelles. Aubrey émit un soupir, mais ne se réveilla pas. Miles enfila un pantalon de jogging et un tee-shirt à manches longues. La reprise d'une activité sportive régulière constituait l'un des apports les plus positifs de sa nouvelle condition. Il reprenait goût à l'effort et les séances matinales de vélo d'intérieur ou de rameur permettaient à son esprit de tourner en roue libre. Il repensa à Red, à sa possible grossesse qui entravait ses plans. Comment la faire reine de Seward ? Pourrait-elle mener deux combats de front ?

Dokes et Rachel se préparaient à livrer une bataille rangée dans laquelle le pêcheur, habitué aux coups bas, devrait se sentir le plus à l'aise. En ce sens, sa petite manifestation et sa nomination surprise adressaient un message clair : il avait réuni des personnes influentes autour de lui. Dont Sara Pherson. Miles la savait acquise à la cause de Dokes. La journaliste avait vu là l'opportunité de lui rendre la monnaie de sa pièce après avoir été remerciée de son poste au service du candidat Dalton. C'était de bonne guerre.

Le vieux marin éprouvait une animosité profonde envers les conglos et ces derniers n'accepteraient pas un verdict défavorable issu des urnes, ce qui soulevait une interrogation d'importance : comment réagiraient-ils en cas de victoire de Dokes ? Dalton n'avait pas osé poser la question à Cleaver.

Par peur de la réponse.

Le conducteur du semi-remorque effectua une marche arrière délicate, assisté par son collègue descendu de la cabine. Par des gestes simples, il le guida à reculons jusqu'au quai que Bill Redwild avait construit pour faciliter le transfert des marchandises vers l'annexe de la boutique. Après un bref sifflement, le poids lourd stoppa. L'homme qui venait de diriger la manœuvre grimpa d'un bond élastique sur les marches de béton pour rejoindre Red.

— Mademoiselle Redwild, c'est toujours un plaisir de vous revoir.

Elle sourit à Keven Dennys. Le contact commercial de la *Yukon Transportation Line* lui tendit un bloc-notes dont la pince retenait des feuillets n'attendant que sa signature. Elle glissa un regard en direction de la ceinture, sur un rutilant holster en cuir orphelin de son neuf millimètres. Le livreur remarqua le mouvement de ses yeux. Il crut bon de s'en expliquer :

— On a dû laisser l'artillerie au *check-point*. Les types des conglos qui tiennent le poste de contrôle n'ont pas l'air commodes, soit dit en passant. Ils ressemblent à des robots. J'ai vu pas mal d'activité dans la baie en arrivant, on dirait que ça bouge dans le coin.

Emily se concentra sur les papiers tout en réfléchissant. Keven faisait le trajet depuis le Yukon sur une route difficile, plus encore si l'on ajoutait la présence de gangs et de pillards de tout acabit, du nécessiteux jusqu'au véritable professionnel de la violence. Les convois de la *YuTL* faisaient des cibles de choix obligeant l'entreprise à armer ses chauffeurs et régulièrement, à les faire escorter.

— Nos nouveaux voisins sont très envahissants.

— C'est certain, lui sourit Keven. Avec des amis pareils, pas besoin d'ennemis, hein ?

Après avoir paraphé plusieurs cases, elle lui rendit son bloc.

— Ils vous ont demandé de leur donner vos armes ?

— Disons que c'était exprimé sur un ton professionnel, mais le propos avait une valeur d'ordre. On les récupérera à sortie, d'après ce qu'ils ont expliqué. Ils nous ont également invités à poser nos mains sur une sorte de vitre et ils nous ont pris en photo.

Au temps des précurseurs, celui des anciennes firmes de la Silicon Valley, la volonté de développer la biométrie avait tourné à l'obsession, au point de mettre en fiches une bonne partie de la population mondiale. Ces bases de données constituaient le magot sur lequel elles s'étaient appuyées pour conquérir la planète. Avec succès.

— Rien d'autre ? s'enquit Red.

— Ils ont vérifié le camion en le faisant passer sous un portique. Bien sûr, on était clean. On l'a toujours été.

Il retira sa casquette, dévoilant un crâne à la chevelure clairsemée.

— Je voulais aussi vous dire que je suis désolé pour votre père. On bossait avec lui depuis des années et je suis bien content que vous ayez repris le flambeau. Si je puis me permettre, j'imagine combien sa disparition a dû vous affecter.

Elle esquissa un sourire et le remercia pour sa gentillesse. Keven se pencha afin que son collègue, qui venait de descendre de la cabine après avoir éteint le moteur, le voie agiter ses bras puis dessiner des cercles avec ses mains.

— Tout est en ordre, on décharge !

Emily retourna à l'intérieur, laissant les deux hommes s'atteler à leur travail. Ils devaient déposer des caisses dont elle trierait le contenu avant de le placer en rayon. Tout en leur préparant un café, elle réfléchissait aux renseignements de Keven. Les conglos contrôlaient désormais les accès à Seward. La sécurité restait l'une de leurs obsessions, érigée en véritable culture sinon en dogme.

Pop poussa la porte d'entrée des *Trois Ours* quelques minutes plus tard, le visage presque sidéré et le propos animé, pour ne pas dire un brin alarmiste.

— Red ! Faut que tu voies ça ! J'ai l'impression que tu n'es pas la seule à te faire livrer aujourd'hui.

Toutes affaires cessantes, il l'entraîna à l'extérieur en la tirant par la manche en direction des quais. Emily eut un choc en reconnaissant la structure, une arche de métal de plusieurs dizaines de mètres de haut dressée sur le pont d'un navire.

— T'as vu la taille de ce truc ! s'écria Pop.

Plusieurs curieux avaient aussi délaissé leurs occupations pour assister au nouveau spectacle de la baie. Un principe de construction simple guidait la conception des éco-cités : les grosses pièces du puzzle se fabriquaient à divers endroits, chez des sous-traitants qui répartissaient à leur tour un volume donné de travail vers les échelons inférieurs. Telle firme usinait ainsi des composants, telle autre fournissait des équipements, l'une se chargeait de l'assemblage de la sous-structure jusqu'au transporteur responsable de la livraison. Le convoi qui venait d'entrer dans la baie était l'aboutissement d'une chaîne logistique d'une incroyable complexité et elle s'étonnait toujours de la voir perdurer dans ce monde en déclin. Des matériels sensibles, incluant du software sophistiqué, provenaient même d'ateliers robotisés localisés en pleine mer.

— C'est un arc de soutien destiné à la cale, émit-elle

— Elle doit être sacrément balèze !

Red lâcha un soupir de dépit.

— T'as pas idée.

Il lui jeta un curieux regard puis elle retourna aux *Trois Ours*. Keven et son collègue venaient, eux, de finir le travail et comme d'habitude, ils s'accordaient une pause bien méritée.

— Vous savez ce qu'ils fabriquent alors ?

— Ils sont plutôt réservés sur la question, leur apprit-elle en remplissant leurs tasses.

Voire chatouilleux. D'après Rachel, le cordon sécuritaire différait de la quarantaine décrétée l'an dernier par Dalton. Les marchandises et les personnes circulaient librement, à condition de montrer patte blanche et de se soumettre aux contrôles. Les conglos n'avaient pas pour objectif de verrouiller la ville. Bien au contraire. Car il existait un détail que pour l'heure, personne n'avait relevé : mille six cents habitants étaient loin de suffire aux besoins pharaoniques du chantier en devenir.

De la main-d'œuvre extérieure à Seward serait nécessaire et le plus gros vivier se situait à Anchorage qui, malgré l'hémorragie de sa population, était toujours l'agglomération la plus peuplée d'Alaska. Sa proximité avec Seward entrait forcément en ligne de compte.

— En tout cas, ça devrait bénéficier à Seward, partagea Keven.

— Surtout, remarqua son collègue, que c'est Dalton qui dirige le pays. Ça ne peut qu'être une bonne nouvelle pour vos affaires et donc les nôtres, pas vrai ?

Le sous-entendu ne lui échappa pas et ces paroles traduisaient l'inquiétude du Yukon que l'Alaska opère un basculement de ses intérêts vers l'ouest.

— Mon père a toujours aimé travailler avec vous. Je ne vois pas de raison que cela change.

— Je suis heureux de vous l'entendre dire. Merci pour l'excellent café !

Keven inclina légèrement la tête comme si, par ces mots, elle venait de sceller une forme d'accord tacite. Les deux hommes la saluèrent avant de reprendre leur tournée. Emily n'était pas la seule à affréter le camion : les commerçants de Seward avaient combiné leurs ressources et leurs moyens pour payer le transport.

Mary poussa la porte dix minutes après le départ des livreurs de la *YuTL*. Elle avait accepté de la remplacer le temps d'un rendez-vous. La secrétaire de Rachel la gratifia d'un sourire en l'aidant à retirer son manteau, puis elle s'enquit de son état.

— Ça va bien, lui signifia Red, je crois qu'il n'est pas encore près de bouger.

— Des nausées ?

— Je touche du bois.

Son regard pétillait, toute la peine qu'elle avait ressentie à la disparition soudaine de Bill paraissait ensevelie sous un nouvel espoir, celui que sa fille portait, et un pressentiment envahissait peu à peu Emily : Mary semblait le genre de « grand-mère » à reporter tout son amour sur l'enfant. Ce qui n'irait peut-être pas sans poser des soucis. Pour l'heure, toutes deux avaient des plaies à panser.

— Au fait, annonça Mary, Rachel souhaiterait te parler en privé. À son cabinet.

Red écarquilla légèrement les yeux puis lâcha un soupir.

— Bien sûr, répondit-elle en feignant la joie. Dès que je peux me libérer.

— Je peux rester jusqu'à ce soir, si tu veux. Je me suis mis d'accord avec elle.

Puisque tout semble déjà organisé.

Rachel désirait la voir ce jour. Après le « café de l'amitié » avec Dokes, la réaction de la maire était attendue. Red savait bien qu'elle devrait en passer par là, alors autant s'y coller dès maintenant.

— Je te remercie, Mary.

Après une brève accolade, Emily quitta les *Trois Ours*. Sur la route vers le centre médical Providence, elle ralentit à la hauteur de la mairie, intriguée par la présence d'un véhicule de police, gyrophares allumés. Elle vit Green en train de discuter – vivement – avec des manutentionnaires et des marins si elle en jugeait par leurs parkas. Plus loin, quelques Inuits se tenaient droits, les bras croisés sur leurs torses, le regard sévère. Elle préféra ne pas s'arrêter et de toute façon, elle n'avait pas le temps de traîner. Brockman détestait les retards et il ne se priverait pas de la sermonner à nouveau en arguant, à raison, qu'elle n'était pas la seule à recourir à ses services. Le médecin se révélait être une ressource aussi précieuse – et sollicitée – que le carburant ou l'eau potable : sans lui, des gens mourraient.

Elle se gara sur le parking flambant neuf, déboucla sa ceinture et foula le bitume récemment posé par une équipe de la voirie assistée par des robots autonomes. Le bâtiment principal flanqué de ses annexes en partie rénovées avait une bien meilleure allure que par le passé. Rachel se plaisait à mettre en avant ce succès sur son bilan de maire intérimaire, alors que le mérite en revenait essentiellement à Dalton. Il avait amorcé un travail qu'elle avait mené jusqu'à son terme. Pas sûr que cela suffise à faire oublier la récente déconvenue médiatique.

Red se présenta à l'accueil, regrettant sur le coup l'absence de Pop en train de boucher des trous à l'aéroport. Il se racontait que l'une des pistes serait ouverte d'ici peu pour les appareils des conglos. On parlait même de lignes régulières.

— Le docteur Brockman va vous recevoir, entendit-elle en guise de confirmation après avoir tendu un papier à la secrétaire médicale.

Le vieux praticien vint à sa rencontre avant qu'elle ne rejoigne la salle d'attente plutôt clairsemée.

— C'est calme en ce moment, confia-t-il. Au moins, je peux souffler un peu entre deux consultations.

— Nous devons vous économiser. Tant de choses dépendent de vous.

David Brockman avait également constaté le décès de son père. En chemin vers son cabinet au second étage, il lui réitéra son offre de soutien ce dont elle le remercia avant de franchir la porte. Rien n'avait changé depuis sa dernière visite, observa-t-elle en prenant place en face de lui. Même les stores semblaient ne pas avoir bougé. Il la considéra quelques instants puis le vieil homme lui sourit amicalement, lui parla comme à un membre de sa propre famille.

— Quand j'y pense, il y a trente et un ans de cela, ta mère était assise en face de moi et tu étais dans son ventre.

— Ça ne nous rajeunit pas.

— C'est certain, mais cela prouve une chose : le monde continue à tourner et les gens à fonder des familles. Pop fera un excellent père, j'en suis persuadé.

— Je n'en doute pas, docteur.

Il frappa dans ses mains et bondit hors de son siège, animé d'une vigueur soudaine.

— Bien ! Voyons voir ce bébé !

Emily s'allongea sur la table tandis que Brockman préparait un kit de prise de sang, tout en évoquant les changements survenus à l'hôpital ces derniers mois, sur un ton enthousiaste. Il lui confessa avoir même retrouvé son goût d'enseigner, de transmettre ses connaissances. Il organisait des sessions de formation pour les infirmiers et le personnel désireux d'augmenter le champ de leurs compétences. La nouvelle adressait à la fois un bon et un mauvais signal : lui trouver un remplaçant s'annonçait encore plus difficile que prévu. Ces cours ne constituaient qu'un palliatif, une solution transitoire afin d'éviter la rupture des soins. D'une façon très égoïste, la mère en elle pria pour qu'il tienne jusqu'à la naissance de son bébé, qu'il soit confié à des mains qui savaient ce qu'elles faisaient.

— Je crois qu'on peut te déclarer en bonne santé. Fatiguée, cependant. Tu devrais envisager de prendre un peu de repos, de te ménager.

Comment le pourrait-elle ? Elle baissa les yeux en reconnaissant qu'il avait toutefois raison.

— Je sais ce que tu te dis, poursuivit le médecin. Tu as une boutique à gérer, une maison qui accuse son âge, un mari et il me semble que tu t'étais lancée dans le commerce des peaux. La réponse, c'est que tu ne peux pas tout faire et que tu dois reconsidérer tes priorités.

Il accompagna ces derniers mots d'un regard vers son ventre qui s'arrondirait dans les semaines à venir, entravant ses mouvements.

— J'ai compris, docteur, lui assura-t-elle.

— Parfait ! La prochaine fois que je te verrai, ce sera pour ton échographie. Des techniciens de Spring Creek nous ont apporté une machine flambant neuve. Selon toute probabilité, tu devrais être la première à bénéficier de ses extraordinaires possibilités.

Emily sourit.

— Comment ça se passe avec eux ? demanda-t-elle.

— Eh bien, ils sont discrets. Je crois qu'ils ont pour consigne de ne pas attirer l'attention quand ils travaillent hors du chantier. Ils se montrent aimables et compétents, mais peu bavards, froids, je dirais.

La vérité, Red la connaissait. Ils se pliaient aux ordres des cadres supérieurs et des double-A. Ce que Brockman prenait pour de l'amabilité était plutôt l'expression de leur gène, de leur « honte » à se retrouver sur une terre souillée à servir des gens qui n'appartenaient pas à leur rang ni à leur monde.

— Ma mère n'était pas froide, objecta Emily.

Pas dans mon souvenir en tout cas. En fait, elle ne ressemblait en rien à ses congénères.

Brockman plissa les yeux tout en recomptant ses fioles, peut-être pour peser sa réponse ou piocher dans sa mémoire.

— C'est certain, elle avait toujours cette espèce de chaleur dans son regard. Bien sûr, j'étais le seul à savoir qui elle était vraiment. J'imagine que cela a créé un lien spécial entre nous. Je me demande où elle se trouve à présent.

L'examen terminé, Emily se rhabilla tout en réfléchissant à leur conversation. Ann Rose McVay, alias Victoria Kambon-Thomsen, voguait quelque part sur l'océan à bord d'une plateforme nommée Hélicon. Elle lui paraissait à la fois proche et lointaine, atteignable et hors de portée en raison de son statut de femme de pouvoir, de double-A. Le fossé s'était définitivement creusé depuis qu'elle et Pop avaient refusé le protocole.

— Où que soit ta mère, j'espère qu'elle se porte bien. Ce n'est pas une mauvaise personne.

— Je tâcherai de m'en souvenir.

Après avoir programmé le rendez-vous suivant avec la secrétaire médicale, Emily remonta dans son véhicule et prit la direction de la mairie, sans conviction.

Que dire à Rachel ?

Lorsqu'elle pénétra sur le parking, des hommes et des femmes se pressaient autour des panneaux d'affichage et devant le bureau de recrutement surmonté un écriteau coloré : *Nous embauchons !*

Red serra quelques mains, et sa curiosité piquée, elle s'enquit d'explications à propos de l'altercation qu'elle avait cru percevoir en allant à la clinique. Dennis Maiden émergea du groupe pour lui livrer une version des faits qui ressemblait davantage à une revendication.

— Il se passe que les vrais habitants de Seward devraient avoir la priorité pour l'accès aux postes offerts par les conglos.

Sa casquette bleu marine coiffait un visage sévère. Déterminé ou tout simplement en colère. Des propos avaient circulé sur la bravoure dont il aurait fait preuve face aux Sibériens, lorsqu'il s'était retrouvé aux côtés de Dalton. Par ricochet, Dennis avait acquis une forme de stature.

— Je suis désolée de ne pouvoir vous répondre. C'est quelque chose dont vous devriez discuter avec la maire.

— Ouais, on l'a fait, mais elle nous a collé Green entre les pattes. C'est comme avec les Sibériens, il va falloir qu'on fasse le sale boulot pour nous faire entendre.

— Rachel compte refiler tous les postes à ses protégés de Lowell Point, grimaça un autre. C'est de la discrimination !

Red esquissa une moue gênée avant de se diriger vers l'entrée du bâtiment. Qu'est-ce qu'il leur prenait à tous ? D'ici peu, la région croulerait sous le travail, il y en aurait pour tout le monde au point de devoir faire venir des gens de l'extérieur. Dennis Maiden et ses amis n'imaginaient même pas devant quel problème ils se trouvaient en réalité.

Elle entra dans le bâtiment et monta à l'étage où elle frappa trois petits coups contre la porte. Elle attendit une poignée de secondes avant de la pousser. Rachel se leva pour l'accueillir, tout sourire. La maire n'était pas seule.

— Red, tu es là ! Je suis si contente de te voir !

Elles se serrèrent l'une contre l'autre. Le shérif Green s'était levé lui aussi, il se décoiffa.

— Bonjour chef, salua Emily.

La maire reprit son ton officiel pour s'adresser au représentant de l'ordre.

— Je te remercie pour ton rapport d'incident.

Green inclina légèrement la tête.

— Les gens ont besoin de garanties et d'équité, dit-il.

Emily fronça les sourcils en devinant qu'il évoquait les personnes qui, dehors, semblaient prêtes à se battre pour se réserver des emplois.

— J'ai bien entendu, répondit Rachel, et je comprends les positions de chacun.

— J'en suis heureux, madame, si ça peut éviter des ennuis que mes maigres effectifs ne sont pas en mesure de contenir.

Lorsque GG quitta le bureau, Rachel se laissa tomber sur son fauteuil en lâchant un soupir.

— Des problèmes ? s'enquit Red. L'ambiance était plutôt électrique dehors.

— C'est rien de le dire. J'ai dépensé une énergie folle à rassembler nos deux communautés afin que nous allions de l'avant et si possible dans la même direction. À la première petite crise, les vieilles animosités ressurgissent comme le Diable du fond de sa boîte.

À mots couverts, beaucoup de ses administrés évoquaient le favoritisme de la maire envers les Inuits de Lowell Point. Emily avait saisi de – trop – nombreuses conversations à ce sujet aux *Trois Ours*. La rancœur était palpable.

— Honnêtement, je ne sais pas quoi faire. J'ai beau leur dire que les postes seront attribués en fonction des qualifications de chacun sans considération sur l'origine ethnique, ils ne m'écoutent pas.

— Je suis désolée, compatit Red. J'imagine que ça ne doit pas être simple en ce moment.

— Ah ça non ! En grande partie à cause de cette salope de Sara Pherson.

L'interview avait sapé la portée de sa parole. Et dans le fond, réfléchit Red, n'est pas Dalton qui veut. Rachel se leva puis l'invita à prendre place sur le sofa, jugeant que la proximité que cela créait était plus propice à une conversation en tête à tête. Elle servit deux verres, mais Emily déclina la proposition.

— Je te remercie d'avoir accordé une demi-journée à Mary pour qu'elle me donne un coup de main aux *Trois Ours*, ça me soulage. Vraiment.

— Y a pas de quoi. Tiens d'ailleurs, tu ne la trouves pas un peu guillerette en ce moment ? Je sais que la disparition de ton père l'a beaucoup affectée et qu'elle aurait besoin de temps. Mais là, je… ne sais pas. C'est comme s'il s'était passé un truc ces derniers jours.

Merde ! pensa Red.

— On a parlé. Toutes les deux. Ça nous aide. À deux, on est plus fortes pour surmonter ça.

— J'en suis heureuse, déclara Rachel en s'asseyant face à elle.

À la demande de Red, la maire évoqua sa famille, son fils, Chance, sa fille Sakari et son mari Nicholas qui s'occupait avec brio et à temps plein d'un petit monde dont elle confessa se sentir trop éloignée. Le pouvoir mettait à l'écart les êtres chers. Ainsi que les amies de longue date.

— Tu devrais t'accorder un peu de repos, en conclut Emily.

— J'aimerais bien, crois-moi, mais avec les élections et l'entrée surprise de Dokes au conseil, je peux faire une croix dessus. Je suis dans une position délicate, je dois m'attendre à tout de sa part.

— Tu as le soutien de Dalton et des conglos, c'est un énorme avantage.

— Les conglos ont leurs propres projets. Dalton est à Juneau, auréolé d'un tout nouveau pouvoir et d'autres responsabilités.

Red faillit rétorquer que la capitale se trouvait à moins d'une heure de vol, mais elle n'en eut pas le loisir.

— Emily… la fixa-t-elle alors, si j'ai demandé à te voir c'est parce que je vais avoir besoin de toi.

Nous y voilà.

Elle attendit la suite.

— À toi, je peux confesser que j'ignore ce que les conglos fabriquent à Spring Creek malgré les assurances du conseiller de Dalton. Le terrain est bouclé, se trouve hors de notre juridiction, il m'est donc difficile d'obtenir des réponses sincères, autres que *tout se passe bien*, à mes questions.

Red se contenta d'un *hum* compréhensif. Les conglos imposaient une forme d'omerta – ou une langue de bois savamment étudiée – à propos de leurs activités dont ils cloisonnaient les informations. Et pas uniquement pour des raisons de sécurité.

— Je n'irai pas par quatre chemins : j'aimerais que tu me renseignes sur ce qu'ils font là-bas. Tu as travaillé avec eux, tu as sûrement une idée.

Les barrières électroniques dressées autour du chantier ne permettaient pas de voir ce qu'il s'y passait, mais il y avait fort à parier que Spring Creek n'existait plus. L'ancien centre correctionnel avait été démantelé, ses composantes utiles, découpées, puis recyclées pour d'autres usages, la forêt rasée et la terre dévastée. Au final, que cela se déroulât hors de leurs yeux semblait plutôt une mesure sage destinée à les préserver du choc.

— Je ne vais pas te mentir, Rachel. Plus rien ne sera comme avant. Ce chantier changera Seward à jamais, c'est la conséquence du pacte que Dalton a conclu pour obtenir son fauteuil de président.

Rachel acquiesça. Au moins, elle restait lucide. Un bon point pour elle.

— À la façon dont tu dis ça, j'ai l'impression qu'il faut s'attendre au pire.

Le pli que dessinèrent les lèvres de Red valait plus que tous les discours. La maire but une gorgée avant de reposer le verre sur la petite table.

— Je sais que Dalton t'avait sollicitée pour que tu deviennes sa conseillère spéciale. Il a toujours eu une espèce d'attirance pour toi. J'imagine que tu me le refuseras également, même si je te supplie.

Emily se raidit en entendant cela et elle se demanda à quelles sortes de confidences Dalton s'était laissé aller.

— Rachel, ce n'est pas que je ne veuille pas aider ou rendre service. C'est juste que je ne peux plus me retrouver avec ces gens, tu comprends ?

— Que s'est-il passé quand tu es restée sur Concordia avec Pop, lorsque nous avons été priés de partir ? s'enquit Rachel.

La maire lançait des coups de sondes. Il fallait qu'elle lui donne un os à ronger. Un gros.

— J'ai… vu ma mère.

Rachel Daanak écarquilla les yeux et ouvrit la bouche, sans prononcer le moindre mot. La confidence suffit à la couper dans son élan inquisiteur.

— Ta mère ? Je… j'espère qu'elle va bien.

— Elle m'a juste laissé un message vidéo, sûrement envoyé depuis les mers du sud. Un simple enregistrement. Pour être honnête, je ne sais pas exactement comment le prendre.

— Tu n'as pas eu envie de la rejoindre ?

Elle secoua la tête.

— Le prix à payer aurait été trop élevé. Je ne peux pas me mettre au service des conglos. Pas après San Diego, pas après tout ce que j'ai vu et subi.

— Ouais, je comprends. Ma proposition de job reste valable, au cas où tu changerais d'avis.

La maire mit fin à leur entretien et les deux femmes se séparèrent dans une ambiance plus pesante qu'à son arrivée. Il y avait bien sûr ce qu'elles s'étaient dit, mais aussi – et surtout – ce qu'elle passait sous silence. Sa grossesse, le protocole, son entrevue avec Dokes.

DOKES

Sur le point d'entrer dans le Saint des saints de la municipalité, ce lieu où se prenaient la plupart des décisions, James Dokes, le premier marin pêcheur à obtenir un siège au conseil de Seward, arborait un masque fier, solennel, pour un instant qu'il estimait historique. Pour lui, pour *sa* ville.

Cette fin de journée s'annonçait radieuse.

Les deux battants en chêne derrière lui, il s'accorda un moment pour étudier les visages présents autour de la table. Green hocha lentement la tête. Le shérif l'avait briefé sur ses soutiens politiques. Il paraissait satisfait de le voir enfin prendre place, comme si cela faisait un bail qu'il attendait ça. Dokes ne se sentait cependant pas l'âme d'un messie. Il croisa le regard inquiet de Gary, de la capitainerie. Ce dernier n'était jamais vraiment remonté dans son estime depuis qu'il avait abandonné son bateau. Le rond-de-cuir, patron du port et des docks, n'en demeurait pas moins une personnalité qui avait repris du poil de la bête depuis le départ des Concordiens.

La rivalité feutrée entre les commerçants du centre et les travailleurs de la mer, qui se disputaient les subsides de la mairie, datait d'avant les crises. De ce fait, que Paul Bremer soutienne sa candidature restait une énigme. Pouvait-il le considérer comme un allié ? D'après Green, Bremer était prêt à renverser la maire qu'il ne supportait pas.

Après avoir fait le tour des forces amicales, il se concentra sur le bloc adverse. La garde rapprochée de Rachel se composait d'Al Correy, des services techniques, de Grace et d'Alicia, sensibles aux répercussions des décisions sur leurs activités d'achat et de vente entre les communautés de la baie. Elles entretenaient de bonnes relations d'affaires avec les Inuits de Lowell Point en pleine expansion depuis l'accession au trône de Rachel Daanak. Quant au dernier, Kowolsky, Green affirmait qu'il votait la plupart du temps en fonction du vent dominant.

Dokes esquissa un sourire. Il lui sembla opportun d'en appeler à la houle pour secouer ce casier de crabes. Il prit place à deux sièges du maire et se servit un verre d'eau tandis qu'elle procédait à l'ouverture de la séance. Le premier sujet à l'ordre du jour concernait la réfection de la piste de l'aéroport avec l'assistance des conglos. Al Correy s'éclaircit la voix avant de résumer son rapport dont Dokes parcourait les feuillets imprimés sur du vieux papier jauni.

— Les travaux avancent selon les prévisions, grâce à Palluk O'Phellan.

Le pêcheur dressa l'oreille en entendant le nom du compagnon de Red.

— Il possédait un drone qu'il opérait depuis un hangar et il connaît très bien les installations. Sa coopération a été des plus utiles pour le repérage et pour déterminer les priorités, poursuivit le responsable des services techniques. Il nous a fait gagner un temps précieux.

Une main se leva en face de lui, celle de Grace.

— Est-ce que les conglos vont rouvrir une liaison aérienne régulière ?

Dokes la catalogua parmi les rêveuses, une catégorie de gens prêts à s'enflammer au contact de la moindre étincelle d'irréalité.

— J'imagine qu'ils comptent surtout s'en servir pour leurs rotations de personnel et y stocker du fret.

Il hocha la tête devant ce juste retour à la raison.

— Ce qui me paraît justifié, se prononça Rachel.

Objecter sur ce point ne lui apparaissait pas pertinent, jugea le patron du *Molly Pen*. Aussi, quand la maire lui demanda :

— Vous en pensez quoi, James ?

Les ovales nimbés d'une lumière vivifiée par un éclairage dur se fixèrent sur lui dans l'attente de ses premiers mots en tant que membre du conseil.

— J'ai toujours préféré les bateaux à ces trucs qui volent. J'aimerais plutôt qu'on ouvre une liaison maritime, ça donnerait plus de boulot aux gars sur les docks.

Les sourires fleurirent sur les visages, y compris sur celui de la maire, le signe qu'il avait réussi son examen d'entrée. Al poursuivit tranquillement son exposé en évoquant la route de l'aéroport objet de tous les soins de la part de ses hommes.

Puis arriva le gros dossier : Spring Creek.

En politique, avait dit un jour Dalton, il convenait de laisser ses adversaires se prendre seuls les pieds dans le tapis. Un adage d'autant plus vrai quand vous n'avez pas besoin de chercher à prendre l'initiative. Il écouta donc Rachel dérouler les faits et son argumentaire sans intervenir.

— Il est regrettable que ces incidents se soient produits. Il y aura des emplois pour tout le monde, je peux le garantir. Vingt postes ont d'ores et déjà été ouverts, et ce ne sont que les premiers d'une *très* longue liste.

Gary leva la main.

— On sait combien ils vont en proposer en tout ?

— Aucun chiffre n'a été avancé, confessa Rachel. Plusieurs centaines, sans doute.

— Tout ça pourrait n'être que du flan, pour nous endormir.

— Je ne pense pas. Ce sera un chantier énorme qui changera nos vies.

Dokes arqua un sourcil, se souvenant très bien des mots de Red : *Ça va être moche*. La maire revint sur le terrain de l'emploi.

— Il est important d'expliquer que tout le monde bénéficiera des retombées.

Ses paroles résonnaient furieusement avec celles de Dalton, prononcées un an et demi plus tôt. L'ombre du président se profilait derrière le fauteuil de Rachel, comme s'il tirait les ficelles depuis son bureau de Juneau.

— Les gens sont à cran, rapporta Paul. Le départ de Concordia a eu un gros impact sur le moral et ça en a fait réfléchir pas mal sur la confiance qu'on peut accorder aux conglos. Ils pensent que les places seront volontairement limitées ou, en tout cas, pas accessibles au plus grand nombre. Ou qu'elles seront réservées à une minorité… ethnique.

Il n'y va pas de main morte, songea Dokes. L'attaque était à peine voilée.

— J'ai entendu les mêmes choses, confirma le shérif qui avait été en première ligne dans cette affaire. Les gens demandent des garanties.

Dokes prit la parole en se penchant en avant comme pour parler à un micro invisible.

— Lorsque les prises se font rares en mer et pour assurer le renouvellement du stock, il est de coutume d'appliquer des quotas, avança-t-il d'une voix calme.

Rachel écarquilla les yeux, outrée par l'idée ou l'impétuosité de celui qui osait l'émettre.

— Vous n'y songez pas sérieusement ?

— Au prorata de la part démographique, continua-t-il sans lui répondre. Cela devrait contribuer à apaiser les esprits et apporter de la sérénité.

— Vous voulez qu'on réserve les postes en fonction de l'origine ethnique ?

Il lui suffit de capter les expressions autour de la table pour se rendre compte que le principe séduirait bon nombre des administrés.

— Comme vous l'avez dit, il y aura des jobs pour tout le monde, mais dans un premier temps, il faut calmer la situation avant qu'elle ne dégénère. Les excités des deux bords pourraient en venir aux mains, ce n'est pas ce que j'appellerais une gestion de crise efficace.

La bouche de la maire se réduisit à une fente et ses yeux sombres lançaient des éclairs. Elle était furax.

— Je propose qu'on en rediscute et qu'on vote à la prochaine séance. Des objections ?

Comme ses collègues, Dokes secoua la tête, satisfait de son premier coup d'éclat. Dans le fond, cette idée de quotas n'apporterait rien. La première passe était riche d'enseignements sur son adversaire, son mode de fonctionnement. En quelques échanges, il avait eu la confirmation que Rachel Daanak n'avait pas la trempe d'un Dalton. À la sortie de la salle, il s'entretint avec Gary, dont la coopérative venait d'expédier un chargement de crabes congelés vers le Yukon, puis il partagea ses impressions avec Green, Paul et Alicia. Il déclina leur proposition pour un dîner en ville.

— J'ai un rendez-vous important, mais ce n'est que partie remise, promit-il.

En grimpant dans son véhicule, Dokes leva la tête en direction de la fenêtre, éclairée, sur bureau de la maire. Il esquissa un sourire, puis il referma la portière.

La pièce de métal dressée vers le ciel évoquait une sculpture géométrique d'essence païenne, le genre à attirer les foudres divines qu'il aurait voulu voir s'abattre en cet instant. De la même manière que la fibre liait l'étoffe, la superstition tissait la vie de marin et ce qu'il avait devant lui, cette arche immense, presque un pont vers les nuages, ne présageait rien de bon pour l'avenir. Le sien en particulier. Le navire qui la transportait, bas sur l'eau, ressemblait à l'une de ces anciennes barges minières à fond plat. D'autres bateaux la suivaient, en file indienne. D'ici peu, *Resurrection Bay* deviendrait un embouteillage. Gary lui avait affirmé que ce trafic exceptionnel ne gênerait pas les activités de pêche, qu'il suffisait de s'organiser, de partager la baie.

James Dokes mâchonna son bout de cigare en observant la scène d'un œil maussade puis il le recracha sur le trottoir du boulevard Ballaine avant de l'écraser du plat de ses bottes.

Partager la baie… Tu parles d'une connerie.

Ils avaient mis en place un système rodé. D'ordinaire, ils partaient au milieu de la nuit pour relever les casiers au petit matin, un moment qu'il appréciait plus que nul autre à la barre du *Molly Pen*. Ils livraient la coopérative en début d'après-midi et les premiers chargements roulaient dès le soir pour Anchorage et le Yukon. Une partie de la pêche du jour se destinait au petit marché de Seward, aux boutiques d'alimentation où le crabe et des variétés, parfois exotiques, de poissons avaient quasiment remplacé la viande sur les étals. Finalement, se disait-il souvent, il ne faisait pas que remonter des pièges du fond du fjord, il nourrissait la ville et ses habitants. *Sa* ville. Son travail avait un sens et son engagement politique devenait dès lors une évidence.

Un second véhicule vint se garer derrière le sien. Un homme en sortit.

— Salut Dokes, lança-t-il en se glissant à côté de lui. Sacré bordel, pas vrai ?

Il préféra ne pas répondre.

— Comment va Walter ?

Depuis peu, le chef de l'île de Kodiak avait une sorte de représentant en ville ce qui lui permettait de garder un œil sur ce qui s'y passait. Collins avait tout du gars discret qui ne fait pas de vague. Un bon profil d'observateur.

— Les Sibériens se sont tirés en nous laissant seuls, autant dire que la situation s'est nettement dégradée à Kodiak.

— Je crois que leur rêve de Grande Sibérie va devoir attendre encore un peu.

— Walter cherche de nouveaux alliés, lâcha Collins sur un ton laconique. Nos approvisionnements sont coupés, nous devons trouver d'autres sources, nouer des accords. C'est ça ou l'évacuation.

Dokes rumina l'information. Où comptait-il dénicher de tels « amis » ? Kodiak signifiait moins que rien pour les conglos. Les habitants pouvaient crever sur leur île sans qu'ils lèvent un sourcil. Les Sibériens étaient repartis la queue entre les jambes. Le Yukon et la Ligue n'avaient pas les moyens d'opérer si loin de leurs territoires. La seule aide possible provenait de Seward… Sans assistance, Kodiak aurait certainement du mal à passer le prochain hiver. Walter se retrouvait dans une position délicate.

— Ce n'est pas le meilleur moment, exposa Dokes. Si l'on vous accueille, ça va générer encore plus de tensions.

— Je sais, mais cela pourrait changer si tu deviens maire.

C'était donc le sens de cette visite : obtenir une sorte de promesse.

— Pour cela, il faut gagner. Rachel Daanak a du lourd derrière elle. Je ne peux pas m'engager en l'état, tu comprends ?

— Ce n'est pas ce qu'il te demande. Il te rappelle juste qu'il t'a approvisionné en fioul pendant un bail.

La bouche du vieux pêcheur remuait comme s'il continuait à mordiller un mégot invisible.

— Comment vous restez en contact ?

— Les Sibériens ont laissé du matériel sur place et quelques radios.

Dokes n'aimait pas trop l'idée. Les conglos surveillaient probablement tout ce qui circulait sur les ondes. Collins hocha la tête :

— Nous avons mis au point un code. Même s'ils interceptent nos communications, ils n'auront qu'une liste de courses à parcourir. Des fournitures pour Kodiak.

Le marin sourit.

— OK, alors dis à Walter qu'en l'état actuel des choses, je ne peux rien promettre, mais que je ferai de mon mieux.

Il décela la déception dans le regard de Collins qui s'était sans doute attendu à une autre réponse de sa part. L'homme inclina la tête en signe de salutation et remonta dans son véhicule. Pendant quelques minutes, Dokes resta sur le front de mer, à observer les transporteurs dont les feux se reflétaient à la surface des flots sombres. Aussi sombres que ses pensées. Il se sentait désolé pour son ami.

Dokes regagna son pick-up où il s'installa derrière son volant le sourire aux lèvres. Il savoura ce moment, remontant le boulevard Ballaine vers son domicile et en longeant de belles pelouses verdoyantes, allant jusqu'à pousser la chansonnette, satisfait de son petit coup d'éclat lors du conseil.

La dernière tempête hivernale ne semblait qu'un lointain souvenir avec des températures largement reparties à la hausse. Soudain, ses mains se crispèrent sur le volant. Le marin freina brutalement et la ceinture de sécurité lui comprima le torse. À quelques mètres devant son capot, des gens couraient et il crut apercevoir l'un d'eux avec une batte de base-ball. Il resta interdit pendant plusieurs secondes puis il déboucla sa ceinture.

— Qu'est-ce qui se passe encore ?

D'où sortent ces types ?

Dokes stoppa son véhicule. Les silhouettes qu'il avait entrevues, l'espace d'une poignée de secondes, s'étaient déjà évanouies, avalées par la nuit. Ses phares avaient éclairé des fantômes. Il mit un pied en dehors de l'habitacle puis il marcha jusqu'au croisement entre Jefferson et Ballaine. Au milieu de la rue qui remontait vers le centre-ville, un individu était allongé sur le bitume. Il gémissait.

— Bordel ! grommela le pêcheur en se précipitant vers la victime.

Un gamin. Et pas n'importe lequel.

— Merde ! jura-t-il à nouveau en l'aidant à se redresser.

S'il en jugeait par les ecchymoses, ce jeune venait de subir un passage à tabac. Sa lèvre fendue pissait le sang. Dokes sortit un mouchoir de sa poche.

— Je vais te conduire à l'hôpital. Est-ce que tu peux marcher jusqu'à ma voiture ?

Après une rapide palpation des membres inférieurs, il en conclut qu'il n'y avait rien de cassé. Aucune fracture visible en tout cas.

— Oui, monsieur Dokes… réussit-il à articuler en prenant appui sur son épaule.

Au moins, il l'avait reconnu. Un bon signe.

— Vas-y doucement, mon garçon…

Ils progressèrent lentement en direction du pick-up.

Quand il parvint à l'installer sur le siège passager, le gamin le regarda d'un drôle d'air.

— Vous savez qui je suis, pas vrai ?

— Le fils de la maire.

Chance Daanak tenta d'attraper la ceinture de sécurité, le mouvement lui arracha un cri de douleur. Des côtes cassées ou fêlées, devina Dokes qui l'aida à la boucler.

— Merci, monsieur Dokes.

Le pêcheur tourna la clef de contact.

— Que les choses soient claires, dès à présent. Ta mère et moi nous avons certainement des différends, mais je ne suis pour rien dans ce qui s'est produit ce soir.

Le gamin hocha la tête en serrant les dents.

— Jamais je ne m'en prendrai à la famille, ajouta le marin. Ceux qui t'ont fait cela sont des lâches.

— Heureusement que vous passiez par là…

Restait à espérer que la maire le pense également. Qu'elle ne s'imagine pas des choses.

RACHEL

Lorsque Rachel déboula aux urgences du centre médical Providence dans le sillage de son mari, elle se planta devant Dokes qu'elle fixa longuement, l'esprit empli de questions – une en particulier –, tandis que Nicholas Daanak se pressait d'un pas ferme vers le comptoir de l'accueil.

— Où est-il ?

Le pêcheur se montra rassurant.

— David Brockman est en train de l'examiner. Il a…

Ses mains se refermèrent, ses yeux devinrent noirs.

— Il a quoi ?

— Il a pris de mauvais coups, mais quand je l'ai amené ici, il marchait. Il va s'en remettre. Je crois.

Durant un instant, son regard se perdit dans l'arrière-plan vers Nicholas concentré sur les propos de l'infirmière de garde. Elle revint sur le marin.

— Qu'est-ce qu'il s'est passé ? N'omettez aucun détail.

Dokes haussa les épaules.

— Je rentrais chez moi quand des types ont traversé la route en courant, juste sous mon nez. J'ai pilé. Je suis sorti et…

Le récit du pêcheur manquait d'informations précises, mais Rachel était soulagée que son fils ait été découvert rapidement. Elle n'osait pas penser au calvaire qu'il aurait vécu dans le cas contraire.

— Seigneur… soupira-t-elle.

Parfois, cela se jouait à un détail, une petite chose de rien du tout qui faisait la différence. D'aucuns appelaient cela le destin.

— Je vous remercie, Dokes, lâcha-t-elle finalement, d'avoir été là pour mon garçon.

— Je n'ai fait que mon devoir de citoyen, madame. Enfin, on aurait tous agi de la même façon. C'est de la famille qu'il s'agit.

Sa mâchoire se crispa.

— Pas les types qui ont agressé mon enfant.

Deux portes battantes s'ouvrirent largement. Tous se tournèrent vers le praticien qui s'épongea le front avec une serviette, qu'il rejeta sur son épaule. Les cernes marquaient son visage du sceau de la fatigue. Être rappelé en soirée pour une urgence, ce n'était certes pas la meilleure manière de préserver l'unique médecin de la ville, mais s'agissant du fils de la maire, il ne saurait être question de tergiverser.

— Chance va bien, annonça-t-il en mettant fin à un suspense insoutenable.

Nicholas vint vers elle et elle se laissa enlacer par les bras de son époux. Dokes se tenait en retrait. Brockman poursuivit son compte rendu :

— Il a deux côtes cassées et des ecchymoses. Le pire a sans doute été évité grâce à l'intervention de Dokes.

— On peut le voir ? s'impatienta Rachel.

— Bien sûr. Suivez-moi.

Avant de quitter le salon d'accueil, elle alla serrer la main de son futur adversaire.

— Ce que vous avez fait était… juste. Ça ne vous donne toutefois pas le droit de vous en servir contre moi. C'est une option que je vous déconseille formellement.

Elle arqua un sourcil : comment interpréter ce sourire énigmatique sur ses traits burinés ?

Le pêcheur la salua et elle rejoignit son mari.

Chance Daanak n'en était pas son premier séjour dans l'une de ces chambres sans personnalité. Rachel se jeta littéralement sur le lit de son enfant, abandonnant son rôle de maire pour endosser celui de mère.

— Ça va, maman, protesta son fils. Je vais bien !

Une grimace de douleur apporta un démenti cinglant à son propos lorsqu'il se tortilla pour desserrer l'étreinte maternelle.

— Le docteur dit que tu as deux côtes cassées, alors non, ça ne va pas ! Moi en tout cas, je ne vais pas bien.

Nicholas de l'autre côté du lit déposa un baiser sur le front de son enfant puis il s'assit.

— Si tu nous racontais ce qui s'est passé, fils ? s'enquit-il.

— Oui, renchérit Rachel. Commence par le début.

Le jeune homme regarda ses parents en cherchant de quelle manière présenter les faits. Il avait postulé pour travailler sur le chantier de Spring Creek. Toute la ville ne parlait que de cela et Rachel l'avait même encouragé en ce sens, pour l'exemple, mais aussi pour lui. Il n'aurait sans doute pas de meilleure opportunité professionnelle de sa vie. À présent, elle ne savait plus trop si c'était une bonne chose.

— Comme je vous l'ai dit, j'ai déposé un dossier de candidature. Et j'ai reçu ma convocation. Je ne pensais pas que ce serait si rapide.

Il brandit le sésame que Rachel connaissait très bien, à l'en-tête de la mairie. Elle parcourut les quelques lignes qui avaient dû ravir son gamin. Lorsqu'un dossier franchissait le premier tri, les recruteurs envoyaient la notification, une lettre désormais très courue à Seward.

— J'y suis allé et là, on m'a annoncé que j'aurais un entretien.

Rachel lui sourit :

— C'est une excellente nouvelle !

— Ouais, pas pour tout le monde. Après, je suis allé me balader avec les potes sur le bord de mer et quand je suis remonté pour rejoindre le camion, j'ai croisé ces types. Ils étaient trois. Âgés, avec des voix graves. Il faisait noir, je n'ai pas vraiment vu leurs visages. Ça a dégénéré très vite quand ils ont dit que ce n'était pas normal que les *bridés* se voient attribuer les meilleurs emplois.

— Ils savaient qui tu es ?

Chance secoua la tête.

— Je n'en suis pas certain. Ils avaient vraiment l'air éméchés, en colère aussi.

Il poursuivit son récit jusqu'à ce que pleuvent les insultes centrées sur son physique puis les premiers coups. Rachel ferma les yeux. Cette campagne exposait sa famille, elle mettait ses enfants en première ligne dans un combat qui n'était pas le leur.

Lorsqu'elle les rouvrit, elle croisa le regard dur de son mari qui venait sans doute de penser la même chose qu'elle.

— Quand dois-tu rencontrer le recruteur ?

— Après-demain.

L'accord stipulait que les entretiens et les tests ainsi que l'ensemble de la formation se déroulent sur un navire-instruction ancré dans la baie. Le bâtiment servait également de base logistique à des ouvriers. Elle avait grincé des dents, mais vu les tensions que suscitaient les conglos, ça ne semblait pas un mauvais compromis.

— Avec deux côtes cassées, ça m'étonnerait qu'ils m'engagent maintenant.

— Je suis certaine qu'ils se montreront compréhensifs quand je leur expliquerai la situation.

Y a même intérêt, se dit-elle.

La crise d'angoisse passée, la colère enfla, d'abord sous la forme d'une question lancinante : qui avait osé s'en prendre à sa famille ?

Rachel ne rentra pas chez elle ce soir-là. Après avoir laissé Nicholas au chevet de Chance, elle retourna à la mairie. Elle ne trouverait pas le sommeil. Pas cette nuit en tout cas. Son estomac expulsait une bile acide qui remontait le long de son œsophage. Ainsi qu'elle l'avait appris de Dalton, elle entreprit de transformer son ressentiment en énergie, en moteur d'action.

Convoqué à huit heures tapantes, le shérif Green eut la présence d'esprit de prendre au préalable la déposition de son fils. Installé en face d'elle, il lui présenta un résumé de ce qu'elle connaissait déjà.

— Je suis désolé, nous n'en savons pas davantage à ce stade de l'enquête, s'excusa-t-il. J'ai interrogé le voisinage, ça n'a rien donné. Dokes est notre seul témoin, malheureusement, avec l'obscurité, il n'a pas pu identifier les agresseurs. Nous ferons bien évidemment le nécessaire pour mettre la main dessus.

— Je te remercie, lui répondit-elle en lui signifiant la fin de leur entrevue.

La maire de Seward se leva, écarta le rideau en espérant trouver une solution à travers le panorama. Dans la baie, les navires apportaient des pièces gigantesques que le chantier paraissait avaler comme un ogre, affalé derrière le flou bleuté de la barrière électronique.

Elle ferma les yeux.

Des agresseurs sans visages… Des lâches sous des masques.

Rachel revint vers son bureau où elle composa un numéro à trois chiffres. L'ouverture d'une ligne directe entre la mairie et le responsable en chef des conglos à Spring Creek devait faciliter les échanges d'informations et étouffer dans l'œuf les malentendus. Dalton lui avait dit qu'une ligne du même genre avait relié les superpuissances nucléaires d'antan.

— Ici Cornélius. Madame Daanak, que puis-je faire pour vous ?

L'homme se montrait toujours serviable, aimable et il accédait sans rechigner à ses demandes, sans lui poser de questions. Il observait sans doute les instructions venues des échelons supérieurs, quoi que cela puisse recouvrir comme réalité. Elle ignorait de quelle façon ces gens fonctionnaient, mais en ces instants, son interlocuteur lui parut la seule personne en mesure de lui apporter des réponses claires. Et surtout, des noms.

Elle s'exprima avec calme et formula sa requête en termes simples.

— Vous avez des drones qui survolent ma ville. Mon fils a été victime d'une agression hier soir. Je veux savoir ce qu'il s'est passé.

— Je vais voir ce que je peux faire, madame.

À chaque fois que ces mots étaient sortis du haut-parleur de son combiné, elle avait obtenu satisfaction dans l'heure. Rachel retrouva un semblant de sourire au moment de raccrocher.

EMILY

La nausée l'avait sortie du lit tôt. Après un passage aux toilettes, Red renonça à replonger sous les draps d'une couche où elle se sentait bien seule. Pop s'était levé aux aurores pour, avait-il dit, subvenir aux besoins de sa future famille. Son horizon. Il multipliait les heures supplémentaires dans le but de compenser la perte de revenus consécutive à l'arrêt du tannage et de la vente des peaux.

Red abandonna sa chambre après avoir enfilé un pull. Elle descendit à la cuisine pour se servir un café suivant un cérémonial qu'elle avait souvent partagé avec son père. Son cœur se serra à cette pensée. Dehors, une blancheur matelassée couvrait les rues chichement éclairées par des lampadaires à l'éclat maladif. L'air chargé d'humidité venu du sud repoussait le front arctique et, à l'interface entre les deux masses, la condensation générait des brumes épaisses. Un phénomène fréquent en cette période. Depuis la fenêtre de la cuisine, elle n'apercevait même plus le front de mer, ni la file de navires, ni la lueur bleue de Spring Creek.

C'était reposant.

Son regard plongea vers la tasse chaude qu'elle tenait entre ses mains. Pop avait raison, songea-t-elle, ils devaient se concentrer sur leur avenir en tant que famille. Elle abandonna le récipient vide sur le plan de travail et alla enfiler un chandail pour affronter le brouillard matinal, comme si l'hiver tirait ses ultimes cartouches.

Le garage transformé en tannerie artisanale exhalait une odeur forte, animale, ce dont Pop se plaignait régulièrement. Emily refusait d'utiliser des expédients chimiques produits par une industrie qui, de toute façon, avait pratiquement cessé d'exister.

Dans une bassine en étain au revêtement intérieur visqueux macéraient deux peaux – les dernières avant un long moment – qu'elle avait épilées et dégraissées quelques jours auparavant, comme le lui avait appris sa mère. Fidèle à son héritage, elle concoctait un mélange d'huile animale et de cervelle dont le fumet propageait des relents organiques d'œuf pourri ou de lait laissé au soleil ; des fragrances qui lui soulevèrent le cœur. Elle réprima un hoquet puis elle recouvrit la bassine avec des planches de bois.

Sur une étagère trônait un paquet de peaux séchées prêtes à la vente. Red commerçait principalement avec des familles de Lowell Point qui travaillaient ensuite sa matière première utilisée dans la confection de vêtements que les Inuits écoulaient parfois vers les boutiques de Seward. Elle avait le réjouissant sentiment de participer à une boucle économique vertueuse et locale. De la main, elle éprouva la souplesse du cuir, le lustre du poil, brillant, respirait la production de qualité. À chaque fois qu'elle se mettait à l'ouvrage, une forme de plénitude se diffusait en elle. Habitée par la sérénité, elle se concentrait sur sa tâche, en prenant son temps, en s'appliquant, sans délai, ni pression. Emily tira le tabouret pour s'y asseoir, les mains sur les genoux, perdue dans ses pensées.

L'arrêt de cette activité était un déchirement.

Un bruit de moteur attira son attention. Elle se leva, gagna l'allée débouchant sur la rue. Le véhicule de patrouille garé le long du trottoir appartenait au shérif. Ce dernier arborait une mine grave.

— Green… Que se passe-t-il ? demanda-t-elle d'une voix inquiète.

— Le fils de Rachel a été agressé. Hier soir.

L'annonce la consterna.

— Hier soir ? Est-ce que Chance va bien ? Qui a fait ça ?

GG afficha un air contrit.

— Le gamin a quelques côtes cassées. Dokes était témoin, mais il faisait trop noir. Il n'a rien vu.

— Dokes ?

— Ouais, il a transporté le gosse à la clinique.

Emily ne discuta pas une seconde de plus.

— Conduis-moi à Rachel.

Green hocha la tête. Une minute plus tard, ils roulaient en direction de la mairie.

Dès son arrivée dans le cabinet, les deux femmes s'étreignirent.

— Comment vas-tu ? s'enquit Red.

— Je suis en colère. Ils s'en sont pris à mon enfant ! Red, mon enfant ! Mon bébé ! J'ai envie de foutre ces salopards en taule et qu'ils y restent un long moment.

Un sentiment qu'elle trouva parfaitement justifié maintenant qu'elle allait devenir à son tour une maman prête à défendre son petit. Ou sa petite.

Rachel haussa un sourcil devant son attitude neutre.

— Tu crois que ma réaction est excessive.

— Je… Non. Tu n'as pas évoqué de mise à mort ou de pendaison, alors ça me va.

La maire lui décocha un regard curieux.

— Il y a quelque chose d'étrange dans ton comportement en ce moment, Red. T'as l'air différente, épuisée aussi. Ça va avec Pop ?

Cela faisait beaucoup de questions d'un coup. Emily lorgna vers le sofa.

— Il bosse trop.

— Je sais. J'ai vu sa feuille d'heures supplémentaires. Il se tue à la tâche. Vous avez des problèmes d'argent ?

— Qui n'en a pas ? rétorqua-t-elle, soudain mal à l'aise.

— Je pensais que tu t'en sortais avec les peaux.

La conversation glissait de manière incontrôlée. Rachel s'approcha à nouveau d'elle, lui prit les mains.

— Tu sais que tu peux tout me dire, hein ? Je suis contente que tu sois venue me soutenir. J'apprécie ton geste, ta marque d'amitié.

— Rachel, je…

— Je sais que tu ne veux pas bosser avec moi. Pourquoi m'accorderais-tu une faveur que tu as refusée à Dalton ?

— Rachel…

Cette dernière agita les mains.

— Je comprends. Je comprends tout ça, tu as vécu des choses compliquées avec les conglos et j'imagine que tu n'as envie de…

— Rachel ! la coupa-t-elle.

La maire s'arrêta de parler.

— Je suis enceinte.

Sa bouche resta ouverte.

— Tu es…

Red hocha la tête.

Soudain, Rachel se mit à crier. Elle se jeta littéralement dans les bras de Red. Cette dernière recula sous l'effet de la surprise.

— Je suis si heureuse pour toi ! Depuis quand ?

— C'est confirmé depuis deux semaines.

— Et tu ne m'as rien dit ? Si tu m'avais expliqué l'autre jour, j'aurais compris, tu sais.

— Je… On voulait faire la surprise, improvisa Emily, avec Pop.

— C'est une excellente idée ! exulta Rachel. Voilà exactement ce qu'il nous faut pour nous sortir de cette ambiance morose. Mary !

La secrétaire ouvrit la double porte :

— Madame ?

— Emily va avoir un enfant !

Mary eut l'intelligence de ne pas révéler qu'elle était déjà au courant. Emily écarquilla les yeux quand elle feignit la stupéfaction.

— Oh ! C'est une extraordinaire nouvelle !

La compagne de son père lui adressa un sourire sincère et Red pensa qu'elle aurait certainement fait une excellente comédienne.

— Oui, renchérit Rachel, nous avons besoin de bonnes nouvelles. Nous allons organiser une fête !

— Une quoi ? Non, non, non… Je…

— Tu ne vas pas me refuser aussi ça ? la toisa Rachel en exagérant le froncement de ses sourcils.

Red capitula.

— Va pour une fête…

Cette fois, il fallait vraiment qu'elle s'assoie.

— Nous devrons lancer une invitation à Dalton ! s'enflamma la maire.

— Tu crois que c'est nécessaire ? Il doit être très occupé. Entre nous, je préférais faire ça en petit comité. Aux *Trois Ours*…

Rachel ignora sa remarque.

— Dans deux jours, je dois prononcer un discours qui sera diffusé en direct depuis Spring Creek. Le président sera là. Ce sera l'occasion de faire enfin tomber les barrières.

Et de prendre l'ascendant sur Dokes, songea Red.

La maire s'assit en face d'elle, ses lèvres s'étirèrent :

— Et je te veux à mes côtés. Pas d'engagement. Ta présence suffira. Le soir, nous célébrerons la bonne nouvelle. T'en penses quoi ?

— Pop va être ravi, dit-elle.

— Parfait ! Alors, c'est entendu. Mary s'occupe des détails et de la logistique, toi, tu te reposes.

Emily soupira. De dépit.

WALTER

L'embarcation furtive filait à plus de quarante nœuds en collant la côte ouest du golfe de Cook dominé par la chaîne volcanique des Chigmit Mountains. À l'est, les sommets de la péninsule du Kenaï arboraient çà et là des reflets blancs révélés par la lumière rasante du soleil levant. Walter se pencha en avant pour prendre connaissance de leur position sur la vieille carte. Il voulait à tout prix gagner leur destination avant que les drones ne les localisent à la faveur du jour. Les Sibériens avaient eu beau vanter l'efficacité du revêtement antiradar de la coque et des dissipateurs thermiques, il n'accordait qu'un crédit limité à leurs garanties. D'autant plus qu'ils venaient de le lâcher, laissant Kodiak plus isolée que jamais.

Sans les Sibériens pour nous ravitailler, avait dit un jour l'un de ses lieutenants, *on devra se chercher un nouveau partenaire, sur le continent.*

La logistique, alimentaire et énergétique, demeurait en effet la variable vitale d'une équation complexe de leur survie.

Walter n'était pas devenu chef de Kodiak par hasard. L'île avait été le théâtre d'un dur conflit de succession dont il était sorti vainqueur en promettant une alliance avec leurs amis de l'autre côté du détroit de Béring afin d'assurer un approvisionnement constant en produits de première nécessité, en carburant, en nourriture et en pièces de rechange. Il devait à sa communauté de trouver une nouvelle source s'il voulait conserver sa position. La moindre faiblesse prêtait le flanc à la dissension et aux rivalités.

L'un de ses hommes se glissa vers lui en provenance du poste de conduite occupé par leur meilleur pilote.

— Nous sommes en approche, patron.

La machine furtive avait été amenée par les Sibériens, quelques mois auparavant, quand ils s'imaginaient pouvoir s'emparer de Seward puis conquérir la moitié de l'Alaska. À l'origine, l'embarcation était destinée à injecter des commandos pour reconnaître les faubourgs d'Anchorage et à créer une tête de pont sur le principal axe routier vers Fairbanks. Ainsi, ils auraient ouvert la voie aux unités venues de Seward.

Walter et ses hommes avaient profité de la débandade des troupes sibériennes pour mener un coup de force visant à s'approprier un précieux butin. Des caisses de matériel, des munitions, des armes et ce navire, qui leur offrait une mobilité bienvenue. Ils n'étaient plus coincés sur une île, désormais.

— Parfait, acquiesça Walter.

Sa voix, couverte par le vacarme des énormes moteurs hors-bord, n'alla guère au-delà des oreilles de son subalterne.

Il se leva de son siège pour jeter un œil à travers le hublot. Pour garder un profil furtif continu, la dizaine d'hommes s'entassait dans une sorte de cockpit allongé dépourvu d'insonorisation avec l'interdiction formelle d'ouvrir l'écoutille. L'air intérieur empestait la sueur et les vapeurs de biodiesel.

Les embruns et les projections bouchaient une partie de la vue, mais il savait exactement où il se trouvait. Après une poignée de minutes, le pilote changea de régime et l'atmosphère devint moins assourdissante. En jouant sur la manette des gaz, il se rapprocha lentement d'un pilier de béton qui émergeait de la mer. Ce pied colossal soutenait une plateforme perchée à vingt-cinq mètres au-dessus des flots. Un léger soubresaut signala le contact entre la coque et de vieux pneus. Les moteurs s'éteignirent une fois le navire amarré. La libération ne fut totale qu'à l'ouverture de l'écoutille.

Walter inspira profondément un air presque pur. Il perçut même le bruit des oiseaux et le clapotis des vagues. Il sourit en montant sur le pont. Au-dessus de sa tête, la masse de superstructures en équilibre instable paraissait sur le point de basculer.

Le chef de Kodiak, les mains sur les hanches, observa ses hommes en train de rassembler des caisses avec des inscriptions cyrilliques. Après avoir distribué des consignes à son lieutenant, il saisit l'échelle de coupée d'une main ferme puis commença à grimper, barreau après barreau, rapidement imité par ses hommes.

Le golfe de Cook avait été naguère l'une des principales sources de gaz et de pétrole offshore de l'Alaska. Plusieurs plateformes avaient été exploitées durant des décennies, jusqu'à ce que la production décline, que les rendements s'effondrent du fait de l'épuisement de la ressource fossile. Les propriétaires des puits mirent la clef sous porte et sombrèrent avec la civilisation. Quelques-uns de ses vestiges monumentaux tenaient toujours debout et des trafiquants d'Anchorage, distante de soixante-dix kilomètres à peine, leur avaient trouvé une utilité en y stockant des marchandises qu'ils destinaient au marché noir, en plus de la drogue ou des armes, des fournitures convoitées dans une économie de crise.

Au sommet de l'échelle, un individu armé d'un fusil d'assaut passé en bandoulière lui tendit la main.

Les deux hommes se saluèrent.

— Ça fait un bail, Walter.

Il esquissa un demi-sourire tandis que par le biais d'un système de poulies, une première caisse montait jusqu'à eux. Il la tira vers lui avant de la poser sur le sol métallique.

— J'ai ramené des vêtements, annonça-t-il. La nouvelle collection.

Son alter ego, à la tête d'une organisation criminelle et commerciale qui régnait en maître sur certains quartiers de la grande ville, se mit à rire, le contaminant à son tour. Walter ouvrit le couvercle et déplia la première tenue sur la pile.

— Tu veux essayer ?

Le caïd, qui répondait au seul nom de Kobb, s'exécuta en l'enfilant après avoir jeté sa veste par-dessus la rambarde. L'habillage dura cinq bonnes minutes afin que le corps soit correctement recouvert et les jointures, aux articulations, soigneusement colmatées avec de l'adhésif. Le masque muni un groin puisait de l'air à travers une succession de filtres puis il l'évacuait vers un échangeur de chaleur. L'un des hommes de Kobb, jumelles de vision nocturne devant les yeux, vérifia l'étanchéité thermique.

— Impec, patron, déclara-t-il. Y a pas un pet d'infrarouge qui s'échappe.

Satisfait par le test empirique, le caïd se libéra précautionneusement, les cheveux poisseux après quelques minutes passées dans la combinaison.

— Il fait une chaleur à crever là-dedans.

— C'est l'un des inconvénients, concéda Walter.

— Ça provient des Sibériens ?

— C'est ça. Ils sont partis en laissant des tas de trucs derrière eux.

Ils avaient mis de côté les pièces les plus intéressantes et une partie du stock d'armes. Le reste pouvait être troqué contre de la nourriture.

Kobb lui tapota l'épaule.

— Ça me fait plaisir de refaire des affaires avec toi. Avec ça, on va pouvoir s'infiltrer et venger Marvin Stoker. Je me disais que tu pourrais… nous aider.

Walter Webster regarda le caïd droit dans les yeux. Plusieurs réflexions lui traversèrent l'esprit, mais il décida, prudemment, de ne rien dire. Pas tant qu'il ignorait ce que Kobb projetait et à voir sa tête, il préparait sûrement un coup de grande envergure.

— Ce que tu comptes faire ne me concerne pas. Je suis là pour une seule raison, le ravitaillement, c'est notre priorité. Rien d'autre.

— Pas de soucis, mon pote. J'ai tout ce qu'il vous faut ici. Farine, sucre, conserves et même du café ! Ce genre de business rapporte plus que la drogue et c'est légal. Enfin, le marché noir n'est pas bien vu, mais les autorités n'ont de toute façon pas le choix sinon ils auront un soulèvement général sur les bras.

— Ce qui t'arrange.

— Je suis avant tout un homme d'affaires.

Le roitelet des trafics en tout genre l'invita à entrer dans son entrepôt, une véritable caverne d'Ali Baba de caisses remplies de boîtes, des piles de sacs de farine ou de riz flanqués d'un logo *China First Aid*, des cantines débordantes de pièces détachées. De quoi compenser une partie de la perte du soutien des Sibériens. Pour le reste, comme le biodiesel, cela serait plus compliqué.

Chaque chose en son temps, se dit-il en parcourant les allées le sourire aux lèvres.

DALTON

Rachel lui serra la main, d'une façon très promotionnelle, devant une caméra dont l'objectif immortaliserait l'événement le plus important depuis le départ de Concordia. Du moins, c'était la promesse affichée en plus de la réassurance que le président se souciait toujours des affaires locales et bien entendu, qu'il soutenait sa candidate.

— Je suis vraiment reconnaissante que tu aies pu te dégager de tes obligations. Ta présence à mes côtés est un atout, le remercia-t-elle.

— Quelqu'un m'a récemment fait remarquer que Juneau est à moins d'une heure de vol de Seward, lui sourit-il. Ça fait aussi du bien de revenir au bercail de temps en temps.

Plus que je ne l'aurais imaginé.

Le soleil généreux éclairait la baie, ses rayons, sa chaleur réveillaient les pentes escarpées à la verdure chatoyante, gorgée de chlorophylle. De l'autre côté du fjord, les vitrages des bâtiments de la ville – sa ville – renvoyaient de petites étincelles. Seward brillait. Au firmament. En cet instant, il se plaisait à penser qu'il y était pour quelque chose, que c'était toujours son fief et qu'il s'y sentait mieux qu'en tout autre endroit au monde. Une fois que la barrière électronique qui crépitait derrière eux serait tombée, ce serait un lieu encore plus agréable.

Une voix émergea dans son dos.

— Président Dalton…

Quand il se retourna, il la vit. Il la redécouvrit. Red lui souriait, vêtue d'un vieux jeans, d'un haut ample et d'une veste de cuir élimée qui mettait en lumière ses boucles de feu. Ses lèvres s'étiraient délicatement, mais ses traits tirés ne le trompèrent pas.

— Red… Tu es en forme. Radieuse.

— Merci, monsieur le président.

— Pas de « monsieur le président » entre nous, Red. Ni de ton cérémonieux… Je ne pensais pas te voir ici.

— Rachel m'a embarquée dans son affaire et elle a besoin d'un petit coup de pouce. J'imagine que tu es là pour les mêmes raisons. Enfin, tu as certainement plus de poids politique que moi.

— En effet, j'ai appris pour son fils. J'ai cru comprendre qu'il y avait des tensions en ville. Ce qui s'est produit n'est pas tolérable.

La jeune femme hocha la tête. Miles hésita à se rapprocher d'elle.

— Les gens sont à cran, Dalton, ils veulent des réponses. À commencer par ce qui passe de l'autre côté de cette barrière.

— C'est pour cela que nous sommes ici. Nous sommes là pour faire la lumière et cette journée radieuse se prête idéalement à l'exercice de la vérité.

Il avança d'un pas, gagné par la confiance.

— J'aurai moi aussi une question, lui dit-il en abaissant légèrement le regard.

Il n'eut pas besoin de la poser. Red avait compris.

— Je ne pourrais pas le cacher bien longtemps, hein ?

D'un mouvement de tête amusé, il le confirma, tout en dissimulant la contrariété qu'il ressentit sur le coup. S'il était heureux pour elle et pour Pop, ses plans venaient de partir en fumée.

— Fille ou garçon ?

— Je ne sais pas encore. Brockman doit bientôt recevoir l'équipement qui nous permettra de le déterminer, mais je ne suis pas sûre de vouloir le savoir.

— Ah ! Et qu'en pense le papa ?

— Je crois qu'il rêve d'un garçon. Comme tous les pères, non ?

Une autre voix émergea dans son dos, au vibrato parfaitement identifiable.

— Dalton !

Red se pencha de côté puis son regard revint sur le sien.

— Ma conseillère en communication, expliqua-t-il alors.

— Elle est… très jolie. Je la préfère largement à ce type qui te suit toujours. Cleaver, c'est ça ? Où est-il d'ailleurs ?

— Des affaires importantes le retiennent.

Il se retourna pour accueillir son amante et l'introduisit aussitôt :

— Red, voici Aubrey.

Les deux femmes se serrèrent la main.

— Je suis enchantée de faire votre connaissance. Dalton m'a beaucoup parlé de vous, il paraît que vous êtes allée en Californie.

Red se fendit d'un sourire poli. Dalton esquissa une moue.

— Oui, je suis revenue depuis un moment.

Aubrey le saisit fermement par le bras. Par ce geste possessif, il comprit ce qu'elle était en train de faire : elle marquait son territoire. Dalton salua Red avant de se laisser entraîner vers le groupe qui entourait la maire.

Cette dernière se concentrait sur son discours.

Ils en avaient longuement discuté auparavant. Cette émission où elle seule parlerait lui permettrait de reprendre l'initiative. Dalton lui avait fait remarquer qu'elle contrôlait le calendrier, que les options de Dokes, dont les propos trouvaient un écho, étaient en réalité très limitées. Elle devait lui couper l'herbe sous les pieds, l'empêcher de s'enraciner sur le terrain de la contestation. Il s'agissait d'un exercice de communication millimétré dont elle maîtrisait les paramètres.

Confiant, Dalton prit place avec Aubrey sur les chaises disposées en arc de cercle derrière le pupitre habillé d'un drapeau de l'Alaska à la dominante bleu nuit. Vêtue d'un tailleur de la même teinte, la maire arrangea ses notes puis elle leva la tête vers l'une des caméras de Sara Pherson, installée à côté de son cadreur, à quelques secondes du lancement du direct.

Miles jeta un regard discret en direction de Red qui avait choisi l'extrémité du rang, comme pour ne pas manifester ouvertement son soutien. Il esquissa un sourire tout en s'interrogeant sur la grossesse, désormais confirmée, de son amie. Aubrey posa une main sur la sienne.

— Red a l'air d'une personne charmante, lui dit-elle.

— Elle l'est. C'est quelqu'un qui compte à Seward.

— Et elle soutient le maire ?

Il marqua une hésitation.

— Ce sont des amies de longue date. Depuis l'enfance.

— Et toi ?

— Moi ?

— Vu comment tu la regardais, je pense que tu la connais depuis au moins aussi longtemps. Il y a eu quelque chose entre vous ?

Il fronça les sourcils.

— Serais-tu en train de m'expliquer que tu es…

Elle ne le laissa pas finir.

— Je ne dis rien. Je sais ce que j'ai vu. Ça commence ! glapit-elle d'excitation.

DOKES

Lorsque Rachel Daanak prit la parole, en direct de Spring Creek, toutes les conversations se turent aux *Trois Ours*, plongeant la salle principale dans un silence quasi religieux. Dokes était au comptoir, une bière à la main, les yeux accrochés par l'écran.

— Mon engagement envers notre communauté, envers la baie, ne date pas d'hier. Je me suis mise au service de la ville pour faire tomber des barrières. Celles érigées entre Lowell Point et Seward d'abord, puis entre les Concordiens et nous, lors des événements de l'an passé, pour finalement me retrouver ici, face à vous.

L'absence de brouhaha avait quelque chose de perturbant, songea-t-il. Les gens buvaient ses paroles. La maire avait réussi l'attention de son auditoire, suspendu à la suite.

— Je me tiens aujourd'hui devant une nouvelle barrière.

Elle accompagna son propos d'un geste montrant la grille électronique dont la luminosité semblait avoir été augmentée pour ajouter à la tension. La population spéculait sans retenue sur ce qui s'y passait et les rumeurs les plus inquiétantes insistaient sur la défiguration du site. Il se souvenait très bien des mots de la fille de Bill : *Ça va être moche.*

Cette dernière se tenait au bout de la rangée. La caméra s'était attardée sur son visage connu de tous à Seward. Dokes avait parfaitement reçu le message.

— Peut-être d'ailleurs la barrière la plus facile à faire tomber. Plus facile que celle qui a conduit à l'agression de mon fils. Je tiens à nouveau à remercier James Dokes pour son intervention. Je lui en serai toujours redevable, même si nous sommes adversaires…

Dans l'assistance, quelques regards bienveillants se tournèrent vers lui. Le pêcheur leva son verre en guise de salut.

— Les murs les plus dramatiques ne sont pas les plus visibles, mais à l'instar de leurs cousins en briques, en béton ou fait d'électrons, ils ne sont pas infranchissables ni éternels.

Rachel observa une courte pause, le regard rempli d'assurance, porté par les soutiens de poids. Le vieux marin comprit qu'elle marquait des points.

— En ce jour radieux, je vous propose donc de faire un pas. Tous ensemble.

Dans un élan théâtral, la maire se retourna pour tendre la main au président Dalton qui se leva de sa chaise, puis à Cornélius. Les deux hommes se placèrent à ses côtés et le groupe avança en direction de la muraille électronique de trois mètres de haut. Dans la salle principale des *Trois Ours*, chacun retint son souffle, puis tous le découvrirent à l'écran, la contre-vérité s'étala sur la cloison, peinte par des millions de pixels colorés. La barrière s'effaça, dévoilant le nouveau Spring Creek.

Même Dokes ouvrit la bouche.

Le trio foula une pelouse fraîchement coupée et quadrillée par des allées rectilignes bordées par des lampadaires au style baroque. Ils marchèrent ensemble, souriant comme s'ils venaient d'entrer au paradis ou d'atteindre une sorte de nirvana, ce qui, vu des *Trois Ours*, ne paraissait pas si loin de la vérité.

— Autrefois, c'était un site de l'ancienne administration pénitentiaire, un lieu d'enfermement, de souffrance. Aujourd'hui, Spring Creek va accueillir des travailleurs, des techniciens et des ingénieurs venus de Seward, de Lowell Point, mais aussi des spécialistes venus de plusieurs cités flottantes. Elle va devenir un lieu de vie ! D'espoir ! De coopération !

La caméra effectua un balayage vers la gauche, en s'attardant sur les bâtiments bas, flambant neufs, affublés de larges baies vitrées et de petits balcons. Puis, elle revint se fixer sur une Rachel lumineuse avec, en arrière-plan, une procession de navires et la ville de Seward.

— Voilà ce que nous pouvons accomplir, ce que nous pouvons bâtir au lieu de dresser des murs entre nous, lâcha-t-elle en guise de conclusion d'une démonstration pour le moins convaincante.

Il suffisait de voir les réactions de surprise dans la salle : ils étaient conquis et Rachel venait indiscutablement de se remettre en selle. Le visage du président Dalton apparut alors. Figure historique de Seward, le héros de l'invasion sibérienne déclencha une salve d'applaudissements. Certains se levèrent même pour le saluer. Dokes resta de marbre.

— Les habitants des cités de Concordia ou Solaris sont nos amis et alliés, rappela-t-il, c'est ensemble que nous pouvons construire un avenir pour Seward et même pour l'Alaska. Il n'existe pas d'autre solution face au déclin de notre civilisation. Ceci, ces logements, ces installations constituent la première étape d'un plan ambitieux. Nous allons construire des cités flottantes, ici même, à Seward. La ville va connaître un nouvel âge d'or.

— Bordel de merde ! grommela le pêcheur.

Son pire cauchemar prenait forme sous ses yeux.

Cleaver replia son écran souple, mettant fin au visionnage du discours de Rachel Daanak qui ne s'était pas écartée d'un iota de la ligne qu'il avait définie. En ce sens, la maire se montrait plus disciplinée que le président Dalton. Un bon point pour elle.

Il était cependant bien conscient de ses limites.

Si elle ne manquait pas de qualités, elle ne possédait pas l'instinct de Dalton. Ce talent inné pour l'improvisation se faisait par ailleurs de plus en plus rare, y compris dans les grandes familles et les conglos. Les meilleurs ingénieurs, techniciens, les orateurs ou encore les diplomates d'exception, ainsi que de nombreux artistes et influenceurs voguaient vers les étoiles, assurant en grande partie le destin – d'aucuns auraient dit la survie – de l'espèce humaine. Partout sur la planète, la décroissance démographique s'ajoutait à la fuite de ces cerveaux. À mesure que les cités s'envolaient les unes après les autres vers l'espace lointain, la Terre se dégarnissait de ses ressources intellectuelles, des femmes et des hommes capables et formés. L'entretien de l'immense bassin de San Diego devenait de plus en plus onéreux et insoluble de ce seul fait.

La décision de fermer le gigantesque chantier était logique. Attendue. Difficile à prendre, aussi. Ils y travaillaient depuis des années. Quand Seward fut proposée en remplacement de San Diego, les choses s'étaient accélérées. Il s'agissait cependant de ne pas reproduire le même chaos.

À travers le hublot de son aéronef, Cleaver observa la plateforme tractée vers le large par de puissants remorqueurs à propulsion hybride. L'imposante structure glissait lentement en direction de la passe, à la hauteur de Point Loma. Encore un demi-kilomètre et elle pénétrerait dans le grand océan Pacifique. Opérant à haute altitude, deux drones Ptérodactyle fournissaient une couverture électro-optique ; ils déversaient un flot continu d'images vers les paraboles juchées au sommet de l'une des tours de l'*Astoria*, un ancien paquebot de croisière reconverti en centre de commandement. Le navire évoluait au large et accueillait plusieurs dizaines de hauts collaborateurs pour cet événement mondain : la sortie de bassin de la dernière plateforme Horizon. Le chopper en provenance de Solaris se présenta à la verticale de l'un des dix plots réservés à cet effet à l'arrière du bâtiment. Plus de la moitié de la superstructure, autrefois dévolue aux suites des passagers, aux boutiques, aux espaces de jeu avait été rasée pour faire de la place à une vaste aire d'atterrissage. L'appareil se posa en mode automatique. Dès sa descente, Cleaver fut accueilli par deux collaborateurs qui le guidèrent jusqu'à la salle principale. En y pénétrant, il ajusta sa visière sur laquelle s'inscrivirent les clefs de signature des double-A précédemment arrivés, ainsi que celles de personnalités influentes sur le point de les rejoindre. Il ne prit pas la peine de saluer les deux subalternes qui s'éclipsèrent discrètement après s'être inclinés comme l'exigeait le protocole.

Depuis la passerelle, Cleaver apprécia les dimensions de la grande nef de verre illuminée par un soleil généreux. Une façade vitrée de vingt mètres de haut, recouverte de papier vidéo semi-transparent, diffusait les images en provenance de San Diego. Au pied de cet écran hors norme, un aréopage de conseillers, de dirigeants et de cadres supérieurs dispersés en grappes de costumes sombres suivait les opérations de remorquage de l'éco-cité lentement tirée et poussée vers le large. Vue de dessus, elle ressemblait à un nénuphar de métal géant encadré par des moucherons. Cleaver détailla la foule en contrebas, consulta les étiquettes affichées sur sa visière ce qui lui permit de localiser les administrateurs associés au milieu des hôtes de marque. Un serveur ralentit à sa hauteur comme pour l'inviter à se saisir d'une coupe de champagne parmi la vingtaine qu'il portait sur son plateau. Bien que tentante, il déclina l'offre d'un discret mouvement de la tête.

Après avoir déterminé qui il verrait en premier, le conseiller descendit l'escalier en marbre puis il se présenta à un groupe entourant la personnalité du jour dont le titre officiel était : directeur des opérations de la Zone d'Intérêt de la Côte Ouest, autrement dit, le superviseur général du secteur – oh combien stratégique ! – de San Diego. Plus pour longtemps.

— Cleaver ! déclara ce dernier, certainement averti de son approche par sa propre liaison *terminex*. Joignez-vous à nous. Je suis très content de vous savoir avec nous en ce jour si important.

Le Solarien salua d'abord les trois femmes, également des double-A, ainsi que l'épouse du directeur.

— Damian, dit-il ensuite, c'est un plaisir de te revoir.

Officiant depuis cinquante ans à ce poste mythique, Damian Evans-Akari y avait bâti sa légende, devenant l'une des personnalités les plus influentes de sa génération. Dans quelques semaines, DEA, comme se plaisaient à l'appeler ses alter ego, prendrait congé de la Terre pour voguer vers de nouveaux horizons.

— Une page se tourne, mon ami, une page se tourne, lui glissa-t-il en lui serrant la main.

Cleaver affecta un sourire mesuré.

— C'est justement ce qui m'amène.

Conformément à l'usage, le groupe échangea ses impressions sur l'opération en cours. Chacun exprima des vues qui, pour l'essentiel, s'inscrivaient dans la même optique : la fermeture du chantier relevait d'une sage décision, de l'amorce d'un cercle vertueux producteur d'effets positifs. Il était temps d'en finir avec San Diego, avait appuyé l'épouse de DEA. Et avec la Californie du reste. Ce qui n'irait pas sans causer des soucis, ne serait-ce qu'avec les millions de réfugiés entassés sur la côte. Les algorithmes sociaux prédisaient une casse inévitable.

— L'exploitation de Seward sera moins onéreuse d'après les projections de mes analystes. Vous me le confirmez ? s'enquit sa voisine qui avait traversé la moitié du Pacifique depuis une ancienne éco-cité, un modèle incapable de prendre les airs.

Il en restait encore bon nombre, habités par des milliers de collaborateurs de haut niveau. Leur évacuation prochaine était aussi à l'origine du lancement d'une génération de plateformes plus grandes que les Horizon.

— De l'ordre de soixante pour cent, en effet. La majeure partie des coûts de sécurité sont supportés par les gouvernements locaux et les barrières naturelles qui entourent *Resurrection Bay* nous dispensent de lourdes charges d'infrastructure.

— Excellent ! À ce propos, cette idée de mur, c'est brillant ! Ainsi que celle de vous servir de ce Dalton pour en assurer la paternité. Une belle manœuvre. Ces péquenots n'ont toujours pas compris ce qu'il se passe…

Cleaver esquissa une brève inclinaison de la tête pour signifier qu'il avait bien reçu le compliment de sa distinguée consœur.

Damian profita de la transition.

— Nous avons d'ailleurs à nous entretenir à ce propos, s'adressa-t-il au conseiller.

Après s'être excusés auprès du groupe, les deux hommes se dirigèrent vers une porte surveillée par un planton qu'on aurait pu prendre pour un serveur. Ce dernier hocha respectueusement la tête avant de s'écarter pour les laisser passer.

— Vous savez, confia DEA, je ne suis pas mécontent qu'il soit mis fin à ce chantier. Les problèmes de sécurité deviennent insurmontables. Cette histoire d'enlèvement d'une gamine en pleine zone verte en est l'illustration. Les rebelles sont de plus en plus audacieux.

Cleaver se remémora la mission de Kara Lau sur le Golden Gate.

Parquer des millions de gens entre la côte et la montagne, dans une cuvette qui pouvait en accueillir moins de la moitié entraînait des conséquences, dont celles de provoquer l'émergence de mouvements contestataires accompagnés de flambées de violence. Les mesures visant à desserrer l'étau migratoire n'avaient pas rencontré les effets espérés et le couvercle suintait de toutes parts, menaçant d'exploser.

— La sécheresse au Texas et la Floride sous les eaux à la suite du tsunami de 31 ont causé un gradient démographique vers l'ouest, poursuivit Damian en parcourant un long couloir aux plinthes lumineuses qui les guidèrent jusqu'à un ascenseur de verre dans lequel ils prirent place.

Le directeur des opérations de la Zone d'Intérêt de la Côte Ouest continua son exposé tandis qu'ils filaient vers les ponts supérieurs, abreuvant Cleaver de détails qu'il avait déjà étudiés en long et en large bien avant l'accession de Dalton à la présidence de l'Alaska. Il connaissait ces dossiers par cœur. Sa qualité d'invité lui imposait néanmoins de l'écouter ou de faire semblant. Les portes s'ouvrirent sur un espace feutré, presque aussi vaste que la grande salle. Ses yeux s'attardèrent sur les consoles, les techniciens, ingénieurs et agents qui les servaient, les images des écrans géants et les informations qui défilaient sans discontinuer.

— Les robots ont commencé les travaux de démantèlement de la zone résidentielle ce qui a attiré l'attention de plusieurs groupes et gangs locaux. Nous savons, par leurs échanges, qu'ils sont sur le point de comprendre ce qui va arriver. Ils croient qu'on n'est pas capables de percer leurs codes et de déchiffrer leurs communications. (Damian lui sourit.) Nous sommes les meilleurs à ce petit jeu, depuis toujours. C'est nous qui avons inventé les technologies dont ils se servent pour essayer de nous atteindre. Risible, n'est-ce pas ?

Sur l'un des écrans, une machine de chantier détruisait méthodiquement une villa de luxe, broyant et réduisant en morceaux des centaines de mètres carrés de marbre, de parquet précieux et de verre. Dans son sillage, d'autres engins chargeaient, triaient et préparaient les matériaux destinés au recyclage. Il s'agissait surtout de ne rien abandonner derrière soi, d'éviter que ce coin se transforme en zone de pillage. Tout devait disparaître, jusqu'à laisser la terre à nu.

— Il faut d'ailleurs que je vous montre quelque chose, poursuivit DEA en invitant Cleaver dans une pièce au mobilier se résumant à un bureau fonctionnel et un fauteuil sur roulette.

Damian se posta devant la cloison qui se polarisa en masquant la vue vers la salle principale. Le plafond devint bleu, signalant que l'espace privé était électroniquement isolé.

— Nous avons intercepté ceci. Il y a quelques jours.

Cleaver parcourut la missive qui flottait devant ses yeux, quelques mots qui finissaient par Seward. Puis il s'exprima d'une voix neutre.

— Nous savons que cela arriverait et c'est la raison pour laquelle nous avons détruit des routes, des ponts et construit le mur ; le but est d'éviter que Seward se transforme en un nouveau San Diego. Personne ne doit passer en Alaska.

DEA acquiesça.

— Je suis bien d'accord. Sauf que nous n'attendions pas cela de sitôt.

Les rumeurs secouaient constamment la marée humaine agglutinée au chantier, les pierres jetées à sa surface provoquaient des remous, des rides, des agitations de toutes sortes. Il existait un département sous les ordres de DEA chargé d'étudier ces phénomènes de propagation à travers les milliers de camps et même d'en exploiter les propriétés pour distiller de fausses informations ou de la propagande.

— La nouvelle est en train de faire le tour et des centaines de familles font déjà leurs bagages.

— Ils n'iront pas bien loin, assura Cleaver.

— Dans un premier temps, sans doute. La route sera difficile. J'attire toutefois votre attention sur un élément issu des métadonnées du message intercepté.

Le double-A fit apparaître la portion de code correspondante. Il repéra tout de suite le détail incriminant : *:ykn*.

— Le routeur d'origine se situerait dans le Yukon, partagea DEA. On peut en déduire qu'une personne aura délibérément fuité l'information. Nous soupçonnons quelqu'un de l'Administration Powell, mais nous ne disposons d'aucune preuve formelle à ce stade.

Le nouvel eldorado est à Seward, répéta Cleaver dans sa tête. Eldorado, c'était le nom de code donné au chantier de San Diego au moment de sa construction, plusieurs décennies auparavant.

— J'ai une collaboratrice sur place. Je peux lui demander d'enquêter.

Damian acquiesça :

— Il n'a pas été possible de remonter à la machine d'origine, certainement un vieux modèle d'ordinateur dépourvu de puce de sécurité.

Durant quelques secondes, Cleaver demeura silencieux. Il sollicita sa liaison *terminex* pour envoyer des instructions à Kara Lau dans un nouveau dossier partagé qu'il intitula : *Taupe, Yukon*.

Les deux dirigeants sortirent ensuite de la pièce sécurisée pour faire quelques pas au milieu du centre de contrôle. L'éco-cité avait franchi la passe et goûtait enfin les eaux libres du Pacifique avant de jouir, dans quelques mois, d'un océan bien plus vaste et à la noirceur encore plus profonde. Un jour, Cleaver prendrait le même chemin, car c'était le destin de la partie la plus capable de l'humanité. Pour atteindre ce paradis si lointain, il convenait de surmonter bien des étapes. Après avoir consacré les heures suivantes en mondanités de toute sorte, échangeant, partageant avec les membres de sa caste, il remonta dans son chopper qui vola en direction de Solaris alors que le soleil, aussi rouge qu'une orange sanguine, flirtait avec la ligne d'horizon.

— T'as assuré, maman, entendit-elle au moment d'entrer dans la chambre.

Le regard fier de son fils la regonfla à bloc. Le coup de fouet émotionnel électrisa son corps mis à plat par une journée et une tension éreintantes. Le sourire de Chance agissait comme une source d'énergie miraculeuse à même de ranimer ses cellules épuisées. Elle s'installa sur le siège à droite du lit, posa une main sur celle de son enfant, devenu en l'espace de quelques heures un homme.

— Oui mon chéri, lui répondit-elle en la tapotant puis la serrant, on a tous assuré.

Il lui rendit son sourire avant de lui faire un compte rendu qui s'acheva par une bonne nouvelle.

— Le docteur Brockman dit que je pourrai sortir demain et que je pourrai travailler. J'espère que mon dossier sera quand même accepté.

— J'ai discuté avec le chef de chantier, Cornélius. Ils sont disposés à te faire passer l'entretien.

— Cool ! (Ses yeux s'agrandirent et il faillit bondir hors de son lit.) Ça se passera sur leur bateau d'instruction, hein ? Il paraît qu'ils ont des installations de dingue à bord ! J'ai hâte de voir tout ça. Tu crois qu'ils m'intégreront dans l'un de ces logements à Spring Creek ?

La maire durcit son regard :

— Pourquoi ? Tu n'es pas bien à la maison ?

L'excitation qu'elle percevait depuis quelque temps dans sa voix constituait un indicateur très fiable de sa motivation, mais le désir d'émancipation, c'était une première.

— Ce n'est pas ça, mais disons qu'être sur place, ça a des avantages.

— Sans doute, lui répondit-elle sans toutefois accéder à sa requête.

Je dois d'abord me faire à l'idée…

Elle se rendit compte qu'elle et Nicholas n'avaient jamais envisagé le départ de leur fils autrement que sous la forme d'un horizon qu'ils avaient encore le temps d'atteindre. Plus maintenant. La ligne venait de se rapprocher brutalement, jusqu'à cogner leurs existences. Jeune, plein d'hormones, Chance était prêt à conquérir le monde et surtout, à s'éloigner de la cellule familiale. Aucun parent n'était réellement conscient ou préparé à ce tournant qui arrivait toujours trop vite.

Nous en sommes donc à cette étape, pensa Rachel.

— On en discutera avec ton père, de retour à la maison.

— OK, je comprends. Et… est-ce que tu as du nouveau sur les agresseurs ?

Rachel adressa un regard de mère louve à son fils.

— Je dois voir le shérif Green, tout à l'heure. Crois-moi, ces lâches ne perdent rien pour attendre.

— Il y a eu des arrestations ? s'étonna-t-il alors que lui-même n'avait pas vu leurs visages.

— Oui, confirma-t-elle sur un ton sec.

— Qu'est-ce qu'il va leur arriver ?

— Ce n'est plus de ton ressort, mon fils. Repose-toi et surtout, concentre-toi sur ton futur travail. Tu veux bien ?

Il hocha gravement la tête avant de se projeter, d'une voix excitée, vers son avenir en tant qu'ouvrier sur le grand chantier de Spring Creek. *Les jeunes possèdent cette si précieuse faculté*, se dit alors Rachel, *celle de passer à autre chose*. En ce qui la concernait, il n'en était certainement pas question, pas avant d'avoir tiré toute l'affaire au clair.

Elle l'écouta disserter sur son futur emploi comme une mère découvrant l'ambition de son enfant, quand bien même celle-ci l'effrayerait. L'heure écoulée, elle se leva pour déposer un baiser sur son front avant de partir.

Une quinzaine de minutes plus tard, Green et l'un de ses adjoints l'accueillirent au bureau du poste de police de Seward. Un expert des conglos figurait aussi au nombre des personnes présentes pour apporter une caution technique à une arrestation qui n'aurait jamais eu lieu sans le concours de leur technologie.

— Nous avons des drones en patrouille au-dessus de la région, pour votre sécurité, rappela-t-il.

Rachel ne savait pas trop que penser de ces survols. Fort heureusement, ces appareils restaient invisibles, inaudibles. Peut-être pour qu'ils les oublient, qu'ils n'aient pas conscience de leur existence. Pour la première fois, elle pouvait se rendre compte de leur utilité sur un cas bien concret.

— Ces aéronefs sans pilote, poursuivit-il, sont équipés d'un ensemble de caméras haute définition capable de suivre des individus et souvent, de les identifier à distance.

— Même en pleine nuit ? s'étonna Rachel qui éprouva une sorte de frisson.

— C'est plus compliqué, mais cela ne présente pas de difficulté notable dès lors que les conditions locales restent dans des valeurs acceptables.

Si le jargon lui échappait, le système connaissait des limites, voire des failles. Dalton le lui avait toutefois dit un jour : *Les Concordiens ne sont pas des dieux. Leurs outils sont juste meilleurs que les nôtres.*

Des outils qui leur conféraient des pouvoirs orwelliens.

— Comment étaient ces conditions la nuit de l'agression de mon fils ?

— Dans les normes, madame.

Le technicien, à qui elle ne donnait guère plus d'années que Chance, se prénommait Jason. D'après Cornélius, il s'agissait de l'un de leurs meilleurs spécialistes de *data extraction* et d'analyse en imagerie. Il lui paraissait bien jeune pour être expert de quoi que ce soit, mais comme le lui avait rappelé Dalton, il ne fallait pas se fier aux apparences calculées de ces gens ; elle devait faire abstraction de ses préjugés en la matière.

Jason déroula un écran qu'il rigidifia avant de le poser sur le bureau du shérif. Sous ses yeux écarquillés, l'agression fut rejouée. Cela s'était passé très vite. Moins de deux minutes. Son échine se glaça ; elle refoula la boule qui nouait ses entrailles.

— Repassez-la, ordonna-t-elle.

Immortalisée par un drone, l'attaque éclair avait été filmée de si loin qu'elle eut l'impression d'entrapercevoir des ombres se ruant sur une autre dans une confusion de pixels noirs et gris foncé, sans queue ni tête. Comment avaient-ils pu obtenir des identités sans se tromper ?

— Des algorithmes perfectionnés ont analysé la séquence.

— Vous voulez dire que des machines ont démêlé ce fouillis ? l'interrompit-elle en s'interrogeant sur la solidité des preuves. Seward avait beau être reculée, ils savaient que les images se trafiquaient et y associer le vocable *algorithme* jetait la suspicion.

— La méthode repose sur des mathématiques, expliqua Jason, et sa fiabilité est excellente.

— Très bien, concéda-t-elle plus par impatience que par satisfaction.

L'expert fit glisser une icône sur l'écran, laquelle s'élargit afin d'en occuper toute la surface.

— Voici la même séquence, retravaillée.

Cette fois-ci, elle distingua clairement les agresseurs, au nombre de trois. Trois… Elle cligna des yeux en réalisant ce à quoi son fils avait échappé. Les individus, préalablement dissimulés derrière un mur, ce qui signait la préméditation, fondirent comme des oiseaux de proie sur Chance qui descendait la rue en direction du front de mer. À chaque fois que l'un d'eux se tournait, sans le savoir, vers l'objectif invisible, son visage était capturé, classé dans une liste des suspects. Les portraits sombres et indéchiffrables devenaient, sous l'effet de la magie logicielle, de plus en plus nets et clairs, jusqu'à les rendre identifiables.

— Vous êtes certains qu'il s'agit bien de ces gens ?

— Absolument, madame la maire.

— Green ? demanda-t-elle.

— Ce n'est pas la première que je croise ces phénomènes, soupira-t-il. Ils ont le profil.

À l'image, des phares d'un vieux pick-up éclairèrent une portion de bitume. Les ombres détalèrent aussitôt, laissant son fils prostré au centre de la scène. Puis, Dokes apparut. Son portrait vint rejoindre les autres.

Rachel arqua un sourcil :

— Dokes n'est pas un suspect dans cette affaire.

— Évidemment, lui répondit le technicien qui le rangea dans la case des témoins.

Elle regarda le pêcheur en train de porter secours à Chance, puis le conduire à sa voiture. Le véhicule remonta le boulevard Ballaine avant de tourner à droite, vers la clinique Providence.

— Bien ! s'exclama-t-elle en se relevant. Je vais m'entretenir avec ces lascars. Rien de tel que les bonnes vieilles méthodes d'investigation ! Pas vrai, shérif ?

Ce dernier acquiesça.

Puis elle jeta une remarque acerbe à l'attention de Jason :

— La vérité se lit au fond des yeux des gens. Pas besoin de caméras ni d'algorithmes.

Les lèvres de l'expert s'étirèrent délicatement sans qu'il profère la moindre répartie.

La maire de Seward s'installa en face de Richard, dit Ricky, trente et un ans et chef présumé de la bande des trois agresseurs. D'après Green, qui se tenait les bras croisés dans un coin de la pièce, les autres le regardaient tout le temps avant de parler. Ils l'avaient donc séparé. Elle se demanda si un algorithme était capable d'extraire une information utile de ce visage fermé. Elle se rassura en songeant qu'un cerveau humain serait toujours plus performant pour interpréter les signes. Pour mettre les points sur les *i*, aussi.

— Qui vous a ordonné de vous en prendre à mon fils ?

Elle avait appuyé sur chaque mot tout en dardant sur Ricky un regard pénétrant. Rachel avait bien un nom en tête et elle se prit à vouloir l'entendre en cet instant précis, ce qui mettrait fin à un autre problème. Potentiellement plus épineux.

— Personne, lui répondit-il d'un haussement d'épaules. On était… alcoolisés. Et frustrés à cause des emplois réservés aux Inuits. Il n'y en a que pour eux depuis que vous êtes maire.

Rachel ne cligna ni ne ferma les yeux.

— Et donc, vous avez pensé que tabasser un gamin était la solution ?

— Je… non.

Ricky, à peine dégrisé, marqua un temps de réflexion.

— Comme je le disais, on était un peu éméchés. On a dérapé. Croyez bien que je suis désolé pour votre fils.

— Avec qui d'autre étiez-vous ce soir ?

— Personne.

— James Dokes était-il au courant ? Ou dans la combine ?

— Non. C'est arrivé comme ça, il n'y avait rien de préparé. Sinon, nous aurions porté des cagoules.

Cela semblait logique.

L'interrogatoire fut de courte durée. Ces types étaient de sombres imbéciles sensibles à des idées délétères qui s'infiltraient par toutes les fêlures d'une société en dégénérescence lente.

Rachel adressa un signe de la tête à Green, mettant fin à l'entretien.

— Il a dit la vérité, confirma Jason après avoir consulté des données sur son écran.

Elle quitta le poste dans la foulée et sans un mot.

En se couchant aux côtés de son mari, ce soir-là, elle se mit à frémir, en proie à une angoisse consécutive à la tension accumulée qui soudain, se relâchait. La main chaude de Nicholas glissant sur sa peau ne parvint pas à chasser les tremblements ni les questionnements.

— Tu crois qu'on va s'en sortir ? lui souffla-t-elle.

— Je crois surtout que tu as besoin de dormir un peu.

DE NOUVELLES PERSPECTIVES

CHANCE

— Le sang de générations de tes ancêtres coule dans tes veines, lui rappelait régulièrement sa mère.

Le fluide vital bouillonnait à la lisière de sa peau électrisée. Chance sautilla sur place, histoire d'évacuer le trop-plein d'énergie. La fièvre s'était emparée de lui depuis que son dossier avait été accepté. Il avait compté les jours, se rendant presque insupportable selon les membres de sa propre famille. En souhaitant une bonne journée à ses parents ce matin, il avait perçu de la fierté dans les yeux de son père, l'inquiétude dans ceux de sa mère. Quant à leurs encouragements, leurs paroles flottaient encore dans son esprit, aussi légères que des nuages paressant au milieu d'un ciel sans taches, comme sa vie actuelle.

— Ça se passera bien, m'man, avait-il assuré. C'est mon ticket d'entrée dans ce Nouveau Monde !

Ce qu'elle savait pertinemment, elle qui l'avait poussé dans cette voie avec l'idée, quelque peu politisée aux dires de son père, d'en faire un exemple. Chance sourit : peu lui importait en vérité que sa mère exploite son engagement. Il avait cru ses espoirs réduits à néant après son agression, mais il se trouvait bel et bien debout sur ce quai avec plusieurs de ses camarades aussi prêts que lui à se lancer dans une aventure exaltante. Son voisin, qui se dandinait de la même manière, se pencha vers lui.

— T'as quand même eu une sacrée veine ! Je suis content que tu te sois vite remis.

— Chance, c'est mon prénom.

— Tu ne tiens pas en place, je dirais que c'est plutôt « Nerveux » ton prénom.

— Je suis… enthousiaste. Ce n'est pas la même chose.

Des neuf jeunes Sewardiens sélectionnés pour former la première promotion, seuls Asam et lui vivaient à Lowell Point, dans des maisons séparées d'à peine quelques centaines de mètres. Le fils de la maire connaissait les noms des autres recrues, géographiquement proches du centre-ville de Seward, mais ils ne se fréquentaient guère. La frontière sociale tracée bien avant l'arrivée de Concordia se renforçait, avait-il douloureusement appris. Un brouillard insidieux se coulait à travers les rues, les gestes d'humeur, les mots, les relations se tendaient, les visages s'effaçaient et les gens percevaient de plus en plus de silhouettes menaçantes. En tant que victime, Chance ne s'excluait pas de ce comportement. À présent, il regardait – et plutôt deux fois qu'une – par-dessus son épaule quand il se promenait en ville, mais il avait décidé de traverser l'épreuve, de relever de nouveaux défis.

— Les tests, ça fait quand même flipper, partagea Asam à voix basse.

Chance Daanak esquissa un sourire.

— Et toi, ton prénom c'est « Trouillot ».

En réponse, il reçut un coup de coude qui le déséquilibra. Il fit un pas en avant provoquant quelques regards appuyés de leurs voisins.

— Sans déconner Chance, il paraît qu'ils vont nous coller des trucs, nous faire avaler des sortes de potions et nous enfermer dans des machines infernales…

Le fils de la maire avait entendu les mêmes rumeurs. Il rétablit toutefois la vérité :

— Des électrodes sur la peau, des vaccins et des simulateurs, on est quand même loin de la torture physique.

Les yeux d'Asam s'agrandirent :

— Comment tu sais ça ?

— J'ai parfois l'impression que tu oublies qui je suis, ou plutôt, qui est ma mère.

— Elle t'a dit des trucs ?

— Tu crois qu'elle m'aurait laissé partir sans garanties ? Surtout après ce qui m'est arrivé.

— Ouais… C'est logique. Elle a dû se renseigner.

— On ne risque absolument rien.

Une vedette rapide entra dans le port. Elle ralentit avant d'effectuer un virage pour venir se ranger le long du quai. L'excitation parmi les recrues monta d'un cran. Une femme débarqua, les toisa un moment. Jeune, athlétique, cheveux clairs et pour tout dire, songea Chance, plutôt sexy. Il se demanda si elle allait être leur instructrice. Elle les passa en revue, s'arrêtant face à chacun d'eux pour les détailler d'un air sévère. Lorsqu'elle se planta devant lui, Chance sentit son regard le pénétrer comme si une sonde le scannait, prête à déclencher l'alerte au moindre défaut détecté par ces prunelles vertes, dotées d'une profondeur animale. Chance n'osa pas bouger, ni battre des cils.

Elle plissa légèrement les yeux puis elle se détourna.

— Je suis Jade Cecil-Diaz, votre instructrice-référente. Je suis chargée de veiller sur vous tout au long de votre formation, laquelle débute dès à présent.

La résidente déroula un écran souple. Elle se mit à les appeler par leurs noms et prénoms. Elle portait des bottes semblables à celles de cavaliers, sauf que le talon lui paraissait plus haut. Elles remontaient au-dessus de ses jambes interminables. Soudain, elle le fixa comme si elle avait senti que Chance la regardait un peu trop. Asam lui lança une discrète bourrade.

— J'attends de vous que vous respectiez les règles et que vous suiviez les instructions. Sachez aussi que mon rôle consiste à vous aider. Des questions ?

Après cette entrée en matière, quelque peu martiale, personne n'osa ouvrir la bouche.

La référente marqua une pause avant de conclure d'une brève tape dans ses mains :

— Si vous êtes prêts, alors en route !

Une à une, les recrues empruntèrent l'échelle de coupée pour s'installer sur des banquettes à la poupe de la vedette. Cecil-Diaz se glissa vers l'avant où elle engagea aussitôt les manœuvres d'appareillage. Une fois hors du port, elle poussa la manette des gaz. L'avant du navire de liaison se dressa comme s'il allait décoller. Chance s'agrippa au rebord, surpris par l'accélération. La traversée prit moins de trois minutes jusqu'au vaisseau à la coque rouge ancré au milieu de la baie. On ne se rendait compte de sa hauteur qu'en se tenant au niveau de sa ligne de flottaison. Chance dut lever la tête, en se penchant en arrière et en forçant sur la nuque tandis qu'ils évoluaient à vitesse réduite.

— Sacré morceau, hein ? partagea Asam tout aussi impressionné.

La navette maritime se présenta face à la poupe où une ouverture se dessina, assez large pour faire entrer des engins bien plus imposants. Ils glissèrent silencieusement dans les entrailles d'acier du vaisseau. Des panneaux projetaient une lumière crue sur les parois de la caverne de métal. Les arceaux ressemblaient aux côtes d'un gigantesque animal marin. Jade procéda à l'accostage, assistée dans sa manœuvre par deux matelots. Une fois les amarres en place, elle quitta le poste de pilotage pour parler aux jeunes membres de la promotion, les mains sur les hanches :

— Bienvenue à bord du navire de transport et de formation J. P. Bezos. Qui peut me dire qui était Jeff Bezos ?

Personne ne répondit ce qui n'eut pas l'air de l'étonner.

— Jeffrey Preston Bezos était le fondateur de l'un des premiers conglos de l'histoire, connu alors sous le nom d'Amazon. Son entreprise a, un jour, dominé le commerce sur toute la planète.

Chance et Asam échangèrent des regards perplexes, non pas qu'ils ne croyaient pas au discours de la référente, mais ils se demandaient à quoi rimait ce rappel à un passé qu'ils n'avaient pas vécu. Ni même leurs parents. Ni les parents de ces derniers.

— Vous serez formés pour opérer sur le chantier de construction des écocités. Vous apprendrez à utiliser des machines sophistiquées, vous serez assistés par des intelligences artificielles, vous dialoguerez avec des robots. Vous allez manipuler des technologies dont les briques reposent toujours sur des algorithmes élaborés jadis par cette entreprise mondiale visionnaire.

— C'est quoi un algorithme ? chuchota Asam.

Chance haussa les épaules.

— Aucune idée.

— L'important, ce n'est pas ce que vous savez ou ce que vous ne savez pas. Ce qui compte, c'est ce dont vous êtes capables.

Il avait l'impression qu'une fois encore la référente « avait capté » ses pensées.

Les paroles de bienvenue, pour étranges qu'elles soient, furent oubliées aussitôt le pied sur le pont. Des coccinelles de métal suivaient des rails fixés aux plafonds. Des collaborateurs des conglos aux yeux dissimulés par des visières semi-transparentes circulaient dans les allées et les coursives sans leur prêter attention. Des lumières clignotaient dans les coins, sur les cloisons, au-dessus des écoutilles, où les acronymes, les chiffres et autres indications mystérieuses matérialisaient cet univers excitant où tout brillait, tout respirait la modernité. Chance regardait un peu partout, à la fois hagard et surpris, sans comprendre les informations que ses yeux remontaient à son cerveau.

Le groupe suivit docilement l'instructrice. Au bout d'un long couloir, elle posa une main sur une plaque qui prit une teinte violette. Sa surface lisse arbora un aspect rugueux, avant de revenir à son état d'origine lorsqu'elle retira sa main. Dans un chuintement, l'écoutille attenante s'ouvrit.

— Première étape, la biométrie, dit Cecil-Diaz. C'est un examen obligatoire, non seulement pour des raisons de sécurité ou de santé, mais aussi pour vous imprimer des combinaisons de travail sur mesure. Par ici, je vous prie.

Ces gens impriment des vêtements…

Le centre de la salle lumineuse, blanche du sol au plafond, était occupé par une rangée de sièges, chacun de la forme d'un demi-œuf. Le fils de la maire se sentit moins sûr de lui. Il déglutit.

— Il y a des vestiaires sur le côté. Vous vous déshabillez, ne gardez que le caleçon ou le slip que vous portez. Ensuite, vous vous installerez chacun dans l'une de ces coquilles. Prenez celle qui est libre. Des questions ?

Ils en avaient tous. Lui le premier. Mais personne n'en formula. Par timidité, par appréhension ou bien parce qu'en poser sonnerait comme un aveu de faiblesse vis-à-vis des autres. À l'instar de ses camarades, Chance ne voulait pas passer pour le trouillard de service. Il s'enferma dans une cabine où il quitta ses vêtements.

Il en ressortit en caleçon, hésita en marchant pieds nus sur le sol froid. Il s'installa sur le fauteuil inoccupé le plus proche. Le contact avec l'assise lui procura un frisson et, malgré la chair de poule, il ne se frotta pas la peau. Une fois allongé, il attendit. Son regard bascula à droite, à gauche où il découvrit la mine nerveuse d'Asam.

— C'est cool, mec. Ils ne vont pas nous manger.

Asam esquissa un sourire crispé.

— Je vous demanderai à tous de ne pas bouger durant la totalité de la procédure, résonna ensuite la voix de la référente. Restez parfaitement immobiles, c'est très important.

Une paroi de verre s'éleva autour de lui, le confinant dans une colonne transparente qui, l'instant suivant, s'anima de diagrammes et de couleurs. Ses yeux roulèrent de droite à gauche, de haut en bas, mais comme le lui avait dit son ami, ils n'allaient pas leur faire de mal.

Ce n'est qu'un examen, se répéta-t-il en calmant les battements de son cœur.

Il était presque parvenu à se relaxer quand le fauteuil bourdonna, libérant deux objets ovoïdes qui le survolèrent durant un interminable moment. Que faisaient ces engins silencieux à quelques centimètres de sa peau ? L'un remonta de ses pieds, l'autre descendit depuis le sommet de son crâne. Ils se croisèrent au niveau du nombril, sans s'arrêter.

L'étrange d'auscultation prit fin lorsque ces machines réintégrèrent le montant du siège-coquille. La colonne retrouva sa transparence initiale avant de coulisser en silence, dans le sol.

— Très bien, messieurs. C'était parfait. Vous pouvez aller vous rhabiller, commanda la référente.

— Je me demande c'est quoi la suite, partagea Asam avec le sourire, tout en masquant son appréhension.

Comme tout le monde.

Cecil-Diaz les conduisit dans une salle voisine, équipée de fauteuils normaux cette fois-ci et moelleux, plus confortables et moins froids que les coquilles. Chacun trouva une place tandis que la paroi du fond s'illuminait en projetant un logo rouge et or stylisant la coque d'un bateau.

— Ici, vous vous trouvez sur un navire. Les consignes de sécurité que vous allez découvrir sont donc à observer strictement en cas d'incendie ou d'avarie grave. Vous devez les apprendre par cœur et vous serez régulièrement interrogés à ce sujet lors des simulations. Compris ? La première règle que vous devez intégrer, c'est qu'il n'existe pas de bon travail sans sécurité. C'est l'objet de ce film d'animation.

La projection dura moins de dix minutes. Elle délivra des informations simples, faciles à retenir : suivre les panneaux lumineux, respecter le sens de déplacement, écouter les instructions des référents, mémoriser au plus vite la disposition des issues de secours à bord, comment gagner une nacelle de sauvetage… Rien qu'ils ne pouvaient pas comprendre.

Cecil-Diaz les attendait à la sortie, avec cette même expression franche, neutre, qu'elle arborait depuis leur arrivée. Elle les conduisit dans une sorte de hall. Chance leva les yeux vers les passerelles, se mit à dénombrer les robots, détailla les personnes qui y circulaient, la plupart vêtues de treillis ou de combinaisons de travail colorées. Une sorte de centre de contrôle formait une excroissance polygonale faite de verrières à la teinte verdâtre derrière laquelle se profilaient des silhouettes fantomatiques.

— C'est dans ce hangar que se déroulera l'essentiel de vos cours. Ici, nous mettons en œuvre l'outil d'apprentissage le plus perfectionné qui existe. Tout ce que vous devez savoir pour l'accomplissement de votre travail vous sera dispensé dans ce lieu. Considérez-le comme votre salle de classe.

L'instructrice tapota affectueusement le revêtement d'une énorme sphère montée sur des vérins hydrauliques. Chance compta sept châssis du même genre, alignés les uns à côté des autres. Ces capsules ressemblaient à des vaisseaux.

— Les premiers jours seront consacrés aux évaluations de base. Équilibre, tests psychotechniques, réflexes, motricité, force… Nous allons déterminer votre profil en vous plongeant dans des situations de plus en plus complexes. Nous étudierons vos réactions et vos comportements, vos aptitudes à gérer le stress, mais vous ne risquerez rien. Aucun danger. Ce sont des simulations, bien que très réalistes. Vu ?

Ils hochèrent la tête et là encore, personne n'osa proférer la moindre remarque.

— Bien, sourit la référente pour la première fois. Qui veut commencer ?

Une main se leva aussitôt. Celle de l'une des quatre filles du groupe.

— Parfait, Sydney. Va te préparer.

EMILY

La matinée d'Emily se déroulait sans surprise, sans bonne ni mauvaise nouvelle, selon un rituel réglé comme du papier à musique. Une mélodie empreinte de tristesse accompagnait ses pensées. Tous les jours, elle songeait à son père. Il lui suffisait de regarder vers son tabouret, derrière la caisse enregistreuse, qui semblait désormais occupé par son fantôme. Elle n'arriverait jamais à s'asseoir à cette place. Pas encore en tout cas. Elle savait aussi qu'elle ne pourrait ni déplacer ni remiser l'objet. Mary se comportait d'une façon pas moins similaire, en se glissant derrière le fantôme lorsqu'elle passait de l'autre côté du comptoir. La secrétaire marquait un temps d'arrêt, une suspension ou bien une pause respiratoire durant lesquels elle lui disait peut-être bonjour. Ou bien quelque chose de plus intime.

La compagne de son père proposait une aide précieuse. Mary voyait bien qu'Emily ne s'en sortirait pas autrement. La secrétaire profitait régulièrement de sa pause déjeuner pour lui donner un coup de main. D'autant que Pop ne lésinait pas sur les heures supplémentaires pour, disait-il, subvenir aux besoins de la future famille. Si Emily ne lui en voulait pas de penser ainsi, ce chassé-croisé entre leurs vies ne pouvait pas s'éterniser.

Mary lui adressa un sourire tandis qu'elle repartait en salle, le plateau à la main. Red encaissa la consommation d'un client qui observait le tabouret vide. Il la salua d'un léger mouvement de tête et sortit de l'établissement. Emily allait râler sur le retard de Pop quand ce dernier franchit la porte.

— Bonjour Pop ! lui lança Mary.

— Salut ! Je t'enlève la miss pour une heure ou deux.

— Bien sûr. Vous me direz, hein ?

Une once d'inquiétude troubla sa voix d'habitude enjouée.

— Évidemment ! Après tout, t'es sa grand-mère à ce petit, non ? Ou cette petite ? Enfin, je ne sais même pas si cette technologie miracle nous permettra de le savoir. Perso, je demande à voir.

Emily se raidit, presque contre sa volonté.

— On te tient au courant, quoi qu'il arrive.

La secrétaire acquiesça puis se dirigea vers une table où la main d'un client venait de se lever.

Quand ils furent sur la route, Red regarda Pop à plusieurs reprises, les doigts jouant avec le mécanisme de la portière du pick-up.

— Un problème ? dit-il.

— Pourquoi tu lui as parlé de *grand-mère* ?

— Je n'en sais rien, ça m'est venu comme ça. Ton père l'aimait beaucoup. Je crois qu'ils auraient fini leurs jours ensemble alors c'est un peu comme si elle était… une parente.

À l'entendre, cela paraissait si simple. Si limpide dans un monde où régnaient le trouble et la précarité. Puis, il fronça les sourcils, soudain conscient d'un détail. Cet enfant avait déjà une grand-mère, biologique de surcroît.

— Ta mère a choisi une autre vie. Sur l'une de ces cités flottantes. Elle a fait son choix. En refusant leur protocole, tu en as fait un également. Et Mary ferait une super grand-mère, j'en suis certain. Et toi aussi tu le sais. Ne dis pas le contraire. Je vois bien comment tu es avec elle.

Red ne parvint à ouvrir la bouche qu'après quelques secondes brumeuses où la route s'était effacée devant ses yeux, cédant la place à un voile rougeâtre.

— J'ai fait le choix ? Tu étais présent, il me semble. Cette décision, nous l'avons prise à deux. Front contre front.

— Je ne l'ai pas oublié, grimaça Pop dont les zygomatiques se contractèrent nerveusement. Ce n'est peut-être pas le moment de remuer tout ça. Aujourd'hui, c'est un jour de joie. Notre jour. Le premier jour de notre famille. Nous aurons l'occasion de… reparler de l'éventualité d'une grand-mère.

Red soupira. Il valait probablement mieux ne rien dire et garder ce couvercle fermé.

Durant le reste du trajet jusqu'à la clinique, elle conserva le silence et claqua vigoureusement la portière en descendant de la voiture. Pop dut presser le pas pour la rattraper au moment où les portes de l'accueil s'ouvraient pour la laisser rentrer, elle, son bébé, sa contrariété contenue et l'objet de sa contrariété.

La jeune assistante eut un mouvement de recul lorsqu'Emily se présenta sur un ton un peu sec. En professionnelle, elle ne se départit pas de son flegme.

— Je suis désolé, lui glissa alors Pop tandis qu'ils patientaient sur la banquette au revêtement usé.

Red lui prit la main.

— Je suis à cran depuis… J'aurais voulu qu'il sache. Je n'ai même pas eu le temps de le lui annoncer. Il aurait été si heureux.

Brockman les accueillit dans son bureau. Il plissa les yeux en découvrant leurs airs inquiets. S'il avait perçu quelque chose, il s'abstint en tout cas de proférer la moindre remarque. Il leur lança un : *Comment ça va ?* auquel Red répondit avec un sourire crispé.

— Je suis lessivée !

— Vous avez bien fait d'arrêter le commerce des peaux. Je crois que les escapades en montagne sont terminées pour un bon bout de temps.

Hélas, se retint-elle de répliquer.

Le vieux praticien, qui décodait son langage corporel depuis longtemps, la prit par l'épaule.

— Tout va bien se passer, vous allez être la première femme de Seward à bénéficier d'une échographie depuis des lustres. Des techniciens ont remplacé l'ancienne machine en panne par une pure merveille de technologie. Cette chose est capable de visualiser un embryon en trois dimensions.

L'excitation dans sa voix restait mesurée, mais il paraissait enjoué si elle en jugeait par l'éclat de ses yeux. Pendant des années, Brockman s'était passé de ces outils pour ne se fier qu'à ses sens et son expérience. Cela ne l'avait pas empêché de mettre au monde deux générations de Sewardiens. Non sans pertes.

— Avec ça, poursuivit-il, les complications appartiennent au passé.

— C'est une excellente nouvelle, s'enthousiasma Pop à son tour. Vous croyez que ce genre de promesse pourrait relancer la natalité ?

Le docteur se mit à glousser.

— Je n'en serais pas étonné.

L'auscultation se déroula dans une atmosphère détendue. Emily n'avait même pas besoin de quitter ses habits. Elle s'était allongée sur le siège incliné flambant neuf et avait simplement relevé son pull-over et son sous-vêtement. Brockman promena son œil expert, la palpa, prit son pouls, écouta son cœur, sans cesser de parler et de poser des questions sur l'enfant à venir. S'ils avaient déjà choisi un prénom, aménagé sa chambre ou comment ils s'étaient organisés en prévision de son arrivée.

Pop se montra particulièrement éloquent sur les deux derniers points. En plus de ses heures à l'aéroport, il avait consacré plusieurs soirées à repeindre, tapisser et construire un lit avec du bois récupéré dans la réserve de planches derrière le garage.

— Bien ! approuva le docteur avec un accent paternaliste.

Il se propulsa sur sa chaise jusqu'à un tiroir d'où il sortit un emballage plastique contenant des sortes de disques. Il les ouvrit et les positionna de part et d'autre du ventre de sa patiente.

— C'est quoi ? questionna Pop.

— Des sondes. Ce modèle est pratique. Pas de câble ou de fils encombrants, ça se colle sur l'épiderme et ça transmet des informations à la machine.

Les picotements légers sur sa peau disparurent presque aussitôt et Emily se détendit. Brockman s'empara d'un écran dont la façade s'illumina et pour la première fois, Red entendit les pulsations émises par le cœur de son bébé. Elle sentit la main de Pop se lover dans la sienne.

— Il est vigoureux, sourit Brockman, un cœur digne d'un enfant de Seward.

Malgré l'âge, ses doigts parcheminés, les gestes demeuraient sûrs et précis. L'appareil ne semblait pas avoir de secret pour lui. Ses lèvres se pincèrent et son front se plissa.

— Un souci ? s'inquiéta-t-elle aussitôt.

— Non, du tout. Les spécialistes de Spring Creek m'ont formé récemment, expliqua-t-il. Cette machine est d'un maniement très simple, plus que les anciennes, mais je suis un vieillard doté d'une vue moins fiable que par le passé.

— À quoi il ressemble ? demanda Emily. Ou elle ?

— Oh pardon ! Vous ne voyez pas.

Brockman redressa l'ardoise et un pied se déploya pour la maintenir selon un angle de vision confortable. Pop ne quittait pas l'image des yeux.

— Vous voulez connaître le sexe ? Grâce à cette technologie, il est possible de le savoir très vite. Dans le temps, il paraît qu'il fallait patienter jusqu'à la deuxième visite pour émettre un avis catégorique qui parfois pouvait se révéler inexact. Nous sommes devenus meilleurs. Le progrès est de retour, pour le bénéfice de tous.

Red échangea un regard avec Pop et elle n'eut pas besoin d'attendre sa réponse.

— Oui.

— Bien, je peux vous affirmer que c'est un garçon. Félicitations.

— Nous allons avoir un fils…

Pop, en joie, déposa un baiser sur son front, ses yeux pétillaient de bonheur. La querelle du matin n'était plus qu'un lointain souvenir, un nuage soufflé par la félicité qui désormais pulsait au point de faire cogner son cœur contre sa cage thoracique.

— Tu sais, dit-il ensuite, on devrait l'annoncer officiellement lors de la fête que tu as prévue avec Mary et Rachel, c'est le moment idéal.

C'était sûrement important pour lui. Après des années d'une vie d'ermite dans sa tanière à l'aéroport, Pop était en quête de reconnaissance. Celle de ses amis, de ses collègues. Elle ne pouvait pas le lui refuser.

— Le moment est venu, comme tu dis.

Brockman approuva également et éteignit la machine avant de retirer les électrodes de l'abdomen d'Emily.

— J'espère que vous m'inviterez.

— Évidemment ! répondirent-ils en chœur.

DOKES

Rien de tel que les embruns pour se remettre les idées en place, apprécia Dokes, tandis que la pluie giflait les vitres de la timonerie. Ce grain ne durerait pas et ne justifiait pas l'interruption du travail. Le pêcheur se souvint des paroles de son père vantant les mérites des sorties en mer pour, affirmait-il souvent, trouver des solutions. Avec le recul des années, James Dokes y voyait le refus de surmonter les difficultés à la maison et la volonté d'échapper à l'orbite maternelle.

— Que l'océan l'emporte ! Lui et ses maudits crabes ! lançait-elle souvent.

Pourtant, elle attendait dans l'angoisse le retour de son mari et de son fils. Une anxiété aussi corrosive que l'action du sel sur une coque lui avait rongé l'âme des années durant. Et ça, il l'avait saisi bien plus tard. Quoi qu'il ait pu comprendre à cette époque des querelles incessantes qui détruisaient ses parents, il adorait se glisser dans la timonerie, dans l'ombre paternelle, ses mains rugueuses tenant la barre sans trembler. Il disait alors qu'il fallait avoir de la force pour piloter le bateau. Son père lui répondait alors sans quitter la mer des yeux :

— Pour cela, tu dois manger du poisson. Et du crabe. Le crabe rend fort !

Quelques années plus tard, l'une des rares fois où James, alors adolescent, ne l'avait pas accompagné en mer, le vigoureux personnage à la barbe broussailleuse n'était pas revenu, réalisant la prophétie de sa mère.

Dokes mâchouilla son bout de cigare qu'il rallumait sans cesse depuis l'appareillage. Le *Molly Pen* remontait la file de navires chargés de matériel destiné à Spring Creek. Les étranges machines, certaines plus hautes qu'un immeuble de plusieurs étages, encombraient les ponts des transporteurs. La baie n'avait jamais été aussi fréquentée. Même du temps des anciens États-Unis, quand tout fonctionnait encore à peu près bien et que Seward était une escale prisée des croisiéristes.

Il jeta un coup d'œil vers les berges. Des curieux s'y réunissaient régulièrement pour observer le passage des mastodontes qui déchargeaient à Spring Creek. D'immenses plaques de métal avaient été enfoncées pour créer une cale. Elles dessinaient un arc de cercle qui partait de l'axe de la piste de l'aéroport, jusqu'à l'ancien embarcadère, aujourd'hui disparu. Côté baie, un quai flottant épousait les contours de la cale. Les flèches des grues s'activaient sans discontinuer pour déposer le matériel de l'autre côté de la barrière électronique.

— J'ai beau essayer de m'y habituer, lui lança Finegan, je sens toujours une espèce de boule au fond de mon estomac quand je vois ces trucs et je me dis que ça ne nous apportera rien de bon.

Les plaques enfoncées dans le socle du fjord avaient contraint les autorités à mettre en place un chenal balisé depuis l'entrée du port jusqu'à Lowell Point. Un passage désormais obligé pour le *Molly Pen* qui partageait le corridor d'à peine un kilomètre de large avec des usagers d'un gabarit bien plus imposant que le sien. Dokes avait l'impression d'évoluer au milieu d'un jeu de quilles géantes où la brume s'invitait régulièrement pour jouer les trouble-fêtes. Il avait eu beau clamer que ce corridor, trop étroit, présentait un péril pour la navigation, Gary n'avait fait que hausser les épaules. Le conseil municipal lui avait rappelé, en mode perroquet, les mesures mises en place, et que le *Molly Pen* disposait à présent d'un bon radar offert gracieusement par les conglos afin d'assurer la continuité de son activité en toute sécurité.

Si collision il doit y avoir, avait répliqué Rachel, *elle ne peut être que volontaire. Avec des conséquences certaines.*

Dokes avait bien reçu le message, mais il persistait à naviguer à vue. Ce radar, qu'il avait refusé de brancher, ne lui inspirait guère confiance. Ces appareils avaient été construits par des gens à qui il n'aurait pas confié la gestion d'une canne à pêche.

Le maître d'équipage se servit un café noir.

— Il se raconte qu'ils sont en train de pomper toute l'eau. Ils en ont presque terminé avec la déviation du cours de la rivière, toute la flotte passera dans une conduite qui débouche plus loin dans la baie. Ils ont même posé un barrage pour modifier l'écoulement de la fonte des glaciers. Je n'arrive pas à comprendre pourquoi ils font ça, ça va vider le Lac de l'Ours à terme.

— Si tu veux mon avis, marmonna Dokes en mâchonnant son cigare, ils se fichent des conséquences. Ils ont tout ce qu'ils désirent. La maire et Dalton leur mangent dans la main. Les gens ont de nouveau du boulot, les jeunes suivent des formations, le centre médical a retrouvé de sa superbe. Les conglos ont acheté toute notre putain de ville. Seward est en train de devenir un vrai paradis. Comment est-ce que je peux lutter contre ça, hein ?

Finegan haussa les épaules :

— Vu comme ça…

Dokes se concentra sur la conduite du bateau. Une fois Lowell Point dépassé, il poussa la manette des gaz de deux crans pour rattraper le retard sur l'horaire. Ses yeux posés sur la mer agitée, il surveillait le déplacement des crêtes écumeuses d'une rive à l'autre de l'embouchure, un secteur où les eaux calmes du fjord se heurtaient au courant, plus chaud, longeant la côte depuis Juneau. La différence de température donnait naissance aux célèbres bancs de brume qui émergeaient de la surface tels des spectres rampants, si denses qu'ils habillaient les pieds des montagnes d'un coton épais. Ils atteignirent leur zone de travail au bout d'une heure de navigation.

Il entendit la voix de Finegan, hurlant ses ordres après les hommes avant de remonter la première ligne. Dokes anticipa la manœuvre en positionnant le *Molly Pen* qui lui répondait au doigt et à l'œil et dans ce monde en déliquescence, il était bien le seul à se laisser conduire là où lui le désirait.

Le bateau lui faisait confiance. L'inverse était tout aussi vrai, le *Molly Pen* ne l'avait jamais trahi.

— Dokes ! cria Mike.

Le pêcheur donna un coup de barre à bâbord, le navire gîta, le forçant à s'incliner également en fléchissant le genou. À l'arrière, les hommes firent de même tout en posant une main sur une pile de casiers ou le bastingage pour s'assurer. Puis, ils reprirent le travail, un vent frais et humide cinglant sur leurs visages.

Un souffle nouveau balayait *Resurrection Bay*, au propre comme au figuré. Avec lui gonflait un espoir, celui des habitants d'une ville qui se savaient des miraculés de l'histoire. Le front de Dokes se plissa. Le vieux marin esquissa un sourire. Si son père venait chercher ici des réponses, lui arrivait-il d'en trouver ?

La sortie se déroula sans problème et le *Molly Pen* rentra au port les cales pleines de crabes alors que le soleil disparaissait derrière la ligne de crêtes. L'équipage s'attela au déchargement des caisses que des manutentionnaires de la coopérative empilaient dans un container réfrigéré, l'un des derniers en service de ce côté-ci de l'Alaska. Le responsable avait même dégoté un technicien débarqué d'Anchorage avec bagages, femme et enfants. Son boulot consistait à s'assurer que la machinerie générant le froid conservateur ne tombe pas en panne. Le type était ravi de se trouver ici, d'après ce que Dokes avait entendu dire. Lors de la pause méridienne, aux *Trois Ours*, il racontait comment des quartiers entiers de l'ancienne capitale économique étaient tombés sous la coupe de caïds et de bandes armées qui se livraient également à des affrontements sans merci. La plus grande agglomération d'Alaska n'en finissait plus de s'enfoncer dans l'horreur, à se demander si ce trou possédait un fond.

Depuis la passerelle de son navire, Dokes hasarda un regard en direction de Spring Creek. La ligne des plaques dépassait la surface des flots de deux, peut-être trois mètres. Il distinguait quelques silhouettes sur le quai. Le pêcheur signa les registres puis il parcourut le récépissé de la prise en charge de la cargaison. Il sourit en découvrant le poids : ça avait été une bonne pêche. Les gars avaient bien bossé. Une telle journée ne pouvait pas mal se terminer.

Après sa tournée, le shérif Green avait laissé sa voiture de patrouille sur le parking de la capitainerie. Sa première visite, il la consacra à une réunion de routine en compagnie de Gary. Ce dernier ne cachait pas son plaisir de voir enfin le port revenir à la vie, entre les va-et-vient des vedettes, la liaison intra-baie entre Seward et Spring Creek et les transporteurs maritimes qui déposaient des centaines de tonnes de matériel qui disparaissait derrière l'écran bleuté. L'ancien quai des paquebots de croisière avait été réquisitionné pour empiler des dizaines de conteneurs de vingt pieds. Des emplacements loués au prix fort. Les conglos avaient accepté la facture sans rechigner.

GG lui avait souri en lui disant qu'il était content de le voir avec une mine moins maussade. Il ne se souvint pas avoir vu autant briller les yeux de Gary au cours de la décennie passée.

— Il paraît que la mairie étudie la mise en service d'un second bateau de pêche, lui apprit ce dernier. Je crois que Rachel veut accentuer la pression sur Dokes. Peut-être que tu devrais lui en toucher un mot.

Gary lui tendit un feuillet dactylographié à en-tête.

Le shérif rumina le contenu de la missive officielle d'un air pensif. Rachel demandait à Gary d'examiner la réouverture d'un amarrage pour vaisseau de quatre cents tonnes dont le type n'était pas spécifié. Peut-être que la requête provenait des conglos dont les effectifs à Spring Creek ne feraient que grossir durant les prochains mois. Cela faisait beaucoup de bouches à nourrir. Dokes excellait dans son travail, mais il avait aussi ses limites.

— Où Rachel pourrait-elle trouver un vaisseau ? Le *Molly Pen* est le seul navire de pêche en activité dans la baie. Les autres sont trop pourris pour pouvoir être remis en état, objecta le policier.

Il suffisait en effet de se tourner vers les docks pour voir la demi-douzaine de coques décimées par la rouille. Ce reliquat de l'ancienne flottille, un temps la fierté de Seward, finissait de partir en lambeaux. James Dokes lui avait avoué un jour que chaque matin en se rendant au port, ces épaves renforçaient son intime conviction de poursuivre le travail, coûte que coûte. En plus de lui tordre les tripes.

Gary saisit sa tasse de café :

— Il n'est pas impossible que les conglos offrent un bateau neuf.

— C'est une éventualité, en effet.

Quelques minutes plus tard, le shérif quitta la capitainerie. Le soleil peinait à percer la couche de nuages. Il gambergeait toujours sur la missive de la maire. Un nouveau navire, ce n'était pas grand-chose pour ces puissants à bord de leurs éco-cités. Le geste marquerait sans doute les esprits des Sewardiens.

Green franchit le portail de la coopérative, pénétra dans le hangar adjacent à l'imposante chambre froide, il y salua quelques manutentionnaires qui n'avaient pas grand-chose à faire sinon de nettoyer, ranger ou laver le matériel en attendant la prochaine fournée de crabes. Il dépassa les empilements de casiers avant d'emprunter une échelle menant au sous-sol. Des espaces techniques abritaient l'ensemble de la machinerie destinée à générer du froid. Pompes, bonbonnes de gaz, alternateurs, bobines d'échangeurs de chaleur, l'univers ressemblait à une raffinerie en miniature avec ses conduites et ses tuyaux. Green suivit les faisceaux de tubes, les niches bardées de câbles et de boîtiers poussiéreux, jusqu'à un accès orné d'une tête de mort peu accueillante. De l'autre côté, un couloir menait à la salle de l'ancien générateur électrique qui servait à présent de débarras. Peu le savaient, mais à l'abri d'une rangée d'étagères antédiluviennes existait une porte en fer rouillée dont seules deux personnes à Seward possédaient la clef.

Lui et Dokes.

Le trousseau tinta entre ses mains et en une poignée de secondes, il parcourut une galerie garnie de tuyaux enveloppés de toiles arachnéennes. La chaleur et la condensation formaient un cocktail idéal pour ces bestioles en plus de favoriser la stagnation d'une odeur de moisi. Ses pieds foulèrent un sol humide et jonché de papier jauni, de vieux journaux aux titres à moitié effacés. Le tunnel étroit et sombre traversait une partie du port, longeait les docks pour s'arrêter dans un second hangar. Quand il se retrouva à destination, il rejoignit son ami qui l'attendait, assis sur une caisse au beau milieu d'une salle chichement éclairée par une lampe cabossée dont l'ampoule, diffusant une lueur maladive, donnait l'impression qu'elle allait s'éteindre d'un instant à l'autre.

— Shérif...

Green lui rendit son salut en inclinant la tête. Dokes lui proposa une bière qu'il accepta volontiers.

— Daanak veut armer un nouveau bateau de pêche, annonça-t-il ensuite.

Le vieil homme le regarda puis il se mit à sourire.

— Je suis au courant. C'est le bordel, hein ?

Ils choquèrent leurs bouteilles et burent une gorgée.

Green avait raison : Rachel Daanak comptait lui mener la vie dure. Dokes vida sa bière d'un trait puis jeta négligemment la canette dans une poubelle.

Quand bien même, la maire serait en mesure de dénicher une coque en bon état, ces manœuvres ridicules ne l'empêcheraient pas de poser sa candidature, avait-il dit au shérif. Il se souvint que Dalton agitait régulièrement la même menace, en général lorsque leur relation subissait un gros coup de froid. Jamais il n'avait esquissé le moindre mouvement concret dans cette direction. Et pour cause, l'ancien maire savait une chose à propos de la mer que sa pouliche ignorait : l'océan était moins une affaire de matériel que d'hommes.

Si elle pouvait, avec l'aide des conglos, contrôler le premier terme de l'équation, disposer d'un navire ; lui, James Dokes, dernier pêcheur en activité et respecté par les habitants, régentait le second. Autrement dit, elle aurait peut-être un bateau flambant neuf, mais elle rencontrerait bien des difficultés pour l'armer avec du personnel compétent. Un équipage, ça ne se recrutait pas au pied levé et les seuls marins expérimentés sur le marché travaillaient déjà pour lui.

Ce fut donc confiant que Dokes émergea à la lumière après son entrevue secrète avec le shérif. Il regagna son pick-up d'un pas léger et il conduisit jusque de l'autre côté de la ville, pour le garer sur un trottoir en face du dernier pub en activité. Il s'y attabla en compagnie du contact de Walter.

— Où est Walter ? lui demanda-t-il.

Collins avala une gorgée de sa bière avant de lui répondre sur un ton évasif.

— Il scelle de nouvelles alliances. Nous n'avons pas le choix, si nous voulons passer le prochain hiver sans crever la gueule ouverte. Puisqu'il semble que nous n'ayons rien à attendre de Seward.

Le marin afficha un air surpris.

— Je n'ai jamais rien dit de tel, c'est juste que je ne suis pas dans une position favorable. Daanak et les conglos mettent la pression.

— Je sais. Walter attend un signe, disons, encourageant.

Que je me lance dans la course à la mairie, décoda Dokes. *Une course que j'ai toutes les chances de perdre pour l'instant.*

— Ce que j'attends, soupira-t-il, c'est un coup de main providentiel.

— Quel genre ?

— Le genre que Walter n'a pas en réserve. Un miracle.

Le pêcheur tapota amicalement l'épaule de Collins et régla les consommations.

— Dis-lui que ce serait bien que je puisse lui parler, de vive voix.

WALTER

Le premier ravitaillement avait été un franc succès et Walter se disait qu'il pourrait établir de solides relations avec Kobb, un lien peut-être plus durable qu'avec les Sibériens dont il n'avait plus de nouvelles depuis des mois. De toute manière, il n'avait pas d'autre option. Les échos en provenance de Seward confirmaient la justesse de son choix stratégique. Son vieil ami, Dokes, n'occupait pas une position favorable pour former une alliance. Il se pourrait, d'après Collins, qu'il ne parvienne jamais à s'installer dans le fauteuil de maire, tant Rachel Daanak possédait la plupart des atouts dans son jeu. Le match paraissait plié avant même d'avoir commencé.

Kobb et son petit trafic restaient donc sa meilleure carte. Le caïd marquait des points en étendant son influence et son territoire. Ses fidèles positionnés tels des pions sur l'échiquier d'Anchorage avaient remporté des victoires sur des rivaux, en les éliminant ou en les forçant à travailler pour lui. Quant au reliquat des forces de police, Kobb affirmait avoir les moyens de les tenir à distance. C'était un homme qu'il valait sans doute mieux avoir de son côté, réfléchit Walter en vérifiant les détails de la prochaine cargaison.

Un mug de café glissa sous son nez. L'odeur titilla agréablement le nez de Walter, dont les lèvres s'étirèrent.

— C'est du vrai, précisa Kobb, tout sourire.

— Ça fait un bail que je n'en ai pas bu.

— J'aimerais que tu viennes avec nous cet après-midi. Prends quelques gars avec toi.

Walter savoura sa première gorgée, puis il reposa la tasse sur le rebord de la caisse de munitions sibérienne qu'il comptait troquer contre des sacs de riz en provenance de Chine. Il se demandait comment Kobb les faisait venir de si loin. Il était difficile de dire non à un homme tel que lui. Walter avait compris qu'il en réclamerait tôt ou tard davantage. Les armes qu'il échangeait contre de la nourriture ne resteraient pas sagement rangées sur leurs supports. Il se préparait quelque chose et Walter y vit l'occasion d'en apprendre un peu plus sur ce que le caïd mijotait.

Après le déjeuner, une petite troupe d'une quinzaine d'hommes prit place à bord d'embarcations rapides qui, moteurs rugissants, mirent le cap sur la côte. Plutôt que la route, en très mauvais état et sujette aux embuscades, Kobb privilégiait les déplacements par la mer et dans la région, la moindre baraque possédait son propre ponton. Gagner la terre ferme ne posait pas de problème particulier, y compris pour atteindre les endroits les plus isolés ou les plus difficiles d'accès. Ils accostèrent sur les rivages du comté de Beluga, du nom d'un cétacé qui avait depuis longtemps déserté ces eaux. Se tenant à distance de Kobb et de ses lieutenants, Walter assista à la mise au pas d'une communauté qui rechignait à régler ses dettes ou à payer pour sa protection. S'il n'avait pas appliqué les codes de la justice divine, le caïd s'était néanmoins montré ferme et leur avait adressé un avertissement clair en incendiant l'une des maisons, ce qu'il avait trouvé d'autant plus curieux que ces gens semblaient sincères. L'odeur du brûlé avait remplacé celle du café. Un parfum amer.

Son affaire réglée, Kobb l'invita à monter à bord d'un pick-up emprunté aux locaux. Juste eux deux. Sans escorte.

— Tu dois comprendre ce que nous accomplissons ici, Walter. Je t'aime bien. Je trouve exemplaire la façon dont tu gères la situation sur ton île et je n'imagine pas à quel point cela doit être difficile actuellement.

L'intéressé opina tandis que le véhicule progressait à travers une route défoncée.

— Bientôt, les choses vont changer et je veux que les hommes et les femmes de Kodiak participent à cela. Je veux dire, comme des partenaires. Ou des frères, appelle ça comme tu le voudras.

— Si tu en arrivais au fait…

— Nous y sommes presque, patience.

Après quelques kilomètres, Kobb gara la camionnette sur un ancien chemin forestier, puis il ouvrit la portière. Walter allait l'imiter quand il lui intima de rester assis.

— Tu observes. Rien d'autre. Je veux que tu constates que j'ai des alliés importants. Le genre qui fera la différence le moment venu.

Soudain sur ses gardes, Walter lui jeta un regard oblique. Kobb le gratifia d'un clin d'œil.

— Ce ne sera pas long.

Le caïd grimpa à mi-pente quand une silhouette émergea de derrière le tronc d'un grand épineux. Walter plissa les yeux, mais à cette distance, il lui était impossible de distinguer son visage. L'homme, ou la femme, de corpulence moyenne, portait une sorte d'uniforme ou un treillis sombre. Une casquette à la visière rabaissée masquait ses traits. Le face-à-face dura moins de deux minutes et se termina par un échange. L'objet disparut en une fraction de seconde dans les poches de Kobb.

Le trafiquant revint vers lui en affichant un air satisfait. Il s'installa derrière le volant, tourna la clef de contact. Le vieux moteur à explosion se mit à vrombir.

— Qui était-ce ?

— Je te l'ai dit, un allié.

— L'incendie de la maison, c'était une espèce de signal, pas vrai ?

— J'ai tout de suite senti que tu étais un malin, Walter. J'aime ça chez toi.

Les yeux de Kobb étincelèrent, son regard se détourna un instant de la route.

— J'ai l'intention de frapper un grand coup, prochainement, et je veux que tu en sois.

— Pour venger Marvin ? Avec tout le respect que nous vous devons, à toi et tes hommes, cette histoire ne nous regarde pas.

— Il ne s'agit pas uniquement de cela. Leur rendre la monnaie de la pièce n'est qu'un petit bonus.

— Je dois savoir de quoi il en retourne avant toute chose dans ce cas.

Kobb esquissa un sourire :

— Bien sûr.

Le lendemain matin, ils traversèrent le golfe en direction de Kenaï, une bourgade fantôme – ou presque – comme il en existait tant le long de la côte. L'un derrière l'autre, les engins s'engagèrent à vitesse réduite dans l'embouchure de la rivière Kenaï qu'ils remontèrent sur une quinzaine de kilomètres en suivant les méandres jusqu'à Soldotna. En accostant devant d'anciennes loges de pêcheurs, à moins de cent mètres de l'aéroport, Walter comprit tout de suite l'intérêt que portait le caïd à la zone. La rivière, les entrepôts, l'accès quasiment direct à la Sterling Highway ; le secteur formait une sorte de carrefour stratégique.

— Ce sera notre base arrière pour notre opération coup de poing, annonça Kobb à Walter.

Ce dernier, accompagné de trois de ses hommes, sourcilla.

Aussitôt débarquées, des sentinelles prirent position afin d'assurer la sécurité du périmètre comme à chacune de leurs escapades. Il s'agissait surtout de se prémunir contre une attaque d'opportunité de la part de rivaux qui observaient peut-être les habitudes du groupe. Walter et Kobb mirent pied à terre puis ils marchèrent vers le chemin menant à la piste d'envol depuis longtemps hors d'usage. Ils croisèrent des carcasses d'appareils de tourisme aux ailes brisées sur le tarmac envahi par la toundra.

Les hommes de Kobb avaient investi un hangar d'aviation aux murs défraîchis et par endroits carrément troués, mais l'intérieur avait été débarrassé, nettoyé et aménagé en vue d'entreposer des réserves. Deux camions à plateau juchés sur d'énormes essieux trônaient au milieu, entourés par des alignements de caisses comprenant des fournitures, des armes, des munitions. Walter reconnut certaines de ses caisses, celles qu'il avait échangées contre de la nourriture. Sur l'instant, il se demanda s'il avait bien fait. Kobb donnait l'impression de préparer une guerre. Peut-être envisageait-il de prendre les bastions d'Anchorage encore sous le contrôle de la police.

Mais Marvin a disparu à Seward.

Le caïd écarta les bras pour donner l'accolade aux personnes chargées de la logistique. En retrait, Walter observa ces manifestations de reconnaissance, pensif et prudent dans ses gestes autant que dans ses propos.

— Mes amis ! lança Kobb. D'ici quelques jours, nous allons montrer au monde que leurs jolis plans doivent tenir compte de la réalité. Notre réalité. Celle d'un terrain que nous tenons et qu'il n'est pas question de laisser entre les mains des conglos, ni entre celles de ces politiciens corrompus de Juneau. Nous sommes ici chez nous. Le Kenaï est notre territoire !

La diatribe provoqua une salve d'applaudissements suivis de trilles et de hululements.

— Nous allons également montrer à ces gens que nous n'oublions pas notre pote Marvin.

Le discours guerrier n'annonçait rien de bon, observa Walter.

— Ouais ! Ça, c'est bien dit ! renchérit l'un des gros bras en brandissant une clef dynamométrique qu'il semblait prêt à abattre sur le crâne du premier venu qui lui chercherait des crosses.

Kobb afficha une détermination sans faille devant ses hommes dont aucun ne devait douter de son intention d'aller jusqu'au bout. Il en allait certainement de sa crédibilité, estima Walter pour qui cette démonstration orale soulevait bon nombre d'interrogations qu'il se garda de partager.

Depuis des années, le caïd verrouillait les quartiers nord d'Anchorage et, suivant une stratégie habile, il arrosait copieusement la police en subvenant à leurs besoins. En somme, sa main donnait. Elle reprenait aussi. Et il remplissait ses entrepôts et ses caisses avec de la contrebande. Son système reposait sur un délicat équilibre entre influence et trafic, avec le risque que la balance penche trop d'un côté. Alors, pourquoi partir en guerre ?

À terme, pensa Walter, l'épreuve de force paraissait inévitable, peut-être était-elle souhaitable tant ces gens semblaient prêts à en découdre. Si Kobb avait rassemblé tant de moyens en ce lieu, ce n'était certainement pas pour compter les munitions.

Les hommes se réunirent autour d'un vieux tableau d'école. Quand Kobb le retourna, révélant sur une carte son objectif, Walter en eut le souffle coupé.

Le trafiquant exhiba un boîtier devant l'assemblée.

— Nous avons une solution pour le problème de l'entrée, annonça-t-il fièrement. Il nous reste plus qu'à résoudre celui de la sortie. C'est pourquoi notre ami Walter, ici présent, est avec nous.

Ce dernier afficha un air interdit. Il se reprit vite devant les gaillards soudain tournés dans sa direction. Ils lui sourirent, certains en levant un pouce approbateur.

Mis au pied du mur, Walter s'avança vers la carte d'une région qu'il connaissait par cœur en songeant à Dokes qui lui avait dit un jour que le seul moyen de quitter un cul-de-sac, c'était de franchir à nouveau sa porte d'entrée. Il prononça les mêmes paroles prophétiques en se demandant si ces types n'étaient pas un peu cinglés.

Kobb se pencha vers lui.

— Il ne s'agira ni de tuer ni de détruire. Personne ne sera blessé. Ce sera un avertissement. Il est probable que cela donne un coup de main salvateur à ton ami le pêcheur dans sa course au fauteuil de maire.

Les engrenages s'alignèrent dans l'esprit de Walter qui comprit tout de suite pour quelle raison le caïd le traitait avec autant d'égards depuis le début.

EMILY

Un petit comité était réuni au comptoir des *Trois Ours* : Red, Pop, Mary, le shérif Green et, pour la première fois depuis un moment, Rachel. Tous avaient les yeux rivés sur un rectangle de plastique semi-transparent en train de jouer une courte animation, quelques secondes saisies à travers sa chair par l'échographe numérique. La carte émettait même les battements de cœur…

— Il ressemble à Bill, observa GG sur un ton amusé. La relève est assurée.

L'avis, purement subjectif, déclencha en elle une réponse chimique sous forme d'endorphines. Pour la première fois depuis la disparition de son père, Red baignait dans ce qui s'approchait d'une forme de bonheur. Tandis que ses amis se pressaient pour détailler ce qui n'était guère plus qu'une graine, elle se caressait le ventre.

— Je ne me souviens pas trop de ta mère, dit alors Rachel, juste qu'elle avait de grands yeux verts.

Red serra la main de Pop à l'évocation de la grande absente de cette réunion. Rachel, Green et maintenant Mary faisaient partie de leur premier cercle. Victoria Kambon-Thomsen appartenait à un autre, loin de Seward. Elle avait fait ce choix, lui avait rappelé Pop, mais Red ne savait pas ce que cela signifiait. De quelle manière devait-elle considérer une femme qui abandonne son enfant ? Les images de la vidéo vue sur Concordia avec Pop, resteraient gravées dans sa mémoire. Sa mère avait une mine radieuse, des yeux aussi brillants que des émeraudes.

— Ouais, n'empêche qu'on a déjà envie de le croquer ce petit bout, partagea Green.

Mary, même si elle souriait, demeurait étrangement silencieuse, presque en retrait de cette communion. Comme si elle estimait ne pas mériter ces instants. Ou pire, les voler.

— T'as de la veine, reprit Rachel, je n'ai jamais pu voir Chance ni Sakari, avant qu'ils ne sortent de mon ventre. Je suis contente que tu sois la première à bénéficier du retour de cette technologie à Seward.

La maire mélangeait avec art les messages personnels et politiques, mais ce soir, elle était ici en tant qu'amie. Ce soir, la fille de Bill Redwild était simplement heureuse de retrouver sa copine d'antan.

— Bien ! déclara ensuite cette dernière. Si nous revoyions les détails de la soirée ?

L'annonce avait soulevé l'enthousiasme de Pop qui se mit à rassembler des chaises pour former un cercle. Red laissa échapper une grimace quand elle comprit qu'elle aurait peu de voix au chapitre. À commencer par la liste des invités qui s'allongeait sans qu'elle ne puisse les freiner. Les comités modestes, c'était très bien aussi. Green, très silencieux, se pencha vers elle pour s'enquérir d'une question essentielle.

— Vous lui avez trouvé un nom à ce petit ?

— On y réfléchit encore. La liste est plus courte que celle des invités. Heureusement.

Green se mit à rire franchement.

Une musique légère montait des antiques haut-parleurs installés avant sa naissance et qui fonctionnaient toujours. Les anciennes technologies avaient pour elles de durer, de survivre au temps sans que l'on y prête attention.

— Je suis vraiment contente pour toi, lui glissa Rachel. Et en tant que mère d'expérience, je serai bien entendu à tes côtés pour ces choses très prenantes comme laver les couches-culottes ou donner le bain.

— Ça te manque tant que ça ? lui sourit Red.

— Chance est sur le point de s'envoler du nid. Sakari suivra plus vite qu'on n'aura le temps de s'y préparer. Profite bien de leurs jeunes années, ce sont les meilleures.

— Je le note. À propos, comment ça se passe avec le grand ?

— Il revient épuisé tous les soirs, mais visiblement ravi. Je ne comprends pas les trois quarts de ce qu'il me raconte, mais ça à l'air passionnant. Il est en train de changer.

— De changer ?

Elle lui fit un clin d'œil.

— Il devient un homme. Je crois que ce programme, ça lui fait du bien, même si je trouve cela effrayant. La formation est basée sur des simulations, d'après ce que j'ai compris. Tu sais ce que c'est ?

Si Rachel ne tarissait pas d'éloges sur la fierté qu'elle éprouvait à l'égard de son fils, elle désirait néanmoins s'assurer qu'il ne risquait rien.

— Ils mettent les recrues dans des situations de plus en plus complexes et ils voient comment ils réagissent. Surtout face à l'inconnu. L'avantage de la simulation, c'est qu'ils ne peuvent pas se faire de mal, blesser un camarade, par ignorance, inadvertance ou inattention. Ni casser du matériel, ce qui est un point non négligeable s'agissant des conglos et leurs sacro-saints critères de rentabilité.

— Donc ce n'est pas dangereux ?

— Pas que je sache. Les simulations sont parfaitement encadrées.

— Ce que tu pourrais nous apprendre sur eux nous serait très précieux, embraya alors la maire.

Que cette discussion revienne sur le tapis l'irrita, mais Red choisit de refouler l'aigreur qui avait pris naissance dans son estomac.

— Je doute que cela te soit utile. Tu as déjà décidé de marcher avec eux. Tu as raison, ce sont tes meilleurs alliés.

Rachel arqua un sourcil.

— Avec toi, j'ai parfois l'impression que Dokes met des mots dans ta bouche ou qu'il se cache derrière toi pour les faire sortir à n'importe quel moment.

— Il défend les intérêts de la baie, non ?

— Dokes a toujours défendu Dokes, son bateau, ses hommes, ses crabes, dans cet ordre précisément. Je me demande d'ailleurs ce qu'il manigance. Je l'ai trouvé bien calme durant le dernier conseil.

Green se joignit à eux ce qui mit un terme à la conversation. Red l'en remercia silencieusement tout en décelant une étincelle dans son regard gris acier. Puis Pop arriva avec un plateau chargé de verres pleins. La soirée se déroula dans une ambiance plus légère. Green s'était contenté d'une seconde bière avant de rentrer chez lui. Pop avait un peu abusé sur la boisson et assurait l'animation. Son compagnon avait besoin de relâcher de la pression. Il riait, lui tenait souvent la main, cherchait son regard.

Oui, se dit-elle, *il est heureux.*

Le lendemain, sur l'écran de la salle principale des *Trois Ours*, les premiers mots du discours de Dokes retentirent comme le gong sonnant le début d'un combat. Le pêcheur avait certes encaissé des coups, mais il n'était pas à terre et ne comptait pas rendre les armes. Fidèle à sa réputation.

Red était en train de préparer un plateau de cafés quand les murmures et les conversations cessèrent, la salle devint silencieuse. Les clients étaient nombreux à soutenir Dokes. Les petites gens, les pères de famille, les travailleurs de la mer dont la municipalité ignorait les revendications s'inquiétaient du retour des étrangers. Ces oreilles sensibles à certains arguments étaient à la recherche d'un nouveau héros. Le genre qui leur parlait.

— Je me tiens sur notre terre, ici, à Spring Creek. Une terre qui pourtant ne nous appartient plus.

L'image se décala pour attirer l'attention sur l'arrière-plan qui, s'il n'avait rien de déplaisant, n'en demeurait pas moins anxiogène aux regards habitués depuis toujours à un panorama austère.

— Ils débarquent chez nous avec leur technologie, avec leurs drones, leurs robots, leurs navires, leurs cités… Ils s'installent et transforment nos vies. Ils ont transformé notre terre. Ici même, derrière moi. Sans nous demander notre avis. Tout ceci nous a été imposé sans que nous ayons eu notre mot à dire.

Dokes visait juste si elle en jugeait par les hochements de tête.

La répétition du mot « terre » marquait l'ancrage et l'attachement envers Seward. Un concept simple, ancestral, que tous partageaient. Techniquement, Spring Creek appartenait à l'état de l'Alaska et non à la municipalité. L'argutie juridique restait aux portes de ces esprits attablés, les regards tournés vers l'écran, absorbant les mots de celui qui leur ressemblait. Des travellings de la caméra montrèrent les nouveaux logements, les machines sur les pelouses, les individus casqués et même un ancien extrait issu des archives évoquant une Concordia prise à contre-jour, à la fois majestueuse et monstrueuse, comme une menace au milieu de la baie. Sara Pherson, la conseillère officieuse du pêcheur selon les ragots, avait travaillé ses effets avec une intention à peine voilée. Elle s'en défendait en disant que les candidats à la mairie seraient traités sur un pied d'égalité.

— Ils nous changent. De l'intérieur. De l'extérieur.

Des visages de résidents connus défilèrent dans la séquence suivante, celui de Jordan, de Kara Lau, de Cleaver. Des faciès lisses aussi expressifs que des mannequins de cire dépourvus d'âmes.

— Ils nous sont étrangers. Des inconnus appartenant à un autre monde.

La caméra se fixa à nouveau sur Dokes, sur ses traits creusés par la vie, la vraie, la dure, une existence accomplie suggérant la sagesse et la mesure.

— La plupart d'entre vous me connaissent. Vous savez qui je suis. Et ça, appuya-t-il en se tournant vers les installations de Spring Creek, c'est quelque chose que nous ne pouvons pas permettre. Vous savez tous combien j'ai à cœur de préserver notre mode de vie, de prendre soin de nos familles, de nos ressources, de notre baie…

Emily esquissa un sourire.

— On dirait que ça te plaît ce qu'il raconte, observa Pop qui venait de rentrer de l'aéroport. En tout cas, il fait fort le vieux.

— Il a ses partisans.

— Tu l'aimes bien, pas vrai ? lui dit son compagnon.

— Il était temps qu'il se déclare. Dans n'importe quel système, la concurrence est une excellente chose.

— Je connais plein de gens qui n'attendaient que ça. C'est un peu comme nous, il était aussi temps que nous annoncions notre heureux événement.

La main de son compagnon lui réchauffa le bas de son dos.

— Je vais l'inviter à notre fête, souffla alors Red.

Il haussa les sourcils.

— Dokes ?

— Ouais.

— T'es sûre ? Je te rappelle que Rachel est en haut de la liste et que vous êtes copines depuis des années.

— Mon père connaissait Dokes depuis plus longtemps encore.

Il se gratta le menton.

— Et je ne veux surtout pas donner l'impression de prendre parti pour l'un ou pour l'autre, justifia Red. Ce serait une erreur. Tu comprends ? Je tiens à ce que cet établissement reste un terrain neutre, un lieu où tout le monde peut se parler. Sans compter que je n'ai pas besoin que la moitié de la clientèle déserte les lieux pour des raisons politiques. Nous sommes financièrement trop justes pour nous le permettre.

Il la regarda étrangement alors que l'annonce de la candidature se terminait par une séquence réunissant les visages souriants de commerçants et de travailleurs, renforçant l'idée de communauté et d'identité chère au vieux pêcheur.

— J'imagine que c'est plus sage comme ça, reprit-il. T'as prévu un service d'ordre ? Au cas où…

Elle lui décocha une grimace perplexe, menaça de lui lancer le torchon qu'elle tenait entre ses mains.

— C'était pour rire.

Pop alignait les heures supplémentaires, rentrait tard, partait tôt. La réfection de la piste de l'aéroport nécessitait encore une somme de travail conséquente. Les primes que touchait Pop leur faisaient aussi beaucoup de bien. Les équipes terminaient juste la reconstruction du hangar aviation que, naguère, il avait transformé en bureau et résidence principale. Red se souvenait du jour de son arrivée comme si c'était hier. Elle aurait aimé le voir plus souvent. Pas en coup de vent le midi et le soir, après avoir échangé qu'une poignée de mots.

— Peut-être qu'on devrait les nommer parrain et marraine. Cela pourrait les aider à… ne pas se battre comme des chiffonniers. Les avoir sous le même toit le temps d'une soirée, dit-il sur un ton amusé, je ne sais pas toi, mais moi, ça me préoccupe.

Ses lèvres s'élargirent et elle passa un bras affectueux autour de son cou. Il pencha légèrement la tête de côté pour recevoir un baiser.

— Mon chéri, la seule chose qui me préoccupe en ce moment se trouve tapie dans ma chair. En tant que parents, nous devons assurer l'avenir de cet enfant ce qui signifie que parfois, il faut se montrer courageux.

— Au moins, t'as pas invité Dalton, c'est déjà un problème en moins.

Red conserva une attitude neutre, mais son cœur se pinça.

Elle avait envoyé un courrier électronique, service que les conglos avaient rétabli.

La conseillère de Dalton, Aubrey Perry, lui avait répondu que le président serait en déplacement à ce moment-là. En définitive, ce n'était peut-être pas plus mal. Pop avait raison, deux fauves politiques sous le même toit suffiraient amplement à animer la soirée.

DALTON

Malgré les mises en garde de Cleaver, ou peut-être en raison de celles-ci, Miles ne se gênait pas pour inviter Aubrey Perry dans sa suite privée. Si le personnel du palais fermait les yeux sur les allées et venues tardives de la jeune conseillère, par obligation plus que par diligence, ils n'en demeuraient pas moins lucides. Les secrets finissaient toujours par s'échapper et l'existence d'une fuite était directement corrélée au nombre de personnes au courant. Ce chiffre était appelé à épouser une pente ascendante jusqu'au point d'éclosion d'un éventuel scandale, d'après les sombres prévisions de Cleaver.

Miles s'en fichait.

Il ne désirait pas se défaire du parfum de sa peau, de sa chevelure ébène, de son regard pénétrant et de sa manière de conduire le bal, selon une expression dont il aimait l'effet délicieusement provoqué dans l'intimité. Aubrey possédait par ailleurs un sens politique aiguisé ce qui rendait leurs discussions pré et post-coïtales riches d'enseignements. Elle avait fait presque toute sa carrière dans l'ombre de l'ex-présidente Hastings. Cette dernière l'avait sous-exploitée, s'était rendu compte Dalton, ce qui expliquait peut-être la défection d'Aubrey.

Cleaver n'avait pas été trop chaud pour l'accueillir dans l'équipe, mais Miles avait pesé de tout son poids, un propos qui, à l'époque, portait au-delà de la simple métaphore. Puis, les pilules avaient opéré leur miracle et ce qui devait arriver, arriva.

La brune Aubrey lui permettait d'oublier la chevelure de feu de Red, même s'il voyait parfois son visage durant leurs rapports. La conseillère enfila un peignoir en sortant de la salle de bain. Elle attrapa sa tasse de thé au passage et s'assit en tailleur, une posture prélude à une discussion politique et qui signifiait aussi : pas de sexe durant le prochain quart d'heure.

Dalton ajusta son oreiller pour se redresser, laissant apparaître son ventre plat, son torse dessiné, parsemé d'un duvet blond. La baleine s'en était allée. *Définitivement*, espéra-t-il.

— Tu ne devrais pas te reluquer comme ça, le moqua-t-elle. C'est dérangeant.

— Ça se voit que tu n'as jamais été… euh, comment me disait-on déjà ? Ah oui ! Enrobé. Le pire mot de vocabulaire pour décrire ce que j'étais vraiment, une larve. Une larve qui suait des litres par tous les pores en été et qui voyait dans l'hiver une renaissance, un printemps pour son corps malade.

Aubrey porta la tasse à ses lèvres en le dardant d'un regard compatissant, obtenant alors l'effet désiré. Miles soupira.

— Ouais… T'as sûrement raison.

— J'ai toujours raison, chéri.

La détermination faisait de ceux qui en usaient des personnes capables de faire la différence, de l'emporter quand bien même elles ne partiraient pas favorites. Aubrey avait rempli toutes ses missions : expliquer la politique en place avec les conglos, amadouer le Yukon, rassurer la Ligue Nord-Ouest… Ses très bons résultats la mettaient à l'abri du courroux de Cleaver. Jusqu'au premier faux pas, qui serait sans doute le dernier. En attendant, Dalton profitait de son intelligence et de sa perspicacité en testant des idées nouvelles.

— Depuis combien de temps Juneau est-elle la capitale de l'Alaska ?

La conseillère abaissa sa tasse, planta son regard dans le sien.

— Depuis 1905.

— Ça n'a pas toujours été le cas, si ?

Aubrey possédait une connaissance approfondie de l'histoire de l'Alaska. Les tableaux accrochés dans le hall d'accueil et qui symbolisaient la mythique ruée vers l'or, c'était son idée. Brillante et du plus bel effet sur les visiteurs, à qui il était rappelé que la force et la fierté animaient encore les habitants de cette magnifique et sauvage région.

— Il y a eu Novo-Arkhangelsk, juste avant.

Miles haussa un sourcil ce qui déclencha un sourire de la belle.

— L'ancienne ville de Sitka, poursuivit-elle, à cent cinquante kilomètres au sud-ouest d'ici, à vol d'oiseau. Il ne reste plus grand monde là-bas. Peut-être quelques pêcheurs. Et encore… Peux-tu me dire où tu veux en venir ?

Dalton repoussa la couverture et mit un pied hors du lit, puis le second. Il se releva, le dos tourné vers Aubrey qui ne perdit pas une miette du spectacle en le suivant pas à pas, jusqu'à la fenêtre où il écarta légèrement le rideau, dans le plus simple appareil.

— Les choses ne sont pas éternelles. Pas même la neige des monts de la Saint-Élie.

— Tu es en train de me dire que tu veux changer de capitale ? Pour où ?

Elle n'eut pas le temps de ravaler sa question à la réponse pourtant évidente. Miles savoura les quelques secondes de blanc jusqu'à ce qu'un nom lui parvienne, porté par ce souffle dont il se délectait chaque nuit.

— Seward.

Il sourit. Il perçut le tintement d'une tasse posée un peu brusquement sur la desserte, le froissement des draps et un mouvement dans son dos.

— Maintenant, il faut vraiment que je te le demande, Dalton. Parce que ça ne peut plus durer comme ça.

Elle se planta derrière lui, attendant qu'il se retourne pour affronter son regard sévère. Ce qu'il fit sans se départir de son calme.

— Quoi donc ?

— Qui dirige cette nation ? Toi ou lui ?

Par lui, elle entendait Cleaver dont elle prononçait rarement le nom.

— Ce n'est pas une idée qui m'a été suggérée. C'est… une chose à laquelle je pense depuis un moment.

Ses lèvres se plissèrent, ses narines s'étrécirent.

— T'imagines que je vais te croire ?

— Tu penses qu'il s'agit d'une mauvaise blague ? Juneau est… loin. Et elle le sera de plus en plus.

— Loin de quoi ?

Ce n'était pas la bonne manière de comprendre l'affaire. Elle s'en rendit compte tout de suite.

— Ou plutôt loin de *qui* ? se reprit-elle.

Dalton feignit de ne pas avoir entendu. Il enfila son peignoir qu'il noua en réfléchissant à voix haute.

— C'est à Seward que se joue désormais le destin de l'Alaska. À ce titre, je pense que ce point mérite une discussion franche et dépassionnée, lui lança-t-il avant de s'enfermer dans les toilettes. J'aimerais que tu prennes la température auprès des délégués.

— Tu veux qu'ils m'abattent ?

Dalton éclata de rire.

— Personne ne descend une messagère avec des atouts tels que les tiens.

— OK, c'est toi le patron, répondit-elle sèchement. Mais, je suis contre cette idée absurde.

Tout en s'auscultant le visage dans le miroir, il entendit une porte claquer. Peut-être que le personnel ferait ses choux gras en coulisse du départ inhabituel d'Aubrey Perry provoqué par une discussion dont ils ignoreraient la teneur. En tout cas, l'idée de changer la capitale lui plaisait. De plus en plus. Seward était sa ville, sa terre. Leur futur. Et Aubrey avait raison : il était le président. Il dirigeait la Nation.

Dalton lui sut gré de lui avoir rappelé cette évidence. Cela faisait du bien de l'entendre.

Aubrey Perry s'habilla dans le patio attenant aux appartements du président, les mains tremblantes et maladroites en raison de son irritation. Changer de capitale… Dalton désirait retourner dans son trou perdu de Seward.

Elle dut s'y prendre à deux fois pour remonter la fermeture de sa robe sans cesser de pester. Elle manqua de filer ses bas puis chaussa ses escarpins et sortit. Fort heureusement, elle ne croisa personne durant les premiers pas martelés dans ce long couloir, ce qui lui laissa le temps d'évacuer une partie de sa crispation, de faire bonne figure en saluant un conseiller chargé de dossiers avant d'emprunter les escaliers. Malgré ses efforts, elle ne parvint pas à faire taire cette voix, à calmer son estomac, son corps qui se rebellait face à une perspective pour le moins inattendue. Elle se pressa pour regagner son véhicule à bord duquel elle retrouva un semblant de sérénité.

— Bordel ! Mais qu'est-ce qui lui passe par la tête ?

Elle appuya sur le démarreur et le moteur électrique se mit à ronronner. L'indicateur de charge des batteries affichait une autonomie restante de cent quarante-sept kilomètres ce qui était amplement suffisant. Les pneus crissèrent en quittant l'emplacement et elle s'engagea dans un virage osé, mais sans conséquence. Aubrey Perry fila à travers la vieille ville, traînant dans son sillage incompréhension et exaspération. Elle descendit la dixième rue jusqu'à Egan Drive où elle prit à droite pour longer le trait de côte. Le bras de mer qui séparait Juneau de l'île de Douglas mesurait moins de deux cents mètres de large et de l'autre côté, les pentes verdoyantes conféraient à la région un écrin de nature entre ciel et mer. En cet instant, cependant, ses yeux ne voyaient que la route, ce bitume daté qui défilait et qui, par endroits, recelait des pièges. Elle ne rencontra qu'une circulation clairsemée, tant en raison de la baisse de la démographie que de l'impossibilité pour de nombreux habitants de s'équiper d'un véhicule. En conséquence, l'essentiel de la population logeait à proximité du centre historique et de ses commodités, délaissant les espaces périphériques à ceux qui étaient motorisés ou bien qui désiraient s'isoler.

L'ex-présidente Helen Hastings était l'une des rares personnes à Juneau à correspondre aux deux cas. Sa richesse lui permettait de jouir de l'usage d'un véhicule personnel et sa défaite aux dernières élections, face au héros de Seward, l'avait condamnée à une retraite loin du pouvoir.

Aubrey dépassa l'ancien aéroport international de Juneau dont l'entretien avait longtemps saigné à blanc les finances, jusqu'à ce que l'un des prédécesseurs jette l'éponge et le ferme définitivement. Jordan Creek et ses maisons abandonnées, ses magasins vides aux façades décrépies et pour certains, sans toit, défilèrent sur quelques centaines de mètres avant qu'elle ralentisse pour s'engager sur une petite route dans un état encore plus lamentable que l'artère principale. Hasting habitait une antique résidence familiale sur Atlin Road, au milieu des pins. Elle se gara à côté du véhicule noir de l'ex-présidente. Cette dernière sortit de sa résidence, accompagnée de son garde du corps. La conseillère alla à sa rencontre en traversant l'allée creusée de profonds sillons laissés par les écoulements de boues torrentiels.

— Aubrey ! s'écria la maîtresse des lieux en écartant les bras.

Les deux femmes s'étreignirent. Puis l'ex-présidente de l'Alaska recula légèrement tout en la tenant aux poignées.

— Tu sais que je n'aime pas trop quand tu viens ici. Ce n'est pas une bonne idée qu'on nous voie ensemble.

— J'ai fait comme Sean m'a appris. Aucun risque.

Helen s'était attaché les conseils en sécurité d'un garde du corps, un privé originaire de Vancouver. Sean était à son service depuis des années. Il lui adressa un signe satisfait de la tête accompagné de ce sourire qu'il ne réservait qu'à Aubrey.

— Tu as l'air énervée, remarqua d'emblée Helen.

La conseillère de Dalton se trahit par une moue.

— Qu'est-ce qu'il a encore fait ?

— Je crois que le mieux est qu'on en discute à l'intérieur.

— Bien sûr !

Dans l'âtre de la pièce principale crépitait un feu dont la chaleur apaisa son irritation. Elle retira son manteau et put se détendre en se laissant tomber dans le sofa orienté en biais par rapport à la cheminée ce qui permettait aussi de jouir d'une vue sur la lisière de la forêt de l'autre côté de la baie vitrée.

Hastings s'installa sur le fauteuil à côté d'elle sans la quitter du regard, comme si elle cherchait à évaluer la situation. Même si elle avait commis des erreurs, la plus dommageable ayant été de sous-estimer les événements qui s'étaient déroulés à Seward sous sa mandature, et ce, en dépit des conseils de la jeune femme, elle restait une personnalité remarquable, clairvoyante. Le genre qui n'aurait pas froissé le Yukon, ayant compris son importance dans l'équilibre de la région.

— Dalton me rend dingue, lâcha Aubrey dans un soupir.

Helen se retint de sourire. L'idée de la jeter dans les bras de son rival venait d'elle. Elle n'avait réalisé que trop tardivement l'ampleur de sa bourde pour espérer contrer le rouleau compresseur lancé d'une bourgade miteuse perdue au fond d'un fjord. Son entourage l'estimait sans importance, sans intérêt électoral, jusqu'à ce que les nouvelles de l'exploit d'un homme dressé contre les Sibériens atteignent Juneau. Le Tsunami Dalton avait tout emporté… Électeurs et soutiens. La gaffe monumentale lui avait coûté sa place. De plus, le héros bénéficiait de la protection et des subsides des conglos, dont l'une des cités, Solaris, était ancrée à une centaine kilomètres de la capitale. C'était imparable.

— Je n'ai aucune chance de gagner, avait avoué Helen à sa conseillère. Je perds cette bataille, mais je ne renonce pas. J'ai besoin de quelqu'un de confiance auprès de Dalton, au plus près de lui, pour savoir ce qui va se produire avant tout le monde.

Aubrey avait accepté.

— Ça se passe comment ?

Helen raffolait des détails croustillants. Selon elle, le caractère d'un homme au lit préludait à son comportement lors des joutes politiques.

— Bien. Il est… performant. Je ne sais pas comment les conglos sont parvenus à lui redonner sa fougue. Il n'a rien à envier aux gens dans la force de l'âge.

Dans son coin, nota Aubrey, Sean ne bronchait pas, mais il n'en perdait pas une miette. Sur le coup, elle se demanda si Helen ne lui infligeait pas un genre de torture. Elle savait qu'il en pinçait pour sa conseillère en communication.

— L'énergie retrouvée de sa jeunesse le rend aveugle. Et c'était bien là mon intention en t'envoyant à lui. Je savais qu'il te trouverait à son goût.

Hastings lui avait d'emblée assuré le succès de sa mission, car, avait-elle affirmé, elle connaissait les hommes.

La domestique au service de l'ancienne présidente depuis des années entra, portant un plateau d'où s'échappait une odeur d'essence de pin. Aubrey la remercia en prenant sa tasse puis huma le fumet délicat.

— Qui est Emily Redwild ? l'interrogea-t-elle alors.

Hastings réfléchit à sa réponse tant elle comportait son lot de complications ou bien de spéculations.

— D'après mes informations, elle et Dalton auraient eu une sorte de liaison dans le temps. Il aurait toujours eu le béguin pour elle, un amour de jeunesse. En quelque sorte. Est-ce un problème ?

— Non, bien sûr que non, mentit-elle.

— Alors, qu'est-ce qui te tracasse au point de venir jusqu'ici ?

— Dalton veut transférer la capitale de l'Alaska à Seward.

Le regard d'Helen Hastings changea du tout au tout. Ses lèvres se crispèrent et les mots fusèrent hors d'elle.

— Le salopard de fumier !

Aubrey eut un mouvement de recul face à cette bouffée puis la salve de questions.

— Il te l'a dit ? Vous en avez parlé ? De façon informelle ? Formelle ? En présence de tiers ?

— Je… Il m'en a parlé après… Enfin, il a affirmé que Juneau était loin, que tout se déciderait à Seward désormais, que c'était là qu'il fallait être.

L'ancienne présidente bondit de son siège, hors d'elle, en manquant de renverser sa tasse.

— Il a vraiment déclaré ça ?

Aubrey hocha la tête. Puis une nouvelle bouffée injurieuse surgit sur les lèvres d'Hastings.

— Le salopard ! Il n'a pas dit ça en testant une idée ?

— Je pense qu'il était sérieux. Il m'a demandé de présenter l'idée auprès des élus.

S'il se montrait souvent facétieux dans l'intimité, voire arrogant, Dalton profitait de leurs discussions sur l'oreiller pour la sonder avec des propositions, comme si Aubrey représentait une sorte de baromètre. Ce qui ne la dérangeait pas outre mesure. Ce petit jeu témoignait de la confiance qu'il lui accordait et surtout, il considérait son intelligence et requérait son avis. Et parfois, il en tenait compte.

C'était cela, le plus déroutant. Le fait que son avis puisse compter.

Elle avait beau chercher dans les souvenirs de ses années passées sous l'Administration Hastings, elle ne se rappela pas avoir été l'objet d'autant de crédit professionnel, elle qui avait été surnommée la « belle marionnette » destinée à plaire aux électeurs mâles. Sauf qu'elle ne parvenait toujours pas à savoir si Dalton l'amadouait pour le sexe ou bien s'il était sincère dans sa démarche. Il l'avait envoyée en mission au Yukon, auprès de notables importants et même invitée aux négociations avec les représentants de commerce. Alors que son job précédent se bornait à écrire des communiqués.

Lus par d'autres.

Elle aimait bien Hastings pour ce qu'elle représentait. Une femme ayant gravi les échelons du pouvoir jusqu'au sommet où elle avait géré avec brio une situation générale qui ne cessait de dégrader. Sans pour autant accomplir de miracle, il est vrai. Or Dalton semblait le genre de leader capable d'en produire.

Aubrey observa l'agitation de son ancienne patronne, décelant les rouages en surchauffe sous son crâne à la recherche d'une façon de neutraliser l'initiative catastrophique pour ses intérêts.

— Je peux en glisser un mot à nos soutiens, proposa la conseillère.

— Surtout pas jeune fille ! Laisse-le développer son idée folle. Pour l'instant, tu es la seule au courant ?

Elle hocha la tête.

— Si jamais il y a une fuite, il saura immédiatement qui s'en trouve à l'origine. Le mieux, pour l'heure, c'est de continuer à travailler à ses côtés et de me rapporter. Ta place est… au plus près de lui, et ton rôle de lui délier la langue afin que je puisse agir dans l'ombre. Tu jouis d'une position exceptionnelle, ma petite.

La victoire-surprise de Dalton restait toujours en travers de la gorge d'Helen. Aubrey pouvait sentir les accents de colère qui lui tordaient les cordes vocales au point de vriller le timbre de sa voix.

— Qu'allez-vous faire alors ?

L'ex-présidente revint vers elle, les bras croisés sur son chemisier, l'air martial.

— Il est hors de question que Seward devienne la capitale de notre nation, ma petite. Pour l'instant, il convient d'agir avec prudence. Ne change rien à tes habitudes. Surtout, ne débarque plus comme ça ici à l'improviste. Nous avons un protocole, tu dois le respecter. Il en va de notre sécurité.

— Bien sûr, madame.

Quelques minutes plus tard, Aubrey Perry regagnait son véhicule, escortée par Sean.

— Si jamais ça dérape, tu peux compter sur moi.

— Si ça dérape ?

— Avec Dalton, lui dit-il avec cet air penaud qu'il prenait quand ils étaient tous les deux.

— Ça ne dérapera pas. Tout est sous contrôle.

— Tu te souviens de ce que je t'ai appris ? N'hésite pas à t'en servir pour te protéger.

Sean lui avait enseigné les rudiments de l'autodéfense ainsi que le maniement d'une arme. Les heures passées dans un stand de tir ou à l'entraînement avaient favorisé, de son point de vue de mâle, une sorte de rapprochement entre eux. Du moins, le fantasmait-il ainsi à en juger par la manière dont il la regardait quand elle entrait sur le ring ou quand, en sueur, son tee-shirt collait à sa peau.

— Je saurai comment réagir, dit-elle simplement. Tu n'as pas à t'en faire pour moi.

Aubrey reprit la route en sens inverse en se demandant si Hastings avait réellement tiré les leçons de son échec. Elle se gara sur sa place de parking, en face du palais en réfléchissant à son entrevue, au plan de Dalton. Pourquoi diable déménager la présidence à Seward s'il ne s'agissait pas d'une suggestion de Cleaver ? La petite voix lui susurra bien une réponse : *Pour elle. Pour Emily.*

Une petite voix qu'elle refusait d'entendre. Car elle devait bien l'admettre. Dalton lui plaisait. De plus en plus.

CHANCE

L'équilibre était une force, un don du Ciel.

Quand Chance Daanak découvrit que son peuple possédait en lui ce caractère exceptionnel, au point de lui conférer une forme de supériorité sur les blancs, sa vision du monde changea. Les conglos lui donnaient bien plus qu'un travail et de l'argent, ils lui offraient aussi un bien inestimable : une fierté.

Le fils de la maire se tenait droit, le pied souple, en équilibre sur une étroite poutrelle à plus de cent mètres du sol. Le vent léger provoquait une oscillation de la longue barre de métal dont les extrémités étaient reliées à une grue. Dire qu'il ne ressentait rien serait mentir. Le vide lui vrillait les tripes et son cerveau lui envoyait de multiples messages d'alerte, quand bien même tout ceci ne serait pas réel. En cela, sa propre biologie ne se démarquait guère de celles des autres ethnies. Ce qui faisait la différence, c'était le courage, la capacité à dépasser l'appréhension naturelle, à ranger la peur dans un coin de son esprit, à l'oublier afin d'accomplir son travail.

Il inspira profondément et embrassa du regard une scène familière qu'il découvrait néanmoins pour la première fois d'un point de vue inédit, exceptionnel et spectaculaire, perché au-dessus de *Resurrection Bay*. Il avait l'impression de pouvoir toucher les montagnes rien qu'en tendant le bras.

Il avait beau savoir qu'il évoluait dans une reproduction et qu'en réalité, il ne risquait rien, ses sens et son esprit entraient en résistance, sinon en lutte contre ce fait. La solution, avait expliqué la référente, consistait à ressentir l'harmonie.

L'équilibre était l'une des formes de l'harmonie, la combinaison parfaite entre la sérénité et les émotions, entre le rationnel et l'irrationnel ; ce qu'il traduisit par : *profite de la vue, ton corps fera le reste*. Chance exécuta des tâches basiques comme visser, boulonner, riveter, souder, employer un marteau ou se déplacer à l'intérieur d'une dentelle complexe de poutrelles enchevêtrées.

Lorsque la séance fut terminée, il reçut un regard approbateur de Cecil-Diaz qui tenait une feuille plastifiée sur laquelle elle reportait des notes. Parfois, elle apparaissait avec une sorte de visière qui lui barrait les yeux. Il se demanda quand ils seraient formés à utiliser ce genre d'appareils. Asam, aussi à l'aise que lui, trépignait d'impatience. Quant aux autres camarades de sa promotion, les sommets des spires les effrayaient au point d'en paralyser certains dont ce n'était visiblement pas le truc. Les filles se montraient plus à leur aise. L'une d'elles en particulier.

Chance claqua sa main dans celle d'Asam qui venait également de réussir son examen de passage.

— Frimeurs, lâcha Sydney avec le sourire.

Sa voisine, qui venait de terminer son test, leva la main.

— Oui, Hannah ?

— Habituellement, vous utilisez des robots pour ces assemblages, n'est-ce pas ?

— Bien sûr.

— Alors, pourquoi persister à y envoyer des gens ?

Cecil-Diaz arbora un masque neutre. Elle ne manifestait ni moquerie ni ton condescendant. La référente se contenta d'apporter une explication claire.

Chance appréciait cet aspect bienveillant de la formation.

— Des tâches spécifiques nécessitent une présence humaine. Les automates et les drones sont des instruments formidables, endurants, résistants, dépourvus d'affects perturbateurs, mais ils ont aussi leurs limites. Nous aurons toujours besoin d'êtres humains dans certaines situations.

Chance sourit, c'était une conclusion à laquelle il avait déjà abouti.

La cantine se situait sur l'un des ponts supérieurs du navire. La salle, entourée de vitres sur trois cent soixante degrés, offrait un panorama magique sur la baie. Vers l'avant, Seward se dessinait en un chapelet de maisons et de bâtiments dont certains avaient vu leurs façades récemment rafraîchies donnant de la couleur au collier urbain. Prendre ses repas dans un tel cadre était un bonheur unanimement partagé par ses camarades.

Trois ponts plus bas, Jade Cecil-Diaz remettait son rapport électronique de la matinée à son superviseur. Le fils de la maire de Seward s'en sortait au-dessus de la moyenne et il manifestait des prédispositions naturelles pour un poste de voltigeur.

— Nous allons très vite commencer la formation théorique sur la soudure moléculaire, lui apprit la référente. Puis nous passerons aux applications pratiques dans le simulateur. Plus ils en font, plus ils seront à l'aise sur le terrain.

— C'est une fonction qui recèle des périls, ce qui, en raison de son statut si particulier, pourrait nous causer des soucis.

— Chance Daanak n'est pas le genre de gamin à renoncer pour faire plaisir à sa mère. Les accidents de voltigeurs sont des cas rares, surtout qu'en conditions réelles ils seront assurés avec harnais et cordage.

— Ils n'ont pas encore intégré le cursus sécurité, je vois, nota le superviseur.

— Non. Ce qui importe pour l'instant, ce sont les perceptions, les distances, les vitesses ; le sens de l'équilibre, le travail sur la dextérité, le positionnement. S'ils pensent d'abord à la chute, cela constitue un frein. Le simulateur sert justement à cela, à les libérer, à dépasser les peurs. Son apport est essentiellement psychologique.

— Je le comprends.

Le superviseur ferma le dossier d'un geste de la main à travers l'écran en 3D puis il se tourna vers elle.

— Vous devez également savoir que Cleaver suit cette affaire de près.

Cecil-Diaz opina.

— Je m'en doute bien. C'est un jeune homme prometteur, à tous les points de vue.

KARA LAU

Unique passagère du chopper, assise dans un siège constitué d'un châssis de carbone boulonné au plancher de la zone cargo, Kara Lau compilait des sources issues de bases de données distantes de centaines de kilomètres. Les cinq mille satellites gérés par les consortiums de groupes familles assuraient une continuité de service sur toute la planète et même au-delà. Le logo triangulaire brillait dans un coin de sa visière connectée à son *terminex* tandis qu'elle faisait défiler les informations. L'aéronef avait avalé le millier de kilomètres depuis Solaris en à peine une vingtaine de minutes. Il survolait à présent, en subsonique, un océan vert de sapins et de conifères, percé par endroits de petits lacs. Au sud, les deux voies de l'Alaska Highway serpentaient à travers la forêt en direction du nord, jusqu'à Fairbanks. La ville, plus que l'ombre d'elle-même, ne comptait plus que quelques milliers d'habitants vivant dans une extrême précarité. Un vivier de recrutement idéal dans lequel puisaient les gangs et les bandes de coupeurs de route.

L'appareil sans pilote vira sur l'aile pour entamer son premier hippodrome, huit mille mètres au-dessus de la cible. L'infiltration à haute altitude garantissait une discrétion maximale. Après avoir chargé les paramètres du vol dans la mémoire de sa visière, Kara glissa dans le cockpit, face à l'unique écran dont la forme épousait la planche de bord. Le chopper filait à travers un ciel d'azur, piqueté, ici et là, de quelques nuages étirés en de longs filaments, résidus d'une tempête qui, poussée vers l'intérieur des terres, avait fini par se désagréger.

Les conditions étaient idéales pour un saut en solo à grande hauteur et ouverture manuelle. Avec le silence des moteurs électriques, elle entendait le sifflement de l'air froid contre la carlingue. Sur la visière, l'indicateur de température extérieure frisait le moins trente-huit degrés Celsius. De l'autre côté de la verrière-bulle, les contours du lac, à quelques dizaines de kilomètres, se découpaient nettement en une myriade des reflets. Des éclats plus lointains témoignaient que la neige n'avait pas totalement déserté les sommets. Un état transitoire selon les prévisionnistes. Au sol, le thermomètre remontait à vive allure. Kara transféra le programme du circuit d'attente sur la planche de bord puis le communiqua au système de gestion de vol. Les capteurs de l'appareil lui fournirent une vision d'ensemble de son objectif.

Un lac. Un ponton. Une cabane.

Une petite éolienne et des panneaux solaires suffisaient à alimenter la modeste cahute en électricité. Un chauffe-eau, la plaque d'une antique cuisinière et quelques radiateurs, d'après les caméras infrarouges embarquées sur un

Ptérodactyle. Quelqu'un s'était aménagé un petit coin à l'écart de la civilisation, un nid au cœur de la forêt. Sur le flux vidéo, l'endroit semblait inhabité.

Kara retourna dans la zone cargo où elle vérifia à nouveau le matériel. Elle enfila ensuite un harnais par-dessus sa combinaison thermorégulée, puis elle ajusta les bretelles d'un sac à dos dont elle fixa les attaches au-dessus et en dessous de sa poitrine. Ses cheveux noués par un anneau de métal, elle plaqua sa visière dont les bords adhérèrent à sa peau. Ainsi équipée, elle avança sur la rampe dont elle commanda l'ouverture d'un simple clin d'œil en direction d'une icône pulsante qui n'existait que dans la réalité créée par l'interface *terminex*. Un rai de lumière, d'abord violet, puis orange, blanc, éblouissant, se dessina, s'agrandit. Les filtres réagirent aussitôt pour protéger sa vision. Le froid s'engouffra à l'intérieur de la soute, l'enveloppa et transforma son souffle en cristaux de glace. L'indicateur de température affichait moins trente-huit degrés quatre et l'altimètre : huit mille deux cents mètres.

Kara Lau s'approcha du bord jusqu'à ce que ses orteils tutoient l'abîme. Elle écarta les bras, puis elle laissa la gravité prendre le relais. Après un saut périlleux réalisé en sortie de l'appareil, elle se retrouva en chute libre, le vent sifflant dans ses oreilles. La visière lui présenta la trajectoire idéale jusqu'à sa destination qu'elle atteindrait en quelques minutes.

Accroupie derrière un massif de plantes vivaces, Kara Lau écoutait l'environnement. Les lieux étaient paisibles. De temps en temps, des ridules concentriques à la surface du lac trahissaient la présence de poissons. Sur l'autre rive, les rayons du soleil éclairaient le ponton, la façade en rondins de la cabane et l'éolienne dont elle percevait le léger couinement de l'hélice. L'installation souffrait peut-être d'un défaut de conception. Ou bien, plus personne ne s'en préoccupait depuis un moment. Son odorat amplifié capta les effluves d'un couple d'élans en train de profiter de l'herbe grasse, à deux cents mètres de sa position. Elle isola celle, plus proche, d'un plantigrade qui avait sûrement marqué son territoire en urinant et en se frottant sur des troncs. Sauf en cas de disette, les animaux sauvages évitaient les zones où il y avait de l'activité humaine.

Sa visière déroula le flux vidéo transmis par le chopper qui continuait à tourner loin au-dessus de sa tête. Les filtres révélèrent les traces laissées par des véhicules, deux, peut-être trois, et montés sur des essieux larges. Les empreintes dataient de plusieurs jours. Quoi qu'il se soit produit dans le coin, ça n'avait en tout cas pas duré.

Pendant une demi-heure, Kara écouta, huma, scruta puis elle se décida à bouger en profitant du couvert végétal pour dissimuler son approche. Même si les infrarouges n'indiquaient pas de traces de chaleur provenant de l'intérieur de l'habitation forestière, les occupants pouvaient porter des combinaisons athermiques. Elle marqua une pause à vingt mètres de son objectif pour entamer un dernier round d'observation. Kara tendit l'oreille à l'affût du moindre craquement, d'un grincement de planche, de chuchotements ou d'indiscrétions. Après dix minutes, sur la foi de ses sens aiguisés, elle conclut que la cabane était vide.

Elle arrivait donc trop tard.

L'avancée de toit abritait une terrasse sur laquelle elle se glissa après avoir monté deux marches. Une vieille table et trois chaises branlantes constituaient le seul mobilier d'extérieur. L'encadrement de la porte d'entrée était déformé… ce qu'elle trouva suspect. Elle poussa lentement le battant, attentive au moindre bruit douteux. Kara arqua un sourcil perplexe en découvrant peu à peu l'intérieur. Les murs, une bonne partie du sol et du plafond étaient noirs comme si quelqu'un avait soufflé de la poussière de charbon. Sur de simples planches posées sur des tréteaux trônaient des boîtiers électroniques carbonisés, des afficheurs aux angles racornis par un excès de chaleur ; des câbles de fibre optique, grillés, semblaient collés à même la surface noircie. Son esprit formula « incendie », mais ses sens affûtés notaient déjà les détails qui clochaient avec cette hypothèse. Elle s'abaissa pour toucher le sol. Entre ses doigts, elle apprécia la texture de la poussière, qui n'en était pas. La composition s'afficha en surimpression dans sa visière. Il s'agissait du résidu de combustion d'un matériau super conducteur, capable de propager une décharge ou une surtension jusqu'à cuire des circuits électroniques, même durcis. Le genre de gadget parfaitement inutile dans une vieille cabane de pêcheur, même pour frire des poissons. Elle inspecta les murs, les passant au crible des filtres de sa visière qui révélèrent des emplacements pour des vis, les marques sur le sol délimitaient une sorte de cage. Kara s'intéressa ensuite au matériel brûlé. Les boîtiers avaient abrité des mémoires, circuits remplacés par une bouillie informe. Ses doigts explorèrent les carcasses, une à une. Dans ce fatras, elle parvint à localiser une fente. Les extensions logées sous ses ongles se déployèrent aussitôt pour renifler l'accès. Sans succès. L'appareil ne contenait plus une once d'électricité et il ne réagit pas non plus lorsqu'elle envoya une porteuse. Elle ne pourrait pas en tirer le moindre octet d'information.

Elle retira sa main, poursuivit son exploration à la recherche d'indices qui révélaient une entreprise de destruction très élaborée. Trop sophistiquée pour les gens du coin. À quoi avait servi cette planque ? Et plus important : à qui ?

Ce n'était pas ici qu'elle trouverait la réponse. Kara ressortit sur la terrasse, leva les yeux vers le ciel. Elle capta la balise du chopper puis le crépitement caractéristique du signal satellite. Sa liaison *terminex* se synchronisa et, en une fraction de seconde, elle envoya son rapport de visite à son supérieur.

Comme un effet de vases communicants, l'importance stratégique de la Zone d'Intérêt Septentrionale augmentait en même temps que diminuait celle de San Diego. La bascule avait réellement commencé avec le démantèlement accéléré du chantier californien et le retrait progressif des conglos de toute la sous-région. À présent, il ne s'agissait plus de cacher ou dissimuler leurs intentions. Des millions de gens, des milliers de travailleurs remerciés du jour au lendemain avaient parfaitement interprété ce qui se jouait là. Ce qui n'allait pas sans provoquer l'incompréhension, la stupeur auxquels succédaient le ressentiment et la colère. C'était inévitable. Donc prévu. De longue date.

Bien au-dessus de la mêlée, les drones Ptérodactyle relayaient des images d'une rare violence. Les attaques de plus en plus audacieuses – ou désespérées – se multipliaient sur les sites rasés par les robots de déconstruction. L'immense marée humaine se comportait comme un organisme qui se savait condamné, ses spasmes jetaient des dizaines, voire des centaines d'individus contre les enceintes fortifiées avec l'espoir de créer une brèche et de laisser libre champ à une fureur aveugle.

— Nous avons évacué la zone résidentielle sud, entendit Cleaver à travers sa liaison sécurisée. Les dernières familles sont désormais regroupées sur une plateforme au large. On procède au nettoyage du secteur. Nous entrons dans les ultimes phases du retrait.

Sur l'une des séquences, des robots de combat ouvrirent le feu. Une demi-douzaine de personnes tombèrent, fauchées par les projectiles ce qui suffit à dissuader et faire reculer les autres.

Jusqu'à la prochaine tentative.

À quelques kilomètres de là, les techniciens du génie civil supervisaient le démantèlement des infrastructures dont une bonne partie prendrait le chemin de l'Alaska. Une colonne de navires se dirigeait déjà vers le nord, les ponts chargés de grues automatiques, d'excavatrices autonomes, de condensateurs à haute densité, de véhicules aériens ou de surface, de drones, de centaines de véhicules autonomes, de kilomètres de câbles, d'empilements sans fin d'armoires électroniques et de générateurs de puissance.

D'autres suivraient. Nombreux.

Les derniers à partir seraient les forces de sécurité et une partie d'entre elles seraient transférées à Seward.

Le conseiller écarta plusieurs blocs de données prévisionnelles pour se concentrer sur les projections concernant le centre de la Californie. Des groupes de personnes, à pied pour la plupart, progressaient péniblement sur des routes impraticables, sans cesse ralentis, voire stoppés, par les décombres des ponts, des tunnels ou des effondrements d'immeubles détruits par les missiles. Des milliers de tonnes de gravats barraient le passage à ces poignées de miséreux qui s'accrochaient à leur espoir de vie meilleure.

À l'est, les montagnes Rocheuses formaient un rempart naturel et les plus aventureux, tentés par le grand contournement à travers le Nevada, devaient traverser des déserts mortels pour des organismes affaiblis. Une orbite, composée de trois drones, qui se relayaient tour à tour, avait été affectée au suivi des migrants engagés dans cette *ruée vers la mort*, selon l'expression lancée par un expert.

Cleaver n'était pas idiot au point de penser que les millions de personnes prisonnières du chaudron de San Diego attendraient bien sagement la fin, après leur départ. Ses équipes, en coordination avec celles d'Adrian Leach, travaillaient à la diffusion de rumeurs en provenance de la Basse-Californie, une opération baptisée « le pot de miel ».

Le plan fonctionnerait. Parce que les algorithmes ne mentaient pas. Ils se trompaient rarement.

Sa visière réagit à un nouvel appel. Il se tourna vers l'un de ses collaborateurs :

— Prenez le relais, je dois sortir.

Cleaver prit connaissance du rapport de Kara Lau. Le routeur de Whitehorse, qui avait servi à transmettre des données vers des groupes rebelles de San Diego, renfermait d'autres indices. Les traces d'une connexion dans une mémoire cache les avaient menés tout droit en pleine forêt, à des centaines de kilomètres vers l'ouest, dans une cabane au bord d'un lac.

Le Solarien examina soigneusement les images, les relevés, les mesures et la conclusion s'imposa très vite : les locaux ne maîtrisaient pas la technologie pour monter un projecteur de zone. Cet équipement sophistiqué permettait de piloter des drones, de commander des robots, des infrastructures en mer ou au sol, n'importe où sur le globe. Avec une solide liaison satellite à haut débit, tout était possible. Cleaver effectua une copie sur son serveur personnel puis il ordonna à Kara de rentrer sur Solaris.

Cinq minutes plus tard, il grimpa à bord d'un élégant jet air-espace aux ailes repliées et à la dérive ornée d'un C stylisé. Aussitôt sa ceinture bouclée, l'appareil s'éleva dans un sifflement de turbine. L'accélération appliqua une force inverse de celle de la direction du mouvement et il s'enfonça légèrement dans le fauteuil confortable, accordé à sa morphologie. À une cinquantaine de kilomètres de Solaris, la seconde poussée le plaqua littéralement au dossier tandis que le nez de l'avion défiait le zénith. En quelques minutes à peine, le ciel devint bleu marine, abyssal, jusqu'à ce noir carbone typique où dansaient des éclats de lumière. Cleaver se tourna vers le hublot pour profiter du spectacle, un privilège accessible à une ultra-minorité dont il faisait bien heureusement partie. Lorsqu'il atteignit son apogée, le véhicule transatmosphérique coupa sa propulsion. Cette fois-ci, le conseiller se sentit partir hors de son siège, ses fesses tendaient à décoller de l'assise. Sans la ceinture, il se serait mis à flotter comme un oiseau au milieu de la cabine en compagnie de l'hôtesse en uniforme-combinaison moulante en train de glisser vers lui. Ces cheveux d'or ondulaient autour de son ovale parfait comme les fils éthérés d'une méduse. Ses lèvres s'ourlèrent puis s'entrouvrirent pour laisser passer le son de sa voix.

— Monsieur Cleaver, désirez-vous boire quelque chose ?

Il la regarda, nota l'accent eurasiatique alors que le grain de sa peau claire suggérait une influence nordique dans son génome. Un mélange des saveurs tout à fait intéressant.

— Un thé blanc.

Elle inclina légèrement la tête puis retourna à l'avant de l'appareil, dans la section réservée à la préparation rapide d'encas. Alors qu'il réfléchissait à la découverte de Kara, à ce qu'elle signifiait, la jeune femme revint vers lui avec un récipient en forme de sphère munie d'un pédoncule faisant office de paille. Au lieu de repartir à son poste, comme l'exigeait le protocole, elle resta devant lui, telle une déesse en lévitation.

— Nous sommes seuls à bord de ce vol, monsieur Cleaver. La descente vers notre destination débutera dans quarante-cinq minutes. Puis-je vous suggérer une façon agréable d'occuper ce temps ?

Elle posa alors un doigt entre ses seins, là où se situait le système d'ouverture moléculaire de sa combinaison. À mesure que son index glissait, le tissu intelligent s'écartait pour révéler ses chairs lumineuses, la fluidité de ses lignes.

Le conseiller esquissa un sourire, ses pupilles se dilatèrent et, pour la première fois depuis des mois, il coupa sa télémétrie et mit sa liaison *terminex* au repos.

Une influence nordique, se dit-il, *de toute évidence.*

Le jet pénétra les hautes couches de l'atmosphère imprimant dans le ciel une traînée de plasma longue de plusieurs kilomètres. À travers la triple épaisseur de vitre synthétique, Cleaver remarqua la lueur orangée diffusée par le bouclier magnétoplasmique brutalement échauffé. Le courant électrique intense qui entourait la carlingue d'un matelas d'air ionisé effectuait un travail plus efficace que les tuiles thermiques d'antan.

En plongeant dans le puits de gravité planétaire, la sensation de poids fit son retour. Disparues la légèreté et les acrobaties en apesanteur avec sa partenaire.

L'hôtesse le gratifia d'un sourire commercial en arrangeant sa chevelure puis elle se détourna de lui en retournant à son poste. Ils surfaient sur une langue de feu à une allure hypersonique au-dessus d'une terre antarctique bouleversée par le réchauffement climatique. Le continent blanc n'était plus. Une gigantesque faille le traversait de part en part, comme si un couteau démesuré avait tranché un gâteau crémeux. Des packs de la taille d'un pays s'en détachaient, transformant les rives en une succession de fractures libérant des Léviathan de glace entraînés par le courant circumpolaire. Le jet entama une série de lacets à la verticale de la péninsule antarctique afin de casser sa vitesse puis il traversa la mer de Weddell en direction d'un point à proximité des îles Sandwich du Sud, ancien territoire d'une couronne désormais sous les eaux. Alors qu'ils effectuaient leur approche, l'hôtesse revint vers lui en lui proposant un manteau à la fourrure épaisse.

— La température extérieure est très basse à cette époque de l'année, déclara-t-elle.

De l'autre côté du hublot, l'aile s'inclina pour révéler les contours familiers d'une éco-cité. Cleaver reconnut un ancien modèle, de classe Majestic, avec une capacité d'hébergement limitée à dix mille personnes. Des experts avaient un temps étudié la possibilité de les équiper d'une propulsion à même de les envoyer vers les étoiles, mais l'option avait été finalement rejetée en raison des contraintes structurelles trop importantes. Les Majestic resteraient donc sur Terre où elles remplissaient de nombreuses et utiles fonctions.

Le jet ralentit à l'approche de la plateforme puis se posa en douceur. L'hôtesse l'accompagna jusqu'à la sortie où il descendit les marches sans lui accorder de regard, accueilli par un vent cinglant. Le comité d'accueil se composait de subalternes sans importance chargés de le conduire dans ses appartements pour qu'il se détende, que lui soient apportés un encas, des boissons chaudes ou bien un service personnalisé. Cleaver abandonna le manteau sur une chaise. Il commanda du thé et s'octroya une douche afin de se débarrasser de l'odeur de l'hôtesse qui imprégnait sa peau. Non pas qu'il souhaitât en éradiquer le souvenir ou l'agréable fragrance, simplement, les autres le détecteraient ce qui leur fournirait une information à exploiter ou un levier à exercer sur lui.

Lorsqu'il fut prêt, il se présenta à la porte qui s'effaça sur son passage. Cleaver longea le couloir en compagnie d'un cadre en costume anthracite dont le niveau d'accréditation ne l'autorisait pas à prendre l'initiative du dialogue. Un ascenseur les conduisit au plus profond de la plateforme où l'homme l'abandonna devant un mur de verre qui se désopacifia, révélant une table ronde, une ceinture vitrée donnant sur les abysses éclairés par des projecteurs sous-marins. Sans un mot, Cleaver rejoignit son siège. Il n'était pas le dernier arrivé.

Une femme aux accents germaniques ne prit la parole qu'une fois tous les fauteuils occupés.

— En tant que présidente, je déclare la séance du conseil d'administration du groupe C ouverte. Mesdames et messieurs les administrateurs, les points à l'ordre du jour vous ont été transmis sur vos liaisons respectives.

Cleaver accéda à la liste.

À sa droite, le directeur général du conglo W hocha la tête tout en faisant observer l'absence de « leurs amis ». Le terme était resté depuis le premier contact. En réponse, une modulation puissante emplit la salle. Cleaver plissa les yeux, croyant déceler une forme sombre au-delà du halo des projecteurs. Même s'il ne l'avait jamais vue, la créature se prénommait Obyr, du moins s'agissait-il d'une traduction humaine approximative, intelligible et néanmoins réductrice d'un patronyme très complexe et habituellement chanté d'après ce qu'il en avait compris.

Le groupe C avait été constitué peu après l'arrivée des Calamaris sur Terre. Le nombre de représentants de l'espèce extraterrestre présents sur la planète était l'un des secrets les mieux gardés. Quant au conseil d'administration, il se composait de dix double-A triés sur le volet, chacun chapeautant une division C chargée de gérer l'évacuation de la planète et le long périple des éco-cités vers le portail transpatial.

— Monsieur Cleaver, poursuivit la présidente, puisque la Zone d'Intérêt Septentrionale figure désormais au sommet de la liste de nos préoccupations, nous aimerions entendre votre rapport.

Le Solarien inclina légèrement la tête. Durant les minutes qui suivirent, il brossa un tableau de la situation dans la région nord, exposant les mesures prises pour en assurer la sécurité : l'élection de Dalton, le mur, la neutralisation des principales voies de communication, l'éviction de la menace sibérienne et la diversion en Basse-Californie. Cleaver ne mentionna pas le rôle de Kara, sa mission et les indices – maigres – récoltés lors d'opérations secrètes, pas plus qu'il ne fit part de ses soupçons, ni même du moindre doute. D'une part, c'était trop tôt et d'autre part, il était hors de question de retarder l'avènement de Seward. Sa réputation, sa position au sein du Groupe C étaient désormais en jeu. Il savait très bien ce que ses alter ego voulaient entendre.

Tapi dans les profondeurs, Obyr ne manifesta pas sa présence, bien que les systèmes des Calamaris s'interfaçassent sans difficulté avec les leurs. Peut-être considérait-il ces aspects comme relevant de la politique interne humaine, des affaires qui ne les intéressaient pas.

— L'envoi de Concordia dans ce fjord était une manœuvre brillante, observa la responsable de la division C-Space. Le lieu apparaît idéal, naturellement bien protégé et isolé. Nous avons étudié et validé les paramètres d'une mission de lancement type.

Y expédier Concordia, en accord avec le légat Jordan et quelques double-A mis dans la confidence, tels que Daniel, était son idée. Cleaver voulait vérifier que la cité flottante, avec ses cent mètres de tirant d'eau, pouvait évoluer sans risquer de heurter le socle rocheux de la baie. La configuration du fjord apportait par ailleurs un avantage par rapport à San Diego : il ne serait plus nécessaire de procéder à l'achèvement des plateformes au large. Les structures immergées, notamment la propulsion, le domaine d'excellence des Calamaris, seraient directement assemblées sur place. La suppression de cette étape permettait de réduire les coûts ainsi que la durée du cycle.

Une onde sonore traversa la salle, traduite par une IA à la voix d'ange.

— Nos éclaireurs me rapportent que l'environnement de l'endroit référencé sous le vocable de *Resurrection Bay* est tout à fait acceptable pour notre espèce. Nourriture à profusion, dont cette espèce que vous appelez crabes. Une expérience des plus intéressantes.

Les Calamaris appréciaient les eaux froides et profondes comme la mer de Weddell, raison pour laquelle le groupe C avait décidé d'y créer un sanctuaire que chacun, autour de cette table, connaissait sous la dénomination de Zone Spéciale C.

— La suggestion de procéder à l'assemblage complet dans ce fjord pose néanmoins question, reprit Obyr.

Cleaver se raidit. Si jamais les Calamaris émettaient une objection, c'en serait fini de son travail et de la Zone d'Intérêt Septentrionale. Il avait tout misé sur Seward et l'Alaska, jusqu'à y consacrer une décennie d'études. Personne ne se risquerait à s'opposer à leur veto.

— Cela implique de déplacer notre habitat au cœur de la baie.

Il avait inclus cette éventualité et les équipes du génie robotisé construisaient d'immenses bassins sous Spring Creek, avec des conduites d'accès au fjord dans ce but précis. Le socle granitique des montagnes du Kenaï assurait une solidité à toute épreuve. Des milliers de mètres cubes de roches avaient déjà été excavés et immergés au large, à l'insu des habitants de Seward. Qu'avait-il négligé ?

— Quel est le problème ? s'enquit la présidente.

— L'eau douce.

L'eau douce ? songea Cleaver sans se départir de son masque de neutralité alors que ses mains devenaient moites.

— La fonte accélérée des glaciers et les apports des rivières seraient de nature à perturber nos équilibres électrochimiques habitués aux environnements salins.

L'eau douce, répéta-t-il intérieurement se sentant idiot de ne pas y avoir pensé.

— Administrateur Cleaver ? dit la présidente en posant sur lui un regard lourd.

Il mit à contribution sa liaison *terminex* en la nourrissant de nouveaux paramètres. Son IA personnelle lui retourna une série d'options accompagnées de données qu'il partagea avec l'assemblée, réagissant comme s'il avait prévu ce cas de figure.

— Nous pouvons détourner les principaux cours d'eau et rejeter plus loin les écoulements de façon que les concentrations salines locales soient acceptables pour votre espèce. De cette manière, nous devrions éviter une déperdition excessive.

Il dévia le flux d'information d'un geste de la main vers le centre de la table qui projeta un diagramme de *Resurrection Bay* en trois dimensions.

Le verdict tomba après quelques longues secondes.

— C'est une conclusion à laquelle nous sommes également parvenus, annonça Obyr.

Cleaver poussa un *ouf* mental de soulagement. Même si les signes demeuraient subtils, il sentit les membres du groupe C tout aussi réconfortés que lui.

— Bien, entama la présidente. Nous actons donc le déplacement dans le golfe d'Alaska, officiellement et à compter de ce jour, de la Zone Spéciale C. Toutes les dispositions sécuritaires attenantes s'appliquent désormais à l'ensemble de la région.

Chacun des dix hommes et femmes apposa son sceau biométrique entérinant la décision. D'autres situations furent ensuite discutées, aucune n'ayant toutefois la portée de la première. Obyr ne se manifesta plus et, une fois la clôture prononcée, le groupe C se retrouva à la surface, au sommet d'une tour dominant des flots agités. Cleaver accepta une coupe de champagne dont il ne but que la moitié avant de gagner ses appartements. Il demanda que le jet suborbital soit préparé en prévision de son retour sur Solaris dans les plus brefs délais.

Lorsqu'il s'y installa, une hôtesse se présenta à lui. Différente de la jeune personne avec qui il avait partagé des plaisirs en apesanteur. Et probablement moins ouverte s'il se fiait à son langage corporel. L'espace d'un instant, il ressentit comme un regret. En définitive, il valait mieux éviter les distractions et se concentrer sur la montagne de travail consistant à modifier le lit de rivières et à remodeler des écoulements glaciaires. Une entreprise titanesque.

DALTON

Héritage des temps anciens, l'Alaska comptait vingt et une subdivisions administratives, des *boroughs* pareils aux arrondissements. Les crises à répétition, le retrait puis la disparition de l'État fédéral suivi de l'hémorragie démographique avaient créé de telles tensions que ce système avait volé en éclats. Sous les administrations précédentes, la carte avait été redessinée en fonction des visées de familles politiques recomposées. Hastings avait attribué Ketchikan à son beau-frère en guise de remerciement pour services rendus à la Nation et avec pour consigne de suivre la ligne générale. Un soutien de la première heure de l'ex-présidente dirigeait Valdez, un verrou clef entre Anchorage et Juneau. L'homme, un descendant des vieux courants écologiques, possédait une certaine aura dans une région marquée par une mythique catastrophe pétrolière.

À coups de promesses et de serments d'allégeance, le nombre de *boroughs* avait chuté à quinze, avant de remonter puis de rechuter pour se stabiliser à douze, dont le plus grand par sa surface englobait une gigantesque et unique région allant de l'ancienne frontière canadienne, au nord-ouest, jusqu'aux Aléoutiennes. La ligne oblique coupait l'Alaska en deux parts, comme une tarte tranchée par un samouraï virtuel. Ce qui se justifiait : plus personne ou presque n'y vivait. Ils ne recevaient quasiment plus de nouvelles de villes éloignées telles que Kotzebue ou Barrow. Pour peu qu'elles subsistassent encore.

La demi-portion avait été confiée à un cousin de la présidente établi… à Juneau.

Devant la carte déroulée sur son bureau, Dalton sirotait un verre de bourbon avec l'envie de prendre un feutre pour créer son Alaska idéal.

Faire de Seward la nouvelle capitale impliquait de séparer de l'entité administrative à laquelle elle se rattachait : le *borough* d'Anchorage fusionné avec celui du Kenaï et de Matanuska-Susitna peu avant l'arrivée de Hastings au pouvoir. Bien que saignée par le déclin, la plus grande ville d'Alaska, en proie à une violence endémique, restait une place clef. En voulant la conquérir après avoir sécurisé leur tête de pont à Seward, les Sibériens ne s'y étaient pas trompés. Qui tenait l'axe Seward-Anchorage-Fairbanks contrôlait le pays.

Finalement, Miles retira un feutre bleu de son pot à crayons et entreprit de repasser sur les contours de la péninsule du Kenaï bouclant son lasso de couleur à Portage, à soixante-dix kilomètres au sud-est d'Anchorage. À côté, il inscrivit : *Seward-Kenaï*.

Puis en dessous, des initiales.

À l'ouverture de la porte, il releva la tête et posa son verre à l'endroit exact qu'il venait de légender.

— Aubrey ! sourit-il. Je te remercie de répondre si vite à mon appel.

Depuis sa suggestion de déplacer la capitale, sa conseillère se montrait excessivement professionnelle, jusqu'à étouffer toute passion dans ses mots et ses gestes. Elle resta debout au lieu de s'asseoir, le regard neutre, la peau presque terne sous cette lumière matinale.

— Je suis à votre service, monsieur.

À sa manière, elle lui faisait comprendre qu'il allait trop loin. Cleaver, le Yukon et maintenant ce projet de changement de capitale mettaient son engagement à l'épreuve. Il l'observa tout en jouant avec le verre posé sur la carte, le faisant tourner sur lui-même. *Les divergences de point de vue sont normales à ce stade, mais tout le monde finira par se ranger à l'idée*, pensa-t-il.

— J'aimerais m'entretenir avec le représentant Gill Andrews, ici. Est-ce que tu peux m'arranger ça ?

— Bien sûr, répondit-elle sur un ton aride.

Miles lâcha un soupir.

— Il faudrait cesser ce petit jeu. Livrer à ta sagacité des théories, ça me permet d'avancer. On forme une équipe, toi et moi. Tu m'es précieuse. J'entends que l'idée d'une nouvelle capitale ne te plaît pas. Je le comprends.

Le léger raidissement dans son attitude montrait qu'il avait vu juste et ses lèvres esquissèrent un timide sourire. De bons signes. Sa conseillère posa son calepin sur le rebord du bureau qu'elle contourna pour s'approcher. Il n'en espérait pas tant.

Ses yeux se plissèrent lorsque sa bouche frôla la sienne.

— Pourquoi tu désires retourner là-bas ?

— Et bien, c'est là d'où je viens. Là où les conglos feront construire des villes flottantes, ce qui fera de Seward la première région économique de ce côté-ci du Pacifique.

— Pas d'autre raison ?

La confusion s'empara de lui un instant. Sa question fusa avant qu'il ne puisse la rattraper se rendant compte de sa bêtise en même temps que ses paroles.

— De quoi tu parles ?

— La femme qui était à Spring Creek, le jour du discours du maire. Celle pour qui tu avais ce… regard. Je me suis renseignée, elle s'appelle Emily Redwild.

— T'as mené une enquête ? s'indigna-t-il.

— Je sais qui elle est, ce qu'elle a représenté pour toi.

Sa gorge devint soudain sèche et il lorgna le verre posé sur la carte. Le lever à cet instant n'était certainement pas une bonne idée.

— C'est une histoire ancienne, Aubrey. Très ancienne. J'ai changé depuis. Elle comme moi, nous ne sommes plus les mêmes.

— Ouais, j'ai aussi remarqué comment elle t'observait.

— Je ne sais pas quoi te dire. Red est une femme à part, c'est vrai. Mais son cœur est à quelqu'un d'autre. Elle va même avoir un bébé.

Aubrey se colla contre lui, glissa une jambe entre les siennes et lui prit le cou.

— Ta place est ici et tu es à moi, le sauveur de Seward. J'aimerais que tu comprennes ça.

Elle écrasa un baiser sur ses lèvres avant de récupérer ses notes et de se diriger vers la porte.

— Ce sera tout, monsieur le président ?

— Euh… Oui, pour l'instant.

Au moment de sortir, elle se retourna pour lui lancer un regard plein de promesses festives.

— On se voit ce soir ?

Miles prit son verre et le leva :

— Avec plaisir.

Dans le cercle d'humidité imprimé sur la carte, les initiales E. R. brillaient comme un espoir. Dalton consacra le restant de sa matinée à préparer ses futures entrevues, à signer des ordres tels que la réfection d'un tronçon de la route côtière ou l'attribution de fonds à diverses associations d'aide aux trop nombreuses personnes en difficulté. Il reçut des collaborateurs armés de doléances, dont le représentant de la subdivision de Siktat avec qui il partagea le déjeuner. À aucun moment, il ne fut question de changement de capitale ce qui ravit Aubrey, invitée par le président à rejoindre leur table. La conseillère se montra à la hauteur en présentant des options pertinentes sur la mise en place d'une liaison maritime entre Juneau et Siktat. Les Solariens avaient fourni une ligne de propulsion presque complète pour l'unique ferry à bout de souffle dont ils proposaient également de réviser la carène. Elle avait d'ailleurs rappelé qu'il s'était agi d'une promesse de campagne. Dalton, qui avait oublié ce détail, fut favorablement impressionné par la mémoire sans faille de son amante.

EMILY

Dans son souvenir d'adolescente, préparer une fête ne prenait pas autant de temps. Bien sûr, elle avait changé, ainsi que ses amis, la ville… Rien n'était plus comme avant. Rien ne le serait plus dans un avenir proche. La veille, deux immenses barges avaient remonté le fjord, provoquant un attroupement sur les berges. Au milieu d'une foule à la fois inquiète et impressionnée, elle avait assisté à l'arrivée de pièces gigantesques. Aux côtés de jeunes extasiés, les plus anciens posaient un regard empreint d'une angoisse bien compréhensible devant ces monstres de métal. Pop s'était approché d'elle.

— Ces trucs sont impressionnants, dit-il sur un ton enjoué. Je me demande comment ils les manœuvrent.

Red avait hoché la tête sans en dire davantage. Elle se souvenait parfaitement de leurs places dans l'incroyable mécano industriel, de leur fonction également. Ces premiers éléments importants marquaient le lancement du chantier. Maintenant, c'était concret : Seward construisait des villes flottantes. Ils venaient de franchir un cap et elle avait l'impression d'être la seule à prendre la mesure de ce que cela signifiait et des conséquences à venir.

Les *Trois Ours* furent ensuite pris d'assaut par des habitants assoiffés et désireux de partager leurs sentiments autour d'une bière ou d'un café. Le coup de main de la secrétaire de Rachel la soulageait d'autant qu'avec une nouvelle livraison de la *Yukon Transportation Line*, elle accumulait un retard impossible à combler. Elle avait organisé la réception des marchandises avant de filer chez elle pour se changer en prévision de la soirée. Cette journée avait pris l'allure d'un marathon qui n'en finissait jamais. Emily, exténuée, se posa quelques instants sur le canapé du salon. Un repos de courte durée.

Pop la rejoignit à la fin de son service pour passer une tenue plus adaptée aux circonstances. Il souriait, n'arrêtait pas de bavasser sur l'avancée des travaux, sur l'ouverture prochaine de l'aéroport. Elle l'avait écouté. Poliment.

Jusqu'à ce qu'elle sature.

— Les conglos sont en train d'endormir tout le monde en achetant la municipalité, en offrant du matériel, du travail et Dieu seul sait quoi encore, asséna-t-elle. Et il n'y a rien qu'on puisse faire contre ça.

Pop en resta bouche bée.

— Je… Tu penses que c'est une mauvaise chose que l'on puisse soigner des gens ? répondit-il en se rapprochant d'elle.

Il glissa une main sur son ventre tandis qu'elle gardait le silence.

— Tu crois vraiment que ce serait mauvais pour notre enfant ?

— Je n'ai pas dit ça. Je dis juste que tout ne sera pas beau et propre comme les nouvelles pelouses bien vertes de Spring Creek. Il y aura un prix à payer.

Elle écarta les mains de son compagnon puis monta se préparer.

Trois heures plus tard, elle et Pop se tenaient la main, entourés de leurs amis, des invités, de voisins, de commerçants et autres connaissances venus saluer le couple et fêter la grossesse. Red laissa Pop parler. Après tout, il s'agissait surtout de sa soirée et il voulait marquer le coup devant ses collègues, son chef, Al Correy ; pour leur montrer que le Palluk O'Phellan d'avant, celui qui avait vécu en ermite dans le hangar de l'aéroport n'existait plus, que cette période d'égarement, de vie recluse était révolue. À présent, il était un père de famille responsable. Il donnait la main à Emily « Red », l'une des figures les plus appréciées de Seward.

L’ombre de Bill se profilait derrière chaque mot comme s’il avait tenu également à témoigner à son beau-père disparu que, désormais, il prendrait soin de sa fille, qu’il ne faillirait pas à ses devoirs.

Le discours terminé sonna l’ouverture des réjouissances, mais Mary avait insisté : hors de question que ce soir Red mouille sa jolie robe. La secrétaire avait appelé des renforts, sous la forme de trois jeunes bénévoles dont elle orchestra le travail d’une main de maître. La salle s’était divisée en plusieurs clans d’une façon telle que les lieux dressaient une sorte de cartographie politique. Les Daanak et quelques conseillers municipaux discutaient devant le comptoir des opportunités commerciales avec le Yukon et la Ligue. Derrière, le chef Green partageait ses impressions sur sa collaboration avec les forces de sécurité de Spring Creek. Devant la baie vitrée, à gauche de l’entrée, Dokes se trouvait au centre d’un aréopage d’amateurs de boissons fortes, dont beaucoup de travailleurs de la mer. Elle reconnut Mike Finegan en train de converser, une bière à la main, avec le jeune marin qui avait failli passer par-dessus bord l’an dernier lors de l’arrivée de Concordia. Il s’en était sorti de justesse.

Alors qu’elle sirotait un sirop de menthe, elle croisa le regard de Dokes. Le vieux marin, désormais candidat pour le poste de maire, gardait ses distances avec le groupe de Rachel. Cela ne l’empêcha pas de traverser la moitié de la salle pour venir lui parler. En quelques mots, Red comprit qu’il désirait un entretien plus « privé ». Qu’elle consentit à lui accorder. Elle l’invita à la suivre dans l’arrière-boutique.

Ils se retrouvèrent tous deux sur le quai de déchargement. Dokes en profita pour allumer son cigare, expulsant des bouffées grises.

— Les conglos vont accélérer les choses, pas vrai ? Leur machine est lancée.

Elle le confirma d’un hochement de tête.

— Ces types sont en train de nous rouler dans la farine, poursuivit-il. Toi, tu le sais. T’es d’ailleurs la seule à voir ce qui se trame en réalité. Tu étais là-bas, sur leur chantier. Dans peu de temps, ça va être la guerre. Ça ne sera pas joli.

— Une guerre ? Il ne s’agit que d’une élection, Dokes !

Il esquissa un sourire en coin sans détourner les yeux.

— On va devoir se battre pour préserver notre mode de vie ici, à Seward. Tu le sais.

Son front se plissa tandis qu’elle décodait les propos de Dokes. Soudain, elle leva les yeux vers lui.

— Nous devons tout faire pour éviter d’en arriver à l’affrontement.

— Je ne suis pas certain que nous ayons le choix, si tu veux mon avis.

— Ne me dis pas que tu envisages d’intenter une quelconque action violente du genre attentat. Je ne peux pas cautionner ça. Jamais.

— Parfois, il faut un électrochoc pour réveiller les consciences, tu ne crois pas ?

— Dokes… Quoi que vous ayez en tête, ce n'est pas une bonne idée.

— Et pourquoi pas ?

Le vieux pêcheur semblait vraiment aux abois, prêt à tout. Un sentiment qu'elle connaissait parfaitement bien. Elle le fixa, durant plusieurs secondes, puis elle lui parla sur un ton sévère :

— J'ai déjà essayé ça, Dokes. Il y a longtemps. À cette époque, je me faisais appeler Nancy Kreiss. Je me suis battue contre les conglos, j'ai pris les armes, il y a eu du sang versé, beaucoup, des morts par dizaines, par centaines, tellement qu'on ne voyait plus le sol… Et nous étions bien mieux préparés que vous ne le serez jamais. J'ai mené l'assaut à la tête d'une colonne de types armés et entraînés, aguerris par des années de lutte. Et nous avons perdu. Parce qu'ils étaient trop forts. C'est pour ça que je suis revenue à la maison, tu comprends ? Je suis revenue avec le goût du sang et de la défaite dans la bouche. Parce que c'était terminé, qu'il ne me restait plus qu'à vivre une vie paisible loin de tout ça, loin de mes échecs. Je ne peux pas laisser cela se reproduire à Seward. J'ai un bébé dans mon ventre, Dokes, je refuse qu'il vive dans un monde en ruines.

Pour la première fois, elle vit le regard du vieux loup de mer vaciller. Il recula même d'un pas sous le poids des mots assénés avec la conviction d'une mère dont la mission, désormais, consistait à protéger son enfant.

— Je vous aime bien, James Dokes. Je pense que Rachel fait fausse route et je ne sais pas à quel jeu se livre Dalton, mais vous, je vous sens sincère. Ne gâchez pas tout avec ces raccourcis stupides. Stupides et dangereux ! Je pourrais vous soutenir, vraiment, mais pas si vous menez ce genre de combat. Si vous me voulez à vos côtés, soyez meilleur que ça. La violence est un refuge mortel.

Puis, elle le planta sur le quai. Il était certain qu'avec de tels propos, Dokes ne reviendrait pas ce soir.

En poussant la porte d'accès à l'annexe, elle se retrouva presque nez à nez avec David Brockman. Il plissa les yeux en découvrant son visage empourpré.

— Je… tombe mal, on dirait. Un souci ?

— Non, non, docteur, tout va bien. C'est juste que c'est de la folie et que je ne sais plus où donner de la tête.

L'explication bancale, puisque Mary et ses servantes s'occupaient de tout, ne parut pas le gêner outre mesure. Brockman lui sourit.

— Tu dois te détendre Emily, te ménager. Le stress n'est pas indiqué pour un bébé.

Sur le coup, plusieurs répliques cinglantes lui traversèrent l'esprit. Elle les rattrapa avant qu'elles ne franchissent la barrière de ses lèvres serrées.

— Vous avez raison, docteur.

Le praticien lui prit la main.

— Dis-moi, il faudrait que tu passes à l'hôpital. Quand tu auras cinq minutes. Demain ou dans la semaine.

Son cœur manqua un battement.

— Il y a un problème ?

— Non, juste un entretien de routine. Pour le planning familial. Enfin, rien ne presse, hein, prend ton temps.

— Le quoi ?

— Ah, c'est un truc qui existait dans le temps et que je souhaite remettre en place.

Piquée par la curiosité, elle le pria de développer un sujet qui lui apparaissait plus en adéquation avec ses aspirations que la campagne électorale ou les folies dangereuses qui traversaient l'esprit de Dokes.

CLEAVER

Solaris brillait de mille feux. Les reflets chatoyants dansaient sur la surface sombre. Depuis le balcon, au dernier étage d'une spire résidentielle, le regard de Cleaver dériva vers le rivage dont la ligne, dépourvue de lumières, se confondait avec les flots. Il porta la coupe de champagne à ses lèvres, avala une courte gorgée du liquide doré en se demandant si des gens les observaient, tapis dans les fourrés, effrayés. Ou pas.

La cité flottante appartenait au type Horizon, comme Concordia qui voguait en direction du système solaire extérieur. Un jour prochain, elle prendrait le même chemin. La date du départ était déjà programmée. Les Calamaris déterminaient le calendrier des lancements en fonction de leurs critères et le Conseil suivait les ordres, à la lettre. En attendant, son rang et les privilèges associés lui permettaient de profiter des plaisirs qu'un tel environnement offrait. Il rentra dans ses appartements, réserva un bref sourire à la jeune femme allongée sur les draps dont les plis formaient des vagues de soie. Le Solarien activa sa liaison *terminex*, ce qui lui donnait l'impression de se reconnecter avec le monde après la parenthèse charnelle hors du temps. D'une simple pensée adressée au système, il tira une cloison semi-transparente qui séparait la chambre de la pièce principale. Il posa sa coupe sur le rebord du plateau de verre de son bureau et s'empara d'une visière qui se lova autour de son visage. D'une gestuelle précise, quasi automatique, il écarta les missives issues de niveaux trop bas pour véhiculer une information remarquable.

Une communication en provenance de Seward retint son attention.

Cleaver déplia la bulle dont les données s'alignèrent devant ses yeux. Un homme en costume bleu, projeté par sa visière, apparut à sa droite. D'après son étiquette, il s'agissait du médecin-chef de Spring Creek. Le centre médical qui y avait été installé veillait à la bonne santé des Sewardiens en formation sur le site. Bien plus que ses collaborateurs au génome calibré, les locaux restaient sujets à tout un tas de maladies éradiquées sur la plupart des éco-cités. Un domaine d'étude de terrain comme Seward, il n'en existait plus guère.

Il déroula le message préenregistré.

— Monsieur, j'ai pensé que ceci devait être porté à votre connaissance, s'exprima le docteur.

À sa gauche, un dossier médical se matérialisa. Cleaver examina les données, ses yeux suivirent les courbes animées de graphiques et de projection. Il arqua un sourcil puis demanda à son interface de passer en mode de communication directe.

Le médecin y répondit en moins d'une minute.

— Vous êtes certain du diagnostic ?

— La probabilité est supérieure à quatre-vingt-dix-neuf pour cent, monsieur. Il s'agit d'une anomalie parfaitement identifiée, documentée depuis des décennies.

— En avez-vous parlé avec le médecin traitant ?

— Le docteur Brockman a réagi selon le protocole en s'adressant d'abord à nous pour corroborer ses résultats. Nous avons procédé aux vérifications d'usage, le calibrage de la machine n'est pas en cause.

— Je vois, dit simplement Cleaver.

Ce don de matériel se révélait une manœuvre lumineuse et ce filet électronique, tendu parmi d'autres sur la ville, venait de ramener une prise des plus intéressantes.

— Je tiens à signaler, au vu de l'importance de la patiente, précisa le docteur, que nous pouvons mettre en place un protocole de soins adaptés.

— Vous en serez informé en temps et en heure, signifia Cleaver avant de couper la liaison.

Il réexamina les données dans un silence de cathédrale. Laisser filer une telle opportunité relevait de l'incompétence. Il tenait enfin un levier. Un levier imparable. Nulle mère au monde ne permettrait qu'il arrive du mal à son enfant. Après avoir ordonné que lui soit préparé un chopper pour la première heure de la matinée, Cleaver saisit sa coupe de champagne qu'il termina d'un trait.

DALTON

Dalton écoutait Gill Andrews qui évoquait la situation catastrophique à Anchorage. Seward avait toujours été à portée des soubresauts de l'ancienne capitale économique de l'Alaska. L'incursion du gang ayant ciblé Concordia avait été une démonstration cinglante de la vulnérabilité de sa ville. Dalton se souvenait très bien de ces heures d'angoisse qui avaient failli lui coûter le soutien du légat Jordan. Anchorage constituait un abcès purulent logé dans l'épine dorsale du plan des conglos. Ces derniers devaient comprendre qu'ils ne feraient pas l'économie d'un nettoyage de l'agglomération et de ses environs.

Un assainissement qu'Andrews appelait évidemment de ses vœux.

Le président de l'Alaska perçut sans peine ses inquiétudes derrière le langage policé. La dégradation s'accélérait et la cité dont Andrews avait la charge n'en finissait plus de sombrer, tirée vers le fond par une activité criminelle galopante. Amputer un membre gangrené se révélait parfois une opération salutaire, un choc nécessaire en premier lieu pour préserver l'organisme. Tout ce qu'il entendait le confortait dans son idée de séparer Seward d'un corps malade. Gill Andrews verrait cette mutilation d'un œil réprobateur, mais Miles possédait un atout de taille dans sa manche.

— Les conglos vont vous aider. Ils s'engageront à former vos effectifs de police, vous procurer du matériel ou encore vous fournir un appui en drones, du renseignement. Ils sont efficaces sur les questions de sécurité ce qui vous permettra de retourner, en partie, le rapport de force actuellement en votre défaveur.

Les gangs cadenassaient le terrain et il serait difficile de les en déloger, passa sous silence Miles. En réalité, ce n'était pas tellement son problème. Il visait une préoccupation plus immédiate.

Le visage émacié d'Andrews s'anima de surprise : un soutien direct des conglos… Il n'en attendait pas autant de cet entretien, lui qui avait fait la sourde oreille aux requêtes répétées – et désespérées – d'assistance en provenance de Seward lors de la crise sibérienne. Il hocha la tête, un air serein habilla son regard de vieux faucon. Dalton aurait pu profiter de sa position pour lui rendre la monnaie de sa pièce. Andrews le savait pertinemment.

— Je suis content d'entendre que vous m'offrez leur aide, dit-il sur un ton néanmoins prudent.

Miles savoura ce moment en calant son dos contre son fauteuil.

— Offrir, c'est un bien grand mot.

Andrews comprit aussitôt que ce ne serait pas gratuit.

— Que voulez-vous ?

— Rassurez-vous Andrews, je ne serai pas gourmand. Il n'est évidemment pas dans nos intérêts de vous saigner. Nous n'aurions rien à y gagner.

Cela ne l'empêchait pas de transpirer, nota le président avec plaisir.

— Nos moyens sont modestes, en effet.

— J'avais saisi. Vous pouvez cependant accomplir quelque chose pour moi. Vous détenez quelque chose de très précieux en ce moment crucial : votre voix.

— Ma voix ?

— Dans les prochaines semaines, l'Alaska s'apprête à vivre un tournant de son histoire. En échange du concours matériel dans la reconquête de votre ville, je vous demande d'appuyer mon décret entérinant la création du *borough* de Seward-Kenaï et le transfert de la capitale de l'Alaska.

Les yeux du représentant d'Anchorage s'agrandirent tellement que Miles crut qu'ils allaient jaillir de leurs orbites.

— Un changement de capitale ?

Il parut vraiment désarçonné.

— Seward est le nouveau centre de gravité de l'Alaska, Andrews. Je me permets de soulever au passage que cela rapprochera naturellement votre fief du pouvoir, ce qui peut donner lieu à des synergies mutuellement profitables.

Miles laissa cette dernière phrase en suspens tout en observant de quelle manière Andrews plissait des yeux pour évaluer les avantages politiques qu'il pourrait en retirer. Si en plus, il gagnait la guerre des gangs, il serait certainement réélu pendant un moment.

— Le temps est un facteur clef, j'aimerais présenter rapidement ce projet. Alors, je peux compter sur vous ?

Andrews se leva pour lui serrer la main vigoureuse.

— Oui, monsieur le président. Ce sera un honneur.

— Des synergies mutuellement profitables ? répéta Cleaver après le départ du représentant d'Anchorage.

Dalton se servit un verre pour se féliciter de son avancée capitale dans un dossier qui lui tenait à cœur. Un vrai succès. D'autant qu'Andrews avait été un fervent soutien de l'ex-présidente Hastings durant la campagne. Sa défection marquerait les esprits.

— On n'appâte pas les mouches avec du vinaigre, personne ne vous a appris ça sur vos cités flottantes ?

Cleaver, debout face à lui, le gratifia de son regard habituel eu égard à sa consommation d'alcool. *Peut-être*, se dit Miles, *qu'il préfère d'autres genres de remontants*. Les nouveaux maîtres du monde possédaient des cocktails de drogues ultra sophistiqués capables de décupler leurs sens. Des rumeurs couraient en ce sens, accompagnant celles – plus nombreuses encore – sur leurs mœurs décadentes.

— Nous ne sommes pas particulièrement à l'aise avec votre souhait de déplacer la capitale. La stabilité est un élément essentiel dans la réussite de notre entreprise. Les désordres ne sont jamais bons pour les affaires.

Miles but une gorgée, observa un instant le breuvage ambré tourner dans le fond du verre qu'il remua lentement.

— Cette zone, comment l'appelez-vous déjà ?

— La Zone d'Intérêt Septentrionale.

— Oui… Pensez-vous qu'un sanctuaire de cette importance puisse dépendre de décisions prises à des centaines de kilomètres ?

— Que voulez-vous dire ?

— Que sa création entraînera de facto une scission entre deux Alaska, ce qui ravivera les tensions existantes et provoquera une explosion de l'instabilité à travers un État au bord du gouffre. Ça n'arrangera pas les affaires de votre chantier. Assumez et placez la capitale au cœur de la ZIS, et vous maintiendrez la cohésion de la nation. Associez les représentants des *borough*s à la réussite de votre entreprise et par effet boule de neige, vous obtiendrez l'adhésion des voisins. Et au final, la pérennité de votre mur anti-migrants. Car tout l'Alaska aura à y gagner. Il y aura toujours des récalcitrants, mais ils seront mis en minorité avec des options vite limitées.

— C'est une analyse intéressante.

— C'est de la politique à l'ancienne, Cleaver. Il ne s'agit pas d'un caprice de ma part. Je roule pour vous, nous avons un accord. Je suis le genre d'homme qui respecte la parole donnée. Ne commettez pas l'erreur de me considérer comme une marionnette. J'ai bien l'intention d'occuper une place active dans vos plans. Vous et moi, nous voulons la même chose. Un avenir pour l'Alaska.

Pour la première fois depuis qu'ils se connaissaient, le conseiller prit un verre, y versa une dose de bourbon et trinqua.

— Vous êtes très convaincant, monsieur le président. Continuez sur cette voie et vous laisserez votre nom dans l'Histoire.

Il y comptait bien, justement.

Aubrey Perry retrouva Dalton pour un temps libéré de ses obligations. Elle l'embrassa après avoir écarté une mèche sur son front.

— Ça me fait plus que plaisir que tu sois là, lui dit-il avant de happer ses lèvres, de les presser sur les siennes.

La conseillère laissa échapper un cri de surprise puis rit aux éclats avant de basculer avec lui sur le sofa installé à quelques pas de son bureau.

— Je suis également content que tu ne considères pas mon idée de Seward en tant que capitale comme un motif de rupture. J'ai déjà réussi à rallier quatre représentants à ma cause.

Elle lui mordilla les lèvres, puis les oreilles.

— Quatre ?

Il ne perd pas de temps. Ça ne va pas plaire à Hastings.

— Depuis une heure, j'ai le soutien d'Andrews.

Andrews. L'artisan de la première victoire d'Hastings.

— Qu'est-ce que tu lui as promis ?

— Des synergies mutuellement profitables, une fois que nous aurons débarrassé les rues d'Anchorage de la vermine qui pollue l'existence de toute la région.

Elle lui sourit :

— J'ai parfois l'impression que Cleaver met des mots dans ta bouche…

— Je te le redis, ce n'est pas son idée, mais la mienne. Et il la trouve intéressante si tu veux savoir.

— Intéressante ?

— C'est sa manière à lui d'exprimer son accord. En parlant de mots dans ma bouche, je pense que c'est toi qui devrais rédiger ce décret historique et le discours que je prononcerai.

Elle se redressa soudainement :

— Moi ?

— Tu es ma conseillère en communication, Aubrey. C'est en quelque sorte ton travail, non ? s'amusa-t-il.

Hastings avait vu juste en prédisant que Dalton passerait par un décret. À partir du moment où il s'était assuré le soutien d'un noyau dur de partisans et de la bénédiction de Cleaver, plus rien ne s'opposait à son coup d'éclat. Beaucoup de *borough*s très à l'ouest de Juneau accueilleraient favorablement le changement et les perspectives qui en découleraient. Et elle laisserait également son nom dans l'Histoire.

Dalton me fait un cadeau inestimable.

Devant son silence, il plissa les yeux :

— Mais peut-être n'est-ce pas ce que tu désires ?

C'est une bonne question, se dit-elle. *Ce que je veux.*

Devenir une sorte de « reine » dans le fief de Dalton au bras duquel elle paraderait tandis qu'il en pincerait toujours en secret pour Emily Redwild. Aubrey évacua cette pensée et se pencha pour titiller ses lèvres du bout de sa langue.

— Je vais rédiger votre décret, monsieur le président. Ce sera le plus vibrant des textes depuis des années.

Puis, elle s'extirpa du canapé.

— Aubrey…

— J'ai du travail. On se voit ce soir, lui lança-t-elle sur un ton espiègle.

La conseillère s'apprêta face au miroir puis elle quitta le cabinet du président après avoir récupéré ses fiches et son bloc-notes.

Alors qu'elle descendait les escaliers, une voix familière la fit tressaillir.

— Mademoiselle Perry ? Pouvez-vous m'accorder un instant ?

Elle se retourna et croisa le regard inquisiteur du Solarien, l'éminence grise du président ; elle sentit ses poils se dresser sur ses avant-bras. Avec sa mise toujours impeccable dont il habillait sa jeunesse artificielle, son visage rasé de près, ses cheveux ordonnés, ses lèvres qui ne tremblaient jamais, Cleaver maîtrisait l'art de plonger ses interlocuteurs dans l'embarras ou dans la confusion. Aubrey campa sur sa position, serra son bloc-notes contre elle.

— Que voulez-vous ?

— M'entretenir avec vous. Ce ne sera pas long.

— Alors, on peut faire ça ici, non ?

S'il était agacé ou troublé, rien dans son attitude ne le montra. Aucun signe d'impatience ni d'énervement ; il ne soupira pas, ne haussa pas le ton.

— Mademoiselle Perry, certaines conversations doivent se tenir en privé.

Désirait-il lui mettre la pression ? Aubrey réprima un frisson tandis qu'une pierre tombait dans son estomac.

Conversation ou accusation ?

Ils se retrouvèrent tous deux dans son bureau où Cleaver l'invita à s'asseoir en face de son pupitre dépouillé. Ce qu'elle déclina poliment. Pas de photos, de boîtes à crayons, de bibelots. Une simple feuille de plastique était posée exactement au centre du plateau vierge. L'antre de l'ennemi était quelque peu décevant. Le choix d'un mobilier austère, minimaliste, trahissait soit une profonde maniaquerie soit l'absence d'intérêt pour ces questions.

— Mademoiselle Perry, votre relation spéciale avec le président, tant qu'elle ne prête pas le flanc à la controverse, reste bien entendu du domaine privé.

Encore heureux ! songea-t-elle.

— Quant aux liens que vous entretenez avec Helen Hastings, cela ne nous apparaît pas judicieux.

Accusation. Voilée.

Lorsqu'une personne s'exprimait avec des sous-entendus de ce genre, il existait deux attitudes possibles. La première consistait à dissimuler sa culpabilité. Cette stratégie avait toutes les chances d'échouer tant Cleaver se montrait capable de percer les secrets les mieux enfouis. Aubrey se raidit, inspira profondément ; elle se dressa de toute sa hauteur face au conseiller pour y planter son regard étincelant de la plus lumineuse des colères.

— Allez vous faire foutre, Cleaver ! Je ne vous apprécie pas, je ne vous apprécierai jamais. Que vous me fassiez suivre, je m'en moque ! Mes visites privées chez une amie de longue date ne vous concernent pas, ni vous ni le président, personne. J'ai travaillé avec Hastings pendant plusieurs années avant de me mettre au service de Dalton. Nous avons lié amitié. C'est comme cela, que cela vous plaise ou non. Votre Éminence !

Aubrey faillit exécuter une sorte de simulacre de révérence, mais elle préféra tourner les talons. Elle s'apprêta à claquer la porte quand il l'interpella à nouveau.

— Mademoiselle Perry !

Son sang battait dans ses tempes, elle transpirait. Un état impossible à dissimuler. Elle ne répondit pas, mais attendit la suite. Et cette manière de l'appeler ainsi… *Mademoiselle*. À chaque fois, ses dents grinçaient. Et il le savait certainement.

— Le président Dalton compte faire l'annonce du transfert de la capitale à Seward même. Plusieurs représentants de *borough*s seront conviés à cette occasion. Nous mettrons en place des rotations de choppers. Vous serez bien évidemment du voyage. Tenez-vous prête à partir.

— Merci, siffla-t-elle. Maintenant, lâchez-moi la grappe. J'ai un texte à rédiger.

— Bien sûr.

Une fois hors du bureau, elle s'accorda un moment en haut des escaliers pour reprendre ses esprits et se calmer. Durant un instant, elle s'était crue démasquée. Peut-être même que c'était le cas. Cleaver jouait avec elle juste pour la tester ou pour s'adonner à un penchant sadique. *Tout est possible avec ces gens*, lui avait dit Hastings en l'appelant à s'en méfier comme de la peste.

Il était temps de prendre un grand bol d'air.

La famille Hastings possédait un cabanon où feu le mari d'Helen aimait se rendre pour quelques parties de pêches et de longues promenades en forêt. Les lieux, sous un épais couvert végétal, convenaient idéalement pour leurs rencontres et Aubrey respecta le protocole mis en place par Sean. Les conglos n'interdisaient pas encore les visites de courtoisie. Et elle ne s'en était pas cachée en face de Cleaver. Elle considérait donc ce fait comme acquis.

Les deux femmes se réunirent en fin de soirée. Le garde du corps de l'ex-présidente brillait par son absence.

— Où est Sean ?

— Je l'ai envoyé en mission à l'ouest, rencontrer de nouveaux alliés. Il sera bientôt de retour. Tu n'as pas besoin d'en savoir plus. Tu l'apprécies, pas vrai ?

— Il est… gentil, c'est normal que je m'inquiète pour lui.

— Oui, bien sûr… On se met au travail ?

Aubrey présenta son premier jet que l'ex-présidente parcourut deux fois. Helen abaissa le feuillet imprimé, ses lunettes glissèrent sur son nez.

— C'est parfait. Peut-être quelques retouches.

— Merci. Andrews est passé dans le camp de Dalton, révéla Aubrey.

— Je le sais. Les meilleurs amis finissent toujours par nous décevoir. Sa défection va toutefois lui coûter cher. Il ne perd rien pour attendre.

Que veut-elle dire par là ? Est-ce que cela a à voir avec la mission de Sean à l'ouest ?

— Dalton fait miroiter un appui matériel des conglos. Il devrait réunir le nombre de voix nécessaire.

Hastings acquiesça tout en reposant ses lunettes sur le rebord de la table.

— Je ne suis pas dupe de ses manœuvres, mais nous pouvons tirer avantage de la situation. Il a dit que tu serais du voyage à Seward ?

— Je crois qu'il me veut à ses côtés.

— Évidemment. Il veut parader. Mais c'est une occasion en or.

Helen se leva et ouvrit un tiroir pour en extraire un petit objet oblong qu'elle déposa devant elle. Aubrey observa, perplexe, la gélule métallique dont le capuchon translucide abritait une interface de connexion.

— C'est une sorte de mémoire ?

— En effet. Elle m'a été remise par un contact.

La conseillère haussa un sourcil circonspect.

— Une source digne de confiance, reprit l'ex-présidente. Ce que contient cette puce doit être porté à l'attention d'une personnalité de Seward qui en fera l'usage adéquat.

— Qui ?

— Le rival déclaré de la protégée de Dalton. Nous allons l'attaquer dans son propre fief. Et crois-moi, il ne s'attendra pas à ce coup-là.

— James Dokes, répondit-elle.

— Tu connais cet individu ?

— Mi… Dalton en parle de temps en temps. Je ne sais pas s'il le déteste ou bien si dans le fond, il a de l'admiration pour lui.

— Ça n'a pas d'importance, balaya Helen qui en vint au point essentiel. Tu vas devoir glisser ça dans la poche de ce pêcheur. Sean t'a montré quelques tours de passe-passe, n'est-ce pas ?

Elle hocha la tête au souvenir de ces moments gênants où il la collait d'un peu trop près.

— Bien, dit Hastings. Le mieux, c'est de procéder quand il y a du monde.

Des discours, des cocktails, la foule… Les opportunités ne manqueraient pas.

— Ce ne sera pas difficile.

— Autre chose : Powell a apprécié ton voyage à Whitehorse pour arrondir les angles. On dirait que tu développes un talent pour la diplomatie, que tu t'épanouis sous la présidence de Dalton.

Cela sonnait comme un reproche. Aubrey fit comme si elle n'avait pas perçu la subtilité.

— Je ne comprends toujours pas la défiance de Dalton envers le Yukon. Y a-t-il quelque chose que je dois savoir à ce propos ?

— Pas à ma connaissance, répondit Helen sur un ton sec.

Aubrey se demandait pourquoi Kara Lau, experte en sécurité des conglos, y avait été envoyée. Est-ce que cela avait un rapport avec cette mémoire posée sur la table ?

La conseillère saisit la pièce de plastique oblongue, la tourna entre ses doigts.

— Tu tiens là de quoi faire tomber Dalton et ses puissants amis. Sa diffusion sera simultanée un peu partout, même ici, à Juneau. Ils ne pourront pas intercepter toutes les copies que nous avons dispersées. Une fois la vérité libérée, cette affaire de changement de capitale finira aux oubliettes et à terme, je reprendrai la place qui me revient.

Le corps parcouru d'un frisson à l'énoncé de cette prophétie, Aubrey évita le regard triomphateur d'Helen Hastings. Elle aimait de moins en moins le rôle que son ancienne patronne lui demandait de jouer. Au début, le côté espionnage avait excité son intérêt jusqu'à ce qu'elle parvienne à atteindre Dalton et qu'en retour, lui-même la touche comme rarement quelqu'un l'avait touchée. La mascarade pesait. De plus en plus. Son amant lui accordait sa confiance, il se reposait sur elle pour rédiger un décret historique, il l'envoyait en mission diplomatique lui offrant une chance de faire ses preuves. Et elle se préparait à lui planter un couteau dans le dos.

Quel genre de personne suis-je en train de devenir ?

— Comment ça se passe avec Cleaver ?

— Il est impossible de savoir ce que pense réellement ce type, mais je dirais qu'il n'a pas de soupçons, partagea-t-elle sans se départir de son calme alors que les pulsations de son cœur venaient de s'accélérer.

Il se méfiait d'elle depuis le début. Même aidé par les algorithmes érigés au statut de divinités et la magie technologique des conglos, il n'avait pas prévu que Dalton s'entiche d'elle. L'oracle qui conseillait le président n'était pas omniscient, mais il la tenait certainement à l'œil. Aubrey avait de plus en plus le sentiment de se retrouver dans la position d'une souris enfermée dans une cage avec des fauves prêts à se dévorer. En repartant du cabanon des Hastings, elle regretta l'absence de Sean qui, malgré ses manières pressantes, avait toujours trouvé les mots pour l'encourager.

EMILY

Les jours défilaient sans que Red s'en rende compte, tant le boulot accaparait son attention et son énergie. Pop travaillait autant qu'elle, sinon plus. Ils se retrouvaient le soir exténués et écroulés sur le divan devant la cheminée. Durant ces instants silencieux, Pop aimait coller l'oreille sur son ventre dont l'arrondi se précisait de plus en plus. Il espérait capter un mouvement, un coup de pied qu'il ne pouvait de toute façon pas percevoir à ce stade.

Red caressa les cheveux du père de son enfant habitée, malgré la fatigue, d'un sentiment de plénitude, d'une sérénité retrouvée. Elle se sentait à sa place. Il manquait certes une personne pour que le tableau fût complet.

— J'ai croisé Brockman à la mairie cet après-midi, lui apprit Pop. Il m'a parlé d'un rendez-vous. Je croyais que la prochaine visite médicale aurait lieu dans plusieurs semaines.

Emily se pinça la lèvre et arrêta de triturer les mèches rebelles de son compagnon.

— Mince, j'avais oublié !

D'autant que la discussion avec Dokes avait quelque peu noyé le signal du praticien.

— Il m'avait demandé de passer le voir pour une histoire de… je ne sais plus. Un truc de planning, ça ne me paraissait pas important.

— Planning familial, souffla Pop. Il avait quand même l'air inquiet, je trouve.

— Je le verrai demain.

Elle reprit les caresses, s'amusant avec les boucles qu'elle enroulait entre ses doigts.

— On travaille avec des types des conglos à l'aéroport, des sortes de superviseurs. Ils sont tous ingénieurs en quelque chose chez eux.

Sa main se crispa sur le cuir chevelu.

— J'ai toujours cette impression de parler à des espèces de robots, poursuivit Pop. Cornélius n'a pas l'air du genre commode.

— Je croyais qu'ils devaient rester dans leur coin. Pourquoi est-ce qu'ils bossent avec vous ?

— Ils aident à installer des systèmes électroniques. On ne sait plus faire ça.

Son front se plissa :

— Y a autre chose ?

— Ouais, lui répondit Pop. Un truc bizarre. On a construit une digue pour détourner le cours de la rivière. Ils n'ont même pas expliqué pourquoi. L'eau va passer dans une conduite souterraine pour être évacuée plus loin dans la baie. On s'est regardés avec Al et les copains… en se demandant comment ils comptaient s'y prendre.

Les rumeurs sur ce que les habitants appelaient désormais *les travaux d'Hercule* allaient bon train. Les plaques d'acier géantes plantées à travers le fjord, le pompage de l'eau, les navires en file indienne depuis l'embouchure pour débarquer des quantités astronomiques de matériels… Rien ne paraissait pouvoir arrêter la machine infernale. Pas même Dokes dont l'annonce de la candidature n'avait pas eu d'effet miracle : plus que jamais, Rachel occupait une position de force sur l'échiquier politique local. Tous les deux jours, lors d'un point presse de quelques minutes filmé par Sara Pherson, la maire évoquait les progrès et communiquait elle-même les ouvertures de postes à Spring Creek. Ses paroles sonnaient comme du Dalton, autant dans la lettre que dans l'esprit.

— J'ai vu des machines forer le métal comme des mains creusent la neige, répondit Red. Ils peuvent faire ce qu'ils veulent.

— Je trouve ça dingue !

— Ouais, je n'en doute pas.

Le lendemain, après le départ de son compagnon, Mary vint la récupérer à la maison. Ses lèvres s'étirèrent en posant un regard affectueux sur son ventre. Les deux femmes empruntèrent le chemin habituel jusqu'aux *Trois Ours*, longeant la baie sur le boulevard Ballaine. Onze navires se trouvaient à l'ancrage devant Seward. Emily remarqua également le *Molly Pen*, au milieu de la flottille de transporteurs chargés à craquer, en train évoluer avant d'entrer au port. Elle imagina Dokes qui ne décolérait pas derrière sa barre… Soudain, elle demanda à Mary de s'arrêter.

— Un problème ? s'enquit cette dernière.

— Non, je voudrais juste voir ce truc.

La secrétaire rangea la voiture sur le bas-côté fraîchement retourné par les services de la voirie. Emily sortit en laissant la portière ouverte.

— Quel truc ?

La forme sur le pont du navire le plus proche lui était familière. À San Diego, la colonne de levage, avec sa force de traction phénoménale, soulevait des éléments de structure de plusieurs milliers de tonnes. Posée à côté, elle reconnut une turbopompe à haut débit, aussi volumineuse qu'un immeuble de plusieurs étages. En observant les détails, elle se rendit compte que ce matériel avait déjà servi. Il provenait d'un autre chantier et à sa connaissance, il n'en existait qu'un seul de ce côté du Pacifique.

Quand elle se rassit sur le siège, Mary lui adressa un regard inquiet.

— Est-ce que ça va ?

Les conglos démantelaient San Diego pour en ramener les pièces ici, une par une. Le passé lui revenait en pleine figure, morceau par morceau.

— Oui, balbutia-t-elle. Dis, je dois voir Brockman. Est-ce que tu pourras me remplacer dans la matinée ?

— Tu sais que ça ne me pose pas de problème.

— Ça me gêne toujours de te demander. Tu as déjà assez de boulot à la mairie.

— Nous avons un accord avec Rachel. C'est sans doute sa manière à elle de te soutenir.

Y avait-il davantage que cela dans la démarche de la maire ?

La matinée se déroula comme les précédentes, selon une routine bien rodée, ponctuée cependant de pauses plus fréquentes. Chaque geste demandait plus d'énergie et la prise de poids n'arrangeait rien. Mary lui avait conseillé de se ménager et elle avait appris qu'il fallait toujours écouter une belle-mère aux petits soins.

Le renouveau du centre Providence restait un motif de fierté pour la municipalité, une réalisation que Rachel – comme Dalton auparavant – ne manquait pas d'exposer comme une réussite. Le projet de réfection avait marqué la première campagne de l'ancien maire, le propulsant aux commandes de la ville. Sa remise en état avait contribué à faire accepter l'aide des Concordiens, à les présenter sous un jour favorable. Et maintenant, songea Red, il concentrait des savoir-faire que l'on avait crus disparus pour de bon. Autre motif de fierté, l'enseignement de la médecine reprenait petit à petit. Brockman avait retrouvé l'espoir de former un, peut-être deux remplaçants. Cela demanderait du temps, mais l'ambitieuse entreprise avait éclairci des perspectives naguère plus que maussades.

Le praticien l'observait, assis dans un fauteuil trop grand pour lui. Ou bien, il avait maigri. Emily s'excusa d'avoir oublié le rendez-vous ce qui ne sembla pas l'affecter. Une curieuse lueur dans son regard évaluateur l'alerta.

— Il y a un problème, devina-t-elle d'emblée.

David Brockman ne répondit pas tout de suite. Il chercha ses mots, la formule adéquate.

Ce n'est pas bon signe.

Red se redressa. Les traits soudain livides tant le sang venait de déserter son visage.

— C'est à propos de mon fils ? dit-elle d'une voix étranglée.

Il hocha lentement la tête.

— L'anomalie cardiaque est… malheureuse. En effet.

Son âme implosa, aspirant tout autour d'elle, la pièce, les murs, le bureau… Sa vision s'étrécit jusqu'à former un tunnel barré par la noirceur. Elle avait l'impression qu'on venait de la balancer par la rampe arrière d'un chopper, dans le vide, par une nuit sans lune. Soudain, elle ne pesait plus rien. Elle chutait. Sa bouche s'ouvrit et ce fut à peine si elle parvint à articuler :

— Une anomalie ?

Dit ainsi, ça lui paraissait moins grave, moins définitif, et son esprit s'agrippait à cet espoir comme aux sangles d'un parachute virtuel.

— J'étais venu à la fête pour t'en parler, mais je n'ai pas eu le courage de gâcher ce moment avec tes amis.

— Le planning familial, c'était donc du vent ?

Sa gorge se noua. Ses mains serrèrent les accoudoirs et elle regretta que Pop fût absent. Comment allait-elle lui annoncer ça ? Sa vue se brouilla.

— Dites-moi que vous pouvez le soigner, docteur, supplia-t-elle.

— Ça, c'est la bonne nouvelle. On peut le soigner.

— Et la mauvaise ?

— Il s'agit cependant d'une opération d'une extrême délicatesse qu'il est préférable de confier à des praticiens plus compétents et assistés par une technologie de pointe.

— Faire appel à la médecine des conglos…

— Ils ont un taux de réussite de cent pour cent. J'ai pris la liberté d'en discuter avec l'un de mes pairs qu'ils envoient ici pour enseigner et former nos personnels.

Brockman en a parlé…

Elle devint aussi rigide qu'un morceau de granite, le regard vrillé dans celui du docteur. En voyant ses joues s'empourprer, il se justifia :

— C'est la procédure, Emily. Je devais leur en parler, c'est ce que l'on fait tous quand on se retrouve face à ce genre de problème.

Il y aurait des contreparties. Elle le savait. Hors de question, cependant, de courir le moindre risque avec la vie de son propre bébé. Peu importait le prix à payer. Elle ne se le pardonnerait pas. Pop non plus.

— J'imagine combien cela va compliquer les choses, poursuivit Brockman, mais fondamentalement le bébé s'en sortira, il sera pris en charge dès la naissance. Prends le temps de t'y préparer, leur protocole garantit le succès. Je sais que tu ne portes pas les conglos dans ton cœur, Emily, mais ils ont un taux de réussite de 100 %.

— Je ne compose pas quand il s'agit de mon enfant. J'accepterai sans l'ombre d'une hésitation qu'ils opèrent mon fils. Qu'importe le prix qu'ils me feront payer.

— Ce n'est pas forcément une…

— C'est ainsi que raisonnent ces gens docteur. Ils feront pression.

Le chemin du retour se déroula dans un brouillard émotionnel et mental. Quand elle poussa la porte des *Trois Ours*, elle alla s'asseoir à côté du tabouret de son père. Mary comprit tout de suite qu'il se passait quelque chose et Emily n'eut pas l'envie de lui dissimuler la réalité. Les larmes coulèrent. Elle n'en finissait plus de chuter, sur le point de s'écraser. Sa belle-mère l'étreignit longuement.

Le soir venu, Pop reposa sa tête sur son ventre avec la volonté de percevoir la vie tapie dans ces entrailles. Une vie désormais en danger. Comme d'habitude, elle lui caressa les cheveux pendant qu'il lui parlait de sa journée. Elle prolongea ce moment le plus possible parce qu'après l'annonce, plus rien ne serait pareil. Le temps de l'innocence et de la sérénité céderait la place à l'angoisse et la peur. Si Brockman s'était montré rassurant en évoquant un taux de réussite de cent pour cent, il ne s'agissait tout de même pas d'une opération bénigne, une intervention que le vieux docteur ne pouvait pas assurer. À présent, la vie de son enfant dépendait des conglos qu'elle avait combattus… Qui la punissait de la sorte ? Red interrompit les mouvements de ses doigts sur le cuir chevelu de Pop.

— Il faut que je te dise un truc.

— Hm, marmonna-t-il.

— J'aimerais que tu te mettes assis, à côté de moi et que tu me tiennes la main. Je n'y arriverai pas sinon.

Les opérations de pompage attiraient toujours une foule de curieux le long des quais. Les Sewardiens tentaient d'apercevoir ce qu'il se passait dans le chaudron. Ce sobriquet, donné à la partie du fjord vidée de son eau, lui plaisait bien. Dokes sourit en mettant les machines du *Molly Pen* à l'arrêt. Au-delà des vitres de la timonerie, les énormes navires bardés de grues et entourés de nuées d'aérobots créaient ce qui devait être le plus gros embouteillage maritime au monde.

— Bordel de merde ! fulmina Dokes. Ce foutoir n'en finira donc jamais ?

À l'arrière, ses hommes débarquaient les caisses de crabe le long de la rampe où deux types de la coopérative les chargeaient dans le camion. Le vieux pêcheur descendit de la passerelle pour superviser le transfert. La remorque frigorifique avalait ses pensionnaires qui agitaient mollement leurs pattes géantes, assommés par le froid.

Un individu se détacha du groupe de curieux. Il se présenta sous le nom de Dennis Maiden.

— Monsieur Dokes, je ne vais pas y aller par quatre chemins. Nous sommes nombreux à penser que la maire Daanak n'est pas digne d'occuper ses fonctions.

Dokes lui adressa un sourire franc. Ce n'était pas la première fois que cela arrivait et les manifestations de soutien se multipliaient ces derniers temps, un signe équivoque. Cependant, Maiden roulait pour Dalton à l'époque, se souvint le marin, soudain sur ses gardes. Il traînait une réputation de frondeur.

— Ce qui se passe là-bas, ce qu'ils font à la baie, ça nous préoccupe, moi et mes amis.

— Nous changerons cela, lui répondit Dokes. Je ne sais pas encore comment, mais nous allons le faire. Après tout, nous sommes chez nous ici et l'on s'en tirait très bien sans eux. Avant qu'ils ne débarquent.

— Exactement. Je suis très content que vous soyez notre candidat. Si vous avez besoin d'un coup de main, nous serons là pour vous aider, appuya-t-il en le fixant d'un air grave.

Dokes décela une sorte d'étincelle au fond de ses yeux. Il connaissait ce regard. *Quel genre de coup de main ?* se demanda-t-il en songeant au passage à tabac du fils de la maire.

Maiden esquissa un sourire, le remercia à nouveau avant de rejoindre ses camarades.

Un bourdonnement soudain détourna son attention. Les mains en guise de visière sur son front, Dokes perçut plusieurs points noirs qui, en grossissant, se firent plus nets ; rapidement, les contours anguleux ne laissèrent plus aucune place au doute. Les cinq engins filaient en formation à basse altitude jusqu'à l'aéroport. Ils exécutèrent un virage impeccable et se posèrent sur le tarmac flambant neuf.

D'un geste machinal, le pêcheur sortit un cigare entamé de la cartouchière qu'il gardait dans sa poche intérieure. Il le ralluma tout en observant les badauds silencieux d'un œil froid. S'ils voulaient l'aider, se dit-il, ils feraient mieux d'aller agiter des pancartes devant la mairie au lieu de perdre leur temps ici. Encore que cette tactique lui parût peu productive.

— Continuez à décharger, les crabes doivent être mis au frais le plus rapidement possible. Je dois me rendre à la réunion du conseil municipal.

— Bien sûr, patron !

Dokes se dirigea vers son pick-up hors d'âge dont le châssis grinça lorsqu'il prit place derrière le volant. Dix minutes plus tard, il le garait sur le parking de la mairie, prêt à affronter sa deuxième journée de travail.

Rachel avait convoqué une réunion exceptionnelle et l'arrivée des aéronefs n'y était pas étrangère. Il se tramait donc quelque chose d'important et vu la manière dont Mary s'agitait avec le personnel, cela ne lui dit rien qui vaille. Dans le hall d'accueil de l'Hôtel de Ville, Dokes retrouva Green, en train de distribuer des ordres à ses adjoints chargés d'assurer la sécurité en coordination avec des hommes des conglos.

— C'est Dalton, lâcha-t-il en réponse à la question au sujet des cinq aéronefs. Il est arrivé de Juneau avec des conseillers et une bonne partie des représentants des autres *borough*s. Rachel va faire une annonce importante aujourd'hui, mais je ne sais pas de quoi il s'agit.

Du Dalton tout craché, songea le pêcheur, néanmoins inquiet. En ce moment, les surprises lui étaient rarement favorables.

Les deux hommes furent rejoints par leurs collègues, Paul, Gary, Al, et les conseillères municipales Alicia et Grace. Tous partagèrent les mêmes questionnements jusqu'à l'arrivée du convoi de véhicules dont celui de tête qui transportait la maire et le président.

Rachel et Dalton distribuèrent des sourires et des poignées de main aux collaborateurs, aux invités, aux habitants venus les saluer. Le mauvais pressentiment de Dokes alla en grandissant.

Quand le héros de Seward se présenta devant lui, le pêcheur le fixa un instant, puis il lui tendit une main amicale.

— James, je suis content de te revoir. Tu as l'air en forme.

Tous les regards étaient tournés vers les deux personnalités mythiques de la ville. En cet instant, le patron pêcheur ne pouvait évidemment pas livrer le fond de sa pensée ni lui coller une droite.

— Toi aussi, Dalton. À chacune de tes visites, on a le droit à des surprises. J'imagine que tout ce monde avec toi, ce n'est pas pour amuser la galerie.

Le président lui fit un clin d'œil.

— C'est une nouvelle ère qui s'ouvre, Dokes, pour l'Alaska, pour Seward. Toi y compris. Nous profiterons tous des changements à venir. Qui sait si nous ne serons pas capables de relancer notre civilisation à terme.

Rien que ça.

Si l'enveloppe corporelle différait, à l'intérieur vivait le même bonhomme. Plein d'arrogance et de morgue. Ce qui ne fit que renforcer ses premières impressions. Cette journée prenait une tournure franchement désagréable.

Dalton salua ensuite son ancien shérif.

— GG, ça me fait plaisir de te voir.

— Le plaisir est partagé, monsieur le président.

— La ville est entre de bonnes mains avec toi. J'espère que la collaboration avec les conglos se passe bien.

Green opina.

— Nous avons réparti les rôles. Je m'occupe de maintenir l'ordre dans la ville, ils se chargent de protéger le périmètre extérieur.

— C'est parfait ! acquiesça chaleureusement Dalton qui se comportait comme s'il menait campagne avec des sourires doublés d'une emphase mielleuse et dégoûtante. La nausée s'empara de Dokes.

Les représentants et les invités furent ensuite dirigés vers la salle comble du conseil municipal. Mary distribua des bouteilles d'eau en attribuant les sièges réservés aux hôtes de marque. Bien que longue et bruyante, l'installation s'effectua en bon ordre. Chacun trouva sa place tant bien que mal. Le marin repéra Sara près de la tête de l'exécutif. La journaliste couvrait l'événement historique que son cameraman immortalisait en direct. De mémoire de Sewardien, ces vieux murs n'avaient jamais accueilli autant de monde. Rachel se posta devant la table du conseil, un air solennel sur son visage. Dalton se tenait à ses côtés. Le silence s'abattit en même temps que son maillet qui frappa le socle de bois dans un bruit sec.

— Mesdames et messieurs les conseillers, les représentants des *borough*s et des conglos, déclara-t-elle avant de se tourner vers Dalton, monsieur le président, c'est avec joie que nous vous accueillons pour une annonce de la plus haute importance. Demain, sera organisée sur la grande place du port, une audience publique du conseil municipal de Seward. Nos invités y seront conviés afin que soit proclamée une série de mesures qui feront date dans l'histoire de notre ville et sans doute, dans celle de l'Alaska.

La maire céda la parole à son voisin qui retrouvait là une tribune familière. Dalton prit le temps de regarder l'assemblée suspendue à ses lèvres. Dokes croisa les bras sur la poitrine, en une manifestation vaine d'opposition toute symbolique.

— Dans quelques instants sera faite la lecture officielle d'un décret entérinant la création du *borough* de Seward-Kenaï et le transfert de la capitale de l'État d'Alaska de Juneau à Seward. J'ai fait le déplacement en compagnie des élus de tous les *borough*s d'Alaska, des représentants des conglos, de Solaris et de Spring Creek. Il s'agit d'une exceptionnelle occasion de célébrer notre union. Nous allons ouvrir une nouvelle ère de prospérité après des décennies plongées dans le noir. Nous sommes au bout du tunnel, mes amis. La lumière revient. Elle éclaire déjà la Baie de Résurrection.

Ces mots provoquèrent la stupéfaction parmi les conseillers municipaux. Même Sara écarquilla les yeux, nota Dokes. Les murmures de surprise s'élevèrent à travers la salle jusqu'à ce que Dalton ramène son auditoire au calme.

— Nous fêterons cela ensemble, élus, habitants de Seward ainsi que les honorables représentants, nous allons nous réunir et festoyer comme il se doit selon la tradition.

Sur le coup, Dokes se sentit comme un crabe emprisonné dans un casier sans espoir de s'en échapper. Où qu'il regardât, il ne voyait que des grilles, des barreaux. Que pouvait-il offrir en retour ? Sur le plan politique, il venait de prendre un coup mortel.

— Je crois que j'en ai assez entendu, glissa-t-il à voix basse au shérif.

Le patron pêcheur se fraya un chemin jusqu'à la sortie, en feignant au passage quelques sourires polis. Dehors, le personnel de la mairie – des volontaires du service de la voirie sous la maîtrise d'œuvre de Mary – finissait d'aligner des tables remontées du sous-sol et préparait le cocktail de bienvenue. Rachel savait s'appuyer sur une organisation sans faille et une secrétaire très efficace. Dokes salua Mary en inclinant légèrement la tête à son adresse, puis il descendit les marches pour rejoindre la rue où se trouvait son pick-up.

WALTER

Pénétrer dans Seward, même par la petite porte, ne constituait pas une mince affaire, loin de là. La ville bénéficiait d'une barrière de protection, une longue clôture bardée d'appareils électroniques, d'un check-point, des drones et des robots destinés à signaler et dissuader les intrus. Voire les liquider, affirmait une rumeur. Il convenait d'ajouter des patrouilles de miliciens entraînés et correctement équipés.

Investir un camp retranché relevait de la folie.

— Ne te fais pas de bile, le rassura Kobb d'une tape sur le dos. Tout va bien se passer. Il faut juste qu'on soit certains que Dokes va nous aider.

— Il le fera. Il déteste les conglos.

— Bien !

S'il en croyait les informations fraîchement parvenues de Seward, toute la région, de Fairbanks à la péninsule de Kenaï, se trouvait à l'aube d'un bouleversement qui aurait un impact sur les affaires des trafiquants. Leur âge d'or, en quelque sorte, risquait de s'achever et une ère d'incertitude s'ouvrait.

Walter et ses hommes s'étaient mélangés à la troupe de Kobb, un melting-pot de petites frappes, de citoyens rincés par les crises et de descendants de militaires de la base d'Elmendorf, fermée depuis des décennies. Le caïd avait su s'attacher leurs services ainsi que l'accès à des équipements issus des anciens stocks de l'armée.

— Nous sommes alaskans et nous défendons notre façon de vivre ! déclara Kobb devant ses fidèles réunis dans le hangar pour une dernière séance de motivation.

D'un seul homme, ils brandirent leurs fusils en criant.

En habitué de ce genre de discours, Walter esquissa un sourire. Kobb cherchait surtout à préserver ses investissements et à protéger ses dépôts regorgeant de marchandises dont il comptait tirer un juteux bénéfice. Ces richesses achetaient également des alliances, corrompaient des conseillers municipaux et des membres des forces de police. Des denrées alimentaires ou des pièces de rechange participaient ainsi au confort de responsables locaux qui, souvent, les revendaient au marché noir. Walter ne jugeait pas. À sa place, il aurait agi exactement de la même façon, d'autant que les fournitures qu'il faisait envoyer à Kodiak permettaient aux siens de garder la tête hors de l'eau.

Un individu apparut dans l'entrebâillement de la porte menant à l'atelier. Comme ses voisins, Walter se tourna vers le nouveau venu.

— Je vous demande d'accueillir chaleureusement l'un de nos précieux contacts à Seward.

Après une salve d'applaudissements, l'homme dans la trentaine rejoignit Kobb. Il se présenta après avoir retiré sa casquette usée révélant une calvitie naissante. Il les regarda avec des yeux brillants, dans lesquels il perçut une sorte d'excitation.

— Je m'appelle Dennis Maiden et je vais vous aider à vous infiltrer en ville.

Kobb le prit par l'épaule, le gratifia d'un sourire franc.

— Maiden est un soutien fidèle à notre cause.

D'après ce dernier, si les habitants de Seward étaient encore libres d'entrer et de sortir, les marchandises faisaient en revanche l'objet d'un contrôle minutieux de la part des conglos. Les véhicules passaient systématiquement sous le portique d'un scanner avant de pénétrer dans la ville. Comme tout le monde, Walter se demanda comment ils allaient franchir le check-point. Peut-être était-ce là, la fonction du mystérieux boîtier que le caïd avait récupéré des mains de l'inconnu dans la forêt ? Qui était-il ?

— Chacun sait ce qu'il a à faire, alors au boulot ! termina Kobb avec un sourire triomphant.

L'heure du départ sonna peu après. Walter s'était installé dans le second camion avec Kobb. Quelques minutes plus tard, un convoi de trois véhicules hybrides, emmené par le pick-up de Dennis, fonçait sur la Highway Sterling à travers une succession de pinèdes subarctiques et sous un plafond nuageux que chacun espérait suffisamment dense pour les préserver des yeux électroniques dans le ciel.

Après deux heures de route, une large trouée dans le mur de conifères marquait l'emplacement d'un pont passant au-dessus de l'embouchure du lac Kenaï alimenté par un réseau de rivières et torrents dévalant les monts escarpés. L'ouvrage tenait bon, mais les fissures bien visibles à travers le béton les incitèrent à la prudence. Ils le franchirent – un véhicule à la fois – en conservant une allure modérée sous les indications d'un homme à pied. Une fois de l'autre côté, Kobb décréta une pause. Il déplia sa carte sur le capot du camion.

— Seward se trouve à quatre-vingts bornes. C'est à partir de maintenant que les choses sérieuses commencent.

— Il est évident, enchaîna alors Dennis, que vous ne pourrez pas passer par la porte principale. Même un véhicule à la fois. Nous sommes des étrangers. Trop de questions seraient posées et la situation pourrait tourner au vinaigre.

À nouveau, Kobb assura qu'il ne s'agissait plus d'un problème. Leur guide acquiesça en silence.

Le convoi s'ébranla et ils entamèrent la seconde partie du trajet en respectant un espacement d'au moins huit kilomètres. Les drones s'intéressaient tout particulièrement aux regroupements de véhicules. Ils longèrent le lac, traversèrent la bourgade abandonnée de Quartz Creek pour filer au milieu d'un paysage de taïga. Ils remontèrent la vallée faisant la jonction avec la Seward Highway, le cordon ombilical qui reliait *Resurrection Bay* à Anchorage. Sur les quatre voies d'origine, une seule restait à peu près praticable ce qui leur imposait une conduite prudente. Leur chauffeur slaloma entre les coupures, les tranchées creusées par les intempéries et les multiples obstacles végétaux. Ils contournèrent un énorme rocher décroché du flanc de la montagne qui avait roulé jusque sur la chaussée.

Le check-point fortifié se situait au niveau du Lac de l'Ours, au point de passage le plus étroit, ce qui facilitait la surveillance et le contrôle de l'accès à Seward. Il n'était pas question de s'y présenter.

Dennis avait révélé qu'un réseau dense de sentiers et de pistes de trappe quadrillait l'ancien parc national. Suivant ses instructions, ils bifurquèrent à droite pour rejoindre un campement, peu après la sortie de Pimrose, à plusieurs kilomètres en amont du check-point. La camionnette à quatre roues motrices de Kobb et Walter s'enfonça dans la forêt à travers un chemin cahoteux, serpentant entre les épineux dressés tels des épieux presque tous les mètres. La progression à flanc de montagne apporta son lot de complications, de ralentissements. À plusieurs reprises, Walter descendit du véhicule pour aider à franchir la voie obstruée par des chutes de rochers ou de conifères. Les hommes les dégageaient à la tronçonneuse, parfois à la pioche. Par endroits, le passage ne mesurait pas plus de trois mètres de large, encadré par un rempart de troncs serrés et filant à la verticale jusqu'au faîte troublé par la brise. Un espace à peine suffisant pour s'y glisser.

Lorsqu'ils émergèrent de la forêt, ils gagnèrent en mobilité, mais ils perdirent la protection de la canopée. Walter sentit son estomac se contracter en découvrant le paysage de toundra arctique et sa végétation anémique, la plupart du temps regroupée en touffes et buissons autour du relief accidenté. Si jamais un drone les surprenait à découvert, c'en serait terminé. À près de mille mètres d'altitude cependant, les nuages s'agrippaient à la montagne comme des chiots à la tétée. La visibilité se réduisit à quelques mètres et ce blanc gris oppresseur constituait leur seule protection.

Ils tombèrent enfin sur Dennis Maiden qui leur fit signe de s'arrêter. Les moteurs n'eurent même pas le temps de commencer à refroidir qu'ils bâchèrent les véhicules sous des toiles de camouflage. L'organisation de Kobb semblait parfaitement rodée et ses hommes se montraient efficaces tout en échangeant peu de mots.

— Nous sommes au Lac Perdu, annonça leur guide. C'est là que je dois vous laisser.

Le chef de l'expédition déplia sa carte et tout le monde se réunit autour du capot.

— Le but du jeu, reprit Dennis, c'est de contourner le point de contrôle installé sur la route principale en contrebas. Pour ça, vous allez suivre cette vieille piste à pied.

Son doigt décrivit un trajet sinueux puis s'arrêta au nord de la ville.

— Waouh, siffla Kobb, ça fait une sacrée trotte.

— Dix bornes, précisa Dennis. En temps normal, vous mettriez deux, peut-être trois heures, mais avec ces combinaisons sur le dos, ça vous prendra plus de temps. Et il y a une difficulté supplémentaire.

— La clôture, murmura Walter.

Dennis le confirma d'un hochement de tête.

— Leurs satanés robots ont planté des piquets bardés de caméras et du grillage un peu partout. Une partie du maillage est constituée de barrières électroniques. Ici par contre, pointa-t-il, le relief très accidenté peut être exploité à votre avantage.

— J'aimerais quand même comprendre comment on va franchir l'obstacle ? s'enquit alors Walter.

Kobb releva sa casquette et leur adressa un sourire désarmant.

— Ça, j'en fais mon affaire, exposa-t-il sans en dire davantage. Tout se passera bien.

Le chef de Kodiak glissa un regard vers la poche poitrine de son treillis renfermant le boîtier.

Une fois le briefing terminé, chacun enfila sa combinaison athermique puis se harnacha de son barda constitué pour l'essentiel, d'armes et de munitions. Kobb imposa un écart de cinquante mètres entre deux individus. Ce fut donc une procession étirée qui s'engagea dans la descente vers Seward. Au bout de cinq minutes, Walter suait déjà et se demandait s'il tiendrait une demi-journée sous cet accoutrement. Le masque étroit amputait son champ de vision de moitié sans parler de la sensation d'oppression due à la respiration, la buée sur la visière et le sang qui battait dans les tempes. Ils n'avaient cependant pas le choix. Dennis leur avait dit que les capteurs infrarouges portaient sur plusieurs centaines de mètres à partir du moment où le relief ne faisait pas obstacle.

Après quatre heures d'une marche éprouvante, la troupe se déploya en formation défensive autour d'un arbre, un épicéa au tronc plus large qu'un homme qui surplombait une sorte de rocher. Chaque combattant s'accroupit. Walter, en nage, résista à l'envie de plus en plus forte de retirer son masque. Il imita Kobb qui se mit à ramper sur la corniche. La clôture passait en contrebas. La voix étouffée du trafiquant lui parvint.

— Nous allons passer au-dessus, mais avant, il faut neutraliser toute cette section de la grille.

Il sortit l'appareil de sa poche poitrine.

— Ils vont s'en rendre compte, non ? observa Walter.

— D'après mon contact, ce truc injecte un programme de boucle qui permet de camoufler la coupure pendant quinze minutes. Pas une seconde de plus.

— C'est court.

— Ouais. Il faudra pas traîner.

Le caïd appuya sur le bouton de mise en marche. Il ne se produisit cependant rien de notable au niveau de la barrière. Kobb se retourna pour adresser un signe à ces hommes. L'un d'eux entreprit de grimper au sommet du sapin, en tirant une corde. Une fois à la bonne hauteur, il enfonça un harpon dans le canon d'un fusil et l'épaula. Une détonation sèche se fit entendre, ainsi qu'un bruit strident, celui de la corde en train de fendre l'air. Walter vit le dard muni de trois grappins se ficher dans les branches de l'autre côté de la clôture. En haut de son arbre, le milicien leva un pouce. Il éprouva la solidité du passage en se balançant dessus, puis il y accrocha une petite poulie.

Kobb jeta un œil sur son chronomètre.

— Allons-y, dit-il à Walter, tandis que le premier gaillard lesté de son paquetage et de ses armes s'élançait dans le vide, signalé par le son du frottement de la roue sur le câble tendu. Arrivé sans encombre sur son nouveau perchoir, il consacra quelques instants à consolider et dégager la plateforme de réception en coupant des branches à l'aide d'une machette. Il agita le bras, donnant son feu vert à un second camarade.

Walter leva à nouveau la tête jusqu'à la position de départ qu'il devinait difficilement entre les branches chargées d'épines. Ça s'annonçait sportif comme challenge. Il grimpa en prenant garde de ne pas accrocher le tissu spécial de sa combinaison, car la moindre déchirure libérerait des effluves d'infrarouges. En sueur, il s'accorda une courte pause afin de reprendre sa respiration. Un panorama époustouflant s'ouvrait sur le relief montagneux sur sa droite pour plonger dans la vallée sur sa gauche, marquée par une tache bleue : le Lac de l'Ours. Le check-point se trouvait à quelques kilomètres à peine. Il saisit la poignée du petit chariot des deux mains après y avoir fixé un mousqueton. Ensuite, Walter laissa opérer la gravité.

Suspendu dans le vide, il glissa entre les cimes sur près cinq cents mètres. Il frôla à plusieurs reprises le sommet formé d'épaisses ceintures d'une variété prolixe de mélèze. Une tranchée signala la position de la clôture, dix mètres plus bas. Les caméras ne regardaient bien évidemment pas en l'air. Walter esquissa un sourire en franchissant la frontière puis il actionna le frein.

Parvenu à destination, il salua les hommes de Kobb qui avaient établi un périmètre défensif en attendant que tous soient passés.

Nous voilà sur le terrain de Dokes, songea le maître de l'île de Kodiak.

EMILY

Red savait qu'un représentant des conglos prendrait contact pour leur faire une proposition déguisée en chantage. Mais pas aussi tôt. Lorsque Cleaver poussa la porte des *Trois Ours*, elle et Pop se trouvaient en plein nettoyage de la salle. Pour fêter l'annonce du transfert prochain de la capitale, la maire avait accordé un jour de congé aux employés de la ville. Son compagnon hocha la tête puis invita le conseiller spécial de Dalton à s'asseoir au comptoir. Red ne parvint pas à décrocher un mot.

— Qu'est-ce que je vous sers ? dit Pop sur un ton quelque peu embarrassé. Je ne sais pas trop ce que vous buvez sur vos villes flottantes. Encore moins quel est le dernier cocktail à la mode.

Cleaver manifesta de l'intérêt pour le café.

— J'en ai entendu beaucoup de bien, avoua-t-il, l'œil étincelant.

Pop s'en occupa immédiatement tandis que Red remettait de l'ordre dans ses pensées confuses. Ses genoux tremblaient et son estomac se contractait.

— Je ne suis pas votre ennemi, dit Cleaver. Je ne vous ferai pas l'affront de tourner autour du pot, vous savez pourquoi je suis ici. Je suis sincèrement désolé pour votre enfant. J'imagine à quel point cela doit vous accabler, mais je suis heureux de pouvoir vous annoncer que le problème peut être réglé. Et qu'il le sera, dans tous les cas, quelle que soit votre décision. La vie est précieuse, plus que vous pourriez le penser.

Red s'efforça de ne pas hurler de rage.

Pop revint avec la tasse de café au moment précis où les paroles de sa compagne étaient sur le point de fuser.

— Monsieur Cleaver, nous sommes très touchés par votre sollicitude. Nous apprécions que vous soyez venus nous voir et que vous ayez pris sur votre temps. J'imagine que cette histoire de transfert de capitale doit vous occuper vous et Dalton.

— En effet. Le président Dalton a de grandes ambitions pour Seward et j'avoue avoir été séduit par son approche.

— Parce que la nouvelle capitale, c'est son idée ? dit Red en plissant le front.

— Les bons conseillers ne font qu'insuffler de l'inspiration aux décideurs. Dalton est un animal politique, il a de l'intuition. Vous possédez également ce genre de talent rare, mademoiselle Redwild.

Le représentant des conglos huma l'odeur qui émanait de sa tasse avec un sourire sincère.

— Merveilleux !

Pop tira le tabouret ayant appartenu à Bill. Emily se raidit, mais elle ne fit aucun commentaire.

— Donc, vous êtes ici pour nous proposer une sorte de deal, devança son compagnon.

Red se crispa.

Cleaver reposa la tasse dans un léger tintement.

— Je ne serai pas aussi direct que vous ni aussi cynique que ce que vos propos laissent paraître. Il ne saurait être question de négociation ou de chantage alors que la vie d'un enfant est en jeu. Je suis simplement venu vous demander de reconsidérer votre position.

— En échange de l'opération qui sauvera notre fils ? persista Pop.

— Nous ne sommes pas ce genre de personnes, monsieur O'Phellan. Le bébé sera pris en charge, à nos frais. Sans condition. Je m'y engage. Il est d'ailleurs souhaitable que l'accouchement se déroule dans l'une de nos cliniques, ainsi le nouveau-né pourra-t-il bénéficier immédiatement des soins adéquats.

— Comme sur Concordia ?

— Cela se passera sur Solaris. La cité peut être jointe en moins d'une heure de vol. En tant que père, vous serez également du voyage. Il va de soi.

— Je... Je préférerais le mettre au monde à Seward, intervint Red.

Cleaver écarta les mains :

— Pas de problème. Je ferai venir une équipe dans ce cas au centre médical. Un geste de bonne volonté de notre part étant donné votre statut.

Emily arqua un sourcil interrogatif.

— Mon statut ?

Cleaver ne la quittait pas des yeux, comme s'il fouillait au-delà espérant y découvrir une vérité qu'elle-même ignorait. Ou bien, recherchait-il ce qui restait de Nancy Kreiss ?

— Celui de conseillère spéciale de la maire Rachel Daanak en charge des relations avec Spring Creek. En regard de votre expérience passée, vous avez l'oreille des habitants de Seward. Ils vous font confiance et ils vous écouteront. Vous pourrez leur parler en toute transparence, sans ingérence de notre part. Nous avons à cœur que la collaboration fonctionne. Un peu comme une greffe.

Emily ferma les yeux. En une fraction de seconde, l'idée lui vint de tout arrêter. De s'en remettre à la Providence... Mais ce n'était pas une option. Pas avec son fils dans la balance. D'autant que Pop s'y opposerait.

Il y a toujours un prix à payer avec les conglos.

— Je ne vous demande pas de vous décider sur-le-champ, enchaîna Cleaver. Le docteur Brockman continuera le suivi de votre grossesse. Nous avons discuté de votre cas et nous recevrons ses rapports. Le moment venu, l'un de nos meilleurs chirurgiens pédiatriques se rendra au centre médical.

— On dirait que vous avez déjà tout organisé, réagit Pop.

— Je mets les cartes sur la table, en toute transparence. Nous avons évidemment des souhaits, mais il n'y a pas d'obligation, ni de chantage.

— S'agissant de la vie de notre enfant, il n'y a même pas à discuter. Hein, chérie ?

Peut-être que Dokes avait raison, se laissa-t-elle aller à penser, qu'il fallait employer la méthode forte. En cet instant, elle avait envie d'étriper l'arrogant personnage. Red s'accorda quelques secondes en espérant voir le double-A douter. Elle n'en décela aucun sur ses traits sereins. Il avait minutieusement préparé l'entrevue, en pesant chaque mot.

Et il avait visé juste. Elle fit taire sa colère naissante.

— Je m'en remets aux compétences de vos médecins pour sauver notre enfant. C'est en effet tout ce qui compte.

Cleaver acquiesça. Il termina sa tasse et se leva pour lui tendre la main.

— J'en suis très heureux pour vous deux. Puissions-nous sceller une véritable relation sincère et durable.

Elle la serra. Imitée par un Pop plutôt enthousiaste.

Puis Cleaver sortit un paquet de sa poche.

— Pour le bébé, dit-il avant de quitter les *Trois Ours*.

Pendant plusieurs secondes Pop et Red regardèrent l'emballage-cadeau brillant assorti de son petit nœud violet.

— Qu'est-ce que c'est à ton avis ? demanda son compagnon.

— Je ne veux pas le savoir.

— T'es dure quand même.

— Je me sens sale, Pop. Est-ce que tu peux au moins comprendre ça ? s'agaça-t-elle.

— OK, tu préfères que je m'en débarrasse ?

Emily hocha la tête.

— Je ne veux rien qui vienne de ces gens.

— Tu sais, ils sont en train de s'installer à Seward. Ils seront là pendant un bon bout de temps et nous devrons faire avec. Notre bébé, c'est le plus important, répéta-t-il. Nous avons fait exactement ce qu'il fallait. Ce que n'importe quel parent aurait fait.

Elle-même essayait de s'en convaincre. Cela n'empêchait cependant pas une boule glacée de se développer dans son estomac, sans parler de la remontée acide de la contrariété. La couleuvre avait du mal à passer.

Quand Dokes entra aux *Trois Ours*, peu après midi, Emily récupérait de la fatigue consécutive au coup de feu du déjeuner. Beaucoup de gens se regroupaient sur le port où les préparatifs allaient bon train. L'ambiance n'était d'ailleurs pas sans rappeler celle du *Qatnut* de l'an dernier. Les habitants en parlaient encore tant elle avait marqué les esprits.

— Bonjour, Dokes. Je pensais que vous seriez en mer aujourd'hui, hasarda-t-elle.

— La coopérative est fermée. Je ne peux pas rentrer en laissant pourrir ma cargaison dans mes cales. Alors, j'ai donné congé à mes gars. La maire veut qu'un maximum de personnes se joigne à elle pour sa « sauterie », j'imagine, soupira le pêcheur sur un ton maussade.

En guise de réconfort, Emily lui prépara une bière brassée dans le sud du Yukon. Au moment de la lui apporter, Dokes glissa une main dans sa poche pour sortir un objet qu'elle reconnut aussitôt.

— Je pensais que tu saurais ce que c'est. Ça ressemble à un gadget des conglos.

Red fixa la gélule.

— C'est une mémoire solide. Comment êtes-vous entré en sa possession ?

Il lui adressa un regard lourd.

— C'est ça le truc. J'ignore comment cette chose est arrivée dans ma poche, révéla-t-il en portant le verre à sa bouche.

Elle réfléchit quelques instants. Ce ne pouvait être qu'un acte délibéré.

— Vous avez croisé du monde dernièrement ?

— Des tas. On était serrés comme des sardines dans une boîte à la mairie.

L'annonce de Rachel et Dalton constituait une opportunité idéale. Red prit l'objet, le retourna entre ses doigts.

— Si quelqu'un l'a mise dans votre poche, alors cela doit être important.

— Ou dangereux.

— Oui, ça aussi. Pour le découvrir, il faudrait savoir ce qu'elle contient.

— Je ne suis pas le bon client pour ces conneries technologiques. Encore plus depuis que je soupçonne que ces salopards ont mouchardé les équipements qu'ils ont offerts à la ville.

Très juste, pensa-t-elle. Dokes avait les bons réflexes.

— J'ai une idée. Venez avec moi.

Emily confia les rênes de l'établissement à Pop. Elle monta à bord du pick-up que Dokes conduisit jusque chez elle.

— Mon père ne vous a jamais invité, pas vrai ?

— Bill était un homme bien, mais il n'était pas vraiment le genre à faire entrer des visiteurs chez lui. Je crois qu'il voyait déjà assez de monde à la boutique.

Elle lui sourit.

— Bizarrement, son côté ours, c'est ce qui me manque le plus.

Après avoir traversé une bonne partie d'une ville plutôt calme, il se gara sur le long du trottoir devant la maison. Red le convia à la suivre jusqu'à l'intérieur où il patienta quelques instants avant qu'elle ne l'interpelle.

— Par ici, Dokes.

Red était assise sur un tabouret dans une pièce pas plus grande qu'un cagibi. L'espace exigu comportait des étagères remplies de dossiers et un écran sur un étroit plan de travail gréé en bureau. Un provisoire qui avait duré.

Ses doigts enfonçaient les touches d'un antique clavier.

— Il appartenait à ma mère. Je crois qu'elle l'avait avec elle en arrivant à Seward. Je ne pense pas qu'il soit mouchardé, sinon elle ne l'aurait pas emporté. Mon père était comme vous. Il se méfiait de ces trucs. Il ne s'en est jamais servi, mais il n'a pas non plus dérangé cet endroit. J'imagine que c'était…

— Douloureux.

— Quelque chose comme ça. Je le comprends à présent. J'espère en tout cas qu'il fonctionne toujours. J'en avais un du même genre à San Diego.

La dalle s'illumina et attendit qu'elle entre ou énonce un mot de passe, ce qui ne constitua pas un problème.

— Mode invité, prononça-t-elle.

L'affichage changea, révélant une image fixe. Celle de sa famille. Red, Ann-Rose et Bill, tous deux assis sur les marches devant leur maison. De quand datait ce cliché ? Elle ressentit un pincement au cœur.

— Je suis désolé de t'imposer ça.

— Ce n'est rien, Dokes.

Une fois la mémoire déposée sur le plateau, une fenêtre s'ouvrit.

— Lecture, prononça alors Red.

Le rectangle s'emplit d'images de la mer, comme si la caméra flottait à sa surface. Les vagues léchaient l'objectif et des nuages gris obstruaient le ciel. Red fronça les sourcils.

Après une demi-minute d'attente où il ne se produisit rien, une pointe se dessina sur l'horizon. Elle grandit, s'élargit, accompagnée d'autres lances, des spires verticales sur une base familière. Très familière.

— C'est une ville flottante ! souffla Dokes.

— Ça y ressemble en tout cas, confirma-t-elle.

Des rayons de soleil se glissèrent dans une trouée et frappèrent la cité en révélant une forme arrondie, irisée, comme si elle était recouverte d'un dôme invisible.

— Qu'est-ce que c'est que cette lueur ? demanda le pêcheur.

— Je n'en sais rien. C'est la première fois que je vois ça.

La plateforme s'avançait selon un axe devant l'amener à proximité de celui ou celle qui était en train de filmer depuis une petite embarcation.

Ou un submersible ?

L'immense vaisseau emplissait un bon quart de l'image à présent. Ils distinguaient les tours, les bâtiments ; une guirlande de lumière clignotait sur le pourtour de la coque qui se soulevait et s'enfonçait dans un mouvement de tangage hypnotique. La mer était légèrement formée. Sans prévenir, l'image se mit à trembler. Red échangea un regard d'incompréhension avec Dokes alors que des bulles perçaient la surface.

Tout autour, les flots entrèrent ensuite dans une forme d'éruption, exactement comme l'eau d'une casserole laissée sur le feu. D'énormes ballons éclatèrent en répandant une écume à la teinte bleutée, presque violacée. Des éclairs zébrèrent la vue et estompèrent l'image de la cité qui disparut pendant un court instant avant de réapparaître. L'océan s'animait d'une ébullition colérique, des gerbes jaillissaient dans les airs occultant par moments la ville distante d'un peut-être deux kilomètres. Le cadre tremblait. Parfois il sautait, se renversait, preuve que celui qui filmait devait être sacrément secoué.

Emily écarquilla les yeux en découvrant entre deux bourrasques que l'éco-cité s'était soulevée hors de l'eau. Sur le coup, elle se dit qu'il s'agissait d'une illusion d'optique quand, sur la séquence suivante, la coque s'arracha lentement au chaudron en fureur. Des rivières s'écoulaient le long d'un fuselage en forme de V allongé.

— Merde ! lâcha Dokes.

Red ne répondit pas, absorbée par le spectacle d'écume et de vapeur.

Sur un pilier surgissant de la mer, la cité lévita cette fois-ci sur plusieurs dizaines de mètres tandis qu'une intense lumière semblait vouloir écarter les flots rageurs, tel un moïse d'énergie pure repoussant les vagues. Une dépression creusa l'océan autour de la structure qui, à mesure qu'elle s'élevait, dévoilait une jupe effilée, profilée comme la carlingue d'une fusée. Une explosion creva la surface, si aveuglante que tous deux reculèrent en plissant les yeux.

— Oh ! C'est quoi ça ?

La langue de feu vaporisait l'eau, provoquant la formation d'un panache de fumée qui enveloppa l'immense vaisseau. Le front de la nuée ardente frappa également la caméra qui vacilla. Durant plusieurs secondes, elle fut complètement immergée et la fenêtre remplacée par un maelstrom indéfinissable de parasites.

Emily et Dokes échangèrent un nouveau regard.

Le film sauta à une autre séquence où la cité filait à travers le ciel, juchée sur une colonne brunâtre, la base de sa jupe éructant de longues torches à la teinte bleu méthane. Les nuages s'écartèrent sur sa trajectoire, chassés par l'onde de choc. La ville, désormais volante, s'élevait toujours plus haut, toujours plus vite. La caméra suivit l'incroyable décollage jusqu'à ce qu'elle devienne un point brillant dans l'azur monochrome.

— Bon Dieu, murmura Dokes.

En cet instant, sa parole résuma parfaitement le fond de sa pensée.

Le temps de se remettre de leurs émotions, ils se rendirent tous deux dans la cuisine. Red posa la gélule mémoire au centre de la table. Ils la regardèrent pendant un moment.

— Tu étais au courant ? demanda Dokes.

Elle remua la tête.

— Non. Mais maintenant, je comprends mieux pourquoi ils terminaient l'assemblage au large.

Le pêcheur leva des yeux interrogatifs.

— Les cités étaient lancées dans la baie de San Diego puis tractées au-delà de l'horizon. Les conglos disaient qu'ils procédaient aux derniers aménagements avant l'accueil des familles. Il n'avait pas de structures si imposantes sous la ligne de flottaison. Les hauts-fonds ne le permettaient pas.

— Ce sont des sortes de fusées ?

— Je ne sais pas, mais il faut une énergie colossale pour propulser ces milliers de tonnes.

Cela paraissait… inconcevable.

— Il se peut que l'enregistrement soit un faux, argumenta Dokes.

— Je n'ai aucun moyen de le vérifier. Il me semble évident que ce film n'a pas atterri dans votre poche par hasard, observa-t-elle.

Dokes acquiesça.

— Vous ne voyez toujours pas qui aurait pu y glisser l'appareil à votre insu ?

Elle le regarda fermer les yeux. Il essayait sans doute de retracer mentalement ses dernières heures. S'il avait assisté à la conférence de Rachel, dans la salle bondée du conseil, les candidats ne manquaient pas.

— Que le choix se porte sur vous constitue également un indice, lui dit-elle en l'observant. Quelqu'un, dans l'entourage de Dalton et Rachel, joue peut-être contre son camp.

— Qui ça ?

Red haussa les épaules.

— Aucune idée. Qui que soit celui ou celle qui vous a transmis ce film, il s'attend à ce que vous vous en serviez.

La campagne du vieux marin contre Rachel battait de l'aile. Il avait toutes les chances de perdre la course à la mairie. Cette mémoire ressemblait à la Providence.

Ou à un cadeau empoisonné.

— Ce serait plus prudent de réfléchir avant d'entreprendre quoi que ce soit, finit-il par dire.

— Vous faites bien. S'ils vous chopent avec ça, vous disparaîtrez de la circulation. Ou alors, trouvez le moyen de l'exploiter le plus rapidement possible, de manière à les prendre de vitesse.

Dokes ramassa la gélule et la remit dans sa poche. Avant de partir, il s'arrêta devant elle.

— J'apprécie ton soutien, Emily. Tu ressembles à ton père par de nombreux côtés. Je ferai de mon mieux pour éviter… l'affrontement.

Une étincelle brillait dans les yeux de Dokes. Sur le coup, elle n'aurait su dire s'il s'agissait d'un bon présage. Elle le gratifia d'une poigne vigoureuse comme s'ils venaient de sceller une sorte de pacte secret dont les termes restaient cependant à définir.

DALTON

L'air de Seward coulait en lui avec la force d'un torrent gonflant ses poumons à chaque parole criée à son attention tandis qu'il fendait l'assistance ; après chaque pas, chaque éclat de sourire, chaque main serrée, Dalton, sortant de l'un des véhicules aux vitres noires, générait un tonnerre d'applaudissements dans son sillage. Depuis toujours, le bain de foule était une bénédiction, une cure de jouvence encore plus puissante que les pilules de Cleaver. Ses gens, ses amis, ses administrés saluaient le héros, celui qui s'était levé face aux troupes sibériennes. Qui leur avait tenu tête.

Même du temps de son mandat de maire, il n'avait jamais connu un engouement pareil. Les habitants ne s'y étaient pas trompés en se massant sur le petit parking de la mairie. À nouveau, Miles Dalton, sauveur de Seward, président de l'Alaska, écrivait l'histoire, celle avec un grand H. Devant les nombreux témoins, il saisit la main de Rachel Daanak, la leva, déclenchant une explosion de joie. Il reconnut plusieurs visages au milieu de la marée humaine. Cela faisait chaud au cœur de les revoir. La fête promettait de se transformer en une vraie communion, exactement comme l'an passé lors du *Qatnut* en l'honneur des Concordiens.

Rachel avait bien appris sa leçon. Au vu de la tournure que prenait sa campagne, elle ne tarderait pas à se faire elle aussi une place au firmament comme la première maire de la nouvelle ère. Elle avait pratiquement terrassé l'indomptable Dokes. À quand remontait la dernière femme élue à la tête de municipalité ?

— Président Dalton ! hurla une voix à proximité.

Le timbre résonnait d'une manière familière, de même que le regard, les yeux, mais au milieu de la cohue et la confusion qui régnaient, il eut du mal à y associer un nom, jusqu'à ce que le jeune homme joue des coudes et se rapproche suffisamment.

Dennis Maiden.

— Il faut qu'on discute ! lui lança-t-il.

Puis il se rappela pourquoi cela ne lui disait rien qui vaille. Il se souvint avoir arraché une pancarte des mains de l'excité de service qui aurait pu tout faire capoter au pire moment de l'invasion sibérienne. Sa réflexion dura l'espace d'une ou deux secondes avant que le flux ne l'entraîne vers l'extérieur sans qu'il ne puisse répondre à l'injonction. Il était déjà loin et Maiden hors de son champ de vision.

La douceur de la fin de matinée annonçait l'été à venir et Dalton se retrouva rapidement avec un verre en main à discuter du futur du *borough* de Seward-Kenaï et de la désignation de son représentant dans la salle à nouveau comble du conseil municipal. À ses côtés, Aubrey, vêtue d'une somptueuse robe couleur pivoine qui laissait apparaître son dos, prit plusieurs fois la parole pour rappeler la ligne qu'ils avaient fixée avant le départ de Juneau, laquelle se résumait à : *rien n'est encore décidé*. Les mots pétillaient entre ses lèvres d'un rose à peine marqué, jusqu'à subjuguer les convives lorsqu'elle leur présentait les articles de la proposition de loi. Dalton se dit qu'elle ferait un excellent bras droit. Comme aurait pu l'être Red.

— Ta conseillère a beaucoup de charme, observa Rachel.

En guise de réponse, il leva son verre et porta un toast avec une fidèle alliée.

— À Seward.

Autour d'eux, la foule s'écarta pour libérer le passage au trio de représentants des conglos qui, tels des dieux aux allures juvéniles, se joignirent à eux. Miles salua Cleaver d'un hochement de tête, lui serra la main. Il ne manquait qu'une seule personne dans ce tableau.

— Où est Dokes ? s'enquit-il auprès de Rachel.

Celle-ci haussa les épaules :

— En train de ruminer ses erreurs devant une bouteille d'alcool fort. Il n'aurait pas dû se présenter contre moi.

Galvanisée par l'instant, la maire se montrait peut-être un peu trop sûre d'elle. La partie ne faisait pourtant que commencer. Si elle marquait des points décisifs, il fallait se méfier d'un ours blessé et acculé dans les cordes.

— Ne le sous-estime pas, l'avertit Dalton. Il est encore plus dangereux quand il est en rogne. Et il est toujours membre de plein droit du conseil municipal. Son pouvoir de nuisance n'est pas négligeable.

— Je ne sous-estime personne, lui répondit-elle en avalant une gorgée.

Gregory Green fit son apparition.

— Shérif ! Je suis très content de te voir.

— Moi aussi, monsieur le président. Je peux vous annoncer que le dispositif de sécurité pour la fête est en place.

— Voilà une excellente nouvelle.

Miles se sentit parfaitement à son aise. Il ne transpirait même pas. Son poids, son boulet, appartenait au passé et à ses côtés se tenait une femme ravissante dont il appréciait les nombreuses qualités. Ses pensées dérivèrent un court instant vers les *Trois Ours* avant qu'Aubrey le ramène à elle.

— Le président Dalton a-t-il un pied-à-terre dans les environs ? lui glissa-t-elle.

Les deux amants échangèrent un regard espiègle et profitant de ce que Rachel monopolisait l'attention, ils s'éclipsèrent par une entrée de service dont le couloir débouchait à l'écart de la foule rassemblée devant la mairie.

Pour la première fois depuis la fin de crise sibérienne, peu avant sa décision de faire campagne pour briguer la présidence de l'Alaska, Dalton se promenait à pied dans sa propre ville renouant avec un exercice qu'il avait toujours savouré. Au printemps, du moins, quand il ne transpirait pas de trop et que l'air frais lui permettait de trimballer sa surcharge pondérale.

Tout ça, se dit-il en descendant Adams Street vers le front de mer, *c'est de l'histoire ancienne*. Aubrey se colla à lui, passa un bras sous le sien.

— Il y a beaucoup de points en commun entre Seward et Juneau, non ? partagea-t-elle.

Il arqua un sourcil : était-ce sa manière de lui signifier qu'elle acceptait son idée folle de transférer la capitale ?

— Je sais ce que tu t'imagines, poursuivit-elle. Je ne suis toujours pas d'accord avec ça, mais je trouve l'endroit pas si déplaisant que ça.

— Tant mieux, parce que je suis le président et que ma décision est irrévocable.

À mi-chemin entre la sixième rue et le boulevard Ballaine qui longeait le trait de côte, le couple emprunta une allée envahie par les hautes herbes. Miles ronchonna et déplora l'état pitoyable des lieux qui aurait nécessité un élagage sérieux. Il se calma en arrivant devant une clôture en bois délimitant un petit domaine familial. Le portail s'écaillait et il se rappela l'avoir peint il y avait de ça cinq ou six ans. L'ensemble avait besoin d'un bon coup de pinceau, mais l'enceinte était toujours debout. Ses mains caressèrent le revêtement veineux.

— C'est cosy, partagea sa conseillère souriante. Et tout près de la plage.

La résidence des Dalton, aux murs gris nuit, occupait plus de deux cents mètres carrés de surface au sol. Une belle bâtisse dont la fondation remontait à l'époque des États-Unis d'Amérique. Il ouvrit le portillon et invita Aubrey à entrer dans la propriété familiale.

L'intérieur était resté tel quel depuis son départ, avec des couvertures recouvrant le mobilier et dont il débarrassa la table de la cuisine et le grand canapé du salon qui regardait l'âtre vide aux proportions alaskiennes. Il s'était toujours vu partager sa chaleur avec une personne. Sauf que ce n'était pas arrivé.

Enfin, pensa-t-il en grattant le tapis de cendres du foyer, *ça peut encore changer*.

Il adressa un clin d'œil à Aubrey.

— Une peau d'ours devant la cheminée ? lui sourit-elle en promenant son regard un peu partout.

— Ça peut se faire. Je crois qu'elle se trouve dans le grenier.

— Vraiment ? Quel gâchis, s'amusa Aubrey qui abandonna sa veste sur le dos d'une chaise, retira ses chaussures et fila comme une comète à l'étage d'une maison qu'elle découvrait pour la première fois.

— Au fond du couloir ! hurla Miles. Il y a une porte et un escalier.

Après quelques minutes, la voix de sa conseillère lui parvint :

— Il faut que tu m'aides à la porter, c'est trop lourd !

Le président termina d'allumer le feu, même si ce n'était pas la saison, puis il alla lui prêter main-forte. Un quart d'heure plus tard, ils partageaient tous deux une bouteille de vin remontée de la cave, assis sur une fourrure épaisse et soyeuse, les visages éclairés par la lueur orangée.

Le moment fut interrompu par des coups frappés à la porte d'entrée. Les deux amants se regardèrent, étonnés, puis Dalton se releva pour ouvrir. En découvrant l'identité du visiteur, il en resta pantois sur le palier.

— Dennis Maiden ?

— Je vous avais dit qu'on devait parler, lui rappela-t-il d'un ton appuyé dans lequel il ne décela rien de franchement amical.

Sur ses gardes, Miles hésita à le faire entrer. La voix d'Aubrey émergea dans son dos.

— Qui est-ce ?

Maiden esquissa un sourire.

— Je vois que vous n'êtes pas seul, monsieur le président.

— Ce n'est rien, Aubrey ! Je reviens. Tu peux me resservir un verre ?

Dalton referma doucement la porte derrière lui.

— On peut discuter ici.

— Bien sûr.

— Très bien, alors je t'écoute. Qu'as-tu à me dire qui nécessite que je doive abandonner mon amie ?

Visiblement, le jeune freluquet qu'il avait dû calmer l'an dernier avait préparé une espèce de discours.

— Monsieur le président, il est important que vous sachiez que les apparences sont trompeuses, que les choses vont de mal en pis en ville.

— Vraiment ? J'ai cru comprendre que les conglos offraient du travail, des équipements, des formations et qu'ils assuraient la sécurité, que Seward et toute la baie se trouvaient à l'orée d'un nouvel âge d'or.

— Mais à quel prix ? Nous sommes pistés, surveillés ; ces gens enregistrent tout, des montagnes de trucs que nous faisons. Ils vérifient ce qui entre, ce qui sort, ils contrôlent les marchandises, tout ce qui se dit et s'échange, rien ne leur échappe. C'est comme avoir un œil au-dessus nous et un micro sous chaque table. Sans parler des dommages causés à l'environnement dont nous ne savons rien.

— La tranquillité est à ce prix, on n'a rien sans rien. Vous êtes cependant libres de circuler. Quant à l'écologie, je crois qu'il s'agit d'une préoccupation importante. Ce n'est pas en saccageant la région qu'ils feront de bonnes affaires, ne pensez-vous pas ?

Dennis eut une moue sardonique. Son expression changea, le ton se fit un peu plus cassant, voire menaçant :

— Ouais, nous sommes nombreux à penser que notre liberté n'est pas négociable, que les conglos ne peuvent pas faire tout ce qu'ils veulent sans rien nous demander. Ils se sont installés à Spring Creek, ils vident la moitié de la baie et personne ne dit rien. Au contraire, nous applaudissons. La maire, vous, les représentants, tout le monde !

De plus en plus mal à l'aise, Miles mit un terme à la discussion d'une façon sèche.

— Écoutez Dennis, l'heure n'est plus aux revendications. J'admets que la situation peut provoquer des désagréments, mais elle présente plus d'avantages que d'inconvénients. Appréciez-la du point de vue du bénéfice global. Le niveau de vie local va s'élever, nous en profiterons tous. Vous aussi !

— Ouais, se moqua-t-il. Le bénéfice… On voit que ça vous réussit bien en tout cas. Je me demande où est passé le sauveur de Seward, le mec qui a eu les couilles de s'opposer aux Sibériens jusqu'à avoir un flingue sur la tempe ? Qu'est devenu cet homme ?

Cette fois-ci, c'en fut trop.

— Sortez d'ici ! siffla Miles avant que la discussion dérape sérieusement.

Dennis descendit les marches à reculons, avec un sourire provocateur.

— Amusez-vous bien avec votre amie, monsieur le président.

Puis, il s'en retourna. Dalton resta un moment sur le palier. La porte s'ouvrit derrière lui et Aubrey glissa sa frimousse dans l'entrebâillement.

— Tout va bien ?

Il inspira pour retrouver son calme. Puis, il rentra chez lui. Sa conseillère en avait profité pour quitter ses vêtements. Tous ses vêtements.

— Ouais, tout va on ne peut mieux dans le meilleur des mondes, le regard happé par les lignes exquises de son amante.

EMILY

Ce matin, Emily accomplissait son travail en mode automatique, la tête pleine des images d'une cité en vérité volante. Elle se déplaçait de table en table, telle une machine androïde distribuant les sourires, les cafés et parfois quelques boissons alcoolisées aux clients. Souvent, ils demandaient des nouvelles du bébé en glissant des regards intrigués vers le ventre qu'elle dissimulait sous un ample tablier. Elle leur mentait, tout en s'efforçant de paraître aussi joyeuse qu'une future mère pouvait l'être alors qu'elle s'imaginait disparaître à nouveau.

Ce dont il n'était évidemment pas question. Nancy Kreiss n'avait jamais flanché. Même aux pires moments.

Nancy Kreiss n'était pas enceinte…

Red se ressaisit tout en préparant la prochaine fournée de boissons. En ce jour de réjouissance et de communion, les clients se pressaient dans la salle principale des *Trois Ours*. Dans quelques heures se tiendrait l'événement historique. Le point essentiel, le transfert de la capitale, avait déjà été exposé la veille, mais Rachel désirait marquer les esprits avec une sorte de renaissance, très éphémère, du *Qatnut* de l'an passé. Elle suivait le modèle de Dalton pratiquement au pied de la lettre. La campagne de Dokes, en revanche, piétinait en dépit des soutiens – discrets – dont il bénéficiait depuis toujours.

Emily s'arrêta d'agencer son plateau, comme si quelqu'un venait d'appuyer sur pause.

— Il bouge ? demanda Pop, la serviette jetée sur l'épaule.

Rachel avait évidemment donné congé à toutes les équipes de la municipalité, à l'exception des forces de l'ordre.

— Difficile à dire.

Pop contourna le comptoir pour lui saisir la main. Une brève étreinte dont il profita pour lui glisser un baiser. Leur attention fut ensuite détournée par des mouvements en provenance de la porte qui venait de s'ouvrir sur des invités de marque.

— Dalton, Rachel ! s'écria Emily. Entrez donc !

Des clients se levèrent pour les applaudir. Le président et la maire leur consacrèrent quelques instants et les saluèrent en leur souhaitant une belle journée. Puis Pop attrapa des tabourets hauts qu'il disposa en un demi-cercle. Dalton était accompagné de sa jeune conseillère, la touche « glamour », objet de rumeurs croustillantes à Seward depuis sa première visite.

Red alla à sa rencontre.

— Mademoiselle Perry. Vous êtes ravissante !

Et moi enceinte jusqu'au cou.

— Emily, je suis heureuse de vous revoir. Dalton m'a beaucoup parlé de cet endroit dont vous avez su préserver le charme et l'authenticité.

— Je vous remercie, c'est gentil.

Red embrassa Rachel. Les deux femmes se serrèrent longuement avant de se séparer.

— On a peu d'occasions de se parler ces temps-ci. Moi, coincée ici, toi, à l'Hôtel de Ville…

— Ouais, on se demande où est passé le bon vieux temps quand on se baladait avec les garçons au bord de l'eau…

Même Dalton esquissa un sourire.

— Et avec Chance ? s'enquit Red. Comment il s'en sort ?

— D'après lui, les ingénieurs des conglos sont des génies. Cornélius m'envoie des rapports en sous-main. Il se débrouille bien, ses évaluations sont très bonnes. Ils envisagent de l'employer à l'assemblage. Comme toi. Tu pourras lui donner des conseils ?

— Oui. Enfin, j'essaierai.

— On aurait besoin de jeunes comme lui à la voirie, déclara Pop, passé de l'autre côté du comptoir pour préparer les verres. Al Correy dit que certains des gars songent à postuler pour bosser à Spring Creek.

— Vraiment ? réagit Rachel.

— La paie est meilleure. La bouffe aussi. Sans parler des logements offerts.

Sa bouche se gauchit légèrement et Red glissa un regard à son important voisin. Dalton écarta les bras :

— On est venus pour boire un coup, non ? Pas pour discuter politique.

Emily lui adressa un sourire en guise de remerciement.

— J'ai tout ce qu'il faut au bar.

Ils s'y installèrent et les conversations sur les lieux, le bébé, la famille les occupèrent jusqu'au premier toast, porté à la santé de la vie à venir.

— Vous avez déjà un prénom ? s'enquit le président.

— On y réfléchit encore, lui avoua Emily.

Puis elle reposa son verre de sirop, joua avec la base avant de le regarder franchement.

— Vous n'êtes pas uniquement venus pour boire un coup, n'est-ce pas ? lui dit-elle.

— Ah ! Red… Toujours aussi perspicace. En fait, on se demandait, avec Rachel et Aubrey, si tu te sentais de monter sur le podium avec nous tout à l'heure. Nous pourrions former le trio le plus solide de l'Alaska.

Ses doigts trituraient toujours le verre. L'image marquerait une génération, c'était certain.

— Je n'ai pas de fonctions officielles, objecta-t-elle.

Elle n'avait rien promis non plus à Cleaver, qui n'avait rien exigé. Simplement suggéré.

— C'est un détail, balaya Rachel, je garde un décret prêt dans le tiroir de mon bureau pour le cas où tu changerais d'avis.

Elle haussa un sourcil.

— Ça fait des mois que je rêve qu'on travaille ensemble, justifia la maire, main dans la main.

Une chose lui apparut soudainement, le duo Dalton-Rachel fonctionnait à merveille après le couac du démarrage. Si elle se joignait à eux, comment Dokes pourrait-il faire dérailler une locomotive lancée à pleine vapeur ?

— Tu sais que je ne suis pas à l'aise avec les foules, je préfère éviter ce genre de contact qui ne me rappelle pas de bons souvenirs.

— Ou parce que tu soutiens Dokes ? avança le président avec un regard malicieux.

Elle y décela aussi une autre étincelle, sans qu'elle puisse déterminer de quoi il s'agissait. En tout cas, si le Miles Dalton qu'elle avait connu l'an dernier avait fondu, il n'avait rien perdu de son flair. Il sentait les choses avec la même acuité qu'un renard sur la piste d'une proie.

— Je ne soutiens personne. En revanche, je peux accepter de faire la liaison entre Spring Creek et la municipalité, je peux éclairer Rachel sur les conséquences du chantier. Rien de plus. Et surtout pas d'activisme politique.

— Évidemment ! réagit aussitôt le président. Il n'est pas question de te demander un serment d'allégeance ni un engagement à vie.

Elle haussa un sourcil :

— Ça veut dire quoi ?

— Que tu ne t'engages pas. Red ne s'engage jamais.

À ses côtés, elle perçut le raidissement dans la posture d'Aubrey. Pop arriva au bon moment avec la seconde tournée de boissons. Il désamorça la situation à sa façon :

— Bien sûr que si, sourit-il, ça dépend juste avec qui. Il faut choisir avec son cœur et le mien est assez gros pour deux.

— C'est certain ! s'amusa Dalton qui réalisa peut-être qu'il ne devait pas franchir cette ligne. En fait, un mur dressé depuis toujours entre elle et lui.

Le président porta un toast :

— À la nouvelle conseillère spéciale de Rachel Daanak chargée de liaison avec Spring Creek !

Peu après le départ de Rachel et Dalton, Pop revint vers Emily alors qu'elle préparait un plateau à servir à des clients installés au fond de la salle. Un jeune couple qu'elle n'avait pas vu jusqu'ici. La municipalité accueillait du monde, distribuait des logements vacants depuis des années. Les nouveaux venaient d'Anchorage. Seward était la seule ville, disaient-ils, où un homme et une femme pouvaient se projeter dans un avenir.

— Il avait quoi, Dalton ? Je l'ai senti un peu hargneux.

— Je n'en sais rien, lui répondit-elle. Peut-être qu'il était contrarié parce que je refuse de bosser avec Rachel.

Elle préféra ne pas ajouter que la présence d'Aubrey y serait éventuellement pour quelque chose, mais ce serait laisser libre cours à des impressions basées sur… des rumeurs. En matière de fiabilité, il existait mieux. Un détail dont ne s'embarrassa pas Pop.

— Il couche avec sa conseillère, c'est évident.

Emily lui adressa un regard furibond.

— OK, j'ai rien dit, poursuivit-il. Ou alors, Dokes a raison, c'est son pouvoir qui lui monte à la tête.

— Il a vraiment dit ça ?

— Je l'ai déjà entendu ronchonner des choses bien pires dans sa barbe.

Le patron pêcheur se montrait partisan, parfois de manière extrême, mais il avait toujours à cœur le bien-être de sa baie. Cela, personne ne pouvait le lui retirer. L'ennui, c'était que l'argument valait pour Rachel et Dalton, tous deux aussi passionnés. Quant aux conglos… Ils servaient leurs propres intérêts, dissimulaient leurs intentions derrière des écrans de fumée. La vidéo visionnée avec Dokes en apportait une nouvelle fois la démonstration.

Même quand elle s'était retrouvée sur Concordia, devant ce choix, savoir et tout abandonner ou rester et périr dans l'ignorance, elle ne s'était pas un instant imaginé qu'une cité pouvait décoller et voler.

Pour où ? Est-ce que d'autres vaisseaux-villes errent dans l'espace ?

À San Diego, la finalité de ces constructions hors normes avait toujours été claire : ces palaces flottants accueillaient l'élite de la planète loin de toute attache et obligation terrestre. Ils voguaient sur les mers depuis des décennies, lorsque les conglos étaient devenus plus puissants que les États. Ce dogme venait de voler en éclats. Avec en corollaire, une seconde question : où se trouvait réellement sa mère, Victoria Kambon-Thomsen ? Était-ce pour cette raison que son message avait été préenregistré ? Parce que sa cité voyageait loin de la Terre, hors d'atteinte ?

En fin de matinée, des Sewardiens joyeux qui avaient prévu d'assister à la grande fête effectuèrent une halte aux *Trois Ours*. Pop et Mary prêtèrent main-forte pour éviter à Red de se noyer alors que la fatigue survenait de plus en plus tôt durant le service. Plusieurs fois, elle s'accorda une pause de quelques minutes au comptoir avant de reprendre sa course d'une table à une autre. Elle se demanda comment son père faisait pour tout gérer. Elle sourit en regardant le tabouret voisin :

— Ouais, murmura-t-elle, t'es jamais tombé enceinte, toi.

Quand les festivités débutèrent, la salle se vida d'un seul coup. Devant le spectacle des tables à débarrasser, Emily se laissa tomber sur une chaise. D'une main experte, Pop lui dénoua les épaules.

— Je m'en occupe, va faire un tour.

— Un tour ? Mais il y a plein de tra…

— Va prendre l'air, la coupa-t-il. Avec Mary, on se charge de tout ranger.

Après avoir déposé un baiser sur les lèvres de Pop, Emily se pressa vers la sortie, heureuse de s'échapper pour un temps. Même pour quelques minutes. Cela faisait du bien. Elle traversa la route et marcha tranquillement jusqu'au port.

L'ambiance festive rappelait la foire de l'an passé, les odeurs de friture en moins. La foule se massait au pied d'une longue estrade sur laquelle elle reconnut Dalton et Aubrey. Red hésita et finalement, elle préféra conserver une distance de sécurité. Déjà, elle sentait les protestations de ses intestins et dans son état, elle ne savait pas quelles seraient les conséquences d'une crise de panique sur le bébé.

Les élus des *borough*s voisins se succédaient sur le podium, chacun serrant les mains de Dalton et de Rachel. Les représentants des conglos formaient un groupe sur un côté de la scène. Elle y aperçut la silhouette de Cleaver. Le double-A portait un costume anthracite parfaitement ajusté. Ils l'étaient tous. Un immense mur vidéo avait été dressé à l'arrière, une première à Seward depuis des lustres.

Des images tournaient en boucle. Des vues aériennes du chantier, d'une éco-cité en pleine mer sous le soleil couchant, des plans filmés au centre médical Providence ou à Spring Creek, des séquences prises lors de la réouverture de l'aéroport appuyèrent le discours de Rachel sur les bénéfices à venir pour les habitants de Seward. Les mots avaient été préparés, répétés, et elle les ressortait avec l'emphase d'une politicienne aguerrie. Rachel avait parcouru du chemin, se dit Red en l'écoutant. Elle surfait désormais sur une vague devant la porter, définitivement, au pinacle de la ville.

— C'est bien que tu assistes à ce qui va se passer, entendit-elle prononcer dans son dos.

Elle se retourna en une fraction de seconde et se retrouva face à un Dokes au visage énigmatique. Elle réprima un frisson en saisissant son regard pétillant.

Les lèvres du pêcheur s'étirèrent.

— Tu avais raison, Red. Je devais libérer ce truc le plus rapidement possible, avant que ces salopards me tombent dessus. Tu te souviens comment ils ont couru après la vidéo du drone de Pop ? Ils les ont traqués, lui et ce satané Russkoff… Je préfère ne pas attendre et tout lâcher à la première occasion. Avec tout ce monde réuni ici, il n'y aura pas de meilleure occasion. Et pour être franc, je n'ai pas le choix. Je joue ma dernière cartouche.

— Je comprends. Comment comptez-vous y prendre ?

— Le cameraman de Sara est un soutien et un ami. Il est sur le plateau avec eux et ses caméras sont branchées sur leur mur. Je n'y connais rien, mais c'est un bon bidouilleur.

— Il a vu la vidéo ?

Dokes hocha la tête.

— Il a été choqué. Il a dit que c'était une bombe, le scoop du siècle. Quand je lui ai dit qu'il ne devait pas en parler à Sara s'il tenait à sa vie, il a tiré la tronche.

Dokes fouilla dans sa poche intérieure pour en sortir un cigare à moitié entamé.

— Tu m'as demandé de trouver une autre voie. Que la violence ne mène à rien, alors j'essaie ta méthode.

— Ma méthode ?

— Façon de parler.

Red esquissa un sourire, soulagée de constater que son propos n'était pas resté lettre morte.

— J'espère que ça va produire son petit effet.

— Ça va les secouer ! prédit-il en tirant sur une première bouffée.

Elle se souvint de la formule de son père : une fois l'ours réveillé, les regrets ne servaient en rien. Elle déglutit en attente du moment décisif. Alors que la maire déroulait son texte, pérorant sur l'honnêteté et le franc soutien des conglos, les premières images apparurent à l'écran. Les spectateurs, pensant que la séquence s'intégrait dans le montage prévu, ne réagirent pas tout de suite. Rachel poursuivit son discours alors qu'une vue sur des flots grisâtres emplissait le mur dans son dos. Si avec la distance, il lui était difficile de lire l'attitude de Cleaver, en tout cas, il ne bougeait pas. Les propos de son amie devinrent un écho, comme un bruit de fond tellement Red était suspendue aux images.

Dans quelques instants, elle et Dokes ne seraient plus les seuls à connaître la vérité.

La cité fit son apparition. Les pointes des immeubles et les spires surgirent, tels des pieux sortant des flots, puis, graduellement, le reste du vaisseau. La foule ne réagit pas. La séquence, bien que d'une longueur inhabituelle, se conformait à ce qu'ils avaient déjà vu.

Tout changea lorsque l'océan entra en ébullition.

Un *oh* collectif émergea au point d'interrompre Rachel. Elle hésita quelques secondes avant de comprendre que l'assistance s'agitait à cause d'un événement qui se déroulait dans son dos. La maire se retourna au bon moment. Un chaudron bleu et violet emplissait l'arrière-plan et cette fois-ci, Cleaver bondit hors de son siège. Il descendit de l'estrade au pas de course.

— Il s'imagine que ça provient de la régie, avait anticipé Dokes. Mais le type de Sara est un futé. Un câble en fibre optique relie directement le lecteur d'une autre caméra à l'écran.

Ce qu'il y avait de rassurant, c'était qu'une poignée d'habitants perdus dans un fjord d'Alaska soient capables de retourner la technologie contre ceux qui la maîtrisaient, qui l'utilisaient comme un instrument de domination. Ils la détournaient pour faire éclater la vérité. L'histoire retiendrait que l'omerta avait été brisée ici, à Seward.

Red ressentait les vibrations de la foule. Elle s'approchait de son seuil de tolérance, mais elle ne pouvait pas partir maintenant. La ville flottante entama son ascension. Des cris de stupeur s'élevèrent autour d'eux. Red frissonna. Dalton stoïque découvrait ces extraordinaires images sans broncher. Des gens reculaient, comme saisis par la peur. Les flammes bleues imprimaient les pixels autant que les rétines. Personne n'oublierait cela.

Personne.

Cleaver remonta sur scène, se dirigea vers le mur vidéo, incapable de stopper le déferlement de la vérité. Puis, l'image vacilla, des zébrures diagonales traversèrent l'écran géant juste avant qu'il ne devienne aussi noir que du carbone.

Le silence s'abattit. Pesant.

Rachel abandonna le pupitre puis quitta le podium, aussitôt suivie par Dalton, Aubrey, les représentants de *borough*s incrédules… En quelques secondes, ils avaient déserté la scène, laissant Cleaver seul. En cet instant, le Solarien ressemblait à un accusé poussé devant une foule qui n'avait pas compris ce qu'elle venait de découvrir. Ce fut sans doute sa chance.

Emily Redwild, alias Nancy Kreiss, savoura ce moment en songeant à tous ses amis tombés au combat. Ils auraient aimé voir cela.

— Et voilà, déclara Dokes sur un ton amusé, le spectacle est terminé. Voyons où tout cela va nous mener à présent. En tout cas, je pense qu'on les a mis en rogne et pour tout te dire, ça me fait plaisir.

Il tira nonchalamment sur son cigare puis expulsa un nuage âcre.

Des véhicules venus de Spring Creek embarquèrent les passagers dans un ballet de moteurs électriques et d'ordres du service de sécurité. Red frissonna à nouveau. Elle retrouva les mêmes sensations que du temps où les gens l'appelaient Nancy et qu'ils lui faisaient confiance pour retourner la situation. Sauf qu'elle avait échoué. Ils avaient tous failli. Ni la volonté ni le courage n'étaient en cause. Et il avait fallu un vieux pêcheur, motivé par sa seule envie de préserver son labeur, pour lui montrer la voie, la bonne façon de contrer une puissance irrésistible.

— Vous êtes quelqu'un de bien, James Dokes. Je l'ai toujours su.

— Mais tu ne vas pas me soutenir, pas vrai ?

— Je ne le peux pas. Mon… bébé est malade. Ils peuvent le soigner. Ce qui signifie qu'ils ont un formidable moyen de pression sur moi. Ils n'hésiteront pas à s'en servir si je me déclare à vos côtés. Et Rachel est aussi mon amie. Je ne peux pas lui faire ça.

— Ouais, je suis désolé de l'apprendre. Sincèrement. Je comprends.

— Mais je vous soutiendrai. D'une autre manière, soyez-en certain.

Dokes la salua en inclinant la tête et s'éloigna en émettant des ronds de fumée qui s'échappaient dans un air devenu électrique où s'élevaient des conversations animées.

Pour la première fois depuis des semaines, Dokes rentra chez lui porté par un sentiment d'accomplissement – sinon d'euphorie –, avec la conviction d'avoir enfin réagi, d'avoir marqué les esprits. Et cela faisait du bien. Il souriait en pensant au tour qu'il venait de jouer à ses adversaires. Tout en conduisant son pick-up, il s'amusa du désordre que la vidéo était en train de causer dans les plans de Rachel et de Dalton. Ces salopards des conglos l'avaient bien mérité. Maintenant, tout le monde savait. Il ne lui restait plus qu'à les regarder s'empêtrer dans leurs mensonges. À présent, il devait se repositionner et reprendre le jeu politique à son compte.

Il se gara devant son domicile. L'atmosphère lui parut électrique, différente, légère. *Tant mieux*, se dit-il en jetant un dernier regard en direction de la baie avant de pousser la porte. Il posa les clefs sur la table, cingla vers le réfrigérateur pour se chercher une bière. Il la décapsula sur le rebord de l'évier puis se rendit dans le salon.

— Salut Dokes, dit alors une voix familière.

Le marin se figea.

— Walter ?

L'homme de Kodiak surgit de l'ombre, tel un fantôme.

— Qu'est-ce que… tu fiches ici ?

— Je croyais que tu voulais un miracle (il écarta les bras.) Je suis là.

— T'es en retard, mon miracle vient d'avoir lieu.

— C'est toi, ce bordel en ville ?

Dokes retourna à la cuisine chercher une autre bière qu'il lança à son ami.

— Si tu me disais plutôt pourquoi tu te trouves dans mon salon, Walter ?

Ils choquèrent leurs bouteilles, avalèrent une gorgée.

— J'ai besoin d'un bateau. Le genre très rapide.

— Un hors-bord ?

Cela ne présageait rien de bon. La dernière personne qui lui avait fait ce genre de demande se prénommait Marvin Stoker et nul ne savait ce qu'il était advenu de ce truand.

— Tu veux attaquer Spring Creek ? hasarda-t-il en plaisantant.

Son ami esquissa une moue.

— C'est un objectif trop ambitieux. Nous nous contenterons d'un coup d'éclat plus modeste. Un avertissement.

Le pêcheur arqua un sourcil :

— Nous ?

Walter alla ouvrir la porte-fenêtre donnant sur le jardin. Plusieurs individus armés entrèrent alors, dont un costaud au regard malin qu'il devina être le chef de ce commando.

— Je te présente Kobb, dit l'homme de Kodiak. Nous sommes en affaires lui et moi.

L'intéressé lui tendit une main que Dokes serra non sans une pointe de méfiance.

— Marvin Stoker était un bon ami et je sais que vous l'avez aidé dans son entreprise, déclara Kobb. Même si elle n'a pas été couronnée de succès.

L'attaque de Concordia avait viré au fiasco. Si ces types avaient en tête le même genre d'équipée, il n'était pas question de rentrer dans la combine. De plus, Red avait été claire : pas de violence. Dokes glissa un regard vers Walter, ses yeux exprimèrent une question silencieuse : *Dans quel merdier t'es-tu fourré ?*

— Aux dernières nouvelles, reprit le caïd, Stoker n'est jamais revenu de Seward. Que lui est-il arrivé ?

Dokes n'aimait pas trop le ton menaçant. Un foyer de colère rougeoyait au fond du regard insistant de Kobb.

— Je crois qu'il est mort, lâcha Dokes pour voir sa réaction.

Un muscle de sa mâchoire tressaillit.

— Mort ?

— C'est ce que j'ai entendu dire, mais personne n'a jamais retrouvé son corps. En fait, les gens ignoraient son existence. Sauf peut-être un adjoint du shérif, également disparu dans des circonstances pas très claires.

— Vraiment ?

Dokes haussa les épaules :

— Vous êtes ici pour mener une enquête criminelle ou pour louer mon bateau ?

La mâchoire de Walter se crispa.

Kobb se retourna vers ses hommes.

— Qui a parlé de louer ? Nous espérions un geste de solidarité de votre part, en souvenir de Marvin.

Je n'ai pas l'air d'avoir le choix.

— C'est pour quand ?

— Demain matin, à la fraîche, ça nous paraît le meilleur moment. On va crécher chez vous cette nuit.

Dokes but une gorgée en réfléchissant aux alternatives qui se présentaient à lui. Avec ces types armés dans son salon, elles se trouvaient fortement limitées.

— Je n'aurai pas assez de bière pour tout le monde, annonça-t-il provoquant une éclosion de sourires.

— Je l'aime bien ton pote, dit Kobb à Walter.

C'est alors que Dennis Maiden s'invita à l'intérieur, en roulant un empilement de caisses sur un diable.

Si vous avez besoin d'un coup de main, nous serons là pour vous aider.

Le pêcheur se souvenait des mots échangés au port, quelques jours plus tôt. Ces agités préparaient leur affaire depuis un moment. Les signaux passaient au rouge les uns après les autres et il ne voyait pas de quelle manière s'extraire de cette situation.

— J'ai amené ce qu'il faut, déclara Kobb en lui assénant une tape sur l'épaule.

Dokes ne laissa rien transparaître de son désarroi. Il entraîna néanmoins Walter dans la cuisine pour obtenir des explications.

— Après le départ des Sibériens, je n'avais pas le choix. Encore plus quand Collins nous a annoncé que tu n'étais pas en position de nous aider, que ça ne se présentait pas bien pour toi.

— Bordel ! souffla Dokes. Ces types sont dangereux ! Et je suis complice en acceptant de les héberger. Vous auriez pu aller ailleurs, mais pas ici, pas chez moi !

Si jamais cela venait aux oreilles du conseil municipal, c'en serait fini de ses ambitions politiques.

— Ce n'est que pour une nuit ! Personne n'en saura jamais rien. Je croyais que tu ne les aimais pas ces types des conglos.

— J'aime ma ville, Walter, ses habitants, son mode de vie… Et ces mecs armés, là, ce n'est pas une bonne idée. Nous n'avons pas besoin de ça à Seward.

— Hey ! s'exclama Kobb en s'imposant dans la conversation. Je comprends votre inquiétude pour les vôtres. Je ne vous cache pas que nous allons faire du bruit et effrayer des gens, mais je peux vous garantir qu'aucun habitant de Seward ne sera tué. Vous avez ma parole.

Que vaut-elle ? songea Dokes en le fixant d'un regard perplexe.

— Et je suis persuadé, ajouta le caïd, que notre action donnera un coup de fouet à votre campagne. Demain, nous ne serons plus là et vous, vous pourrez surfer sur une nouvelle vague. Ne vous faites pas de mouron, mon vieux.

Mon vieux…

Dans certaines circonstances, il valait mieux la garder fermée. Dokes réprima ses envies instinctives.

Les hommes de Kobb investirent le salon, poussant les meubles, l'antique canapé et son fauteuil. Ils discutaient bruyamment, s'esclaffaient, mais ils s'en tinrent à la bière. Sans excès. Le marin passa une très mauvaise nuit, assigné dans sa propre résidence. Il ressassa les paroles de Red sur une révolution qui avait échoué avec des moyens bien supérieurs. Il y avait eu des morts. Beaucoup. Les choses dérapaient sans prévenir.

Alors qu'il traînait dans la cuisine au milieu de la nuit, incapable de fermer l'œil, Walter le rejoignit.

— Il y a une chose que je ne t'ai pas dite, chuchota ce dernier.

Dokes hocha la tête.

— Il y a beaucoup de choses que tu ne me dis pas, Walter. Ce genre de visite surprise, je m'en passerais bien. Surtout au moment où j'essaie de reprendre la main.

— Kobb a un contact, un complice chez les conglos. C'est comme ça que nous sommes entrés dans la ville.

Le marin reposa sa tasse de café.

— Qui ?

— Je ne sais pas. Le type était trop loin pour que je puisse voir son visage. Il lui a remis un boîtier qui a désactivé une section du périmètre de sécurité qui entoure Seward.

— Walter, ce gars, Kobb, est dangereux. J'espère que tu sais ce que tu fais avec lui.

— Tout est sous contrôle. On fait ce qu'on est venu faire et on se casse.

Peu avant l'aube, la troupe s'éveilla dans un concert de grognements. Les hommes rassemblèrent leurs affaires, ils remirent les meubles en place puis se préparèrent à quitter les lieux. Dokes les observa, inquiet, indécis. Quand arriva le moment de donner les clefs du hors-bord, il avait pris sa décision.

— Je ne peux pas faire ça.

Walter tenta bien de le raisonner, mais le pêcheur campa fermement sur sa position. Il ne broncha pas, même lorsque le caïd sortit son pistolet en lui intimant de reconsidérer son point de vue.

— Je croyais que vous n'aviez qu'une parole, s'amusa Dokes, un brin provocateur.

Kobb lui répondit par un sourire sardonique.

— J'ai promis que personne ne serait tué. Il peut cependant y avoir quelques dommages collatéraux, des œufs cassés. Vous apprendrez cela lorsque vous accéderez au trône de maire. Nous nous retrouverons alors, James Dokes. À ce moment, je voudrais que vous vous souveniez de cet instant, celui où vous avez essayé de me prendre pour un con. La douleur aidera à ancrer l'avertissement dans votre fichue cervelle de vieux cabochard.

Kobb pressa la détente.

RACHEL

Au moment où éclatèrent les premiers coups de feu, Rachel écoutait le rapport de Green sur le fiasco de la veille. Quelques incidents avaient éclos et un groupe d'excités s'était rassemblé devant la mairie pour exiger des explications sur ce qu'ils avaient vu sur l'écran géant alors qu'elle-même ne savait pas très bien quelles conclusions il fallait en tirer. Le shérif, sentant que l'affaire pouvait déraper, avait mobilisé ses hommes. Il avait aussi procédé à l'arrestation du cameraman de Sara afin de l'entendre comme témoin. Ce dernier avait avoué ne pas comprendre ce qui avait pu se produire. Un expert venu de Spring Creek examinait la mémoire de son appareil dans les locaux de la police. Green avait refusé que ce type reparte avec la preuve, ce qui lui semblait prudent dans le présent contexte.

À la première détonation étouffée, leurs regards se figèrent. À la seconde, tous deux se précipitèrent vers la fenêtre, mais ils ne virent rien d'autre que les rues clairsemées de Seward. Il était encore tôt, les gens se préparaient pour aller travailler.

GG saisit sa radio et d'une voix calme, il parla à l'un de ses adjoints en patrouille.

— On dirait une rafale d'arme automatique, chef. Nous nous rendons sur place.

— Où ?

— Je… On dirait que ça vient du port, chef.

— Du port ?

— Non, de la baie. Sur l'eau. Peut-être sur l'un des bateaux, je ne vois que ça.

— Chance ! s'exclama alors Rachel.

La maire sortit de son bureau comme une furie. Green, sur ses talons, transmettait des ordres à ses hommes, leur demandant de ne pas s'exposer et de dresser un périmètre. À l'extérieur, les montagnes réverbéraient le *tacatac* rageur de fusils d'assaut. Rachel courut vers sa voiture. Elle dépassa deux personnes stupéfaites, les visages tournés vers la baie. Chaque crépitement lui faisait l'effet d'une douche froide. La maire chercha ses clefs pour se rendre compte qu'elle ne les avait pas prises. Green lui fit signe de grimper dans son véhicule de patrouille. Puis le shérif, une radio en main, démarra en trombe. La voiture dérapa dans l'allée de gravillons avant que les roues n'accrochent le bitume.

— Nous sommes attaqués ! expliqua un adjoint dans un crépitement de parasites. Ils sont plusieurs.

Agrippée à la portière alors que Green entamait un virage à grande vitesse pour prendre sur Ballaine, le long du front de mer, Rachel scruta la longue file de navires. Elle repéra au loin la coque rouge, le vaisseau où son fils suivait sa formation. Des flammèches étincelaient par intermittence sur l'un des ponts. L'estomac de Rachel se transforma en plomb. Sa bouche devint plus sèche que le sable d'une dune exposée au vent brûlant.

— Ils sont sur le navire de Chance !

Des personnes traversèrent la route devant eux, attirées par les coups de feu. Green klaxonna :

— Dégagez, bon sang !

Son pied enfonça la pédale de l'accélérateur. Tétanisée et submergée par l'angoisse, Rachel ne parvenait pas à détacher ses yeux du navire rouge. Green lui adressa un regard qu'il voulut rassurant.

— Madame la maire, on va régler ça, compris ? Les gens de Spring Creek possèdent aussi des protocoles de sécurité et des forces d'intervention compétentes.

Mais elle ne l'écoutait pas.

— Il est au milieu de tout ça, murmura-t-elle.

— Il s'en sortira s'il observe les consignes.

Les pneus crissèrent quand GG donna un coup de volant pour remonter sur la quatrième avenue et filer en direction du port. Depuis le parking des *Trois Ours*, des clients se précipitaient vers les berges.

— Merde ! vociféra à nouveau Green qui lança ensuite un appel. Établissez un barrage au niveau des *Trois Ours*, il faut empêcher les gens de s'exposer au danger.

Le shérif continua à parler. Il fallut un moment à Rachel pour comprendre qu'il s'adressait à elle et pas à la radio.

— Il y a des jumelles dans la boîte à gants, répéta-t-il.

Voyant qu'elle ne réagissait pas, il la secoua.

— Madame la maire !

— Je… Oui…

Elle ouvrit la trappe et s'empara des jumelles qu'elle utilisa tant bien que mal malgré les cahots qui la faisaient sursauter. Elle repéra des étincelles. Beaucoup d'étincelles. Trop.

— Seigneur… murmura-t-elle.

Elle dut se cramponner lorsque Green freina brutalement. Il lui reprit les jumelles avant de quitter le véhicule et de courir vers l'embarcadère en criant aux gens, stupéfiés et agglutinés, de reculer, de se mettre à l'abri. Rachel descendit à son tour, les jambes flageolantes. Elle se retrouva assaillie de personnes qui lui demandaient ce qui se passait, sur un ton parfois agressif, comme si elle pouvait faire quelque chose.

Chance est sur ce navire…

C'était la seule chose qu'elle entendait, que ses tripes de mère lui hurlaient tandis que les rafales étaient maintenant clairement audibles.

Green rebroussa chemin pour venir la chercher. Il l'entraîna vers une partie du port placée sous la protection de plusieurs auxiliaires et de deux miliciens arrivés de Spring Creek. Ils patrouillaient dans le secteur au début de la fusillade.

— Madame la maire, il semble que des hommes armés se soient introduits à bord de l'un des navires, déclara l'un d'eux.

— Comment… comment est-ce possible ?

— Ça, je l'ignore, mais nos équipes de sécurité sont sur le coup, madame.

Une vedette amarrée au ponton aimanta son attention. Elle paraissait déjà tirer sur le cordage, pressée de gagner la baie, de rejoindre le bateau. Tout comme elle.

La main du shérif la coupa dans son intention qu'elle n'avait même pas encore formulée.

— C'est trop dangereux. Il est préférable d'attendre qu'ils règlent la situation.

Un chopper effectua un passage à basse altitude, des drones se mirent à tourner autour du navire à la coque rouge. L'une des machines, touchée par une rafale, s'écrasa en flammes. Le brasier colora la surface de l'eau.

Rouge comme le sang…

Rachel chassa cette pensée.

— Donnez-moi ça, dit-elle en reprenant les jumelles.

L'aéronef ralentit pour rester en stationnaire au-dessus des flots. Quelqu'un, dans une combinaison de couleur vive, sauta de la porte latérale. L'ombre disparut aussitôt à la poupe.

Avant d'être une femme politique, Rachel était une mère et son cœur subissait une pression de plus en plus insupportable. Le sang battait contre ses tempes. Elle releva les jumelles vers les superstructures du navire, espérant y voir son fils.

Chance ne s'exposerait pas ainsi.

Il aurait le réflexe de se mettre à couvert, de se planquer dans un coin, en sécurité. Elle se disait ça en sachant pertinemment que son enfant n'était pas le genre de tempérament à demeurer les bras croisés.

Rien que de penser qu'il pourrait s'interposer, elle chancela.

— Madame la maire, réagit Green en la retenant.

— C'est mon petit qui est là-bas…

— Il est fort parce que vous êtes forte. Je suis sûr qu'il va bien.

La fusillade paraissait s'être arrêtée, en tout cas, aucun coup de feu n'éclata durant les minutes suivantes. Green avait installé une planche sur deux tréteaux. Il prenait des notes au crayon de papier sur une feuille au fur et à mesure que les informations lui parvenaient de ses adjoints et des conglos. Des notes que Rachel, au bord de la panique, relisait par-dessus son épaule. À aucun moment, il ne fut question de son fils ni de victimes.

— Apparemment, exposa Green d'une voix presque soulagée, les assaillants auraient quitté les lieux.

Sa gorge s'assécha de peur de poser la question qu'elle se devait néanmoins de formuler.

— Combien de personnes sont touchées ?

— Je ne sais pas, madame.

— Des dégâts ?

— Difficile à dire pour le moment, mais… hésita Green.

— Mais ?

— Il y aurait des blessés.

Son sang ne fit qu'un tour.

— Bien, déclara sèchement la maire de Seward, je vais monter à bord de cette vedette et aller chercher moi-même mon fils.

Elle joignit le geste à la parole, bravant jusqu'au milicien qui tenta de la dissuader tant que l'alerte n'était pas officiellement levée.

— Vous n'avez pas de gamin alors, allez vous faire foutre !

L'homme la laissa passer, mais tint à l'accompagner, obéissant aux ordres directs de Cornélius avec qui elle demanda à s'entretenir. Ce qui lui fut refusé.

— Je veux parler à Cleaver !

— Il ne se trouve pas à Seward, madame.

Les deux poings serrés, elle se retint d'exprimer le fond de sa pensée et exigea d'être conduite sur le lieu de la fusillade séance tenante. Au moment de sortir du port, le passage de la vedette avec à son bord les deux personnalités les plus influentes de la ville déclencha des vivats de la population rassemblée sur les berges.

Dix minutes plus tard, Rachel posait le pied sur le *JP Bezos* où elle fut accueillie par un Cornélius au visage sombre comme s'il venait de vieillir d'un coup.

— Nous déplorons quelques victimes de notre côté. Nous ignorons où se trouve votre fils, avoua-t-il.

Le monde de Rachel s'effondra. Ses jambes se dérobèrent et elle fut prise d'une furieuse envie de le frapper. Heureusement, Green la serra dans ses bras et l'aida à s'asseoir.

— Va chercher mon mari. Vite, lui dit-elle, le regard vide, la voix tremblante et pressentant le pire.

CHANCE

Chance aimait voltiger.

Même si son esprit lui soufflait qu'il évoluait au sein d'un simulacre, une matrice virtuelle constituée de uns et de zéros, les sensations, elles, l'exaltaient autant que la réalité. Son cœur cognait dans sa poitrine avec la même force, il ressentait le vent à travers sa chevelure, l'iode qui titillait son odorat, jusqu'à la fine pellicule de sel qui recouvrait ses avant-bras dénudés. D'une main ferme, il orienta la pointe incandescente du chalumeau vers le support de chrome. Au point de fusion, il se forma une étincelle suivie d'une gerbe dont l'éclat fut filtré par sa visière. L'agrandissement de la surface de contact confirma que le boîtier était correctement fixé à la base de l'antenne qui culminait à cent vingt-neuf mètres au-dessus de *Resurrection Bay*. L'exercice du jour consistait à souder des composants, connecter des câbles en fibre optique dans des endroits difficiles d'accès, de contrôler le travail des robots, car au sein des conglos, les gens procédaient toujours ainsi : vérifier, contre-vérifier et se réserver les tâches les plus complexes. Avec plusieurs semaines de formation derrière lui, leur philosophie sécuritaire lui apparaissait comme une manière de vivre tout à fait saine. Voire exaltante par certains côtés.

Chance changea d'appui, puis d'un mouvement de flexion-extension, il prit son envol, relié à la structure par un filin plus résistant que de l'acier. Il pencha la tête en arrière et écarta les bras. La rotation lui donna l'impression que les montagnes aux sommets dégarnis du blanc hivernal pointaient vers le bas. Chance sourit, mais il se retint de crier cette fois. Lors d'un précédent briefing, Jade lui avait fait comprendre qu'un comportement euphorique n'était pas approprié.

Quand il se réceptionna sur une saillie à peine plus large que ses deux pieds joints, un bandeau rouge barra sa visière : *Alerte de sécurité.*

La voix dans ses oreilles répéta la même chose : *Alerte de sécurité, tout le personnel doit gagner les zones d'évacuation.*

En un clin d'œil, le panorama à couper le souffle de la baie s'effaça au profit des parois grisâtres de la sphère au milieu de laquelle il se retrouva suspendu, relié à un bras articulé, dans une posture peu académique. Asam passa sa tête à travers le sas.

— Dépêche-toi Chance ! Il y a des coups de feu !

Des coups de feu ?

Ramené au sol, Chance Daanak défit son harnais puis sortit du simulateur. Il se rendit compte que les résidents ne paraissaient pas paniqués. Ils marchaient tranquillement, en calquant leurs pas sur les flèches lumineuses inscrites sur les murs et le sol, comme durant les exercices d'alerte. La voix de synthèse répéta les consignes de sécurité : respecter les indications, rester à côté de son référent.

— Qu'est-ce qui se passe ?

— Je n'en sais rien, lui répondit un Asam angoissé.

Ses paroles furent ponctuées par une rafale d'armes automatiques.

Chance ouvrit la bouche. Aucun son n'en sortit.

Son ami lui prit le bras et l'entraîna vers leur promotion en train de se rassembler comme lors des exercices. Ils s'étaient préparés aux situations d'urgence. Ils avaient même passé des qualifications : premiers secours, lutte contre le feu, etc. Cela faisait partie de la formation dispensée.

Mais des coups de feu ?

À la tête du groupe, Jade ne paraissait pas le moins du monde perturbée. Elle s'assurait que chacun suive les flèches rouge sang sur le sol, lesquelles pulsaient d'une façon inquiétante. Chance se porta à la hauteur de la référente.

— Que se passe-t-il, madame ?

— Je l'ignore, Daanak. Tu dois rester dans ta file et appliquer ce qu'on t'a appris.

— Il y a des coups de feu !

— On les a tous entendus. Regagne ta place, lui répondit-elle simplement.

Une détonation plus forte que les précédentes résonna à travers le plancher provoquant les cris de plusieurs recrues. Chance s'abaissa. La lumière faiblit, puis revint à son intensité normale. Syd, originaire de Juneau, lui adressa un clin d'œil.

— Bah quoi Chance, t'as la trouille ?

Le *Jeff Bezos* formait à présent plusieurs dizaines d'habitants de Seward et certains venaient même d'autres régions. Il se releva sans tenir compte de la remarque de la jeune fille et continua à suivre les flèches. La coursive déboucha sur l'un des ponts extérieurs où un vent frais les accueillit ainsi que les échos du combat. Bien plus nets. Plus effrayants et surtout, plus proches. Chacun voulut se pencher sur le bastingage pour voir ce qu'il se passait en direction de la poupe, mais Jade les rappela – à nouveau – à l'ordre.

— On suit la procédure ! En file indienne. Tout le monde.

Syd se glissa entre lui et Asam :

— Il paraît que des types ont attaqué Concordia l'an dernier, c'est vrai ?

Dalton n'avait jamais fait grand cas de cette histoire, par ailleurs vite enterrée pour ne pas entacher les relations naissantes entre la mairie et Jordan. Très vite même.

— Personne ne sait ce qui s'est passé ce jour-là.

Elle arqua un sourcil perplexe auquel il répondit par une grimace angoissée. Le groupe enfila le pont jusqu'à la plateforme arrière qui servait de point de ralliement.

Chance fut la seule recrue de sa promotion à ne pas y parvenir.

Deux hommes cagoulés surgirent d'une écoutille, leur coupant le chemin. Ils tenaient leurs fusils à deux mains, juste sous leurs torses barrés d'une cartouchière.

Jade se trouvait devant Chance. La référente écarta les bras et les mains, dans l'intention évidente de les protéger. Ce faisant, elle offrit ainsi une cible parfaite.

Les deux hommes se figèrent. Puis ils pointèrent leurs armes sur la jeune femme.

— C'est une salope des conglos ! maugréa l'un d'eux.

Chance comprit ce qui allait suivre. Sa pensée, qui découla immédiatement de cette première, fut qu'il ne pourrait pas laisser une telle chose se produire. Son *non* vibra aussi fort que la fusillade, jusqu'à surprendre les deux assaillants qui ne détournèrent cependant pas leurs fusils de leur cible. Lorsqu'il fut évident qu'ils allaient quand même tirer, Jade cria de se mettre à couvert.

Chance n'obéit pas.

Il se projeta en avant, bouscula l'instructrice qui, abasourdie, se retrouva au sol. Au-dessus d'elle, des balles tracèrent un sillage dans l'air devenu soudain brûlant. La plupart percutèrent le bastingage dans des gerbes orangées. D'autres se perdirent au loin. Aucune ne toucha Chance. Les hurlements des camarades de promotion lui parvinrent curieusement lointains, alors que les détonations lui vrillaient les tympans. L'un des types se planta devant lui puis il agrippa le col de sa veste. Chance se retrouva nez à nez avec le tissu qui recouvrait le visage de l'agresseur. Il vit que des yeux. Deux billes cristallines. Comme l'eau des torrents qui dévalaient les montagnes.

— Tu te crois malin, petit con ? vociféra-t-il. Tu veux jouer au héros, hein ?

Chance ravala sa salive. À quelques pas devant lui, il surprit les regards écarquillés d'Asam et de Syd, blanche comme un linge. Ses amis s'étaient planqués derrière une montée d'escalier.

Le second homme se mit à parler.

— On ne vous fera pas de mal. Nous ne sommes pas venus pour vous.

Il pointa le canon de son arme sur Jade, maintenue au sol par un pied chaussé de rangers.

— Ce sont eux les responsables !

La référente ne réagit pas à la provocation, elle paraissait… presque sereine. En maîtrise. Même face à la mort. Le second cagoulé éclata de rire.

— Regardez-les, ces nouveaux seigneurs ! Ouvrez les yeux, les gamins ! Ils ne sont pas comme nous. Ils sont faibles.

— Ça c'est certain ! grogna Chance.

Le coup qu'il reçut à l'estomac le força à se plier en deux.

— Toi, ferme-la !

L'exécution de Jade Cecil-Diaz semblait imminente. Il regarda à nouveau Asam et Syd. Son ami secoua lentement la tête sans qu'un seul mot sorte de sa bouche. Les stagiaires étaient pétrifiés, la plupart restaient couchés sur le pont. Quant à l'instructrice, dos au bastingage, elle ne perdait rien des gestes et des paroles, comme un enregistreur vivant, alors même que le canon s'appuyait contre son crâne.

Chance donna un violent coup de coude au type à sa droite et lui éclata le nez puis il fonça vers le bourreau. Sans réfléchir. Comme s'il voltigeait.

Ce dernier le vit arriver ; il leva son fusil dont il lui présenta la crosse. Le choc lui explosa la pommette. Son champ de vision s'emplit d'une myriade d'étoiles. Le feu d'artifice ressemblait à des abeilles échappées d'une ruche tombée au sol. Ses mâchoires claquèrent violemment et durant un moment, il fut aveugle, presque sourd. Les cris et les beuglements lui parvinrent étouffés, graves. Il crut entendre une détonation. Un son aigu satura son canal auditif. Chance vacilla, recula. Un autre coup l'envoya valdinguer contre la garde du bastingage, ce qui lui coupa le souffle, puis il se sentit partir en arrière. Par réflexe, ses mains cherchèrent à s'agripper à quelque chose, mais elles se refermèrent sur le vide. Une clameur lointaine, une succession de rafales déchirèrent l'air. Quand il parvint à ouvrir les yeux, ce qu'il vit n'avait plus aucun sens. L'environnement lui apparaissait sens dessus, dessous. Un mur rouge défila. Interminable. Le soleil quasiment à la verticale lui masquait la vue. Il mit sa main en visière pour s'en protéger. Il remarqua le sang. Du sang.

Le mien ?

Mais il ne ressentait rien.

Toutes ses pensées confuses furent chassées d'un seul coup au moment de frapper la surface. L'eau était si froide qu'elle bloqua sa respiration, tétanisa instantanément ses muscles et brouilla sa vue. Il aurait voulu hurler, mais en fut incapable, littéralement foudroyé par le choc thermique. Au-dessus de lui, la coque du navire se troubla, se gondola, se transforma en une forme imprécise. Des piques glacées pénétrèrent ses chairs, se frayèrent un passage à travers ses membres, les paralysant, gelant les articulations. La brûlure, intense, l'enveloppa juste après. Rapidement, ses poumons réclamèrent de l'air, mais ses mâchoires refusèrent de s'ouvrir. Son esprit refusait de lui obéir. Le feu dans sa poitrine lui ôta toute volonté de se rebeller, de lutter et Chance se demanda ce qui lui arrivait. Pourquoi ne remontait-il pas ? Si cela avait encore un sens. Où était le bas ? Le haut ? Il se mit à tourner sur lui-même, pris dans un remous.

Ses poumons brûlaient. Sa peau irradiait. Il ne sentait déjà plus ses pieds ni ses doigts. Le froid oblitérait jusqu'à ses pensées. Ne restaient que les images. Les visages de sa mère, de son père et celui, si lumineux de Sakari. Très lumineux. Trop.

Chance cligna des yeux. Plusieurs fois. Le chatoiement était toujours là. Il avait l'impression de pouvoir le toucher, alors il étendit le bras. Il parvint à réunir une idée cohérente : c'était joli. La dernière réflexion qui lui vint fut la plus étrange de toutes : c'était visqueux.

Puis, Chance Daanak se sentit transporté. Loin.

CLEAVER

Depuis la plateforme Solaris, positionnée au large de Yakobi Island à l'entrée du détroit menant à Juneau, Cleaver examinait les éléments recueillis par son équipe. La liaison UHD avec Spring Creek, largement sollicitée, lui offrait de jouir d'un regard singulier sur la cérémonie qui s'était tenue à la mairie de Seward, le jour de l'annonce.

Debout devant la table interactive, sa main effleura une photocellule intégrée dans le rebord en carbone. Le mille-feuille de verre illumina la surface et sous ses yeux, le projecteur holographique reconstitua la salle bondée du conseil municipal. Ses experts avaient effectué un remarquable travail technique en truffant les murs, le plafond, le sol de micros, de capteurs et de nanocams indécelables à l'œil nu. La pièce, théâtre du pouvoir local, avait été transformée en studio d'enregistrement tridimensionnel.

Un à un, les acteurs se pressèrent autour de la grande table. Cleaver s'intéressa en particulier aux déplacements d'Aubrey Perry. Il fut déçu de constater qu'elle n'avait pratiquement pas bougé lors de l'annonce, qu'elle ne cherchait pas à établir un contact. À l'instar de nombreux conseillers, elle s'était trouvé une place près de la porte principale. La seule personne à avoir prématurément quitté les lieux, c'était James Dokes. La réaction du vieux pêcheur ne constituait qu'une demi-surprise. En raison de l'affluence exceptionnelle, Dokes avait dû se frayer un passage jusqu'à la sortie. Sa trajectoire l'amenait toutefois dans la sphère d'Aubrey. Elle l'ignora superbement. Ce fut à peine si elle esquissa un mouvement de retrait ou d'écart, là où l'instinct poussait les gens au moins à faire mine de reculer par politesse.

Cleaver amena des données au premier plan.

Il connaissait bien la conseillère pour avoir épluché sa vie, depuis sa naissance jusqu'à ce jour où elle avait débarqué dans le bureau de campagne de Dalton, rincée par une averse orageuse qui avait surpris tout le monde. Il se souvint du regard gourmand que le futur président avait posé sur elle. Trempée jusqu'aux os, sa robe collante offrait un point de vue prometteur sur sa plastique. *Autant agiter un chiffon rouge devant un taureau*, avait alors songé Cleaver. L'appât avait été calibré pour Dalton.

Impossible cependant d'affirmer, encore aujourd'hui, que la mise en scène ne fut pas totalement volontaire. Le fait était : elle avait ferré le héros de Seward dès les premières minutes. Elle n'avait plus lâché sa proie depuis. Dans la représentation numérique détaillée, à hauteur de ses yeux, Aubrey se retrouvait sur la trajectoire de sortie d'un homme de pouvoir qui avait tout intérêt à torpiller la confiance qu'ils étaient parvenus à établir avec la population locale. Était-ce un hasard ? Ou sa place, à ce moment précis, avait-elle été déterminée avec soin ? Cleaver avait toujours du mal avec les coïncidences, ces zones grises qui échappaient aux lumières logicielles.

Il devait cependant faire avec et envisager qu'un contact entre Perry et Dokes s'était produit.

— Monsieur, entendit-il par l'un des canaux ouverts de sa liaison *terminex*, il y a du nouveau à Seward.

— Très bien, j'arrive tout de suite.

Cleaver franchit les portes de la salle de projection et grimpa un étage pour gagner le centre opérationnel de Solaris, ses rangées de pupitres, de sphères virtuelles et d'écrans holographiques qui diffusaient des images de drones et de choppers en provenance de *Resurrection Bay*. De la fumée s'élevait de l'un des navires ancrés dans la baie.

En un seul regard, il comprit qu'il faisait face à un potentiel désastre en termes d'image, qui s'ajoutait à celui de la veille. Cela faisait deux actions en deux jours. De là à penser qu'elles étaient sciemment coordonnées…

Cleaver prit connaissance des premiers rapports, au ton alarmiste. Il demanda à discuter avec Cornélius qui lui annonça que la situation était désormais sous contrôle, que les assaillants étaient déjà repartis. Il s'agissait selon lui d'une sorte de raid éclair. Une démonstration. *Quelqu'un nous adresse un message.*

— Comment ont-ils fait ?

Les dispositifs robotisés de sécurité avaient fait la preuve de leur efficacité sur le chantier de San Diego. Après le fiasco de l'assaut massif sur la plateforme Horizon, les experts avaient appris la leçon, durement, et procédé à des changements, parfois radicaux comme les règles d'ouverture du feu en mode automatique sans intervention humaine dans la boucle décisionnelle. Parce qu'il fallait être toujours plus rapide, plus prompts à réagir.

— Nous ignorons de quelle manière ils sont parvenus à franchir le périmètre et à s'introduire en ville, monsieur. Il est à envisager qu'ils aient bénéficié de complicités locales.

Le facteur humain. L'on en revient constamment à la même chose.

Ils avaient passé des décennies à essayer de le juguler, de le réduire à sa plus simple expression à coups d'algorithmes doublés d'une collecte massive de données et voilà qu'il frappait à nouveau.

Cleaver remercia le directeur des opérations de Spring Creek. Il sollicita ensuite sa liaison *terminex* pour se mettre en rapport avec Kara Lau qui se trouvait en mission de conseil et d'assistance au profit de la Ligue Nord-Ouest, à Vancouver.

— Monsieur ? perçut-il à travers les vibrations de son os temporal.

— J'ai besoin de vous, toutes affaires cessantes. Dans combien de temps pouvez-vous être là ?

— Trente minutes.

— Je vous envoie des données.

— Bien, monsieur. Je me mets en route.

Kara Lau se présenta au rapport sur la plateforme Solaris à l'heure dite. Cleaver l'accueillit devant un plateau holographique figurant la région de Seward-Kenaï. Plusieurs personnes tournaient autour de la maquette numérique, déplaçant des blocs d'informations et des étiquettes de différentes couleurs.

— Votre nouveau terrain de chasse, déclara le double-A. Vous prenez le commandement de nos opérations de sécurité à Seward et à Spring Creek, avec effet immédiat. Un chopper vous attend pour vous y emmener dès la fin de cet entretien.

— Bien, monsieur.

— Vous avez déjà travaillé avec les autorités locales, poursuivit Cleaver, vous partagez un historique de collaboration avec le shérif Green. Il vous connaît, ainsi que certains des habitants que nous devrons tenir à l'œil dans les prochaines semaines.

— Vous pensez que James Dokes est derrière tout ça ?

Elle avait consulté les premiers rapports de l'attaque durant le vol vers Solaris.

— Je ne peux pas le confirmer. Il y a aussi ce que nous avons découvert au Yukon et dans la cabane au bord du lac. Nous devons comprendre de quelle manière ces éléments sont reliés entre eux. Nous sommes cependant contraints par les récents événements à réagir, vite et fermement. Obtenir rapidement des résultats est essentiel, et dans ce cadre, vos capacités remarquables seront très appréciées. C'est pour cela que je vous envoie sur le terrain.

— Je vois, acquiesça-t-elle.

— Votre mission est donc très simple : trouver qui a monté et exécuté l'attaque, identifier les complices, protéger la ville et ses habitants. Ils n'en resteront peut-être pas à ce coup d'éclat. Je vous octroierai des moyens supplémentaires en vue de renforcer les défenses de la baie.

Cleaver s'interrompit, la fixa comme pour l'évaluer.

— Il y a autre chose, monsieur ?

— La possibilité existe qu'il y ait un ou plusieurs traîtres dans nos rangs.

— Si je puis me permettre, à ce stade, ce n'est plus une présomption. Les assaillants ont franchi le périmètre de sécurité de la ville sans se faire repérer. Cet exploit nécessite des renseignements et une assistance électronique. La vidéo du décollage d'une éco-cité aboutit à la même conclusion. Quelqu'un l'a filmé et l'a envoyé à Seward, pour la placer dans les bonnes mains. Je peux vous obtenir des confirmations. Des preuves.

Cleaver acquiesça.

— Je tiens, pour l'instant, à ce que ces développements restent entre nous. Il n'est pas judicieux de laisser s'échapper des données à ce sujet sans pouvoir les étayer sur des bases solides. Nous échangerons nos informations avec une nouvelle clef de cryptage.

Puisqu'ils se trouvaient face à face, ce qui garantissait la meilleure confidentialité, Cleaver la lui envoya par une simple pulsion d'un laser femtoseconde contenu dans son bracelet. Kara mit à jour ses protocoles de transmission dans la foulée.

— Je veux que vous me communiquiez vos progrès en temps réel. Je vous ouvre un accès permanent à mon serveur personnel. Des questions ?

— Si je dois prendre des mesures, il se peut que je doive agir contre la volonté des autorités locales.

Ce genre de situation recelait des complications, mais la priorité allait toujours dans le même sens. Elle ne souffrait d'aucune discussion.

— Nos intérêts passent avant toute autre considération. Cependant, étant donné la rapidité avec laquelle nous avons identifié les agresseurs de son fils, la maire Rachel Daanak vous offrira sa pleine coopération. Je n'en doute pas une seconde. En cas de conflit d'autorité, vous serez plus à même de décider sur le terrain en fonction de l'évolution de la situation. À vous de gérer au mieux.

Le Solarien lui signifia la fin de l'entretien. Kara Lau s'éclipsa sur le champ. Sur l'un des écrans, il la vit monter à bord du chopper qui décolla aussitôt.

Dans moins d'une heure, Seward compterait à nouveau deux shérifs.

PROFONDEURS INSONDABLES

SAKARI

Sakari aimait s'installer près de l'ancien lodge que son père et quelques-uns de ses amis retapaient avec l'espoir d'y faire venir des touristes de Spring Creek. Elle se posait au sommet d'un amoncellement de rochers alluviaux arrachés à la montagne et transportés jusqu'ici des millénaires auparavant. Ces minéraux avaient été témoins de drôles de spectacles durant ces siècles, mais elle aurait parié qu'ils n'avaient jamais rien vu de pareil.

Devant Lowell Point, la baie s'était transformée en une sorte de parking maritime. Certains navires convoyaient des marchandises plus volumineuses que sa propre maison, ce qui lui paraissait à la fois incroyable et effrayant. La jeune fille dénombra six cargos géants, quatre barges ainsi qu'une bonne vingtaine de vedettes robots et, plus étonnant, cinq bâtiments dont il manquait la section centrale, comme si la coque avait été découpée pour qu'ils puissent s'enfoncer dans l'eau, ne laissant alors émerger que la poupe et la proue. Le spectacle permanent attirait régulièrement des curieux. Beach Drive était devenue le lieu de ralliement d'une partie de la jeunesse inuite, mais aussi des anciens aux regards inquiets. Ces derniers s'accordaient sur un point : jamais il n'y avait eu autant de vaisseaux à Seward, même au temps lointain des paquebots de croisière. L'un des amis de ses parents avait sorti un album contenant des photos jaunies. D'après lui, son arrière-grand-père les avait prises lui-même. Sur ces clichés, il n'y avait guère plus de deux ou trois bateaux à la fois.

Des mastodontes chargés à craquer attendaient leur tour pour entrer dans le chenal qui débouchait devant l'ancien terminal touristique devenu un gigantesque entrepôt. D'autres se rangeaient le long du chantier dont la bordure avait été transformée en port. Une fois délestés, ils repartiraient pour une destination que son esprit de jeune fille imaginait exotique, lointaine. Beaucoup reviendraient à *Resurrection Bay*. Ce ballet durait depuis des semaines, sans fin. Jour et nuit.

Les bateaux les plus petits, avait-elle deviné en observant leur manège, n'embarquaient pas de marins. Ils se comportaient comme des chiens de garde.

Ils remontaient et descendaient la file à vitesse réduite, leur superstructure constituée d'un simple mât supportait un bouquet d'antennes. Leurs moteurs émettaient un bruit d'insecte nerveux. Aussi, quand un vrombissement particulièrement sonore les supplanta, Sakari se redressa. Une coque noire filait sur l'eau en rebondissant sur la crête des vagues. Elle ne l'avait jamais vue auparavant. Le hors-bord projetait des gerbes d'écume qui affolèrent les gardiens mécaniques. Ces derniers s'étaient rassemblés pour former un bloc compact sur la route de la fusée des mers. Cela n'eut aucun effet sur la course folle de l'intrus. Un craquement se fit entendre, Sakari plaqua une main sur sa bouche. Deux des vedettes-robots coulèrent sous ses yeux en quelques secondes, éventrées par leur agresseur à la proue taillée en pointe comme celle d'une flèche. Le hors-bord disparut dans un banc de brume en formation, ne laissant derrière lui qu'un sillage écumeux parsemé de débris.

Instinctivement, son regard se porta vers Seward, d'où provenait l'embarcation rapide sans y trouver de rapport de cause à effet. Des morceaux des « bergers » atteignirent la grève. Intriguée, comme tout enfant l'est à son âge, Sakari descendit de son promontoire, gagna la rive caillouteuse. Elle retira ses chaussures, pénétra dans l'eau. Des frissons la parcoururent. Mais la curiosité était plus forte que son appréhension. De l'eau jusqu'aux chevilles, la jeune fille se baissa pour ramasser une pièce de métal qui flottait comme du bois. Elle la soupesa, l'examina, la trouva étonnamment légère. Il y en avait d'autres. En explorant la surface pour prendre un autre morceau, ses yeux se plissèrent : l'eau lui paraissait bien trouble. Trop. À deux mètres d'elle, les flots entrèrent en ébullition.

Sakari lâcha un cri et la pièce. Sa panique la propulsa sur le rivage en une poignée de secondes.

Quand elle se retourna, l'agitation avait disparu et une silhouette humaine flottait à quelques mètres. Sakari se raidit puis elle se mit à trembler. Elle se souvint du corps retrouvé sur la plage l'an dernier, celui avec les marques bleues. Parce que cette personne qui venait d'émerger, elle ne savait ni comment ni d'où elle la connaissait. Sa peur bloqua le prénom que sa gorge désirait expulser.

Quelque chose le maintenait à la surface. Quelque chose d'effrayant.

Quelque chose qui le poussait vers la rive.

Son frère avançait à fleur d'eau, guidé par un tentacule plus large qu'une jambe humaine. Un second lui soutenait également la tête. Pétrifiée, les yeux écarquillés, Sakari assista à l'échouage de Chance. L'appendice tubulaire garni de ventouses s'attarda au-dessus de son corps habillé. Il palpa son torse. L'extrémité se tourna dans la direction de la jeune fille, comme s'il venait de se rendre compte de sa présence. Sakari réprima un cri, maîtrisa ses tremblements. Le plus effrayant, c'était que cette créature marine semblait vouloir lui parler.

Elle perçut la vibration à travers ses propres organes. En réaction, elle plaqua ses mains sur son petit ventre. Les mots se formèrent avec difficulté dans son esprit en pleine tourmente. Elle aurait voulu exprimer quelque chose, appeler au secours, hurler le nom de son frère… Tout était bloqué. Dans sa gorge transformée en goulet d'étranglement. Était-il seulement en vie ? Sa peau lui paraissait bien pâle… Était-ce cela que la créature avait voulu lui dire ? Qu'elle devait l'aider ?

Sakari rassembla son courage et se précipita vers son frère. Dès qu'elle fut à ses côtés, le tentacule se retira en ondulant tel un serpent.

— Chance ! s'écria-t-elle à plusieurs reprises, les yeux humides.

Elle le roula sur le côté, comme son père le lui avait appris, lui dégagea les voies aériennes et après quelques instants, il cracha une bile mousseuse, toussa, ce qui était bon signe. Ses paupières s'ouvrirent, révélant un regard vitreux. Il essaya de bouger le bras.

— Sak… murmura-t-il. Qu'est-ce que tu fous là ? C'est dangereux, y a des types qui canardent partout.

Elle ne comprit rien à son discours, mais elle l'aida à se redresser. Sur Beach Drive, une voiture s'arrêta et plusieurs individus en descendirent et se mirent à courir vers eux.

— Papa arrive ! dit-elle alors à son frère en lui glissant une main sur l'épaule qu'elle trouva poisseuse. En regardant sa paume maculée de sang, Sakari libéra sa voix, aussi fort qu'elle le put.

EMILY

Fut un temps, Nancy Kreiss aurait vibré de fierté en voyant l'audace dont avaient fait preuve les assaillants. Pas Emily Redwild. L'action musclée, la violence engendraient des impasses, des cycles de répression et de vengeance sans fin. Ce genre de cercle vicieux ne les mettrait pas sur le chemin de la prospérité et du retour de la civilisation. Si elle devait retenir une leçon de son expérience à San Diego, c'était bien celle-ci.

Red se trouvait derrière le comptoir des *Trois Ours* au moment de l'attaque. Comme ses clients, elle était sortie puis elle avait marché en direction du port, vers la source des coups de feu et des rafales d'armes automatiques. Ce chaos réveillait un écho douloureux dans ses souvenirs.

La stupéfaction et la peur habillaient les visages autour d'elle. Pêcheurs et travailleurs s'interrogeaient du regard derrière le barrage dressé par les adjoints du shérif. Red chercha Green. Sa voiture de patrouille était bien là, les deux portières largement ouvertes.

Est-il intervenu ?

Au fil des minutes, de plus en plus de monde l'entourait, se rendit-elle compte alors. Sa respiration se fit plus difficile. Elle glissa sa main sur le ventre comme pour protéger son bébé tandis qu'une nausée, qui n'avait rien à voir avec sa grossesse, acidifiait son estomac. Il était plus que temps de s'éloigner, de retrouver de l'espace. De toute manière, elle n'apprendrait rien de plus en restant ici. Cela faisait presque une heure que les gens attendaient des nouvelles.

— Red ! entendit-elle.

La voix familière émergea au-dessus des dizaines de conversations spéculatives.

— Je suis là, répondit-elle en agitant la main.

Pop se jeta littéralement dans ses bras.

— Red ! J'ai cru que… qu'il t'était arrivé quelque chose.

— Non, ça va.

— T'es toute pâle, s'inquiéta-t-il.

Elle hocha la tête, esquissa un sourire pour donner le change.

— Je préfère partir d'ici.

Son compagnon passa un bras sous le sien pour la conduire vers les *Trois Ours*. Red s'installa derrière son comptoir puis commanda l'activation de l'écran mural. La silhouette de Sara Pherson emplissait la moitié du champ de vision tandis que l'autre montrait un navire à la coque rouge, entouré d'une dizaine de vedettes. Son cameraman se trouvant toujours en détention à cause de Dokes, la journaliste s'était contentée de poser son objectif sur un trépied et de filmer en plan fixe. Un logo *En direct* pulsait dans le coin inférieur droit. Elle prenait l'antenne tous les quarts d'heure pour un résumé qui revenait à répéter les mêmes informations.

— Pour l'heure, nous ne disposons d'aucun renseignement sur l'identité des attaquants. Des rumeurs circulent à propos d'un gang d'Anchorage qui, si elles étaient fondées, ne manqueraient pas de questionner l'efficacité du lourd et contraignant dispositif de sécurité censé protéger notre ville et ses habitants.

Sara excellait dans le style mordant.

Un témoin, qui travaillait sur le port au moment de l'assaut, apparut à l'écran. Il retira sa casquette, révélant une chevelure miel éparse :

— Je les ai vus monter dans un hors-bord noir.

Le silence se fit aussitôt dans la grande salle. Sara lui demanda de confirmer afin de lever toute ambiguïté :

— Je suis formel, affirma-t-il alors, ils sont repartis avec un hors-bord noir.

— Et savez-vous à qui appartient ce bateau ?

L'individu hésita. Il se gratta la tête, comme si ce qu'il s'apprêtait à révéler n'avait pas de sens ou bien que cela lui paraissait absurde.

— Ben… Je crois bien que c'était celui de Dokes.

Red accusa le coup.

Ce n'est pas possible, se dit-elle, *il n'a pas fait ça…*

Le pêcheur n'était pas le genre d'homme à trahir la parole donnée. Voulait-il pousser son avantage en compromettant ainsi son intégrité ? Ce qu'elle entendait n'avait pas de sens.

— Dokes ? s'en étonna Pop à voix basse. Il n'aurait pas pu faire ça. N'est-ce pas ?

— Bordel, j'espère que non !

Sara rapporta ensuite une incroyable histoire à bord du navire à la coque rouge. Utilisé comme centre de formation, il accueillait de jeunes recrues de Seward. Un stagiaire, dont l'identité n'avait pas été divulguée, avait sauvé la vie de son référent en s'interposant.

— Qui que soit cet individu, déclara alors Sara, il est un héros. À l'égal d'un Miles Dalton ou d'un James Dokes, des personnes qui ont fait, font et feront notre fierté.

La journaliste disparut un instant du champ de la caméra, puis y revint après quelques secondes. Elle déglutit, ajusta sa surveste.

— Je viens d'apprendre à l'instant que le fils de la maire, Chance Daanak, a été admis au centre Providence…

En moins d'une minute, Red fut à bord de sa voiture.

Rachel et son mari se tenaient la main. Les deux parents faisaient face au lit médicalisé sur lequel leur enfant était allongé, le corps recouvert d'un drap blanc, le bras relié à une perfusion et le visage à moitié dissimulé par un masque respiratoire. Emily entra dans la chambre et sans un mot, elle alla étreindre son amie, puis Nicholas. Sakari s'était assise sur le rebord de la fenêtre dont les rideaux avaient été tirés. La tristesse qu'elle lut sur ses traits lui fendit le cœur. Quelques paroles de réconfort lui arrachèrent à peine un sourire. Un jeune homme se tenait dans un coin de la pièce comme s'il voulait qu'on ne le remarque pas ou qu'il désirait se faire oublier.

— Il s'appelle Asam, lui apprit Rachel. Il est dans le même groupe de recrues que mon fils. Il a tout vu. Chance s'est interposé pour protéger son instructrice. Je ne sais pas trop ce qu'il s'est passé là-bas, les choses sont encore très confuses.

Red déglutit.

— Bien sûr, je comprends. Mais le plus important c'est qu'il s'en soit sorti.

— Ça fait deux fois cette année, Red…

Une larme forma une goutte qui perla sur la joue de Rachel. Chance bougea la tête. Rachel lâcha la main de son mari pour prendre celle de son fils qui se réveillait lentement, assommé par les sédatifs. Ses yeux roulaient dans ses orbites comme s'il se demandait où il était.

— C'est maman, dit Rachel d'une voix chevrotante. Tu es à l'hôpital. Tout va bien, le docteur Brockman s'occupe de toi.

Averti du réveil de Chance, le médecin les invita à quitter la chambre le temps de l'auscultation. Emily se retrouva dans le couloir avec Asam.

Elle lui tendit la main :

— Emily Redwild.

— Je sais qui vous êtes, madame. Tout le monde le sait.

— Tu peux me raconter ce qui s'est passé ?

Le gamin hésita. Il regarda Rachel qui hocha la tête en guise d'accord. D'ailleurs où étaient ses parents ?

— Je n'en ai pas, lui répondit-il après qu'elle eut posé la question.

— Je suis désolée…

Asam commença à lui livrer son témoignage.

— Sans lui, Jade serait morte.

— Qui est Jade ?

— Jade Cecil-Diaz. Notre référente. Elle s'occupe de nous et elle nous enseigne des tas de choses.

Le système d'éducation des conglos se fondait sur le mentorat. De petits groupes d'apprenants autour d'une personne chargée de les guider à travers les méandres de la connaissance. Du moins, était-ce là l'image idéalisée du concept. Red écouta le récit de l'adolescent du même âge que le fils de Rachel.

Juste avant qu'il termine, Brockman passa sa tête dans l'encadrement de la porte :

— Vous pouvez venir, leur dit-il.

Rachel et Nicholas entrèrent les premiers. Le lit avait été transformé en fauteuil. Le drap avait été replié sur le bassin du jeune homme. Un bandage barrait son épaule. La balle était ressortie et les dommages étaient minimes, leur assura le docteur.

Emily se pencha vers Chance pour le saluer. Il remua ses lèvres bien pâles.

— Salut Emily, lui dit-il.

Elle lui adressa un sourire, lui caressa les cheveux avant de retourner vers sa mère qui observait tout cela d'un air soucieux.

— Ça va, déclara le jeune homme, je ne suis pas mort… On est des coriaces chez les Daanak. Ils n'auront pas ma peau.

Ils restèrent un moment à se congratuler. Chance ajouta quelques blagues d'un goût douteux à son arsenal déjà bien fourni. Quant à sa sœur, elle demeurait très silencieuse, esquissant de rares sourires à son frère. Nicholas Daanak expliqua à Emily que Sakari avait découvert Chance sur la plage de Blue Drive.

— Blue Drive ? réagit-elle en fronçant les sourcils.

Red lança un regard à Sakari. La pauvre avait dû être traumatisée. Si son frère se trouvait actuellement dans ce lit à plaisanter avec sa mère alors cela signifiait qu'elle avait fait ce qu'il fallait, avec sang-froid et courage.

— C'est une Daanak, lui rappela le père. Je suis fier d'elle. Cette famille compte trois héros en son sein. Je me sens plus que protégé.

Même Rachel réussit à sourire à cette repartie avant de céder la place à son mari auprès de son fils.

Les deux amies sortirent de la chambre pour parler. Rachel fixa Emily pendant un instant. Tant de questions lui traversaient l'esprit, devina Red. Elle ne s'attendait toutefois pas à entendre celle que lui posa la maire.

— Red, j'aimerais que tu deviennes ma conseillère spéciale. Es-tu d'accord ?

Prise au dépourvu, Emily ne sut que répondre. Son instinct lui soufflait toujours d'opposer un non catégorique qui ne franchit cependant pas la barrière de ses lèvres.

— J'ai besoin de toi pour comprendre ce qui se trame à Spring Creek. J'ai besoin de ton soutien, de tes connaissances. Pour la seconde fois, les faits me rappellent à quel point je suis vulnérable, à quel point ma famille l'est également. À compter de maintenant, je veux être en mesure d'intervenir avant que n'arrive la prochaine épreuve. Et tu peux m'y aider. Tu connais ces gens. Je ne te le demande pas en tant que politicienne, mais en tant qu'amie.

Si je lui dis non, c'en sera fini. Plus rien ne sera pareil.

L'inverse était tout aussi vrai. Red déglutit, mais elle garda la bouche close.

— Je sais que tu apprécies Dokes, reprit Rachel sur un ton plus sévère. Des tas de gens aiment ce salopard. Moi aussi. Je suis autant outrée par son comportement qu'admirative de sa ténacité. Mais… les choses sont allées trop loin cette fois-ci.

Rachel s'interrompit pour s'essuyer les joues du revers de la main.

— Parce que tu crois qu'il est responsable de l'attaque ?

— Ils ont utilisé son bateau. Putain, Red ouvre les yeux !

— James Dokes n'y est pour rien. Il n'aurait jamais fait ça !

— Comment peux-tu en être si sûre ?

Une voix neutre, féminine, émergea dans leur dos.

— Mademoiselle Redwild a raison.

Kara Lau en costume anthracite franchit la double porte, elle fendit l'air dans le couloir comme si elle était une arme, un couteau à l'esprit parfaitement affûté. Emily se raidit instinctivement. Les traits de son visage lui parurent différents que lors de leur dernière rencontre, dix-huit mois plus tôt. Plus marqués. D'une façon qu'elle n'aurait pas su expliquer autrement que par une certaine lassitude que laissait transparaître son regard.

— Madame la maire, s'inclina l'ancienne chef de la sécurité de Concordia, je viens vous présenter mes respects à vous et à votre fils dont le comportement a été exemplaire.

— Vous dites que Dokes n'y est pour rien ?

— Il n'est pas responsable de l'assaut mené par les intrus. Nous sommes au courant pour le bateau. Nos experts se penchent actuellement sur la question. Mais la crise est terminée, la situation est sous contrôle.

La crise, songea Red.

Un mot peu approprié pour décrire les moments de pure angoisse qu'avaient connus les habitants de cette ville. Rachel accepta les paroles de l'ex-Concordienne. Cette dernière adressa un bref hochement de tête à Emily en guise de salutation puis elle requit une audience auprès de la maire. Rachel la convia à la cafétéria de l'hôpital.

D'autres personnes accompagnaient Kara. Elles portaient des armes à canons courts et s'étaient positionnées aux extrémités du couloir. S'ils prenaient autant de précautions, c'est que la situation n'était pas totalement sous contrôle. Red en frissonna.

— Vous n'emmènerez pas mon fils ! entendit-elle dans son dos.

Red revint vers Rachel.

— Nous devons débriefer Chance, madame Daanak. Et sa référente, Jade Cecil-Diaz, la femme que votre fils a sauvée, souhaite le remercier. De vive voix. Nous pouvons le transférer à Spring Creek où nous possédons des installations médicales dernier cri.

— Le transférer ?

— Le docteur Brockman pourra l'accompagner, bien entendu.

— Et mon mari ?

— Il va de soi.

— Je veux que Red soit présente.

Kara arqua un sourcil.

— C'est à présent ma conseillère, justifia Rachel. Ce n'est pas négociable.

L'intéressée toussa. Bruyamment.

Son amie de toujours la défia du regard avec cette intensité particulière qui présidait aux instants de vérité. Red n'eut pas le courage de lui opposer un non.

— Je ferai tout ce qui est nécessaire pour ta famille, répondit-elle sur un ton aussi neutre que possible.

— Je le sais, mais ça fait vraiment du bien de te l'entendre dire. Surtout dans ces moments.

— Conseillère spéciale ? répéta Kara Lau qui maîtrisait ses émotions au point de ne pas sembler préoccupée le moins du monde par la nomination express. Quelle sera sa fonction ?

— Les relations avec les résidents de Spring Creek. J'avais l'intention de faire l'annonce, mais comme vous le savez, nous avons été attaqués…

Bordel, jura Red pour elle-même. *Tout ça va trop vite.*

Et elle perdait le contrôle.

Pendant que Rachel et Kara mettaient au point les détails du transfert de Chance, une petite main tira la manche de la nouvelle conseillère.

— Sakari… Tu as besoin de quelque chose ? Tu veux me parler ?

La fillette hocha la tête. Son regard et la tension exercée sur le tissu exprimaient la volonté de prendre de la distance.

— Tu préfères qu'on s'éloigne ?

Red se laissa entraîner dans le vestibule. Les voyant partir, Rachel voulut les rejoindre, mais Red leva une main pour la rassurer. Une fois à l'écart, la gamine se plaça devant Emily, de façon à ce que celle-ci la cache de sa mère. Ou bien désirait-elle se soustraire au regard de Kara Lau ?

— Quand j'ai trouvé mon frère sur la plage…

Emily s'agenouilla et lui prit les bras.

— J'imagine que ça a dû être dur.

— En fait, c'est surtout étrange qu'il soit arrivé jusque-là.

D'après Rachel, Chance était un bon nageur. Dans une eau aussi froide, avec une balle logée dans l'épaule, jamais il n'aurait pu nager jusqu'à Blue Drive depuis le navire de formation.

— Mais toi, devina Red, tu sais comment il est venu, pas vrai ?

Sakari secoua la tête puis elle ajouta :

— Il n'a pas nagé. Quelque chose l'a déposé. Je l'ai vu.

— Qu'as-tu vu exactement ?

— En fait, je ne sais pas trop ce que c'était.

Emily lui demanda de raconter son histoire depuis le début tout en l'installant sur l'un des sièges de la salle d'attente. Avec force détails, la fille de Rachel lui expliqua pourquoi elle se rendait sur la plage, qu'elle aimait observer les grands bateaux puis elle en vint au hors-bord fou et, finalement, à son frère.

— Cette chose avait des tentacules et l'a déposé sur la rive. Elle était intelligente. Je crois même qu'elle a essayé de communiquer.

Sakari ne détachait pas ses yeux des siens. Pendant plusieurs secondes, Emily resta immobile, cherchant ses mots.

— Je… (Elle hésita.) Pourquoi m'en parler à moi ? Et pas à tes parents ?

— À toi, je sais que je peux le dire. Tu as été là-bas, dans la République de Californie. Tu as vu des choses. Si je racontais ça à ma mère ou à mon père, ils ne me croiraient pas. Ils penseraient que j'ai été traumatisée.

C'était sans doute vrai parce que la même sensation habitait son esprit.

— Des tentacules ?

— Oui. Ils étaient longs. Avec des ventouses, comme les poulpes qu'on chasse parfois dans les rochers. En beaucoup plus gros. Tu me crois, hein ?

— Eh bien, c'est une histoire surprenante. Je comprends que tu ne veuilles pas en parler à ta mère. Et je pense que tu as raison. Nous devrions garder ça entre nous. Jusqu'à ce que…

Elle s'interrompit.

Est-ce que je suis vraiment en train d'avoir cette conversation ?

— Jusqu'à ce que quoi ? Tu ne me crois pas, en fait.

— Si, je pense que tu as découvert quelque chose et moi aussi, j'ignore ce que c'est. Tu n'en parles à personne, pour l'instant. D'accord ?

Sakari se plaqua contre elle en la serrant de toutes ses forces.

— Je savais que tu comprendrais.

Soudain, l'attitude de Sakari changea. Elle se raidit. Emily devina qu'elle réagissait à une présence dans son dos.

— Mademoiselle Redwild, dit Kara Lau. Puis-je m'entretenir quelques instants avec cette adorable jeune fille que voilà ?

Pour la première fois depuis qu'elles s'étaient rencontrées, un sourire franc illumina le visage d'habitude dépourvu d'émotivité de l'ex-Concordienne. Comme si elle venait d'enclencher une sorte de « programme enfant ».

— Sa mère est d'accord, ajouta-t-elle.

— Bien sûr, répondit Emily en s'éloignant.

Sakari agrippa à nouveau sa manche.

— Reste !

— Kara souhaite juste te poser quelques questions, tenta-t-elle de la rassurer. Tu peux lui faire confiance. Il n'est pas nécessaire que je sois là.

Mais rien n'y fit.

— Je veux que tu restes avec moi !

Avec habileté, Kara débloqua la situation en acceptant qu'Emily assiste à l'entretien. Avec un art consommé du mensonge, Sakari affirma qu'elle avait découvert son frère sur la rive sans évoquer le moindre bout de tentacule. Après l'avoir écoutée, Kara Lau prit congé et les remercia toutes les deux pour leur coopération en laissant paraître sa satisfaction.

Perplexe, Red adressa un clin d'œil à Sakari :

— Tu t'en es bien sortie.

— J'ai l'habitude avec papa et maman.

— Certes, mais ce n'est pas toujours une bonne idée.

— Papa m'a dit un jour que le mensonge, ça servait aussi à se protéger.

KARA LAU

La fillette mentait.

Kara Lau ne s'en formalisa pas. Les enfants voyaient le mensonge comme un mécanisme de défense et le percer maladroitement risquait d'emmurer la vérité ou de la confronter à l'hostilité de ses parents. Il ne fallait donc pas la brusquer. Cleaver avait été très clair à ce sujet : une part essentielle du succès reposait sur l'adhésion de la population à l'entreprise. Un objectif atteint si elle en jugeait par les manifestations de sympathie des habitants envers les trois collaborateurs assassinés lors de l'assaut. Nombreux étaient les gens qui avaient déposé des fleurs et écrit quelques mots sur des bouts de papier. L'attaque, aussi violente que brève, avait secoué la ville.

Alors qu'elle survolait Seward à bord d'un chopper, Kara reçut la réponse de Cleaver :

— Vos observations concordent avec celles des experts.

Le chef de la sécurité avait téléchargé l'ensemble des données récoltées durant l'entretien avec la petite Sakari Daanak : température, pouls, profil de tension vocale, micro-expressions, dilatation pupillaire et même courant à la surface de la peau et acidité de la sudation lorsqu'elle lui avait serré la main.

Elle avait menti.

Quand bien même elle viendrait à subir un accès de stress intense, les résultats ne s'en trouveraient pas faussés pour autant. Le traitement logiciel tenait compte des facteurs d'environnement lors de l'affinage algorithmique. Kara s'était aussi appuyée sur la présence d'Emily Redwild auprès de la gamine.

— Vous servir d'elle comme base de comparaison, c'était très intelligent. Sa tension de surface se devine même si elle déploie des efforts importants pour la dissimuler.

Elle se demanda si Emily, alias Nancy Kreiss, avait compris pourquoi elle avait accepté qu'elle reste avec la fille de la maire. Par ailleurs, cette dernière avait peut-être menti parce que l'adulte à ses côtés le lui avait intimé.

— Pour découvrir la nature du mensonge, nous devons dérouler le fil des événements, répondit simplement Kara.

— Je me charge de cet aspect, concentrez-vous sur les intrus. Je veux savoir comment ils sont entrés, d'où ils sont venus et où ils se trouvent. Nous nous occuperons alors d'eux. Ils paieront pour le sang des nôtres. Ainsi que ceux qui ont trahi, lui rappela-t-il.

— Bien, monsieur.

Kara Lau referma la liaison au moment où l'aéronef entamait un virage au-dessus du Lac de l'Ours pour s'aligner avec la plateforme installée au point de contrôle sur la Seward Highway. Aussitôt débarquée, la chef de la sécurité effectua une inspection des hommes et du matériel. Elle avait déjà compilé les bases de données et savait que personne n'avait rien vu, mais un détail avait attiré son attention dans les rapports. Kara demanda à parler à l'officier en charge des vérifications. Originaire de San Diego, ce dernier possédait une solide expérience de terrain, mais il paraissait encore un peu vert sur celui de Seward. Elle se synchronisa avec sa liaison *terminex* pour accéder à ses archives.

— Hier, un individu du nom de Dennis Maiden s'est présenté au point de passage.

Il le confirma et ajouta un élément logique :

— Sa fiche ne faisait mention d'aucune restriction de circulation.

Ce qui était vrai.

— Il était seul ?

Sa lèvre tressaillit, signe que la question n'avait pas de sens pour lui.

— Oui, bien sûr. À l'aller, comme au retour. Un véhicule, un conducteur.

En filigrane, Kara visualisa les deux scènes enregistrées et archivées par les caméras. Elle vit l'officier s'approcher de la portière et vérifier les papiers. Il avait respecté le protocole. À la lettre. Le problème des personnes comme lui, c'était qu'il ne sentait pas les choses. Se fier au seul sens de la vue, ce n'est jamais que percevoir la partie émergée d'un iceberg informationnel. Elle ne pouvait pas lui en vouloir.

— Je vous remercie, lui dit-elle au terme de leur bref entretien.

Le nom de Dennis Maiden revenait souvent dans les rapports d'incidents émis par le bureau du shérif. Même s'il n'était pas directement responsable de l'agression du fils du maire, son ombre se profilait en arrière-plan. Il s'agissait aussi d'un soutien actif de James Dokes et il sortait régulièrement de Seward. Où se rendait-il ?

Son regard se perdit vers la clôture qui partait à l'assaut de la montagne. Les robots de construction avaient planté des centaines de poteaux bardés d'optronique et reliés entre eux par un double grillage en treillis blindé. D'après les rapports automatiques, l'enceinte n'avait souffert d'aucune défaillance, matérielle ou logicielle, le long de ses dizaines de kilomètres. La fiabilité des capteurs n'était pas en cause et personne n'aurait pu les contourner.

Pourtant, douze personnes s'étaient introduites à Seward sans être détectées. Le dispositif avait donc une faille. Elle leva les yeux vers les montagnes.

La carte de la région se superposa à sa vue. Comprendre de quelle manière ils étaient entrés, c'était le premier pas pour remonter à leur point de départ. Kara Lau sollicita des algorithmes tactiques spécialisés dans la recherche de voies de pénétration en fonction de la topologie d'un lieu. Plusieurs axes se matérialisèrent devant ses yeux. Plus un relief était accidenté, plus les options étaient nombreuses.

La traversée de la chaîne du Kenaï, à l'ouest, relevait de l'expédition compliquée sur un terrain rocailleux, à découvert, impraticable par un véhicule. Elle écarta donc cette possibilité. Deux passages attirèrent son attention : le premier contournait le Lac de l'Ours par l'est et rejoignait Salmon Creek. Le second longeait la rivière Résurrection depuis le Lac Kenaï, plus au nord. Un parcours d'une vingtaine de kilomètres, tout à fait dans les cordes d'une équipe motivée. Dans tous les cas, les assaillants avaient dû franchir une clôture haute de trois mètres. Il n'existait pas trente-six solutions, mais Kara exclut d'emblée le tunnel, une entreprise compliquée sur le plan logistique.

Ils sont passés par-dessus ou bien ils ont pratiqué une brèche avec une dérivation.

Restait à découvrir le point d'entrée. Après avoir averti la base à Spring Creek, Kara partit en exploration à travers la forêt. Elle appliqua une méthode simple : longer la clôture jusqu'à détecter une odeur humaine suspecte. Il suffisait qu'une main se pose sur un tronc, que des gouttelettes de sueur tombent sur le sol, sur des feuilles. Sans éprouver la moindre difficulté, Kara grimpa le long de la crête, croisa des sentiers sur lesquels elle s'attarda pour inspirer profondément, les yeux clos, à la recherche d'une signature olfactive. Elle avait augmenté la surface réceptrice de ses muqueuses nasales et boosté ses capacités de traitement des informations.

Elle retrouva une odeur, familière, ce qui la fit sourire. L'ours se reposait dans sa tanière à cent ou cent cinquante mètres de là. Elle n'avait cependant pas le loisir de creuser cette question et se remit en route. Brindilles brisées, empreintes de pas, herbes récemment piétinées, elle chercha les traces d'un passage. Douze individus avec des armes et un barda, ça en laissait forcément.

Le double grillage ne présentait aucune brèche, constata-t-elle après une heure d'exploration des lieux sur des kilomètres. Ses observations convergeaient vers l'hypothèse de Cleaver : un traître avait aidé les intrus en désactivant, temporairement, le système de surveillance sur un tronçon d'au moins cent mètres de long. Une coupure de courte durée. Quelques minutes au plus. Ils n'avaient sans doute pas eu le temps de pratiquer une ouverture et de poser une dérivation. Le franchissement devait être rapide.

Kara s'agenouilla pour examiner des empreintes de bottes dans la tourbe. Elle remonta la piste jusqu'au pied d'un imposant conifère où elles étaient particulièrement concentrées. Curieusement, elle ne décela aucune odeur. Pas la moindre signature moléculaire d'origine humaine. Ce qui la laissa perplexe.

De la main, elle effleura une partie du tronc mis à nu. Une substance claire et visqueuse s'en écoulait. Les ursidés avaient pour coutume de signaler leur territoire en arrachant des pans entiers de l'écorce. Ils se frottaient contre l'arbre afin d'y imprimer leur odeur. Elle ne capta cependant pas leurs effluves et la surface ne présentait pas les marques caractéristiques des griffures.

En levant la tête, elle vit un plateau constitué de plusieurs branches au milieu du feuillage. Sans attendre, elle entreprit de grimper avec une facilité à faire pâlir une panthère. Perchée à plus de quinze mètres du sol, Kara esquissa un sourire en découvrant une poulie rouillée, une corde reliée à un sapin, situé de l'autre côté de la double clôture.

Les solutions les plus simples sont toujours les meilleures.

Emprunter la ligne tirée au milieu des cimes ne représentait pas un obstacle. Kara se coula sur la tyrolienne qu'elle remonta à la force de ses seules mains. Elle progressait rapidement et, une fois de l'autre côté, elle entreprit d'inspecter soigneusement les lieux.

Quel petit malin a installé ce passage ? se demanda-t-elle en redescendant le long du sapin dont des branches avaient été élaguées à coups de machette.

Elle se remit en quête d'indices. De ce côté-ci, le terrain n'en manquait pas. La troupe avait suivi un sentier qu'elle remonta sur plusieurs kilomètres jusqu'à un lac où deux véhicules, à l'abri d'un rocher, étaient stationnés sous une toile de camouflage. Ils étaient parfaitement invisibles depuis le ciel. Une première signature chimique titilla enfin sa mémoire.

Kara Lau sourit :

— William Webster, murmura-t-elle. Comme on se retrouve.

Quelques minutes plus tard, un chopper se posa à proximité du site et l'équipe d'investigation débuta aussitôt son travail minutieux de collecte des indices. Ils enrichirent une base de données spécifiquement créée pour l'occasion. Les conclusions restaient accessibles aux seules personnes autorisées. Ce qui incluait Cleaver.

Ce dernier, joint par sa liaison *terminex*, la félicita :

— Je suis impressionné par vos talents. Vous avez obtenu des résultats rapides.

— Ces développements révèlent des faits singuliers.

— Si ces gens sont venus de Kodiak, comme les données le laissent supposer, cela peut paraître surprenant, en effet. Qu'est-ce qui aurait pu les motiver à attaquer Seward ?

— Ils pourraient avoir agi sur l'ordre des Sibériens. Pour se venger.

— C'est une hypothèse, mais je ne les vois pas prendre de tels risques pour des alliés qui se fichent d'eux. Il y a forcément une autre explication, plus rationnelle.

Sur les rives du lac d'origine glaciaire, Kara trempa la pointe de ses pieds dans l'eau froide.

— Je connais quelqu'un qui peut nous apporter des éclaircissements. J'aurai besoin de votre autorisation pour interroger James Dokes.

La réponse tarda à venir, signe que Cleaver pesait l'ensemble des conséquences.

— Ne le brutalisez pas. Je ne veux pas de séquelles physiques ou psychiques. Procédez avec soin. Mais je suis d'accord avec vous, nous devons obtenir des confirmations. Et vite.

— Je serai gentille avec lui, monsieur.

Dans la minute, la chef de la sécurité embarqua dans le chopper qui la conduisit à Seward, au domicile de Dokes.

DOKES

Une journée idéale pour la pêche.

James Dokes mâchonnait son éternel bout de cigare, ses mains calleuses tenaient la barre du *Molly Pen*. Le bateau filait ses dix nœuds vers la première ligne de casiers à remonter. Le soleil illuminait la surface de la baie, aussi étincelante que des millions de minuscules astres d'or. La proue fendait une mer calme, traçant un V d'une écume scintillante.

C'était une magnifique journée pour la pêche.

Comme on en comptait peu ces dernières années chahutées par un climat qui perdait la boule. Les tempêtes et les épisodes de brume donnaient l'impression de s'enfermer dans un linceul blanc ou gris. Mais pas aujourd'hui. La clarté les avait chassés. Elle avait aussi balayé les interrogations, les doutes : Dokes se sentait à sa place. Celle qu'il avait toujours occupée, et qui lui revenait de droit. Le maître de *Resurrection Bay*. Ces eaux lui appartenaient. À lui et au *Molly Pen*.

D'une légère pression sur la barre, il orienta la proue vers la bouée la plus proche.

— Mike ! s'adressa-t-il à son quartier-maître. Tout le monde en place !

— À vos ordres, patron !

En quelques instants, chaque marin se trouva à son poste, paré à la manœuvre. Il ne s'agissait pas de fléchir au moment de remonter les casiers lourds de plusieurs centaines de kilos. Son père le lui avait dit un jour : *on mesure l'efficacité d'un équipage en comptant le nombre de casiers qu'il peut relever en trente minutes.*

Dokes jeta un œil sur l'antique chronomètre à aiguille au couvercle de métal patiné.

L'exploit nécessitait une coordination sans faille entre les maillons d'une courte chaîne, ainsi qu'une vitesse et une précision de pilotage parfaites. Dokes se concentra sans cesser de mâchonner son cigare du bout de ses dents jaunies par l'âge et le tabac. Ses yeux se plissèrent à la recherche des balises suivantes tandis que son esprit traçait une route imaginaire pour les rejoindre. Depuis la porte ouverte de la timonerie, les ordres beuglés de Finegan lui parvinrent, ainsi que le bruit du métal cognant contre le pont, le grincement des poulies et des câbles, le moteur de la grue sollicitée par l'effort de traction. Les gémissements de la coque en train de gîter légèrement sur tribord ajoutèrent au concert auquel ses oreilles étaient habituées depuis son enfance, quand Dokes partait en mer avec son père. Un bateau, ça vivait, affirmait ce dernier. Ce bateau vivait. C'était aussi un organisme marin. Avec une peau en acier. Mais cela ne faisait aucune différence.

Le petit Jimmy avait mis du temps à le comprendre dans le sens où son père l'entendait. À son tour, il atteignait ce pinacle de sa vie, en parfaite adéquation avec son univers. Ce fjord lumineux qu'encadraient des montagnes resplendissantes, couvertes d'une blancheur éternelle, les *King Crabs* qu'il pouvait presque visualiser à travers les dizaines de mètres d'une eau glacée en train de se précipiter vers les pièges déposés sur le fond raboté par les glaciers antédiluviens. S'il existait une alchimie, un équilibre en ce monde, alors il se trouvait exactement au bon endroit.

Kara glissa un doigt sur la peau parcheminée du vieux pêcheur : Dokes revenait de loin. Il avait failli mourir au milieu de son salon. Qu'il finisse allongé sur cette table, sous un drap remonté jusqu'au-dessus du sternum, le visage dissimulé par les filaments médullaires reliés à son cortex, constituait une source de perplexité. Un bandage recouvrait son épaule, à l'endroit où la balle l'avait pénétré. Si elle n'était pas arrivée à temps chez lui… D'après les médecins, il s'en était fallu de peu.

Cela aurait été une triste fin, songea-t-elle. Son équipe avait minutieusement inspecté puis nettoyé le domicile de Dokes afin d'effacer les traces de nombreuses présences. Celle de Webster pour commencer. L'homme de Kodiak était accompagné de plusieurs individus que ses services cherchaient à identifier. Elle était prête à parier que Dokes les connaissait.

Le patron pêcheur avait été admis à l'antenne médicale de Spring Creek. Il se trouvait plongé dans un coma stabilisé. Le premier objectif de Kara Lau avait consisté à déterminer le degré d'implication de Dokes dans les deux événements qui venaient de secouer Seward.

C'était une formalité technico-légale. Le cerveau conservait les empreintes traumatiques. Les instants capitaux ne marquaient pas uniquement la chair, ils s'ancraient profondément dans la mémoire. Et s'inviter dans la psyché de Dokes s'était révélé une expérience fascinante.

Elle ne se lassait pas d'explorer sa carte mentale.

De ses premières incursions dans l'esprit du pêcheur, Kara avait retiré des renseignements essentiels. Dokes n'avait pas identifié la personne qui lui avait remis la puce-mémoire contenant la vidéo du décollage de Concordia. Kara s'était promenée dans la représentation en trois dimensions de son souvenir du jour de l'annonce du décret, à la mairie. En plaquant leur propre grille issue du réseau de capteurs dont ils avaient truffé la salle du conseil municipal, elle avait pu compléter le tableau avec les sensations du marin. Celles, en particulier, enregistrées par le corps de Dokes sans qu'il en ait véritablement conscience. Son cerveau avait ainsi perçu le frottement, les mains d'Aubrey Perry furtivement glissées en un geste parfait d'experte dans l'art du vol à la tire. Ses yeux avaient à peine vu le visage, neutre, de la coupable.

Mais Dokes n'en avait pas eu conscience. Lui et Aubrey ne se connaissaient pas. Pas au sens complice du terme. Kara avait transmis les données à Cleaver, dont les soupçons envers la conseillère du président Dalton s'en trouvaient confirmés. Il saurait en faire l'usage approprié à Juneau.

Ensuite, la mémoire des derniers instants à son domicile démontrait que Dokes n'était en rien responsable de l'attaque. Il en était, en réalité, la première victime. Kara s'était surprise à éprouver une émotion lorsque l'agresseur, vraisemblablement le meneur de l'assaut, avait tiré sur le pêcheur. Dans le même temps, elle ressentit de la satisfaction : elle ne s'était pas trompée sur Dokes. Le marin possédait une personnalité extraordinairement complexe. Il suffisait de jeter un œil sur sa carte mentale, sur la géographie de son vécu, pour s'en rendre compte. Sa défiance envers les Concordiens et Spring Creek serpentait en un torrent furieux au milieu de la forêt des événements couvrant les deux dernières années de sa vie.

Un relief tourmenté fissurait l'existence de Dokes. Le paysage de vallons, de gorges profondes et de pics par endroits dantesques révélait une topologie fascinante, celle d'une personne qui avait traversé les épreuves. Il avait la mémoire aussi creusée que son épiderme. Une vraie curiosité pour Kara.

Elle posa une main sur le panneau de verre interactif affichant la carte mentale de Dokes, à l'endroit, bien plus lointain dans son passé, où s'élevait une chaîne de sommets violacés. Le programme isola une partie des données associées à la zone. Dokes avait connu une enfance tumultueuse. Un père admiré et craint à la fois, décoda-t-elle. Elle déplaça sa main, fit glisser la ligne de temps, le long d'une existence qui mêlait la routine à la surprise, un parcours dont elle devait apprendre les moindres recoins. Elle s'arrêta en sentant sous ses doigts le rebord d'un précipice, un abysse qu'elle s'attelait à cerner depuis plusieurs jours. D'après les archives de la mairie de Seward, Dokes avait perdu son épouse à ce moment-là.

La faille déchirait sa carte mentale sur plusieurs années, comme les ramifications en étoile provoquées par un impact sur une vitre. En théorie, il semblait illusoire de vouloir remodeler cet épisode aussi tragique et si profondément ancré. Le corps de la femme n'avait jamais été découvert et la rumeur avait longtemps couru qu'elle s'était jetée dans la baie du haut d'une falaise. À cause de Dokes. L'une des versions envisageait même le pire.

Une thèse à laquelle Kara ne souscrivait pas. Non pas qu'il n'en fût pas capable, mais les accents cyclothymiques de la personnalité de Dokes ne le conduisaient pas vers un tel excès de violence. Dokes était un ours, acariâtre, prompt à se battre pour préserver son territoire. Chez lui, l'usage de la force s'apparentait à un mécanisme démonstratif d'autodéfense plutôt que l'expression d'une agressivité pathologique.

Son regard s'attarda sur une succession voisine de vagues rouges qui émergeaient à intervalles réguliers : les traces de Sara Pherson dans la psyché de Dokes. Vu l'intensité de la coloration, il ne devait probablement pas s'ennuyer avec elle. La journaliste laissait des empreintes très nettes à chacune de leurs rencontres ; elle était son miel depuis quelques années déjà. Ce lien charnel expliquait, au final, bien des choses.

Cette découverte avait été capitale. Kara y avait vu une opportunité.

D'un geste de la main, elle appela une série de vieux clichés qui s'alignèrent à sa gauche. Élancée, brune, l'épouse de Dokes mariait les traits locaux et eurasiens avec une élégance rare, un port que d'aucuns auraient qualifié de royal. Le portrait lui parut très familier et possédait même des ressemblances avec Sara et elle.

Kara sourit à son presque double :

— Toute mascarade repose sur un faux-semblant.

— D'ordinaire, nous ne faisons pas revivre les disparus en thérapie, mademoiselle Lau, rappela le médecin qui veillait à l'état de santé du patient.

— Nous avons une mission à accomplir, docteur. Cette opération est d'une importance vitale.

— Bien entendu. Répéterons-nous le même scénario ?

— Absolument. Pas de variation jusqu'à la fixation complète du souvenir implanté.

La constance était cruciale pour favoriser l'ancrage du schéma narratif dans l'esprit d'un sujet. L'écume de jours heureux stimulerait l'affect, faciliterait la sédimentation mémorielle d'une histoire en appui sur un passé réel. L'épouse se présentait comme le plus solide des socles. Kara avait besoin de fondations profondes pour bâtir sa fable. Et il n'existait pas meilleur ciment que l'amour et les sentiments.

— Insérez-moi au point habituel, déclara Kara.

Le spécialiste s'exécuta en bougeant des curseurs virtuels et en lui transmettant les paramètres à travers sa liaison *terminex* qu'elle vérifia avant de les valider.

— Bien, prononça-t-elle, en piste ?

Elle franchit une zone balisée par un ruban électronique qui s'effaça sur son passage. Au centre de la pièce, voisine de celle de Dokes, trônait un fauteuil qui n'était pas sans rappeler ceux naguère utilisés par les patients lors des examens dentaires. Kara y prit place, son corps se coulant parfaitement avec la forme en « w » aplati. La mousse expansée intelligente s'ajusta pour épouser sa plastique sans défauts. Deux robots médullaires la surplombèrent et leurs fils, munis de micros-harpons conducteurs, vinrent se ficher dans sa peau. Des picotements la parcoururent, remontèrent le long de ses membres comme une armée de nanofourmis courant sous l'épiderme. Les effets s'estompèrent rapidement à mesure que les produits injectés la relaxaient.

Après une minute, Kara Lau ferma les yeux.

C'était une journée idéale pour la pêche.

Et les cales étaient pleines à craquer des proies arachnéennes arrachées aux fonds marins et à présent engourdies par des tonnes de glace. L'océan donnait beaucoup à ceux qui ne craignaient pas de l'affronter ni de travailler dur dans des conditions parfois dantesques où même le froid finissait par devenir un ami fidèle. Mais pas ce jour. Aujourd'hui, ils bénéficiaient d'un temps radieux, d'une mer étale, d'une visibilité parfaite sur plusieurs nautiques, d'un azur aux accents turquoise au-delà des pics rocheux coiffés d'une crème lumineuse dégoulinant sur les versants enneigés. Leur teinte orangée annonçait l'heure du retour au port.

Dokes se pencha par la fenêtre de la timonerie pour regarder vers la plage arrière. Ses hommes finissaient de remonter les derniers casiers, conformément au planning respecté à la seconde près. D'ici quelques minutes, il pourrait changer de cap et pousser un peu la manette des gaz.

En début de soirée, le *Molly Pen* se présenta devant le chenal d'entrée marqué par deux balises orange, surmontées chacune d'un fanion. Même les yeux fermés, Dokes aurait pu réaliser un accostage parfait tant il connaissait chaque centimètre carré du port. Il coupa les moteurs au bon moment, laissant le bateau dériver juste ce qu'il fallait pour que sa coque vienne écraser délicatement les pneus fixés au quai en guise de tampons. Aussitôt, la passerelle fut glissée jusqu'au sol et les hommes procédèrent à l'amarrage. Enfin, le capitaine quitta son poste.

Le retour sur la terre ferme ne signifiait pas pour autant la fin de la journée de travail. Les opérations de déchargement débutèrent dans la foulée. Le crabe restait une marchandise à la chair délicate dont le degré de fraîcheur importait aux yeux des acheteurs. Le camion frigorifique de la coopérative engouffra les caisses débordant de glace pilée. Dokes retira sa casquette lorsqu'une silhouette se présenta à lui. Il sourit en attendant que la jeune femme parvienne à sa hauteur, puis ses mains viriles enserrèrent sa taille.

— Salut, mon matelot, lui dit-elle sur un ton espiègle. La pêche a été bonne ?

Il lui rendit son regard empli de tendresse.

— Merveilleuse.

Le pêcheur pressa son épouse contre lui pour l'embrasser.

— Tu n'es pourtant resté qu'une journée en mer, s'amusa-t-elle après que leurs lèvres se furent séparées.

Sa bouche avait un arrière-goût sucré de fruits rouges. Ses cheveux de jais dispensaient une fragrance de pin mêlée d'accents de menthe poivrée. Ses doigts s'attardèrent sur l'anneau de métal de couleur argent.

— C'est nouveau ?

— Ça change, non ?

Il plissa ses yeux puis sourit.

— C'est joli.

Nue, même crasseuse, vêtue d'une salopette crottée ou recouverte d'une pellicule de sueur comme souvent lorsqu'elle revenait du jardin dont ils cultivaient la terre ensemble, il aimait toujours la serrer, la sentir contre lui. Ses mains glissèrent à travers sa chevelure aussi lisse et souple que de la soie.

— Il faut que je remplisse la paperasse à la capitainerie. Je n'en aurai pas pour longtemps.

— À tout à l'heure, mon matelot.

Le clin d'œil qu'elle lui lança annonçait une soirée pleine de promesses et de délices. Ce qu'elle fut effectivement. Après un repas pris sur la terrasse à l'arrière de la maison, Dokes et son épouse partagèrent un dessert fait de volupté, de caresses, d'embrassades langoureuses et d'une union consacrée dans le lit conjugal. Lorsque sa femme se redressa pour se glisser au-dessus de lui, ses cheveux longs lui chatouillèrent le torse, ses lèvres se collèrent délicatement aux siennes puis James Dokes s'endormit.

Quand il se réveilla vers quatre heures du matin, il quitta la chambre sans la déranger et sans un bruit après avoir ramassé ses affaires et descendit à la cuisine pour se servir son café rituel avant de se rendre au port. La pêche se vivait au rythme des marées et des lunaisons, tout comme les déplacements et les comportements de leurs proies. Sur le plan de travail, l'anneau d'argent attira son attention. Sans qu'il puisse se l'expliquer, cet objet lui apparaissait familier. Il le prit, le tourna dans ses mains, le regard perplexe en découvrant sa légèreté.

Puis, il le reposa.

Au moment d'émerger de la séquence, Kara Lau éprouva, comme toujours, un bref étourdissement mêlé à une sensation récurrente de déjà-vu. Allongée dans le fauteuil, elle étira ses bras, ses jambes puis elle se redressa une fois sa liaison *terminex* synchronisée avec son univers. Jouer les épouses constituait une expérience enrichissante, excitante par certains aspects intimes de l'immersion. En tout cas, après plusieurs plongées dans la psyché du pêcheur, elle commençait à se faire une idée précise de son idéal de vie, de sa version du bonheur, ainsi que d'autres paramètres d'ordre sexuel non dénués d'intérêt.

Une personnalité complexe, se dit-elle avec le sourire.

Une fois sortie de la salle délimitée par la barrière électronique, Kara rejoignit le médecin devant la cartographie mentale de Dokes.

— Le souvenir est à présent bien ancré en lui, lui confirma-t-il en pointant une zone d'un rouge pulsant, presque brûlant, faisant écho à des séquences similaires le long d'une ligne préexistante d'émotions qu'elle avait simplement réactivées.

En y apportant une touche personnelle et nécessaire afin d'atteindre ses objectifs.

— L'usage de l'anneau, continua-t-il, va renforcer le lien entre les deux continuums. Cela dit, cette tactique de manipulation mentale peut toutefois se retourner contre vous.

Le médecin l'avait déjà avertie à ce sujet. Kara était passée outre. Le plan était plus important et ils seraient de toute façon fixés assez rapidement. Il était prévu de réveiller Dokes d'ici quelques jours. S'il se mettait à vouloir lui arracher les yeux de la tête, alors l'expérience serait un échec.

— Nous avons discuté de ce point avec Cleaver. Les risques demeurent dans des valeurs acceptables.

Le spécialiste s'inclina légèrement en signe d'accord et Kara prit congé. Elle reverrait son amant dans ce monde virtuel en fin de journée pour une nouvelle soirée en tête à tête. Comme les fois précédentes, elle l'accueillerait sur le quai, lui répéterait les mêmes mots, les mêmes gestes, les mêmes caresses et les baisers selon le scénario mis au point afin que leur relation s'accroche parfaitement à son caractère. Comme une moule collée à son rocher.

DALTON

L'attaque de Seward par une bande de pillards – c'était la thèse officielle – avait bouleversé les esprits jusqu'à Juneau. Dalton croisa les regards inquiets des représentants des principaux *boroughs* d'Alaska. Dans la foulée des événements, et sur le conseil avisé de Cleaver, le président les avait réunis afin de faire passer un message ferme et clair. Le visage de Gill Andrews, à sa droite, exprimait le désarroi. Au fil des ans, son fief d'Anchorage s'était transformé en un nid de vipères. Lequel débordait de serpents avides.

— Seward a déjà vécu ce genre de situation, rappela Dalton. Nous en sommes sortis plus forts, plus déterminés que jamais.

Tous savaient le rôle qu'il avait joué face aux Sibériens. Moins connaissaient l'histoire de la première attaque, celle menée par un groupe d'hommes venus d'Anchorage. Crever cet abcès devenait de plus en plus nécessaire.

— Je n'ai pas l'intention de revenir sur mon décret. Seward sera bientôt la nouvelle capitale de l'Alaska. Nous n'allons pas nous laisser intimider, par rien ni personne. La sécurité constitue la pierre angulaire de notre avenir. Les zones de non-droit, les régions actuellement sous l'emprise de trafiquants de tout bord seront nettoyées et placées à nouveau sous le contrôle de vos administrations. Cette attaque est le signe que nos adversaires ont peur, ils savent que le vent est en train de tourner. Et le fait est : la tempête du droit et de la justice va souffler. Fort.

Andrews hocha la tête.

Il se trouvait en première ligne dans un combat qu'il ne gagnerait pas seul. Des pans entiers de son territoire étaient tombés aux mains des trafiquants et de petits seigneurs locaux qui se partageaient les restes de la civilisation. Ses voisins le voyaient comme un foyer infectieux sur le point de s'étendre. Ils percevaient aussi Dalton comme une solution. Ce dernier savait qu'il les tenait.

Après avoir mis un terme à la réunion et remercié personnellement chaque représentant, Miles retrouva Cleaver dans le hall d'accueil devant la fresque d'antiques portraits photographiques qu'Aubrey avait fait accrocher pour, avait-elle dit, habiller les murs. Ces visages appartenaient aux premiers temps de l'Alaska, des gens qui avaient construit le mythe de la nation dans des conditions effroyables.

— Ça a l'air de vous inspirer, lança le président en descendant les escaliers.

Le conseiller ne laissa pas transparaître une quelconque émotion.

— Il semble que l'Histoire, parfois, nous repasse de très vieux plats.

En de rares occasions, Cleaver se perdait dans ses réflexions, ce qui ne manquait jamais d'amuser Dalton ou de le plonger dans l'expectative.

— La ruée vers l'or ?

— La ruée vers Seward, monsieur le président. Devenir une capitale va la transformer en projecteur et, comme vous le savez sans doute, la lumière attire les nuisibles.

— Vous construisez un mur au sud de Vancouver et vos forces nettoieront Anchorage. Grâce à vous, la situation sera bientôt sous contrôle.

— Évidemment, approuva Cleaver.

Les deux hommes remontèrent à l'étage et s'enfermèrent dans le cabinet de Dalton pour un briefing consacré à la visite du gouverneur de la Ligue prévue en milieu d'après-midi. Il y serait essentiellement question du mur et des progrès dans son achèvement. Les travaux menés par une armée de robots s'étaient déroulés à une vitesse jamais vue.

Cleaver afficha la carte sur son écran.

— Le mur est solide, monsieur le président. C'est le point central à rappeler.

— Vous savez, lui répondit-il, les barrières finissent toujours par tomber. Comme les vieux plats…

— En effet. Berlin en 1989. El Paso en 2049. Nous avons des données détaillées de ces événements historiques.

— Je n'en doute pas une seconde. La vraie question est : qu'en avez-vous tiré comme leçon ?

Pendant que son conseiller déroulait les points suivants à aborder avec Jake Ross, Miles fixait le presse-papiers sur son bureau. Il repensa à son long entretien téléphonique avec Rachel. Red avait finalement accepté de devenir sa conseillère. Ce qui était une bonne nouvelle. Tout comme son père, elle était capable de mettre de côté ses différends pour le bien de la communauté. Miles caressait toujours l'espoir de la voir grimper les échelons du pouvoir. Jusqu'à lui.

L'arrivée d'Aubrey le sortit de ses réflexions. Alors que la jeune femme marchait vers eux, Miles sentit comme un raidissement dans la posture de Cleaver. Le Solarien l'accueillit avec un bonjour glacial avant de s'éclipser.

— Le décret fait grincer pas mal de dents au plan local, déclara Aubrey en posant ses affaires sur l'assise du siège.

Des manifestants s'étaient réunis devant le palais à plusieurs reprises afin d'exprimer leur opposition à une décision qui marquerait le déclin de Juneau.

— Nous avons déjà discuté de tout cela. C'est une réaction attendue.

Elle se glissa derrière le président, lui pressa délicatement les trapèzes. Le frisson descendit le long de la colonne vertébrale de Dalton qui émit un grognement de plaisir. Il bascula la tête en arrière. Aubrey souriait. Elle savait comment le manipuler.

— Helen Hastings pourrait prendre parti, lui dit-elle, sans cesser les mouvements.

À l'évocation de son nom, Miles ressentit un soudain accès de crispation qui disparut sous l'action des doigts de fée de sa conseillère.

— Elle n'a pas bougé quand Seward a été envahi par les Sibériens, pas même un appel. Enfin, si, une fois lorsque des rumeurs d'épidémie sont parvenues à ses oreilles et que j'ai réussi à l'avoir. Elle ne s'inquiétait pas pour nous, mais pour elle.

— C'est toi qui avais inventé cette histoire ?

— Le meilleur moyen que j'ai trouvé pour éloigner les curieux. Crois-moi, ça a été bien plus efficace qu'un mur.

Sa conseillère entreprit de lui masser les épaules. Miles ferma les yeux, se dénoua peu à peu sous la pression délicate de ses doigts sur sa peau.

— Les gens pensent que tu te préoccupes trop de ce qui se passe à Seward et pas assez de Juneau.

Miles se mit à glousser.

— Vraiment ? Juneau a un maire, il me semble, non ? Pourquoi s'en prennent-ils à moi ?

— Devenir un symbole, c'est aussi endosser la fonction de paratonnerre les jours de tempête.

Le sens de la formule, l'esprit éclairé, sa capacité de travail et de don d'elle-même, voilà pourquoi il l'appréciait tant. Leur relation intime s'en trouvait largement stimulée. Elle stoppa l'action de ses mains et son souffle tiède glissa le long de son cou.

— Tu es toujours amoureux d'elle.

Il ouvrit les yeux.

— De quoi tu parles ?

— Emily Redwild. Je l'ai bien vu l'autre jour quand nous étions dans sa boutique. Il se passe encore des trucs entre vous deux.

Puis, il se tourna vers elle, un air perplexe sur son visage :

— Est-ce que tu serais jalouse ? C'est complètement absurde.

Elle ne répondit pas immédiatement, sans doute surprise par le ton empreint de mépris.

Red attendait un bébé, elle avait une vie, une famille et rien ne pouvait aller contre ce choix. Rien. Pas même un président. Ni un héros. C'était en effet absurde.

Miles se leva pour se servir un verre.

— Excuse-moi Aubrey, je n'aurais pas dû dire ça.

— En en parlant d'engagement, déclara-t-elle, en récupérant ses affaires, ce serait pas mal que tu y réfléchisses aussi. À nous deux. Eh oui, je suis jalouse. On ne me changera pas.

De ses années d'obésité, de maladie, il s'était fait à l'idée de vivre sans personne à ses côtés. Il s'était conditionné à accepter d'exister sans se donner le droit de penser qu'il pourrait fonder une famille. Son entrée en politique s'inscrivait dans cette perspective de la même façon que l'ADN modelait un individu. Puisqu'il ne pouvait en construire une, alors il devait conquérir celles qui gravitaient déjà autour de lui. Seward était sa famille. Quand Aubrey quitta son cabinet, il eut l'impression que le glacis d'une certitude ancrée en lui depuis des décennies venait de se fêler.

Et ce qu'il entrevit le fit sourire.

Aubrey dévala les escaliers menant au hall d'accueil en s'interrogeant sur la stratégie de déstabilisation d'Helen Hastings, à la manière dont cela se terminerait. À la mairie de Seward, elle s'était sentie mal au point de vouloir s'échapper de ce lieu surchauffé à en devenir suffocant. Alors qu'elle s'était trouvée sur le point de craquer, l'occasion miraculeuse s'était présentée. Hastings lui avait parlé de Dokes, la seule personne dans tout l'Alaska capable de se dresser contre Dalton. Elle ne l'avait même pas regardé au moment de lui glisser le colis dans la poche.

Et la suite avait été spectaculaire. Elle-même n'en était pas revenue. Cleaver restait muet à propos de l'envol de la cité. Dalton pensait qu'il s'agissait d'un faux. D'une manœuvre sournoise de Dokes.

Le pêcheur figurait en bonne place dans les plans d'Hastings. Combien de pions manipulait-elle ainsi à travers l'Alaska ?

Aubrey ne se berçait pas d'illusions. Si l'ex-présidente revenait au pouvoir, elle retrouverait son rôle de pot de fleurs. Dalton lui avait confié un vrai travail. Il appréciait ses qualités. Toutes ses qualités. Il se pouvait même qu'il l'aime ou que cela finisse par arriver s'il parvenait à oublier cette satanée Emily. Et Helen la tenait. À tout moment, cette dernière pouvait la trahir en révélant la mascarade. Comment réagirait Dalton ? Elle en avait une horrible idée.

Au bas des escaliers, alors qu'elle mobilisait ses esprits pour envisager d'autres options, Cleaver sortit de nulle part pour se planter devant elle. Son regard étincelait.

— Mademoiselle Perry ! Vous avez une seconde ?

Elle fit mine d'être pressée.

— Ça ne peut pas attendre ?

— Non, je crois que non.

Son estomac se contracta en marquant son approbation d'un soupir.

— Très bien.

Ils firent quelques pas dans la galerie, devant les photographies de la ruée vers l'or.

— C'est une chouette idée que vous avez eue. Ces clichés sont saisissants, presque prémonitoires.

— Honnêtement, j'espère que non, rétorqua-t-elle.

Aubrey plissa les yeux : était-ce l'ombre d'un sourire, ou bien elle s'était imaginé que ses lèvres s'étiraient ?

— Je voulais vous dire que vous avez fait du bon travail, mademoiselle Perry. Le décret marquera un tournant et l'Histoire retiendra aussi que vous l'avez rédigé.

— Je n'ai fait que suivre les directives du président.

— C'est là, l'une de vos qualités très appréciées.

Soudain glacée, presque tremblante, elle s'arrêta de marcher.

— Vos insinuations dégoûtantes m'indisposent au plus haut point. J'aimerais que ça cesse.

Il la fixait. Pas comme Dalton. Ni comme Hastings. Il l'étudiait.

— J'ai à faire, s'empressa-t-elle d'ajouter pour s'en débarrasser.

Elle eut le sentiment qu'il savait quelque chose, que sa couverture pouvait être compromise. Et s'il en parlait à Dalton ? La pression sur ses épaules atteignait le point où la multiplication des incertitudes fissurait de plus en plus son assurance de façade. Aubrey devrait bientôt prendre une décision. Peut-être la plus difficile de sa courte existence.

EMILY

— Tu devrais libérer le caméraman de Sara. Cette affaire commence vraiment à te porter préjudice, déclara Emily.

Elle avait accepté un rôle de conseillère, pas de caution politique. Elle comptait bien exprimer le fond de ses pensées. Sans filtre.

Le pauvre Tom était enfermé depuis une semaine à présent. Sa patronne, Sara, tirait à boulets rouges sur la mairie en critiquant, à raison, la mise en détention arbitraire.

— Ce n'est pas à moi d'en décider, rétorqua Rachel.

— N'importe qui aurait pu placer cette mémoire dans la caméra. Des dizaines de curieux tournaient autour des équipements et de la scène ce jour-là. Y compris des personnes venues de Spring Creek.

La maire referma le dossier sur lequel elles avaient planché durant la dernière heure : la réfection totale du groupe scolaire, au nord de la ville. L'éducation avait toujours été le dada de Rachel et cela datait de bien avant le temps où elle émargeait en tant que directrice du foyer d'accueil des orphelins. Elle comptait utiliser le bâtiment pour préparer les jeunes à travailler avec les conglos.

Si tu planifies sur une année, sème du riz. Si tu planifies sur une décade, plante des arbres. Si tu planifies sur une vie entière, alors éduque tes enfants.

Dalton et elle visaient le long terme. Ils se complétaient. Red appréciait l'intelligence politique à l'œuvre derrière ce plan.

— D'après Green, Tom ne se montre pas très loquace.

— Sans doute parce qu'il dit la vérité et que personne ne veut l'entendre. Et qu'est-ce que ça change dans le fond ? Le film a été diffusé, tout le monde connaît la vérité. Sara fait l'ouverture de chaque bulletin d'information sur ces types qui se relayent sur le parking du poste de police. Ils brandissent des pancartes et scandent des slogans hostiles à ton encontre. Je ne tiens pas à être associée avec ce genre de procédés.

— C'est un partisan de Dokes. Il est de mèche avec lui.

— Et alors ? Plein de gens soutiennent Dokes.

— Toi aussi, enchaîna Rachel. Tu le soutiens.

Red ne cilla pas.

— Ce n'est pas la question. Tom n'a commis ni crime ni délit et la projection de ce film, à son insu, ne constitue pas une infraction. Tu sais que ça ne tiendrait pas devant le juge. Les gens ont toujours des droits, n'est-ce pas ? J'espère que mon enfant naîtra dans un monde où le mot justice signifiera encore quelque chose. Ne serait-ce qu'un petit peu.

— Très bien, lâcha-t-elle. J'en parlerai à Green.

Rachel était à cran et Red n'osait pas trop imaginer l'ambiance chez les Daanak en ce moment.

— OK. Tu sais ce que je trouve le plus étrange en fait ? enchaîna la maire.

— Non.

— Le silence coupable de Dokes. Il n'a pas ouvert sa bouche depuis l'attaque. Il n'était même pas à la réunion du conseil municipal, hier. Green s'est rendu chez lui, il n'y a personne et le *Molly Pen* est toujours amarré à son poste. Je n'arrive pas à m'ôter de la tête qu'il mijote quelque chose. Je n'aime pas ça. Dokes est un malin et je suis certaine qu'il est impliqué.

— Kara Lau semble vouloir le mettre hors de cause.

— Des témoins ont vu son hors-bord. Je crois qu'il s'est tiré ! Je sais que vous vous parlez tous les deux. Est-ce que tu aurais une idée de l'endroit où il serait allé ?

Emily secoua la tête.

— Je l'ignore.

— J'ai besoin de savoir ce qu'il manigance. Au mieux, j'aimerais l'entendre en tant que témoin.

— Écoute, je suis ta conseillère en ce qui concerne les relations avec Spring Creek, je ne veux pas avoir à me mêler de la campagne électorale.

— C'est pourtant ce que tu viens de faire en me parlant de Tom…

Serait-elle en train de me tester pour savoir où placer les limites ? s'interrogea Red.

— Oui, je suis désolée. Mais je suis sincère, tu es mon amie et j'ai à cœur que tu réussisses. Mais ne me demande pas de prendre part à la campagne.

Red marqua une pause, le temps de boire une gorgée d'eau plate.

La maire secoua mollement la tête puis changea de sujet.

— Cornélius a accepté de te recevoir.

— Quand ?

— Dans deux heures.

Red manqua de s'étrangler.

— Si tôt ?

— Il va quand même falloir que tu dépasses ton blocage sur les conglos. Dès qu'il s'agit d'eux, tu te fermes comme une huître.

Mon blocage…

— Écoute, reprit Rachel, je comprends que ça n'a pas dû être simple quand tu étais là-bas, seule au milieu de cette misère, mais Seward, ce n'est pas San Diego. Ici, c'est différent.

— Tu ne sais rien de ce qu'il se passe en République de Californie, rétorqua Red un peu sèchement.

La maire se raidit.

— Peut-être, mais je suis aux commandes de cette ville et je donne les ordres. J'ai besoin d'un regard aiguisé et pertinent sur les avancées du chantier, pas de commérages sur un chaudron.

Les habitants évoquaient ainsi la partie du fjord vidée de son eau et délimitée par un rempart de plaques de métal assemblées par soudure moléculaire. Les moteurs d'innombrables machines, les bruits de forge, de métallurgie, les odeurs de brûlé remontaient de ce trou infernal.

— Ça me fait bizarre de l'entendre dire de cette façon, dit Red.

— T'appelais ça comment à San Diego ?

— L'usine ou la fosse.

— Ici, plus personne ne sait ce qu'est une usine. Ils voient une immense excavation qui engloutit des structures plus imposantes que des immeubles et d'où entrent et sortent des centaines de mécaniques, des robots, des drones, et que sais-je d'autre encore.

— Dans deux heures, donc…

Rachel hocha la tête :

— Et pendant ce temps, je m'occupe du cas de Tom Sheldon. Je vais demander à Green de le libérer.

Ça ressemblait à un deal. Donnant donnant. Red acquiesça.

— Et j'aimerais quand même bien savoir où est ce fichu pêcheur, marmonna la maire au moment où Red se levait.

Avant de se rendre à Spring Creek, Emily effectua un crochet par le port. Elle se gara non loin du *Molly Pen*. Alors qu'elle s'approchait du bateau, Mike Finegan descendit de la passerelle pour l'accueillir.

— Emily ! Quel bon vent t'amène ?

— Je cherche Dokes, je pensais le trouver ici vu que c'est pratiquement son QG de campagne, sourit-elle.

Le second du *Molly Pen* secoua la tête et la gratifia d'un regard gêné.

— Je ne l'ai pas vu ces derniers jours. Et il n'est pas chez lui. Sa camionnette est garée dans l'allée, sa maison est en ordre. Il paraît que les adjoints de Green sont après lui. Tu sais, Emily, je ne le crois pas capable de ce dont certains partisans de la maire l'accusent.

Il est inquiet.

— Moi non plus, dit-elle.

Dokes quittait régulièrement Seward pour mener quelque affaire, poussant parfois jusqu'à Kodiak pour du ravitaillement. Les autorités avaient cependant suspendu les sorties depuis l'attaque. À moins qu'il se soit enfui avant l'assaut, il se trouvait toujours dans les parages.

— On est coincés à quai, aborda Finegan, alors que nos casiers sont au fond du fjord.

— Est-ce que Dokes pourrait… partir ?

Le second du *Molly Pen* haussa les épaules.

— Le patron est certainement capable de beaucoup de choses, mais je le vois mal abandonner son navire et quitter la baie. Je veux dire, comme toi tu l'as fait. Toute sa vie se trouve ici.

— Peut-être que les malfrats ne lui ont pas laissé le choix ?

— Je… je ne sais pas. Franchement, ça me dépasse et je suis très inquiet. Imagine que ces salopards aient décidé de le liquider et de jeter son corps à la mer ?

— Ils en avaient surtout après les conglos. Personne à Seward n'a été blessé.

— Tu oublies le fils de la maire.

— Oui, en effet. C'était… un accident. Je le vois comme ça.

— J'espère que tu as raison et que Dokes sera bientôt de retour. Dès que les restrictions seront levées, on prend la mer, avec ou sans lui. Les gars ont besoin de bosser. D'habitude, on fait un point avec Dokes sur l'état du navire avant les préparatifs.

— Je suis certaine qu'il va revenir, le rassura Red qui hasarda un regard vers le chaudron.

— Ouais. J'ai beau essayer de m'y habituer, je sens toujours une espèce de boule au fond de mon estomac quand je vois ces trucs entrer et sortir.

Les plaques enfoncées dans le socle du fjord avaient permis le vidage de cette partie de la baie. Un extraordinaire travail de géo-ingénierie. Une courbe de métal reliait l'aéroport à Spring Creek, formant une rive artificielle surmontée de flèches de grue et de portiques de transbordement. Les navires continuaient à débarquer du matériel par milliers de tonnes. Des pièces gigantesques lévitaient en silence, soulevées par de puissants bras mécaniques, avant de finir avalées par le trou. Il se racontait que l'assemblage de la première plateforme était déjà bien avancé.

Ce qui restait difficile à établir à distance. Rachel avait mille fois raison : quelqu'un de qualifié devait lui rendre compte. Les rumeurs et les déformations ne pouvaient pas constituer une base solide d'information.

— Tenez-moi au courant quand Dokes reviendra. Je dois lui parler. C'est important.

— Compte sur moi.

Red ne put s'empêcher de penser à ce que deviendrait la baie sans l'iconique pêcheur. Les choses ne seraient définitivement plus comme avant. Dalton était parti. Puis son père… Et maintenant Dokes. Seward perdait ses figures mythiques les unes après les autres. Dokes avait-il réellement décidé de jeter l'éponge ? Tout comme elle l'avait fait ?

Après son arrêt au port, Emily roulait sur Nash Road.

Le trait de bitume avait bénéficié d'une cure de jouvence avec la pose d'une résine résistant aux intempéries et aux multiples passages de poids lourds. La route n'avait jamais été aussi lisse depuis des décennies. Côté droit, la vue sur la baie avait été bouchée par une palissade gris ardoise qui se laissait entrevoir entre les troncs des bouleaux, conifères et autres essences boréales. Derrière cette barrière dressée par les robots se trouvait le fameux chaudron, un nœud d'anxiété et un nid à rumeurs qui plongeait les habitants dans le doute.

À l'entrée du complexe, un milicien lui demanda de s'arrêter sur la zone de vérification d'identité. Il lui intima de garder les mains sur le volant tandis qu'il scannait son visage puis il recula d'un pas, sans doute pour solliciter sa liaison *terminex*. Red, détendue, n'en était pas à son premier contrôle et comme à chaque fois, elle ne laissa transparaître aucune émotion. Parce que c'était le comportement adéquat dans cet univers.

Le planton revint vers elle.

— Vous pouvez vous garer sur le parking réservé aux visiteurs, mademoiselle Redwild. Deux collaborateurs vous accompagneront à l'accueil.

— Merci, répondit-elle simplement avant d'avancer.

Une poignée de travailleurs originaires de Seward – heureux élus dont le nombre augmentait à mesure des ouvertures de postes – appelaient cet endroit, le jardin. Une référence aux antipodes de sa propre expérience. San Diego n'avait jamais été qu'une cuvette pleine de haine. Spring Creek était une contradiction à elle seule.

Deux personnes en costume gris anthracite et chaussures impeccables l'accompagnèrent à travers les allées qui traçaient des droites parfaites au milieu des pelouses taillées au cordon. Tirée à quatre épingles, son escorte demeura silencieuse jusqu'à destination où ils lui indiquèrent un siège sur lequel patienter. En face d'elle, le mur vidéo semi-transparent, suspendu au centre du hall, se mit à jouer son introduction : *Ici, nous construisons, le futur. Votre futur.*

Les premiers mots prononcés par une voix off androgyne, ses poils se dressèrent sur sa peau. Red serra les mâchoires et ne les desserra qu'une fois Cornélius devant elle pour la saluer. Cinq minutes plus tard.

— Je vous prie de m'excuser pour ce léger contretemps, conseillère Redwild.

Conseillère… Les nouvelles vont vite.

Il l'entraîna aussitôt vers des ascenseurs.

— Nous avons organisé une visite du chantier à votre attention. Et je serai votre guide, si vous le permettez. J'ai cru comprendre que vous aviez une expérience…

— J'étais chargée de l'assemblage des blocs médians à San Diego.

— Parfait, lui sourit Cornélius. Vous verrez que les choses n'ont pas tellement changé. J'espère que cela sera de nature à rassurer madame la maire. Et comment se déroule votre grossesse ? Si je puis me permettre.

Vous ne pouvez pas, se retint-elle.

— Ça se passe bien.

— J'en suis ravi.

La touche d'amabilité résonnait si différemment quand elle s'échappait de la bouche d'un double-A. Red était sur ses gardes. La référence à sa grossesse n'avait de fait rien d'innocent. Sous son air amical, Cornélius lui rappelait qu'elle avait conclu un marché.

Elle chassa ces pensées lorsqu'ils sortirent de l'ascenseur pour prendre place à bord d'un véhicule de surface dépourvu de toit. La voiturette possédait quatre sièges, mais aucun poste de conduite. Le chef du chantier se contenta d'énoncer leur destination. L'engin électrique accéléra en douceur puis tourna la gauche pour s'insérer dans un flux de robots, de drones, et d'appareils roulants de tous gabarits. Deux camions de livraison de la *YuTL* auraient pu y tenir et circuler au milieu de cette voie express souterraine. Le tunnel paraissait interminable.

— Nous avons creusé le soubassement de la montagne, lui expliqua-t-il. Outre l'aspect pratique lié aux facilités de stockage, nous avons aussi pensé au confort des habitants de la baie qui s'inquiètent pour leur environnement. Préserver la surface et le paysage nous semble un point important.

Oui, songea-t-elle, *tant de choses doivent rester hors de vue.*

Elle faillit lui demander si le vidage d'une partie du fjord participait de ce genre de considérations écologiques.

Des machines en forme d'étoile de mer se déplaçaient à même les cloisons et sur la voûte de synthébéton. Par moments, certaines d'entre elles disparaissaient dans un boyau ou un autre. Un mille-pattes articulé transportant des câbles sortit d'une bouche et se glissa dans la circulation, juste devant eux. Des centaines d'engins avaient perforé le sous-sol de Spring Creek comme un gruyère.

Puis ils émergèrent à l'extérieur. Red retint son souffle.

Elle se souvint instantanément de son premier jour sur le chantier de San Diego, le lendemain de l'obtention du précieux sésame qui avait fait de Nancy Kreiss une heureuse élue extraite de la misère.

De la poussière à la lumière, avait dit une personne dont elle ne se rappelait plus le nom.

Le chaudron méritait son qualificatif. Red lâcha un : *Oh !* de surprise. Les remparts de métal qui retenaient l'eau de la baie se dressaient à pic, sur plus de cent mètres. Le soleil à la verticale éclairait une Babel d'échafaudages de près d'un demi-kilomètre de diamètre qui dissimulait l'état d'avancement d'un incroyable vaisseau. Emily plissa les yeux.

— Comme vous pouvez le constater, l'assemblage est déjà bien engagé, lui confia Cornélius.

— Elle me paraît plus grosse que les Horizon.

— Vous avez l'œil. Il s'agit en effet d'une nouvelle classe.

La ruche industrielle aux proportions gigantesques était animée par les centaines d'insectes robots guidés par une main électronique ferme, celle d'une intelligence artificielle reine nourrie aux algorithmes. Les bruits de chocs métalliques, de scies électriques, les gerbes d'étincelles, les points brillants des postes de soudure la ramenèrent dans son passé. Des visages se superposèrent à la scène. Ceux de personnes disparues.

— J'espère que vous n'avez pas le vertige, annonça alors Cornélius.

Red lui sourit.

— Ça ira.

J'ai d'autres problèmes, mais pas celui-là.

Le véhicule ralentit puis s'éleva jusqu'à une plateforme perchée à une cinquantaine de mètres de haut. Cornélius et Red y furent accueillis par le premier être humain qu'elle croisait sur le chantier. Une femme devant une console surmontée d'un arc de cercle d'écrans sur trois niveaux. Lorsqu'elle se décoiffa de son casque de protection pour se présenter, elle libéra un carré or et argent.

— Monsieur, s'inclina-t-elle respectueusement. Madame, la conseillère.

— L'ingénieure Thyme me seconde. Où en sommes-nous ?

— Nous fixons les blocs vingt-quatre à vingt-sept. Conformément à la planification.

— Parfait, déclara son supérieur.

Cela fleurait bon la mise en scène tant les mots lui semblaient répétés, un tantinet surjoués. Si les questions qui fâchent attaquaient ses pensées comme un pivert martèle un tronc, Red se garda d'exprimer ce tac-tac nerveux. Cela ne servirait à rien. Le mal était déjà fait, enkysté à même la roche de *Resurrection Bay.*

— Thyme, pouvez-vous résumer les caractéristiques principales de cette nouvelle plateforme ?

L'ingénieure se fendit d'une présentation qui figurait sans doute dans le script de la visite.

— Le design des Horizon date de plus de trente ans, exposa-t-elle. Nous allons construire plus grand et surtout, plus vite. La réduction du nombre de blocs a permis une diminution substantielle de la durée d'assemblage. Nous avons aussi amélioré les processus, le train logistique et, cerise sur le gâteau, la configuration topologique de la baie, nous offre de…

Cornélius l'interrompit d'un geste de la main.

— Ce sera tout, Thyme. Merci beaucoup pour votre exposé.

— Elle peut continuer. Nous sommes désormais tous au courant que ces villes font davantage que voguer sur les océans.

— Bien sûr.

Thyme expliqua que la profondeur des eaux du fjord leur permettait d'assembler les blocs propulsion sans en passer par un transfert au large.

— On gagne une bonne dizaine de jours, conclut-elle. Ce n'est pas négligeable.

— Merci, Thyme, dit Cornélius.

L'ingénieure retourna à ses écrans.

— La classe Résurrection sera la plus grosse des éco-cités jamais lancées. Nous les avons nommées ainsi en l'honneur des habitants de la baie, reprit le chef.

L'idée plairait à Dalton et à Rachel. C'était certain. La maire exploiterait ce filon marketing pour effacer l'affront de la vidéo du décollage de la ville flottante. Elle revigorerait la flamme de la fierté dans les yeux des Sewardiens tout en ancrant leur confiance. Tout le monde suivait un plan bien établi. Même Red en acceptant de devenir la conseillère. Elle avait la désagréable sensation de n'être qu'un simple rouage dans un gigantesque jeu de construction.

L'un des écrans de la console vira au rouge et un bandeau se mit à défiler en plein milieu. Emily n'eut pas le temps de saisir les mots. Cornélius l'avait déjà entraînée vers le véhicule.

— Un problème ? s'enquit-elle.

Le chef de chantier hésita à lui apporter une réponse. Elle comprit qu'il consultait l'ensemble des données à travers sa liaison *terminex* et un agacement qu'elle avait cru remisé dans le passé refit surface.

— Rien de grave. Thyme ! lança-t-il ensuite.

L'ingénieure délaissa aussitôt ses écrans.

— Monsieur ?

— Je vous confie la conseillère. Vous restez ici. Jusqu'à ce que je revienne ou que j'envoie quelqu'un la chercher.

— Bien monsieur, répondit l'ingénieure.

Après le départ pour le moins précipité de Cornélius, Red questionna Thyme :

— Que se passe-t-il ?

— Je l'ignore, dit-elle le plus calmement du monde. Je n'ai pas le niveau d'accréditation pour accéder aux détails.

— Pour que Cornélius soit rappelé, ça signifie que c'est sérieux ? insista Red.

— Il est souvent sollicité. Vous savez ce que c'est, il y a toujours des problèmes qui surgissent de nulle part.

Emily lui sourit :

— Oui, c'est vrai.

Alors qu'elle se trouvait sur la passerelle, à cinquante mètres au-dessus du plancher du fjord, lequel avait disparu sous des tonnes de béton et de métal, Nancy Kreiss pointa un orteil hors du coffre mémoriel où son esprit la tenait sous clef. Thyme était retournée à ses écrans. L'occasion était idéale. Red ne possédait plus de puce de repérage. Avec un peu de chance, l'ingénieure, le dos tourné, ne remarquerait même pas son départ. La conseillère esquissa quelques pas à reculons. Juste pour voir. Thyme lui sourit en se détournant vers elle.

— Je suis désolée, je n'ai pas de siège à vous proposer pour patienter, disons, plus confortablement.

— Ne vous inquiétez pas, ça ira.

L'ingénieure se reconcentra sur sa tâche. Elle paraissait ignorer le bandeau d'alerte qui défilait sur l'écran voisin. Visiblement, rien qui nécessite d'interrompre les travaux d'assemblage. Le travail toujours. Une priorité absolue.

Red fit quelques pas en arrière, puis quelques autres sur sa droite, histoire de se glisser subtilement hors du champ de vision périphérique de Thyme. En jetant un coup d'œil par-dessus son épaule, Red localisa l'escalier en colimaçon tout en se disant qu'il s'agissait d'une mauvaise idée. Mais Nancy Kreiss lança une nouvelle pique :

Au pire, tu seras interdite de chantier et tu peux simplement dire que tu cherchais les toilettes.

À travers son talon posé sur le bord marqué par un joint, elle sut qu'elle se trouvait quasiment sur la première marche. Elle recula encore, descendit d'une marche, puis d'une seconde. Une fois Thyme hors de sa vue, Red fit volte-face et dévala les escaliers. Elle atteignit rapidement le fond de *Resurrection Bay*. C'était étrange, voire terrifiant, de se le formuler ainsi. Encore plus de lever la tête vers le sommet du rempart de métal qui retenait des millions de mètres cubes d'eau. Son esprit ne cessait de le lui répéter : *c'est une folie.*

Alors qu'elle se demandait où aller, Thyme apparut devant elle. Red se pinça la lèvre, puis dégaina son excuse :

— Je… je cherchais les toilettes. Le bébé… appuie sur ma vessie ce qui m'oblige à y aller souvent.

L'ingénieure arborait un masque neutre. Elle ne paraissait pas surprise. Elle ne la croyait pas une seule seconde. Peut-être avait-elle anticipé la situation… Que l'alerte, le départ de Cornélius entraient dans un scénario pervers destiné à tester la nouvelle conseillère de la maire. À la prendre en défaut.

Et ça a marché… Je suis tombée dans le panneau.

— Suivez-moi, dit alors Thyme.

Red hésita.

Autour d'elles, le ballet des robots et des drones se poursuivait, indifférent à cet accès de tension. Un véhicule de surface ressemblant à un antique buggy équipé de larges roues crantées s'arrêta à leur hauteur. L'ingénieure s'y installa la première.

— Montez, lui demanda-t-elle ensuite.

— Où allons-nous ?

— Je voudrais vous montrer quelque chose.

La conseillère accepta, néanmoins méfiante et sur ses gardes. Leur engin tout terrain longea l'échafaud cyclopéen qui renfermait le corps d'un géant en cours d'assemblage. La structure étincelait comme un sapin mécanique auréolé par des guirlandes de robots soudeurs. Des bras articulés plus épais que des troncs de conifère se déplaçaient sur des rails en portant des caissons pesant plusieurs centaines de tonnes. Dès qu'ils se trouvaient au bon emplacement, une cinématique complexe positionnait la pièce que les automates asservis à l'IA fixaient à la charpente tandis que d'autres connectaient câbles et tuyaux dont les embouts se joignaient avec une précision inférieure au millimètre.

Le véhicule bifurqua pour emprunter une allée qui menait directement à l'entrée d'un tunnel. Red se sentait de moins en moins confortable. Sa main était crispée sur la barre de métal qui faisait office de portière. Des dizaines de mécaniques indifférentes à leur présence évoluaient à une vitesse similaire à la leur, tandis que son esprit en mode turbo explorait toutes les possibilités.

Une certitude se dégageait néanmoins : cet écart ne figurait pas dans le script de la visite.

Red considéra l'ingénieure sous un autre angle.

— Que voulez-vous ? dit-elle sèchement.

Les traits de Thyme possédaient ce subtil mélange entre occident et orient, avec sa peau mate, ses yeux en amande, que contrebalançaient ses cheveux brillants. Était-ce l'expression d'une frivolité ? D'une singularité ou d'une distinction propre à un groupe comme pouvaient l'être des tatouages ?

— Je ne suis pas votre ennemie. L'alerte était une diversion. L'incident va retenir Cornélius pendant un moment. Je savais aussi que vous tenteriez quelque chose. C'est dans votre nature. C'était en tout cas dans celle de Nancy Kreiss.

Emily se raidit. Son cœur rata un battement.

Le jour s'estompa soudain. Elles pénétrèrent dans une galerie délimitée par des plinthes projetant une coloration bleutée. Le tunnel s'emplit d'une onde sonore grave, comme des rafales s'engouffrant dans une pièce, une mélodie composite faite de frottements, de glissements et de la combinaison des centaines de moteurs électriques. Red réprima un frisson, ses mains moites s'agrippèrent plus fermement à la garde.

— Qui êtes-vous ? dit-elle d'une voix en partie couverte par le sifflement du vent.

— J'aimerais être votre amie.

— Mon amie ?

L'ingénieure hocha la tête.

Est-ce encore un de leurs fichus tests ?

Les double-A mettaient constamment leurs collaborateurs à l'épreuve. Qu'il s'agisse d'analyser leurs performances, leurs résultats ou de s'assurer leur loyauté, les algorithmes maintenaient une forme de pression et remontaient les données aux échelons supérieurs d'où tombait le couperet.

Sauf que je ne suis plus une des leurs. Je suis hors système.

Thyme engagea le véhicule dans une voie secondaire puis elle l'arrêta sur un quai de transbordement, cinquante mètres plus loin.

— Je crois nécessaire que vous compreniez ce qui se passe à Seward.

Les deux femmes descendirent.

— Où sommes-nous ? demanda Red.

— Sous la montagne.

Thyme la conduisit devant une porte qui coulissa silencieusement. L'ingénieure ne paraissait pas perturbée outre mesure. Elle se montrait confiante, autant dans ses gestes que dans son regard.

Elle a tout organisé, songea Emily.

La conseillère s'avança au milieu d'un couloir nimbé d'une couleur chaude, un cocon aux accents de miel. La galerie s'incurvait à la manière d'un donut.

Thyme stoppa à mi-chemin. Elle plaqua une main sur la cloison. Comme dans un tour de magie, la paroi se déforma, se creusa en une alcôve cylindrique.

Red recula.

Elle n'avait jamais vu une chose pareille. Pas même à San Diego. La technologie des résidents était bien plus avancée qu'ils ne le laissaient entendre.

Ils sont capables d'envoyer des villes dans l'espace, se dit-elle. *Mais comment ?*

À l'extrémité de l'accès figurait un sas avec un logo en son centre, une sorte de cône allongé traînant des filaments et surmonté d'une mention : *Groupe-C*.

Red s'en approcha.

Ce n'étaient pas des filaments. Les appendices étaient plus épais et garnis de ventouses.

Des tentacules ?

Exactement comme dans le récit de Sakari.

— Qu'est-ce qu'il y a de l'autre côté de cette porte ?

Thyme se montra évasive.

— Je l'ignore. Peu de gens connaissent la vérité. Ce qui est important, c'est que vous compreniez qu'il y a quelque chose. Et nous aurons peut-être besoin de Nancy Kreiss pour le découvrir.

Red dévisagea l'ingénieure.

— Je… ne suis plus cette femme. Je suis une mère. Je vais avoir un enfant.

— Je sais, répondit Thyme en glissant une main sur son avant-bras. Un enfant malade. C'est avec cela qu'ils comptent vous contrôler.

Au moins, elle ne mentait pas. Red déglutit.

— J'aimerais rentrer chez moi.

— Bien sûr.

Les deux femmes regagnèrent la surface en silence. Red demanda la direction des toilettes. Dans la petite cabine où flottait une odeur de printemps, sa vessie se contracta violemment. Un filet de bile remonta le long de son œsophage.

Red s'accroupit devant la cuvette et vomit.

CHANCE

Chance s'approcha du bastingage à l'endroit même où sa vie avait basculé. Un frisson lui parcourut l'échine. Chance Daanak, propulsé héros du jour au lendemain, plaça une main hésitante sur la rambarde. Il se pencha et la scène lui revint à nouveau. Toujours aussi déstabilisante. Incompréhensible.

Il n'avait cependant pas rêvé. Ce qui était arrivé, était bien arrivé. Il se redressa et regarda Jade Cecil-Diaz. La référente arborait un masque à l'émotivité furtive. Comme si elle s'interdisait d'éprouver quelque chose. Asam souriait, droit comme un « i ». Quant à Syd… Jamais une fille ne l'avait regardé de cette façon.

Kara Lau s'avança vers lui.

Elle aussi l'observait bizarrement comme si elle percevait son malaise, sa confusion alors qu'il faisait son possible pour conserver sa sérénité et son calme. Parce que c'était le comportement attendu d'un héros.

— Tu as sauvé la vie de l'une des nôtres, lui rappela-t-elle. C'est là un acte d'une exceptionnelle bravoure. Peu de personnes en sont capables.

Chance déglutit. S'interposer lui était apparu comme une solution logique. Un réflexe naturel. Un peu comme l'équilibre lorsqu'il voltigeait.

— Je suis heureuse de t'annoncer que tu obtiendras sous peu un statut de collaborateur externe.

Les yeux du jeune homme roulèrent dans leurs orbites. Sa gorge s'asséchа soudainement.

— Je ne suis pas certain de savoir ce que ça veut dire.

Kara lui sourit :

— C'est un privilège rare. Décerné aux personnes d'exception. Cela va te permettre d'accéder au même statut que les autres collaborateurs de Spring Creek. Tu seras employé à plein temps. Tu auras un logement de fonction, tu bénéficieras d'un suivi médical, d'une assistance *terminex*.

— Je ne sais pas si je mérite tout ça…

— Ce n'est pas une récompense, Chance. C'est un nouveau défi. Il te faudra travailler dur.

Il n'avait pas la moindre idée de ce que cela signifiait. Il glissa un regard vers Asam qui arborait une mine réjouie.

— Est-ce que je serai obligé de quitter la promo ?

— Lorsque votre formation sera achevée, oui. Vous serez chacun affecté à une équipe.

Chance se pencha à nouveau pour scruter la surface sombre, à peine agitée par le remous, en s'imaginant pouvoir fouiller les profondeurs en quête de sens. Comment tombé ici, il avait pu se retrouver à Lowell Point, sur une plage à quatre kilomètres de là. La version officielle, un fort courant qui l'aurait poussé, relevait de l'explication douteuse.

Il fronça les sourcils, affecta une mine grave.

— Ce n'est peut-être pas une bonne idée de ressasser ces terribles instants, lui glissa Jade en posant une main sur son épaule.

— Nous disposons également d'une cellule d'aide psychologique, lui apprit

Kara Lau. La privation d'oxygène peut générer des hallucinations. Dans ces moments, nous croyons apercevoir des choses qui n'existent pas. Des choses parfois effrayantes. Nous pouvons… effacer les mauvais rêves.

Mais je veux me souvenir ! hurla-t-il intérieurement.

Après avoir pénétré dans l'eau glacée, après l'inflammation de ses poumons à court d'oxygène le forçant à ouvrir la bouche pour avaler des goulées d'air, avant de perdre connaissance, il avait vu la lueur bleutée, l'aspect filandreux et médullaire de la forme qui se déplaçait avec la rapidité d'un serpent fondant sur une proie. Il l'avait même touchée et il se souvint de la consistance gélatineuse et froide au bout de ses doigts. Cela n'avait duré qu'une poignée de secondes pendant lesquelles il avait même oublié la brûlure à travers sa cage thoracique. Ces images et ses sensations, ces instants qu'il avait crus les derniers, resteraient gravés dans sa mémoire.

— Ça va aller, répondit Chance. Mon père m'a toujours dit que lorsqu'on se retourne, on remonte sur son kayak. Et c'est ce que je vais faire.

Il adressa un sourire vers Nicholas qui hocha fièrement la tête. Sa mère tenait Sakari par la main. Cette dernière l'observait avec attention. Elle répétait inlassablement qu'elle avait trouvé Chance sur la plage, qu'il respirait à peine et qu'elle avait hurlé au secours.

— Il n'empêche, reprit Kara, quelques séances avec une thérapeute t'apporteront la sérénité nécessaire à l'accomplissement de tes tâches.

— Je vous dis que je suis prêt.

— Je n'en doute pas un instant, jeune homme. Mais c'est le protocole pour tous les collaborateurs confrontés à une violence extrême comme cela a été le cas lors de l'attaque. Nous prenons soin des uns et des autres, spécialement des gens compétents.

La cérémonie fut suivie d'un repas pris à la cantine du *JP Bezos*, décorée pour l'occasion. Des rubans et des ballons avaient été accrochés aux poutres et aux passerelles. Une banderole avec un message d'accueil habillait l'arrière-plan de l'estrade sur laquelle sa mère tenait un discours retransmis sur le réseau de télévision local. Elle rappela l'importance de coopération, que la survie de Seward dépendait de la réussite de cette entreprise.

En tant que héros du jour, Chance ne pouvait pas se soustraire à l'obligation de s'exprimer. Il se plaça à son tour derrière la console, regarda ses camarades, sa famille, les résidents formateurs, Jade-Cecil, Kara Lau. Il se contenta de remerciements assortis d'une simple explication : il avait agi par devoir, par conviction.

Peu après, il profita d'un moment pour s'éclipser avec Sakari qui n'opposa pas de résistance comme si elle savait de quoi il voulait lui parler.

— Je veux que tu me dises la vérité, Sak, à moi. Ce que tu racontes à tout le monde, c'est des conneries.

Elle eut ce regard embarrassé et il la prit par les épaules.

— Je n'ai pas été emporté par le courant. Ça a l'air dingue, mais plus j'y réfléchis, plus je crois qu'il y a effectivement quelque chose dans la baie. Et toi, tu l'as vue aussi.

Sans broncher, elle le fixait, mais dans ses yeux étincelants il décela l'indécision, l'hésitation.

— Il y a quelque chose au fond du fjord, asséna-t-il.

Sakari resta de marbre, mais il percevait la lutte qui l'habitait en cet instant, son regard fuyant et une légère contraction à la commissure de ses lèvres.

— Quelqu'un t'a demandé de ne rien dire, c'est ça ?

Elle hocha la tête.

— Tu peux me raconter à moi, je suis le premier concerné. Je dois savoir !

Le combat faisait sans doute rage dans l'esprit de sa jeune sœur et il maintint la pression.

— Je suis ton frère, Sak. Pas un inconnu ! Tu peux me parler.

— Oui ?

Elle regarda à droite puis à gauche, un peu comme si elle craignait que quelqu'un les surprenne.

— Je l'ai vu te déposer sur la plage. Ça ressemblait à une sorte de gros animal marin. Avec des tentacules.

Durant un instant, il éprouva un immense soulagement. Contrairement à ce qu'affirmait Kara Lau, il ne s'agissait ni d'un cauchemar ni d'une hallucination consécutive à sa privation d'oxygène.

C'était réel.

— Tu en as parlé à quelqu'un d'autre ?

— À Emily.

— Qu'a-t-elle dit ?

— Rien. Que je devais garder ça pour moi.

Une femme au visage avenant avec un carré or et argent fit irruption.

— Ah ! Vous êtes là, déclara-t-elle avec un sourire lumineux. On vous attend pour découper le gâteau.

— Bien sûr, répondit Chance d'une voix contrariée. On rediscute de tout ça tout à l'heure, Sak.

Puis l'adulte tendit une main à Sakari. Elle se pencha vers la jeune fille alors que son frère gagnait la grande salle.

— Ne parle jamais de ce que tu as vu sur la plage. De la créature avec les tentacules. Jamais.

Sakari écarquilla les yeux.

— Vous savez ce que c'est ?

— Oui, je le sais. Et tu n'as pas besoin d'en savoir plus.

— Est-ce que c'est dangereux ? Je veux dire pour nous, pour Seward.

— Non.

— Alors c'est quoi le problème ? demanda-t-elle en plissant les yeux.

— C'est un secret. Tu comprends que les secrets sont parfois nécessaires parce que des tas de gens pourraient avoir peur s'ils apprenaient la vérité.

Sakari hocha la tête.

— Bien ! Je m'appelle Thyme. Et tu sais quoi ? J'aimerais goûter à ce gâteau. T'en penses quoi ?

CLEAVER

De Seward à San Diego, en passant par Vancouver, Whitehorse, Juneau, la vidéo du décollage de Concordia continuait à se propager, sautant d'un protocole pirate à un autre grâce aux antennes relais clandestines disséminées tout le long de la côte Pacifique. Des réseaux filaires secrets acheminaient les sulfureux bits d'information au cœur des camps de réfugiés et des bidonvilles incrustés au milieu des ruines urbaines. Les images se transmettaient même de main en main, gravées sur des supports solides destinés aux communautés déconnectées, vers le Texas, l'Amérique centrale et plus loin vers l'est, jusqu'à atteindre les enclaves floridiennes cernées par la montée des eaux.

En République de Californie, le film vu par des millions de réfugiés avait mis le feu aux poudres. Les forces de sécurité des conglos, dirigées par Adrian Leach depuis son poste de commandement flottant, avaient maîtrisé la situation à coups de missiles guidés, de claps, de canons électroniques et d'effecteurs à micro-ondes. Les bordées de roquettes laser défirent l'étau de rage, embrasèrent les rangs, transpercèrent les flancs d'êtres humains en colère dont les guenilles s'enflammaient au contact du napalm-W. Une pagaille sans nom secouait toujours le bassin de San Diego, épicentre d'un séisme qui avait également réveillé San Francisco et Los Angeles.

Et les conséquences ne s'arrêtaient pas à ces flambées de violence.

Des drones Ptérodactyle se relayaient au sud du mur. Les caméras embarquées suivaient en temps réel les mouvements de population. Depuis la diffusion de la vidéo, le volume des migrants remontant vers le nord ne cessait de progresser, ce qui consacra l'échec de leur stratégie de diversion.

En arrivant devant le plateau holographique de la salle des opérations, Cleaver réprima un hoquet de surprise. Des milliers de points rouges matérialisaient ici un véhicule, là, un individu sur une moto, un cheval, tirant parfois une carriole ou encore des personnes se déplaçant à pied. De loin la catégorie la plus importante. Selon les modèles mathématiques, les rivières de lucioles convergeaient vers la région de Vancouver. Une transhumance d'une ampleur exceptionnelle se préparait, tous ces gens suivaient la route d'ancêtres autrefois saisis par la fièvre de l'or. Les clichés analogiques exposés dans le hall d'accueil du palais lui revinrent en mémoire.

L'histoire se repasse les mêmes plats.

Devant le mur, à quelques kilomètres de Vancouver, des campements se dressaient déjà. Les canaux infrarouges provenant des Ptérodactyle révélaient la position de dizaines de points de chaleur, sûrement des foyers au vu du gradient thermique. Ces populations constitueraient un problème et pas uniquement sanitaire. Pour l'heure, ils n'iraient pas plus loin, bloqués par des robots armés, des tours de guet, des drones et une puissance de feu que rien ni personne dans la région ne serait en mesure de contrer. Le No Man's Land débutait à cinq kilomètres à partir de la muraille. Quiconque dépassait la ligne des panneaux d'avertissement plantés sur une zone tampon de cent mètres de large vivrait ses derniers instants.

L'afficheur voisin présentait une carte sur laquelle se déplaçaient des points. Le double-A jeta un coup d'œil sur la position de la plateforme Majestic qui voguait au large des côtes de l'Amérique du Sud. Ils étaient en avance d'un jour ou deux, poussés par des courants exceptionnellement favorables. Selon les estimations, le transfert par le détroit de Magellan puis la remontée le long de l'ancien Chili, jusqu'à une zone protégée à l'ouest de Vancouver, devrait s'étaler sur cinquante jours.

Après avoir laissé des instructions à ses équipes, Cleaver s'installa à bord de son jet air-espace. L'appareil décolla aussitôt de Solaris et entama un saut de puce suborbital dont le point de chute se situait à huit cents kilomètres au large de Nazca. Cleaver y retrouva les membres du Groupe C pour leur délivrer, en personne, son rapport. Avant de prendre place parmi ses pairs, il salua la présidente qui l'avait convoqué afin qu'il s'explique sur les derniers événements. Les administrateurs associés l'écoutèrent attentivement, à l'affût du sens caché derrière le moindre de ses mots. En raison de son importance dans le plan de développement, Seward devenait une affectation convoitée.

Cleaver comprenait qu'il jouait sa survie politique.

Tout d'abord, exposa-t-il, il convenait d'améliorer la protection du mur et de renforcer la surveillance des populations au sud de celui-ci. Cela signifiait plus de drones, de moyens humains et robotisés, de capacités de traitement des informations, de stockage et une augmentation de la puissance de calcul allouée à leurs opérations. Il préconisait également l'envoi d'équipes de sécurité supplémentaires à Seward afin d'en muscler le périmètre et prêter main-forte aux autorités. Il s'appuya sur les évaluations produites par les algorithmes experts qui se basaient sur les résultats compilés par des systèmes spécialisés dans la collecte, l'organisation ou encore la projection à court, moyen et long terme.

Le tableau d'ensemble se voulait optimiste sans pour autant nier la réalité des faits. Cela n'empêcha pas le directeur général du conglo W d'afficher son scepticisme, estimant la situation fragilisée par la diffusion du film qui incitait les populations à migrer vers le nord. Ce à quoi Cleaver répliqua que la pression demeurait gérable, qu'ils disposaient des ressources nécessaires pour la contenir. Les migrants s'entassaient devant une barrière infranchissable et quand bien même l'envie leur viendrait de tenter leur chance, par groupes ou isolément, ils devraient se glisser au travers d'un champ de mines, échapper aux automates de tir, traverser une succession de fosses, un réseau de barbelés auto-enrouleurs et, une fois parvenus jusque-là vivants – ce qui relevait déjà de l'exploit –, escalader une enceinte de cinq mètres de haut dont le nanorevêtement lisse n'offrait aucune prise et au sommet duquel brillaient deux mètres de clôtures électroniques à fort voltage. Ils devraient également se dissimuler des patrouilles, des drones, des capteurs, des caméras et d'autres mauvaises surprises dont les lieux étaient truffés sur des kilomètres.

La réalisation du dispositif avait été confiée aux soins d'une IA de classe militaire de l'ancienne puissance américaine. Cleaver en arriva à sa conclusion avec l'assurance d'un général martelant un message clair : ils ne passeront pas.

— Ces systèmes remplissent leur job, mais ils dépendent des paramètres injectés en amont. S'ils ne sont pas bons, ou même incomplets… hasarda l'un des directeurs de la zone Moyen-Orient.

Puis il mima une explosion avec ses mains. Un effet exagéré, mais la symbolique suffit à faire hocher les têtes autour de la grande table.

La responsable de la division C-Space dans sa robe bleu marine rappelant un uniforme le fixa un instant, elle regarda la présidente qui acquiesça avant de revenir vers lui.

— La façon dont vous avez géré la double crise, celle de la vidéo et de l'attaque, est exemplaire. Les mesures prises me semblent capitales afin de nous assurer la maîtrise de la région. Ce qui m'inquiète davantage, ce ne sont pas ces miséreux devant le mur de Vancouver, mais ceux qui se trouvent déjà à l'intérieur, notamment ces gangs opérant depuis Anchorage. Lors du passage de Concordia, un incident de ce genre s'était produit.

Cleaver hocha la tête.

— Mes équipes travaillent sur un plan de pacification, comprenant des volets d'aide et de répression. Nous connaissons la virulence de ces gens sans foi ni loi et seule une action cinétique sera en mesure de les stopper. Ensuite, des opérations d'influence et d'infiltration nous permettront de reprendre le contrôle. Nous avons déjà fait cela en Europe et en Afrique. Je reste confiant quant à l'application de méthodes qui ont produit d'excellents résultats par ailleurs.

— Je n'en doute pas. Il est toutefois un incident sur lequel j'aimerais attirer votre attention.

— La recrue tombée du bateau durant l'attaque, anticipa Cleaver.

— En effet. Je loue une fois encore votre habileté pour lui avoir octroyé un statut de collaborateur externe. Il me paraît cependant nécessaire d'éclaircir un point en particulier : pour quelle raison, selon vous, le jeune homme a-t-il été sauvé de la noyade ?

Souvent, les Calamaris ne donnaient pas d'explications à leurs actions. Dépendant de technologies qu'ils ne maîtrisaient pas, les conglos n'étaient d'ailleurs pas en position d'en exiger.

— Il serait sans doute plus judicieux de leur poser directement la question, répondit Cleaver.

— Nous l'avons fait. Obyr est resté évasif. Il a évoqué de vagues motifs humanitaires.

— Ils auraient dû le laisser se noyer au fond du fjord, argua le directeur du groupe W dans un accès de franchise qui provoqua quelques regards appuyés. Ce sauvetage met en danger le secret le mieux gardé de notre Histoire. Si jamais cela sort au grand jour, les conséquences seront incalculables, même par le meilleur de nos algorithmes exécuté sur la plus puissante de nos IA.

Cleaver partageait un point de vue identique.

Il produisit plusieurs documents, tous issus du centre médical providence et de l'antenne de soins spéciaux installée à Spring Creek. Le cerveau de Chance Daanak flotta au-dessus de la grande table.

— Je tiens à vous rassurer sur ce point. Le secret ne sera pas éventé. Pour ce jeune adulte, ce qui s'est passé après sa chute du navire demeurera à l'état de rêve incompréhensible. Officiellement, il a été emporté par le courant.

— Par le courant ? s'étonna la représentante de C-Space.

— Nous travaillons l'hypothèse durant ses séances thérapeutiques avec une psychologue et une programmation neuroactive.

Sur l'une des séquences vidéo, Chance Daanak dormait. Au-dessus de sa tête planait un robot médullaire dont plusieurs filaments étaient en contact avec son cuir chevelu.

— Comme vous le savez, reprit-il, nous ne pouvons pas effacer ce genre de traumatisme dont le souvenir marque très profondément la carte mentale. Nous pouvons cependant orienter l'acception de l'inacceptable. Un courant de surface l'a donc porté jusque devant chez lui. C'est l'explication la plus admissible de son point de vue.

— Que faites-vous du rapport de Kara Lau sur la sœur ? Cette jeune fille a menti en affirmant ne rien avoir vu de particulier. Notre analyse des données brutes de l'entrevue va dans le même sens. Si elle a vu quelque chose, nous nous trouvons devant une nouvelle fuite potentielle.

— En admettant qu'elle ait effectivement aperçu quelque chose, elle n'en parlera pas.

— Et pourquoi, je vous prie ? réagit le directeur du groupe W.

Cleaver prit le temps de considérer sa réponse.

— Parce que personne ne la croirait. Ni ses parents, ni son frère, et ce, grâce à la thérapie active.

— Et Nancy Kreiss ? Elle a assisté à l'entretien.

— La maire Daanak et Emily Redwild sont proches. Cette dernière a d'ailleurs accepté de devenir sa conseillère, ce qui va dans notre sens.

— Le fait qu'elle soit enceinte d'un enfant victime d'une malformation, également, renchérit la représentante de C-Space.

— Comme vous le constatez, sourit alors Cleaver, tout est sous contrôle. Emily Redwild est une personne très appréciée à Seward. Il est préférable de s'en faire une alliée.

La double-A en robe bleue soupira.

— Tout comme l'était Nancy Kreiss, à la base.

— La configuration est différente. Nous possédons un moyen de pression. C'est une future mère, ainsi que vous venez de le souligner.

La présidente se leva, son regard s'attarda un instant sur chacun des visages réunis autour de la grande table puis elle clôtura la séance.

— Conseiller Cleaver, nous vous laissons le soin de gérer la situation, mais le secret sur l'existence des Calamaris doit être préservé. Il en va de la bonne marche de nos opérations dans la Zone d'Intérêt Septentrionale dont vous saisissez l'importance, il va sans dire.

— Il ne s'agit de rien de moins que de sauver l'espèce humaine, madame, je suis parfaitement au fait des enjeux.

En terminant la réunion, Cleaver avait obtenu satisfaction sur deux points essentiels. Primo, il avait préservé sa position en montrant qu'il saurait gérer la crise. Deuxio, le groupe C lui avait accordé les pleins pouvoirs de décisions sur la nouvelle zone spéciale. De Seward à Juneau, l'Alaska était désormais son fief.

Il esquissa un sourire en gagnant le siège de son jet air-espace.

EMILY

Alors que Red passait entre les tables avec son plateau de boissons, Rachel tenait son point presse diffusé avec un léger différé. Au cours de ce rendez-vous quotidien de cinq minutes, une séquence rodée et calibrée, elle mettait en avant deux à trois sujets, des avancements, des progrès. Rien de négatif. Jamais.

La maire communiquait sur les ouvertures de postes, le lancement de nouveaux travaux, la réfection de rues, de bâtiments ou d'équipements. La ville bougeait, elle se transformait et la population devait comprendre qu'elle était la chef d'orchestre de ce renouveau. Par contraste, Dokes figurait la vieille garde, celle qui désirait un impossible retour à l'avant Concordia. Depuis l'attaque, le nom du pêcheur était cependant sur toutes les lèvres. Il n'était pas reparu depuis. Rachel ne l'évoquait pas, mais elle devait sûrement se poser la même question que ses administrés : où était Dokes ?

Red quitta l'écran des yeux à l'appel d'une tablée qu'occupaient des clients plutôt joyeux. Elle y revint quand un élément nouveau s'ajouta à la routine médiatique de Rachel : Green apparut devant les caméras. Il s'avança pour prendre la parole. Kara Lau se tenait à ses côtés. Le shérif remercia la maire avant de s'exprimer.

— Je sais que beaucoup d'entre vous s'inquiètent de la disparition de James Dokes, tout spécialement les membres d'équipage du *Molly Pen* que je voudrais rassurer sur le sort de leur patron : Dokes se trouve actuellement à Spring Creek. Il fait l'objet d'une procédure d'enquête suite à l'utilisation de son hors-bord lors de l'attaque de la ville.

Green marqua une pause. Aux *Trois Ours*, les clients, incrédules, retinrent leur respiration. Dokes ne pouvait pas avoir été impliqué dans cette horreur, lut Red sur leurs visages stupéfiés. Personne n'y croyait. Il existait cependant un précédent, savait la jeune femme. Marvin Stoker.

— L'investigation menée par la chef de la sécurité, Kara Lau, a disculpé Dokes. En fait, James Dokes a été la première victime. Il a été abattu. Chez lui.

Par les intrus qui ont ensuite volé son hors-bord afin de commettre leurs crimes et prendre la fuite. Kara Lau est arrivée à temps pour le sauver.

Red aurait aimé plus de détails sur les circonstances de ce drame, mais Green ne les délivra pas. Le pêcheur était en voie de rétablissement et il serait prochainement de retour. Une affirmation ponctuée par une salve d'applaudissements dans la salle. Green remercia Kara Lau pour avoir sauvé une figure locale. Elle se contenta d'incliner sobrement la tête.

Les discussions reprirent de plus belle aux *Trois Ours*. Toutes tournaient autour des dernières révélations. Emily retourna au comptoir pour préparer une commande quand une nouvelle cliente franchit la porte d'entrée.

— Sara. Bienvenue. Installe-toi !

La journaliste s'assit sur le premier tabouret.

— Red, dit-elle tout en regardant aux alentours. Ça fait un bail que je n'ai pas mis les pieds ici. C'est… toujours aussi cosy.

— Je te sers quelque chose ?

— Il paraît que c'est le meilleur endroit pour boire un café de ce côté-ci de l'Alaska.

— Bien sûr. Ce n'est pas souvent qu'on te croise aux *Trois Ours*.

Red se retourna pour lancer la machine.

— Ouais… Ton père et moi, on ne s'est jamais très bien entendus. Nous avons eu une sorte de désaccord. Le genre plutôt fâcheux. Très.

— Je ne savais pas.

— Lorsque tu as quitté Seward, il y a quoi… dix ans ? J'ai laissé entendre dans un reportage que c'était arrivé par sa faute.

Elle faillit en lâcher la tasse, mais elle parvint à la poser sans renverser le précieux breuvage.

— D'une certaine manière, reprit Sara, je le regrette. D'une autre, non. J'ai fait mon travail. Et ça consiste à creuser pour dénicher la vérité.

Ses yeux brillaient. De franchise. De colère aussi. L'une semblant se lier à l'autre.

— Je veux savoir qui a tiré sur Dokes.

La réaction était normale, puis Red se rendit compte que ce n'était pas la journaliste qui s'exprimait, mais l'amante.

C'est personnel.

Dokes avait eu une épouse. Dans le temps. Red l'avait toujours connu dévoué à son métier et, pour tout dire, marié à l'océan. *Une femme dans chaque port* affirmait l'adage. Sauf qu'il n'y avait jamais eu qu'un seul port d'attache dans sa vie.

Une amante, se répéta-t-elle en la fixant avec un regard neuf.

— J'ai l'impression que tu viens de comprendre quelque chose, réagit Sara.

Emily hésita un instant. Puisqu'elle attendait des réponses franches, autant mettre les pieds dans le plat.

— Vous êtes ensemble depuis un moment, n'est-ce pas ?

La journaliste soutint son regard, le menton relevé :

— Dokes et moi, nous vivons une relation discrète.

— Tu appuies sa campagne politique, ça risquerait de te discréditer. Je comprends.

— Ça, j'en doute. Nous nous sommes longtemps tournés autour, bien avant que tu reviennes à Seward. L'an passé, Green a deviné que nous nous voyions. Depuis le départ de Concordia, Dokes est devenu parano. Nous avons dû changer nos petites habitudes.

Sara avait besoin de parler. Red laissa la journaliste vider ce qu'elle avait sur le cœur.

— J'aimais bien notre motel. C'était comme une sorte de chez nous, un nid où nous nous retrouvions, le frisson du secret apportant un piment à nos ébats.

Elle marqua une pause, tritura sa tasse du bout de ses doigts manucurés et vernis. Puis elle leva la tête.

— Je te remercie d'avoir fait libérer mon caméraman. Tom est un gars bien et j'ai besoin de lui.

— Ce n'est rien, répondit Red qui se demandait comment elle avait pu apprendre le rôle qu'elle avait joué. Comment as-tu…

La journaliste esquissa un sourire :

— J'ai mes sources dans la forteresse.

Elle parut hésiter puis elle poursuivit :

— Serait-ce abuser que te demander une faveur ?

— Si je peux aider…

— Je veux voir Dokes. Ma requête est restée lettre morte. Je crois que Daanak veut me punir ou punir Dokes. Tu es la conseillère spéciale de la maire, tu dois certainement pouvoir m'obtenir un droit de visite.

— Ma nomination… n'est pas officielle.

— C'est important ? sourcilla la journaliste.

Rachel n'avait pas encore fait l'annonce. Peut-être réservait-elle cette munition pour plus tard.

— Les adjoints du shérif sont sur le coup. Ils trouveront qui a fait ça.

— Tu crois sérieusement ?

Non, évidemment.

— Ces types se sont barrés, poursuivit Sara dans un soupir. L'Alaska est un territoire immense. Ils ne les retrouveront pas. Même avec les moyens mis à disposition par Spring Creek. Ces gens ne connaissent rien à notre pays.

Red hocha la tête.

— Je peux en parler à Rachel pour ton droit de visite.

— Pas à Rachel. À Cornélius. La maire est un pantin. Tu sais très bien qui tire les ficelles.

— Mon influence sur eux est très limitée.

C'est même plutôt eux qui me tiennent. Qui tiennent le destin de mon enfant…

— S'il y a un truc que j'ai appris depuis Concordia, c'est qu'il faut toujours apporter des munitions lors d'une négociation.

Derrière son comptoir, Emily Redwild haussa un sourcil, mais elle laissa la journaliste développer.

— L'attaque n'a pu avoir lieu qu'avec l'aide de complices. Des citoyens de notre ville et, selon la rumeur, un ou plusieurs résidents de Spring Creek.

Elle repensa à l'ingénieure Thyme. Avait-elle joué un rôle dans cette sordide affaire ?

— Pour ces derniers, je n'ai aucun moyen d'enquêter. Pour Seward, en revanche, j'ai ma petite idée. J'ai vu beaucoup d'animosité dans les yeux de nombreuses personnes à Seward. Il y a eu des agressions, des rancœurs, le tabassage du fils de la maire. J'ai interrogé pas mal de mécontents. En fait, les suspects ne manquent pas. On peut même dire qu'ils courent les rues.

— Ça fait une longue liste, observa Red.

— J'ai pu la réduire à quelques noms.

— Si je te suis bien, tu comptes échanger cette information contre un droit de visite de Dokes ?

Sara hocha la tête.

— Et qu'est-ce que je viens faire là-dedans ? Je veux dire, c'est toi la journaliste d'investigation. Pas moi. Je ne fais que tenir le bar de mon père.

— J'aurai besoin de ton aide pour mener l'enquête. Les gens s'ouvrent plus facilement à toi. Tu as su gagner leur confiance.

Faire équipe avec l'amante de Dokes, voilà une évolution que Red n'aurait jamais anticipée.

— OK. Ça ne me fera pas de mal de sortir un peu.

Encouragée par sa réponse, la journaliste quitta les *Trois Ours*. Elle revint une demi-heure plus tard les bras chargés d'un antique ordinateur portable. Emily arqua un sourcil en découvrant le capot cabossé de la machine. Il manquait même des touches au clavier.

— C'est un vieux coucou que j'ai récupéré à Anchorage. Dokes m'a fortement suggéré d'éviter le matériel offert par nos nouveaux protecteurs.

— Un conseil avisé.

Sara afficha une interview qu'elle avait mise de côté, sans jamais la diffuser. À raison. Les propos étaient violents, dès qu'il s'agissait de Rachel et de la communauté inuite de Lowell Point.

— Ce zigue s'appelle Ricky. Il figurait parmi les agresseurs de Chance Daanak. Il s'en est tiré avec quelques jours au frais et des travaux d'intérêt général vu que le gamin, probablement sur le conseil de sa mère, n'a finalement pas déposé de plainte. Sans doute pour éviter de pourrir davantage la situation. Ricky a été remercié de son poste de manutentionnaire à la coopérative, là aussi, après une intervention de la maire…

Ça n'a pas dû lui plaire, c'est certain, pensa Red en visionnant le passage prophétique.

— Il se pourrait qu'un jour, ça dérape franchement, affirma le jeune homme sur un ton bravache face au micro que lui tendait Sara. La ville est une cocotte sous pression. Le jour où ça va exploser, il y aura des dégâts. Beaucoup de dégâts.

— Il paraît charmant, dit Red. T'es sûre de vouloir lui parler ?

— Ce genre de mec ne peut pas s'empêcher de fanfaronner. A minima, je suis certaine qu'il sait ou qu'il a entendu des choses. À deux, ce sera plus facile et tu as dirigé des durs à cuire à San Diego, non ?

— Oui, enfin… Je n'étais pas enceinte à l'époque. Je suis deux à présent et plus vraiment moi-même.

— Justement. Ça devrait l'impressionner ou l'inciter à la retenue.

Les deux femmes se rendirent au domicile de Ricky Butler sur Swetmann Avenue, au nord de la ville. Elle gara la voiture sur le parking devant le combo réaménagé en plusieurs appartements loués pour une somme dérisoire par la municipalité. Elles frappèrent à la porte du numéro 1818. L'homme qui leur ouvrit avait la trentaine, une barbe broussailleuse dissimulait son cou et, à voir son air étonné, il ne s'attendait pas à recevoir de la visite. Encore moins féminine.

— Red et Pherson, qu'est-ce qui me vaut la visite des stars de *Resurrection Bay* ?

— Monsieur Butler, dit Sara, j'aimerais vous poser quelques questions. Si vous le voulez bien.

— Pourquoi j'accepterais ? Vous n'avez jamais diffusé mon interview.

Il referma la porte derrière lui et croisa ses bras sur son torse, un signe équivoque.

— Vos propos sont libres, il va de soi, mais ils n'étaient pas appropriés pour de jeunes oreilles qui constituent une part importante de l'audience.

Ricky esquissa un sourire :

— Ouais. Pas plus que la propagande de notre salope de maire. À cause d'elle, j'ai perdu mon job. Des emplois qu'elle refile à ces enfoirés d'Inuits…

Emily se maîtrisa, mais son regard se durcit. Sara s'engouffra dans la brèche.

— Justement, il se pourrait que vous récupériez un poste.

— Vraiment ? En échange de quoi ?

— D'informations sur l'attaque de la ville.

Le changement dans la posture de Ricky montrait que Pherson avait mis le doigt sur quelque chose. La journaliste possédait depuis toujours un excellent flair. La bouche du jeune homme devint une simple ligne sur ses traits tendus.

On n'en tirera rien, devina Red.

— On vous a peut-être demandé d'aider… la cause ? insista Sara.

Une bouffée de colère empourpra le visage de Ricky :

— Cassez-vous d'ici ! Toutes les deux, dégagez de chez moi !

Sur le chemin du retour, Sara soupira tandis que Red conduisait.

— On aura au moins essayé, mais sa réaction est équivoque. Il est dans le coup ou il sait quelque chose.

— Possible, observa Red sans quitter la route des yeux. Mais on n'a pas de preuve.

Emily retrouva Pop aux *Trois Ours*. Une fois Sara repartie, son compagnon lui passa un savon quand elle s'expliqua sur son absence.

— Merde, Red, tu ne peux pas jouer les enquêtrices ! Tu es enceinte, bordel ! Et ces types sont tarés.

— Il n'aurait pas osé s'en prendre à moi ni à Sara. Ce n'est guère plus qu'une petite frappe.

— Ça n'empêche pas. Tu es enceinte !

— Pop, je suis une grande fille. Je sais ce que je fais et tu savais que je ne suis pas le genre à rester les bras croisés.

Et tu ne sais pas qui j'étais. Avant.

Pop s'assit sur la chaise en soufflant.

— Bon Dieu, Red… J'aimerais que tu…

— Que je quoi ?

— Que tu fasses attention.

Emily consacra le restant de l'après-midi à sa clientèle, la boule à l'estomac, remuant et retournant les pièces d'un puzzle qu'elle ne voyait pas de quelle manière assembler. Le témoignage de Sakari, ce que lui avait montré l'ingénieure Thyme, l'envol de Concordia, l'attaque de Seward… Tout cela se mélangeait en une nébuleuse d'impressions et d'images où chaque fil tirait une nouvelle pelote de questions. La nuit portant conseil, elle se coucha tôt ce soir-là, l'esprit épuisé par la spéculation et le corps drainé par la vie qu'elle couvait.

Le lendemain, Red entama sa routine. Pop se leva le premier pour préparer le café et deux toasts, il partit à son travail avant elle après lui avoir apporté le plateau. Elle appréciait ce moment à sa juste valeur et savait que ce geste comptait pour son compagnon. Néanmoins, elle ne s'attardait jamais au lit. Une habitude acquise à San Diego.

Mary débarqua peu après pour l'emmener aux *Trois Ours*. En longeant le front de mer, Red observait les navires, leurs ponts chargés de milliers de tonnes d'éléments préassemblés. Au loin, des superstructures dépassaient de la surface de l'eau, comme les pointes sur le dos d'un monstre marin. L'éco-cité commençait à émerger du chaudron.

Comme d'habitude, Mary l'aida pour la mise en place avant l'ouverture puis elle fila à la mairie pour prendre son service.

Red effectua un dernier tour de salle. Elle ajusta une nappe, rangea quelques chaises et s'occupa de l'antique machine à café qui ne tarderait pas à chauffer d'ici peu. Il s'agissait sans doute de l'investissement le plus judicieux de son père. Tôt ou tard, les précieux grains viendraient à manquer, se rendit-elle compte en vérifiant le contenu de l'avant-dernier sac.

Ensuite, ce sera le retour du célèbre jus de chaussette de Bill, sourit-elle.

Red se rendit à la remise pour contrôler les stocks sur les autres étagères. L'effort n'était certes pas recommandé, mais elle tenait à faire les choses elle-même tant qu'elle s'en sentait capable. Au fil des jours, les rayonnages s'éclaircissaient. Un peu trop rapidement à son goût. Les besoins évoluaient à la hausse avec l'augmentation de la population locale. En soi, une bonne nouvelle. Heureusement, la prochaine livraison de la *YuTL* interviendrait dans la semaine. Elle nota dans un coin de son esprit de revoir les termes de son contrat avec les fournisseurs. Il faudrait plus de marchandises.

Sur la pointe des pieds, Red extirpait une boîte de son casier quand elle ressentit une douleur dans ses reins, une main se plaqua sur sa bouche et en une fraction de seconde, un voile épais, sombre, obstrua sa vue.

— Dans ton état, ce n'est pas une bonne idée de se montrer trop curieuse, entendit-elle dans son dos.

Une forte odeur traversa le tissu du sac qui recouvrait sa tête, l'enivra, lui fit perdre l'équilibre et son corps devint soudain aussi flasque que de la gelée. L'homme continuait à lui parler, mais les mots se dérobèrent, échappant à son esprit déjà assoupi. Les phrases devinrent nébuleuses, lointaines. Mais le timbre, lui, demeurait et activa sa mémoire.

Ricky Buttler, songea-t-elle avant de sombrer.

KARA LAU

Engoncé dans son fauteuil, le corps plus pesant qu'un casier rempli de crabes, les muscles trop raides pour esquisser le moindre mouvement, Dokes cligna des yeux. La luminosité matinale différait de celle des jours ou des semaines précédentes, mais son salon, lui, n'avait pas changé. Le canapé se trouvait toujours à sa place, ainsi que la cheminée, les paysages aux couleurs passées dans leurs cadres poussiéreux, la tapisserie à motifs qu'il n'avait jamais remplacée… La disposition des lieux lui apparut familière et étrangère à la fois. Plus ancienne. Un environnement dans son jus, aurait dit un agent immobilier. Quelqu'un venait soudainement de le propulser dans un chez lui appartenant au futur.

Un cône de lumière éclaira le second fauteuil resté dans la pénombre, juste en face du sien. Sa main se crispa sur l'accoudoir. Sa bouche s'ouvrit, un nom se forma dans son esprit, une syllabe qui tenta de se frayer un passage à travers sa gorge sèche et douloureuse.

— Jo…

Son sourire, sa peau pâle, ses yeux sombres et espiègles, ses cheveux attachés par l'anneau d'argent, elle était revenue. Ou bien il rêvait ou bien il hallucinait. Cela lui sembla pourtant bien réel.

Est-ce elle ?

— JoAnn, parvint-il à articuler, pétrifié dans son siège.

Sa femme se contenta de le regarder.

Que signifiait son air amusé ? Son mutisme ? S'agissait-il d'une sorte de jeu ?

Au début de leur relation, ils batifolaient souvent. Follement. Ses souvenirs étaient remplis de leurs défis d'adultes, le genre que l'on gardait avec soi et que l'on aimait à se rappeler. Avant que la maladie ne fauche leur idylle.

— C'est bien toi ? Tu es…

Ce mot refusa de sortir tant il lui paraissait imprononçable. Ce défi-là ne saurait être relevé.

JoAnn se pencha en avant. Le bijou dans sa nasse ébène accrocha la lumière.

— C'est une très bonne journée pour la pêche, ne crois-tu pas ?

La voix correspondait également. Du miel à ses oreilles.

C'est bien elle, se répéta-t-il comme s'il essayait de s'en convaincre.

— Je… ne suis pas sûr de comprendre ce qu'il se passe ici, lâcha-t-il.

— C'est pourtant simple. Tu as des casiers à aller relever, une entreprise à diriger, un équipage et un navire à mener.

— Et… seras-tu encore là à mon retour ?

Elle esquissa un sourire, révélant une dentition parfaite.

— Comme tous les jours. Je me trouverai sur le quai à ta descente du *Molly*.

Cette façon qu'elle avait d'escamoter le nom de son bateau…

C'est elle.

À cette perspective rassurante, il parvint enfin à se détendre.

— La maison est bizarre. Plus vieille. Mais nous, on est pareils.

— Tu vas être en retard, lui dit-elle. Tes hommes t'attendent.

Dokes se leva de son siège, aussitôt imité par son épouse. Le cœur battant, il la regarda droit dans les yeux sans y déceler le moindre faux-semblant. Il y vit la sincérité et la force. Lorsqu'il l'embrassa, ses lèvres avaient toujours le même goût que dans ses souvenirs les plus lointains.

C'était bien elle. Aucun doute.

Aussitôt après sa sortie de simulation, Kara Lau alla examiner le résultat de son interaction. La cartographie mentale de Dokes évoluait conformément à ses attentes. Enfilant son costume de modérateur, le médecin afficha sa prudence en indiquant, ici et là, les éléments à ajuster. La chef de la sécurité se montra satisfaite : d'ici quelques séances, Dokes serait prêt pour le rôle de sa vie.

Après avoir quitté le centre de soins spéciaux, Kara se rendit à la mairie pour une réunion d'urgence avec les membres du conseil municipal. Rachel souhaitait faire un point sur la disparition d'Emily Redwild, alias Nancy Kreiss. La nouvelle, comme les précédentes, avait secoué la communauté. Des gens allumaient des bougies sur le parking des *Trois Ours*, témoignant de sa popularité. Nancy Kreiss avait toujours eu ce don de susciter bienveillance et engouement.

Kara exposa le résultat de ses dernières investigations. Les données des drones et les informations apportées par leurs agents, au check-point, convergeaient vers une conclusion aussi étrange qu'improbable : Red s'était volatilisée. Une explication évidemment inacceptable pour la maire.

— Comment se fait-il que ces agresseurs vous échappent ? commença le conseiller élu Paul Bremer sur un ton quelque peu décontenancé.

La chef de la sécurité ne se démonta pas et affirma, sans sourciller, qu'il ne s'agissait que d'une question de temps. Une assurance contagieuse sur laquelle Green renchérit :

— Nous avons progressé dans l'enquête. La veille de la disparition, Red et Sara Pherson sont allées chez Ricky Butler pour l'interroger.

— Elles ont parlé à ce salopard qui a agressé mon fils ? Je veux voir à Sara ! s'emporta Rachel.

Green calma le jeu.

— Je me suis déjà entretenu avec elle. Elle pense que Ricky avait des informations au sujet de l'attaque. Sara projetait de négocier ces renseignements pour obtenir un droit de visite de Dokes à Spring Creek. Elle s'inquiète pour lui. Et elle n'est pas la seule, ajouta-t-il.

— Où est Ricky ?

Green haussa les épaules :

— On n'en sait rien. Nous avons fouillé son domicile, les *Trois Ours*, les endroits où il aurait pu se rendre.

Les joues de Rachel virèrent au cramoisi.

— Es-tu en train de me dire que deux personnes se sont volatilisées ?

La mine du shérif se renfrogna tandis que sa patronne s'apprêtait à lui passer un savon justifié. Son assurance légendaire vacilla. Rachel sourcilla :

— Y a-t-il d'autres disparitions dont nous ne serions pas informés ?

Soudain dans ses petits souliers, Green jeta un coup d'œil vers Kara qui restait de marbre.

— Shérif Green, dit la maire d'une voix de couperet.

— Dennis Maiden manque également à l'appel. Ricky traînait souvent avec lui. Quand on a voulu l'interroger, il était injoignable. Je suis allé chez lui. Il n'y était pas, ni à son travail. Son employeur a déclaré qu'il ne s'est pas présenté à son poste ces deux derniers jours. Tout laisse à penser que Red, Ricky et Maiden sont dans la nature.

— Bordel… soupira Rachel.

— Comment est-ce qu'ils auraient fait sortir Red ? s'enquit Alicia.

Kara attendait ce dénouement depuis le début de la réunion. *Cleaver a raison à propos de Rachel Daanak*, songea-t-elle. Bien que compétente sur certains aspects de la gestion d'une commune, elle révélait ses limites, spécialement lorsque des proches se trouvaient impliqués. Par le biais de sa liaison *terminex*, Kara retrouva la trace de la sortie de deux véhicules dans les registres du check-point. Comme l'avait spécifié l'officier chargé des contrôles, Maiden ne faisait pas l'objet d'une interdiction de déplacement. Tout comme le dénommé Ricky Butler.

— Les ravisseurs l'ont vraisemblablement habillée avec une combinaison athermique, équipée avec un respirateur autonome.

Le front de la maire se plissa :

— Ces combinaisons ne s'achètent pas au magasin du coin.

— Elles ont été dérobées dans l'arsenal qu'Oleg Verevkine stockait dans l'ancienne prison. Dokes les a livrées à Walter Webster, auprès de qui il s'approvisionnait en fioul. Ce nom s'ajoute à la liste des personnes qu'on ne parvient pas à localiser. Ce qui apparaît comme une coïncidence troublante.

— Dokes ? s'étonna Green. Je croyais que vous l'aviez disculpé.

— C'est le cas. James Dokes collabore de son plein gré avec nos services pour faire la lumière sur les tragiques événements. Il a à cœur de servir les intérêts de Seward. Il retrouvera d'ici peu sa place. Un dédommagement est en cours de versement à son équipage lésé par ces quelques jours d'arrêt de travail. Nous avons pris des dispositions en ce sens, ce qui nous paraît naturel.

La brève crispation involontaire de la main de Rachel constituait un révélateur : la maire aurait sans doute préféré qu'ils gardent encore Dokes au frais quelque temps. Jusqu'à la fin des élections. Ce n'était cependant pas le plan de Cleaver.

— C'est là, une excellente chose, dit-elle d'une voix neutre.

— Je peux vous assurer que nous mettons en œuvre tous les moyens nécessaires pour retrouver Emily Redwild, insista Kara. Nous ne relâcherons pas nos efforts en ce sens.

— Nous n'en attendons pas moins de votre part.

À l'issue de la réunion, la chef de la sécurité quitta la salle du conseil avec un sentiment mitigé. Ricky Butler et Dennis Maiden étaient passés sous leur radar. Les algorithmes auraient dû remonter des informations à leur sujet. Elle mit la question de côté. Pour l'heure, elle avait rendez-vous. Elle grimpa à bord du chopper qui décolla aussitôt pour l'autre côté de la baie.

Ses mains effleurèrent la barre comme s'il s'agissait des hanches de JoAnn. James Dokes manœuvra le *Molly Pen* à travers la passe. La cloche marquant l'entrée du port tinta dans le remous généré dans le sillage. D'ici quelques minutes, elle l'accueillerait sur le quai. Comme la veille. Comme le jour d'avant.

Comme toujours.

Dokes sourit. Le navire se coula le long de son emplacement et les opérations de déchargement des cales pleines de crabes engourdis par la glace débutèrent aussitôt. Le capitaine descendit par l'échelle de coupée puis rejoignit son épouse en train de scruter l'horizon.

— Tu l'as vu ? lui dit-elle sur un ton amusé.

Lorsque son regard se porta vers le fjord, son cœur manqua un battement. Une masse sombre surmontée de tours, de pics et de formes urbaines barrait l'embouchure.

— Comment rater une chose pareille ? J'ai failli percuter cette saloperie, il y a…

Le temps lui échappait.

— Je m'en souviens, sourit JoAnn.

Dokes écarquilla les yeux.

— Tu y étais ?

— Je suis toujours à tes côtés, James. D'une certaine manière. Je sais aussi que c'est grâce à eux que tu es en vie.

La scène restait gravée dans sa mémoire. La brume. La muraille de métal s'avançant vers le *Molly Pen*, prête à l'écraser. Sur la passerelle, il revit la silhouette. La chevelure ébène et l'anneau d'argent.

— Tu étais là le jour où ces salopards de Sibériens ont essayé de couler mon navire ?

— Oui. Nous avons détourné les torpilles.

De ces événements, il se souvenait parfaitement. Seule l'échelle temporelle restait vague, fuyante comme le sable entre les doigts. Les détails se présentaient avec des contours flous. Il avait l'impression de s'enliser, de ne plus rien voir. Dans ce champ de bataille mémoriel, sa femme rayonnait tel un phare éclairant les zones obscures.

Elle se tourna vers lui. Ses yeux paraissaient immenses, deux billes lumineuses l'attiraient aussi sûrement qu'un papillon volait vers la flamme.

— C'est la troisième fois que nous te secourons, James.

— La troisième fois ? s'étonna-t-il. Le jour de l'arrivée de Concordia et les torpilles, ça fait deux.

— Tu oublies Walter.

Le rappel claqua comme un coup de feu en activant la zone correspondante de sa mémoire. Dokes grimaça. Sa main toucha sa blessure à l'épaule.

— C'est Kara qui t'a trouvé alors que tu agonisais chez toi. Elle t'a sauvé la vie. Grâce à elle, tu es là, avec moi.

Un type avait sorti un flingue pour le pointer sur lui. Un gars dangereux au regard un peu fou. Dokes ferma les yeux.

— Ce n'est pas Walter qui m'a tiré dessus. C'est l'autre. Robb, Tobb… je ne sais plus. Il doit faire partie d'un gang ou d'une bande armée.

Il se souvint de Walter, de Ricky, Maiden et de l'espèce d'excité qui menait le groupe.

— Ils étaient plusieurs et… cet enfoiré m'a descendu.

La lueur changea dans les yeux du pêcheur. Comme après une découverte. Une terrible découverte.

— J'ai l'impression de me trouver dans un rêve. Est-ce que…

Nous y voilà, songea Kara.

Dokes hésita, sa lèvre supérieure se gauchit.

— Est-ce que…

Son regard tentait de s'accrocher à elle, comme si elle était une bouée au cœur d'une tempête.

— Est-ce que je suis mort ?

Avec une délicatesse calculée, JoAnn mêla ses doigts avec ceux de son époux. Elle leva la tête, découvrit pour la première fois de sa vie la terreur sur les traits de Dokes. Ses fossettes se creusèrent en deux lignes crispées qui partaient de la base de son nez jusqu'au menton. Il se mit à serrer ses mains, puis à les secouer.

— Est-ce que je suis mort ?

Sa détresse vrillait les intonations de sa voix. Ses yeux étaient grands ouverts, avides d'une réponse. Quelle qu'elle puisse être.

— Ils vont te réveiller, James, lui révéla-t-elle alors.

— Me réveiller ? Qu'est-ce que ça veut dire ? Que je ne suis pas mort ?

— Tu vas reprendre le cours de ta vie.

— Sans toi ?

— Je serai toujours à tes côtés, James. Tu le sais.

— Qu'est-ce que je suis supposé faire ?

— Tu dois te consacrer aux tiens, tu as cela au fond de toi. Seward est comme un équipage, sauf que le bateau est plus grand. C'est tout. Tu as l'expérience, la trempe et la poigne nécessaires pour diriger, il n'y a rien d'autre à savoir.

Les mots dénouèrent le corps de Dokes qui se relâcha progressivement. Le tressaillement de sa mâchoire disparut quand il esquissa un semblant de sourire.

— Je veux que tu me promettes que tu feras ce qu'il faut pour Seward. La ville a besoin d'un vrai capitaine pour être menée à bon port. Tu es fait de cet acier, celui qui plie dans la tempête, mais ne rompt pas. Jamais. Même dans les pires instants.

— Mes hommes…

— La relève est assurée, Dokes. Ils pourront se débrouiller sans toi. Le *Molly Pen* naviguera encore de longues années. Mais toi, tu es appelé à suivre une autre voie.

— Je n'ai aucune idée de comment y arriver. Pour être honnête, je vais perdre les élections. Je le sais.

JoAnn lui tapota la paume :

— À ta place, je ne serais pas si catégorique. La pêche n'est pas terminée tant…

— … qu'on n'a pas remonté le dernier casier.

Elle lui lâcha les mains, recula. Lentement.

— Tu es prêt, James. Il est temps de rentrer chez toi et d'accomplir ta mission.

La carte mentale présentait désormais un terrain bien plus conforme aux souhaits de Cleaver. D'après le médecin, le remodelage s'engageait sur la bonne voie. La greffe recouvrait les anciennes cicatrices. Elles ne s'effaceraient certes jamais. Ce n'était d'ailleurs pas le but. Les doigts de Kara suivirent les lignes de nouveaux plis dans la psyché du pêcheur. C'était un pur chef-d'œuvre de thérapie psychoactive. D'ici peu, les marins du *Molly Pen* retrouveraient leur patron. Un homme changé.

— Quand réveillons-nous le sujet ? s'enquit le médecin.

— Aussi vite que possible. Il faut le réinsérer dans sa vie. Cette ville a besoin d'un leader et nous avons des objectifs à tenir.

— Bien sûr.

Kara Lau quitta la salle. Elle emprunta un ascenseur qui l'emmena sur le toit-terrasse du plus haut bâtiment de Spring Creek. Un panorama ouvert sur une cathédrale échafaudages. La première éco-cité de classe *Resurrection* prenait peu à peu forme. Les tours partaient à l'assaut du ciel, les aérobots, les drones, les automates butinaient la structure, soudant, assemblant et ajustant les milliers de pièces du mécano géant. Son regard dériva puis s'attarda vers l'arrière-plan, sur la minuscule coque amarrée dans le port.

Sa liaison *terminex* se mit à vibrer.

— Madame, entendit-elle. Nous avons un problème.

— Palluk O'Phellan ?

— En effet. Il vient de forcer le passage du check-point et il file vers le nord, sur la Seward Highway.

Elle avait anticipé cette éventualité et donné pour consigne stricte de le laisser passer.

— Bien. Je m'en occupe.

L'amour changeait les individus. Ce point était indiscutable. Ils changeaient une nouvelle fois en devenant un père ou une mère. Quand survenait un événement, ils mettaient un point d'honneur à… *faire quelque chose*. Y compris n'importe quoi.

Techniquement, il s'agissait d'une affaire sous la responsabilité de Green et de ses adjoints. Sauf qu'ils ne se lanceraient pas dans une course-poursuite jusqu'à Anchorage. En admettant qu'ils puissent le rattraper.

Kara Lau envoya un ordre de réquisition. Le chopper se présenta à sa verticale de la terrasse en moins de trois minutes. À bord, elle chaussa une visière tactique et fit un point de la situation. Un drone avait été engagé pour suivre le jeune imprudent qui zigzaguait à toute vitesse entre les nids-de-poule. La réfection de cette section de la route principale était programmée dans quelques semaines. Les caractéristiques du véhicule défilèrent à sa gauche, un antique modèle équipé d'un plateau à l'arrière et rafistolé avec des pièces de contrebande. Il était dépourvu d'autodrive ou de commande à distance. Impossible de s'y connecter pour envoyer un ordre d'arrêt.

Un algorithme analysa la course de l'engin fou et remonta des prévisions formelles : Pop avait toutes les chances de finir dans le fossé. Kara procéda à l'ouverture de la porte latérale du chopper. Elle se pencha en se tenant à la poignée. Les trajectoires réelles et estimées se superposèrent au tracé de la route. Après avoir observé quelques instants la conduite erratique, elle rentra pour extraire un fusil de son râtelier ainsi qu'un harpon à la base duquel elle inséra une cartouche EM. Le cliquetis d'armement se fit entendre et l'indicateur de pleine charge brilla.

Kara glissa une corde dans le mousqueton attaché à sa ceinture puis elle fixa l'autre extrémité à la barre qui courait au-dessus de la porte. Elle se cala soigneusement dans l'ouverture, le buste hors de l'habitacle. Le chopper évoluait en crabe, à la verticale de la camionnette, dans l'angle mort du conducteur. Sa visière se synchronisa avec l'interface logicielle de l'arme à canon long. Elle y retrouva les paramètres de la course folle de Pop. Les lignes vertes serpentaient entre les trous et les débris en tout genre qui encombraient la route. Un segment orange borné par une mire se mit aussi à danser, se calant peu à peu sur les mouvements de la voiture dont la position était réactualisée en permanence. Puis le curseur se déplaça sur le capot. Lorsque la prévision atteignit 100 %, il se changea en triangle.

Kara pressa la détente.

Le harpon parcourut les soixante-cinq mètres en moins d'une seconde et se ficha au centre du capot. Le condensateur EM se déchargea en produisant un éclair bleuté. Et des étincelles. Le véhicule se mit en travers de la route. Les roues se soulevèrent en raison de force centrifuge, mais, à son grand soulagement, il ne se retourna pas. Une épaisse fumée blanche se dégagea aussitôt du bloc-moteur. Kara ordonna au chopper de se poser à proximité et, une fois, au sol, elle marcha tranquillement vers Palluk O'Phellan qui sortit en claquant la portière dans un geste rageur. Il se précipita vers la chef de la sécurité en lâchant un cri, avec l'idée, bien compréhensible, de laisser exploser sa colère. Kara intercepta le poing lancé sans retenue. Elle utilisa l'énergie cinétique pour amplifier sa rotation vers l'avant et d'une tape sur le dos, et d'un pied placé avec soin, elle envoya Pop au tapis. Son genou vint s'appuyer à la base de sa colonne tandis qu'elle imprimait un douloureux mouvement de torsion à son épaule.

— J'entends votre colère et votre frustration, monsieur O'Phellan, mais ce genre d'attitude ne vous mènera nulle part et ne fera qu'aggraver les choses.

— Je dois retrouver ma femme et mon enfant ! cracha-t-il.

— Nous le voulons tous.

— Alors pourquoi vous ne la cherchez pas, avec tous vos moyens ? Ça fait deux jours, putain ! Deux jours !

L'émotion, c'était toujours le problème. Son énergie bloquait les chemins du raisonnement et la réflexion.

— Que nous ne l'ayons pas localisée, monsieur O'Phellan, est en soi une bonne nouvelle. Ça veut dire qu'elle est en vie, que ses ravisseurs comptent d'une façon ou d'une autre l'utiliser comme une monnaie d'échange. C'est ainsi qu'ils commettront une erreur qui leur sera fatale.

Le jeune homme se débattait toujours. Sourd à l'appel de la raison. Son sang bouillait. Un filet d'écume s'écoulait de la commissure de ses lèvres.

— Vous devez nous faire confiance.

Cette fois-ci, il cracha.

— Vous faire confiance ? Nous avions un accord. Vous vous souvenez ? Red a accepté de bosser pour vous, pour la maire. Pour sauver notre enfant.

— Cet accord n'est pas remis en cause. Nous opérerons votre enfant. Je m'y engage personnellement. Je les ramènerai tous les deux.

Palluk O'Phellan cessa de gesticuler, faute de force. Il plaqua son front contre le bitume craquelé.

— Putain de saloperie de merde ! jura-t-il.

Kara relâcha la pression. Dans le même temps, elle envoya une demande pour un transport sanitaire. Puis elle se redressa.

— Je veux parler au président, réagit alors le jeune homme en roulant sur le dos.

— Ça ne changera rien à l'affaire. Ceux qui ont enlevé Emily Redwild savaient ce qu'ils faisaient. Ils l'ont mise en sécurité dans un endroit isolé et l'Alaska est vaste comme un continent. Ça va prendre du temps, soyez patient, on la retrouvera. On finit toujours par les retrouver. J'ai déjà monté ce genre d'opération de récupération d'otages.

— Je n'en ai rien à foutre ! Je veux parler à Dalton.

Kara transmit la demande à Cleaver qui y répondit dans la minute. Le futur père de famille était dans tous ses états, transpirant, la manche longue déchirée de son tee-shirt, les pupilles dilatées par la colère, les poings fermés : l'amour rendait fou. Peut-être Dokes avait-il ressenti la même chose pour JoAnn ?

C'était très intéressant. Instructif.

DALTON

Après avoir reposé le combiné sur son support, Miles Dalton contempla son bureau d'un regard vide. La détresse de Palluk O'Phellan entrait en résonance avec sa propre peur. Celle de voir Red… disparaître. De ses plans. Elle en faisait partie depuis son retour à Seward. Même de plus loin. D'antiques scènes lui revinrent en mémoire. Quand Pop, Red, Rachel et lui, plus vieux qu'eux cependant, étaient de jeunes gens dans une ville oubliée par l'histoire. Lorsqu'ils exploraient les ruines du centre pénitentiaire de Spring Creek en éclatant de rire. Celui de Red se perdait le long des couloirs vides. La petite flamme qu'ils avaient un jour allumée en ce lieu ne s'était jamais complètement éteinte. Le bâtiment avait été détruit, effacé, supplanté par un extraordinaire chantier. En essayant de comprendre son désarroi, Dalton se rendit compte d'une chose : personne ne pourrait remplacer Emily Redwild. Depuis l'annonce de l'enlèvement, trois jours auparavant, les nœuds s'accumulaient dans son estomac au point de l'essorer, de le tordre en une douleur silencieuse qui acidifiait ses pensées. Des drones survolaient les vastes étendues d'un Alaska farci de caches et de cabanes. Red pouvait se trouver n'importe où, lui avait rappelé Cleaver lors du point matinal. Des capacités de calcul et de stockage considérables étaient mobilisées pour analyser des données de capteurs dont les ravisseurs avaient appris à se soustraire.

Ces types emploient des robots pour faire le travail d'êtres humains… Pas étonnant que ce monde soit en faillite.

Si Dalton en avait eu le pouvoir, il aurait certainement envoyé une armée pour la retrouver. Pas des machines. Ni des algorithmes.

Comme souvent ces derniers jours, Dalton retomba dans son travers qui prenait la forme du chemin vers le minibar. Il se servit un verre, puis alla se planter derrière la fenêtre pour savourer sa première gorgée. De l'autre côté de la pelouse, un camion blanc flanqué du logo de la *YuTL* manœuvrait pour se présenter, en marche arrière, à l'entrée du parking réservé aux livraisons. À sa troisième gorgée, son regard se perdit vers le bras de mer séparant Juneau Est de Juneau Ouest, sur l'île de Douglas, quasi abandonnée. Comme Seward, Juneau était un cul-de-sac.

Pire que ça : un cul-de-sac sans avenir.

Deux coups frappés le détournèrent d'une vue qu'il trouva morne, déprimante.

— Entrez ! cria-t-il.

Aubrey apparut, hésitant lorsqu'elle le découvrit avec son verre à moitié vide en main. Elle laissa la porte entrouverte, s'avança sur le grand tapis, un gros classeur serré contre sa poitrine.

— Je t'apporte le dossier pour le transfert des archives nationales à Seward.

— Tu peux le déposer sur la table, répondit Dalton d'une voix sans émotion.

— Est-ce que… ça va ?

L'élégante conseillère portait un tailleur pastel assorti d'une jupe droite, d'un chemisier blanc. Elle ressemblait à un bonbon. L'espace d'un instant, il imagina le corps de Red ainsi emballé.

— Ils vont la retrouver, le rassura Aubrey.

Le président de l'Alaska vida son verre d'un trait, comme un défi à l'air de la jeune femme qui lui disait que c'était un peu tôt pour se noyer dans l'alcool.

— Cleaver veut te parler, lâcha-t-il alors.

La conseillère tressaillit.

— Me parler ? Franchement, je commence à en avoir marre de lui.

— Ça paraissait important. Va le voir, ordonna-t-il sèchement.

Dalton crut qu'elle allait sortir, mais Aubrey referma la porte avant de revenir vers lui. Elle resta plantée devant son bureau, ses escarpins semblaient ancrés dans l'épaisseur du tapis. Un air de détresse habillait les traits d'habitude si joyeux et son ovale, plus pâle. Miles songea que ce n'était certainement pas le moment pour qu'elle lui fasse une scène à propos de Red. Aubrey était jalouse. Certes. Il en avait pris acte.

Cleaver sait. Il sait tout.

Aubrey Perry se maîtrisa pour ne pas trembler. Il se racontait que la technologie des conglos transformait les gens en légumes ou en marionnettes dociles. Ils menaient des expériences dans leurs centres médicaux. Elle ne voulait pas finir entre leurs mains. La seule personne capable de la protéger se trouvait devant elle.

— Tu as quelque chose à me dire ? s'impatienta Dalton sur un ton froid.

Est-ce que le conseiller lui avait déjà fait part de ses soupçons ?

Il vaut mieux que ce soit toi qui le fasses plutôt que ce salopard arrogant dans son costume sans plis.

Aubrey inspira profondément.

— Je dois te parler d'Helen Hastings.

Alors qu'elle prononçait ces mots, son être vacilla, les battements de son cœur accélérèrent. Ses mains devinrent moites et elle réfréna une envie de tourner les talons, d'abandonner cette folie. Elle n'aurait cependant pas de meilleur moment. Cleaver savait. Son existence pouvait basculer d'un instant à l'autre.

— Qu'est-ce que l'ex-présidente vient faire là-dedans ?

— Au début, j'ai trouvé ça excitant. Je veux dire qu'Helen m'envoie séduire le héros de Seward, celui qui avait mis les Sibériens en déroute. J'étais… curieuse. Aussi.

— Qu'est-ce que tu me racontes ? réagit Dalton en posant son verre vide sur un coin du bureau.

— Ma défection, c'était du flan. Il s'agit d'un plan que l'on a monté, avec Hastings. Elle m'utilise contre toi, contre tes intérêts. Elle n'a pas digéré sa défaite et depuis, elle cherche à se venger, à reprendre la main. Elle complote pour récupérer la présidence de l'Alaska. Et mon rôle… consiste à lui fournir des informations, des munitions contre toi.

Aubrey lui délivra la vérité, nue et crue, une situation qu'elle vécut comme un effeuillage de son âme. Quand elle eut terminé, l'atmosphère devint glacée. L'air de la pièce semblait avoir été aspiré à l'extérieur et Dalton se murait dans le silence. Il était… immobile. Le visage sans expression. Comme celui de son conseiller. Elle frissonna, suspendue à sa réaction face à ce qu'il convenait d'appeler une trahison.

Dalton, dis quelque chose, bordel !

— Il faut que tu comprennes que je… qu'à ton contact j'ai changé. Tu m'as donné plus de responsabilités, des tâches importantes. Tu m'as confié des missions diplomatiques alors qu'Hastings me voyait comme un vulgaire pot de fleurs que viendraient butiner des mâles d'intérêt pour elle.

Pourquoi tu ne dis rien ?

— Alors tu m'as dupé, lâcha-t-il enfin. Froidement. Sors de cette pièce. Immédiatement. Et ne reviens pas. Jamais.

Ces mots la transpercèrent. De part en part. Aubrey ravala sa salive. Elle aurait préféré qu'il se mette en colère, qu'il se mette à l'insulter. Mais non. Il restait là, à la fixer. Comme s'il n'y croyait pas lui-même.

— Je te présenterai ma démission à la première heure, demain matin.

Ces paroles lui brûlèrent la gorge tant elles signifiaient, au-delà de l'arrêt de sa carrière professionnelle, la fin de sa relation avec le président.

— Va-t'en, déclara Dalton alors qu'elle esquissait un geste vers lui.

Le cœur d'Aubrey Perry se brisa en quittant le bureau. Ses jambes vacillèrent. Et ses mains tremblaient.

La conseillère fit quelques pas au milieu du couloir puis elle s'arrêta devant l'une des grandes vitres qui laissaient entrer une abondance lumineuse, un projecteur naturel braqué sur sa faillite.

Tu ne pouvais pas espérer le récupérer. C'est fini. Mais tu es libre.

À quel prix ?

Une présence familière, un froissement de costume l'arrachèrent à sa consternation. Ses traits se muèrent en un masque de neutralité quand elle se retourna pour faire face à Cleaver. Elle se raidit puis elle se drapa dans une posture la plus arctique possible.

— Ne vous fatiguez pas, j'ai avoué au président Dalton. Il sait tout. Ma trahison, ma mission, l'implication d'Helen Hastings. Alors, ne gâchez pas votre salive. Je n'ai pas envie de vous voir vous délecter. Dalton aura ma démission sur son bureau demain matin.

Pour la première fois, elle le sentit décontenancé. L'espace d'une seconde ou deux. Ce dont elle se réjouit : elle partait sur une victoire. Petite. Amère. Mais une victoire quand même.

— Croyez bien que j'en suis désolé, mademoiselle Perry.

— Allez vous faire foutre !

— J'aurais une question pour vous, si vous me le permettez.

— Sérieusement ? Vous ne manquez pas d'air…

Le Solarien ne semblait pas le moins du monde gêné.

— Je le comprends. Je voulais vous informer que l'ex-présidente Hastings a disparu. Nous nous demandions si vous auriez une idée de l'endroit où elle pourrait être.

La conseillère ne bouda pas son plaisir de moucher à nouveau l'influent personnage.

— On dirait que vous êtes en train de vous en faire une spécialité de perdre des gens.

Il ne réagit pas à la pique. Ni moue, ni regard fuyant, ni tressaillement d'aucune sorte. Cleaver continuait à la jauger. Ses lèvres fines bougeaient comme celles d'un robot, sa voix ne transportait aucune chaleur.

— Helen Hastings a-t-elle évoqué quelque retraite où elle comptait se réfugier en cas de coup dur ? Une propriété, un cabanon non répertorié, quelque lieu où elle vous aurait conviée ?

Si la lassitude ne l'avait pas envahie à ce point, elle s'en serait amusée.

— Écoutez, Cleaver. Je ne suis plus dans l'équipe. Alors, fichez-moi la paix.

Aubrey poussa la porte de son bureau, l'esprit tourmenté, le pas lourd. Elle se dirigea vers son secrétaire encombré de plusieurs piles de dossiers, des feuilles de papier, des livres débordant de marques, pour se laisser tomber sur son siège. C'était sa retraite. Son cocon. Un endroit où elle pouvait s'isoler pour réfléchir. Ces deux mètres en apparence livrés au chaos étaient un paysage familier où les choses étaient à leur place.

À l'exception de cette enveloppe, sans adresse, sans mention. Aubrey la saisit, la tourna entre ses mains avec un air perplexe. Quand elle l'ouvrit pour prendre connaissance de son contenu, elle sut qui était l'expéditeur.

Ça tombe bien, se dit-elle, *j'ai vraiment besoin de prendre l'air.*

Après avoir livré la missive au broyeur de documents, elle attrapa son manteau, son sac et quitta le palais de la présidence.

Du temps de sa splendeur, le port de Juneau accueillait couramment plusieurs paquebots de croisière, chacun transportant sa part de touristes nécessaire à l'économie locale, qui ne s'était jamais remise de cette perte. Les milliers de mètres carrés décrépis de la gare maritime étaient tout ce qui restait de cette époque bénie. Les lieux semblaient remplis des fantômes des passagers disparus. Le vent qui s'engouffrait en sifflant par les vitres brisées évoquait des cris lointains. Le grand hall avec ses commerces à l'abandon, les innombrables galeries techniques obstruées de câbles et de détritus offraient un spectacle sinistre. Ses escarpins crissaient sur les débris agonisants de l'Ancien Monde. Ou bien sur ceux de sa propre existence.

Le garde du corps d'Hastings se détacha de l'encadrement vermoulu de la porte d'entrée d'une arrière-boutique. Il produisit une enveloppe qui apparut comme par magie dans sa main carrée lorsqu'il arriva à sa hauteur. Aubrey prit connaissance du pli.

— Qu'est-ce que ça veut dire ? lâcha-t-elle en écartant les bras.

D'ordinaire, Sean filtrait ses émotions. Pas quand ils étaient tous les deux.

— Je suis inquiet pour toi. Est-ce que ça va ?

Elle hocha la tête :

— Je te l'ai dit, tout est sous contrôle.

— Tu n'as pas l'air d'aller bien Aubrey, insista-t-il en se rapprochant.

Si près d'elle qu'elle pouvait deviner ses sentiments à son encontre au fond de ses prunelles. Sean n'était cependant pas Dalton. Sean voulait la posséder. À ses yeux, elle représentait une sorte de récompense pour son dévouement pour une vie de service auprès de l'ex-présidente.

— J'ai donné ma démission à Dalton.

Les lèvres du garde du corps tressaillirent. Son regard s'illumina. Avant qu'il ne s'emballe, Aubrey plaqua une main sur le revers de sa veste.

— Tu dois dire à Helen que c'est terminé. Je ne marche plus.

— La présidente est… avec Emily Redwild, dans un lieu secret.

Elle n'a quand même pas fait ça…

— Comment ça ?

— Elle compte se servir de Redwild comme d'un levier, un moyen de pression.

Je peux t'y emmener et tu lui délivreras ton message en personne. On pourrait faire le trajet ensemble. Tu seras en sécurité avec moi. Toujours, insista-t-il.

Je ne veux pas être mêlée à ça.

Elle secoua la tête :

— J'ai besoin d'être seule quelques jours. Il faut que je réfléchisse à tout ça. Tu comprends ?

— Oui, bien sûr.

— Dis à Helen que… je suis désolée d'avoir failli.

— Je suis sûr qu'elle acceptera de te reprendre à son service quand elle sera à nouveau présidente. En attendant, repose-toi. Rentre chez toi. On se revoit dès mon retour, d'accord ?

Aubrey acquiesça puis quitta les lieux après avoir pressé ses mains dans celles du garde du corps dans un geste d'affection.

Le plan de reconquête d'Hastings entrait dans sa phase finale. Elle ne donnait pas cher de la peau d'Emily Redwild. Curieusement, cela ne lui prodiguait aucun soulagement sachant l'effet que sa disparition aurait sur le moral de Dalton.

EMILY

Les ravisseurs la transféraient vers un nouveau lieu à peu près toutes les douze heures. À chaque déplacement ressurgissait le souvenir des heures sombres passées dans un conteneur à San Diego. Il ne manquait que le *tacatac* des fusils d'assaut ou le vibrato sinistre des armes à effets dirigés. Quant à ce coffre, il lui paraissait à peine moins étroit que l'endroit où elle s'était recroquevillée, dans un coin de la boîte de métal. La sudation la reprenait, les tremblements aussi, comme la *boucle* pavlovienne d'une peur ancrée dont elle n'avait, en définitive, pas réussi à se débarrasser.

Lorsque l'homme dans la cinquantaine lui tendit la combinaison athermique :

— Vous connaissez la musique, lui dit-il d'un air compatissant.

La lèvre supérieure de Red se gauchit en une grimace de suppliciée. En plus de mettre ses nerfs à rude épreuve, ces transferts incessants en camisole l'épuisaient plus qu'elle ne le laissait paraître.

— À chaque fois que j'enfile ce truc nauséabond, j'ai l'impression que je vais me noyer ou m'étouffer dans ma propre sueur.

— Je suis désolé de vous imposer à nouveau ce calvaire, mais on ne peut pas prendre le risque qu'un drone ou un satellite vous identifie.

Il disait s'appeler Walter et venir de Kodiak. Les autres ravisseurs le regardaient avant d'agir. Il dirigeait donc l'équipe qui assurait la sécurité des déplacements. Jusqu'ici, elle avait compté six hommes en armes. Jeunes et moins jeunes. Il y en avait peut-être d'autres qu'elle n'avait pas repérés ou qu'on ne lui permettait pas de voir. Ils l'embarquaient à couvert, sous un toit ou dans une grange. L'accès à l'extérieur lui était interdit.

Walter l'aida à enfiler la combinaison. Son cœur se souleva à cause de l'odeur de transpiration. Les étiquettes cyrilliques la renvoyèrent de nouveau à Oleg. Lorsqu'elle avait innocemment posé la question, Walter avait affirmé ignorer la provenance de l'accoutrement. L'ami russe de Pop avait eu en sa possession une malle pleine de ces équipements. Elle s'en souvenait très bien.

Son ravisseur la conduisit vers l'antique véhicule à quatre roues motrices. La carrosserie rouillée, la peinture largement écaillée et les vitres fissurées témoignaient de sa déliquescence et chaque fois qu'elle grimpait à bord, elle se demandait si ce ne serait pas son dernier voyage. La cache dissimulée sous le coffre ressemblait à un tombeau.

En la voyant hésiter, Walter tint à la rassurer :

— Ce ne sera pas long. Tout se passera bien. Hydratez-vous, ajouta-t-il en lui tendant une bouteille d'eau.

Le précédent transfert avait duré cinq heures interminables… Red lui jeta un regard venimeux avant qu'il ne ferme l'accès au double fond. Cette fois-ci, elle ne lui demanda pas où ils l'emmenaient. Walter ne répondait pas à ce genre de questions.

Durant les heures qui suivirent, son horizon se borna à la largeur de la visière crasseuse en plastique de vingt centimètres sur cinq qui filtrait le peu de lumière lui parvenant des trous dans la caisse. Le meilleur moyen de compliquer la tâche des drones consistait à monter le plus au nord possible, réfléchit Red en déplaçant son bassin à la recherche de la position la moins inconfortable. L'enfant à naître ne tarderait pas à peser sur sa vessie et elle savait que ces gens ne s'arrêteraient pas pour si peu, au risque de s'exposer.

Elle se demanda si Pop tenait le coup. Il était à cran ces dernières semaines, en partie à cause d'elle.

Puis le calvaire à travers des sentiers plus entretenus depuis des lustres commença. Interminable. Elle avait l'impression de se retrouver dans une machine à laver qui n'en finissait plus de la secouer. Red perdit la notion du temps, de la distance et la moitié de sa raison dans ce coffre dont elle ressortit désorientée. Le simple fait d'enlever cette fichue combinaison la fit renaître. Sans parler de la douche qui suivit. Plaisir coupable qu'elle prolongea d'une façon que d'aucuns auraient jugée égoïste.

Ils n'ont qu'à pas me trimballer à droite et à gauche.

Une fois séchée et rhabillée, Walter lui avait apporté un repas consistant qu'elle peina à avaler.

— Vous devez prendre des forces, pour vous et pour le bébé.

— Où sommes-nous ? Près de Fairbanks ? demanda-t-elle en piquant la pointe de sa fourchette dans un pavé de thon en boîte.

Walter lui sourit puis retourna dans la pièce voisine d'où filtraient peu de bruits.

C'était devenu une sorte de jeu entre eux. Elle posait la question et obtenait une réaction amusée ou indifférente de Walter. Selon son humeur, peut-être. Par moments, quand il l'encourageait à tenir bon, il lui donnait l'impression de quelqu'un qui tenait le rôle du gentil au milieu de ces types aux mines patibulaires.

L'unique fenêtre de sa chambre avait été occultée avec une couverture sombre. La lueur maladive d'une lampe électrique à manivelle placée sur la table éclairait le quadrilatère de rondins empilés et posés au milieu de nulle part, en pleine forêt. Ce genre de planque abandonnée ne manquait pas dans la région. En face de son lit, un rectangle clair délimitait l'emplacement d'un cadre qui semblait avoir été récemment décroché. Par qui, et dans quel but ? S'agissait-il d'une carte avec un point signalant la position de cette retraite ?

Red sourit en attaquant sa soupe qui, peu à peu, réchauffa son estomac si malmené ces dernières heures. Quand elle eut terminé, elle abandonna son assiette puis caressa son ventre.

Tout va bien se passer, répéta-t-elle. *Maman est là.*

Walter entra pour récupérer le plateau-repas. Il n'était pas seul. Red se mit sur ses gardes.

L'homme portait une longue veste en cuir élimé, parfaite pour dissimuler un fusil à canon scié. Ses yeux étincelaient au milieu d'un visage clair, dégagé par une coupe militaire. La barbe indiquait qu'il ne s'était probablement pas rasé depuis une semaine.

— Emily, dit alors Walter, voici Kobb. Mon associé.

L'intéressé réagit d'une voix faussement amicale.

— En réalité, je suis son patron. Nous sommes sur mon territoire. Et vous êtes mon invitée.

Elle n'aurait pas choisi ce terme de vocabulaire, mais l'arrogant personnage voulait visiblement se donner des airs. Il valait certainement mieux ne pas le contrarier.

— Vous devez rencontrer quelqu'un, lui annonça-t-il avec un sourire en coin.

Red se montra méfiante puis jeta un regard vers Walter :

— Je n'enfilerai pas cette saloperie de camisole athermique une fois de plus.

— Ce ne sera pas nécessaire, déclara Kobb. Nous allons marcher.

Pour la première fois depuis des jours, elle retrouva l'air libre, sans mur, sans cloison et rien au-dessus de sa tête. Le crépuscule enflammait les cimes des conifères et, au loin, colorait les sommets montagneux d'un rose saumon. L'atmosphère était parfumée. Résine, bois humide et herbe coupée. Les sensations explosèrent en elle, manquant de la faire pleurer. Puis elle promena son regard sur les alentours. Ses ravisseurs la gardaient dans une espèce d'annexe collée à une grange. L'ensemble appartenait à un domaine dans un état déliquescent si elle en jugeait par l'opération de reconquête sauvage de la végétation. Une allée aux pavés défoncés par les racines et les plantes les conduisit jusqu'à une bâtisse dont les fenêtres étaient occultées.

Walter l'invita à emprunter les marches bordant une terrasse de bois. Les planches plièrent, craquèrent sous ses pieds tandis qu'elle se demandait qui elle allait voir. Le véritable commanditaire de son enlèvement ?

Pour quels intérêts représentait-elle une menace ?

Elle en avait bien une idée. Le seul nom de Nancy Kreiss suffisait à faire dresser les cheveux sur la tête de certains double-A. Kobb ouvrit la porte pour la laisser entrer.

Une longue table avec un empattement massif mangeait une bonne partie de l'espace. Un feu crépitait dans l'âtre imposant au fond de la pièce principale. Devant se tenait une femme. Quand elle se retourna, révélant ses traits fins, Red manqua de lâcher un juron.

Helen Hastings ? Ça n'a pas de sens…

— Je vois que vous savez qui je suis, gloussa la personnalité visiblement satisfaite par la surprise sur le visage de sa prisonnière. J'espère que votre enfant n'aura pas à souffrir des conditions quelque peu spartiates de votre retraite. J'ai bien entendu donné des ordres afin que le meilleur traitement vous soit réservé.

Red compila toutes les informations qu'elle possédait sur la politicienne vaincue par Dalton, pour se rendre compte qu'il n'y en avait pas beaucoup. Elle se rappela une photo et un passage éclair dans un reportage de Sara à Juneau, quand elle suivait la campagne de Dalton.

C'est la connexion. Évidemment.

— J'ai surtout à me plaindre du transport. Les coffres, c'est une plaie. J'aimerais… ne plus bouger. Ce coin à l'air sympa. Et si vous êtes là, j'imagine que ces lieux sont sécurisés.

Helen Hastings se rendit dans la cuisine ouverte pour retirer une bouilloire du feu d'un vieux poêle. Elle versa l'eau fumante dans deux tasses. Red déclina l'offre de thé.

— Il paraît que ça apaise les bébés, partagea l'ex-présidente sur un ton détendu, un peu comme si elles étaient amies.

Red jeta un œil vers la porte d'entrée devant laquelle se tenaient Kobb et Walter. Ils ne perdaient pas une miette de la conversation.

— Qu'est-ce que vous attendez de moi ? dit-elle sèchement.

Hastings revint vers la pièce principale et indiqua les deux fauteuils tournés vers le foyer. L'assise était étonnamment confortable.

— J'aurais une question pour vous, à propos de l'usurpateur.

— Dalton ? hasarda Red.

— Qui d'autre ? s'en amusa Hastings avant que son front se plisse. Je suis présidente de l'Alaska depuis plus de douze ans. Douze longues années consacrées à ma nation, à mon peuple, à tisser des relations avec nos voisins, le Yukon et la Ligue, à nous maintenir à flot dans ce monde décadent. Et voilà que ce parvenu, sorti d'une bourgade perdue et quasiment oubliée, se permet de me chasser de la place qui me revient. Héros de Seward…

Sa manière de prononcer le nom de la ville donnait l'impression qu'elle venait de le cracher sur le tapis en même temps que son mépris. Red se retint de livrer le fond de sa pensée.

— Dalton… répéta Helen. C'est quoi votre histoire ? Vous avez couché ensemble ? C'est un amant ? Le coup d'un soir ? Quelque chose de plus sérieux ? J'aimerais comprendre ce qu'il y a entre vous.

Pour mieux m'utiliser contre lui.

Elle se souvint des couloirs humides et froids de la prison de Spring Creek, de leurs rires. Elle, à peine adulte, lui, un peu plus vieux. Elle n'avait jamais été tout à fait certaine de ce qui s'était réellement passé ce jour-là, mais quelque chose s'était lié entre eux. Un genre de lien indéfectible qui avait survécu à tout. Mais ce n'était pas de l'amour, pas au sens où on l'entend traditionnellement.

— Nous sommes amis. De longue date.

C'est quelque chose que vous ne comprendrez pas, faillit-elle ajouter.

— Des amis… C'est drôle, à chaque fois que quelqu'un prononce votre nom en sa présence, il se tend comme la corde d'un arc. Dès qu'il a appris la nouvelle de votre enlèvement, il a sommé Cleaver de mettre tous les moyens en œuvre pour vous retrouver. En fait, il l'a ordonné. Sur un ton présidentiel. Vous détenez une sorte de pouvoir sur lui et c'est quelque chose que je ne parviens pas à toucher du doigt.

— Je ne sais pas que vous dire de plus.

Helen Hastings reposa sa tasse avec une lenteur feinte.

— Cela n'a pas d'importance. Je voulais juste satisfaire ma curiosité de femme. Dalton est entre de bonnes mains.

Aubrey Perry, la conseillère ?

— Ce que j'ai récemment découvert, en revanche, m'a donné matière à réfléchir. Il n'y a pas que l'usurpateur que vous êtes capable de faire dérailler.

Ce qui allait suivre, Red en avait une idée. Elle fit un effort pour masquer sa crispation. Si cette femme était un serpent, elle venait de lui injecter assez de venin pour la paralyser. Red ne broncha pas, jusqu'à la conclusion.

— Vous êtes la célèbre Nancy Kreiss, ajouta Hastings. Celle qui effraie tant les conglos et les gens comme Cleaver. Voyez-vous, cela m'intrigue particulièrement. Que leur avez-vous fait pour que notre pseudonyme leur cause autant de tourment ?

— Vous devriez leur poser la question.

— Nous l'avons fait. Enfin, pas directement aux conglos. Mais ce sont vos partisans qui parlent le mieux de Nancy Kreiss. Leurs yeux s'enflamment pour la jeune femme qui les attend à Seward, celle qui va les libérer de l'emprise des conglos. Voilà ce que ces miséreux se racontent pour se donner du courage. Ils s'entassent devant ce mur, cette honte… Vous devriez voir les camps. C'est une tragédie. Dalton est responsable de cela, même s'il n'a fait qu'apposer sa signature sur les ordres d'exécution.

— Qu'est-ce que vous voulez que je vous dise ? répondit Red d'un haussement d'épaules. J'étais ouvrière. Pas contremaître, ni ingénieure et encore moins architecte. Mon boulot consistait à assembler des pièces et à suivre des plans de construction. Ils ne sont pas du genre à partager leurs secrets. Des camps, j'en ai vu des centaines à San Diego et ailleurs. J'y ai même vécu. Alors que vous n'avez jamais quitté votre jolie petite résidence et ce palais auquel vous semblez tant tenir.

Dans le reflet de la fenêtre, elle surprit Walter en train de secouer discrètement la tête.

— Vous dévalorisez votre expérience. Ce que je comprends. Je sais qui est Nancy Kreiss et ce qu'elle a accompli. Je suis admirative, pour tout vous dire.

Red déglutit. Ses mains devinrent moites et elle eut l'impression que quelqu'un essorait ses intestins.

— Quels que soient vos plans, vos intentions, vous ne les battrez pas.

— Vraiment ?

— Nancy Kreiss a échoué.

— Oui, c'est ce que j'ai cru comprendre. Peut-être que ce n'était pas le bon moment. Maintenant, c'est différent et nous sommes prêts.

— Prêts pour quoi ? sourcilla Red.

— Ah ! Je suis contente d'avoir titillé votre intérêt. Les conglos nous ont offert une opportunité en or, une infamie dressée à travers le territoire de la Ligue. Les murs sont montés pour tomber et quand les briques sont renversées, ça fait beaucoup de bruit. L'histoire fourmille d'exemples de ce genre. Les conglos ont la technologie, font décoller des villes flottantes, mais ils ne sont pas invincibles. Leurs sacro-saints algorithmes ne sont pas infaillibles.

— Vous ne devriez pas les provoquer, conseilla Emily sur un ton prudent.

Helen Hastings ne l'entendrait pas, drapée dans ses certitudes et dans son désir de revanche, dans l'impossibilité de se rendre compte à quel point elle jouait avec le feu.

— J'ai pourtant cru comprendre que vous ne les portiez pas dans votre cœur. Que s'est-il passé depuis ?

*J'ai perdu des gens bien. Et je suis sur le point d'*être mère.

— Auriez-vous conclu une sorte d'accord ? glissa alors la présidente, dont le regard pétillant en disait suffisamment long.

Comment peut-elle savoir ?

Red esquissa une moue. Ses mains devinrent moites et elle eut l'impression que quelqu'un essorait ses intestins.

— Qu'importe le passé, poursuivit Hastings sur un ton ravi. Seul compte l'instant présent.

— Si vous en veniez au fait, qu'on en finisse.

— Évidemment.

Red retint son souffle.

Hastings adressa un signe de la tête à Kobb. Le caïd se rendit dans la pièce voisine puis revint une minute plus tard, chargé d'une lourde mallette de métal qu'il posa sur la grande table. Lorsqu'il délogea la caméra de sa protection en mousse, Red se mit à transpirer, à se tortiller dans son fauteuil.

— De la bonne vieille techno numérique d'avant l'effondrement, sourit Kobb. Pas d'empreinte, ne laisse pas de trace… Ce matos n'est même pas enregistré.

— Vous voulez… me filmer ?

— Les révélations vidéo font un tabac en ce moment. J'espère que les vôtres feront sortir Dalton, Cleaver et toute la clique de leurs gonds, exulta la présidente en lui tendant une feuille. Lisez ceci. À voix haute, distinctement, que le monde entier vous entende bien.

Red jeta un œil sur les premières lignes, puis leva les yeux :

— Vous êtes sérieuse ?

— Je suis certaine que vous vous montrerez très convaincante.

— Je ne peux pas dire ça.

— Voyons, nous n'en allons pas en venir aux choses désagréables, si ?

Red ne se sentait pas la force de résister. Nancy aurait pu. Mais son ancien *elle* ne pensait pas pour deux à l'époque.

Plusieurs minutes furent consacrées à planter le décor. Walter tendit un drapeau de l'Alaska dans son dos, tandis que Kobb installait son matériel audiovisuel d'un autre âge de façon à obtenir le cadrage idéal. Il lui demanda à plusieurs reprises de se déplacer, sans doute pour trouver le meilleur angle. Quand enfin, la scène fut prête, plusieurs paires d'yeux se fixèrent sur elle. Red regarda l'objectif, la feuille de papier entre les mains. Elle hésita. En arrière-plan, Helen Hastings croisa les bras dans une attitude qui affirmait : *nous avons tout notre temps.* Emily pensa à Dalton qui verrait cette vidéo, à Pop, à Mary… Puis à son père.

Elle prit une profonde inspiration, puis elle se lança.

DOKES

Dokes se réveilla en sursaut, pris d'une violente quinte de toux qui résonna dans la chambre. La lumière extérieure filtrait par l'interstice, où les épais rideaux se rejoignaient sans se chevaucher tout à fait. Les rayons révélaient les millions de grains de poussière en suspension dans l'air. Le pêcheur se redressa dans son lit, les draps empilés en plis chaotiques sur son bassin, il fronça les sourcils.

Quelque chose est différent.

Il se trouvait pourtant bien dans sa maison, à l'étage. Chaque pièce du décor était à sa place : l'armoire, la commode, les cadres sur les murs, même le tabouret sur lequel il jetait ses vêtements avant de se coucher. Il se tourna à sa droite. Ce côté du lit était vide. Froid.

Ce qui n'était pas possible.

Sous le coup d'un mauvais pressentiment, Dokes repoussa les couvertures pour se glisser hors du lit en grimaçant. Il se toucha l'épaule, à l'endroit où la balle de ce salopard de Kobb l'avait troué. Sous les bandages. Ses doigts s'y attardèrent, s'accrochèrent au tissu rêche.

Il se souvenait parfaitement de ces derniers instants, avant de basculer. La suite lui apparaissait nébuleuse, noyée dans une brume de sensations où prédominait une sorte de bonheur lointain, comme s'il appartenait au passé. Dokes grommela quelques jurons en enfilant son pantalon, son vieux pull, puis il descendit au rez-de-chaussée.

— JoAnn ? lança-t-il.

Le prénom de son épouse se perdit sans rencontrer le moindre écho. Dokes s'arrêta à l'entrée de la cuisine. Comme dans sa chambre, chaque élément occupait son emplacement. Rien n'avait bougé. Dokes avança jusque devant le plan de travail, s'appuya sur le rebord pour éprouver sa réalité. Son mug bleu marine attendait d'accueillir le contenu de la cafetière dont le témoin lumineux clignotait : le réservoir d'eau était vide. Il le retira pour le remplir au robinet avant de le remboîter sur son socle. Dokes ouvrit l'un des placards qui couraient le long du mur au-dessus de la gazinière. Son front se plissa : le mug de JoAnn se trouvait là où il l'avait rangé durant des années.

Il approcha sa main, interrompit son geste. La couche de poussière sur la faïence indiquait qu'il n'avait pas servi depuis un bon bout de temps.

— Qu'est-ce qui m'arrive ? murmura-t-il en proie à la confusion.

Son cœur se serra.

Il y avait quelque chose d'important à propos de sa femme. Malgré ses efforts, il ne parvenait pas à mettre le doigt dessus. Ce souvenir se dérobait comme une savonnette échappant à ses mains. Dokes alla s'asseoir à la table. Le café imprégnait l'air d'une odeur douce-amère sans tout à fait stimuler ses pensées.

L'ovale dur de Kobb surgit de la brume, transita un instant puis il disparut dans un rire démoniaque. Quand ce type avait pressé la détente de son flingue, les murs du salon, le sol, le plafond, tout s'était mis à bouger… Dokes frissonna. Il se rappela avoir eu froid. Très froid. Longtemps.

Jusqu'à l'arrivée d'une onde de chaleur. Féminine. Rassurante. Qu'il se souvint avoir aimée.

Ce ne pouvait être que JoAnn.

Où est-elle ?

Trois petits coups frappés contre la porte le sortirent de sa torpeur. Il se précipita pour aller ouvrir, le cœur gorgé d'espoir. Son front se barra d'un pli sceptique en découvrant son visiteur.

— Brockman ? Qu'est-ce que vous foutez là ? lança-t-il d'un air peu amical.

— Quel accueil ! lui sourit le médecin. Mais vous êtes enfin de retour parmi nous !

— Je… je ne suis jamais parti.

Brockman lui parut hésitant, puis il demanda à entrer, ce que le patron pêcheur, perplexe, accepta. Les deux hommes se retrouvèrent à la cuisine. Dokes remplit une deuxième tasse de café.

— Doc, j'étais bien là, hier, hein ?

— Monsieur Dokes, la veille, vous êtes sorti de la clinique de Spring Creek. Les infirmiers vous ont ramené chez vous.

Bordel, j'étais trop dans le coaltar pour comprendre ce qu'il se passait…

— On a failli vous perdre, poursuivit le docteur. L'opération a été délicate, mais les robots chirurgiens ont fait des merveilles. J'avoue que j'ai été bluffé, une fois de plus, par leur technologie.

— Vous étiez là ?

— Ils ont demandé vos antécédents médicaux et comme vous le savez, je suis le seul médecin à Seward depuis des années. J'ai les dossiers de tout le monde.

— Et vous leur avez donné le mien ? proféra le pêcheur sur un ton de reproche.

— Je… Oui, il le fallait bien. Il y a un problème ? Vous avez l'air bizarre…

— Qui m'a retrouvé ?

— Vous devez votre vie à Kara Lau. C'est elle qui vous a découvert. Vous gisiez au milieu de votre salon dans une mare de sang. Elle a eu les bons réflexes. Vous lui devez une fière chandelle.

Dokes grimaça.

Il avala une gorgée de café pour faire passer la pilule en regrettant que la journée ne soit pas assez avancée pour un remontant plus costaud.

Je suis de retour chez moi. Mais où j'étais alors ?

Brockman appela plein de gens pour annoncer la nouvelle du retour de Dokes. Quinze minutes plus tard, Finegan et la plupart de ses gars se serraient dans sa cuisine. Ils le congratulèrent, lui donnèrent l'accolade. Dokes regarda Mike dans les yeux. Les paroles de JoAnn lui revinrent : *je veux que tu me promettes que tu feras ce qu'il faut pour sauver Seward.* Il ne savait plus s'il s'agissait de la réalité ou de choses qu'il avait rêvées.

— Ça va patron ? s'inquiéta le maître d'équipage.

— Ouais, impec. Le bateau est prêt ?

— J'ai fait le nécessaire. On peut larguer les amarres dès que tu donneras ton feu vert.

Le plus tôt sera le mieux. Rien ne vaut le fouet des embruns pour se remettre les idées en place. Et réfléchir à la suite.

Son regard brillait.

— Avec les gars, continua Finegan, on s'est dit qu'on ne pouvait pas attendre que tu reviennes. Qu'il fallait faire tourner la boutique. Sans compter que tu détestes qu'on se tourne les pouces, pas vrai ? Alors on a fait ce qu'on sait faire de mieux. Remonter ces foutus crabes.

JoAnn a raison, pensa le pêcheur, *la relève est assurée.*

Il esquissa un sourire, posa une main ferme sur l'épaule de son second :

— Il va falloir qu'on discute sérieusement, toi et moi.

Il le sentit se raidir sous ses doigts, se redresser avec fierté.

Dokes demanda à être conduit au port malgré les appels à la sagesse de Brockman, auquel il rétorqua que s'il revenait de si loin ce n'était pas pour se planquer chez lui, et qu'il était en pleine forme. En chemin, Mike le mit à jour sur les dernières nouvelles. Surtout des disparitions. Celle de Red lui flanqua un coup.

— Dennis Maiden et Ricky Butler… lâcha-t-il dans un soupir amer.

— Il paraît qu'ils ont enlevé la fille Redwild.

— Ils ne prendraient pas seuls ce genre d'initiative, ces types sont des suiveurs, des seconds couteaux. Qui a donné les ordres ?

— Personne ne le sait. Et ça fait plus d'une semaine qu'ils cherchent…

Les conglos ont des robots capables de déloger une balle dans une épaule sans toucher une artère et ils ne sont pas fichus de retrouver une femme enceinte…

— Des nouvelles de Walter ?

Finegan secoua la tête.

— Aucune. Kodiak ne donne plus signe de vie. Je me demande si on ne va pas être obligés de compléter en mazout ailleurs. La question étant : où ?

Le second gara le pick-up à sa place habituelle. Dokes descendit du véhicule puis marcha vers la silhouette familière, une ligne unique, élancée de la proue à la poupe. En arrière-plan, une présence massive attira son regard. Les superstructures sortaient du chaudron. Elles semblaient vouloir partir à l'assaut du ciel, comme ces fusées d'antan. Une future réalité s'il en croyait la vidéo de Concordia qu'il avait eue en sa possession.

— Ils ont accéléré les travaux, lui apprit Mike.

Des navires et des barges flottaient à quelques encablures, les coques alourdies par d'imposants morceaux d'un puzzle en cours d'assemblage.

— Ils auront bientôt fini, on dirait.

Finegan hocha la tête.

— Quand cette cité sera terminée, j'imagine qu'ils vont mettre en chantier la suivante. Ce cirque n'est finalement qu'un cycle, un éternel recommencement.

— En parlant de cycle, justement… lâcha alors Dokes en profitant du fait qu'ils étaient seuls.

Il marqua une pause. Si sa décision avait été prise dans ce rêve avec JoAnn dont il comptait bien respecter la mémoire, les mots avaient du mal à franchir le barrage de ses lèvres.

— Ce sera sans doute l'une de mes dernières pêches.

Finegan écarquilla les yeux. Dokes esquissa un sourire tandis que son maître d'équipage ouvrait la bouche. Sans s'exprimer. Il était sincèrement choqué par ce qu'il venait d'entendre. Le vieux pêcheur le décela dans le regard de son second : il n'avait jamais envisagé que son patron puisse raccrocher. Il le voyait sans doute mourir derrière la barre du *Molly Pen*. À son poste. Comme un marin. Comme son père.

Dokes avait toujours imaginé qu'il finirait de la même façon.

— Ça fait des années qu'on bourlingue dans ces eaux, Mike. Et tu considères ce bateau comme ta maison.

— Patron, je…

— Tu n'as rien à dire, l'interrompit Dokes. Je sais depuis longtemps que tu es prêt.

Une voix familière émergea alors dans son dos :

— Tu es enfin de retour ! s'exclama Sara Pherson.

Ce n'était pas la femme qu'il avait espéré voir en cet instant, ce qui n'empêcha pas son cœur de bondir dans sa poitrine. L'espace d'une seconde ou deux, une esquisse ondulée se superposa à la démarche de la journaliste. Il crut voir briller un anneau d'argent.

Finegan hocha la tête, l'air grave et les yeux humides.

— Je vous laisse, patron.

Dokes le regarda emprunter l'échelle et monter à bord du bateau comme si de rien n'était puis il se mit à houspiller les hommes. Mike ferait un excellent capitaine. Il se tourna ensuite vers la journaliste qu'il accueillit dans ses bras.

— Bon Dieu, dit celle-ci, que c'est bon de te savoir de retour.

Il lui sourit :

— Qu'est-ce que j'ai manqué ?

DALTON

Le besoin de prendre un verre fit surface dès les premières images. Dalton buvait les paroles prononcées par Red sur un ton monocorde empreint de lassitude ou de fatigue. Selon Cleaver, les ravisseurs devaient souvent la déplacer afin d'échapper à la surveillance des drones. Elle semblait en bonne santé ce qui constituait un soulagement. Ses cheveux en désordre et les cernes témoignaient de conditions de confort pour le moins rudimentaires et sa peau était si blanche qu'elle paraissait dépourvue de pigments. Elle n'avait sans doute pas beaucoup vu le soleil ces derniers temps, enfermée dans des planques sordides.

Elle n'a pas été maltraitée.

— Vous n'êtes pas obligé de subir cela, lui dit Cleaver.

— Je suis le président, rétorqua sèchement Miles, je peux tout voir, tout entendre.

Dalton effleura l'icône de lecture.

Red baissa la tête vers le bout de papier qu'elle tenait de ces deux mains. Elle ne tremblait pas, nota Dalton à l'affût du moindre signe. Puis, elle regarda l'objectif, d'un air grave :

— Miles, il semble que tu sois le destinataire de cette missive. Je voulais te dire que les choses n'ont certes jamais été très claires entre nous, depuis cette fameuse nuit, juste avant que je parte de Seward. Bien sûr, je sais parfaitement où j'en suis à présent… J'ai toujours eu de la considération à ton égard. Ce que tu dis et penses ne compte pas seulement pour les habitants de l'Alaska.

Miles Dalton, président de l'Alaska, héros de Seward ayant stoppé les Sibériens, se liquéfia sur place. Tout autour de lui, l'univers s'effaça. La pièce, le bureau, Cleaver, jusqu'à la clarté qui entrait par les grandes fenêtres affadies par l'intensité lumineuse de l'écran.

— Je vais bien. Le bébé aussi, rassura-t-elle en glissant une main sur son ventre plus rebondi que la dernière fois qu'il l'avait vue. J'aimerais que tu dises à Pop que je suis en bonne santé et bien traitée. Ils ne me feront aucun mal. Ce n'est pas leur but.

Elle marqua une pause puis le ton changea. Plus solennel.

— Je m'appelle Nancy Kreiss et ceci n'est pas une revendication. Ni une demande de rançon.

Miles fronça les sourcils.

— Il s'agit d'une déclaration de guerre. Nous, le peuple d'Alaska, allons reprendre le contrôle de nos destinées en chassant l'usurpateur Dalton qui ne doit sa position qu'aux manipulations ourdies dans son ombre par la puissance étrangère que constituent les conglos. Notre armée est actuellement aux portes de la Ligue Nord-Ouest dont le mur de la honte va tomber. Je demande à chaque homme, chaque femme en âge de prendre les armes de se soulever contre l'occupant.

Le président échangea un bref regard avec Cleaver qui faisait preuve d'un calme olympien à l'écoute d'un propos tellement impensable qu'il confinait à la farce. Il n'avait cependant pas l'air de le considérer ainsi.

— À San Diego, j'ai mené l'assaut contre la plateforme Horizon. J'appelle toutes les forces vives de l'Alaska à mener l'assaut contre Seward et libérer la ville de la dictature des conglos.

— Bordel, lâcha Dalton, estomaqué… Combien de gens ont vu ça ?

— C'est difficile à évaluer. Les messages sont aussi diffusés sur les ondes radio.

— Vous pouvez les brouiller ?

— Nous le faisons, mais il y a des trous dans la couverture. Et les insurgés utilisent des émetteurs mobiles et des copies stockées sur des mémoires solides qui circulent encore plus vite que la peste noire au Moyen-Âge. Ses paroles empruntent le même réseau que l'enregistrement de la séquence de décollage de Concordia.

La missive de Red était arrivée ce matin, dans un pli fermé, déposé au service courrier du palais. Des dizaines d'enveloppes de ce genre avaient été envoyées à travers l'Alaska. Les responsables de chaque *borough* en avaient probablement reçu un exemplaire. Cela supposait toutefois de la logistique.

— Sait-on qui est derrière tout ça ?

— L'ex-présidente. Selon toute vraisemblance. Il est à craindre qu'elle ne se satisfasse pas d'une simple mise à la retraite. Nous devons reconsidérer notre position à son égard.

— Hastings… lâcha Dalton d'un souffle colérique. Où est-elle ? Je vais la faire arrêter pour sédition et complot.

— Elle a disparu depuis plusieurs jours, monsieur. Nous avons perdu sa trace. Il semble que tout cela fasse partie d'un plan destiné à vous déstabiliser.

— Et c'est seulement maintenant que vous m'en informez ? Il serait bien de réviser vos priorités si vous voulez qu'on survive à cette crise, Cleaver. Et tâchez de retrouver, Red !

La localisation d'Emily Redwild n'était plus un secret. Depuis ce matin, un Ptérodactyle orbitait au-dessus de Beaver Creek, en plein territoire de la république du Yukon. Depuis toujours, Powell entretenait des rapports étroits avec Hastings. L'arrivée de Dalton l'avait relégué en arrière-plan et peut-être espérait-il développer son influence en s'alliant avec l'ex-présidente.

Elle n'a pas renoncé, songea Cleaver, *elle est à la manœuvre à l'intérieur de la Zone d'Intérêt Septentrionale – ma zone !*

Elle avait compris comment frapper les cordes sensibles afin de jouer sa propre partition. En connaisseur, Cleaver appréciait l'opiniâtreté de la politicienne, son refus obstiné de l'échec.

Elle aurait fait une excellente double-A.

De l'autre côté du mur, des milliers de gens avaient entendu les exploits de Nancy Kreiss, des centaines l'adulaient. La vidéo avait toutes les chances de les exciter. Mais cela ne suffirait pas. D'autres apparitions de l'héroïne seraient nécessaires pour atteindre le point de fusion.

C'est à nouveau une criminelle, songea Cleaver en quittant le bureau de Dalton.

Un chopper l'attendait sur la pelouse jaunie.

Le légat de Concordia, Jordan, avait proposé de surseoir à l'élimination définitive de Redwild, arguant du fait qu'elle ne représentait plus un danger. Qu'elle était redevenue une simple habitante, comme les autres. Le conseiller s'installa dans le fauteuil confortable sans parvenir à assourdir ses inquiétudes. Le retour de Kreiss au premier plan imprimait une dynamique soudain moins prévisible aux événements.

Il chaussa sa visière.

Les images du Ptérodactyle glissèrent devant ses yeux. Un tapis de conifères qu'il suffisait de soulever pour voir grouiller les rats, ces moins que rien qui ignoraient tous des enjeux. De cette humanité laissée sur le bas-côté, sacrifiée, s'étaient élevées des voix dissidentes peu après le fameux premier contact. Cleaver appartenait à la faction majoritaire. Ceux qui estimaient ne pas avoir d'autre choix, parce que les places à bord des éco-cités étaient comptées. Le nombre de voyages vers la Grande Porte était également une valeur finie.

Cleaver chassa ses pensées parasites pour se concentrer sur le présent.

L'ancienne villa se nichait au cœur de la forêt. Au sud de la bâtisse en forme de L, deux dépendances figuraient un hangar ou une grange. La propriété datait d'avant les crises, peut-être construite par des amateurs de nature désireux de s'isoler. À l'époque, nombreux avaient été les cadres supérieurs et les dirigeants à vouloir fuir les centres urbains gangrenés par la pollution et les conflits. Déjà.

Les lieux semblaient à l'abandon depuis des années et la végétation avait largement repris ses droits sur l'ensemble du domaine. Puis trois minuscules silhouettes traitées en fausses couleurs par un logiciel s'engagèrent sur une allée, en direction de l'habitation principale. D'après ses programmes experts, il s'agissait de deux sujets masculins encadrant une femme. Son instinct lui soufflait que c'était Emily Redwild, alias Nancy Kreiss, escortée par deux ravisseurs. Mais la signature n'avait pas été confirmée de manière catégorique. Elle ne paraissait pas entravée dans ses mouvements et son attitude suggérait davantage la coopération que la soumission. D'autres sources de chaleur, disposées selon une grille, trahissaient la présence de gardes. Une dizaine, au total. C'était un site important.

Collabore-t-elle avec eux ?

Elle en donnait l'impression en tout cas dans la vidéo.

— Est-ce que nous avons une confirmation de l'identité du sujet ? interrogea-t-il à travers sa liaison *terminex*.

— Non, monsieur, lui répondit l'un des pilotes qui opéraient depuis un cocon installé dans une salle de contrôle de Solaris.

— Si nous nous approchons pour lever le doute, ils pourraient détecter le bruit du moteur ?

— C'est une éventualité à considérer, en effet.

Selon un mémo des services de renseignement, le Yukon disposerait de microphones sensibles du genre utilisé pour trianguler et localiser la source de coups de feu. La technologie, rudimentaire, avait démontré son efficacité dans les affrontements du passé.

— J'ai besoin de savoir s'il s'agit de Nancy Kreiss. Procédez.

Il était certain que c'était elle, mais le conseil d'administration exigeait des faits, des preuves. Des données.

— Bien monsieur.

Le chopper tirait un trait argenté en plein azur, avalant les mille deux cents kilomètres séparant Juneau de Vancouver à une vitesse largement supersonique. Il se posa au sommet de l'immeuble plus récent de l'ancienne capitale de la Colombie-Britannique. L'édifice cubique rappelait un bloc de béton brut dans le plus pur style militaire.

Cela plairait à Leach, songea Cleaver en descendant de l'appareil.

Le gouverneur Jake Ross l'accueillit à bras ouverts, le gratifia d'un sourire franc doublé d'une poigne de main ferme. Le leader de la Ligue rayonnait. Il ne ménagea pas son enthousiasme au sujet de l'aménagement du centre de commande du mur tout en passant sous silence les avantages personnels âprement négociés avant d'en arriver à la signature d'un accord historique. Affirmer que le mur et l'alliance avec les Solariens avaient tiré toute la région du sommeil était peu dire. Surfant sur la vague, Ross esquissa un programme de réhabilitation des quartiers voisins. Cleaver écouta poliment les grandes lignes tracées à coups de propos grandiloquents.

Le cœur névralgique du cube, sa raison d'être, avait été bâti sur le modèle des salles de contrôle des anciennes missions spatiales. Un demi-cercle d'écrans géants cernait deux rangées de pupitres occupés par des techniciens dont la plupart provenaient de Solaris. Si un programme de formation à destination des locaux était contenu dans le package, il n'était évidemment pas envisageable de céder la jouissance d'un tel instrument. À sa tête, Cleaver avait nommé une étoile montante de son équipe : Jeanna Tenet-Brown. Cette dernière l'attendait, les mains derrière le dos dans une posture rappelant celle des anciens soldats.

— Monsieur, salua-t-elle en inclinant légèrement le buste.

Son attitude exhalait l'assurance propre aux aspirants double-A. Elle atteindrait sans doute cette position un jour, estima-t-il. Son dossier en tout cas témoignait de ses prédispositions.

— Jeanna, quelle est votre évaluation de l'impact de la vidéo de Nancy Kreiss sur les attaques contre le mur ?

Le nombre des tentatives de pénétrations tendait à diminuer. Déjouer les défenses relevait de l'entreprise suicidaire. Si les candidats – en théorie – ne manquaient pas, l'échec des plus intrépides avait de quoi refroidir les ardeurs des suivants. Les plus inconscients perdaient la vie, fauchés par les sentinelles robotisées, les mines ou les pièges. Jusqu'ici, aucun n'avait pu s'approcher du mur. Encore moins jeter un grappin dessus pour l'escalader. Les algorithmes estimaient que moins d'une tentative sur un million pouvait réussir.

Le plateau holographique, au centre de la salle, projetait une carte en trois dimensions de l'ensemble du mur, une ligne de quarante kilomètres jusqu'au pied du mont Baker. À plusieurs kilomètres de la construction pharaonique, d'innombrables épingles de chaleur matérialisaient ici la position d'un individu, là celle d'un véhicule à moteur thermique ou bien celle d'un animal. La vie s'agglutinait dans les parages tout en se tenant à distance du no man's land. Cleaver s'intéressa à une grappe de points si rapprochés qu'ils formaient une tache écarlate. Des milliers de personnes convergeaient en ce lieu précis, établissant des camps le long de l'ancienne autoroute inter-État reliant Seattle à Vancouver. On aurait pu croire qu'ils attendaient l'ouverture d'un passage ou de la quatre voies desservant Vancouver. Un miracle qui n'arriverait jamais.

Jeanna ne sourcilla pas lorsque son protecteur sollicita des explications.

— En fait, ces migrants se sont éloignés du mur. Ils se sont regroupés dans une friche industrielle.

En appui à sa démonstration, l'experte fit jouer les lignes du temps. Sur le plateau, les points se déplacèrent rapidement tels des fourmis affolées.

— Nous observons cette tendance depuis plusieurs jours et elle ne semble pas spécialement corrélée à l'annonce de Nancy Kreis. Elle paraît plutôt à contre-courant de la logique qui voudrait que les plus téméraires, galvanisés par les paroles de Kreiss, se lancent à l'assaut ou tentent leur chance du côté des montagnes, lesquelles offrent une configuration de terrain un peu plus favorable. Nous avons bien évidemment pris en compte ce facteur dans nos prévisions.

— S'ils se tiennent à distance, c'est parce qu'ils ont compris qu'ils ne passeront pas, claironna le gouverneur Ross. Il n'y a rien de compliqué là-dedans.

Est-ce sa manière de conjurer le sort ?

Cleaver était convaincu de deux choses. Un : des attaques massives surviendraient. Tôt ou tard. S'ils s'éloignaient, c'était peut-être pour mieux se préparer. Ce genre de stratégie avait eu cours à San Diego.

Deux : ils repousseraient les assauts avant qu'ils n'atteignent le mur.

En admettant que cette éventualité se produise, qu'un ou plusieurs miraculés particulièrement chanceux parviennent à y poser leurs mains, l'engagement de la garde suffirait à les éliminer. En plus de satisfaire aux besoins opérationnels, ces effectifs, recrutés et formés par des conseillers en sécurité, répondaient aux objectifs politiques locaux : offrir un travail aux personnes influentes, à leurs rejetons, enfants, cousins, relations et, par ricochet, accroître le pouvoir de Ross à qui ces heureux élus seraient redevables. Cleaver aimait cela : donner une profondeur opportuniste à son plan.

Il reporta son attention sur l'un des écrans géants.

Un camion de la *YuTL* stationnait sur une aire de livraison, à l'intérieur de l'enceinte de grillages et de synthébéton accolée au mur. Dans une volonté de calmer Powell, la Ligue avait passé un contrat avec la Yukon Transportation Lines pour l'approvisionnement de la troupe. Des accords généreux avaient échu à des fournisseurs de denrées alimentaires de Whitehorse. La distribution de faveurs faisait partie du jeu politique local.

— Si nous allions déjeuner en compagnie de nos hommes, proposa Ross. Ce sera excellent pour leur moral. Même s'ils ont un boulot, ils doivent s'ennuyer ferme. Et cela vous fera apprécier les choses avec une perspective nouvelle.

Avec un bonus, l'image du gouverneur marchant pratiquement main dans la main avec le plus important conseiller de Dalton marquerait les esprits.

Pour sûr, se dit Cleaver qui accepta d'un hochement de tête.

EMILY

— C'est une plaisanterie ?

Emily Redwild repoussa le texte du bout des doigts, avec ce sentiment indélébile de se sentir manipulée. Sale et manipulée. Des trois visages qui se trouvaient de l'autre côté de la table, celui d'Helen Hastings était parfaitement déchiffrable. Elle se délectait de l'instant, comme du précédent, quand Red s'était adressée directement au président. Comment avait-il réagi ?

Et Pop ?

— L'Alaska auquel nous aspirons n'a rien d'une plaisanterie. Votre participation à cette renaissance est capitale. Des milliers de gens vous écoutent, vous adulent.

Ils admirent Nancy Kreiss. Pas moi.

— Votre prochaine communication va faire bouger les lignes, même les plus solidement ancrées, croyez-moi, reprit l'ex-présidente.

Ses paroles dégoulinaient d'une assurance suffisante, comme une reine quasi certaine de sa victoire à la tête de ses troupes. Une armée par procuration. Les miséreux qui s'entassaient devant le mur ne connaissaient probablement pas Hastings. Ce n'était pas son nom qu'ils scandaient.

Hastings préférait peut-être l'ombre à la lumière, le véritable pouvoir, celui de l'influence, des réseaux sur lesquels elle avait gardé une main ferme tandis que Dalton paradait, gouvernait à l'instinct, à coups de décisions spectaculaires telles que le changement de la capitale.

L'ex-présidente poussa la feuille à la manière d'une pièce sur un échiquier.

— Je vous demande simplement de lire ce texte à voix intelligible devant la caméra. C'est tout. Votre avis, vos émois n'ont pas d'importance.

— Ils ne franchiront pas le mur, des milliers de personnes vont périr. Il est hors de question que je cautionne ça, même sous la contrainte.

— Il y aura des morts, oui. On ne fait pas d'omelette sans casser des œufs, sourit Hastings. C'est drôle la façon dont de vieilles expressions refont surface. Les conglos cherchent à nous asservir, à nous isoler pour mieux nous exploiter et nous contrôler. Je le sais, vous le savez. Vous y étiez. Répondez-moi sincèrement : dans quel monde voulez-vous que vive votre enfant ? Celui des conglos ?

Red sourcilla. À quoi ressemblait la vie sur une éco-cité ? Que se serait-il produit si elle avait accepté le Protocole ? Elle repensait souvent à ces instants sur Concordia. À sa mère.

Elle reprit le texte qu'elle recommença à lire depuis le début, soupirant à la fin de chaque phrase ou presque. La prose guerrière annonçait un temps de lutte. Un temps de souffrance et de pertes. Elle aurait pu l'écrire.

Tu n'es plus elle.

— C'est un tissu de conneries, lâcha-t-elle, Nancy Kreiss n'est pas ce genre de femme. Elle n'aurait jamais dit ça.

— Aucune importance, très chère. Tout ce qui compte, c'est que ces gens y croient. Vous êtes prête à passer devant la caméra ?

— T'as intérêt à parler, la menaça alors Kobb en prenant de grands airs.

Une rigidité d'acier froid crispa la mâchoire de Red tandis que les doigts de ses mains se repliaient mécaniquement. Les yeux du caïd lançaient des éclairs de satisfaction dans l'attente d'une réaction franche à son hostilité, feinte ou sincère. Kobb jouait le méchant, un rôle taillé sur mesure. Sa bouche catapultait des menaces, des paroles sèches qui s'écrasaient contre la muraille qu'elle avait fini par dresser. Hastings ne manifesta ni humeur ni encouragement. Walter se pencha vers Red. Il semblait savoir de quoi cet homme était capable, lut-elle dans son regard conciliant. Kobb et Walter figuraient deux pièces, fou ou cavalier, mais la reine se trouvait devant elle qui n'était qu'un pion isolé.

Red se relâcha, se recentra sur ce qui importait vraiment : la vie qu'elle couvait.

Aussitôt la prise terminée, Walter la reconduisit à l'annexe. Durant ce bref passage à l'air libre, Red leva la tête vers la cime des arbres, vers le ciel clair en se demandant si des drones reniflaient le sol à la recherche de sa trace. Des satellites passaient-ils régulièrement au-dessus de ce point perdu au milieu de la taïga ? Elle avait envie de leur crier qu'elle était ici, sous leurs yeux. Qu'elle désirait rentrer chez elle pour mettre au monde son enfant.

Et quel monde ! Hastings a raison. Existait-il encore un endroit où élever un enfant ?

— Méfiez-vous de Kobb, lui conseilla Walter en arrivant devant la porte. Ne le poussez pas. Même si ça vous démange, n'en faites rien.

— Je tâcherai de m'en souvenir.

— On bouge demain, lui annonça-t-il ensuite. Soyez prête à partir à l'aube.

Que se passe-t-il demain ?

Son geôlier ne répondrait certainement pas à cette question. Les mots qu'elle venait de lire appelaient aux armes, à l'action, au sacrifice. Quelque chose d'important se préparait.

— Comment va le bébé ?

De tous les mercenaires, seul Walter s'enquérait de son état. Hastings avait superbement ignoré sa condition de future mère. Cette femme avait construit son existence autour de la politique, des jeux de pouvoir. Il n'y avait pas de place pour d'autres considérations, encore moins pour une descendance. Un bébé ne rentrait pas dans son équation contrairement à la variable Nancy Kreiss qu'elle voyait très bien de quelle manière exploiter.

— Je ne le sens pas encore. C'est sans doute trop tôt, mais il me fatigue et… ces transferts interminables n'arrangent pas.

— J'en suis désolé.

Que cet homme fût sincère ou pas, elle lui sourit en glissant une main sur son ventre.

— Vous savez ce qui me ferait du bien ? Un fauteuil à bascule, me laisser bercer, profiter du soleil. Dans mon état, je ne risque pas de m'échapper. Et puis, il y a tous ces gardes… sans compter ceux que je ne vois pas.

— Croyez-moi ou non, je ferais bien la même chose. Comme au bon vieux temps.

— Avec un pack de bières, ajouta Red avec malice.

— Vous ne pouvez pas boire d'alcool.

— Oui, c'est dommage. Ces conneries, ça donne envie de se saouler. Pense-t-elle vraiment que sa petite révolution va marcher ?

Walter esquissa un sourire et poussa la porte d'entrée de la remise pour l'inviter à l'intérieur.

— OK, dit Red avec une voix mutine, vous ne pouvez pas me parler de ça. On peut quand même discuter, proposa-t-elle en se dirigeant vers le vieux sofa dont le revêtement était craquelé et déchiré, une misère qu'elle avait dissimulée avec une couverture également rapiécée.

— De quoi voulez-vous qu'on cause ?

— Je ne sais pas. Je connais peu de choses sur vous.

— Ça me va très bien comme ça.

— James Dokes se rendait souvent à Kodiak, dit-elle alors en se demandant où cela la mènerait. Pour faire du mazout. Du moins, c'est ce qu'il m'a raconté.

Son ravisseur évoqua un simple troc sur un ton un peu trop neutre. Dokes laissait toute sorte d'impressions, mais il ne suscitait certainement pas la neutralité ou l'indifférence. Walter lui donna le sentiment d'en savoir bien plus qu'il ne le laissait entendre. Par certains côtés, il lui rappelait son père. Il suffisait de trouver les bonnes clefs pour s'ouvrir un chemin vers une mine d'anecdotes. Et c'est exactement ce dont elle avait besoin. D'anecdotes, de récréation. De penser à autre chose que le discours guerrier qu'elle venait de prononcer.

Red tira une chaise et l'orienta vers le sofa usé jusqu'à la corde sur lequel elle s'assit.

— Installez-vous et racontez-moi. Comment avez-vous connu Dokes ? Je veux dire la première fois. Sans vouloir vous offenser, personne ne débarque à Kodiak par hasard, hein.

Walter hésita, regarda par-dessus son épaule en direction des deux plantons postés aux angles du bâtiment. Puis il entra. Le siège grinça sous son poids quand il s'assit à son tour.

— Vous avez raison, personne ne se rend dans ce lieu de perdition sans une arrière-pensée.

— Ah ! Et quelle était celle de James ?

— Une femme.

Elle se redressa, soudain interpellée :

— Une femme ? Là, vous piquez ma curiosité.

— Elle s'appelait JoAnn. Une belle personne. Élancée, brune, des yeux lumineux, des cheveux d'ébène, une peau claire.

L'image de Kara Lau s'imposa à l'esprit d'Emily, tant la description correspondait à la Concordienne.

— Quand elle a débarqué à Kodiak pratiquement en pleine tempête, elle cherchait un bateau et un équipage pour l'emmener loin vers le sud. Je me souviens d'elle sur le quai, vêtue d'une vieille parka de pêcheur sous une pluie battante et glacée. Même dans la pénombre, son regard illuminait ses traits et je dois dire que j'ai tout de suite pensé que ce devait être un sacré bout de femme pour braver les éléments.

Ce début de récit avait tout de l'aventure captivante, plus que les plans de rébellion d'Hastings et de Kobb.

— Comment est-elle arrivée ?

— Avec le hors-bord de Dokes.

Elle haussa un sourcil :

— Elle l'avait volé ?

— On peut dire ça en effet, même si ce détail n'a jamais été très clair. Elle précédait de quelques heures le *Molly Pen* lancé sur ses traces, mais qui est bien moins rapide.

— Dokes la poursuivait ?

— De prime abord, tout laissait à penser que JoAnn fuyait un mari ou un compagnon violent et dangereux. Elle tremblait. Ses mains, ses genoux, son regard d'animal traqué… Elle s'exprimait en rafales confuses en s'emmêlant les pinceaux. Avec les gars, on s'était dit que quelque chose ne tournait pas rond chez elle, jusqu'à ce qu'elle tende une enveloppe remplie de yuans.

Décidément, cette histoire devenait de plus en plus intéressante. Et la voix de Walter possédait tout ce qu'il fallait d'accent dramatique.

— Vous avez accepté ?

L'homme de Kodiak plissa les yeux. Son front se rida et il passa une main dans sa barbe fournie.

— Je ne pouvais pas refuser. L'île a toujours été dans une situation précaire et nous étions sans cesse à court d'argent. Ce cash nous permettrait d'acheter des vivres, de commercer avec d'autres communautés.

— Mais ?

— Son discours haché ne me paraissait pas très cohérent et elle ne cessait de répéter les mêmes mots : *ils peuvent me soigner. Au sud, ils peuvent me soigner.* Elle disait tout le temps ça. Ça ressemblait à une forme de délire. La pluie tombait à seaux ce jour-là, et aucun navire ne prendrait la mer dans de pareilles conditions. Je lui ai proposé de passer la nuit à l'abri et de rediscuter de tout cela le lendemain. Elle s'est mise à hurler qu'il était sur ses traces… Ça a été compliqué de lui faire entendre raison, mais j'avais réussi à la convaincre.

— Et Dokes a débarqué, compléta Red.

La lèvre supérieure de Walter se gauchit.

— Quand j'y repense, des quantités de choses auraient pu mal tourner ce matin-là. J'ai vite compris à qui j'avais affaire. Son équipage se tenait derrière lui sur le quai, comme un seul homme. Dokes avait l'œil des mauvais jours et l'électricité en circulation dans l'air aurait suffi à allumer toutes les ampoules de l'île.

Red sourit.

— JoAnn était donc sa femme.

— Ils étaient mariés. D'après lui, elle souffrait d'une forme de maladie inexplicable, le genre à la pousser à commettre des actes sans aucune logique ou à poursuivre des chimères. Ce qui correspondait bien à ce que j'avais observé : confusion et obsession. Je me suis rendu compte qu'en fait, Dokes ne paraissait pas en colère. Il était angoissé. À l'idée de la perdre.

Il marqua une pause avant d'achever son récit.

— Il est reparti avec elle. J'ai appris qu'elle s'était fait la belle quelque temps plus tard, dans des circonstances qui n'ont jamais été très claires non plus. Dokes ne s'en est jamais ouvert. Je n'ai bien sûr jamais posé de questions.

— Dokes est donc revenu à Kodiak par la suite ?

— Ouais, s'anima Walter, pour le business. Il achetait son mazout moins cher qu'à la coopérative de Seward. Quant à nous, nous manquions de tout. Son argent nous a bien aidés et aussi les cales du *Molly Pen*. Dokes nous ramenait régulièrement du crabe. On peut dire que ce satané marin a pratiquement nourri une génération d'enfants de Kodiak.

— Et les Sibériens ? hasarda Red.

— Ils sont arrivés plus tard. C'est Dokes qui a suggéré cette stratégie, arguant que Juneau ne se préoccupait plus de ce qui se passait de ce côté-ci du golfe et que Seward n'avait pas les moyens ni la volonté de nous soutenir. Alors, j'ai envoyé des hommes de l'autre côté du détroit de Béring. Un périple de six mois. Ils en sont revenus avec un cargo plein de vivres et une délégation chargée d'étudier la remise en état des installations portuaires. Ça a été une belle époque, soupira-t-il. On a fait la fête jusqu'à pas d'heure.

Ainsi, songea-t-elle, Dokes se retrouvait indirectement responsable de l'invasion de Seward. Certes, à ce moment-là, il ignorait sans doute les conséquences de sa suggestion.

— Je vous remercie, Walter. Votre compagnie rend ma captivité un peu moins pénible.

— Le temps passe aussi lentement pour moi, vous savez.

— Vous avez des nouvelles de vos amis à Kodiak ?

Il secoua la tête. Le dépit se devinait derrière ses yeux fatigués et las.

— Quelques-unes.

— J'imagine que le chaos à venir ne va pas arranger les choses…

Il se leva en gloussant :

— Bien essayé, mademoiselle Redwild. Vous m'excuserez, mais je dois filer à présent.

Mademoiselle. Le mot résonnait étrangement à ses oreilles.

— Je… Est-ce que vous pouvez néanmoins faire quelque chose pour moi ?

— Ça dépend.

Elle produisit un papier plié en quatre et le lui tendit :

— Mon compagnon… attend des nouvelles de son enfant. Il n'est question que de cela dans cette lettre. Rien d'autre. Rien qui mène à vous, à vos complices ou à qui que ce soit d'autre.

Walter se gratta la tête, en proie à l'indécision. Il prit néanmoins la feuille dont il lut quelques lignes sans exprimer la moindre réaction.

— Je vais voir ce que je peux faire, dit-il finalement. Mais je ne peux rien promettre.

— Bien sûr, je vous remercie Walter.

Après son départ, elle s'allongea sur le sofa. Son regard se perdit vers le plafond vermoulu, parcouru de failles, de fissures… Comme la vie de Dokes. JoAnn avait sans nul doute marqué l'existence du pêcheur. Puis elle pensa à Pop qui, durant des années, s'était enfermé comme un vieil ermite dans un hangar de l'ancien aéroport. Elle ferma les yeux, puis elle murmura : *je suis désolée de t'infliger cette épreuve, mon chéri.*

CLEAVER

La défense de Seward commençait ici même, sur cette fracture de synthébéton que dominaient des miradors bardés de caméras, de capteurs et d'armements placés sous le contrôle du centre de commandement. L'histoire de la civilisation s'était en partie construite sur des murs, celui d'Adrien, de Berlin, de Troie, celui séparant les anciens États-Unis du Mexique ou encore la Grande Muraille de Chine. Il s'agissait à chaque fois de se protéger contre des attaques ou des incursions perpétrées par des ennemis, des barbares, des hordes sauvages, des indésirables, nuisibles, que les défenseurs de ces constructions affirmaient sans humanité, sans pitié ou sans droits.

Jake Ross avait raison. La perspective, si elle ne lui apportait rien au demeurant, présentait un angle saillant. La surrection longiligne et géométrique, haute de six mètres, ne faisait jamais que séparer des volontés. Et des deux côtés, celle-ci ne faiblissait pas. Il le lisait dans les regards des recrues alignées dans une sorte de simulacre de cérémonie destiné à flatter l'ego du gouverneur. Il se comportait comme s'il avait lui-même posé chaque bloc de béton imprimé, suant corps et âme aux côtés des centaines de drones et d'unités de construction autonome. Ross félicita chaleureusement chaque jeune homme tandis que Cleaver se contentait de hocher la tête, ses lèvres réduites à un trait crispé. Sa présence était nécessaire. Les conglos finançaient les équipements individuels, les armes, les munitions, le mini tokamak qui alimentait les systèmes à effets dirigés, les liaisons de données à haut débit, du temps et de la bande passante, ainsi que des capacités de calcul, les drones, les robots… Des moyens que certains auraient préféré voir investis dans la construction des nouvelles plateformes. Pour eux, la Terre ne représentait qu'un puits sans fond et sans avenir. Et ils avaient raison : la glaciation Varanger la transformerait en enfer gelé. En attendant, des hommes et des femmes continueraient de se battre et de mourir.

Les visages des volontaires du Corps de Garde de la Ligue le troublaient. Ils le renvoyaient aux collaborateurs juniors des conglos à qui l'on apprenait à *performer* dans l'analyse scientifique et l'exploitation de données en tout genre. La même étincelle déterministe brillait dans les regards. Ils savaient ce qu'ils faisaient là : ils défendaient leur terre. Cleaver affecta un air grave, comme s'il considérait leur sacrifice tout en se félicitant du succès de l'entreprise d'information lancée peu de temps avant la campagne électorale de Dalton. Des milliers d'affiches, créations d'une algorithmique de pointe, avaient été placardées à Vancouver. Elles représentaient le mur, étincelant, transparent, comme un dôme protégeant les foyers.

Cleaver se souvint de la réaction d'Adrian Leach, le féru d'histoire : *les vieilles recettes, c'est encore ce qui marche le mieux.*

Jake Ross s'attarda devant une femme aux cheveux aussi clairs que des épis de blé, qu'elle avait ramenés en une queue-de-cheval emprisonnée dans une casquette sévèrement vissée sur son crâne. Elle répondait par monosyllabes aux brèves questions, souriant à peine à une blague douteuse du gouverneur sur sa condition féminine au sein du CGL.

Il évoqua l'arme qu'elle tenait entre ses mains gantées. Un vieux modèle du fusil d'assaut issu des surplus de l'ancienne garde nationale. Les conglos avaient évidemment refusé de les équiper avec du matériel dernier cri, arguant qu'ils ne sauraient pas utiliser un EM-Kompact ou qu'ils ne parviendraient jamais à saisir les principes de base du combat collaboratif. Et ce, alors que les exemples de San Francisco et de San Diego démontraient le contraire. Leach avait encore eu des mots lumineux : *si ces pauvres recrues doivent combattre, ça voudra dire que le mur aura été percé… Et dans ce cas, ils feraient mieux de fuir.*

Il sous-entendait à raison qu'en cas de brèche, les drones interviendraient en force. Et sans distinction.

Ross se fit présenter un véhicule de combat tout terrain à propulsion électrique-hydrogène, une grosse cage munie d'imposantes roues, de panneaux de protection balistique et surmontée d'un tourelleau téléopéré capable de cracher plusieurs dizaines de munitions en une seconde. Les nombreuses antennes-fouet lui conféraient un air de porc-épic blindé. Une centaine de ces machines pilotées par ces hommes et ces femmes patrouillaient le long du mur. C'était inutile, mais il fallait occuper la troupe, lui donner des tâches, des missions, des objectifs fixés par des programmes hébergés au cœur des mémoires quantiques de Solaris.

— Je crois que l'on peut affirmer que nous sommes en sécurité, dit Ross en posant fièrement aux côtés de l'équipage souriant.

À quelques kilomètres du mur et avec une synchronisation parfaite, les trois camions de *YuTL* ralentirent à l'approche du point de contrôle de la CGL. Le chauffeur visa le trio armé dont l'homme de tête, derrière une barrière clignotante, lui intimait, le bras levé, d'éteindre le moteur. Deux soldats se déployèrent de part et d'autre de l'attelage pour une inspection visuelle tandis que le troisième lui faisait signe de descendre de la cabine.

Un quatrième sortit de la guérite en préfabriqué avec une sorte de rectangle lumineux à la main.

— Identification ?

— Yukon Transport Lines. Livraison de vivres et de matériel.

Les camions de la *YuTL* faisaient partie du paysage de l'Alaska. La flotte gérée par un proche du président Powell en comprenait une petite quarantaine, dynamisant un embryon de réseau de transport que le Yukon présentait comme un renouveau de la civilisation. Lucas était un pilote expérimenté. Comptant plusieurs voyages à Seward à son actif, il avait été choisi pour mener ce convoi. Il connaissait les contrôles, savait garder son sang-froid sans avoir l'air coupable.

— Vous êtes bien sur mes registres, déclara le planton.

Encore heureux, pensa le pilote qui déchanta aussitôt.

— On va vérifier le manifeste et passer votre attelage au scanner.

C'était certes la procédure, cela ne l'empêcha pas de réprimer un frisson. Cette partie du plan était la plus faible. Un camion à plateau se rangea à côté de la remorque. Il portait un bras robot qui se déplia en une cinématique simple. À son extrémité, une boîte terminée par un groin noir en forme de cylindre commença à renifler les flancs, à quelques centimètres. D'après les explications qu'il avait reçues avant son départ, cet œil électronique pouvait visualiser le contenu à travers la paroi de métal, voir et analyser les particules chimiques en suspension dans l'air. Une magie à laquelle il ne comprenait pas grand-chose.

Son boulot consistait à piloter des bahuts sur des routes à moitié défoncées en assistant à la lente décrépitude de la civilisation.

Le bras télescopique s'allongea afin de permettre à la boîte de flairer l'autre flanc, ce qui prit moins d'une minute. Ensuite, le véhicule se repositionna pour répéter l'opération sur l'attelage voisin. Lucas adressa un signe rassurant à ses deux collègues en proie à un sursaut bien compréhensible de nervosité.

Restez calmes, si je suis passé, vous n'aurez pas d'ennuis.

Devant lui, le soldat de la CGL consultait les données sur sa tablette. Elles étaient également transmises pour être analysées par des intelligences largement supérieures, à des kilomètres de là en pleine mer. Une fois l'inspection et les vérifications d'usage terminées, le responsable tendit son appareil vers Lucas. Ce dernier esquissa un sourire, y posa son pouce en se disant que leur magie n'était pas infaillible.

Il se glissa derrière le volant, contrôla ses cadrans avant d'appuyer sur le démarreur. La turbine E-H antédiluvienne se mit à siffler, les parois de la cabine vibrèrent à l'unisson. Lucas désengagea les freins puis la lourde citerne s'ébranla pour franchir lentement la barrière relevée.

Nous sommes passés !

Le pilote jeta un œil dans ses rétroviseurs. Il aurait aimé partager ce premier succès avec ses collègues, mais tout contact radio était interdit. C'était la règle observée depuis leur départ. La double voie déserte et rectiligne s'étirait jusqu'à la base du mur, à trois kilomètres environ. À travers la vitre crasseuse, le mont Baker apparaissait tel un dieu malade, une éminence de roche dépouillée de sa blancheur qu'on avait crue éternelle. À tort.

Le convoi quitta l'autoroute par l'échangeur du lac Samish, puis il pénétra dans Alger, bourgade littéralement rasée, labourée, puis reconstruite par les conglos. Un simple panneau au métal rouillé en marquait l'entrée. Devant son pare-brise s'étendait un dédale d'entrepôts et de routes dans lequel il ne serait pas difficile de se perdre. Le mur se trouvait à trois cents mètres et la garnison, à un demi-kilomètre. Chaque pilote respecta scrupuleusement les consignes et les limitations de vitesse. Il ne s'agissait pas de commettre un accident ou d'attirer l'attention. Depuis des mois, la *YuTL* effectuait ses livraisons et celle-ci ne devait en aucun cas se distinguer des précédentes.

Au milieu de la route, des hommes firent des moulinets avec des bâtons lumineux, les obligeant à bifurquer à droite au lieu de poursuivre. Des manutentionnaires armés qui les guidèrent jusqu'à une place de parking. Lucas feignit la surprise en descendant de sa cabine tandis que ses collègues se garaient en épi le long de son attelage. Un soldat lui expliqua que le gouverneur effectuait une inspection et que le périmètre de la garnison était bouclé.

— Ça doit être un drôle de cirque, dit le pilote au militaire qui se contenta de hausser les épaules avant de vérifier les papiers des véhicules. Tout était en ordre.

Le mur se trouvait à cent dix, cent quinze mètres. À vue de nez.

Pas plus éternel que les neiges du mont Baker.

À soixante-dix kilomètres au nord, dans la banlieue de Vancouver, un autre camion de la *YuTL* pénétra dans le parking souterrain d'un cube de béton dominant le quartier et ses environs. Le chauffeur présenta son autorisation en bonne et due forme au cerbère robotique qui commanda l'ouverture de la double rangée de grilles puis l'invita à gagner la zone de livraison située au premier sous-sol. Fidèle à sa routine, le chauffeur colla l'arrière de son attelage contre le quai où attendait une file indienne d'autopalettes aux gyrophares étincelants. Après être descendu de sa cabine, il alla saluer l'unique être humain présent, assis dans une annexe vitrée dont les angles formaient une sorte de diadème géant. Toutes les opérations de déchargement étaient automatisées. Le superviseur parcourut une liste de contrôle avant de lever la tête de son rectangle lumineux.

— Tout est en ordre, déclara-t-il avant qu'un pli ne barre son front dégarni. Où est Jerry ?

— Il est malade pour la semaine. Je le remplace.

— Oh, j'espère que ce n'est pas grave.

— Il a chopé la crève. Le changement de saison. Il reprendra bientôt la route.

Le superviseur se mit à renifler.

— Si vous le voyez, souhaitez-lui un prompt rétablissement.

Le chauffeur sourit, poussa le vice jusqu'à demander un endroit sympa où se restaurer pendant que les robots s'occupaient de décharger la marchandise. Il remarqua alors la photographie des enfants, deux fillettes. Sa bouche se gauchit. Il se dit qu'il pouvait sauver cet homme. Qu'il le devait.

— Vous pourriez m'accompagner ?

D'après sa barrette de plastique fixée à sa poitrine, le superviseur s'appelait Frank.

— C'est que… j'ai du boulot. Je ne peux pas quitter mon poste comme ça.

— Ce sont des robots, des machines qui s'occupent de tout. Si ça se trouve, elles ne remarqueront même pas votre absence et ce bahut est rempli jusqu'à la gueule. Ça va prendre un peu de temps. Et puis, c'est la pause déjeuner. Vos employeurs ne sont pas retors à ce point.

— Oui, c'est sûr… J'ai juste à signaler que je prends ma pause.

— Parfait !

Ils sortirent par une porte de service réservée au personnel. Une fois à l'extérieur, le chauffeur de la *YuTL* consulta sa vieille montre attachée à son poignet tout en feignant d'écouter les propos de Frank à propos de son amitié avec Jerry. Il glissa une main dans sa poche, ses doigts entrèrent en contact avec le métal froid du boîtier de la télécommande. Lorsqu'ils furent suffisamment éloignés du point zéro, il sortit la photographie ses fillettes de son autre poche. Les yeux de Frank s'agrandirent de surprise et de confusion.

— Vous devez prendre soin d'elles, vous comprenez ?

— Mais… qui êtes-vous ?

Le point culminant de la visite consistait à grimper sur le mur.

Ross et Cleaver prirent place dans une cage grillagée qu'un soldat referma avant d'appuyer sur un bouton. L'élévateur trembla puis grimpa dans un bruit de métal grinçant. En quelques secondes, ils se retrouvèrent sur le chemin de ronde, une tranchée de deux mètres de large sur un mètre cinquante de haut. Devant eux, vers le sud, s'étendait un no man's land de six kilomètres. Un terrain accidenté truffé de monticules piégés, de fossés, de nids de mitrailleuses automatiques dont les lignes de tir se croisaient pour faucher efficacement les assaillants, de canons à effets dirigés, d'épieux, de mines et autres surprises en tout genre. Vu de haut, cela ressemblait à un terrain de manœuvres ou d'entraînement. Ou un terrain vague.

Le gouverneur posa la main sur des jumelles montées sur un pied de métal. Le même genre d'appareil qui équipait les sites touristiques de naguère. Cleaver haussa un sourcil : cet ajout ne figurait sur aucun plan.

— J'ai demandé qu'il soit installé, dit Ross. Il est important que nous voyions nos adversaires dans les yeux, ne pensez-vous pas ?

Des yeux, il y en avait partout. Dans le ciel, au sommet des miradors, dans le sol, dans les arbres…

Ross se pencha légèrement pour coller son front contre le guide incurvé en plastique.

— Ah ! Je crois qu'ils sont nombreux de l'autre côté. Ils doivent savoir que nous sommes là. En tout cas, ils ont l'air sages.

Le gouverneur invita Cleaver à prendre sa place. Il s'agissait d'une expérience nouvelle pour ce dernier, habitué à voir et comprendre le monde à travers des diagrammes, des flux d'information ou d'images. Son organe visuel se trouva ainsi au contact, presque palpable, d'une matière qu'il comptait maintenir à distance. En raison de la réverbération de la chaleur à la surface du sol surchauffé, les silhouettes donnaient l'impression de danser. Il crut apercevoir des oriflammes, des drapeaux, mais aussi des armes. Beaucoup d'armes.

Sa liaison *terminex* lui apprit que près de cinq mille individus s'étaient rassemblés à cet endroit. Savaient-ils vraiment qu'il les observait en ce moment, presque les yeux dans les yeux ? Cleaver déplaça la jumelle lentement, de gauche à droite tout en activant la sauvegarde automatique. Il comptait bien visionner ces images. Plus tard. Avec un excellent programme de reconnaissance, il serait envisageable d'identifier les meneurs, ceux qui se tenaient sur la première ligne.

Puis il s'arrêta.

À six kilomètres de là, une personne faisait exactement la même chose que lui. Il se trouvait derrière un instrument similaire au sien, les objectifs braqués dans sa direction comme les deux tubes d'un lance-roquettes. Six mille mètres, ce n'était pas une distance impossible pour un bon sniper équipé de l'arme adéquate. Le double-A se sentit soudain en position vulnérable.

Il subvocalisa au quartier général du mur à Vancouver. Jeanna lui répondit :

— D'autres personnes se rendent à cet endroit. Cela ressemble à une sorte de point de ralliement.

Ça ne me plaît pas.

— Quand est-ce que ça a commencé ?

— Peu après votre départ du cube d'après les drones.

— C'est si soudain… Et rapide.

— Ils se déplacent à bord de vieux véhicules trafiqués, des bus, des camionnettes rafistolées et nous savons qu'il y a un grand camp à proximité. Comme je vous le disais, nous…

Cleaver perçut une sorte de grésillement. L'interruption d'une liaison sécurisée constituait une première dans son existence. Cela n'arrivait jamais. Un frisson naquit à la base de son cervelet. Il se transforma en une cascade de glace quand il comprit qu'il se produisait quelque chose.

Quelque chose d'impensable.

Cleaver fixa Ross qui lui sourit :

— On dirait que vous avez vu un spectre. Il faut apprendre à vous détendre, vous savez.

Ce furent ses dernières paroles.

DALTON

Lorsque la déflagration souffla la moitié du bâtiment, Dalton se trouvait dans la cave de la résidence présidentielle. L'idée de se saouler ne lui était venue qu'une fois plongé dans cette ambiance sombre, si particulière, feutrée, qui lui rappelait les tunnels de l'ancien pénitencier de Spring Creek. Plusieurs centaines de bouteilles prenaient la poussière dans leurs casiers. Certaines dataient même d'un temps où l'Alaska s'intégrait à un État fédéral. Les étiquettes, avec leurs polices de caractères tout en finesse, évoquaient des pays qui avaient disparu de leur horizon. Qu'étaient devenus les vignobles français, chiliens ou australiens ?

La crise permanente avait eu raison de la plupart d'entre eux. Ces châteaux appartenaient au monde d'avant. Et ces bouteilles, des témoignages qui voyaient la lumière du jour lors des grandes occasions.

Celle-ci n'en était certainement pas une. Du moins, pas officiellement. Dalton avait jeté son dévolu sur un cru californien, parce que cela convenait au toast silencieux qu'il avait porté en murmurant le nom de Redwild. En appelant de tout son cœur à sa libération. Ce qui sonnait comme un vœu pieux.

Il avait levé son verre vers le soupirail, fermé les yeux.

Comme une réponse divine, le sol avait tremblé. Violemment. Une explosion soudaine et puissante avait résonné plus fort qu'un coup de tonnerre. Le plafond s'était fissuré puis ouvert dans un craquement sinistre. Dans la seconde, un souffle furieux s'était engouffré, charriant de la poussière, des fragments de verre et de bois. L'onde de choc l'avait projeté contre un pilier, lui coupant la respiration. Quand il revint à lui, ses oreilles sifflaient, sa bouche semblait emplie de miasmes et une espèce de sirène assourdissante lui vrillait le cerveau. Dalton avait toussé, éructé, craché, rampé à quatre pattes en tâtonnant le sol, s'entaillant la peau et les genoux sur les éclats aussi tranchants que des rasoirs. Il parvint enfin au bas des escaliers après un chemin de croix au milieu des décombres. Il leva les yeux s'attendant à apercevoir la porte.

À la place, il vit le ciel. Azur. Clair.

Les deux montants, brisés, penchaient à quarante-cinq degrés. Les murs semblaient avoir été attaqués par une tronçonneuse maniée par un dément pris d'une folie destructrice. Le plus troublant, c'était le silence. La sirène hurlait toujours dans son esprit, mais il n'entendait rien d'autre. Miles posa une main ensanglantée sur ce qui restait de la rambarde en bois. Il voulut crier, appeler à l'aide, mais sa bouche sèche expulsa un borborygme asthmatique. La quinzaine de marches représentait un défi, mais il reprenait peu à peu ses esprits. Quelques années auparavant, il aurait attendu dans ce trou l'arrivée des sauveteurs. Il n'était plus cet homme.

Miles Dalton émergea, gris de la tête aux pieds, la chemise ouverte, déchirée, au cœur d'un paysage apocalyptique. La moitié de la résidence gisait dans un amas de décombres fumants tandis que l'autre tenait debout par miracle. Maladroitement, il escalada un monticule de briques, manqua de se tordre la cheville, se rattrapa en prenant appui sur ses paumes écarlates. Il arracha les manches de sa chemise pour en faire des bandages dont il s'entoura les mains, puis il se mit en quête de survivants, de secours. De quelqu'un. N'importe qui.

Alors qu'il pensait être le seul à s'en être sorti, il la vit.

Son esprit pensa : *Red.* Ses cordes vocales vibrèrent à ce nom. Ce qui était absurde. La femme qu'il avait toujours aimée était prisonnière.

— Miles ! entendit-il alors.

Une voix familière.

Puis la silhouette se précisa : élancée, mince.

Son cerveau figea l'instant. Celui de sa conseillère, les traits déformés par la peur, la voix étranglée, chargée de terreur, le regard affolé, en train de courir vers lui. Sans cesser de l'appeler. Elle l'empoigna avec la vigueur qu'il lui connaissait quand ils se trouvaient en tête à tête dans la chambre. Dalton esquissa un sourire, voulut lui dire que ça allait.

— Mon Dieu ! s'exclama Perry. Tu as du sang partout !

Il la regarda. Sa chevelure fauve dansait à chaque mouvement brusque de sa tête. Puis elle l'entraîna.

— Il faut partir !

— Les… secours, réussit-il à articuler.

Elle ne l'écoutait pas.

— Ce ne sont pas les secours. Il faut partir !

Les ongles d'Aubrey étaient plantés dans ses bras. Elle le poussait littéralement hors du champ de ruines sans cesser de regarder autour d'eux, en répétant les mêmes mots.

— Ils vont te tuer !

— Tu m'as trahi ! C'est toi qui es responsable de ça ?

— Non ! s'indigna-t-elle. Jamais je n'aurais pu ! Tu dois me croire. Je ne suis pas ce genre de personne. Je ne marche plus avec Hastings. Elle est… complètement dingue. Sa haine envers toi et les conglos l'aveugle. C'est Hastings qui est derrière tout ça.

Des rafales d'armes automatiques éclatèrent non loin. Dalton sursauta.

— Elle a monté un coup d'État avec la complicité du Yukon, rugit la conseillère alors qu'ils traversaient la pelouse jonchée de débris. Il faut s'enfuir. Si tu restes, ils te liquideront. Et moi avec. Je suis avec toi Dalton, je l'ai toujours été.

Les mots s'imprimèrent dans son esprit. En lettres brillantes. Il avait déjà vécu cette situation. Un an auparavant. Les acteurs différaient, mais l'histoire, elle, se répétait.

KARA LAU

La supernova avait grillé des milliers de connexions *terminex* avant de s'effondrer en un trou noir électronique. L'éruption avait rendu aveugles, sourds et muets les drones les plus proches de la Zone d'Intérêt du Sud de Vancouver. La plupart de ceux qui survolaient la région à ce moment s'étaient écrasés en mer ou dans les montagnes. Le flash EMP avait même touché des satellites en orbite basse. L'onde de choc électronique avait provoqué un black-out dans un rayon de plusieurs dizaines de kilomètres. À Spring Creek, les capteurs installés sur les sommets encadrant le fjord avaient relevé une intense émission. Le pic dantesque et caractéristique d'un pulse EM dépassait toutes les normes. S'il n'y eut aucune conséquence sur l'avancement des travaux en baie de Résurrection, la perplexité et l'incompréhension se lisaient sur les visages de Cornélius et des nombreux collaborateurs présents dans la salle des opérations. Ils tentèrent de rétablir les communications perdues avec Juneau et Vancouver.

Sans succès. Ils ne recevaient plus aucune donnée. Zéro octet. Ce qu'il y avait de plus proche d'un encéphalogramme plat, de leur point de vue.

Les experts à la recherche d'une explication rationnelle penchèrent pour une défaillance simultanée de plusieurs groupes de relais et de transmetteurs, et ce, malgré les multiples redondances. Kara avait compris que la réalité ne s'imposerait qu'après un certain temps, une fois écartées les hypothèses, les unes après les autres. Pendant que les spécialistes faisaient tourner leurs programmes de diagnostic et leurs routines, ce qui leur évitait d'ouvrir les yeux, elle sauta directement à la conclusion : pour la première fois depuis des décennies, les conglos se voyaient privés de données en provenance d'un espace géographique d'une importance capitale.

Ils avaient perdu la supériorité informationnelle.

Et donc, l'initiative.

Le pouvoir dépendait du savoir. En l'occurrence, personne n'était en mesure de comprendre ce qu'il se passait de l'autre côté du golfe. Ce genre de flottement entraînait une succession de paralysies des systèmes, incapables d'impulser des décisions.

Face au nœud électronique, Kara Lau se fia à son instinct.

Elle enfila un harnais de combat dans la salle de préparation, glissa des cartouches d'énergie dans sa bandoulière, puis elle arma son EM-Kompact après l'avoir vérifié. Au pas de charge, elle rejoignit la plateforme d'atterrissage où le chopper l'attendait, turbines mugissantes. Dès qu'elle fut à bord, l'appareil décolla dans un nuage de poussière. Elle parvint à établir une liaison avec un satcom en orbite géosynchrone.

— Ici Kara Lau. Je me rends sur place afin d'évaluer la situation. Code d'appel prioritaire GC-Un alpha.

Elle n'escomptait pas de retour dans l'immédiat. Un quart d'heure après ce *blitz* surprise, la plupart des double-A, les armées d'ingénieurs et de techniciens nageaient encore en pleine confusion. Son court message serait répété jusqu'à ce que quelqu'un se décide à y répondre.

Le chopper atteignit rapidement sa vitesse de croisière trisonique à une altitude de vingt-deux mille mètres. Les premiers rapports lui parvinrent alors qu'elle se trouvait à mi-chemin. Les images à haute résolution d'un satellite Eagle Eye s'alignèrent sur sa visière. Sur les clichés en lumière visible, une épaisse fumée masquait le mur au niveau de la garnison d'Alger. Les matrices infrarouges percèrent ce smog, révélant l'étendue du désastre. Ajoutant à sa perplexité. Kara haussa un sourcil : un flash EM produisait peu de dégâts matériels. Encore moins des incendies.

Une impulsion électromagnétique provoquait des surcharges dans les installations, dans les circuits et les puces, allant jusqu'à griller les composants. Les conglos blindaient le hardware contre ce type d'agression, mais les réseaux électriques et les liaisons de données hertziennes étaient vulnérables à une bombe EM. Celle-ci avait beau être d'une puissance exceptionnelle, elle ne l'était toutefois pas au point d'occasionner une brèche dans le mur.

Des milliers de points rouges serrés les uns contre les autres progressaient en une langue écarlate qui s'étirait vers la déchirure fumante. Ses programmes reconnurent les signatures d'antiques moteurs thermiques sur deux ou quatre roues, celles de personnes à pied traversant le no man's land réputé infranchissable sans subir la moindre perte. Des flammes dévoraient les bâtiments de la garnison, là où se trouvait son patron. Kara appliqua plusieurs filtres logiciels matérialisant les trajectoires de projections des débris. Elles ne correspondaient pas avec les effets d'une seule explosion. Le mur présentait les stigmates de trois impacts successifs, sans rapport avec l'impulsion électromagnétique initiale.

De nouvelles images glissèrent à la périphérie de sa vision. Elle les ramena au premier plan.

Une colonne de fumée s'échappait du cube de béton à demi effondré. L'angle sud-est de l'enceinte avait été soufflé, les morceaux de synthébéton éparpillés selon une géométrie révélatrice. Si elle en jugeait par les traces en éventail partant du quart inférieur, une seule explosion avait pratiquement éventré la structure. Un drone Ptérodactyle ajouta des données en provenance de Juneau : la résidence présidentielle était coupée en deux.

Un signal tinta dans son oreillette. Le code GC-Un alpha s'aligna dans sa visière, suivi d'une séquence de lettres et de chiffres correspondants à une identification qu'elle connaissait déjà.

— Je serai à la verticale de Vancouver dans cinq minutes, informa-t-elle.

— Parfait, entendit-elle en retour de la part d'Adrian Leach. Je suis heureux de vous savoir sur la brèche.

Est-ce un jeu de mots intentionnel ?

— Il semble que nous ayons affaire à une attaque coordonnée, dit-elle d'un ton neutre.

— Nous sommes d'accord.

— Comment ont-ils procédé ?

— Les données sont en cours d'analyse.

Quelles données ?

Le flash EM avait grillé la totalité de leur couverture informationnelle sur des centaines de kilomètres carrés, des satellites étaient entrés en mode de sauvegarde, en se mettant hors ligne. De fait, il existait un trou de plusieurs minutes durant lesquelles le monde avait basculé. Et ils n'en avaient aucun enregistrement.

— De nombreux civils convergent vers la portion du mur qui a été détruite.

Elle entendit presque le ricanement de Leach derrière ses paroles :

— Des civils ? Je ne crois pas qu'il s'agisse là d'une qualification appropriée. Ces combattants s'apprêtent à envahir la Ligue Nord-Ouest. Dans peu de temps, cette troupe marchera sur Vancouver, puis Juneau.

Une armée. Des combattants.

Dans le fond, elle ne contestait pas l'analyse de son ancien supérieur parce qu'elle correspondait exactement à ce qu'elle avait sous les yeux.

— C'étaient des frappes de décapitation. Dalton à Juneau, le quartier général à Vancouver, Cleaver et Ross sur le mur, reprit-il. Faites vite avant que ces sauvages ne saccagent tout. Trouvez Cleaver ou son corps. Laissez ce canal ouvert ainsi que les flux de votre appareil. Vous êtes actuellement nos seuls yeux sur place.

— Bien, monsieur.

Trouver Cleaver. Mais où est-il ?

Le double-A partageait avec elle un espace sur son serveur personnel. Il y stockait des données, des ordres de mission, des plans, des rapports… Peut-être y avait-il déposé une information utile ? Kara sollicita sa liaison *terminex*, accrocha le signal d'un satellite qui relaya sa demande d'accès chiffré encapsulant une séquence à usage unique dont l'hôte IA détenait l'autre partie. La négociation électronique dura une fraction de seconde. Kara fut approuvée.

La dernière entrée correspondait au moment de l'émission du flash.

Quand elle accéda au fichier, ses pupilles se dilatèrent. Dans sa visière, des gens agitaient des drapeaux, des armes… C'était comme voir de près des choses lointaines, avec un décalage irréel laissant à penser que le flux était ralenti. Cela n'avait pas de sens, jusqu'à ce qu'elle comprenne que Cleaver regardait à travers des optiques et que la bande passante disponible limitait l'immersion. Ce n'était par ailleurs pas nécessaire, elle avait l'information.

Il était sur le mur.

La scène changea quand le double-A abandonna les jumelles. Elle reconnut le gouverneur Ross en train de sourire puis lui parler comme s'il s'était tenu devant elle :

— On dirait que vous avez vu un spectre. Il faut apprendre à vous détendre, vous savez.

L'instant suivant, le flash la força à fermer les paupières.

Quand elle les rouvrit, elle remonta le temps de plusieurs minutes, afin de localiser précisément Cleaver. Ce dernier avait emprunté un ascenseur qui se trouvait dans l'enceinte de la garnison.

Le chopper chuta de dix mille mètres en quelques minutes puis il effectua un premier hippodrome au-dessus du mur. La résolution des caméras permettait de voir les individus en armes marchant aux côtés d'une poignée de vieux bus scolaires recouverts de plaques d'acier soudées que suivaient une demi-douzaine de camions crachant une fumée noire. Ces pièces auraient pu sortir d'un musée.

Sur l'image infrarouge, des taches sombres marquaient les emplacements de brasiers en train de consumer la garnison. Des carcasses de véhicules de patrouille flambaient sur les parkings. Des silhouettes allongées au sol témoignaient de la violence de l'attaque. Des personnes esseulées se rassemblaient au milieu de ce champ de ruines sans se rendre compte que dans quelques minutes, elles devraient affronter une rage encore plus féroce.

Kara donna l'ordre au chopper de plonger. L'intelligence autonome calcula une trajectoire directe vers la cour de la garnison puis le nez de l'appareil bascula. La chef de la sécurité s'agrippa aux accoudoirs durant le piqué vertigineux. À six cents mètres du sol, l'aéronef se redressa. L'air se condensa en tourbillons nacrés dans son sillage tandis que les turbines annonçaient son approche dans un sifflement suraigu. Des étincelles fleurirent sur la carlingue. Les programmes réagirent promptement : le canon multitube sortit de son logement sous le fuselage et commença à arroser la zone source des tirs, crachant des centaines de fléchettes de tungstène dans un bruit de Fermeture Éclair. Kara commanda l'ouverture de la porte latérale. Une onde de chaleur lui fouetta le visage. Des odeurs de combustion saturèrent ses récepteurs olfactifs. Bois brûlé, synthébéton calciné, métal porté au point de fusion, chair incinérée, vapeurs électrochimiques à moitié consumées alourdissaient une atmosphère de fin du monde où dominait l'orange des flammes.

Juste avant que les roues du train d'atterrissage crissent sur les débris, Kara s'élança hors de l'appareil. Elle courut en direction du groupe de soldats de la CGL, croisa le regard ahuri d'un jeune homme recouvert de suie et de crasse.

— Ne restez pas là ! hurla-t-elle. Montez à bord du chopper !

Ils étaient sonnés. Désorientés. Les visages déconfits. Parfois brûlés, ensanglantés.

— Ils arrivent, dit-elle ensuite. Grimpez, vite !

Elle entendait déjà le bruit ronflant des véhicules et les cris des combattants.

— Dépêchez-vous ! Ils seront là d'un instant à l'autre.

Puis elle se détourna vers le mur.

Ce qui restait de l'ascenseur se résumait à un amas de poutrelles partiellement recouvert par l'éboulement de synthébéton. Kara s'y fraya un passage, grimpant, sautant d'un bloc à un autre en évitant les pointes de métal, les tiges blindées, avec une agilité animale. Au sommet du mur, elle s'accroupit pour évaluer la situation. Son EM-Kompact glissa dans sa main bourdonnant déjà à la recherche de cibles. À quelques mètres, un pied tordu attira son regard. Il ressemblait au support des jumelles. L'inclinaison indiquait que la déflagration provenait de l'extérieur de mur.

Or le flash, qu'elle avait entrevu à travers les yeux de Cleaver, venait de derrière.

Alors que les éclats de voix et les bruits des moteurs thermiques s'approchaient, elle se figea dans une posture à la fois curieuse et surprise. Un corps décapité gisait à une dizaine de mètres. Désarticulé. Comme un pantin que l'on aurait jeté au rebut. Les déchirures du costume rapiécé laissaient apparaître la peau violacée. Le tibia brisé, pointant comme un épieu, avait traversé la jambe de pantalon. Ce pouvait être Ross dont la corpulence était voisine de celle de Cleaver, voulut-elle se rassurer. Kara se glissa près du cadavre, posa sa main sur l'épiderme craquelé. Les extensions chitineuses sous ses ongles se déployèrent, se plantèrent dans la chaîne. En quelques instants, elle obtint la confirmation redoutée.

— Je suis désolée, murmura-t-elle.

Les bruits mécaniques étaient désormais proches. Dangereusement proches. Kara souleva le corps brisé de son supérieur pour le passer sur son dos. Quand elle se retourna, un individu la tenait en joue. Jeune. Peut-être moins que la vingtaine. Son regard étincelait de haine tandis qu'il pointait fièrement son vieil AK sur elle. Tout dans son attitude respirait le sentiment de revanche jusque dans le rictus de satisfaction qui fleurit sur ses lèvres, juste avant le moment où il allait presser la détente.

Ce qu'il n'eut pas le temps de faire.

Plus de cent pointes de tungstène déchirèrent son corps, le transformant en une bouillie sanguinolente. Le chopper se glissa le long du mur, son multitubes lâchant de courtes rafales. La porte coulissa, révélant un membre de la CGL qui lui tendit la main.

— Par ici ! lui dit-il.

Kara déposa le corps sans tête sur le plancher devant les soldats médusés, puis elle grimpa à bord. L'appareil pivota sur place puis accéléra en direction de Vancouver. Dans l'encadrement, elle jeta un regard en contrebas. Des milliers d'envahisseurs vêtus de loques, d'uniformes crasseux, dépareillés, escaladaient les ruines fumantes, se précipitaient à l'intérieur des bâtiments encore debout. Sur une section du mur, plusieurs d'entre eux s'ingéniaient à planter une bannière étoilée trouée et rapiécée, symbole d'un État déchu.

Kara referma la porte, chaussa sa visière et informa Leach de la mort de l'administrateur associé Cleaver.

— Puisque vous étiez son bras droit, lui répondit-il, cela signifie que vous prenez sa suite en attendant la nomination d'un nouveau responsable. Le temps presse, nous avons déjà une décision cruciale à prendre.

Des parasites zébrèrent sa vision avant de se combiner en une image instable à basse résolution. La vue en temps réel provenait d'un Ptérodactyle en position de guet armé et volant à la verticale de Beaver Creek, à la frontière entre l'Alaska et le Yukon.

— Nancy Kreiss est, au moins indirectement, responsable de la mort de Cleaver, déclara Leach sur un ton martial. Elle se trouve dans l'une de ces constructions. L'identification est positive.

Kara observa le domaine au milieu de la forêt. Le bâtiment en L, les deux dépendances. Cleaver avait donné l'ordre de localiser Emily Redwild, sans toutefois autoriser une intervention. En aucune façon. Une position destinée à se réserver des options. C'était bien dans son style. Mais Cleaver n'était plus. La situation venait de basculer. De virer au tragique. Au conflit ouvert. Dans la bataille qui se profilait, leurs adversaires agiteraient Nancy Kreiss comme un épouvantail, comme un étendard, comme l'expression de leur volonté. Un symbole.

— Kreiss est une menace et nous devons agir vite avant qu'elle ne change de planque, insista Adrian Leach.

Kara se connecta au système d'armes du drone. Les trois bâtiments étaient verrouillés. Chaque cible s'était vue attribuer deux projectiles. Les murs en rondins, encore moins solides que ceux qu'elle avait vus en train de brûler, ne résisteraient pas aux tirs des roquettes guidées.

Kreiss est une menace, se répéta-t-elle. Elle l'avait toujours été.

Une promesse ?

C'était ce que Cleaver avait vu en elle. Une promesse.

CHANCE

Frôler la mort offrait de chaleureuses compensations.

Parmi celles-ci, les regards jetés en biais et le sourire de Syd faisaient bouillir les hormones de Chance Daanak. Son cœur cogna de plus belle, à en faire résonner sa cage thoracique, et la température de son épiderme se rapprocha de son point de fusion.

Asam se pencha vers lui :

— On dirait qu'elle t'aime bien.

Chance se contenta d'une réponse laconique, presque froide ou désintéressée, aux antipodes de la chaleur interne de son corps.

— Ouais, je… l'aime bien aussi.

La bourrade de son ami lui remit les idées en place.

— Ça, ce n'était pas un regard genre : on s'aime bien. C'était le genre de regard qui disait : si on était seuls, là tout de suite, je t'arracherais tes vêtements.

Le fils de la maire ne put se retenir de glousser ce qui attira l'attention de Jade Cecil-Diaz, distante d'une vingtaine de pas, assez loin toutefois pour éviter que leurs fesses rencontrent ses semelles. Lui avoir sauvé la vie ne l'avait pas fait bénéficier d'un traitement de faveur. C'était même plutôt le contraire. Elle le tenait à l'œil.

— Ce n'est pas le moment de se relâcher, les deux clowns. On se concentre sur la préparation.

Les examens finaux approchaient et la référente maintenait la pression.

Chance enfila son harnais, sa vie comme le lui avait dit le formateur. Il boucla sa ceinture d'outils portant une sonde à ultra-sons pour détecter la présence de microfissures, un télémètre laser, les commandes de contrôle des robots, un arc à souder…

Jade les appela, lui et Syd.

— Vous deux vous grimpez, il faut vérifier le bouquet HA-51.

Le jeune homme chaussa sa visière, énonça la référence puis il esquissa un sourire : HA-51 se situait au faîte de la plus haute des spires, deux cents mètres au-dessus de la ligne de flottaison de la plateforme.

Syd le gratifia d'un clin d'œil avant de passer devant lui. Le duo emprunta une série de couloirs et d'élévateurs, croisant davantage de robots que de personnel. Les gerbes d'étincelles, le concert de perceuses, meuleuses, ponceuses, le ballet des blocs préfabs à assembler, souder, accompagnèrent leur ascension. Chance observait surtout sa coéquipière à la dérobée.

— Je te vois, dit cette dernière.

— Je me demandais si…

Un tintement annonça l'arrivée sur leur zone d'intervention.

— Si quoi ? interrogea Syd sur un ton neutre en tirant le levier pour ouvrir la grille.

Ce n'est pas le moment, songea Chance.

— Rien. On a du boulot.

Syd et Chance se mirent immédiatement au travail depuis la minuscule plateforme, une plaque d'acier de deux mètres par deux, un environnement où leurs corps se frôlaient, se touchaient. Distrait, il manqua de lâcher un outil qu'il rattrapa de justesse.

— Fais attention, remarqua Syd. Je ne tiens pas à foutre en l'air ma moyenne à cause de ta maladresse.

Syd caracolait en tête de la promotion. Lui venait à peine de décrocher la troisième place.

D'après le manifeste, HA-51 regroupait une série d'antennes dont il ignorait la finalité, ce qui n'avait pas d'incidence sur l'exercice du jour. Ils devaient vérifier une centaine de connecteurs et de boîtiers d'interface, en suivant une procédure stricte que déroulaient leurs visières. Perchés au-dessus de la baie, ils se retrouvaient seuls au monde, isolés par une brume déployée comme une mer de coton autour d'eux.

— Ne traînez pas, là-haut, entendit-il à travers son os temporal.

Enfin, presque seuls.

Deux câbles le reliaient à la tour aussi effilée qu'une pointe. La structure ne possédait pas de revêtement de métal, mais une peau, un épiderme de matériaux semi-organiques qui respirait, convertissait les rayons du soleil en énergie, absorbait les polluants, émettait des signaux radar… HA-51 se composait d'un anneau supportant des antennes conformes qui épousaient la courbure du tore posé comme une couronne sur la pointe.

Chance appela un robot pour l'assister dans la manœuvre consistant à ouvrir le capot. L'engin appliqua des ventouses sur la plaque et descella l'étroit accès dans lequel il se glissa. Sa visière projeta un cône de lumière vive illuminant les faisceaux de fibres. La dérivation défectueuse se trouvait à mi-chemin.

Le remplacement lui prit moins de cinq minutes, puis Chance se tortilla à reculons. Syd l'attendait à la sortie. Elle avait relevé sa visière, le toisant d'un air sérieux.

— Chance, il faut que je te dise un truc.

Le lieu, l'isolement, l'effet de promiscuité, l'alignement de ses étoiles lui parut parfait. La lèvre supérieure de sa coéquipière se gauchit légèrement quand elle se rendit compte de l'intensité dans son regard.

Peut-être qu'il se trompait. Chance tenta de calmer les battements de son cœur.

— Je me demandais… Tu es tombé dans une eau si froide que tu n'en avais que pour quelques minutes. T'as coulé comme une pierre au fond de la baie. Personne ne t'a vu remonter. Et tu as émergé à Lowell Point. À plusieurs kilomètres de là.

Il se trompait. La déception doucha ses espoirs.

— Il y a beaucoup de courants et…

— Ne te fous pas de moi, l'interrompit-elle. Tu peux raconter des salades à qui tu veux, mais je ne marche pas. J'ai fait les calculs.

Il arqua un sourcil en se sentant complètement idiot.

— Des calculs ?

— Ouais, la force des courants, ton poids… Ça ne colle pas.

— Qu'est-ce que tu essaies de me dire, Syd ?

— Tu mens. Depuis le début. Le plus intéressant, c'est que nos patrons aient accrédité ton explication miraculeuse sans sourciller. Ils mentent aussi. Cecil-Diaz, Cornélius et… euh, la maire.

Ce n'était pas exactement ce qu'il avait imaginé comme conversation avec Syd au-dessus des nuages.

— Syd, Chance, grésilla leur radio. Où en êtes-vous ?

— On a fini, répondit sa coéquipière. On redescend.

Même après une douche chaude, la boule dans son estomac ne s'était pas dégonflée. Les paroles de Syd résonnaient comme des accusations. Chance rangea les affaires dans son sac avant de quitter les vestiaires. Asam et ses camarades se trouvaient déjà sur le pont, prêts à embarquer sur la navette qui les conduirait au port. Il se glissa au côté de Syd qui évita son regard.

— J'aimerais t'emmener quelque part, dit-il alors.

— En bateau ?

Ses lèvres se plissèrent.

— En voiture.

— OK.

Un quart d'heure plus tard, Chance filait en direction de Lowell Point au volant du vieux pick-up de son père. Le silence de Syd lui vrillait l'estomac d'autant qu'il n'osait pas parler, de peur d'aggraver son cas. Dans le fond, se dit-il, est-ce que c'était de sa faute si quelque chose l'avait ramené des profondeurs ?

Durant tout ce temps, il avait été inconscient. Il ne se souvenait que des lueurs et du froid intense qui avait paralysé ses muscles de la même façon que l'attitude de sa coéquipière paralysait sa langue. Quand Chance se gara devant la maison familiale, Syd se fendit d'une remarque douce-amère.

— Ce n'est pas un peu tôt pour rencontrer tes parents ?

J'aurais bien aimé.

— Attends-moi ici, répondit-il en débouclant sa ceinture.

Il revint cinq minutes plus tard. Avec sa sœur.

Les yeux de Sakari pétillaient.

— Salut, je m'appelle Sakari, se présenta-t-elle. T'es la copine de mon frère ?

Chance s'étrangla derrière le volant.

— Sak !

— Et moi, c'est Syd. Ton frère et moi, nous sommes dans la même promotion.

— T'es aussi dans le programme ?

Elle hocha la tête.

— C'est génial ! s'enthousiasma Sakari.

Ils roulèrent jusqu'à l'entrée de la plage.

La brume peinait à se dissiper en raison d'un vent nul, mais les ombres fantomatiques des bateaux et les plateformes flottantes se profilaient entre deux bancs. De petites embarcations nerveuses évoluaient autour des colosses, veillant sur le troupeau de métal.

Chance marchait les mains dans les poches de sa parka. Il s'arrêta à l'endroit où l'eau léchait les alluvions.

— C'est ici que ma sœur m'a retrouvé, s'adressa-t-il à Syd.

— Je venais tous les jours, confirma Sakari qui ramassa un caillou plat.

D'un geste expert, elle se pencha pour le catapulter au raz des flots. La pierre surfa en une succession de bonds avant de disparaître, ayant consommé toute son énergie initiale.

— Qu'est-ce que tu as vu ? demanda Syd.

La gamine s'abaissa pour cueillir un nouveau projectile.

— Et bien, dit-elle sur un ton hésitant. Je ne sais pas trop.

De son point de vue, cela ne lui paraissait pas une bonne chose d'en parler avec une inconnue. Et elle avait promis à Emily de garder la bouche close. Sakari glissa un regard vers son frère qui hocha la tête en retour. Peut-être que ça faciliterait sa relation avec sa copine…

Elle effectua un second tir. Le caillou ricocha plus loin que le premier, à sa grande satisfaction. Syd faisait montre de patience. Elle attendait sans dire un mot que la sœur de Chance se dévoile.

— À première vue, on aurait dit un animal. Il paraît que des orques ont sauvé des naufragés en les poussant vers le rivage. C'est possible, non ?

— Mais ce n'était pas une orque, lâcha Chance.

— Bien sûr que non. Elles ont disparu comme la plupart des grands mammifères marins et elles n'ont pas de tentacules. Ça ressemblait à une espèce de calamar.

— Donc, tu l'as vu ? dit Syd, intriguée.

— Ouais. J'étais assise ici.

Sakari indiqua le rocher puis elle frissonna :

— L'eau a frémi, puis elle a bouillonné. La chose a poussé mon frère vers la rive.

— Tu as dû avoir peur, je suis désolée…

— En fait, ça s'est passé si vite que sur le coup, j'étais paralysée par la surprise. Je ne comprenais pas ce que je voyais. À part mon frère, que… enfin, je croyais qu'il était mort. C'est ça qui m'a foutu la trouille, haleta-t-elle comme si elle revivait la scène.

Chance prit sa sœur dans ses bras :

— Mais je suis là. Tout va bien.

Sakari leva les yeux vers Syd.

— Si tu fais du mal à mon frangin, je te le ferai regretter.

— Je me doute.

Alors que Chance ramenait Syd à Seward, cette dernière partagea ses impressions.

— Sakari tient à toi, c'est génial.

— Ouais. C'est la famille quoi… répondit-il d'un air détaché. *Maintenant que tu connais la vérité, comment tu vas intégrer ça à tes calculs ?*

— Je crois qu'on devrait creuser l'affaire. Et à vous entendre, toi et ta sœur, j'ai le net sentiment que quelque chose se planque dans la baie. Et je veux savoir quoi. Pas toi ?

— Si… bien sûr que si, hésita-t-il. Mais pour tout te dire, j'ai un peu peur de la réponse.

— T'es un héros, Chance. T'as sauvé la référente. T'as pas peur.

La réponse de Syd lui gonfla le cœur jusqu'à étouffer l'appréhension bien réelle qui le tourmentait depuis des jours.

EMILY

Que la sensation fût imaginaire ou réelle, Emily ressentait l'impatience de son enfant.

Celle-ci se manifestait de temps en temps, avec, lui semblait-il, plus de force. *Il va bien*, se répétait-elle, en se caressant le ventre. *Ce sera bientôt terminé. D'une manière ou d'une autre.*

Ils avaient repris les épuisants déplacements, une fois qu'Hastings avait obtenu ce qu'elle désirait. Quand cette errance prendrait-elle fin ?

Red essaya de caler son postérieur contre la cloison en espérant amortir les mouvements parfois brutaux de la caisse. L'épaisseur des couvertures sur le plancher n'était guère efficace contre les nids-de-poule. C'était encore pire sur les chemins forestiers, une véritable torture pour son dos qui se prolongeait des kilomètres.

— Je n'en peux plus, avait-elle confié à Walter.

Ce dernier avait consenti à espacer les transferts alors qu'elle aurait voulu qu'ils cessent, tout simplement.

— Les drones sont partout, avait-il dit. Ce serait un risque inconsidéré.

Ce qui était sans doute vrai. Elle était aussi excédée. Hargneuse.

— Nous sommes restés pendant trois jours avec Hastings pour faire ces maudites vidéos ! Trois jours durant lesquels ils auraient pu nous éliminer. Vous avez déjà pris ce risque et nous sommes toujours vivants.

L'homme de Kodiak avait eu cette expression particulière, ce léger frémissement de la lèvre supérieure, comme s'il savait quelque chose qu'il ne voulait pas – ou ne pouvait pas – lui dire. Elle l'avait alors poussé à accepter qu'elle puisse également prendre l'air. Quelques minutes toutes les deux heures.

Emily était assise dans une vieille chaise à bascule grinçante, sous le porche d'un ancien cabanon de trappe ou de chasse. Les rayons du soleil pénétraient la taïga, inondant son visage d'une clarté agressive qui la forçait à plisser des yeux ou à s'en détourner. Les lieux prenaient une teinte brûlée, comme une photo surexposée. Son regard se perdit vers les sommets lointains qui dépassaient de la cime des conifères. Un horizon d'or marquait la fin de la journée.

Walter la rejoignit, avec une tasse de thé.

— Ça va aller ? s'enquit-il.

— J'aimerais rester ici. C'est paisible.

Le cinquantenaire la gratifia d'un sourire avant de s'adosser à l'une des deux poutres qui soutenaient l'avancée de toit. Puis il la regarda, avec cet air grave, celui qu'emprunte une personne sur le point d'annoncer une mauvaise nouvelle. Elle repensa à la mort de son père.

— Crachez le morceau, lui dit-elle. Je suis une grande fille, vous savez.

— Il s'est passé des événements. Il y a plusieurs jours.

Il est arrivé quelque chose à Pop…

Elle se maîtrisa pour ne pas bondir hors du siège. Elle avait interrompu ses balancements.

— Le mur est tombé. Des milliers de combattants ont marché sur Vancouver et Juneau. Un attentat a détruit la moitié de la résidence présidentielle.

Dalton ?

Son cœur se serra. Son teint pâlit.

— Le président est-il…

— Nous n'en savons rien.

— Alors Hastings a sa foutue armée ?

Et elle fait route vers Seward.

Le hochement de tête de Walter suffit. Il ne paraissait cependant pas enchanté.

— Vous savez, dit-elle en soupirant, j'aimerais que mon enfant naisse et grandisse dans un monde meilleur. J'ai l'impression d'assister aux soubresauts du cadavre de notre civilisation. Ces pauvres gens se battent pour les miettes d'un gâteau périmé. Dalton était un bon président.

Pourquoi j'en parle au passé ?

— … C'est un ami. Je le connais depuis que je suis gamine. On a partagé plein de choses…

Un baiser. Dans un tunnel froid d'un centre pénitentiaire décrépi. Dalton… Merde !

— … Je l'ai vu tenir tête aux Sibériens.

— Je crois qu'il est encore en vie, émit Walter. Sinon Hastings aurait déjà claironné sa mort ou exhibé sa dépouille.

Le front d'Emily se plissa :

— Je me trompe ou vous ne l'aimez pas beaucoup.

À nouveau ce sourire amer, cette expression indécise.

— Vous et moi, tenta-t-elle alors, nous n'avons rien à faire avec ces gens. Nous n'avons pas grand-chose en commun avec eux. Et à propos, où est votre copain Kobb ?

— Des affaires le retiennent à Anchorage et nous sommes associés.

— Et ils vous ont abandonné ici, avec moi ?

Cela ressemblait fort à une mise sur la touche.

Peut-être que ses partenaires ne lui faisaient pas assez confiance.

— Vous savez, glissa-t-elle avec ce qu'il fallait de malice dans le ton, nous pourrions nous barrer, leur laisser tout ce merdier et rentrer à Seward.

Walter se contenta d'un timide hochement de tête qui en disait suffisamment long puis il s'excusa de prendre congé.

Il y aura d'autres occasions. Continue à le travailler, s'encouragea Red qui reprit ses balancements sans cesser de penser à Dalton, à Pop, à Seward. Hastings menaçait tout ce à quoi elle tenait, ce pour quoi elle était revenue en Alaska. Sa main se crispa sur l'accoudoir, puis un coup de pied dans son ventre lui arracha un sourire.

— Ne t'inquiète pas mon petit trésor, murmura-t-elle. Nous rentrerons bientôt à la maison, nous verrons papa et… oncle Dalton.

DALTON

Jamais durant toute sa vie, Miles Dalton, maire, héros de Seward puis président de l'Alaska, n'avait fui.

Jamais.

Il avait affronté son corps malade, géré les difficultés d'une petite ville engluée dans le déclin, relevé le défi de l'arrivée de Concordia, repoussé une invasion sibérienne…

Il avait toujours combattu.

Qu'est-ce que je fiche ici ?

La tête sur l'oreiller, il fixait le treillis de chevrons judicieusement assemblés et soutenant une charpente complexe à quatre plans. Son esprit s'amusa à repérer la pièce qu'il convenait de retirer pour que l'édifice s'écroule.

Quelqu'un avait enlevé une pièce maîtresse de son existence, puis tout s'était effondré. Il s'était relevé au milieu des décombres d'un palais qui représentait le sommet de sa carrière politique. Tout avait été soufflé, balayé.

La mer de draps se souleva et un visage en émergea, encadré par une chevelure en bataille.

— Miles. Tu es réveillé.

Il couva sa conseillère d'un regard bienveillant.

— Je n'ai pas beaucoup dormi. Trop de questions. Pas assez de réponses.

Aubrey se coula vers lui, sa main rampa sur son torse qu'elle se mit à caresser.

— Nous devons faire profil bas pendant quelque temps, lui rappela-t-elle. Ils sont certainement à ta poursuite s'ils n'ont pas eu la confirmation de ta mort.

— Je sais. Est-ce qu'il y a des nouvelles de Cleaver, de Red ?

Aubrey secoua la tête, avec un air désolé.

— Je n'ai plus accès à rien.

Miles se redressa, l'œil étincelant :

— Je dois retourner à Seward, là où se trouve ma place. Je suis encore le président !

La conseillère se contenta de le regarder, ses cheveux retombèrent en une cascade d'automne. Son cou se tendit, d'une manière gracile, sensuelle.

— C'est exactement l'erreur qu'elle attend. Que tu sortes à découvert, que tu t'exposes. Hastings veut ta peau ou ta tête sur une pique.

Hastings…

Son nom sifflait comme celui d'une vipère.

— Et toi ? lui demanda-t-il alors. Qu'est-ce que tu désires ?

— Être avec toi, peu m'importe l'endroit. Seward, Juneau, ou ailleurs.

En attendant ici, c'est le trou du cul du monde.

Aubrey glissa sa jambe sur son bas-ventre.

— Nous sommes en sécurité dans cette demeure. Personne ne sait où nous sommes. Je te garde avec moi, poursuivit-elle sur un ton malicieux.

Ses cuisses se refermèrent sur son bassin, ses mains saisirent ses poignets et une rousse conquérante se pencha sur lui, la chevelure en rideau filtrant la lueur du matin.

Après leurs ébats, les deux amants se retrouvèrent dans la petite cuisine. Sur le réchaud solaire, la bouilloire rejetait des nuages de vapeur qui se condensaient sur la vitre carrée. D'habitude, son rituel débutait par son traitement qu'il faisait descendre avec un grand verre d'eau. Les flacons qu'ils gardaient dans un tiroir de son bureau gisaient probablement au milieu des décombres de sa présidence. Il se demandait déjà quand Miles la larve pointerait le bout de son nez. Il évacua cette question pour se concentrer sur une menace bien plus directe.

— T'étais sérieuse tout à l'heure, à propos de ma tête sur une pique ?

— À chaque fois que je prononçais ton nom, des nuages noirs s'amoncelaient dans son regard. Elle te fera juger puis condamner. Pour trahison.

— Trahison ?

— Elle ne veut pas seulement t'éliminer. Son objectif est de casser le mythe, de salir d'une marque indélébile l'aura du sauveur de Seward.

D'un hochement de tête vague, Miles lui signifia qu'il voyait le tableau.

— Tant qu'elle ne sait pas où tu es, émit Aubrey, c'est sa parole contre celle d'un…

— D'un mort ?

— Quelque chose comme ça.

Elle lui apporta une tasse fumante en lui glissant un regard tendre.

— Je suis avec toi, Dalton. Ne doute jamais de ça.

— Hum, rumina Miles, je dois retourner à Seward. Je serai placé sous la sécurité de Kara Lau.

Tout y a commencé, tout y finira.

— Tu me l'as dit toi-même un jour, il n'y a pas d'alliance sincère avec ces gens, juste des intérêts bien sentis. Tu es sorti de leurs équations. Ils ne se soucient probablement guère de ton sort à présent. C'est notre chance, celle de disparaître.

Il la fixa, interloqué par le propos cru, mais adéquat. Par moments, il se demandait si Aubrey était devenue cette femme à son contact ou bien si elle existait avant. Hastings s'était appuyée sur sa plastique en passant à côté de l'essentiel, sans réaliser que sous ces atours, de véritables atouts sommeillaient, n'aspirant qu'à éclore et se développer.

— Tu veux quoi ? Qu'on quitte l'Alaska ?

— Il y a encore des tas d'endroits accessibles sur Terre.

Il secoua la tête.

— C'est ici que je suis né, que j'ai grandi. Je suis le président et je n'ai certainement pas l'intention de fuir.

Ce pouvoir qu'il ressentait jusque dans ses tripes, il n'était pas question de l'abandonner. Il entendait bien revenir dans le jeu.

— Il y a aussi quelque chose d'important que je dois faire, lâcha-t-il.

Aubrey plissa les yeux.

— Je dois aider une amie en danger.

Même en insistant sur le terme *amie* cela n'empêcha pas la température de dégringoler.

— Emily Redwild… répondit-elle froidement tout en s'éloignant de lui.

— Tu n'as pas à être jalouse. Le passé appartient au passé. Ce que nous avons eu est à jamais disparu.

— Pourquoi est-ce que j'ai l'impression que tu le regrettes ? Qu'à chaque fois que tu la croises, tu serais prêt à replonger ? Et maintenant, tu te sens assez fort pour voler au secours de la demoiselle en détresse…

Dalton plaqua un doigt sur les lèvres de son amante.

— Arrête ça.

Elle esquissa une moue inquiète.

— Ce n'est pas une bonne idée de partir d'ici.

— Tu es intelligente, Aubrey. Hastings a utilisé Red pour galvaniser ces milliers d'insurgés. Cleaver et les conglos l'ont également manipulée pour qu'elle se mette au service de Rachel. C'est aussi une héroïne de Seward. Quand on prend la peine d'y réfléchir, Red est un trait d'union entre les Alaskans, les révoltés de tout bord et ces gens confortablement installés sur leurs cités flottantes. Red est la clef de tout ce merdier.

C'est une pièce maîtresse…

— Elle tient le destin de l'Alaska entre ses mains, c'est elle qui peut nous sauver. Je dois la retrouver. Est-ce que tu comprends ?

La conseillère glissa une main dans la sienne en hochant la tête.

— Je sais tout ça. Il n'empêche que j'ai très peur. Pour nous.

— Je préfère la peur à la lâcheté.

KARA LAU

Le chopper effectuait des huit dans le ciel limpide à la verticale de *Glacier View*, cent soixante kilomètres à l'est d'Anchorage. Penchée dans le flux d'air par l'ouverture latérale, Kara évaluait la topographie. Installés dans la section cargo, les trois membres de son ancienne équipe du Golden Gate, reformée à sa demande, scrutaient les afficheurs, leurs visières emplies de données.

L'appareil évoluait à faible vitesse, permettant aux lidars, caméras et autres capteurs de numériser le terrain accidenté. La zone d'intérêt tactique se situait au pied d'un glacier qui avait depuis longtemps perdu de sa superbe. La calotte s'était retirée sous l'effet du réchauffement, révélant la trouée minérale qu'elle avait creusée entre deux montagnes escarpées. À cet endroit, la voie principale reliant Anchorage à Juneau se transformait en un véritable goulet d'étranglement qui se resserrait de part et d'autre de la rivière Matanuska.

— Ils n'ont pas d'autre choix que de passer par ici, déclara Matz, le tireur d'élite.

Au sud, la chaîne des monts Chugach, dominée par un sommet de plus de quatre mille mètres, formait un mur infranchissable. Au nord, l'itinéraire de contournement rallongeait sérieusement le trajet, jusqu'à Fairbanks.

— Ils sont certes motivés, partagea le second officier expert en explosifs, mais pas au point de vouloir se farcir autant de bornes en plus. Pas en étant aussi près du but.

Les vainqueurs de la bataille du mur avaient déjà effectué un bon périple depuis San Diego. Ils avaient conquis Vancouver en moins de deux jours. Juneau, livrée à elle-même depuis l'attentat contre le palais, était tombée après de sporadiques combats.

Ils ne s'en tiendraient pas à ces victoires.

— Ils sont très nombreux, intervint alors le troisième homme. Ce qui joue en leur faveur. Ils n'ont pas assez de véhicules. Le plus gros de la troupe se déplace à pied, ce qui nous laisse un peu de répit. Nous pouvons appliquer une stratégie d'attrition en les harcelant avec les drones. Nous pourrons en éliminer une partie, mais des milliers de combattants passeront quand même. La masse leur confère un avantage certain d'autant qu'ils ne se préoccupent pas des pertes.

En substance, ses hommes étaient en train de lui dire qu'ils ne pouvaient pas gagner.

Cette option n'est pas envisageable, pensa Kara en rentrant le haut de son corps à l'abri. Elle commanda la fermeture de la porte qui coulissa dans un léger chuintement. Elle retira sa visière, s'assit dans le fauteuil voisin et ordonna au chopper de retourner à Seward.

En s'exilant en mer, les conglos avaient relégué aux oubliettes les questions – honnies – de défense. En fondant leurs utopies flottantes, ils avaient voulu éloigner la violence en considérant que l'entretien de troupes armées n'était qu'un gouffre financier, une perte sèche impossible à rentabiliser. Cette réécriture naïve de l'histoire n'avait pas survécu aux premières révoltes.

Les double-A avaient ainsi réévalué l'usage de la force pour protéger de coûteux investissements. Il n'avait cependant jamais été question de reconstruire un complexe militaro-industriel. Des groupements de sécurité avaient été créés et, année après année, ces derniers pesaient de plus en plus dans les bilans, suivant une courbe de dépenses corrélée à celle de la pauvreté. Il fallait toujours plus d'équipements, de bande passante, de Ptérodactyles, de capacité de stockage, de passages de satellites au-dessus des points chauds.

Les batteries de processeurs qu'elle entendait presque ruminer à travers sa liaison *terminex* livraient des données claires : ils n'étaient pas en mesure de stopper la ruée vers Seward.

— Nous allons les ralentir, dit-elle alors, et gagner du temps.

Les hommes acquiescèrent.

— On pourrait déployer des mines et des kamis ? suggéra l'artificier.

Elle hocha la tête.

— Vous vous en chargerez. Il faudra également organiser une campagne de harcèlement. Je veux des patrouilles permanentes de Ptéros armés au-dessus de *kill boxes*. Tout ce qui les traverse devra être attaqué.

Aussitôt posé sur la pelouse devant le bâtiment principal de Spring Creek, l'appareil libéra ses passagers. Kara remonta l'allée longeant un carré vert fraîchement coupé en humant l'odeur chlorophyllienne. Elle pénétra dans le hall sans un regard pour les collaborateurs pour s'engouffrer dans un ascenseur. Lorsque les portes s'ouvrirent, elle fut accueillie par un Cornélius au visage grave. Le chef du chantier était flanqué de son ingénieure, Thyme, une jeune femme compétente qui gravissait les échelons, d'après ce qu'elle avait pu en lire. Elle semblait promise à un bel avenir au sein de sa famille.

— Cela ne se présente pas bien, n'est-ce pas ? sonda Cornélius.

— La situation est sous contrôle. À combien de jours sommes-nous du lancement de Résurrection ?

— L'assemblage avance selon les prévisions. Je dirais d'ici quinze jours en mettant les bouchées doubles, sans compter les essais.

Kara s'arrêta au milieu du couloir, plissa les yeux.

— Je croyais que les simulations suffisaient ?

— Pour les précédentes plateformes, oui. Nous avons assez de données pour nous en passer. Mais là, il s'agit d'une nouvelle classe, au gabarit nettement supérieur. Il faut reprendre des mesures réelles, on ne peut plus se contenter des codes de calculs calibrés sur les anciennes générations.

Elle jeta un regard en direction de Thyme. Cette dernière resta de marbre. Elle ne parlerait que si Kara l'y invitait. Elle n'avait pas besoin de l'entendre. L'ingénieure ne ferait que répéter le discours de son supérieur. Mot pour mot.

— Vous aurez vos essais.

— Ce qui implique, vu les circonstances, un déploiement de sécurité renforcé lors des sorties en mer.

— Évidemment. Les dispositions seront prises en ce sens.

Ce qui signifiait détourner des ressources en hommes et en matériel, se dit-elle en poursuivant son chemin après avoir pris congé de Cornélius.

Elle pénétra dans une salle en forme de cloche, se dirigea tout droit vers l'hémisphère de verre qui trônait au centre. Quand elle y entra, les parois se polarisèrent, scintillèrent un bref instant, puis elle se retrouva au cœur du conseil d'administration du groupe C.

La plateforme Majestic terminait sa remontée du Pacifique. Depuis la disparition brutale de Cleaver, Kara assurait l'intérim de responsable de la Zone d'Intérêt Septentrionale, jusqu'à ce qu'un remplaçant soit désigné. Plusieurs noms circulaient ces derniers jours. Aucun ne faisait – encore – consensus.

Étant donné le caractère exceptionnel des récents événements, d'autres double-A avaient été conviés à titre d'observateurs. Kara reconnut l'avatar d'Adrian Leach qui, en tant que chargé de la défense de la Zone d'Intérêt de Haute-Californie, était également pressenti pour prendre la succession de Cleaver.

Les deux hommes étaient rivaux. Et Kara savait que Leach avait mal vécu l'intrusion de Cleaver dans ses affaires et encore moins qu'il lui enlève son meilleur élément de terrain.

Après avoir salué d'un hochement de tête son auditoire, Kara entama son exposé en insistant sur le fait que le chantier n'avait pas enregistré de retard et que la nouvelle plateforme serait lancée dans les temps. La ruée vers Seward de milliers de combattants compta pour moins du tiers de son temps de parole. Ce fut cependant ce point en particulier qui préoccupait les double-A. Mais pas seulement.

— Ces paumés sont galvanisés par les vidéos de Nancy Kreiss, dit Damian Evans-Akari. Je crois savoir que vous l'aviez eue dans le collimateur d'un Ptéro. Pourquoi ne pas l'avoir éliminée en rasant ce cabanon dans lequel elle pensait pouvoir se planquer ?

DEA se trouvait sur le départ. Sa plateforme était la suivante dans l'ordre des lancements vers l'espace. Que pouvait bien signifier ce coup de patte ? Agissait-il pour laisser une trace ou bien était-il en service commandé ?

— La situation que vous évoquez possédait deux réponses possibles, exposa Kara. La première, une vue à court terme, consistait à autoriser le tir des missiles afin de neutraliser la menace. La seconde, à éviter de faire de Nancy Kreiss une martyre. Ce qu'était précisément l'objectif poursuivi.

— Par qui ? Le président Dalton ?

— Par l'ex-présidente Helen Hastings. Elle a volontairement mis en péril la vie d'Emily Redwild, alias Nancy Kreiss, dans l'espoir que nous la repérions et que nous l'éliminions. Il m'a semblé plus opportun de ne rien faire.

— Plus opportun ? N'est-il pas vrai que Cleaver avait passé un accord avec Kreiss ou Redwild, peu importe son nom en vérité ?

Le ton presque accusateur ne démonta pas Kara qui n'en demeura pas moins perplexe. DEA n'avait pourtant aucun intérêt à discréditer un mort.

Un mort qui avait des rivaux et dont elle était la protégée. Donc, une cible.

— Ce point ne fait que renforcer mon propos. Nancy Kreiss n'aurait pas sciemment mis en danger l'enfant qu'elle porte. Un enfant victime une malformation cardiaque que nos médecins pourront soigner. Telle était la promesse de Cleaver.

— En échange de quoi ?

— Aucune exigence n'a été formulée, mais Redwild est devenue la conseillère de la maire de Seward ce qui allait précisément dans le sens souhaité.

— Donc selon vous, Hastings est la véritable ennemie ?

— Tout porte à le croire. Elle est longtemps restée dans l'ombre, mais nous savons qu'elle a été en possession de la vidéo montrant le décollage de Concordia, qu'elle bénéficie de l'appui du Yukon et du soutien de communautés et de bandes armées à travers l'Alaska. Les attaques ont été menées par l'intermédiaire de camions piégés appartenant à la *Yukon Transportation Lines*. Les fuites, les infrastructures, les équipes, les éléments convergent vers Whitehorse où, semble-t-il, des opérations de type guérilla hybride sont coordonnées.

— Où se trouve-t-elle ? questionna le directeur général du conglo W.

— Sa position est actuellement inconnue.

— Tout comme celle de Kreiss.

Kara le confirma. Si elle n'aimait pas la tournure que prenait cette réunion, elle demeura concentrée, le visage aussi lisse et neutre que possible.

— Bien, enchaîna la présidente dont la voix lui rappelait celle de Clarisse, des harmoniques d'une douceur sous-jacente au ton péremptoire, érigée comme une façade. Votre réponse démontre que vous voyez au-delà des gains immédiats. Nous sommes d'accord avec votre analyse. Pour l'heure, la question centrale reste de savoir comment nous allons contrer la ruée vers Seward. Ils comptent précisément sur le nombre pour nous submerger.

— Peut-être devrions-nous envoyer un escadron de drones bombarder Whitehorse pour montrer que nous n'allons pas nous laisser faire ?

— C'est une option symbolique. Ça ne fera pas revenir sur leurs pas ces dizaines de milliers de combattants en colère. L'effet serait même inverse du but désiré et contribuerait à renforcer leur animosité.

Une voix s'éleva alors. Celle de Leach :

— MacArthur, dit-il sachant pertinemment que toutes les personnes réunies ici lanceraient aussitôt une recherche dans leurs bases de données en quête d'un résumé.

Lorsqu'elles trouvèrent l'information à laquelle pensait Leach, l'atmosphère se chargea en électricité.

— Suggériez-vous l'usage d'armes de destruction massive ? considéra la présidente, le front plissé.

Le sujet était tabou depuis l'échange nucléaire entre les États-Unis d'alors et la Chine.

— Nous affrontons une rébellion que nous ne sommes pas en mesure de repousser. Le mur de Cleaver était une bonne idée, mais son plan souffrait visiblement de failles. L'une d'elles étant d'avoir sous-estimé l'opiniâtreté d'Hastings qu'il croyait définitivement hors course. Nous avons gardé quelques vecteurs balistiques de feu l'US Air Force, afin de faire face à une situation critique. D'ici quelques jours, quand ces enragés seront devant Seward, nous nous trouverons exactement dans ce cas de figure : en infériorité numérique, tout comme l'était MacArthur en Corée. Une ou plusieurs frappes d'avertissement seraient de nature à desserrer l'étau et calmer les ardeurs de ces excités. À San Diego, l'emploi de ce type d'armement à proximité de nos installations posait évidemment problème, mais ici, en Alaska, il n'y a rien ni personne à préserver.

Le double-A regarda l'auditoire, indiqua la carte étalée sur l'afficheur.

— Si vous me pardonnez l'expression, nous sommes de nouveau au pied du mur.

Des micro-réactions, de surprise, d'approbation ou de dégoût, fleurissaient sur les visages. Elles montraient que le discours de Leach avait fait mouche. Il venait également de marquer un point dans la course à la succession de Cleaver.

— Nous en prenons bonne note, conclut la présidente qui se tourna ensuite vers Kara. Votre priorité, c'est la défense de Seward. Nous allons vous allouer des ressources supplémentaires, des effectifs, des drones, des capacités de calcul. Nous vous savons gré d'avoir répondu à nos questions.

Kara remercia l'assemblée d'un hochement de tête puis elle se déconnecta.

Pendant plusieurs secondes, elle resta au milieu de l'hémisphère. Seule.

Une vibration traversa son os temporal. Kara ouvrit sa liaison *terminex*.

— Nous avons un souci, l'informa l'un de ses officiers. À Anchorage.

Ce dernier la bascula sur le flux vidéo en direct. Le fracas des armes automatiques, les rafales rugirent comme un torrent dévalant une montagne durant un épisode orageux.

— Des gangs attaquent la mairie où s'est retranché Gill Andrews. Il nous demande des renforts d'urgence. Ils ne tiendront pas longtemps.

Des assauts coordonnés.

Hastings était en train de mettre le feu à tout l'Alaska.

— Envoyez une unité et des drones, commanda Kara qui se dirigea vers la salle de crise.

DOKES

James Dokes se tenait assis sur le rebord du lit, habité par l'étrange sentiment de flemmarder. Un état qu'il n'avait pas connu depuis… Il ne s'en rappelait plus. À l'époque, il vivait encore dans les jupes de sa mère. Un temps heureux. Innocent.

Le bruissement des draps dans son dos le ramena à l'instant présent. Le visage de Sara Pherson, tel un aimant, possédait un pouvoir d'attraction certain.

— Tu n'es pas obligé de partir, marmonna-t-elle. Reste avec moi, au chaud.

Le vieux pêcheur sourit.

— Les habitudes ont la vie dure. On ne se refait pas, hein.

Encore faut-il le vouloir.

Il se pencha pour déposer un baiser sur les lèvres de son amante avant de sortir de la chambre.

Dix minutes plus tard, il roulait en direction du port, vers le *Molly Pen*. Sa fiancée de toujours. En quelque sorte. Les préparatifs en vue de la prochaine pêche allaient bon train et le nouveau capitaine donnait de la voix pour motiver l'équipage. Dokes eut un sourire amer. Avait-il bien fait de quitter tout cela ? Mike descendit de la timonerie pour le saluer.

— Bonjour patron ! Ça fait plaisir de vous voir en forme.

Sur le plateau arrière, les marins vérifiaient les cages et s'assuraient qu'elles étaient correctement arrimées. En les observant, un pincement au cœur saisit Dokes.

— Comment ça se présente ?

Comme au bon vieux temps, Mike Finegan lui adressa un rapport détaillé sur la condition du navire d'une voix claire et professionnelle, sans aucune trace d'agacement alors qu'il était en plein travail. Dokes lui savait gré pour cela. Il ne pourrait cependant pas indéfiniment hanter les quais en ressassant le passé et en regardant, les yeux avides, la proue du *Molly Pen* fendre les vagues et s'éloigner du port. Sans lui.

Tourner la page, avait dit Sara, c'était le plus dur.

Elle avait raison.

Dokes posa une main virile sur les épaules de son ancien maître d'équipage. Les paroles étaient inutiles. Les deux hommes que des années de mer avaient réunis se comprenaient parfaitement. La barre du *Molly Pen* se trouvait entre de bonnes mains. Les meilleures, après les siennes.

Dokes regagna son pick-up non sans un regard vers la partie de la baie illuminée par les projecteurs. Les spires brillantes s'élevaient au-dessus du chaudron à présent. Les flèches de métal et de synthébéton pointaient le ciel piqueté, déjà désireuses de prendre leur envol. Il songea à Concordia, aux milliers de résidents peut-être loin de la Terre. La vraie question était bien de savoir où ils allaient. À quoi rimait toute cette gigantesque entreprise ? La Terre était-elle à ce point perdue qu'il faille la quitter de la même manière qu'un équipage abandonne son navire dans une situation irrécupérable ?

Derrière son volant, Dokes mit le cap vers la mairie. Dans le ciel, l'aube écartait progressivement le voile sombre. Quelques carrés de lumières sur les façades, ici et là, présageaient du réveil des habitants. Il roulait au pas, profitant de l'ambiance si particulière, cet entre-deux qui seyait parfaitement à son statut actuel et à son état d'esprit.

La nuit n'était pas tout à fait terminée, le jour pas tout à fait commencé.

Il gara son pick-up à côté du véhicule de patrouille de Gregory Green.

— Shérif, salua-t-il, après avoir poussé la porte du hall d'accueil.

Ce dernier hocha la tête à son adresse. Les deux hommes empruntèrent les escaliers en silence et gagnèrent le cabinet de travail de la maire. La double porte étant ouverte, ils y pénétrèrent sans s'annoncer.

Rachel les accueillit avec un sourire de façade, en dissimulant sa crispation derrière un regard empli de lassitude. *Elle ne dort probablement pas beaucoup en ce moment*, songea-t-il. Kara Lau se contenta d'un subtil hochement de tête, fidèle à son habitude dont il était toujours difficile de dire s'il s'agissait d'indifférence ou bien d'une forme de réserve.

Et l'heure était à la tempête.

La chef de la sécurité soufflait les mauvaises nouvelles en rafales. Non, ils n'avaient pas localisé Red. Dalton était porté disparu et Juneau ne répondait plus. Les reconnaissances menées par les drones montraient que des milliers de personnes marchaient vers Seward. Selon les estimations, les premiers insurgés arriveraient devant leur porte d'ici une dizaine de jours. Les clichés pris au-dessus de la mêlée apportaient un éclairage tragique sur les agissements de gens que la colère, le ressentiment rendaient plus incontrôlables que les troupes sibériennes. Moins disciplinés aussi. Les colonnes de fumée noire et les villages ravagés se multipliaient le long de leur ligne de progression par ailleurs très simple : ils suivaient la route principale.

À Anchorage, la situation explosive pouvait basculer à tout moment. Les forces de sécurité envoyées par Kara, avec un soutien de Ptérodactyles, contenaient les gangs dans les quartiers voisins du pâté de maisons autour de l'Hôtel de Ville où Gill Andrews s'était réfugié.

Les terribles images sur les écrans rutilants eurent exactement l'effet escompté. Dokes surprit l'expression pétrifiée de la maire qui se projetait sans doute dans une horreur déjà si proche, si palpable. L'invasion de Seward n'était désormais plus une simple vue de l'esprit.

Quant à Green, il se murait dans le silence.

— Vous devez décréter l'état d'urgence, madame, proposa Kara Lau d'une voix sereine.

Rachel réagit après quelques secondes, selon une rhétorique attendue. Trop prudente.

— La loi impose de passer par un vote du conseil.

— Je comprends. Faites-le rapidement dans ce cas.

La chef de la sécurité ramena ses cheveux sur le côté, révélant son anneau.

Le cercle de métal brilla de mille feux dans la psyché de Dokes. D'un coup de baguette, ce mini-soleil balaya les sombres perspectives. JoAnn le gratifia d'un regard dont la signification ne lui échappa pas : *à vous de jouer*.

Rachel Daanak occupait la fonction *par intérim*. Sa légitimité reposait sur une personne disparue. La proclamation de l'état d'urgence entraînerait également le report des élections *sine die*. Du reste, d'ici à quinze jours, Seward n'existerait peut-être plus, réduite en cendres par une horde d'enragés.

Après l'entretien dans le cabinet de la maire, Dokes patienta dans le hall en compagnie de Green tandis que Rachel et Mary convoquaient les conseillers par téléphone.

— T'es vraiment sûr de vouloir croiser le fer maintenant ?

— Tu sais comme moi, lui répondit Dokes, que c'est la meilleure chose à faire. On n'aura pas d'autre occasion. Ce n'est pas le moment d'avoir des remords. Rachel a été mise dans ce fauteuil à titre intérimaire. C'est la bonne décision et, avec l'état d'urgence, il n'y aura pas d'élections. C'est avant la bataille qu'il faut changer de commandant, pas en plein milieu.

Green hocha la tête, les traits sombres et l'humour quelque peu déprimant.

— James Dokes, le dernier maire de Seward.

— Je ne l'espère pas. Ça voudra dire qu'on aura tout perdu.

Les membres du conseil municipal se présentèrent rapidement à l'accueil et lorsque Mary referma les portes de la salle, les visages graves se tournèrent vers Rachel. Dokes se montra aussi attentif que ses collègues à l'exposition des faits, ni plus ni moins qu'un résumé – en moins dramatique cependant – des propos tenus par Kara Lau une heure plus tôt. Le projet de décret lu à haute voix, son adoption ne fut qu'une formalité. Y compris la suspension, logique, des élections.

Puis Green demanda à prendre la parole.

— J'ai une requête à soumettre au conseil.

Rachel en bégaya :

— Oui, shérif Green.

Le représentant de la loi se leva de son siège et les regarda tous, un par un, en terminant par Rachel.

— J'aimerais qu'il soit acté que je dépose, en ce jour, une motion de défiance à votre encontre. Une motion que je propose de voter à main levée dès à présent.

La maire écarquilla les yeux, la bouche ouverte puis réduite à un mince filet tandis que ses poings se refermaient sur le vieux bois de la table. Les mines de ceux et celles qui n'étaient pas dans la confidence virèrent à la stupeur. Un brouhaha s'éleva, des protestations fusèrent, mais le rappel à la loi suffit à ramener le calme. Green se trouvait dans son droit. Demeurait une question centrale en cet instant.

— Pourquoi ? lâcha Rachel.

Green ne se dégonfla pas.

— Nous sommes plusieurs à penser que les circonstances exceptionnelles exigent des compétences de meneur. Croyez bien que je regrette l'évolution de la situation et vos qualités ne sont pas en cause, madame la maire. Mais nous allons vers une guerre que nous ne pouvons pas nous permettre de perdre. Nous avons besoin d'un… d'un rassembleur. Un homme capable de nous unir dans l'adversité.

Rachel n'était pas née de la dernière pluie, elle savait de qui son shérif parlait en des termes élogieux. Elle fusilla Dokes du regard :

— Comment avez-vous pu ? siffla-t-elle entre ses lèvres devenues si blanches que le sang semblait les avoir désertées.

Le teint de Rachel pâlissait à mesure que Green recueillait l'assentiment d'autres partisans, surtout les représentants des commerçants de Seward, le flanc mou de Rachel. Puis vint le moment de voter. Un par un, les bras se levèrent.

À l'issue des comptes, Rachel chancela. Elle était au sens presque littéral du terme, KO debout.

Dokes se demanda quelles idées lui traversaient l'esprit. Par bien des côtés, c'était une personne admirable, une gestionnaire affûtée. Ces qualités-là ne permettaient cependant pas de remporter le conflit qui pointait devant leurs portes. Seward avait besoin d'un général. Paul Bremer se leva à son tour. L'estimé commerçant introduisit son intervention par un éloge et des remerciements adressés à la maire Daanak pour l'excellence de son service.

— Je propose le conseiller James Dokes au poste de maire par intérim, ajouta-t-il, jusqu'à la tenue de prochaines élections. Puisse ce moment arriver aussi vite que possible.

Ce fut à peine si Rachel réagit. Une majorité de mains se levèrent. La maire remua les lèvres, mais personne ne l'entendit tant sa voix était éteinte. Les membres du conseil échangèrent des regards interdits, ne sachant de quelle manière conclure la séance.

— Vous devez voter, madame, dit Paul.

— Je… ne peux pas.

Le commerçant se tourna vers la secrétaire, blanche comme un cachet d'aspirine.

— Veuillez prendre note que James Dokes est élu maire par intérim de Seward, avec une majorité de six voix pour, deux contre et une abstention.

Il n'y eut aucun applaudissement. Juste des regards. Lourds. Inquiets ou soulagés.

Lorsque Dokes se leva à son tour pour prendre la parole, ce fut pour clore la session. Les conseillers quittèrent la salle en silence, le laissant avec l'ex-maire pour une explication qui s'annonçait houleuse.

Ils se fixèrent durant un long moment. Une passe d'armes qui rappelait celles qu'il avait avec Kara Lau avant que dans ses songes, JoAnn lui ouvre les yeux.

— Je n'en ai pas contre vous, dit le vieux pêcheur. Vous avez fait un super boulot.

Les prunelles de la femme de pouvoir qu'était Rachel lancèrent une salve lumineuse et sa bouche se gauchit sous l'emprise d'une rage sur le point d'exploser. Il valait mieux que cela arrive maintenant. Elle déglutit, attrapa la bouteille d'eau d'une main tremblante malgré ses efforts pour dissimuler son désarroi.

Elle s'en remettra, estima Dokes. *Elle va retourner auprès de sa famille, des siens. Il n'existe pas de meilleur remède dans ce genre de circonstances.*

Après avoir avalé le contenu d'un trait, elle reposa son verre sur la table.

— Vous avez passé un accord avec les conglos, lança-t-elle sur un ton cinglant.

Dokes garda la bouche close.

— Une alliance avec Kara, ricana-t-elle. La femme que tu détestais. Tu étais prêt à tout, prêt à les bouter hors de *Resurrection Bay* à coups de botte au derrière et maintenant tu… collabores ? Jamais je n'aurais cru que tu retournerais ta putain de parka.

Elle releva le menton dans un sursaut de fierté bien compréhensible.

— J'agis dans l'intérêt de la ville, dit-il alors. C'est là, ma seule préoccupation.

— C'est un coup d'État, Dokes. Une fois que ce cirque sera terminé, tu auras des comptes à rendre devant la population.

Il la laissa partir et claquer la porte, avant de soupirer.

Ça s'est plutôt bien passé. Maintenant, le plus dur reste à faire.

Désormais, il était le maire Dokes. Quand bien même il serait le dernier.

WALTER

Lorsque Sean, le bras droit de Hastings, descendit du véhicule hybride à la carrosserie cabossée et rouillée, Walter comprit qu'il se tramait quelque chose rien qu'en le regardant. Deux hommes aux visages neutres l'accompagnaient. L'écusson accroché à leur épaule, un carré vert, blanc, bleu surmonté d'un chien de traîneau, les désignait comme des miliciens du Yukon. Habituellement, ce genre de visite faisait l'objet d'une communication préalable par un messager ou par le biais d'un moyen de transmission sécurisé. Cela signifiait qu'Hastings – ou Kobb – savait exactement où les trouver. L'homme de Kodiak sortit de la grange, un sourire peint sur son visage, car il fallait maintenir les convenances ou les faux-semblants. En tout cas, masquer son malaise.

— Je ne vous attendais pas, déclara-t-il en serrant la main du garde du corps.

Une poigne forte. Virile. Sûre.

Le holster, sous les aisselles, couvait un calibre respectable.

— Nous ne sommes que l'avant-garde, lui apprit Sean.

— Hastings va venir ?

Au milieu de nulle part, sans prévenir ?

— La *présidente* Hastings, tint à rectifier le sbire. Il est effectivement prévu qu'elle rende une visite à la prisonnière. Demain. Nous devons vérifier les conditions d'accueil et les dispositions sécuritaires. La situation est très tendue à cause des drones des conglos, on a jugé plus prudent de vous contacter à la dernière minute.

Les miliciens auscultaient les alentours, leurs têtes pivotant comme des caméras à la recherche de cibles. Le vent tournait. Walter l'entendait siffler de plus en plus fort dans les branches de l'Histoire. Il se retourna, écarta la main vers l'édifice aux murs ajourés, haut de deux étages et dressé à la lisière de la forêt.

— Cette bicoque est un ancien hangar utilisé par les trappeurs, les chasseurs peut-être même des touristes dans le temps. Ils y entreposaient du matériel, des véhicules, des vivres… Ce genre de chose. Bien sûr, tout a été pillé depuis. Enfin, je vous parle d'une époque que personne n'a connue.

— Je vois. Où sont vos hommes ?

— Avec la prisonnière. Ils l'escortent lors de sa promenade quotidienne.

— Vous la laissez sortir ?

— Elle a besoin de prendre l'air de temps en temps. Et elle ne risque pas de se sauver dans son état.

L'espace d'une seconde, la lèvre supérieure de Sean se pinça légèrement.

— J'imagine oui, répondit Sean avec un sourire qu'il accompagna d'une tape amicale sur l'épaule. Vous faites de l'excellent travail. Le général Kobb a eu raison de vous recommander. Nous allons faire le tour. Si vous n'y voyez pas d'inconvénient.

Général ? Comment le trafiquant s'était-il retrouvé à ce poste ?

— Faites donc.

— Oh ! lâcha le sbire en se rendant à l'arrière du véhicule. J'ai failli oublier, on a ramené des munitions.

Il ouvrit le coffre de l'antique 4x4, révélant une caisse de vin. D'après les inscriptions patinées, elle provenait des caves du palais de Juneau.

— Avec les compliments de la présidente, ajouta Sean en lui offrant la première bouteille.

Walter la soupesa avec un sourire satisfait.

— Eh bien, pendant que vous faites votre tournée, je vais la déboucher. Il paraît que ce breuvage doit être aéré avant d'être consommé.

— Je vous laisse l'un de mes hommes.

— Bien sûr.

De retour dans le hangar, Walter posa la bouteille sur un établi branlant qui servait de table à manger.

— Vous venez d'où ? demanda-t-il à son chaperon.

— Whitehorse.

— Je ne suis jamais allé au Yukon. À vrai dire, je ne suis que rarement sorti de mon île au cours de ma vie. Kodiak. Vous connaissez ?

L'homme secoua la tête.

— Ça ne m'étonne pas, poursuivit Walter. Qui voudrait se perdre sur ce bout de terre paumée, hein ? Cela dit, après quelques verres, je suis sûr que je pourrais vous convaincre de vous y rendre. Il n'existe pas de meilleur endroit en ce misérable monde.

Tandis qu'il parlait, le milicien observait partout, comme quelqu'un en attente ou sur le qui-vive. Ses yeux roulaient à droite, à gauche, en haut, en bas dans un exercice qui consistait à faire semblant d'écouter tout en évaluant les lieux. Il portait un calibre de neuf millimètres à sa ceinture et un couteau, sagement rangé dans son fourreau. Peut-être avaient-ils amené d'autres armes dans le 4x4.

Elles ne sont pas dans le coffre en tout cas, réfléchit-il. Sûrement sur la banquette arrière.

— Ah ! s'exclama-t-il alors après avoir fouillé dans un sac. Je sais où trouver de quoi déboucher cette merveille.

Il fila aussitôt à l'étage. Red somnolait dans un vieux fauteuil. Il la secoua, lentement.

— Il faut qu'on parte, lui murmura-t-il.

— Quoi ? Maintenant ? Je croyais qu'on avait le temps, que… Est-ce qu'il y a quelqu'un en bas ? J'ai cru entendre des voix…

Il posa un doigt sur ses lèvres.

— Oui. On a de la visite. Écoutez-moi attentivement. Je dois vous faire sortir par-derrière.

La jeune femme fronça les sourcils devant son air inquiet.

— Qu'est-ce qui se passe ?

— Je… Je ne suis sûr de rien. Il y a un truc pas clair. Je ne le sens pas.

Emily commença à rassembler ses affaires.

— Le temps presse. Il faut y aller maintenant. Vite !

Sur la pointe des pieds, ils se faufilèrent au milieu de vieilles caisses et du mobilier abandonné, de la végétation qui avait pris possession des lieux en poussant entre les planches. La double porte servait peut-être à monter du fourrage ou du matériel à stocker. Des branches et des racines bloquaient l'ouverture. Walter entreprit de dégager un passage en faisant le moins de bruit possible.

— Qui est en bas ? questionna Red.

— Un milicien du Yukon.

Il y eut un craquement audible lorsqu'il retira une latte pourrie.

— Voilà ce que vous allez faire, lui dit-il ensuite.

La jeune femme fronça les sourcils :

— Vous… ne venez pas ?

— Je dois m'occuper de ce type. Pendant ce temps, vous descendez l'échelle. Faites attention où vous posez les pieds. Une fois en bas, vous filez droit devant vous. Vous courez sans vous retourner. À trois cents mètres environ, vous verrez un gros rocher. Vous vous mettez à couvert et vous attendez, compris ?

Elle hocha la tête.

— Pourquoi est-ce que vous fai…

— Plus tard, l'interrompit-il. Filez !

Walter revint sur ses pas.

— Super ! s'esclaffa-t-il en redescendant de l'étage. J'ai trouvé exactement ce qu'il faut. Il n'est pas impossible que des gens se soient envoyé quelques bouteilles dans le temps.

Une question en particulier le turlupinait : pourquoi Sean ne l'avait-il pas abattu dès son arrivée ?

Il veut d'abord éliminer les témoins, vérifier que je ne peux pas appeler du soutien. C'est un méthodique. Vieille école. Pas du tout la manière de faire à l'instinct de Kobb.

Il stoppa net en bas des escaliers. Le milicien n'était plus là. Un coup de feu résonna dans la grange.

Merde, Redwild ! jura l'homme de Kodiak en se précipitant à l'extérieur.

C'est en train de très mal tourner…

Les tripes nouées, Red se glissa dans l'ouverture à reculons. Le passage était à peine plus large qu'elle et son ventre. Surtout, elle avait perdu en souplesse. Elle se sentait pataude, lourde. Ses pieds touchèrent la première planche, grinçante et un peu trop friable à son avis. Après un instant d'hésitation, Red descendit en prenant soin d'éviter de prendre appui au milieu des linteaux fragiles, heureusement soutenus par les plantes grimpantes.

Elle se mit dos à la grange. Devant elle, les résineux bouchaient la vue au-delà de trente ou quarante mètres. Les troncs nus formaient presque un rempart.

Courir… Sur trois cents mètres.

Il en avait de bonnes.

Manquant d'exercice et de souffle, elle préféra adopter un train plus sage. Emily Redwild trotta à travers la taïga. Elle disparut derrière une première ligne de jeunes sapins aux rameaux souples. Les sous-bois n'étaient plus entretenus depuis des décennies et les buissons offraient de nombreuses cachettes. *Des pièges aussi*, se dit-elle, en enjambant un tronc qu'elle faillit ne pas voir. Qui que soient les poursuivants, ils auraient grand mal à la repérer dans ce fouillis végétal.

Une branche céda sous ses pieds dans un craquement audible. Red se figea.

À condition de ne pas faire de bruit.

La sueur et l'adrénaline la projetaient dans un état qu'elle n'avait pas connu depuis longtemps. L'idée de s'enfuir, de fausser compagnie à Walter et de tenter sa chance l'effleura un court instant. Maintenant qu'elle se trouvait dehors, sans surveillance, il lui suffisait de disparaître dans l'immensité de l'Alaska, de s'y fondre… Jusqu'à ce que le cadavre étendu à quelques pas la ramène à la réalité. Ces types ne plaisantaient pas.

Red s'agenouilla auprès du corps, l'un des hommes de Walter. Sa gorge avait été tranchée, libérant un flot d'hémoglobine qui maculait l'humus. Son assassin ne s'était pas donné la peine de lui prendre son arme. Red retira le pistolet du holster pour le glisser dans le creux de ses reins. Après un dernier regard en direction de la victime, elle se remit en route.

Le rocher se trouvait à plus de cent mètres de là. Recouverte d'une épaisse couche de mousse, la moraine reposait en équilibre au sommet d'un petit monticule. Red eut l'impression qu'une pichenette suffirait à précipiter sa chute. Alors qu'elle se demandait si elle allait vraiment attendre Walter ici, un individu apparut. Il tenait un couteau dans sa main droite. Une longue lame à la pointe de laquelle perlait une goutte écarlate. Il portait un veston en dessous duquel son arme formait une bosse. Ses chaussures rouges adressaient un message évident.

— Emily Redwild, alias Nancy Kreiss, commença-t-il. C'est un plaisir de croiser à nouveau la légende en chair et en os.

Le visage de cet homme, brièvement entraperçu lors des séances vidéo avec Hastings, ne lui était pas inconnu. Elle ignorait cependant sa fonction et son nom.

— Qui êtes-vous ?

— Sean, je suis en quelque sorte le bras armé de la présidente Hastings.

Le front de Red se plissa :

— L'exécuteur des basses besognes… C'est vous qui avez assassiné ce type sur le chemin ?

— Assassiner est un terme plutôt galvaudé pour la leader d'une révolte qui a le sang de centaines de vies sur les mains, répliqua-t-il sur un ton ironique. Cela dit, je trouve admirable que vous ayez affronté les conglos sur leur propre terrain. Vous êtes un exemple pour des milliers de personnes.

— Qu'est-ce que vous voulez ?

Elle résistait à l'envie de dégainer son pistolet parce qu'il serait bien plus rapide qu'elle.

— Il n'est pas question de ce que je veux, mais d'accomplir ma mission. Walter a beau être un malin, il ne m'en empêchera pas. (Les yeux du sbire étincelèrent.)

— Vous êtes là pour nous éliminer…

— Les légendes deviennent des martyrs, c'est ainsi que s'écrit l'Histoire, déclara-t-il en essuyant sa lame sur la jambe de pantalon. Vous avez rempli votre rôle à merveille. Il est maintenant temps de clore la saga Kreiss.

N'y pouvant plus, Red sortit son pistolet et le pointa sans hésiter sur Sean. Ce dernier esquissa un demi-sourire sans prendre la peine de confisquer son arme.

— Voilà le visage de la tueuse ! Je fais le pari que vous allez tirer. Vous avez ça dans le sang.

Devant le ton cynique et la provocation, Red pressa la détente, n'obtenant qu'un clic au lieu de la détonation attendue.

— Surprise ! s'amusa Sean. J'ai laissé le flingue sur le cadavre, mais j'ai vidé le chargeur et la chambre. Vous auriez dû vérifier. Même les légendes commettent des erreurs. C'est un tantinet décevant pour tout dire.

Un coup de feu résonna à travers la taïga. Instinctivement, Sean détourna le regard vers la source. Profitant du moment de flottement, Red détala sans réfléchir. Elle se mit à courir aussi vite que son état le lui permettait. Le souffle déjà court au bout de quelques dizaines de mètres, elle serrait la crosse du pistolet, la mâchoire, en se demandant si elle allait tenir la cadence et sans oser se retourner, en imaginant le garde du corps furieux sur ses talons. Elle gagnerait quelques minutes de sursis. Au mieux.

Putain, j'espère qu'ils n'ont pas eu Walter.

Le milicien gisait face contre terre, aux pieds de Walter. Celui qui l'avait abattu accourut aussitôt, le regard alarmé, le ton paniqué.

— Je crois que ces salopards ont eu Fred et Ollie ! J'ai vu aussi d'autres types. Quand j'ai compris qu'ils étaient là pour nous liquider, je suis revenu vers la grange aussi vite que possible. Ce mec a dû me voir rappliquer et il est sorti pour me descendre. Je n'ai pas eu le choix.

— Il faut retrouver la prisonnière et se tirer d'ici. J'aimerais que tu me couvres.

Walter ramassa le pistolet à côté du corps puis les deux hommes s'enfoncèrent dans la forêt. En quelques signes de la main et hochements de tête entendus, ils se séparèrent, chacun avançant silencieusement. Walter se dirigeait vers le rocher qu'il avait indiqué à Emily, en écartant soigneusement les branches et en évitant de trop les remuer. Lorsqu'il entendit des bruits de végétation, droit devant lui, il pointa son arme, prêt à faire feu. Les pointes des fougères et des hautes herbes s'affolaient comme sur le passage d'un ours en train de charger. Il se figura Sean en animal enragé. Ses doigts se crispèrent sur la crosse.

Red surgit pratiquement devant lui.

Dieu soit loué, pensa-t-il, soulagé.

— Il me poursuit, haleta la jeune femme.

Walter releva le canon de son arme vers la muraille de bosquets qu'elle venait de traverser.

— Derrière moi !

Sean aurait déjà dû apparaître.

L'homme de Kodiak maintint la posture pendant presque une demi-minute, quand un second coup de feu claqua, quelque part sur leur droite. Le garde du corps avait-il été intercepté ? Abattu ?

— Par ici, dit-il.

Rester immobile revenait à servir de cible. Si d'autres types ratissaient les environs, ils finiraient par leur tomber dessus. Ils se faufilèrent, courbés, en remuant le moins possible les branches et les feuillages.

— Est-ce que ça va ? s'inquiéta Walter à voix basse.

— Je survivrai. Enfin, je l'espère.

Leurs chaussures laissaient des empreintes nettes dans l'humus. Une piste facile à remonter.

— Où on va ?

— À deux kilomètres, répondit Walter. Il y a une maison avec un garage. Et un véhicule à l'intérieur.

— Bordel… lâcha Red. Deux kilomètres !

Walter lui conseilla de garder ses forces et de se concentrer sur la marche, car il n'était pas question de s'accorder la moindre pause. Il veilla sur Emily, l'aida à franchir les troncs, les crevasses, lui prêtant son épaule lorsqu'il sentait qu'elle faiblissait. Il l'entendait haleter, chercher son souffle dans les montées, mais elle tenait bon, sans se plaindre des difficultés du terrain vallonné. La luminosité déclinait progressivement ce qui jouait sans doute en leur faveur.

Ils ne marquèrent un arrêt qu'une fois atteinte la lisière de la taïga. Ce qui restait d'un ancien chemin menait devant une maison que le temps n'avait pas épargnée. Du toit à demi effondré dépassait une sorte de chapeau végétal aux plumes fantaisistes.

— La route principale est à un kilomètre, sur la gauche, dit Walter en scrutant les environs.

— C'est bien trop près à mon goût.

— On ne va pas traîner dans le coin de toute façon.

Les plantes grimpantes avaient mangé les façades et altéré les murs ajourés, les poutres et les cloisons. Si elles se retiraient, la maison s'écroulerait probablement.

— Et vous comptez vraiment trouver un véhicule en état de marche dans le garage ?

Walter lui sourit.

— Absolument. C'est moi qui ai ordonné à ce qu'il y soit planqué.

— Vous… Vous saviez ?

— Je suis homme à prendre des précautions. Une vieille habitude. À mon âge, on ne se refait pas.

— Ça me va très bien.

Walter glissa un regard en biais vers le bas-ventre de Red sans toutefois oser poser la question. Le bébé, même s'il n'était encore qu'un embryon, était forcément malmené.

— Un dernier effort, l'encouragea-t-il.

La distance les séparant de la maison fut couverte en un rien de temps. Ils s'y engouffrèrent après avoir fracturé la porte d'entrée récalcitrante. Des arbres poussaient dans le hall, à travers un plancher défoncé par un inextricable réseau de racines. Les troncs filaient jusqu'au toit ouvert sur un ciel sombre.

— C'est une déco originale, déclara Red.

La porte menant au garage ne résista pas au coup d'épaule de Walter. Il défit aussitôt la bâche qui recouvrait le véhicule. Un modèle thermique. L'homme de Kodiak vérifia également les deux fusils posés sur la banquette arrière.

— Un homme de précautions, hein ? lui sourit Red.

— On ferait mieux de se mettre en route. Je conduis. Vous vous reposez. Je promets de ne pas trop vous secouer.

Une fois installé, Walter mit le contact. Le moteur répondit à la première sollicitation. Venait à présent le moment le plus délicat : ouvrir les portes de la grange, sortir et filer.

Une étincelle orangée fleurit sur le capot dès les premiers tours de roue hors du garage. Puis une seconde. Walter réagit dans la seconde en écrasant la pédale de l'accélérateur.

— Baissez-vous ! ordonna-t-il à Red.

Le pick-up bondit hors de l'allée accidentée, fonça à travers un grillage rouillé. Les pneus labourèrent une sorte d'ancien pâturage, creusant de larges sillons tandis que crépitaient des armes automatiques. La lunette explosa en projetant des fragments de verre partout dans l'habitacle. Red étouffa un cri. Walter se cramponna au volant en cherchant le sentier forestier, les yeux rivés sur des traces à peine visibles matérialisant la trajectoire à suivre. À chaque embardée, chaque passage sur un accident du terrain, Red serrait les dents. Elle se tenait le ventre d'une main, l'autre agrippait l'accoudoir de la portière à s'en blanchir les jointures.

Walter braqua à droite, engageant le véhicule dans une descente qui fit blêmir Red. En bas, il accéléra franchement, défonça une série de haies sauvages, des buissons. Sous les chocs répétés, le pare-brise se fendit. Cent mètres plus loin, les roues accrochèrent un bitume craquelé.

— Ça va moins secouer à partir de maintenant, promit-il. Mais ces types sont toujours derrière nous. Sean n'est pas le genre à lâcher prise.

— Bordel… soupira Red.

DOKES

Ce lieu avait été le théâtre d'affrontements feutrés ou le moindre regard avait parfois suffi à allumer la mèche conduisant à l'explosion, dans les mauvais jours, d'expressions fleuries entre lui et Dalton. Ses mains caressèrent le cuir élimé, le plateau patiné du bureau puis Dokes se dirigea vers la fenêtre en s'interrogeant sur la fortune de la vie et le destin. Il s'était toujours imaginé partir à la barre du *Molly Pen*.

Il faut croire que ce n'est pas ce qui est prévu pour toi.

Lorsqu'il s'était retrouvé allongé sur le tapis de son salon, la vie fuyant par la plaie, il s'était réjoui à l'idée de revoir JoAnn. De l'autre côté. Même s'il s'agissait d'un rêve, elle était venue à lui pour lui adresser un message, ses dernières volontés. En quelque sorte.

— Monsieur le maire Dokes.

Sorti de ses pensées par la voix féminine, l'ancien pêcheur se tourna vers la femme d'une quarantaine d'années qui franchit la double porte du cabinet de travail.

— Bonjour… Mary, bredouilla-t-il.

Le personnel féminin, c'était quelque chose de nouveau pour lui, habitué qu'il était à houspiller ses hommes en usant d'un langage sans dentelle. Face à sa secrétaire, il se sentit… sur une autre planète. Incertain et hésitant dans sa formulation.

Je n'ai jamais eu besoin de secrétaire. Bordel, comment je gère ça ?

Mary avait servi plusieurs maires, dont Dalton, elle connaissait sûrement la musique.

— Je suis à votre disposition s'il vous faut quoi que ce soit, lui dit-elle. Vous décrochez ce téléphone, appuyez sur la première touche et je vous réponds.

Il lorgna du côté de l'étrange appareil. Quelle était son utilité pour un homme qui avait passé sa vie à crier ses ordres à travers un hublot de la timonerie ?

— Oui… Je vous remercie.

— Nous discuterons plus tard de la meilleure manière de s'organiser, mais pour l'heure, vous avez un rendez-vous avec Kara Lau. Elle vient d'arriver.

— Faites-la entrer.

Le sourire de la chef de la sécurité réactiva de récents souvenirs. Son anneau d'argent brillait dans ses cheveux, aimantant son regard. Son ovale parfait se confondait avec celui de sa défunte épouse. JoAnn n'était pas morte, elle ressuscitait sous ses yeux. Dokes saisit la main tendue.

— Monsieur le maire Dokes, le salua Kara.

Ça sonnait toujours aussi bien.

— Installez-vous ! Est-ce que vous voulez du café ? Un rafraîchissement ?

— Non, merci, ça ira. Je suis ici pour le briefing.

Il arqua un sourcil :

— Le briefing ?

— Avec Rachel, nous avions coutume de faire un point quotidien sur la sécurité. Il est important que vous soyez au courant de ce qui se passe à l'extérieur de la ville. J'ai cependant bien peur que les nouvelles ne soient pas très bonnes.

Le plus étonnant, au-delà des paroles, de leur sens, c'était sa façon de les prononcer. De lui parler avec un accent à la fois ferme et doux. Les harmoniques entraient en résonance celles de JoAnn. Sur l'instant, elle et Kara semblaient ne faire qu'une. Ou bien les deux faces d'une même pièce. Un frisson le parcourut, un mélange de plaisir et… d'autre chose. Kara plissa des yeux, interrompit un exposé de la situation désespérée de Gill Andrews à Anchorage dont il avait perdu le fil.

— Est-ce que vous vous sentez bien ?

Il se leva, moins pour éviter son regard que pour changer de point de vue et la sortir de son champ de vision.

— Où en sont les recherches d'Emily Redwild ?

— Comme vous le savez, elle a travaillé à San Diego. Ce que vous ignorez peut-être c'est que son rôle a été plus important que responsable de l'assemblage de pièces. Tragiquement plus important.

Dokes feignit la surprise :

— C'est-à-dire ?

Il se souvenait parfaitement de leur conversation, le soir de la fête donnée en l'honneur du futur enfant : *Je me suis battue contre ces gens, j'ai pris les armes, il y a eu du sang versé, beaucoup, des morts par dizaines, par centaines, tellement qu'on ne voyait plus le sol…*

En quelques mots, Kara évoqua les vidéos de Nancy Kreiss, puis son passé, l'échec de l'assaut contre l'une des plateformes, maîtrisé au prix de plusieurs vies dans les rangs des conglos.

Il y a eu du sang versé, beaucoup.

— Si ce n'est pas déjà fait, poursuivit-elle, Helen Hastings va liquider Nancy Kreiss. Elle a juste besoin de l'icône, pas d'une rivale qui lui ferait de l'ombre. Bien sûr, je regrette de ne pas pouvoir affecter plus de ressources à sa recherche. Nous détournons des capacités importantes pour évacuer Gill Andrews. La situation à Anchorage est si dégradée qu'il est préférable de se retirer.

Bordel, comment va-t-on sauver Seward dans ce cas ?

Dokes revint vers le bureau. Kara dut deviner le fond de ses pensées et c'en était déstabilisant. Effrayant.

— Nous ferons le nécessaire pour protéger Seward. La configuration défensive est plus favorable que celle de San Diego ou d'Anchorage. Il n'y a qu'une seule voie d'accès à l'agglomération et les montagnes sont infranchissables. Nous allons faire venir davantage d'hommes et de matériel, des drones, de l'armement.

— Transformer la ville en un camp retranché, c'est ça le plan ? J'ai cru comprendre que la dernière fois que vous avez construit un mur, ça ne vous a pas très bien réussi. L'isolement n'est pas une bonne chose pour Seward, encore moins pour ses habitants. Nous ne pouvons pas nous replier sur nous.

— C'est pourtant ce que vous avez fait avant l'arrivée de Concordia. Vous étiez seuls, livrés à vous-mêmes depuis des décennies.

— Ouais, c'était…

Le bon vieux temps. Sans toutes ces conneries.

La jeune femme se leva de son siège pour se planter devant lui. Dokes détailla ses prunelles foncées, ses dents blanches parfaitement alignées, la légère dépression de ses fossettes mises en valeur par ses mèches ébène, l'anneau hypnotique, étincelant comme une étoile capturée par sa chevelure.

— Tu es le maire Dokes à présent, lui souffla-t-elle les yeux dans les yeux. Les gens te suivront, peu importent tes décisions. Tu es un meneur. Tu as ça dans le sang. Tu trouveras les mots pour les motiver, comme tes hommes sur le *Molly Pen*. Ce dont Seward a besoin, c'est d'un roc, d'une personne solide capable de tenir la barre en pleine tempête et dont la main ne tremblera pas. Seward est ton équipage. Et tu es le chef.

Avec un regard pétillant, les mêmes gestes que JoAnn, Kara ajusta le col roulé de son pull :

— Il faut aussi songer à renouveler ta garde-robe, déclara-t-elle avant de tourner talons. Je vais t'envoyer quelqu'un.

Qu'est-ce qu'elle m'a fait ?

Il avait beau savoir parfaitement ce qu'elle était, la chef de la sécurité de Concordia qu'il avait longtemps détestée, l'image de JoAnn brouillait ses certitudes. La frappante ressemblance avec son épouse le perturbait au point d'avoir du mal à les discerner l'une de l'autre. Il avait l'impression qu'elles se rapprochaient l'une de l'autre. Un verre de scotch, à défaut de bière, aiderait à y voir plus clair. Il se dirigea vers le bar.

— Maire Dokes, entendit-il. Le shérif est là.

— Je… Oui. Merci, Mary, faites-le venir. Oh… Et, pas de maire Dokes avec moi. James ou Dokes.

— Bien sûr.

Quand Dokes lui proposa à boire, Green déclina, déclarant presque religieusement :

— Pas en service.

Au lieu de ranger le verre, le maire y versa une rasade et le lui tendit, le regard insistant.

— Je suis votre patron, maintenant. Et sans vous, je ne serais pas à cette place. Trinquons à notre petit coup qui a parfaitement fonctionné.

L'homme de loi céda, mais ne fit que tremper ses lèvres. Dokes s'assit derrière son bureau, allongea ses jambes, les talons posés sur un coin.

— Alors, dis-moi tout, comment se porte ma ville ?

— Pour ce qui relève de l'ordre, c'est plutôt calme actuellement. Mais les gens parlent. Ils s'inquiètent. Ils se demandent ce qu'il va se passer ensuite. Certains se sont mis en tête de faire des provisions et des stocks. Mes hommes canalisent tout ça, on fait des contrôles. Il faudra peut-être organiser un rationnement ou un truc dans le genre. En tout cas, c'est ce que beaucoup pensent.

Dokes avala une gorgée, fit tourner le verre entre ses mains.

— Ce n'est pas un sujet d'inquiétude. Spring Creek nous fournira du ravitaillement. Des tonnes de matériel y débarquent tous les jours.

Green hocha gravement la tête.

— Les rumeurs courent comme des cafards sur un plancher vérolé. Il paraît que la situation n'est pas bonne à Anchorage. Que l'armée de fous furieux serait déjà en marche. Combien de jours de répit avons-nous ?

Pas beaucoup.

Un black-out n'avait jamais empêché les informations de – mal – circuler. Les conglos pensaient qu'il suffisait de lancer des programmes et de fermer des canaux de communication.

— Tu sais ce qui m'étonne le plus ? éluda Dokes.

Le shérif le détaillait avec son air coutumier, les yeux à demi plissés derrière lesquels il dissimulait son sentiment.

— Pendant que nous menions notre petite révolution de palais ici même, l'ancienne présidente Hastings organisait la sienne de l'autre côté du golfe d'Alaska. Façon feu d'artifice.

Le regard de Green se troubla.

— Toujours rien sur Dalton ?

— Je suis sûr que ce salopard s'en est sorti. Hastings a beau avoir les dents longues, il a la carapace plus dure que celle d'un crabe.

— Les gens attendent des réponses, Dokes. Les rumeurs peuvent causer des dommages irréparables que seule la vérité peut empêcher, prédit Green en se levant. Tu dois leur parler. Aujourd'hui.

— Le problème, ce n'est pas la vérité, c'est la lumière. Nous entrons dans un tunnel.

— Alors, il te reste à trouver l'interrupteur pour faire briller les ampoules sur le chemin parce que personne ne sait où tout cela va nous mener.

Dokes salua la réplique en levant son verre puis en le vidant d'un trait.

Avant de parler à ses administrés dont une bonne cinquantaine à présent s'étaient rassemblés sous les fenêtres de la mairie, Dokes s'éclipsa par la porte de service de l'autre côté de laquelle une voiture l'attendait pour le conduire à l'aéroport.

Discrètement abrité dans un coin du terminal flambant neuf, Gill Andrews avait été extrait de son hôtel de ville en flammes par les équipes de Kara Lau. Sa veste déchirée sentait encore la fumée quand il lui serra la main. Les traits tirés, les cheveux en bataille et la chemise tachée de sang, le représentant du *borough* d'Anchorage affichait une sale mine, celle d'un homme qui venait d'échapper à la mort. Il était des combats dont personne ne revenait indemne. Dokes hocha la tête en saluant son alter ego.

Il promit toute l'aide et l'assistance nécessaires à lui et les survivants, heureux de s'en sortir à bon compte. Andrews acquiesça et le remercia. Les deux responsables s'entretinrent durant un bon quart d'heure. Dokes écouta le récit d'un assaut qui avait viré au cauchemar. Les délinquants menés par Kobb, qui se faisait appeler général, avaient mis la main sur d'anciens arsenaux de l'armée américaine. Leur puissance de feu surclassait nettement celle de forces de police dont plus de la moitié n'était pas de service. Au moment de le quitter, Dokes eut le sentiment que la situation se présentait plus mal que ne l'avait laissé entendre Kara Lau. Andrews avait dressé un tableau sinistre de son adversaire, Kobb. Le pêcheur se souvenait parfaitement de son regard d'assassin.

— Ils seront bientôt devant Seward, prédit Andrews. Surtout, ne négociez pas. Ils le prendront comme un aveu de faiblesse. Vous devez les attaquer. Sans relâche.

— Nous allons nous en occuper. En attendant, reposez-vous. Mes équipes vous fourniront de quoi manger, des vêtements de rechange et j'ai donné des ordres pour qu'on vous attribue des logements vacants.

— Nous vous sommes redevables, maire Dokes.

De retour à son cabinet, Dokes s'enferma durant près d'une demi-heure, le temps de mettre ses impressions au clair et de griffonner quelques mots maladroits sur un bloc-notes. Puis Mary lui annonça l'arrivée de Sara Pherson.

— Merci Mary, faites-la venir.

Lorsque son amante se présenta devant lui, elle le fusilla du regard. La colère provoquait une coloration de son épiderme.

— Pourquoi tu ne m'as rien dit ?

— Parce que je ne le pouvais pas. Je n'étais pas certain d'y parvenir.

Il lui proposa de s'asseoir, ce que par affront, elle refusa en restant debout, aussi raide qu'un piquet. Sara, JoAnn et Kara possédaient un trait de caractère en commun, se rendit-il compte alors.

Des volcans.

— Depuis que tu es guéri, tu es différent. Qu'est-ce qu'ils t'ont fait là-bas ?

— Que veux-tu dire ?

— Avant ton agression, tu n'aurais jamais coopéré avec les conglos. Ils t'ont soigné et voilà qu'à ton retour, tu es cul et chemise avec Kara Lau. Et tu es différent, avec moi. Tu ne m'aurais pas tenu à l'écart de ton coup d'État. Qu'est-ce qu'ils t'ont fait ?

Je n'en sais rien.

Dokes soutint son regard jusqu'à éteindre la flamme en train de danser dans les prunelles de son amante.

— Ils m'ont sauvé la vie. Rien de plus. J'imagine que je leur dois une sorte de retour d'ascenseur, et j'ai obtenu ce que je cherchais. Rachel Daanak est hors-jeu.

— Ce que tu voulais, c'est que les conglos partent ! Que t'est-il arrivé ?

— J'ai été rattrapé par la réalité.

Et une balle.

Pour crever l'abcès, Dokes lui livra le récit de son tragique face-à-face avec le flingue de Kobb jusqu'à son réveil, chez lui, omettant les phases oniriques auxquelles il peinait à donner un sens.

— Sans Kara, je me serais vidé de mon sang sur la moquette de mon salon.

— C'est un putain de syndrome de Stockholm, James ! lâcha-t-elle alors.

Il arqua un sourcil perplexe :

— Un quoi ?

Au lieu de lui répondre, elle lorgna du côté du bloc-notes.

— C'est un discours ?

— Je… J'ai jeté quelques idées. Je ne suis pas doué avec les mots.

Elle parcourut quelques lignes et lui sourit.

— C'est le moins qu'on puisse dire, mais de la part d'un pêcheur, ce n'est pas si mal.

Dokes se renfrogna en la regardant s'emparer d'un stylo. En quelques minutes, la feuille était pleine de notes et de remarques. Sara griffonna, ratura, s'agaça, il avait l'impression qu'elle déchargeait sa frustration sur cette malheureuse feuille. Elle relut une dernière fois le texte avant de faire mine de le lui rendre.

— Est-ce que tu as couché avec elle ?

— Je… Non ! De qui tu parles ?

— Kara !

— Non.

Elle glissa un bras autour de son cou :

— Tu es à moi. James Dokes. Maire de Seward.

DALTON

Il existait une différence fondamentale entre savoir et voir.

Jusqu'ici, les frappes de drones avaient toujours été une sorte de vue de l'esprit, un concept. En découvrir le résultat sur le terrain lui causa un choc. Les pieds en bordure du cratère d'impact creusé par l'explosion d'un missile, Miles Dalton passa de l'idée à la réalité.

Au milieu des décombres gisaient les corps de combattants. La cabane dans laquelle ils avaient trouvé refuge n'existait plus que sous forme de rondins éparpillés sur des dizaines de mètres, noircis, brisés en un puzzle impossible à reconstruire. Tout comme les dépouilles déchirées par la violence de la déflagration. Les images des gravats fumants de son palais se superposèrent à la scène. Il se revit, marchant au cœur du chaos.

Qu'importent les moyens, les méthodes, la guerre n'a rien de propre.

En face, dans le foyer en pierre de la cheminée effondrée, une marmite cabossée avait survécu à la destruction.

Miles s'accroupit, saisit une poignée de cendres. Entre ses doigts, la matière grise possédait la texture de la farine. Son esprit refusait l'idée de Red réduite à cette poussière, pulvérisée dans son sommeil par une frappe anonyme.

— Je ne crois pas qu'elle était avec eux, partagea Aubrey. Il n'y a que des cadavres d'hommes.

Elle lisait en lui presque comme dans un livre ouvert.

Où était-elle alors ?

Du cabanon de pêche, de trappe ou de chasseur jusqu'à la villa abandonnée, l'Alaska regorgeait de retraites. Ils n'avaient que l'embarras du choix.

— Enfin, reprit sa conseillère, s'ils ne l'ont pas…

— Je refuse d'entendre ça, l'interrompit-il. Red est vivante.

Aubrey grimaça.

— Ce n'est pas ce que je voulais dire, mais il faut que tu te fasses à l'idée.

Miles se redressa, essuya ses doigts contre le tissu rêche de son pantalon. Quand elle revint vers lui, elle glissa une main dans la sienne.

— J'ai promis de t'aider à la retrouver. Je ne suis pas une femme qui renie sa parole. Il est certain que plus on va avancer vers Seward, plus on risque de découvrir le même genre de site. Sur l'un d'eux, il y aura peut-être une mauvaise nouvelle.

Le président tressaillit.

— Je le sais.

— Je serai à tes côtés pour surmonter l'épreuve.

— Nous n'en sommes pas là, répondit Dalton en se demandant lui-même s'il ne se murait pas dans le déni.

— On ferait mieux de partir.

Il n'objecta pas et ils se mirent en route en direction du nord-ouest.

Les drones survolaient les axes principaux, des milliers de combattants avaient envahi l'Alaska. Ils ne pouvaient pas courir le risque d'être reconnus ou pris pour cible. Ils empruntaient donc l'ancien réseau des sentiers de trappe. Les chemins étroits quadrillaient la région, mais leur état de délabrement exerçait une pression permanente sur la mécanique et les nerfs. Dalton et Aubrey bondissaient sur leurs sièges, se cramponnaient à la portière, au volant. Ils s'y relayaient à intervalles réguliers.

Lors de l'un de ces changements, un vieil homme surgit des fourrés, tractant une sorte de carriole sur roues dans laquelle s'entassaient des morceaux de bois mort. Il pointa son antique fusil de chasse à double canon sur le couple perdu au beau milieu de la toundra.

— Nous voulons juste savoir où nous sommes, déclara Dalton d'une voix calme, les bras levés.

Casquette vissée sur son crâne, le regard enchâssé, méfiant, le teint aussi gris que ses tempes, l'homme agita son arme antédiluvienne. Son corps menu supportait au moins deux couches de vêtements rapiécés, un pantalon marron, ce qui ne devait pas être sa couleur d'origine.

— C'est chez moi ici, fichez le camp !

Miles doutait que cette pétoire soit en état de tirer une cartouche, mais il préféra ne pas le vérifier.

— Je suis le président Dalton et voici ma conseillère, Aubrey Perry. En fait, nous nous sommes égarés. Si nous avons pénétré sur votre propriété, nous nous en excusons. J'espérais que vous pourriez nous aider. Nous allons vers Seward.

— Ce n'est plus Moses le président ?

Dalton et Aubrey échangèrent un regard interdit. Le curieux personnage évoquait le perdant de la première campagne victorieuse d'Hastings. Il y avait de cela… quinze ans.

— Eh bien… Il y a eu des élections comme vous le savez sans doute.

— Je ne l'aime pas cette Hastings, railla l'individu visiblement déconnecté depuis longtemps.

Miles saisit l'occasion au vol :

— Pour être honnête, sourit-il, moi non plus. Est-ce que je peux baisser les bras ? Nous n'allons ni vous agresser ni rester dans le coin. Nous ne sommes que de passage.

— Gardez les mains en l'air. Vous n'êtes pas avec les autres ?

Dalton échangea un regard perplexe avec Aubrey.

— Y a des tas des gens qui traversent la région en ce moment, poursuivit-il. Le genre peu recommandable et violent. Ils viennent du sud. Jamais croisé autant de types en armes de ma vie. Est-ce que c'est une invasion ?

— Je ne sais pas trop ce que c'est, mais je partage votre inquiétude.

— Vous vous dites président et vous ne savez rien. Est-ce que je dois considérer ça comme un signe de sagesse ou bien que vous essayez de me prendre pour un con ?

— C'est Hastings qui est responsable de cette situation, hasarda alors Dalton.

Le regard du rustre personnage étincela :

— J'en étais sûr ! On n'aurait jamais dû laisser les rênes de l'Alaska à une femme.

Le raidissement d'Aubrey n'était pas feint, mais elle eut la clairvoyance d'éviter de le contrarier, d'autant qu'ils se trouvaient toujours du mauvais côté du canon d'un fusil qui, s'il n'était pas assuré qu'il fonctionne, restait néanmoins dissuasif.

— Voilà qui est parlé, renchérit Dalton. Comment vous appelez-vous ?

— Clayton.

— Bien… Clayton. Maintenant que nous avons établi qu'on ne vous attaquera pas, est-ce qu'on peut baisser nos bras ?

Le vieil homme accéda à la demande.

— Je vous remercie, déclara sobrement le président. Vous connaissez la région comme le fond de votre poche, pas vrai ?

— J'arpente ce pays de malheur depuis que je suis en âge de marcher.

— Nous… sommes à la recherche d'une personne. Peut-être l'avez-vous croisée ces jours derniers ? Elle ne se déplace pas seule. Plusieurs types l'accompagnent probablement.

Miles sortit une photographie de Red. Clayton ne dissimula pas son dédain après l'avoir scrupuleusement étudiée.

— Vous devriez cesser de courir après les filles et vous concentrer sur le travail, mon vieux, dit-il avant de déclarer qu'il ne l'avait pas vue.

— Vous avez sans doute raison, acquiesça Dalton, un peu amère.

— Je vous déconseille d'aller à Anchorage. C'est le chaos là-bas, d'après ce que j'ai entendu parler. La route est coupée, survolée par des avions, des espèces de robots. C'est un encore un coup de ces salopards de Chinois. Ils remettent le couvert, comme en 57. Si vous voulez mon avis, passez plutôt par Valdez.

Miles arqua un sourcil :

— C'est un cul-de-sac. Il n'y a pas une seule coque en état de flotter.

— À ce qu'on dit, il y aurait un bateau de pêche à l'amarrage.

— Vous êtes sûr ?

Clayton renifla.

— Je ne suis pas allé sur place, mon vieux, mais je crois les gens qui m'en ont parlé.

Valdez avait moins bien traversé la crise que Seward. Dans le temps, les deux villes se ressemblaient au point de passer pour des jumelles. Port de pêche, commercial et loisir, le départ d'excursions d'observation des glaciers et de la vie maritime et une porte d'entrée pour les marchandises. Valdez possédait également un atout économique majeur, le terminal pétrolier. Il avait fait la fortune de la bourgade et scellé son sort au moment de la dernière crise.

— Il n'y a plus personne là-bas, soupira Miles, depuis très longtemps.

— Ouais, ça c'est sûr qu'il n'y a plus grand monde, sourit le vieil homme révélant les quelques chicots accrochés à ses gencives. Il reste quelques types. Des irréductibles. Comme moi.

Ça promet, semblèrent exprimer les yeux de la conseillère.

— Il faut que j'y aille, j'ai du travail, déclara ensuite Clayton. Vous feriez mieux d'éviter les bandes armées. Enfin, vous ferez bien ce que vous voudrez, pas vrai ?

Il rangea son fusil pour saisir les rênes de sa charrette.

Miles et Aubrey le regardèrent s'éloigner.

— Valdez, dit-elle alors. Il n'y a pas d'endroit plus sordide dans tout l'Alaska.

— Mais il y a un bateau.

Elle tourna la tête vers lui :

— Parce que tu le crois ce type ?

— Je connais ce genre d'individu. C'est un James Dokes. On peut lui faire confiance.

L'existence de ce navire ne faisait pas de doute dans son esprit. Et plus il y réfléchissait, plus il voyait ce moyen de transport comme la solution. Il n'écartait pas pour autant les questions, innombrables, telles que l'équipage, le carburant, l'état réel de la coque…

Nous y répondrons une fois sur place.

— J'imagine, déclara Aubrey, qu'on n'ira pas à Valdez avant d'avoir retrouvé Red.

Ce qui revenait à émettre une évidence.

Ou un reproche.

— Je te l'ai dit : Red est la clef de tout ce merdier. Si je débarque à Seward avec elle à mes côtés, alors on aura de quoi faire pencher la balance et arrêter les hostilités.

Il lui prit les mains, la ramena contre lui :

— Toi et moi, c'est plus que sérieux. Red est mon passé. Mais elle est aussi notre futur.

— Tu ne comprends toujours pas hein ? Si c'est moi qui avais été enlevée, aurais-tu déployé la même énergie pour me retrouver ?

Pris de court, Dalton se renfrogna. Il connaissait la réponse. Elle aussi.

Elle aussi.

— Bien, dit-elle alors sur un ton presque glacial. Les hommes d'Hastings utilisent des relais de carburant, des endroits connus d'eux seuls et planqués à l'écart. Il est possible qu'Emily soit cachée dans l'un d'eux.

Puis elle déplia un bout de papier, avec des noms et des lieux.

— Bordel, pesta Dalton. Tu avais cette information depuis le début ?

— J'ignorais de quelle manière en faire usage et je vois bien que tu es comme un chien après un os, que tu ne lâcheras pas avant de l'avoir trouvée et je ne tiens pas à passer le restant de mes jours à battre la campagne jusqu'à devenir folle comme ce pauvre Clayton.

Dalton posa délicatement une main sur son visage, puis la seconde. Lentement, il lui releva la tête pour lui sourire :

— Tu es géniale.

— Ouais, je le sais, dit-elle en esquissant une moue.

EMILY

— Vous pouvez me dire où on va ? souffla Red, fatiguée au point d'en devenir irritable.

Je n'en peux plus de ces routes…

L'aube illuminait le sommet de l'imposante masse du mont Blackburn, au-delà du rideau impénétrable des grands conifères. Elle n'avait pas fermé l'œil de la nuit, sans cesse ballottée alors qu'ils progressaient à une allure d'escargot sur des sentiers à peine praticables. Trouver une position à peu près confortable relevait la mission impossible. Le véhicule tanguait sans cesse, parfois sans ménagement dans les trous. C'était toutefois toujours mieux que de subir le calvaire du coffre et de finir plus chiffonnée qu'une vieille poupée.

— Nous allons à Valdez, répondit Walter.

— Valdez ?

— Le plus important, c'est de s'éloigner le plus possible de Sean, de Kobb, de Hastings… De ces gens qui veulent votre peau. Soyez certaine qu'ils sont à nos trousses. Ils nous traquent.

— Valdez est un cul-de-sac, remarqua-t-elle en glissant une main sur son ventre. On devrait plutôt rouler vers Anchorage, non ?

— Actuellement, il y a une armée de furieux entre cette ville et nous. Des milliers de combattants que vos vidéos, vos mots, ont contribué à exciter.

— Ce ne sont pas mes mots, je n'y suis pour rien… Je ne suis pas Nancy Kreiss.

— Je sais ce que vous vous dites, continua Walter en ignorant sa dernière remarque, que vous pourriez leur parler, les convaincre de faire demi-tour. C'est… quelque chose qu'ils ne comprendraient pas. Pas après tous les sacrifices qu'ils ont endurés. Ces gens ont bouffé de la merde sur des milliers de kilomètres pour en découdre avec ceux qui les ont exploités. Ils ne vous écouteront pas et Hastings ne vous ratera pas. Vous saisissez ?

Red hocha la tête.

Il a raison.

— Alors je ne peux pas rentrer chez moi ?

— Je n'ai pas dit ça.

— Donc, pourquoi Valdez ?

— D'après mes informations, il y aurait un bateau. Le dernier en état de prendre la mer.

— Aurait ?

La mine de Walter se renfrogna.

— Ouais, enfin… C'est plus une rumeur en réalité, mais je crois que ça vaut le coup de la vérifier.

Si la voie terrestre était coupée, l'option de contourner les difficultés par le golfe lui paraissait sensée.

Red grommela sa mauvaise humeur.

— Si on doit aller jusque là-bas, par pitié, que ce soit sur une route à peu près décente. Et j'ai besoin de pisser.

Des éclats de lumière traversèrent la densité de la taïga. Walter stoppa la voiture puis en descendit. Il s'agissait de leur première pause depuis un moment.

À croire que ce type n'a pas de vessie, se dit-elle en s'éloignant du véhicule.

Red se soulagea derrière des fourrés avant de revenir vers le cinquantenaire en train d'observer les lieux avec des jumelles.

— Willow Lake se trouve devant nous. À quelques kilomètres.

— Qu'y a-t-il ? Je vous sens bien soucieux.

— Là-bas, il y a une planque utilisée par le réseau de contacts d'Hastings. Je l'ai vue sur une carte. On y trouvera de quoi se restaurer et compléter le réservoir en biocarburant.

— Mais quelqu'un pourrait nous tendre une embuscade, devina Emily.

— En effet. Sean n'est pas un sot. Il a certainement envoyé des hommes un peu partout dans l'espoir de croiser notre route. Il s'attend cependant à ce qu'on cherche à rejoindre Seward par le réseau des chemins forestiers, pas qu'on trace directement vers Valdez. C'est une supposition de ma part, ce n'est pas dit qu'elle fonctionne.

— OK, c'est pas comme si nous avions le choix de toute manière.

— Je suis déjà allée à Valdez, révéla-t-elle alors qu'ils venaient de se remettre en route.

L'étroit sentier sinuait en pente douce entre les rangées de résineux. Walter roulait prudemment, craignant la casse mécanique.

— Comme je vous l'ai dit, je suis rarement sorti de mon île. Je suis un authentique ours, grimaça-t-il en négociant une bosse qui les fit drôlement pencher. Comment c'était ?

— C'était il y a longtemps, mais je suis prête à parier que rien n'a changé. En fait, je me suis enfuie. J'étais jeune. En colère contre mon père…

— Mais vous êtes revenue.

— Et j'ai à nouveau fui. Et en ce moment, je reproduis exactement le même schéma.

Le cinquantenaire ralentit puis stoppa. Le bras en appui sur le volant, il la considéra d'un air paternel.

— On ne se bat pas si les chances de l'emporter ne sont pas de son côté. Garder un profil bas, esquiver l'affrontement, ce sont parfois les meilleures choses à faire pour rester en vie.

— Je suis épuisée, Walter. Il faut que ça cesse avant que ce petit bout vienne au monde. Je ne pourrai pas l'élever en plein chaos.

Le soupir autant que la tristesse dans son regard se passaient de commentaires.

— On ne peut faire qu'une chose après l'autre, déclara-t-il. D'abord le ravitaillement. On avisera pour la suite. Gardez ce petit au chaud.

Puis il enclencha la première.

Le paysage changea en l'espace de quelques minutes, la dense couverture végétale de résineux céda la place à une toundra arctique plus aérée. Leur protection naturelle s'envolait et Walter levait fréquemment les yeux vers le ciel. *Qu'un drone nous repère, c'est peut-être le mieux qu'il puisse arriver.*

Red se surprit à jeter des coups d'œil vers l'horizon dans l'espoir de saisir un reflet sur une carlingue. Le signe d'un espoir. Ou de la fin.

Ils parvinrent à un croisement signalé par un vieux panneau rouillé.

— L'A4K. Nous y sommes presque.

— Une route !

De hautes herbes poussaient dans les fissures de la voie de circulation. Le bitume se laissait entrevoir par tranches craquelées. Même si Walter louvoyait entre les crevasses, ils roulaient enfin sur une surface à peu près plate. Ils dépassèrent quatre squelettes de bâtiments, peut-être d'anciens entrepôts.

Dix minutes plus tard, le chauffeur tourna à gauche :

— C'est là. Le *lodge* est à deux cents mètres environ.

Red eut à peine le temps d'apercevoir une antique boîte aux lettres perchée sur un poteau enfoncé de travers sur le bord de la route. Walter s'engagea dans l'allée de gravillons parcourue de tranchées au fond desquelles stagnait une eau sombre. Il stoppa après une trentaine de mètres, coupa le moteur puis s'empara d'un fusil.

— J'y vais d'abord. Si je ne reviens dans un quart d'heure, vous filez vers le sud. Sans vous retourner. C'est clair ?

Red hocha la tête.

— Il y a un autre relais, à une soixantaine de kilomètres, continua-t-il. Avec un peu de chance, vous pourrez l'atteindre. Pensez à vous, à votre enfant. Ne partez pas à ma recherche.

Walter disparut dans la taïga. Il ne comptait évidemment pas s'annoncer en passant par la porte d'entrée. Les vieux loups empruntaient toujours les chemins de traverse. Dans le silence de l'habitacle, Emily repensa à son père. Il aurait pu s'entendre avec Walter, un peu de la même manière qu'il s'accordait avec Dokes. Trois hommes ayant franchi le demi-siècle, trois tempéraments forts ayant marqué son destin… Comment ne pas y voir une constante ou bien un message ?

Le coup de feu la ramena brutalement à la réalité. Red sursauta. Pendant plusieurs secondes, elle retint sa respiration, la main plaquée sur son ventre ; les mots de l'homme de Kodiak s'imprimèrent dans son esprit en lettres lumineuses : *Ne partez pas à ma recherche.*

Pas question de t'enfuir.

Sa main gauche se referma sur la crosse d'un vieil AK puis elle ouvrit la portière. La détonation semblait avoir figé le paysage. Quel que puisse être le tragique événement dont elle se faisait l'écho, la taïga l'étouffait désormais en son sein. Après avoir tendu l'oreille, Emily arma l'AK. Le cliquetis métallique résonna dans l'air. Puis elle avança en direction de l'ancien *lodge,* encadrée par les résineux dressés en d'infinies rangées de lances. Les deux sillons parallèles indiquaient que des véhicules empruntaient régulièrement ce chemin laissé à la végétation. Emily marchait au milieu des hautes herbes et de jeunes arbustes en se demandant ce qu'il allait lui en coûter de suivre son instinct.

Si les hommes d'Hastings nous attendaient ici, ils te seraient déjà tombés dessus.

Les bâtiments fantomatiques se devinaient à peine au milieu de la forêt. Les éclats du lac, tout proche, peinaient à percer le rideau de plantes et de bosquets. Les lieux avaient peut-être accueilli des touristes en un temps reculé ou cela signifiait encore quelque chose. À droite, une aire avait été débroussaillée, aplanie. Quatre piquets supportaient une sorte de filet de camouflage qui dissimulait des empilements de caisses et des barils cabossés. Red se dirigea vers l'habitation principale dont la porte grinça quand elle la poussa. La pièce unique comportait un comptoir en piteux état, un canapé à l'assise défoncée auquel il manquait deux pieds. Des papiers jonchaient le sol où proliférait une inquiétante moisissure.

— Je vous avais dit de ne pas venir me chercher, entendit-elle dans son dos.

Red sursauta.

— Bordel, vous m'avez flanqué une de ces trouilles ! Sur qui vous avez tiré ?

— Le dîner, afficha Walter avec le sourire en soulevant sa prise à la fourrure argentée, un lapin.

— Autant pour la discrétion…

— Personne n'est venu ici depuis des semaines. Il reste du carburant dans un des barils, je vais le transférer dans notre réservoir avec la pompe manuelle. Ça prendra un peu de temps.

Il posa l'animal mort sur la table. Red toucha le pelage, éprouva sa douceur en se disant que le commerce des peaux lui paraissait aussi être d'une autre époque.

— Il faut le vider et le préparer ; et faire du feu.

— On s'accorde une pause, donc ? sourit Red.

— Vous en avez besoin.

— Je m'occupe du repas dans ce cas.

— Ça me va.

L'homme de Kodiak lui tendit un couteau.

Emily entama la découpe, retrouvant ces gestes précis, séculiers, qu'elle avait appris aux côtés de sa mère. Les figures paternelles et maternelles la travaillaient ces derniers jours. Ou bien étaient-ce les hormones ? Les événements spiralaient autour d'un passé dont elle paraissait incapable de s'échapper. Un ressort la reliait à Seward, exerçant sa force de rappel à chaque fois qu'elle s'en éloignait.

Toute action entraîne une réaction de sens opposé… Fuir, revenir.

L'animal dépecé, les organes, les viscères placés dans un récipient, Emily termina la préparation de la carcasse avec des ingrédients glanés dans les quelques placards. Elle enfourna ensuite quelques bûchettes dans la gueule du vieux poêle. Walter revint alors qu'une odeur de cuisson supplantait celle de la moisissure. Il s'immobilisa sur le palier, comme si une idée venait de le frapper.

— La cuisine n'a jamais été mon truc, s'excusa Emily. J'ai fait avec ce que j'avais sous la main.

— Non, ne vous inquiétez pas pour ça. C'est juste que… pendant un instant, je me suis cru de retour chez moi.

— C'est gentil à vous de dire ça.

Il tira le tabouret, s'accouda à la table tandis que le dîner mijotait dans le plat posé sur le poêle.

— Vous auriez pu me laisser entre leurs mains et retourner sur votre île pour reprendre le cours de votre existence.

Il esquissa un sourire maussade :

— J'achète le scénario, mademoiselle Redwild, mais j'ai bien peur que les choses ne se déroulent pas comme ça. Je n'ai pas fait les bons choix ces derniers temps. Je me suis installé dans une position d'attente confortable où je n'avais pas à décider. J'ai suivi Kobb jusque Seward, jusqu'à vous.

— Seward ?

Walter narra les détails de l'attaque-surprise sur un air oscillant entre la confession et la repentance.

— Alors, c'était vous… souffla Red lorsqu'il acheva son récit par la fuite en hors-bord.

— Je n'en suis pas spécialement fier. On scelle des alliances et pour cela, on doit parfois composer avec ses propres convictions. J'ai compris mon erreur quand Kobb a tiré sur Dokes. Quand on a quitté son salon, il était au sol et inconscient.

Composer…

Nancy Kreiss était passée par là. Aussi, ne le jugea-t-elle pas.

— Quand on a appris que Dokes avait disparu, je me suis rendu chez lui, mais il n'y avait personne. Tout était en ordre, rangé.

Walter posa une bouteille crasseuse sur la table.

— Alors il s'en est sorti. J'ai trouvé ça dehors. J'ai pensé qu'on pourrait trinquer à ce bon vieux Dokes.

— Sans moi, dit-elle en indiquant son ventre.

— Évidemment.

L'homme de Kodiak se servit un verre qu'il ne remplit qu'au quart puis il le vida, cul sec.

Durant le dîner, Red eut l'impression que le futur s'invitait cette fois-ci à la table. Elle se projeta une image mentale d'un Pop cinquantenaire, esquissa un sourire qui fit sourciller Walter. Ils s'en amusèrent tous les deux. L'homme de Kodiak l'interrogea sur le père de son enfant. Évoquer son compagnon ne provoquait pas le même pincement au cœur que le souvenir de Bill.

— J'imagine qu'il doit vous manquer, dit alors Walter.

— Oui.

Red débarrassa son assiette qu'elle abandonna dans un évier dont la couche de métal avait été envahie par la crasse.

— J'ai besoin de prendre l'air, déclara-t-elle ensuite.

Les ruines hôtelières ressemblaient à celles de sa vie. Ici et là, des annexes hantées par des souvenirs, par des personnes disparues et dont il suffisait d'ouvrir la porte pour visiter les spectres. Elle se rappela avoir éprouvé la même sensation à San Diego, après l'attaque de la plateforme Horizon, d'avoir cru entendre son père la supplier de revenir à Seward, de profiter des années de déclin pendant qu'il en était encore temps.

Red marcha vers le lac, tout proche.

Comme un écho à la voix grave de Bill, un mouvement dans ses entrailles la stoppa au milieu du chemin.

— Oui, murmura-t-elle, je suis aussi impatiente de rentrer à la maison.

Elle poursuivit jusqu'à la rive. L'extrémité d'un tronc épais baignait dans une eau miroir dans laquelle se reflétaient la taïga, le dôme volcanique du mont Blackburn et le ciel orangé. Un calme surréaliste régnait. Ici, la civilisation déclinait en silence, loin des cris et des combats, de ces personnes en colère qu'elle avait côtoyées. Une marée s'apprêtait à déferler sur Seward et elle ne voyait pas comment l'arrêter, ni même si cela était possible.

Comment allons-nous élever notre enfant dans ce chaos ?

Et si c'était eux qui avaient raison ? Les Jordan, Cleaver, Kara Lau… Ces double-A qu'elle avait appris à détester pour leurs manipulations et leur vision sournoise de la fin du monde. Et si ces cités volantes pouvaient les emporter vers un avenir meilleur ? La voie choisie par sa mère. À l'opposé de celle de son père. Red se trouvait exactement dans cet entre-deux, à la croisée de deux univers.

Une ombre se dessina sur le sol. Elle crut d'abord que c'était l'homme de Kodiak qui venait la rejoindre. Quand elle se retourna, son cœur rata un battement, sa bouche s'entrouvrit.

— Da… Dalton ?

RACHEL

Rachel cligna des yeux.

Puis, elle jeta un regard oblique en direction de la petite horloge mécanique.

— Oh bordel ! jura-t-elle en repoussant les couvertures.

Puis elle se souvint. Son éviction. La prise de pouvoir de Dokes.

Elle s'assit sur le bord du lit.

Pour la première fois depuis elle n'aurait su dire quand, son planning d'activité était vierge. Pas de réunions, de rendez-vous, de comptes rendus à parcourir, ni de visites ou d'entretiens pour, ici et là, huiler les rouages de relations humaines souvent épuisantes et frustrantes. À sa grande surprise, elle se sentait… bien. La nuit avait été reposante, le stress et les tensions, évanouis.

— Maman ! s'écria Sakari en s'invitant dans la chambre parentale. T'es réveillée. Papa a dit qu'on devait te laisser dormir. Que tu avais besoin de dormir. Alors, t'es en forme ?

— En forme ?

— Oui, maintenant que tu ne travailles plus, on va faire des trucs.

— Des trucs ?

— On a le temps, pas vrai ? T'es plus maire.

T'es plus maire.

Les enfants, manqua-t-elle de soupirer.

— Où est ton père ?

— Dehors. Il bricole sur sa barque.

— Ce n'est pas une barque, ni du bricolage, mais le moyen de locomotion de nos ancêtres. Le travail de réfection est important. Il s'agit de notre héritage culturel.

— Il va vraiment aller sur l'eau avec ce… canoë en peau de bête ?

Rachel hocha la tête :

— Absolument. Et ce n'est pas non plus un canoë.

— Et s'il coule ?

Le ton et le regard de sa fille révélaient une peur sous-jacente. Récente. Elle la prit dans ses bras.

— Il ne lui arrivera rien. Et quand bien même cela se produirait, ton père est un très bon nageur. Tout comme ton frère.

— Je ne m'en fais pas, répondit Sakari. Il y a un ange gardien dans la baie. Papa est en sécurité.

— Un ange gardien ?

— Oui, une créature avec des tentacules. Elle vient en aide aux gens. Elle a sauvé Chance.

Était-ce sa manière à elle de gérer le traumatisme, en s'inventant une histoire ? Les enfants s'en remettaient parfois à l'imagination pour donner un sens à ce qu'ils ne comprenaient pas, pour leur permettre de surmonter leurs peurs et leurs angoisses. Et le folklore inuit favorisait par ailleurs ce type de mécanisme. Rachel se souvint de leurs lectures, il y avait quelque temps de cela.

Ça *fait trop longtemps*, se reprocha-t-elle.

— Sedna veille sur nous tous, tu le sais.

— Ce n'était pas la déesse Sedna, maman. Sedna n'a pas de doigts, son père les lui a coupés, tu te rappelles ?

— Évidemment. Donc, qu'est-ce que c'était d'après toi ?

— Je ne suis pas sûre. Syd dit que c'est une sorte de calamar.

L'ex-maire arqua un sourcil :

— Qui est Syd ?

— Bah ? La copine de Chance !

La nouvelle la laissa comme deux ronds de flan.

Je suis restée trop longtemps la tête dans les affaires de la ville et pas assez dans celles de mes proches.

Rachel retrouva son mari dans la remise transformée en atelier à l'arrière de la maison. Nicholas s'attelait à la réfection d'un kayak dont la coque en peau avait été déchirée lors de sa rencontre brutale avec un tronc d'arbre à la dérive. Elle se tint dans l'embrasure de la porte, l'observant à la dérobée, savourant un instant qu'elle n'avait pas connu depuis des lustres. Ses fonctions de maire lui avaient volé tant de ces moments et sur le coup, elle ne put s'empêcher de penser que Dokes lui avait peut-être rendu un fier service.

Dégoulinant de sueur, Nicholas posa ses instruments et se tourna vers elle après avoir saisi une serviette éponge.

— J'ai du travail pour toi, si tu commences à t'ennuyer ma chérie, lui dit-il sur un ton amusé en s'avançant vers elle.

Les époux s'embrassèrent sur le pas de la double porte en bois.

— On pourrait aussi transpirer ensemble d'une manière plus agréable.

Les yeux de Rachel pétillèrent.

— Voilà un programme très aguicheur, mais je crois qu'il faut qu'on discute d'abord.

Nicholas s'appuya sur le tonneau de plastique qui servait à la récupération des eaux de pluie.

— Il va s'en remettre. Chance est un gamin solide.

— Je parle de notre fille.

— Sak ? Qu'est-ce qu'elle a ? s'inquiéta-t-il.

— Elle a vu quelque chose, le jour de… l'attaque. A-t-elle parlé avec toi du sauvetage miraculeux de son frère ?

Il soupira :

— Plusieurs fois oui. Elle imagine qu'il y a une sorte de calamar dans la baie. Avec des tentacules. Pour être honnête, je ne sais pas d'où elle sort tout ça. C'est peut-être sa manière à elle de se l'expliquer.

— Je le pense aussi. Et je suppose que tu as entendu parler de Syd ?

Il se gratta le cou, le menton :

— Une ou deux fois.

— Je… J'ai l'impression de ne plus vraiment faire partie de cette famille.

Nicholas se pressa vers elle, lui saisit la main, les épaules.

— Qu'est-ce que tu racontes ?

— J'étais si accaparée par mon travail. J'ignore ce qui se passe sous mon propre toit. Sak ne va pas bien, Chance a une petite amie, il consacre le plus clair de son temps à sa formation… Je suis perdue.

— Non, tu ne l'es pas. Tu avais un devoir à accomplir, maintenant c'est le problème de Dokes. C'est ta première semaine sans agenda de maire, cela crée forcément un vide. Un manque.

Rachel se raidit.

— Je ne vais certainement pas faire une dépression.

— Ce n'est pas ce que j'ai dit, ma chérie.

— Je vais emmener Sakari chez Brockman.

Les yeux de son époux se plissèrent un bref instant. Il reprit son chiffon, se mit à jouer avec.

— Bien sûr, dit-il ensuite. Tu veux que je vous accompagne ?

Après lui avoir souri, elle déposa un baiser sur ses lèvres humides.

— Non, on se voit tout à l'heure.

KARA LAU

Du plat de la main, Kara Lau écarta les flux de données en provenance des drones et des satellites. La tactique de harcèlement mise en place, le minage et l'emploi intensif des Ptéros n'avaient pas empêché la prise d'Anchorage par des forces irrésistiblement supérieures. Les robots tueurs taillaient dans les effectifs adverses, les fauchant à coups de bordées de missiles guidés et de roquettes aux têtes garnies de grappes antipersonnel.

Adrian Leach s'annonça dans la liaison *terminex*. Kara accepta la demande.

L'expert des guerres anciennes affichait un visage neutre, mais pour la première fois depuis qu'elle le connaissait, elle décela de l'inquiétude dans son regard.

— Nous avons réussi à combler le trou. Les quelques minutes qui manquent dans la chronologie des événements, entre l'instant où les camions de la *YuTL* ont explosé et les premières images reçues de la destruction de la section du mur.

Les simulations montraient en tout cas que l'ouvrage, en forme de V inversé, aurait dû encaisser les déflagrations et dévier les ondes de choc.

— Un ancien satellite SBIRS de la défense se trouvait dans une ligne de visée, bas sur l'horizon, il évoluait à la limite du champ d'action de l'IEM. C'est un survivant de la guerre transpacifique de 57. Ses optiques et ses systèmes ne sont plus de première jeunesse, mais ils ont quand même capté ceci.

De prime abord, la bouillie de pixels en basse définition ne révélait pas grand-chose, mais les fouines algorithmiques les plus pointues étaient capables de véritables prouesses dans ce domaine.

— Nous avons extrait de l'information exploitable, confirma Leach. Bien plus que nous le pensions et… ce n'est pas une bonne nouvelle.

Deux fenêtres s'ouvrirent devant les yeux de la chef de la sécurité. L'une contenait des données filtrées, clarifiées par le tamis numérique, et la seconde un graphique représentant la dynamique de deux mobiles ainsi que leurs signatures. Ils se déplaçaient rudement vite.

— Ce sont des vecteurs hypersoniques qui ont percé le mur. Des Zircon de seconde génération ayant appartenu à l'ancienne flotte russe du Pacifique. Un sous-marin en a tiré deux exemplaires à trois cent quatre-vingts kilomètres des côtes et ils ont avalé cette distance en à peine quatre minutes. Ces engins sont équipés de têtes spéciales à haut pouvoir de perforation, des ogives anti-bunker. De quoi créer une brèche suffisamment large.

Kara ne laissa rien paraître de ses émotions. Sa psyché absorba les données, mais dans le fond, elles ne changeaient rien à la situation à Seward.

— Autrement dit, poursuivit Leach, nos *amis* sibériens sont de retour. Nous mobilisons des moyens dans la recherche du submersible, mais par mesure de précaution, la plateforme Majestic se tiendra à l'écart du golfe de l'Alaska. J'ai défini une zone de sécurité de mille cinq cents kilomètres.

— Cela me paraît prudent.

— Je me réjouis que nous collaborions à nouveau, vous et moi. Nous avons fait de vous un outil affûté à *notre* service, ne l'oubliez pas.

D'une façon peu subtile, il lui rappelait qu'elle n'appartenait pas au cercle du pouvoir.

— Vous m'en voulez d'avoir laissé Emily Redwild en vie, n'est-ce pas ? répliqua-t-elle. De ne pas avoir tiré ces missiles à Beaver Creek.

— Nancy Kreiss est une complication dont je me passerais bien, mais j'entends les arguments que vous avez exposés de manière fort habile devant le conseil d'administration. Ils sont fondés et justes.

— Je dois prendre congé, dit-elle ensuite.

Le double-A acquiesça puis elle coupa la liaison.

Leach est en embuscade.

Il n'était sans doute pas le seul. La nature a horreur du vide, spécialement au sommet du pouvoir.

Un homme se présenta, sans armes, au check-point peu avant le début de l'après-midi, en agitant un drap blanc. Avec ses vêtements civils, sa casquette, sa parka, il passait pour un habitant de Seward. Sa première déclaration fut de demander à parler au maire. Immédiatement avertie, Kara avait donné l'ordre de le garder sur place puis elle avait embarqué dans un chopper, direction la mairie.

Dokes manifesta sa – demi – surprise par un sourire sardonique qu'il agrémenta d'une expression de son cru :

— C'est le moment de ferrer les crabes, lança-t-il à la chef de la sécurité.

Son remodelage n'avait en rien altéré ses capacités de meneur et ses sens aiguisés. Ce qui était l'un des points délicats – et essentiels – de l'expérience. Elle fit mine d'ajuster son anneau, captant aussitôt l'attention du vieux pêcheur. Son regard étincelant comme si le fil invisible qui les reliait venait de se tendre pour transmettre ses vibrations.

— J'aimerais que le shérif Green soit de la partie.

— Je l'ai déjà prévenu, il est en route. Nous l'attendrons sur place.

— Parfait ! Il est temps d'entrer dans la danse.

Si le visage du pêcheur trahissait la contraction sous-jacente de ses muscles, il ne s'agissait ni de peur ni d'appréhension, mais de détermination. Dokes n'était pas le genre de personnage à céder sous la pression, raison pour laquelle Cleaver l'avait choisi en premier lieu, ce qui n'avait pas été au goût de Dalton. De la recherche du compromis avait émergé le nom de Rachel qui s'était comportée selon les prévisions. L'ancienne maire avait fait son temps, celui de Dokes était venu. Et il attendait d'en découdre. Kara tempéra son enthousiasme.

— La prudence, bien sûr, réagit-il en la voyant plisser les yeux. Nous devons d'abord connaître leurs exigences et découvrir ce qu'ils veulent vraiment. J'avais saisi.

Ce qu'il y avait de bien avec le remodelage, c'était qu'ils n'avaient presque pas besoin de se parler. Ils opéraient en binôme, l'un anticipant les réactions de l'autre, capable de devancer les attentes, de deviner les intentions derrière le geste le plus anodin. La symbiose promise par le médecin se cristallisait sous ses yeux.

Le messager n'était pas un inconnu.

Kara se tenait en retrait, comme souvent, afin de mieux observer les protagonistes d'une fascinante pièce de théâtre où chaque acteur s'imaginait engager la survie de sa communauté. Ce qui, du point de vue de Seward, ne relevait pas d'une simple vue de l'esprit. Quatre cent cinquante familles vulnérables se trouvaient derrière Dokes. L'ombre de dizaines de milliers de combattants enfiévrés se profilait dans l'ombre de son interlocuteur dont le regard étincelait d'assurance. Il se sentait fort, en position de conquérant.

— Ricky, commença le pêcheur sur un ton amical, ça me fait plaisir de te voir en forme.

— Maire Dokes. Le plaisir est partagé.

— J'imagine que ton départ a à voir avec la disparition de Red.

Disparition. Un choix de vocabulaire intéressant.

Ricky opina, rectifiant le propos non sans une certaine arrogance :

— Ils nous ont demandé de l'enlever, ce qui n'a pas été difficile. La sécurité de Seward est une vaste farce, ironisa-t-il.

Dokes éluda la provocation.

— Comment va-t-elle ? C'est une personne appréciée qui gère une véritable institution de notre ville. Je te croisais régulièrement aux *Trois Ours*.

— Pour être franc, je n'en ai aucune une idée. Les hommes de Kobb l'ont emmenée, c'est tout ce que je sais. Nous étions juste chargés de son extraction.

— Dis à Kobb que le retour de Red, saine et sauve, serait un excellent préambule à toute forme de discussion.

Admirative de la manœuvre de son protégé, Kara résista néanmoins à l'envie de sourire.

— Nous ne sommes pas là pour palabrer, déclara Ricky qui déroula la diatribe qu'il avait sûrement préparée avec les principaux meneurs et apprise par cœur. Jusqu'à ce que chaque mot, chaque parole frappe comme un pilon. Tout comme elle et Green, Dokes entendit les coups, écouta poliment les promesses de défaite et de souffrance, mais il ne se laissa pas démonter, encore moins impressionner. Il balaya la tirade d'un geste de la main, comme s'il s'agissait de peccadilles sans intérêt alors que la menace était bien réelle.

— Tout ça, c'est bien beau, mais qu'est-ce que Kobb veut au juste ? La guerre, massacrer tout le monde, la ruine comme à Anchorage ? C'est tout ce qu'il nous offre comme perspective ?

— Non, bien sûr que non.

— Ouf ! s'amusa le pêcheur. Me voilà presque rassuré. Alors quel est le plan ?

— Eh bien… Seward et sa population seront épargnés si cette félonne et ses serviteurs quittent la baie. En laissant tout derrière eux. Ils montent sur leurs bateaux, dans leurs engins aériens, et ils se cassent. Nous ne voulons plus de survols de drones au-dessus de notre territoire. L'Alaska nous appartient. Elle est à nous, Dokes, insista-t-il en se penchant vers lui. Toi, plus que quiconque, tu peux le comprendre. Depuis l'arrivée de Concordia, tu désires qu'ils s'en aillent, autant que moi, autant que nous. Ce n'est pas eux qui commandent, c'est nous ! Et ils ne sont pas invincibles, nous l'avons prouvé en détruisant leur mur de la honte.

Ricky martelait la corde sensible.

— C'est intéressant, mais je ne suis pas le seul à décider, dit alors Dokes.

— Tu marches avec eux ? répondit l'émissaire en dardant Kara d'un regard méprisant.

— Je marche pour Seward, j'ai des comptes à rendre devant le conseil municipal. Il va y avoir un vote, tu comprends au moins ça ?

L'émissaire hocha la tête. Ses yeux roulaient fréquemment de droite à gauche, à la recherche d'une réaction de peur. Et Dokes le traitait comme un demeuré.

Doucement avec lui, pensa Kara.

Le pêcheur se leva.

— Bien, nous en avons donc terminé.

Il connaissait les ficelles et en décidant lui-même du terme de l'entretien, Dokes affirma son ascendant sur un adversaire qui n'était pas de taille.

— Sans me donner de réponse ?

— Je te l'ai dit, sans Red, vivante et en bonne santé, elle et son bébé, il n'y aura pas de discussion. Retourne auprès de ton patron et dis-lui de se pointer avec elle. Et on parlera.

Des hommes reconduisirent Ricky à son véhicule. Il démarra et fit demi-tour.

— Nom de Dieu, grogna Green devant le moniteur de la sécurité, Ricky croit vraiment les conneries qu'il nous a sorties ?

— Tu le connais aussi bien que moi, il n'a jamais été très futé, lâcha Dokes, laconique. Mais ce n'est pas important. Nous savons ce qu'ils veulent en réalité.

Les deux hommes figurant l'autorité civile de Seward se tournèrent vers Kara, la dépositaire de la force, celle qui compterait dans l'affrontement à venir.

— L'accès à nos technologies. Seward n'est qu'une étape dans l'ambition de conquête d'Hastings.

— En admettant qu'ils y parviennent, ce qui n'est pas qu'une simple hypothèse vu l'armée qu'ils ont rassemblée, comment vont-ils l'exploiter ? Aucun de ces types n'est formé.

La chef de la sécurité considéra le propos – très juste – du shérif, puis regarda Dokes dont le visage exprimait la certitude. Ses yeux étincelèrent comme s'il venait de croiser les phares de la vérité sur une route de campagne en pleine nuit.

— Kobb et Hastings ont une carte maîtresse dans leur jeu.

— Laquelle ? interrogea Green, le sourcil levé.

— Ce mur à Vancouver, il n'est pas tombé tout seul. Je parierai pour une aide extérieure. Les Sibériens ?

— Merde… lâcha Green. C'est vrai ?

— C'est une possibilité, s'exprima prudemment Kara.

— Est-ce que Kobb va venir ?

— Il y a intérêt, déclara Dokes. Je veux regarder ce salopard dans les yeux au prochain round et je compte bien l'envoyer au tapis.

Green reprit sa patrouille tandis que la Concordienne et Dokes montèrent à bord du chopper qui les emmena à la mairie. Durant le court trajet, Kara se sentit observée, sous toutes les coutures, ce qui était une réaction conforme. Dokes oscillait entre deux états, comme une particule en intrication quantique. JoAnn se superposait à Kara et vice versa. Elle était elle et pas elle à la fois.

— Qu'est-ce que tu m'as fait ? demanda-t-il.

À cet instant, c'était JoAnn qui devait parler, instiller la confiance avec une voix chaleureuse qui véhiculait des mots précisément sélectionnés et issus d'un corpus calibré, des paroles qui entreraient en résonance avec la psyché d'une personnalité complexe.

— Tu es l'homme de la situation. Ce que nous faisons, ce que tu as toujours fait, c'est protéger la baie et ses habitants. Je suis là pour t'aider.

— Bordel… jura-t-il.

Le médecin avait émis l'hypothèse que l'instabilité créée, cette oscillation permanente, puisse amener le sujet au bord de la folie. En étudiant sa carte mentale, Kara avait compris que le pêcheur s'était construit sur des oppositions. À son père, à Dalton, contre Kara Lau… Ces personnalités fortes jouaient le rôle de répulseur autour desquels se cristallisaient ses frustrations, ses peurs qui le conduisaient finalement dans des impasses. *A contrario*, JoAnn constituait un anti-pôle, un attracteur, parce que Dokes se sentait coupable. Il se sentait responsable de son décès.

Il en revenait toujours à elle.

— Je suis avec toi, Dokes, dit Kara sans le quitter du regard. Je l'ai toujours été et le serai toujours.

Lorsqu'ils descendirent de l'aéronef, leurs mains se frôlèrent. Juste ce qu'il fallait. Kara perçut le frisson qui électrisa la nuque du pêcheur. Il n'en fallait pas plus pour l'instant.

Elle rentra à Spring Creek, satisfaite du travail de son protégé, pour se concentrer sur les opérations de harcèlement menées par des unités de sécurité et les drones. Le sergent Matz apparut dans sa visière alors qu'elle approchait de l'ascenseur. Lui et ses hommes effectuaient des missions spéciales derrière les lignes ennemies à la recherche d'informations sur la localisation de Kobb,

Hastings et d'autres chefs de gangs ou d'unités combattantes. Plusieurs avaient été neutralisés. La campagne d'élimination des cadres s'intégrait dans la stratégie mise en place et coordonnée avec les services de Leach qui s'appuyait sur des séquences du même genre à San Diego.

— Regardez ce que nous avons trouvé, déclara le sous-officier.

Le champ de la caméra ne s'attarda pas sur les cadavres, mais sur un poids lourd stationné sous une toile de camouflage qui filtrait la lumière du soleil. Sur la remorque, les lettres *YuTL* étaient à moitié recouvertes d'une nouvelle livrée en trois tons de gris.

— Je crois qu'ils veulent refaire le coup de Vancouver, affirma Matz. On les a cueillis en plein travail de peinture, mais il n'y a rien à l'intérieur. S'ils possèdent un IEM, ils l'ont sûrement planqué ailleurs. Il est également possible que ces camions soient des leurres…

Que nous sommes obligés de vérifier un par un, conclut Kara.

— … que tout cela ne soit qu'une intox destinée à nous balader.

— Le profil de ces véhicules doit remonter dans les priorités des algorithmes de ciblage des programmes de recherche et destruction des Ptéros.

— Je suis d'accord. On nettoie le secteur et on rentre.

Kara glissa le flux vers la périphérie de sa vision lorsqu'elle pénétra dans la salle des opérations. Au centre, un plateau supportait une projection holographique d'une zone de deux cents kilomètres de côté. Des lucioles de toutes les couleurs évoluaient au cœur de cette représentation d'un monde qui n'avait plus rien de féerique. Des tableaux et des étiquettes les suivaient, actualisant leurs données en temps réel. Des batteries d'IA et de systèmes experts compilaient des tas d'informations en provenance de milliers de capteurs disséminés un peu partout. Cleaver avait mis en place un filet électronique aux mailles suffisamment resserrées pour organiser une véritable surveillance, ce qu'il considérait comme le principal enseignement de la mission Concordia.

Une mention attira son attention. Kara sélectionna le flux idoine tandis qu'elle se déplaçait autour de la carte. Puis elle se figea.

— *Je suis certaine de ce que j'ai vu, docteur Brockman. L'ange a sauvé mon frère, j'étais là.*

— *Mais les anges n'ont pas de tentacules, ma chérie. Ils ont des ailes, non ?*

— *Je sais, mais peut-être que c'était une sorte d'ange marin. Comme Sedna. Il n'y a pas besoin d'ailes pour nager sous l'eau, pas vrai ?*

— *Voilà une observation fort logique, jeune fille.*

La Concordienne remonta les données dans le temps.

Rachel Daanak avait amené sa fille pour un examen de routine qui ressemblait plus à une excuse pour une sorte d'évaluation psy, ce qui était – à la base – hors du champ de compétence de Brockman. Le praticien connaissait néanmoins chaque patient depuis des années. Il en savait plus long sur eux que n'importe quel programme d'analyse.

— *Et, qu'en pense ton frère ? Il est d'accord avec toi ?*

— *Ouais, avec Syd ils ont décidé de percer le mystère de la baie. Ils veulent découvrir ce qui se cache dans les profondeurs.*

— *Je vois… Et comment comptent-ils faire cela ?*

— *Je n'en sais rien.*

— *Ce n'est pas plutôt une manière de… passer du temps avec son amie.*

— *Je crois qu'il l'aime bien, Syd.*

Dans la foulée, Kara envoya une requête sur le réseau pour obtenir la localisation de Chance Daanak. Le stagiaire se trouvait dans le simulateur, à bord du navire de formation. Rien qui nécessite une intervention sous quelque forme que ce soit. Est-ce que le gamin fantasmait une envie de découverte, de partir en exploration à l'insu de tous ? Sakari avait menti, se souvint Kara. Et les secrets finissaient par peser sur la conscience d'une enfant.

— *Tu en as parlé avec quelqu'un d'autre ?*

— *À Emily.*

— *Et que t'a-t-elle dit ?*

— *Qu'on devait garder* ça *entre nous, ne pas en parler.*

Plusieurs personnes à Seward se trouvaient désormais en position de se poser des questions. Kara pourrait contrôler les agissements des enfants de l'ex-maire. Chance était une recrue et Sakari, une sœur débordante d'imagination. Les possibilités ne manquaient pas, certaines produisant peu à peu leurs effets. Redwild, quant à elle, était hors de leurs radars et certainement au contact d'un nombre élevé d'individus hostiles à qui elle pourrait proposer des renseignements contre sa vie. Si Hastings n'avait pas connaissance d'un secret au potentiel destructeur bien plus important que la vidéo du décollage de Concordia, c'était peut-être parce qu'Emily conservait soigneusement cette carte sous le coude, pour les cas d'urgence. Elle pouvait aussi les délivrer au compte-gouttes… *A minima*, ses dires indiqueraient aux adversaires dans quelle direction fouiller.

Un message de Cornélius interrompit le fil galopant de ses pensées. Les opérations de mise à l'eau de la plateforme Résurrection commenceraient d'ici une heure. Le remplissage de la cale durerait une journée complète, ensuite ils pourraient procéder à l'installation des blocs de propulsion. Pour le moment, les événements extérieurs n'avaient pas modifié l'agenda ni la planification des ingénieurs, mais le chantier était vulnérable. Notamment par une attaque-surprise venant de la mer. Kara sollicita une entrevue avec le conseil d'administration.

Chance, Syd, Asam et les stagiaires aimaient se retrouver après les débriefs de simulation. La cafétéria devenait alors une zone de détente où ils riaient, s'amusaient, discutaient entre eux. Dans le processus de formation, le lieu revêtait une importance centrale en forgeant les liens si utiles pour mettre en synergie les compétences de chacun. Ce que les recrues appelaient « récréation » ou « pause » faisait également l'objet d'une évaluation et ces jeunes gens de Seward ignoraient qu'ils étaient scrutés pendant ces instants. Leurs comportements sincères venaient pondérer les profils dressés lors des cours. Il s'agissait, par exemple, de déceler les meneurs, les suiveurs, les personnes populaires, celles qui se tenaient en retrait, celles dont les idées s'imposaient.

Dans les données ruminées par les algorithmes, le nom de Chance se distinguait régulièrement. Le jeune homme suscitait du respect, une forme d'admiration de la part de ses camarades et, dans certains cas, bien plus. Les capteurs enregistraient à quel point les battements du cœur de Sydney augmentaient dès que le fils de l'ex-maire s'approchait d'elle pour discuter, comment ses pupilles se dilataient légèrement, comment la température à la surface de la peau, devenue plus conductrice, s'élevait de quelques dixièmes selon un schéma parfaitement connu depuis l'aube des sciences du comportement. Ce jour-là, les senseurs de la salle de détente détectèrent des valeurs supérieures à la moyenne des jours précédents.

Chance rejoignit Syd dans la coursive où elle s'était éclipsée sans attirer l'attention de leurs camarades. Le garçon, en revanche, dut mentir à son meilleur ami en prétextant une envie pressante.

— Vous faites une sacrée paire, toi et Asam, le taquina la jeune fille.

— T'es sûr que tu veux faire ça maintenant ?

Depuis plusieurs jours et chaque fois qu'ils se retrouvaient tous les deux, elle ne cessait d'évoquer le plan. Elle lui demandait de lui répéter ce qu'il avait vu au fond de l'eau, l'incitant à fouiller dans sa mémoire. Il ne parvenait au mieux qu'à en extirper des images nébuleuses, des souvenirs de plus en plus flous. Et plus il y pensait, plus il y réfléchissait, moins il y voyait clair.

— Bien sûr ! On a rassemblé le matériel, il n'est pas question de faire marche arrière. (Syd fronça les sourcils.) Tu ne serais pas en train de te dégonfler, par hasard ?

Chance se raidit.

— Non, absolument pas.

Les deux jeunes gens descendirent de la passerelle pour embarquer à bord de la navette. Toutes les demi-heures, la vedette autonome déposait des personnels, des techniciens, des formateurs, des stagiaires, parfois des équipes de sécurité au port ainsi qu'à Spring Creek.

— C'est drôle, dit-il, on ne croirait pas qu'une armée est en route pour Seward.

Les annonces du maire Dokes avaient d'abord provoqué la stupeur, mais l'activité s'était poursuivie. Les commerçants ouvraient leurs boutiques, les employés continuaient à travailler, personne ne semblait vouloir quitter la ville. *Pour aller où ?*

— Les conglos sont de notre côté, exposa Syd. Les gens pensent que leur technologie suffira à maintenir les gangs à distance.

— Ils n'ont pas empêché la chute d'Anchorage.

Elle haussa les épaules :

— La ville était perdue bien avant tout cela. Je crois.

Leurs mains se frôlaient comme si elles se cherchaient. À chaque fois, le frisson prenait naissance à la base du cou pour se propager sous la forme d'une ondée. Syd lui sourit.

La troisième passagère, dont la visière de la casquette ne permettait pas de l'identifier, se leva alors de la banquette. Elle s'approcha d'eux. Chance eut un mouvement de recul.

— Je vous reconnais… Vous étiez à la cérémonie.

— Excellente mémoire, je suis l'ingénieure Thyme.

— Vous allez en ville ?

— Pas exactement. En fait, cette navette est le seul endroit où je peux vous parler.

Le front de Chance se plissa :

— De quoi ?

— Tes souvenirs sont en train de s'estomper, les choses deviennent moins précises, plus floues et aujourd'hui, tu ne sais plus trop ce que tu as vu, pas vrai ? Était-ce une créature avec des tentacules ou bien une illusion, un tour que t'a joué ton esprit ?

— Je…

— Le temps manque pour entrer dans les explications, mais tu dois t'accrocher à tes souvenirs, car ils sont exacts.

Sur l'instant, il ne trouva pas que répondre. Chance échangea un regard interdit avec Syd.

— Qui êtes-vous ? demanda-t-il alors.

La mystérieuse femme lui tendit une boîte de gélules.

— Ils sont en train d'effacer progressivement ce souvenir du jour de l'attaque grâce à la nourriture qu'ils te servent à bord du bateau. Vous avez tous un code machine qui délivre un plateau-repas à votre nom. Cette gélule suffit à contrer le principe actif qui bloque l'accès à tes souvenirs. Tu dois te rappeler ce qu'il s'est passé au fond de l'eau.

— Dans la nourriture ? Mais qu'est-ce que vous racontez ?

— Je n'ai pas le temps d'entrer dans les détails, dit Thyme tandis que la vedette pénétrait dans le port.

L'ingénieure glissa une clef de stockage de données dans la main de Syd.

— Ceci devrait améliorer les performances de traitement du signal de ta machine. Il te suffit de la brancher au boîtier.

L'embarcation ralentit à la hauteur d'un ponton. D'un mouvement, Thyme se glissa par-dessus le bastingage :

— Vous êtes sur la bonne voie, ne lâchez rien.

Puis elle disparut.

La femme s'était réceptionnée sur l'embarcadère qu'elle remonta aussitôt en pressant le pas comme si elle n'était qu'une ombre fugitive au milieu des vieilles coques en train de dépérir.

Chance et Syd débarquèrent quelques minutes plus tard, toujours sous le coup de la surprise. Ils se dirigèrent promptement vers la voiture. Quand Chance appuya sur le bouton du démarreur et que le moteur se mit à ronronner, il glissa un regard inquiet vers son amie.

— Comment est-ce qu'elle peut être au courant pour le plan ?

— Des gens racontent qu'ils ont posé des mouchards à tous les coins de rue, et dans les commerces, peut-être dans nos maisons. Si cette… Thyme a choisi de nous parler durant le transfert, il faut partir du principe que les rumeurs ne sont pas infondées. Qu'ils nous espionnent et donc, qu'ils savent.

— Dans ce cas, on devrait laisser tomber.

— Non ! l'interrompit Syd. Tu l'as entendue, nous sommes sur la bonne voie. Ce mystère doit être résolu. Tout est prêt, le bateau, le sonar. On sera assez vite fixés.

Il soupira.

— Pour être honnête, je ne sais pas… Je ne sais plus.

Sa main sur la sienne. L'onde électrique qui remonta le long de sa colonne vertébrale.

— Chance, regarde-moi. Je vais t'aider à retrouver le chemin vers la vérité. Il s'est forcément passé quelque chose sous l'eau ce jour-là. Sinon tu…

— … je ne serais pas là pour en parler, compléta-t-il.

— Un truc dans le genre. Et ta sœur, elle a vu la même chose que toi. Il y a au moins un témoin.

— Tu crois qu'ils pourraient lui faire quelque chose à elle aussi ? s'alarma-t-il soudain. Comme lui effacer la mémoire ?

Chance rumina de confuses pensées tout en roulant en direction du centre-ville. Au croisement de l'avenue de Railway et Brownell, un chemin de terre menait jusque devant un ancien atelier. Il se gara sous l'avancée de toit.

Comme tant d'autres bâtiments, les murs avaient souffert de l'abandon et les autorités ne s'intéresseraient pas à son sort avant un moment, raison pour laquelle ils avaient choisi d'y établir leur base, comme Syd se plaisait à l'appeler. Seconde raison : l'atelier possédait un plan incliné qui facilitait la mise à l'eau. Pour l'heure, l'embarcation reposait sur une remorque rouillée au milieu du petit hangar, à l'abri des yeux dans le ciel. Le jeune Daanak plaqua une main sur la coque, son regard dans le prolongement de la ligne en aluminium, déformée par les creux et les bosses, jusqu'au moteur électrique dont ils avaient réussi à recharger les batteries. Lors du test, conduit deux jours auparavant, l'hélice avait tourné pendant plus de cinq minutes. Ils s'étaient congratulés devant cet exploit et Syd, le visage crasseux et les mains noires, avait déposé un baiser sur sa joue.

Son cœur entier avait chaviré et l'atelier, avec ces rayonnages envahis par la poussière et les toiles d'araignées, les pièces et les outils mis au rebut, ces caisses dispersées aux quatre coins et ses vieilleries oubliées, était devenu un endroit merveilleux. Un cocon où tout semblait possible.

Syd n'était pas la première de la promotion par hasard, elle possédait un don pour l'ingénierie, pour réparer des objets, comprendre leur fonctionnement. Le sonar de pêche qu'elle avait dégoté sur l'un des navires abandonnés n'avait plus de secrets pour elle. Il se composait de trois parties : un moniteur, un transmetteur-récepteur et la sonde, qui devait être immergée.

— Tu peux me passer les pièces ? lui demanda-t-elle pendant qu'elle se glissait sous la coque pour les fixer.

— Peut-être qu'on devrait tout arrêter… lâcha Chance.

La tête de Syd apparut :

— À deux doigts de découvrir ce qu'il t'est arrivé, tu veux abandonner ?

— Non… Enfin, je ne sais plus.

La jeune fille poussa sur ses jambes pour s'extraire de dessous la coque.

— Justement, lui dit-elle en lui prenant la main, nous sommes là pour faire la lumière.

Sa chaleur se diffusa dans l'esprit de Chance. Tout paraissait si simple avec elle. Si évident. Il voulut se pencher pour l'embrasser, mais elle retourna sous l'embarcation :

— On a du boulot ! Ce sonar doit être fixé et opérationnel avant ce soir.

EMILY

— Dalton… Qu'est-ce que tu fiches là ?

Comment peut-il surgir devant moi ainsi, au milieu de nulle part ?

Les lèvres du président de l'Alaska s'étirèrent, ses yeux étincelèrent, faisant presque disparaître ses traits fatigués. Il semblait éprouvé, comme une personne qui aurait traversé la moitié du continent à la recherche de… quelqu'un.

De moi ?

Red resta immobile, moins saisie par l'apparition surprise que par l'afflux de questions.

— T'as pas l'air ravie de me voir, dit-il alors.

Emily se précipita vers lui pour l'étreindre.

— Bien au contraire. C'est juste que… je ne m'attendais pas à te croiser ici.

— À vrai dire, confia-t-il après quelques secondes, ça fait un moment qu'on te cherche. Comment vas-tu ? Et le bébé ? J'étais si inquiet quand je t'ai vue sur ces enregistrements vidéo.

— Chaque jour qui passe est une nouvelle expérience. Les conditions ne sont certes pas idéales, mais on survit. Et toi ?

— Je reviens de loin.

Emily entendit un cliquetis caractéristique. Elle se retourna pour découvrir Walter avec un fusil.

— Tout va bien, Walter ! C'est un ami.

L'homme de Kodiak haussa un sourcil, avant de baisser son arme.

— C'est le président de l'Alaska, crut bon d'ajouter Red.

Dalton écarta les bras :

— Lui-même, en chair et en os. (Puis il jeta un regard vers Emily.) Tu as toujours su t'entourer.

— Walter m'a aidée. Nous nous sommes échappés, résuma Red.

Des craquements ravivèrent la tension jusqu'à ce qu'apparaisse une intruse.

— Ne tirez pas, je suis avec Miles !

Avec Miles ? Elle l'appelle par son prénom.

— Ma conseillère, présenta Dalton. Vous vous êtes déjà vues, à Seward. Elle m'a été d'un grand secours au pire moment de ma vie.

Walter la braquait avec un air suspicieux et un œil méfiant.

— Il commence à y avoir trop de monde dans le coin, grogna-t-il. Ça devient dangereux.

Emily calma ses inquiétudes légitimes :

— C'est la vérité.

Elle convia Dalton et Aubrey à les rejoindre à l'ancien lodge. La jeune femme manifesta une certaine froideur à son égard, son regard semblait chercher des réponses à des questions qu'elle n'osait pas poser.

— Il ne faut pas rester ici, rappela Walter qui ne cessait de tripoter la crosse de son fusil en jetant de fréquents coups d'œil vers l'extérieur à travers l'unique vitre de la pièce.

Red hocha la tête.

— Où comptez-vous aller ? s'enquit Dalton.

— À Valdez.

Le président esquissa un sourire.

— Nous prenions la même direction.

La réponse rendit l'homme de Kodiak encore plus nerveux. Il détourna son attention de la fenêtre pour darder un regard suspicieux vers Dalton.

— Comme par hasard…

— On a croisé un type qui nous a dit qu'il y avait un bateau qui pourrait nous conduire à Seward. Il a déconseillé le passage par Anchorage. C'est la guerre là-bas. À ce qu'il paraît.

Aubrey restait silencieuse, adossée contre le mur, près de la porte du logis. Red se souvint de son regard acerbe le soir de la fête qu'elle avait donnée aux *Trois Ours*. Elle s'était accrochée au bras du président comme si elle avait peur qu'il s'envole.

— Dalton… Si tu commençais par me dire comment tu es arrivé ici ?

— C'est simple : j'ai failli mourir.

Le récit de Dalton, la bombe qui avait soufflé le siège du pouvoir à Juneau, matérialisa ses pires craintes pour Seward. Sa ville était la cible de pillards animés d'un sentiment de revanche qui, s'il était légitime, n'en demeurait pas moins une menace. Elle perçut de la détresse dans le ton, dans les mots. Du ressentiment aussi.

Red lui prit les deux mains, le regarda comme seuls deux amis de longue date le faisaient, chacun lisant dans les yeux de l'autre.

— Je suis désolée…

— Sans Aubrey, je ne serais pas ici. Elle m'a tiré des ruines et probablement des griffes de cette folle furieuse d'Hastings.

— Elle ne peut pas gagner. Nous avons de puissants alliés à Seward.

— Elle aussi, contra alors Aubrey d'une voix tranchée. Et elle possède une armée motivée, prête à en découdre. Seward ne pourra pas repousser ce raz de marée.

— Voilà des prédictions bien sombres, dit Red en lâchant les mains de Dalton, avant d'échanger un hochement de tête avec Walter. Je crois qu'on ferait mieux de mettre les voiles.

L'homme de Kodiak ne se fit pas prier. Il rassembla leurs affaires qu'il emporta au véhicule aussi vite qu'il le put. Emily fit un dernier tour rapide de la pièce, récupéra un sac avec quelques provisions.

— Qui vous poursuit ? s'enquit alors Dalton.

— Un dénommé Sean, qui travaille pour Hastings. Elle l'avait chargé de nous liquider, moi et Walter.

— Sean est son garde du corps depuis des années, intervint Aubrey. Je le connais bien. Il est du genre tenace.

— J'ai eu l'occasion de m'en rendre compte, confirma Red.

— On a assez perdu de temps, les pressa Walter. Je propose qu'on prenne les deux véhicules au cas où l'un tomberait en panne. Par contre, il faut garder nos distances. Cinq, six kilomètres entre nous. J'ouvrirai l'itinéraire.

— Je monte avec Red, imposa d'emblée Dalton.

La posture d'Aubrey, légèrement crispée, était en soi une réponse.

Son amante le gratifia toutefois d'un demi-sourire :

— Bien sûr, je comprends.

Lorsqu'elle s'assit dans la voiture avec Dalton, Red éprouva la même gêne que des années auparavant, le même malaise que lors de leurs retrouvailles, au moment de l'arrivée de Concordia à *Resurrection Bay*. Le souvenir de ce baiser échangé dans l'obscurité de ce tunnel, dans la moiteur de leurs sentiments, les hantait tous les deux. Que se serait-il passé si Red avait décidé de rester à Seward ? Serait-elle devenue une madame Dalton ?

Leur différence d'âge rendait cette perspective totalement ridicule. Et déjà à l'époque, elle et Pop se tournaient autour.

— J'ai parlé à O'Phellan. Il avait l'air… Enfin, j'ai fait mon possible pour le rassurer.

Penser au père de son enfant la propulsait au bord de ce gouffre émotionnel avec lequel flirtaient ses sentiments, son moral et sa volonté. Il aurait été si simple de se recroqueviller, de se ratatiner sur soi-même en laissant passer l'orage. Ce qu'elle avait fait, à San Diego.

Ça n'avait pas marché. On ne se sentait pas mieux après.

— Il a voulu de partir à ta recherche. Seul. Kara Lau l'en a empêché. C'est quelqu'un de bien. Il tient à toi.

Dieu merci, songea Red en fermant les yeux. Elle préférait le savoir en sécurité à Seward qu'à l'extérieur, à la merci des pillards ou pire, utilisé comme un moyen de pression contre elle.

— Ça n'a pas l'air de t'émouvoir plus que ça, observa Dalton qui évoluait à l'aise au milieu des trous et des crevasses.

— Je me blinde, j'essaie de ne pas penser aux choses sur lesquelles je n'ai pas de contrôle. Ne crois pas que je sois insensible, que je suis toujours l'Emily distante, celle qui – comment avais-tu dit un jour ? – qui ne s'engage pas.

La température descendit que de quelques degrés dans l'habitacle.

— Désolée, je n'aurais pas dû dire ça…

— Il ne faut pas. Nous avons tourné cette page, il y a longtemps.

Mais il restera cet éternel regret.

Le président esquissa un timide sourire :

— Et nous avons trouvé nos âmes sœurs.

— Oui, toi et Aubrey. OK, elle ne m'aime pas et je le comprends, mais elle est faite pour toi. Je le pense sincèrement.

— Je n'aurais peut-être pas survécu à Juneau sans elle. Sa présence a été…

Dalton ne termina pas sa phrase.

— Et Cleaver ? questionna ensuite Red.

— Je ne sais pas ce qu'il est devenu, je n'ai plus d'informations en ce qui le concerne lui et ses semblables. Je ne comprends même pas comment le mur a pu tomber.

— Les murs finissent par tomber, par la gravité de l'Histoire.

— Alors, un sort identique attend Seward aussi, hein ?

Il en va des camps retranchés comme des murs. San Diego avait toujours été une ville en état de siège. Quelques dizaines de milliers de privilégiés dans une enclave encerclée par des millions d'âmes qui s'accrochaient à l'espoir d'obtenir un travail, au rêve d'une vie meilleure dans un monde déliquescent. Les double-A, qui voyaient leurs coûts – notamment sécuritaires – s'envoler, avaient finalement décidé de jeter l'éponge, de déménager. Le destin de Seward était-il celui d'un nouveau San Diego ?

Ouvre les yeux, c'est déjà en train de se produire.

— L'arrivée de Concordia a scellé notre sort, affirma-t-elle sur un ton amer. Rien ne pouvait empêcher cet événement. Rien n'empêchera ceux à venir.

Dalton ne répondit pas.

Alors maire, il avait vu dans la cité flottante l'espoir de repartir, de redémarrer un embryon de prospérité en imaginant que l'exemple ferait tache d'huile. Les rêves se fracassaient souvent contre des murs. Red s'enfonça dans son siège, gagnée par la déprime. De l'autre côté de la vitre défilait une forêt luxuriante que le réchauffement climatique n'en finissait pas de transformer. *Un jour, on plantera de la vigne en Alaska*, avait plaisanté Pop. Elle glissa une main sous sa veste.

Avaient-ils seulement une chance de survivre ? Serait-elle encore obligée de fuir ? Pour aller où ?

— Est-ce que Cleaver t'a parlé des cités flottantes ? Enfin, elles sont volantes…

— Il n'a jamais évoqué ce point. Peut-être que c'est censé rester un secret. Ou un tabou. Je dois admettre que c'est impressionnant, ces vaisseaux géants qui partent pour l'espace. Je me demande quelle est leur destination.

Red repensa aux heures passées à bord de Concordia. À sa mère.

Le protocole…

Rattrapée par la fatigue, elle glissa lentement dans cet état oscillant, entre la somnolence et l'hypovigilance, bercée par le ronronnement du moteur. Elle ouvrait les yeux lorsque la caisse tanguait pour éviter les trous et les obstacles. La largeur des vallées diminuait au fur et à mesure de leur progression, lui donnant l'impression de remonter le long d'un entonnoir fait de parois à pic. Par endroits, des rochers de plusieurs tonnes s'étaient détachés de la montagne. Dalton devait quitter la chaussée pour les contourner. Ils parcoururent les derniers kilomètres à une allure d'escargot, en priant pour que la mécanique ne leur joue pas des tours.

Tout comme Seward, Valdez se trouvait à l'amont d'un fjord. L'agglomération occupait un espace à droite d'un mini delta de rivières qui prenaient leurs sources dans les monts Chugah. Si le plan d'aménagement en faisait une ville jumelle de Seward, la comparaison s'arrêtait là.

Les premières habitations apparurent une fois dépassé le lac Robe. Abandonnées pour la plupart, il n'en subsistait que des fondations, des squelettes de charpentes mises à nu. Ces vestiges fantômes hantaient le bas-côté de la route et n'invitaient pas à la pause. Plus ils avançaient, plus le délabrement des infrastructures était manifeste, laissant peu de place au doute : personne n'entretenait ces lieux, probablement sans municipalité, dépourvus d'organisation. Elle avait beau balayer des yeux le triste panorama, elle ne vit personne. Comme la première fois.

Walter s'était arrêté à un carrefour. Il leur fit signe de se garer. Dalton se rangea derrière son véhicule, puis il descendit la vitre.

— Si je me fie aux anciennes cartes, il faut tourner à gauche pour aller au terminal pétrolier, s'exprima l'homme de Kodiak. Si on continue tout droit, on atteindra le port de Valdez.

— La question est donc : où avons-nous le plus de chance de trouver un navire en état de marche ?

— S'il y a un bateau, ajouta Red en sortant de la voiture pour se dégourdir les jambes.

— Il y en a un, affirma Dalton en descendant à son tour pour rejoindre sa conseillère.

Walter arqua un sourcil, Red manifesta son scepticisme par un regard intrigué. Le président mit fin au suspense après avoir déposé un baiser sur le front d'Aubrey, peut-être pour la rassurer.

— Rachel Daanak a eu pour projet de concurrencer Dokes. L'idée me trottait depuis des années de contrôler cette tête de mule de pêcheur et de réduire son influence. Malheureusement, je n'avais pas de bateau sous la main. Cleaver en a dégoté un.

— À Valdez ?

— Aussi miraculeux que cela puisse paraître, oui. Ils l'ont retapé et mis à l'abri.

— Pourquoi ne pas l'avoir amené directement à Seward ?

— Pour deux raisons. La première c'est que nous voulions réaliser un coup, surprendre Dokes avec une arrivée en grande pompe. On avait projeté d'en faire un événement, une fête. La seconde… Eh bien, nous avions un bateau, mais pas d'équipage, acheva-t-il en haussant les épaules. Former des pêcheurs, ça prend du temps. Même chez les conglos.

Walter les regarda tous les trois :

— Et j'imagine qu'aucun d'entre vous ne sait manœuvrer un navire ?

Personne ne parla tant la réponse était évidente.

— Et vous ? demanda Aubrey.

L'homme de Kodiak se retrancha derrière un sourire énigmatique.

— Voyons déjà dans quel état se trouve cette coque.

Ils remontèrent à bord des véhicules. Dans celui de tête, Walter et Red s'engagèrent sur une route qui n'en avait que le nom, conquise par des arbustes et des bosquets sauvages. Dans cette guerre silencieuse, ces petites luttes qui se déroulaient en de multiples lieux sur la planète, la Nature prenait le dessus sur la civilisation qui craquait, se fissurait de partout. Rien ne symbolisait mieux ce temps révolu que les énormes réservoirs qui apparurent sur une colline aménagée, aplanie, des décennies auparavant, par une armée de bulldozers. Red avait l'impression de regarder le riche passé de l'Alaska dont le pétrole avait été la principale ressource, exploitée jusqu'à la dernière goutte. Jusqu'à la folie.

Les cuves présentaient des déchirures, la végétation en avait conquis les sommets, agitant les branches feuillues telles des centaines de drapeaux de la victoire. Les jetées, construites pour acheminer l'or noir jusqu'aux tankers, avaient été détruites lors de la guerre de 57. Les missiles de croisière chinois tirés depuis le golfe avaient neutralisé un objectif stratégique, un nœud logistique. Les murs noircis, les toits effondrés comme si une masse leur était tombée dessus, les quelques cratères remplis d'un bouillon saumâtre témoignaient d'explosions qui résonnaient encore en ces lieux fantômes. Ils évoluaient à travers un champ de ruines, longeant le front de mer en zigzag. Deux de ces anciens Léviathan que l'on gavait d'or noir finissaient de pourrir, enfoncés dans les eaux obscures. L'oxydation transformait les superstructures en une dentelle de rouille. La voie de circulation se résumait à une bande de terre alluviale labourée au milieu des hautes herbes d'où émergeaient des squelettes d'entrepôts, des carcasses de camions, des remorques.

— Et si le bateau a été coulé depuis ?

Walter lui lança un regard maussade.

— Je préférerais pas. Je nous vois mal repartir sur nos traces et tenter le coup par Anchorage au milieu de fous furieux.

— J'ai été avec ces fous furieux. J'en étais même une.

— Peut-être, mais tu as compris que ça ne mènerait nulle part. Pas vrai ?

Je ne suis pas près d'oublier la leçon.

— Il y a quoi entre toi et Dalton ? demanda-t-il alors.

— Comment ça ?

— J'ai des yeux pour voir, un cerveau pour additionner deux et deux. J'ai remarqué comment il te regarde et sa conseillère se retient pour ne pas te sauter dessus.

— C'est de l'histoire ancienne. J'étais bien trop jeune et lui… il était perdu.

— Eh bien ! sourit-il. Ça a dû être quelque chose.

— Je suis partie peu de temps après. Nous avons toujours de la considération l'un pour l'autre.

Des regrets ?

— Il n'a peut-être pas complètement soldé l'affaire de son côté.

— Je vais être maman et j'ai un compagnon. Alors, il faut vite trouver ce bateau et larguer les amarres, que je puisse le rejoindre.

Droit devant eux, des morceaux de pipelines surgissaient du sol. Un énorme ver de métal rouillé, la gueule ouverte en une fleur. Les pétales d'acier déchiqueté donnaient l'impression de vouloir se refermer sur une proie. À travers leurs déchirures, les tubes exposaient leurs entrailles vides du fluide si vital dont ils avaient longtemps abreuvé les cales des pétroliers. Naguère, ce réseau alimentait plusieurs navires en même temps puis ces derniers voguaient par-delà les océans. Ce décor lui rappelait les panoramas du déclin qu'elle avait traversés durant sa fuite. Les mêmes friches industrielles, les mêmes ports, aéroports, raffineries et usines où elle avait fait halte pour une nuit ou une journée.

Ce monde est épuisé, songea-t-elle. *Je suis épuisée.*

— Là ! s'exclama Walter qui donna aussitôt un coup de volant.

Il avait l'œil, parce que Red ne vit rien sur le moment. La pointe d'un mat, qu'on aurait pu confondre avec un poteau, émergeait à peine au-dessus d'un rideau de verdure. Après avoir contourné une arche de béton, l'homme de Kodiak se joua des pièges du terrain puis il s'arrêta à proximité d'un embarcadère dont l'accès était dissimulé par des haies sauvages. Ils durent abandonner leurs voitures et poursuivre à pied. Le quai avait une forme en U et une coque blanche y était amarrée.

— Vous voyez, se réjouit Dalton, je vous l'avais dit.

— Doucement, tempéra Walter qui arma son AK. Je vais d'abord reconnaître les lieux.

Puis il fixa Red :

— Si je ne reviens pas, appuya-t-il sur un ton sévère. Vous partez. Sans vous retourner.

L'homme de Kodiak s'avança prudemment vers le navire.

— Il n'a pas l'air de plaisanter ton ami, glissa Dalton.

— Il est un peu ours, aussi têtu que Dokes. Tu vas l'adorer. D'ailleurs, il a connu la femme de Dokes.

— Vraiment ?

— Tu sais quoi sur elle ?

Le président lâcha un léger sifflement.

— Ça remonte à si loin… Je ne me souviens ni d'elle ni de son visage. Elle s'est suicidée, c'est tout ce dont je me rappelle. Je n'étais pas maire à l'époque.

— Je me suis toujours demandé pourquoi il était si taciturne, tourné vers son travail, son équipage et si soucieux de protéger la baie.

— On a tous vécu ce genre d'histoire, non ? intervint Aubrey.

Red hocha la tête.

Moins d'une dizaine de minutes après son départ, Walter revint vers eux avec des nouvelles encourageantes : la voie était libre et la coque lui semblait en bon état.

— Il y a quelques points de rouille, mais je suis sûr que ce rafiot peut prendre la mer. Cela ne nous dispense quand même pas des vérifications d'usage. Je préfère autant éviter une avarie au milieu de l'océan.

Spontanément, Dalton et Red offrirent leur aide.

— Pas question, lâcha Walter à propos de la future mère, t'as besoin de repos.

— Je suis pleinement opérationnelle, proposa Aubrey sur un ton grinçant.

L'homme de Kodiak répartit les tâches et les zones à contrôler. Ils devaient s'assurer du bon fonctionnement du moteur, de l'appareil à gouverner, de la génération électrique, de l'étanchéité les cales… Red s'installa sur la passerelle tandis qu'ils exploraient les entrailles du petit vaisseau. Walter avait expliqué que Seward se trouvait à seize heures d'une navigation sportive en cas de gros temps et qu'il n'avait aucune idée des prévisions météorologiques. Il avait donc proposé de partir le lendemain matin.

Jouer la prudence allait à tout le monde.

Rester les bras croisés n'étant pas dans ses habitudes, Red redescendit sur le quai, histoire de profiter d'une liberté retrouvée après des jours d'une captivité difficile. Elle leva les yeux vers l'azur en se demandant si des drones les avaient repérés. Peut-être ne viendraient-ils jamais. L'accord passé avec Kara Lau et Cleaver avait été mis à mal par les vidéos de Nancy Kreiss.

J'espère que non…

La survie de son enfant était au centre de ses préoccupations. Tant qu'il restait dans son ventre, il ne risquait rien. Une fois qu'il serait dehors, il faudrait agir rapidement. Et cela ne se ferait pas sans la médecine des conglos.

Ce moment n'est pas encore arrivé, pense à autre chose.

Emily remonta le quai jusqu'à la petite passerelle en bois qui le reliait à la terre ferme. Une trouée dans le rempart végétal qui bordait la rive menait à une construction, l'une des rares à ne pas avoir trop souffert et à posséder un toit presque complet. Ou bien avait-elle été réparée ? La porte, dont il manquait la vitre, résista tant les gonds étaient grippés. Le désordre régnait à l'intérieur. Des caisses renversées, brisées, des détritus, des feuilles imprimées, jaunies, des mots, des chiffres dont le temps avait effacé le sens. Des conserves rouillées jonchaient le sol de béton, des outils en tout genre, des piles de câbles, des tables et des chaises éparpillées composaient un univers sombre relié par les toiles d'une soie blanche. Les araignées semblaient être la seule forme de vie de ce lieu sordide.

Après avoir fureté au milieu du capharnaüm, inspecté le contenu de plusieurs malles qui se révélèrent finalement sans intérêt, Red se rendit dans le bâtiment voisin, un peu plus grand que le premier. Elle y retrouva le même spectacle de désolation, avec une différence : le toit gisait en plein milieu dans un amas de poutrelles tordues. Quand elle se retourna pour en ressortir, une ombre se faufila dans son dos. Furtive, rapide. Le temps qu'elle comprenne, une main fut plaquée sur sa bouche ; le canon d'une arme était enfoncé dans le creux de ses reins. Red sursauta. Son cœur se mit à cogner dans sa poitrine tandis que ses yeux cherchaient le visage de son agresseur. Des silhouettes filèrent devant elle, toutes de noir vêtues. Cagoulées et armées. Elle se débattit.

— Reste calme si tu veux vivre !

Cette voix rauque… Sean.

DOKES

Sara avait insisté pour qu'ils se voient.

Elle voulait retrouver le James Dokes d'avant… Pour donner le change, il s'était offert à elle en espérant éteindre l'incendie qui menaçait leur entente. Leur routine post-coïtale consistait à s'en griller une en fixant le plafond comme s'ils finissaient de se consumer. La journaliste lui tendit sa cigarette ainsi qu'elle le faisait souvent. Ce partage avait maintenant une drôle de saveur, songea Dokes en déclinant l'offre.

— Tu n'es plus le même.

— Qu'est-ce que tu veux dire ? C'était bien, non ? Comme avant.

— En fait, c'était mieux.

Le pêcheur sourit :

— Alors où est le problème ?

— Qu'est-ce qu'ils t'ont fait là-bas ?

Revenir d'entre les morts changeait n'importe qui, ce fut la première réponse qui lui vint à l'esprit. Il se ravisa. Au cours de son existence, il avait senti le vent de la faucheuse. Il vivait avec ce risque, même s'il reconnaissait que ce jour-là, étalé sur le tapis de son salon, il ne l'avait jamais vue d'aussi près. Les yeux dans les yeux.

La suspicion voilait le regard inquisiteur de Sara, à la fois son amante, sa partenaire et sa confidente.

Elle ne remplacera pas JoAnn, comprit Dokes.

— J'ai pris une balle, ils m'ont remis sur pied et je suis devenu maire. C'est normal que je change.

— J'ai l'impression qu'il y avait quelqu'un avec nous. Une ombre, juste au-dessus de toi.

— Une ombre ? se moqua-t-il avec un sourire en coin.

— En fait, j'en sais foutre rien. Tu n'es plus le même.

— C'est ce qui arrive quand on manque de passer l'arme à gauche.

Dokes quitta le lit en désordre. Il récupéra ses vêtements et commença à s'habiller.

— Ça aussi, tu ne l'aurais pas fait, ajouta-t-elle.

— J'ai un rendez-vous capital pour notre avenir.

— Kobb va venir finalement ?

Le pêcheur hocha la tête en boutonnant sa chemise.

— Il n'a rien dit, mais je dois être prêt pour le deuxième round. Il est temps que les gentils marquent des points.

— Je veux être présente… Rectification, je *dois* être là.

— Trop dangereux. On ne peut pas autoriser ça.

— On ? C'est toi le maire que je sache, pas *elle*.

Elle faisait référence à Kara, souvent à ses côtés durant les conférences de presse.

— Je ne peux pas t'exposer. Je ne suis pas le seul à décider. Il y a un conseil municipal, Green…

— Foutaises !

— Sara, je suis…

Elle bondit sur le sommier, nue. La lumière filtrée par les volets ajourés faisait luire sa peau. Ses tétons aussi dressés que sa colère. Elle le pointa du doigt.

— Pas de ça avec moi, Dokes. Je suis la journaliste de cette ville. J'informe les habitants, notre communauté. C'est mon devoir et personne ne m'empêchera de l'accomplir, ni toi, ni cette salope de Kara.

— Tu y vas un peu fort là !

— Dire qu'avant tu la détestais !

— Nous sommes en guerre. Des tas de gens dehors veulent notre peau. Kara est devenue notre alliée. Nous avons besoin d'elle, de leur technologie, de leurs drones, de leurs soldats.

— Pourquoi j'ai l'impression qu'elle représente bien plus que ça ?

Il la fixa, feignant un air incrédule, puis il tourna les talons.

Dokes claqua la porte. Il fila jusqu'à son pick-up, ses mains serrèrent le volant à s'en blanchir les phalanges. Elle avait raison. Sur tout. Kara et JoAnn se mélangeaient. L'une devenait l'autre. Elles cohabitaient dans son esprit, dans sa réalité *post-mortem*. Laquelle des deux était vraie ?

Putain ! Ce n'est pas le moment de perdre les pédales. Cap sur la mairie.

Il démarra. Les pneus crissèrent, imprimant sa frustration sur le bitume neuf.

Déléguer la défense de Seward à Kara Lau et au shérif lui permettait de se concentrer sur son adversaire : Kobb. Dokes songea à ces minutes tragiques, dans son salon, lorsque le malfrat d'Anchorage avait braqué son arme sur lui, quelques secondes avant de presser la détente. La détermination, l'assurance, un regard dur participaient à l'aura du personnage. Le trafiquant semblait capable d'attirer les compétences nécessaires à l'accomplissement de ses desseins parce que les gens croyaient en lui. La preuve s'il en était : il s'était attaché les services de Walter. Que devenait son ami de Kodiak ?

Allaient-ils se croiser sur le champ de bataille ?

J'espère que non.

Mary annonça l'arrivée de la chef de la sécurité dans les prochaines minutes. La secrétaire s'attarda sur le seuil :

— Une autre personne souhaite vous voir. Il n'a pris pas de rendez-vous, mais j'ai pensé que vous pourriez lui parler, le réconforter ou lui apporter des nouvelles rassurantes. Je crois... qu'il en a besoin, hésita-t-elle.

— Qui ? demanda Dokes, le sourcil levé.

— Palluk O'Phellan.

Merde.

— Bien sûr, je vais le recevoir. Dites-lui d'entrer.

Les cernes sous les yeux, le regard vide et le teint gris ne trompaient pas : le compagnon de Red vivait de sales semaines. Ses paroles ressemblaient à des gémissements. Dokes se désola de ne pas pouvoir lui dire les mots qu'il avait désespérément envie d'entendre : que Red se trouvait sur le chemin du retour.

— Je vais rencontrer leur chef, Kobb.

La rumeur circulait depuis la veille, confirmée par le flash de Sara diffusé en début de matinée. La journaliste avait manifestement décidé de ne pas lui faciliter la tâche.

— Je n'en attends pas grand-chose, mais le sort de Red fait partie des points qui seront abordés lors de la négociation. J'espère au moins obtenir l'information qu'elle va bien. Elle et ton enfant.

Le regard de Pop vacilla.

— Je refuse de croire qu'ils ont éliminé Red, elle a trop de valeur, renchérit le maire. C'est un atout pour eux, une carte maîtresse.

Kara lui avait précédemment expliqué l'inverse, qu'Hastings avait tout intérêt à s'en débarrasser en leur faisant porter le chapeau. Ce jeune homme au bord de l'effondrement psychologique n'avait pas besoin d'entendre ce genre d'hypothèse. Pop le fixait pendant qu'il délivrait les informations.

— Son visage est stocké dans les mémoires de leurs drones. S'ils la localisent quelque part, Kara enverra immédiatement ses meilleurs soldats pour la récupérer.

Il lâcha un long soupir. Ses épaules s'affaissèrent en même temps que son regard.

— Et moi je reste là… À ne rien faire.

Voilà donc ce qui le rongeait davantage que la disparition de la future mère de son enfant : l'impuissance. Dokes compatit :

— Tu fais ce qu'il faut en gardant les *Trois Ours* en activité, en préservant l'héritage de son père. Tu as une mission, un travail. Red compte sur toi pour que tu tiennes bon. Je pense que c'est ce qu'elle voudrait, que tu ne lâches pas la barre.

La métaphore marine eut l'air de provoquer une sorte de réaction. Le gamin leva timidement la tête.

Bordel, j'espère qu'il ne va pas se mettre à chialer.

— Dans cette crise, nous avons chacun un rôle à tenir et le tien actuellement, consiste à faire tourner la boutique, renchérit Dokes. On retrouvera Red, je n'ai aucun doute à ce sujet. Quand elle reviendra, qu'elle découvrira que tu n'as pas craqué, que tu as maintenu à flot l'héritage de son père, elle sera fière de toi. Crois-moi.

Pop se redressa. Durant un bref instant, son œil recouvra un certain éclat. Dokes ne rompit pas le contact :

— Nous devons tous tenir la barre, moi le premier. Une tempête se prépare et je ne te mentirai pas, elle va secouer toute la ville.

— Je… je m'excuse. Tu as du travail.

Le gamin se leva, lui tendit une main que Dokes serra sans le quitter du regard. Le pêcheur eut le sentiment qu'ils s'étaient compris.

Après son départ, il repensa à sa conversion avec Red, le jour de l'annonce de sa grossesse.

Soyez meilleur que ça, lui avait-elle dit.

Ce n'était pas faute d'essayer. Ce qui n'avait pas empêché la guerre de se présenter sur le pas de leur porte.

Kara et Green revinrent du check-point avec un message : une discussion – Kobb semblait vouloir réfuter le terme « négociation » – se tiendrait demain matin à deux cents mètres de l'entrée de la ville. Dokes arqua un sourcil, mais la chef de la sécurité se montra rassurante.

— La zone sera sous contrôle. Leurs forces resteront à deux kilomètres du lieu de la rencontre. Leur délégation devrait comprendre une dizaine de personnes.

— Et nous ?

— C'est vous le maire. Vous décidez.

Dokes glissa la question de côté.

— Comment cela se présente ?

— Pas très bien.

Kara et Green brossèrent un tableau inquiétant de la situation. Les équipes spéciales marquaient des points sur les arrières de l'ennemi. Les petites unités mobiles des conglos ciblaient prioritairement les individus chargés de l'encadrement de façon à désorganiser une troupe qui tenait davantage de la rébellion hétérogène que du corps structuré. Si Kara se disait confiante en leurs capacités, elle ne parlait pas de repousser les bandes armées qui possédaient un avantage stratégique écrasant : une inépuisable réserve de milliers de gens en colère, galvanisés par les vidéos de propagande et les discours de caciques à la solde de Kobb et Hastings.

— Il faut engager des discussions sur l'avenir de Seward et spécialement de ses habitants, proposa-t-elle tandis que Dokes observait les plans projetés au milieu de son cabinet d'un œil de plus en plus inquiet.

— Si ces sauvages entrent, remarqua Green, la ville deviendra un champ de bataille et on ne peut pas exclure cette éventualité, aussi terrible soit-elle. Il y aura beaucoup de morts.

— Je le sais.

— Nous pouvons accueillir tout le monde, assura Kara.

Concentrer ses forces autour de Spring Creek, c'était son idée. Mais personne ne vivait indéfiniment dans une enclave transformée en fortin. Leurs adversaires ne lèveraient pas le siège.

— Nos modèles se basent sur les besoins de six cents familles et le personnel du chantier de Spring Creek.

Pour ces gens, les algorithmes, les IA offraient des réponses « magiques » pour toutes les situations.

L'anneau d'argent dans la chevelure ébène capta l'attention du pêcheur. Le visage de JoAnn se superposa aux traits de la Concordienne.

Tu sais quoi faire, entendit-il sans qu'elle remue les lèvres.

— Je sais quoi faire, murmura-t-il en retour.

Le maire se redressa, hésita un instant, le regard toujours accroché à JoAnn.

— Allons d'abord voir ce que Kobb compte faire et si l'on peut lui donner un os à ronger pour gagner du temps.

— C'est très clair en ce qui me concerne, sourcilla Green. Ils nous attaqueront.

— Je ne suis pas en train de me voiler la face. Je vais ordonner l'évacuation générale et les opérations commenceront dès ce soir.

Kara hocha gravement la tête :

— Cela me semble raisonnable.

— Bien, je dois parler à quelqu'un.

Dokes prit congé, effectua une halte devant le bureau de Mary :

— Annulez mes rendez-vous et convoquez tout le monde pour une session extraordinaire, lui dit-il avant de quitter la mairie.

Derrière le volant de son vieux pick-up, il remonta la Cinquième Avenue sur une centaine de mètres, tourna à gauche sur Jefferson. Deux minutes plus tard, il serrait le frein à main sur le parking de l'église.

— Dokes… Je me demandais si tu allais revenir un jour, si tu ne m'avais pas oublié, l'accueillit le pasteur Ron Georges.

Peut-être la personnalité qui comptait le plus dans le cœur des Sewardiens, après celle du shérif. Ou avant. La Bible et le colt. La civilisation n'avait pas évolué autant que cela en définitive. L'effet de balancier de l'Histoire ne faisait que la ramener à une position antérieure.

— J'étais très occupé ces derniers temps…

— Toujours les mêmes excuses, balaya l'homme de Foi. Il va falloir changer de refrain.

— On m'a tiré dessus. Ça compte ?

Ron esquissa un sourire :

— Nous avons été nombreux à prier pour ton rétablissement.

— On dirait que vous avez été entendus.

— Pourquoi es-tu là ?

Le front plissé, Dokes se pencha légèrement :

— Ma… femme venait souvent à l'office, n'est-ce pas ?

Le pasteur leva le sourcil, hésitant à répondre.

— Eh bien, en voilà une drôle de virée dans le passé ! Pour autant que je puisse m'en souvenir, et ça remonte à des années, JoAnn était une paroissienne assidue. En effet.

— Est-il possible qu'elle m'entende, là où elle se trouve actuellement ?

Cette fois, Ron recula, son front se plissa :

— Qu'es-tu en train de me dire Dokes ?

— Je voudrais… lui faire passer un message.

— Quel genre de message ?

— Qu'elle me pardonne pour ce que je m'apprête à faire.

— Nous pourrions en discuter à l'intérieur.

— Inutile. On peut faire ça ici, non ?

Ron se gratta le cou.

— Oui… J'imagine.

— Très bien, dit Dokes qui lui saisit les deux mains en le fixant. Allons-y !

Le pêcheur ferma les yeux puis répéta les paroles du pasteur. Il imaginait ces formules en train de flotter vers son épouse, sa lumière. Ou bien allaient-elles vers Kara ?

Ron fit le signe de croix et regarda Dokes.

— Je peux savoir ce qu'il se passe ?

— Vaut mieux pas.

— C'est si grave que ça ?

— Pas encore, mais ça va le devenir. Est-ce que je peux compter sur toi et tes fidèles pour transmettre le mot ? Le conseil va entériner mon ordre d'évacuation générale.

— Bon Dieu… souffla Ron. Alors, on en est vraiment là ?

— Je ne tiens pas à ce que les rues de cette ville se couvrent du sang des ouailles du Seigneur. On aura franchement besoin de son coup de pouce.

Le regard du pasteur s'assombrit.

Dokes vécut l'une des nuits les plus courtes de sa vie. L'évacuation avait été adoptée à unanimité et les adjoints du shérif frappaient à toutes les portes pour délivrer les instructions aux administrés. Les premières rotations de chopper se déroulèrent dans une ambiance crépusculaire. Le personnel de mairie empaqueta les dossiers importants, les fiches d'état civil, embarqua le matériel qui ne devait pas finir entre des mains hostiles. Le maire apporta son concours, exactement comme il le faisait avec ses hommes quand ils avaient besoin d'un coup de pouce.

Il s'allongea sur le sofa de son cabinet au milieu de la nuit, rincé. Il n'entendit pas Kara entrer, l'observer durant quelques instants puis ressortir en refermant délicatement la double porte, après avoir murmuré l'ordre à Mary de le laisser se reposer.

Le pêcheur se réveilla en sursaut alors que la lumière matinale inondait la vitre derrière le bureau.

— Bordel, grommela-t-il en s'extirpant du canapé. Mary ! Est-ce qu'il y a du café ?

La secrétaire ouvrit grand les deux battants et apporta un plateau. Il considéra d'un œil suspect le jus d'orange, le lait, le pain, la coupelle de beurre, l'assortiment de confitures.

— Ça vient de Spring Creek, lui apprit Mary. Elle a dit que vous deviez prendre des forces.

— Où en est l'évacuation ?

— Elle se poursuit en bon ordre.

— Bien.

Dokes se servit une tasse et délaissa le reste du plateau. Un quart d'heure plus tard, il roulait en direction du check-point, en s'efforçant de faire le vide dans son esprit. *C'est exactement comme lorsque tu prends ton quart. Seule la taille de l'équipage change.* Dès son arrivée, Dokes fit un point avec le shérif, déjà sur place. Les images des drones diffusées sur un écran du poste de garde se passaient de commentaires.

— Kobb veut nous impressionner, dit Green.

À deux kilomètres, un alignement parfait de combattants attendait, l'arme au pied. Ils formaient une masse compacte, un mur de corps infranchissable en travers de la Seward Highway.

— Du monde pour le grand jour, réagit Dokes. Ce n'est pas plus mal.

— J'espère que tu sais ce que tu fais, maugréa Green qu'il sentit vraiment nerveux pour la première fois de sa vie.

— Moi aussi. Où est Kara ?

Un bruit de turbine émergea, d'abord diffus, puis de plus en plus audible à mesure que la machine volante s'approchait. Elle effectua une sorte de demi-tour avant que les roues prennent contact avec la plateforme. Kara Lau en sortit la première. La chef de la sécurité marchait vers eux avec ce sempiternel air neutre derrière lequel il devinait une forme de sérénité. L'anneau d'argent réfléchissait les rayons du soleil et durant une fraction de seconde, il imagina la chevelure ébène libérée en filaments de soie coulant sur son torse. Si le flash s'effaça de son esprit aussi vite que de la buée sur une vitre, il ressentait encore son empreinte sur sa peau.

— Je vois que vous êtes prêt, remarqua-t-elle.

James Dokes fonctionnait à l'instinct. C'était ainsi qu'il pilotait son navire entre les bancs de sable, les brumes et les tempêtes, qu'il menait ses matelots, qu'il savait où trouver les crabes. Et il se trompait rarement. Cette prescience s'acquérait au fil du temps, avec le cumul des expériences. Certains appelaient cette capacité le savoir sans savoir. Depuis que cette balle avait failli le laisser sur le carreau, il était un homme nouveau, réveillé. JoAnn/Kara hocha sobrement la tête à une question qu'il n'avait pas formulée de vive voix.

— On dirait que c'est l'heure, déclara Green en montrant l'écran. La délégation menée par Kobb se détachait du gros de la troupe à bord de véhicules légers.

— Marchons, proposa Dokes.

La grille électronique s'évanouit devant eux libérant le passage. Le plus impressionnant, songea le pêcheur, c'était ce silence, ce calme avant le déchaînement de fureur.

— Bon Dieu, murmura Green, je n'aime franchement pas ça. Et encore moins de laisser mon calibre derrière moi.

— Ça devrait bien se dérouler, réagit Kara. Nous allons simplement discuter.

Une toile blanche avait été dressée, maintenue par quatre piquets ancrés dans l'asphalte. La table marquait une frontière fictive derrière laquelle Kobb arborait un large sourire, entouré d'une quinzaine d'individus aux visages sévères. Dokes se concentra sur leur chef. Il portait un long manteau de cuir sous lequel il serait aisé de dissimuler un fusil à pompe. Ses bottes rappelaient celles des anciens motards et sa coupe de cheveux, minimaliste, renvoyait au code militaire le plus strict. Le plus intéressant, songea Dokes en le détaillant, se situait au niveau de ses yeux d'un gris acier évoquant non seulement la dureté, mais aussi son état d'esprit : celui d'un conquérant poussé par des milliers de combattants qui n'avaient plus rien à perdre.

Le maire s'arrêta à deux mètres du caïd auréolé de sa victoire à Anchorage. Il se racontait qu'il avait dissous les services de police et que la justice était désormais rendue par ses lieutenants assistés d'une importante milice. Trois individus accompagnaient leur patron. Le pêcheur visa la crosse du pistolet passé dans sa ceinture, celui-là même dont Kobb s'était servi pour le descendre.

— J'espère, sourit-il en écartant les bras, que vous ne m'en tiendrez pas rigueur. Ce flingue ne me quitte jamais. Je n'en ferai évidemment pas usage.

Dokes ne dit rien.

— Je suis content de voir que tu t'en es sorti malgré une balle dans le coffre, poursuivit le caïd. Tu es un gaillard solide. J'aime ça. L'avantage, c'est que tu sais qui je suis et ce dont je suis capable.

Au moins, il annonce la couleur.

— Je croyais avoir été clair, répliqua Dokes sans développer le fond de sa pensée.

Ce n'était pas nécessaire.

— Emily Redwild, devina Kobb. C'est une femme coriace à ce qu'il paraît.

Dokes maîtrisa un tressaillement.

— C'est surtout une citoyenne de Seward qui attend un heureux événement. Elle n'a rien à faire au milieu de ce merdier.

— Tu ne trouves pas ça dingue ? Je veux dire, de faire des enfants maintenant… Dans un monde déglingué et géré par des planqués sur leurs villes flottantes dont ils se servent comme vaisseaux pour quitter la Terre, comme des rats.

Kara ne broncha pas face à l'évidente provocation.

— Où est-elle ?

— La vérité, c'est que je n'en sais rien. Kreiss s'est enfuie avec la complicité de ton pote de Kodiak, Walter. Peut-être qu'ils ont été rattrapés par la milice du Yukon, auquel cas je ne donne pas cher de leur peau. Hastings voulait la liquider après avoir fait les vidéos. Quoi qu'il en soit, elle ne se trouve plus sous ma responsabilité et j'ignore sa localisation actuelle. Est-ce qu'on peut clore ce chapitre et passer aux choses sérieuses ?

Le front du pêcheur se plissa. Green donnait l'impression d'avoir retenu sa respiration. Kara restait de marbre, impénétrable. Rassurante.

— Je sais déjà ce que tu veux, lui répondit froidement Dokes et j'ai dans l'idée que ce n'est pas ce que Powell et Hastings désirent. D'ailleurs, je constate qu'ils ne sont pas présents, qu'ils envoient un second couteau en première ligne. (Il se mit à secouer la tête.) Ce n'est pas exactement ce que j'appellerais passer aux choses sérieuses.

— Tu es en train de m'insulter là. Est-ce que tu t'en rends compte ?

— Comme tu l'as si bien dit, les présentations ont été déjà faites. Je sais à qui j'ai affaire.

Kobb esquissa un sourire :

— T'as des couilles, c'est clair et j'aime ça.

Puis il dirigea son fiel vers Kara.

— Ces gens ne sont pas des nôtres. Ils ne sont pas comme toi et moi. Ni comme tous ces laissés pour compte derrière moi ou les habitants de Seward. En fait, ils n'ont même rien à faire ici. Ils veulent quitter la planète ? Très bien, qu'ils se cassent, mais qu'ils nous fichent la paix. Nous pouvons vivre ensemble, en harmonie et réparer ce que ces salopards ont détruit pendant des décennies, sans nous demander notre avis.

En harmonie. Qui a mis ce mot dans la bouche de ce truand ?

— Tu crois que je vais avaler ces conneries ? Ce qui m'intéresse c'est le sort des habitants de la ville. J'ai besoin de davantage qu'une simple parole.

— Il ne leur arrivera rien. Tu pourras même conserver ton fauteuil de maire, tu me parais compétent à ce poste. Sauf que tu devras me rendre des comptes à moi, et pas à elle. Toi aussi, Dokes, tu es un second couteau. Toi et moi, on sait très bien qui tire les ficelles, juste à côté de toi.

Touché, pensa le pêcheur.

— Je veux l'accès à la ville. Toute la ville, ce qui inclut Spring Creek.

— Rien que ça… Et j'imagine que tu exiges une réponse maintenant ? s'en amusa Dokes sur un ton faussement léger.

Durant un instant, Kobb sembla hésiter, comme s'il ne s'était pas attendu à ce genre de réaction de la part d'un maire que ses renseignements affirmaient n'avoir jamais été en bons termes avec les envahisseurs.

Sa lèvre supérieure se gauchit.

— Tiens, lança alors le pêcheur, qu'est-ce que tu penses de cette proposition ? Vous vous repliez au-delà de la ville de Portage. Hastings régnera sur le reste de l'Alaska, la Ligue nord-ouest, le Yukon si ça lui chante. Tout ce qu'on veut, c'est la péninsule du Kenaï. Portage fera une très bonne ligne de démarcation, un peu comme une sorte de poste de frontière. Nous pourrons continuer à échanger.

Les yeux de Green roulèrent dans leurs orbites. *L'os à ronger est certainement trop gros*, pensa Dokes en épiant les micro-expressions de son ennemi. Il n'en avait pas parlé. Ni à Kara, toujours imperturbable.

— Le Kenaï, répéta bêtement Kobb.

— C'est une offre raisonnable, non ? Gagnant, gagnant. Chacun reste de son côté.

Dokes ne poussa pas le vice jusqu'à la main tendue sachant pertinemment qu'il ne la saisirait pas.

Les regards nerveux se multipliaient autour du caïd d'Anchorage. Ces gens avaient marché sur des milliers de kilomètres pour en découdre avec les conglos, et sa proposition revenait ni plus ni moins à effacer l'ardoise.

Bien sûr que c'est inacceptable, se dit-il.

Comme il s'y attendait, Kobb se défaussa sur une cible évidente, aussi stoïque qu'un moine. Sa maîtrise d'elle-même méritait l'admiration, alors que lui n'avait qu'une seule envie, de plus en plus pressante : voler dans les plumes de ce connard arrogant. Et lui rendre la monnaie de sa pièce.

— Ils doivent partir. C'est non négociable, dit Kobb d'une voix cette fois-ci dépourvue d'intonations amicales.

— Alors nous avons un problème, déclara Dokes parce qu'ils vont rester. (Le pêcheur se tourna vers Kara.) N'est-ce pas ?

La jeune femme hocha la tête sans le quitter des yeux. L'espace d'une fraction de seconde, il se sentit déstabilisé par l'insistance de son regard. Puis, il entendit la voix : *ils vont frapper*. Dans son esprit.

Ses traits se figèrent. Il n'eut même pas le temps d'ouvrir la bouche.

Tout se déroula au ralenti. Tout d'abord le sifflement. Aigu. Le cri de Kara : *À terre !*

La stupéfaction sur le visage de Green, sur celui de Kobb. Puis vint la blancheur aveuglante. Kara se rua sur Dokes, le projeta au sol en l'y maintenant. Dokes ressentit la chaleur, le souffle, l'odeur de chair brûlée, les cris. Les rafales d'armes automatiques. Dans ce chaos, la respiration haletante, immobilisée au sol, la voix de JoAnn émergea à nouveau, calme, surréaliste, comme s'ils étaient au lit : *reste calme*, chuchotait-elle, *reste calme…*

Lorsque Dokes se redressa, la tête prise dans un étau, il eut l'impression qu'un marteau, aveugle et brûlant, venait de frapper le sol. Des corps se consumaient autour de lui en émettant des effluves de viande grillée qui épaississaient l'air chargé en particules carbonisées. Il essaya de déglutir, aspira une goulée de cette atmosphère qui avait un goût de fin du monde. Sa bouche était si pâteuse qu'il s'imagina en train de mâcher des miasmes en même temps que de respirer. Ses yeux le piquaient, ses oreilles sifflaient. Il pensait au ralenti. Abasourdi. Désorienté.

Sa poigne se referma sur un bras. La personne à qui il appartenait pesait de tout son poids en travers de ses jambes.

JoAnn !

Le cœur battant, le souffle soudain rauque, Dokes entreprit de se dégager puis il se traîna vers le visage ensanglanté.

Bon Dieu…

Une main géante, griffue, semblait avoir lacéré la chemise du chef de la police de Seward. Le coup fatal avait cependant été porté par un éclat qui lui avait sectionné la carotide. Le fluide vital s'était répandu en une flaque épaisse. Les yeux éteints, vides, Green ne respirait plus.

Bordel…

L'esprit de Dokes prenait l'eau. Il écopait avec des seaux de rationalité sans parvenir à expliquer ce qui venait de se produire. Qui avait déclenché cette attaque ? Derrière lui, Kara Lau se redressa sur ses coudes.

— Dokes… lâcha-t-elle.

JoAnn !

En moins de temps qu'il n'en faut pour le dire, Dokes fut sur elle. Des shrapnels plantés dans le dos de la chef de la sécurité s'écoulait un filet vermeil.

— JoAnn ! T'as besoin de soins !

— Ça va aller. Je… suis habituée, réagit-elle d'une voix calme.

Elle se mit debout sans se préoccuper de ses blessures, sans éprouver de gêne, tout juste un désagrément qu'elle chassa avec une grimace en époussetant sa tenue. Dans un geste mécanique, elle ramena ses cheveux toujours maintenus par l'étincelant anneau puis elle lui tendit la main. Il hésita.

— C'est toi ?

Elle le fixa d'un regard pénétrant comme si elle voulait imprimer ses paroles directement dans son esprit.

— Je ne suis pas responsable de ce carnage. Mais je sais qui l'est.

— Qu'est-ce que vous avez fait ? Maintenant, ils vont nous attaquer… C'est certain.

— Ils allaient le faire de toute manière.

Une quinte de toux résonna comme une confirmation. Dokes se détourna du visage serein de la jeune femme. Kobb émergeait au milieu des cadavres des membres de sa délégation. Son bras gauche pendait bizarrement dans le prolongement de son épaule affaissée, sûrement démise. Un masque cramoisi recouvrait la moitié de sa figure.

— Les salopards, siffla-t-il en cherchant la crosse de son pistolet de sa main ensanglantée. Hastings avait raison, les conglos sont couards à ce point. Mais il fallait que je sois présent. Pour faire illusion.

Le caïd regarda autour de lui. Des éclats de métal plantés dans le bitume fumaient, des morceaux de toile blanche flottaient sur le seul piquet, tordu, encore debout.

— Vous ne faites pas dans le détail, vous autres, hein ?

Dokes ne bronchait pas, l'attention accaparée par le flingue que tenait Kobb. Il sourit quand il le pointa dans sa direction. La scène avait un goût de déjà-vu et le pêcheur savait que le trafiquant presserait la détente. Il l'avait déjà fait. Sans l'ombre d'une hésitation. Kobb toussa à nouveau. Il vomit du sang.

— On dirait que l'histoire se répète, mon pote. Cette fois-ci, je ne suis pas certain que tu reviennes de l'au-delà.

— Vous pouvez mourir ici, parla alors Kara d'une voix posée. Ou bien…

— Ou bien ?

— Vous venez avec moi. Nous pouvons vous soigner. Nous occuper de vous. Comme nous l'avons fait pour Marvin Stoker.

Le pêcheur tressaillit.

Le trafiquant s'esclaffa, en crachant à nouveau un liquide plus foncé. Puis il changea de cible. Kara ne sourcilla pas. Peut-être était-ce là ce qu'elle voulait.

— Marvin Stoker… Sérieusement ? De la part d'une salope qui envoie des assassins sur nos arrières ? Il agita son arme ce qui fit trembler son bras inerte de façon grotesque. Je sais ce que vous faites. Dokes vous haïssait au point de chercher à vous expulser de la baie et maintenant, il vous mange pratiquement dans la main. Vous ne l'avez pas soigné, vous l'avez transformé en marionnette. Très peu pour moi.

Est-ce que je suis un pantin ?

L'échange paralysait les réactions de Dokes en proie à une confusion mentale dans laquelle la figure de sa femme JoAnn prenait l'ascendant sur celle de la chef de la sécurité. Son épouse… menacée par un individu dangereux et qu'il savait déterminé.

— Vous subissez une hémorragie interne, éluda Kara sur un ton presque clinique. La tension glissait sur son esprit aiguisé comme une rivière paisible. En fait, vous n'en avez plus pour longtemps.

— Ouais, quand il est l'heure, alors c'est que c'est le moment. Vous aurez beau reculer l'horloge, vous ne pouvez pas l'arrêter. J'aurai au moins le plaisir de trouer votre jolie peau avant de partir.

— Il est encore temps, insista-t-elle. Venez. Hastings ne vous sauvera pas. Nous, nous le pouvons.

Les yeux de Kobb étincelèrent, mais il vacillait. Ses mains tremblaient de plus en plus.

— Hastings a vu clair dans le grand jeu des conglos, balbutia-t-il. On vous a concocté une petite surprise. Le paquet est en cours de livraison. Il est trop tard pour le stopper.

Dokes se mit à hurler. Puis il chargea le trafiquant. Kobb réagit en retard. Il eut à peine le temps de viser vaguement le crâne du pêcheur qui disparut de sa ligne de tir quand il pressa la détente. La chef de la sécurité de Concordia avait bondi sur le maire pour l'écarter de la trajectoire estimée de la balle qui se perdit dans l'air. En un instant, elle fondit sur le caïd, trop faible pour lui opposer une résistance sérieuse. Elle l'immobilisa aisément en lui enserrant la tête avec une clef de bras jusqu'à ce qu'elle entende un craquement. Dokes la regarda achever Kobb. Le trafiquant s'effondra à ses pieds. Le pêcheur déglutit.

Comment sa femme avait-elle pu devenir une tueuse ?

— Nous avons du travail, lui dit-elle en lui tendant la main.

CHANCE

Se retrouver sur une barque au milieu du fjord avec Sydney, ça ne manquait pas de romantisme ni de frissons. Chance se sentait à la fois fébrile et paralysé par la présence de son amie dont l'assurance ne semblait jamais faillir. Elle savait exactement ce qu'elle faisait et l'excitation dans sa voix n'avait en réalité rien à voir avec lui. *Ou peut-être au moins un petit peu*, se prit-il à penser.

— Regarde ! lui dit-elle en indiquant des masses colorées sur l'écran. Il se passe plein de choses sous l'eau ! Des choses que personne ne peut imaginer.

Les points et les taches se déplaçaient, plus ou moins vite en fonction de leur taille et de leur forme. Les plus profilées filaient comme des torpilles. Jamais il ne se serait figuré découvrir autant d'activité sous la ligne de flottaison.

— C'est grâce au logiciel de Thyme, expliqua Syd. Comme elle l'a dit, ça améliore nettement le traitement et le pouvoir de résolution. Ici, je crois que ce sont de petits robots. En agrandissant un peu, on distingue presque les bras articulés. Tu vois ?

Chance plissa les yeux, doutant de l'interprétation à donner aux amas de pixels. Ça pouvait tout aussi bien être des crabes qui se baladent sur le fond. Syd rejeta sans hésiter cette hypothèse :

— Un crabe, ça ne déplace pas ce genre de choses.

Le tas de pixels en poussait un plus gros et allongé rappelant une poutre, ce qui renforçait évidemment l'idée d'un robot sous-marin. Tout le monde considérait Syd comme une surdouée et Chance avait appris qu'elle était opiniâtre, enthousiaste dès lors qu'il s'agissait de faire la lumière sur quelque chose.

— Je me demande si je peux augmenter la puissance du signal, dit-elle. Ne bouge pas !

La jeune femme se leva pour gagner la proue où elle fouilla dans la malle qu'ils avaient embarquée avec eux.

Ils évoluaient à l'écart du chenal principal, à faible vitesse et non loin de la cité flottante. La ligne de démarcation définie par la mairie et les conglos se trouvait à un kilomètre. Des cargos et des barges attendaient leur tour pour accoster et décharger le matériel qui serait ensuite englouti par le chantier. Sur sa droite, les spires de l'éco-cité s'élevaient au-dessus du chaudron, plus hautes que la veille. Elles ressemblaient à un fagot de missiles dont les têtes pointaient vers le ciel nuageux.

— Les opérations de mise à l'eau ont l'air de bien se passer, dit-il. Je pense qu'ils auront bientôt fini.

— Ouais ! s'écria Syd avant de venir vers lui avec une batterie supplémentaire, des câbles et un boîtier. Elle la dévissa, l'ouvrit, débrancha des fiches en un tour de main puis elle reconnecta le tout comme si elle avait fait ça toute sa vie.

— J'espère que tu ne vas pas nous faire sauter au milieu de la baie, plaisanta-t-il, un rien moqueur.

— Ha, ha… Très drôle.

Après avoir vérifié son bricolage, elle regarda l'éco-cité. L'espace de quelques secondes, ses yeux brillèrent. D'une intensité rare.

— Tu crois qu'on pourra monter à bord un jour ?

— Qui sait ? lâcha Chance. Ils sont en train d'évacuer toute la ville à Spring Creek. Je ne suis pas certain qu'ils puissent héberger tout le monde à terre.

— Hum… Ça te plairait de quitter Seward ?

— J'en sais rien. Et toi ?

— Je n'ai pas de famille ici. S'attacher à la terre, c'est pas trop mon truc.

Et t'attacher à moi ? eut-il envie de lui dire.

Sydney ralluma l'échosondeur.

— Wow ! s'exclama-t-elle. T'as vu ça ?

Les objets apparaissaient plus nets et surtout, plus nombreux ! Le fond du fjord fourmillait de machines. L'une d'elles attira l'attention de la jeune experte. Il semblait y avoir davantage d'activité sous l'eau qu'en surface. La plupart des gens se focalisaient sur les files de navires et de cargos, loin de soupçonner l'existence d'une ruche sous-marine.

— Là ! Celle-ci est plus grosse et traîne des sortes de tentacules. C'est peut-être ce genre d'engin qui t'a ramené sur la rive quand tu es tombé…

Le front de Chance se plissa tant ce souvenir fuyait sa mémoire, mais sur le coup, un détail lui revint, suffisamment clair pour qu'il le mentionne :

— C'était organique, finit-il par confier. Pas métallique.

— Comme de la gélatine ? Des filaments ? Des écailles de poisson ?

— Rien de tout ça. C'était plutôt comme une peau. Lisse. Froide.

— Tu as pris la gélule de Thyme finalement ?

Chance hésita.

— Pendant un moment, je me suis dit qu'il valait mieux passer à autre chose, me réjouir d'être en vie après deux agressions sur ma personne. Mais ça ne marche pas comme ça. J'ai besoin de savoir, sinon je ne pourrai pas avancer.

— Je te comprends, acquiesça Sydney. Je pense que tu as pris la bonne décision.

— Est-ce que nous sommes prêts à en payer le prix ? Il y a tous ces gens à l'extérieur qui attendent de nous attaquer. Je veux dire : tu te sens de vivre dans un état de siège, soumise à des restrictions permanentes ?

— Je crois surtout que tu te poses trop de questions…

Sydney s'interrompit, plissa les yeux.

— C'est quoi ça ?

Quand il se retourna, il n'aperçut rien de particulier.

— Là ! pointa-t-elle.

Un hors-bord profilé, bas sur l'eau, se déplaçait à une vitesse qu'il aurait qualifiée de normale.

— Ce doit être un drone. Il y en a plein.

— Ils sont plus petits et ils ne sont pas noirs.

En effet, songea Chance en suivant du regard l'embarcation distante de trois ou quatre cents mètres. Elle voguait sans attirer l'attention. Peut-être appartenait-elle aux conglos ?

— Viens voir ! l'interpella son amie. Il se passe quelque chose sous l'eau.

Une agitation inexplicable s'emparait des fonds marins. Les machines se regroupaient en direction du mur de métal qui séparait la ville flottante de la baie. Une masse imposante traversa l'écran. De forme vaguement conique. À quelle vitesse se déplaçait cette chose qui semblait traîner quelque chose derrière elle ?

— Est-ce que ce sont… des tentacules ?

— Des tentacules ? Je n'en sais rien, répondit Sydney. Le logiciel de Thyme est mortel, mais pas à ce point.

L'air se mit à vibrer. À gronder.

Chance et son amie se tournèrent vers la source. Au-delà de l'aéroport, trois colonnes charbonneuses s'élevaient déjà. Trois flashes se succédèrent, chacun faisant naître une boule orangée. Des déflagrations sourdes retentirent. Des traits incandescents traversèrent les nuages.

— Ce sont des missiles, murmura-t-il pétrifié. C'était aujourd'hui qu'avait lieu la négociation entre le maire Dokes et leurs ennemis.

Chance saisit la main de Sydney, comme lui, bouche bée. Debout dans leur embarcation au milieu de la baie, cherchant à donner un sens à la tragédie en train de se dérouler à l'entrée de leur ville, ils n'entendirent pas le hors-bord accélérer dans leur direction.

Sa trajectoire coupait la leur.

Quand les deux jeunes gens s'en rendirent compte, la conclusion était déjà sans appel. La collision inévitable. La vedette fonçait droit sur eux, sans aucune intention de dévier de sa route.

— On saute ! s'écria instinctivement Chance en entraînant Sydney à sa suite.

Il la serra contre lui. Puis ils basculèrent par-dessus bord. Lancé à pleine vitesse, l'engin fou coupa leur coque en deux, sans même ralentir. Comme lors de la première attaque, le froid paralysa Chance, ses pensées se figèrent comme la foudre zébrait le ciel de ses lignes aveuglantes. Mais cette fois-ci, il ne se trouvait pas seul. Sydney lui tenait encore la main. Ses cheveux ondoyaient autour de son visage tandis que du coin de sa bouche s'échappait un chapelet de bulles. Puis ses yeux s'agrandirent. Elle secoua la tête. Quand il se retourna, Chance aperçut un miroitement bleuté. Puis une onde de choc les emporta. Il se retrouva à rouler sur lui-même, bras et jambes écartées, une fois, deux fois… à en perdre la notion de haut et de bas. Il essaya de se rétablir, de lutter dans le tourbillon qui semblait vouloir l'attirer vers le fond tandis que ses poumons commençaient à brûler. En panique, il cria le nom de son amie disparue de son champ de vision ne laissant s'échapper qu'un bouillon d'air. Où était Sydney ?

La surface paraissait trop loin. Inatteignable au bout d'un tunnel de ténèbres glacées qu'il n'aurait peut-être pas la force de remonter. Il parvint à pivoter, à se stabiliser. Syd était là. Entre deux eaux.

Entourée d'un chatoiement luminescent.

Un tentacule enserrait sa taille.

— J'aurais beaucoup aimé poursuivre notre conversation là où nous l'avions laissée, mais je crains que nous ne soyons pris par le temps, susurra Sean avec une voix qu'il voulait sans doute chargée de menaces.

Il exulte, songea Red en s'efforçant de paraître impassible comme si ses propos ne l'atteignaient pas.

Avec le plat de la lame froide sur le cou, Red respirait par saccades, les pensées focalisées sur son enfant dont la vie pourrait se terminer avant même d'avoir pu commencer.

— On dirait que ce petit bout ne verra pas la lumière du jour, poursuivit le garde du corps d'Hastings. Vu l'état du monde actuel, ce serait peut-être lui rendre service au final. Vous saviez que les conglos estiment que notre planète ne sera plus viable dans quelques décennies ? Qu'il y fera trop froid et que dans quelques siècles, elle se transformera en boule de neige ?

Elle déglutit. Les intentions clairement affichées ne laissaient aucune place au doute. Son assurance de façade vacilla.

— Leurs experts affirment beaucoup de choses, parvint-elle à articuler. Ils se sont souvent trompés.

— J'imagine que vous en savez un rayon à leur sujet.

Sean adressa un signe de la tête à ses hommes qui se déployèrent en silence. L'un d'eux franchit le seuil du bâtiment.

— Voilà comment ça va se passer. Nous allons gentiment marcher jusqu'au bateau où nous resterons sur le quai, parfaitement visibles. Je suis certain que vos compagnons de voyage se montreront raisonnables. Après tout, vous attendez un heureux événement.

Emily voulut se débattre, mais la lame appuyait contre sa carotide, la pointe pratiquement enfoncée dans sa peau. En quelques pas d'une danse saccadée, grotesque, le garde du corps la dirigea vers l'extérieur. En effectuant le tri de ses options, elle se rendit compte que ses chances de survie fondaient plus rapidement que la banquise en pleine saison estivale.

Les moteurs ronronnaient comme s'ils sortaient de la ligne d'assemblage. Les parties mécaniques et électriques avaient été révisées et remises à neuf. Par précaution, Walter avait procédé à un examen approfondi avant d'appuyer sur le bouton du démarreur.

— Je dois admettre, partagea alors Dalton en élevant la voix pour couvrir le vacarme, qu'ils ont fait un sacré boulot.

— Vous pensiez vraiment pouvoir concurrencer Dokes ?

— C'est un emmerdeur. Je voulais simplement l'asticoter sur son terrain de chasse, et le tenir occupé, loin de la mairie.

— Je vois. Il aurait pu vous faire de l'ombre ou prendre votre place.

— Je ne serais pas surpris qu'il soit parvenu à fourrer ses fesses dans mon fauteuil. S'il y a une chose que j'ai apprise, c'est de ne pas sous-estimer ce vieux briscard.

Walter esquissa un sourire.

Il repensait souvent au pêcheur dans son salon, à cet instant tragique. S'il s'était interposé pour épargner son ami, Kobb l'aurait descendu sans hésiter. L'homme de Kodiak avait compris à ce moment-là à quel point il s'était égaré. Avoir tiré la prisonnière hors des griffes d'Hastings avait en quelque sorte une valeur de rachat. Est-ce que cela suffirait ? Aux yeux du président, sans doute.

— Où est Red ? demanda ce dernier.

— Elle est restée longtemps enfermée. Il faut lui laisser un peu d'air.

— C'est grâce à vous si elle a pu s'enfuir. Je dois vous remercier pour cela.

Walter hocha sobrement la tête.

— On devrait remonter.

Les deux hommes quittèrent la petite salle des machines par un étroit escalier. Miles se fit la réflexion qu'il ne serait certainement pas passé entre ces cloisons quelques mois auparavant. Ils traversèrent la coursive desservant les cabines et le mess. À son extrémité, une volée de marches débouchait directement sur la passerelle. Lorsqu'il jeta un coup d'œil vers le ponton, Walter tendit le bras pour barrer le chemin à Dalton. Ce dernier écarquilla les yeux.

— Qui sont ces hommes ?

— Sean. Le garde du corps d'Hastings. Il est très dangereux. Redescendez, lui intima Walter sans répondre. Allez-vous planquer, à l'arrière, dans la salle des réfrigérateurs.

— C'est Red !

Dalton voulut forcer le passage. Walter raidit son bras.

— Je m'en occupe. Faites ce que je vous dis. Descendez !

Après un instant d'hésitation, le président obtempéra. L'homme de Kodiak poussa alors le battant extérieur de la porte de la timonerie puis il s'exposa sur l'aile bâbord. Collé à Red, Sean avança de quelques pas, le canon de son arme sur la tempe de sa prisonnière.

— Walter… lui lança-t-il. On a eu un mal de chien à retrouver ta trace, tu sais. Je suis impressionné. Quel dommage que tu n'aies pas compris où était ta place. Kobb fondait des espoirs sur toi.

— Je te retourne le compliment Sean, même si je pense que ta présence ne doit rien au hasard ou à ton intelligence. Qui vous a renseigné ? Les Sibériens ?

Ces derniers disposaient de capacités résiduelles héritées de l'ancienne Russie. Leur désir de revanche en faisait des alliés naturels d'Hastings et sa clique, mais ils ignoraient l'existence de ce bateau de pêche. Dalton avait dit qu'il avait préparé son plan anti-Dokes avec l'assistance des conglos, chargés de remettre le navire à neuf.

Des conglos roulent avec Hastings ?

Walter blêmit. Ça lui semblait à la fois logique et effrayant.

— Si tu descendais de ton perchoir, qu'on en finisse une bonne fois pour toutes ? lança Sean.

S'il ne lui obéissait pas, il utiliserait la jeune femme pour le contraindre. Et cela fonctionna. L'homme de Kodiak ne se pressa toutefois pas, en espérant que ce temps soit mis à profit par Dalton et sa conseillère.

— Tu pourrais nous laisser partir, moi et la fille. On prend ce bateau, on met le cap au sud et on ne revient plus. Jamais. Hastings n'entendra plus parler de nous.

— Et tu abandonnerais les bouseux de ton île ?

— Ils sauront se débrouiller sans moi. Tu n'auras qu'à raconter à ta patronne que nos corps nourrissent les crabes au fond du port de Valdez. T'en penses quoi ?

La moue de l'homme de main lui suffit à comprendre qu'il ne marcherait pas.

— J'en dis que t'essaies de gagner du temps ou de m'enfumer. J'ai une mission à accomplir. Ça n'a rien de personnel. Tu ne fais que reculer l'échéance.

Il agita le flingue sous le visage de sa prisonnière pour lui montrer qu'il perdait patience. Emily ne bronchait pas. Elle le fixait en se posant certainement mille questions. Walter descendit les marches lentement tout en gardant les mains en évidence. Deux acolytes de Sean l'attendaient en bas. Y en avait-il d'autres ?

Les deux hommes le palpèrent et trouvèrent rapidement son neuf millimètres aussitôt jeté à l'eau. L'un des types adressa ensuite un signe de la tête à leur chef.

— Pourquoi tu cherches à gagner du temps ?

Walter ne répondit pas. Deux autres personnes en treillis apparurent sur le quai.

Avec Sean, ça fait cinq. Ça ne se présente pas bien.

— Fouillez le navire, ordonna Sean.

Trois de ses complices montèrent à bord. Le quatrième tenait l'homme de Kodiak en joue.

De toute sa vie, Dalton n'avait réellement eu peur qu'à deux reprises. La dernière quand il s'était retrouvé face à un officier sibérien dont le canon de son arme appuyait contre son front. La première fois, durant une interminable minute dans ce tunnel de l'ancien pénitencier de Spring Creek. Onze ans auparavant. Jusqu'à ce qu'il se rende compte qu'il n'avait rien à y faire avec une gamine à peine adulte et qu'il… s'enfuit.

Le temps file si vite.

Quatre couchettes meublaient la cabine spartiate et exiguë dont le hublot donnait sur l'embarcadère. Il était entrouvert. Tapi contre la cloison, en sueur, le cœur sur le point de quitter sa poitrine, Miles ne perdit rien de l'échange entre ce Sean et Walter, mais le plus angoissant, le plus poignant, c'était le silence de Red. En fermant les yeux, il voyait le canon du garde du corps contre sa tempe. Ce qu'elle pouvait vivre et ressentir en cet instant, il en avait une idée parfaitement claire. Limpide.

Il n'y aura peut-être pas de fin heureuse.

Dalton sortit de la cabine, enfila l'étroit couloir pour rejoindre Aubrey près de la salle des machines, sur le pont inférieur. Elle l'y attendait, un fusil entre les mains tremblantes. Dalton plaqua son index sur ses lèvres, puis l'orienta vers le plafond.

— Combien ils sont ? chuchota-t-elle.

— Je n'en sais rien. Au moins deux. Peut-être trois.

— Ils vont nous trouver.

Il hocha la tête, se mit à fouiller les armoires. En quelques secondes, il dégota ce qu'il cherchait : une corde.

— Viens, dit-il en la prenant par la main.

Ils remontèrent par l'écoutille, traversèrent le couloir sur la pointe des pieds, jusqu'à une cabine sur tribord en face de celle qu'il avait précédemment quittée. Miles referma la porte puis alla ouvrir le hublot. Il positionna un tabouret qui lui permit de grimper pour vérifier un point crucial : il était possible de sortir et de gagner le rebord pour se glisser dans l'eau.

— T'es dingue ! murmura la conseillère, les yeux écarquillés. On peut… leur parler. Je connais Sean. Laisse-moi essayer.

Miles lui prit les deux mains :

— Aubrey, écoute-moi. Ces types sont venus pour nous tuer. Ils ne s'en cachent pas. J'ai tout entendu.

— On a qu'à se planquer ! Si ça se trouve, ils ne savent pas que nous sommes là. Ils en veulent à Walter et…

Et Red, compléta Dalton pour lui-même.

— Ils sont en train de fouiller chaque centimètre carré. Ils finiront par nous tomber dessus. Alors, tu vas passer cette corde autour de ta taille et te glisser dans l'eau. Ensuite, tu nages discrètement jusqu'à la rive. Là, tu files. Sans te retourner. Si quelqu'un tente de t'arrêter, tu as ce fusil pour te défendre.

Les yeux de sa compagne s'agrandirent.

— Non ! Je refuse.

— On n'a pas le choix, Aubrey. C'est la seule solution.

— Alors, viens avec moi !

— Je… – il raffermit sa prise – je ne peux pas.

— Tu espères la sauver. C'est ça ?

Mile ferma les yeux.

J'ignore si c'est possible, mais je m'en voudrais de ne pas avoir essayé.

— Tu veux encore jouer au héros, mais ça ne marchera pas, le contredit-elle un peu sèchement. Sean te descendra dès qu'il te verra. Mais moi, je peux semer le doute sans son esprit.

— Comment ? réagit-il en arquant le sourcil.

— Ligote-moi. Je dirai que Walter me retenait prisonnière, ce qu'il confirmera. Sean ignore que je t'ai sorti des décombres du palais. Pour Hastings, tu es mort dans l'attentat. C'est sûrement ce qu'elle raconte aux délégués pour les convaincre de rouler pour elle. Déchire mes vêtements.

Bouche bée, Dalton ne savait plus que penser ni de quelle manière agir. Aubrey tira sur la manche de son pull jusqu'à ce que les coutures cèdent.

— Donne-moi un coup de main au lieu de rester planté là. Le temps presse !

À l'aide de la pointe d'un couteau, Dalton lacéra la jambe de pantalon.

— C'est bon, dit-elle en confectionnant un bâillon. Maintenant, frappe-moi.

— Quoi ?

— Il faut que ça fasse vrai, sinon Sean ne marchera pas. Il a toujours eu un faible pour moi. S'il a la preuve que j'ai été maltraitée, il va… (Elle s'interrompit en voyant qu'il la dévisageait.) Ne fais pas cette tronche ! Ils avaient tous un faible pour moi. Helen savait exactement ce qu'elle faisait en m'embauchant. J'étais le pot de miel destiné à attirer de potentiels alliés. Frappe-moi.

Miles hésita. Replia ses doigts.

— Maintenant !

Lorsqu'il abattit son poing, la tête de la conseillère cogna contre le meuble. Il la rattrapa aussitôt :

— Je suis désolé, répéta-t-il plusieurs fois.

— Bordel… Ça fait mal, grimaça-t-elle.

Une ecchymose entoura rapidement l'œil gauche de la jeune femme. Miles l'attacha à la tablette dont l'unique pied était scellé dans le plancher. Avant de la bâillonner, Aubrey l'embrassa :

— J'espère qu'elle en vaut le coup. Sincèrement. (Elle posa une main sur son bras.) Je le fais pour toi. Pour nous. Pour que nous restions en vie. Il faut que tu déchires davantage mon haut.

— Je…

— Fais-le. Une poitrine partiellement dénudée va brouiller leur jugement.

Il la crut sans l'ombre d'un doute. Dalton pratiqua une échancrure diagonale.

— C'est parfait ! Maintenant, sauve-toi.

Après lui avoir lié les mains dans le dos, Dalton prit le fusil, grimpa sur le tabouret ; il se contorsionna pour s'extirper de l'encadrement du hublot après avoir glissé l'arme sur le pont. Il enjamba le bastingage, s'y accrocha pour se couler délicatement dans l'eau en provoquant le moins de remous possible. Le froid le saisit, le pénétra jusqu'à l'os. Il dut faire un effort pour calmer sa respiration et ne pas claquer des dents. Il l'avait l'impression de se retrouver dans un étau de gel.

Combien de temps on survit dans une eau à cette température ?

Le fusil passé en bandoulière ne facilitait pas la nage, mais la bordure qui longeait la coque juste au-dessus de la ligne de flottaison permettait une progression discrète. Dalton atteignit très vite la proue. Il s'y arrêta. Red et Sean étaient avancés de plusieurs pas par rapport à une ligne reliant la pointe avant à l'embarcadère. Il se trouvait dans leur angle mort. Une quinzaine de mètres séparait Miles de l'échelle menant sur le quai. Une distance qu'il devrait parcourir sous l'eau. En surgissant sur les arrières, il pourrait surprendre le garde du corps.

Tu peux le faire. Tu dois le faire.

Lorsque l'un des sbires passa la porte, Aubrey se mit à se débattre en écarquillant les yeux et en poussant des gémissements étouffés par le bâillon. Après une brève hésitation, l'homme, méfiant, appela un comparse qui fouilla la chambre. Puis ils la soulevèrent par les aisselles. Le premier lui retira le tissu roulé en boule qui lui bloquait la parole, il recula en fixant son buste avec un peu trop d'insistance.

— Bon Dieu que je suis contente de vous voir ! dit-elle alors en pleurs. Ils me retiennent prisonnière depuis des jours… Je n'en peux plus !

— Qui êtes-vous ?

— Je suis Aubrey Perry, la conseillère de la présidente Hastings ! Je dois absolument retourner auprès d'elle. J'ai des informations importantes à lui communiquer.

Preuve de leur prudence, ils ne lui avaient pas retiré ses liens.

— Est-ce que Sean est avec vous ? insista-t-elle.

Ils hochèrent la tête.

— Tant mieux, il pourra confirmer ce que je vous dis. Lui et moi sommes des amis de longue date.

Sans la libérer de ses entraves ni poser de questions, ils la poussèrent hors de la cabine jusqu'à l'extérieur où un troisième homme la dévisagea en plissant le front. Escortée par le trio, elle fut emmenée vers la passerelle. Aubrey déglutit en découvrant la scène : Walter tenu en joue par un quatrième type puis, à quelques mètres, Sean et Emily Redwild.

Cinq personnes. Ça fait beaucoup de monde.

— Aubrey ? s'étonna le garde du corps. Je te croyais… disparue ou morte. Je suis allé chez toi. Il n'y avait personne.

Au lieu de répondre, elle bougea ses mains dans le dos en regardant l'homme qui lui serrait le bras.

— Libérez-la, lui commanda son chef.

Aubrey se massa les poignets, arrangea ses cheveux pour se donner sinon de la prestance au moins un peu de contenance tout en réfléchissant à la suite.

— J'étais au sous-sol du palais quand la bombe a explosé. Avec Dalton. Il avait envoyé des policiers chez moi. Ils m'ont emmenée à la résidence. Il voulait me parler, à ce qu'il disait. On s'est retrouvés dans la cave, lui et moi. J'étais terrifiée. Je crois qu'il projetait de me…

Elle s'interrompit. Sean n'avait pas bougé d'un millimètre. La conseillère commença à descendre le long de la passerelle.

— Puis il y a eu l'explosion. Tout était sens dessus dessous. On s'en est sortis. Mais Dalton… Il voulait qu'on parte, qu'on aille à Seward. Je… n'avais pas envie de le suivre. Ma place est auprès d'Hastings. Alors il m'a forcée.

La phrase laissée en suspens véhiculait la dose de non-dits nécessaire pour le faire douter, mais Sean continuait à menacer Redwild. Aubrey arriva au pied de la passerelle. Walter la dardait de ses grands yeux interloqués.

— Est-ce qu'il t'a… questionna alors Sean d'une voix trouble.

Elle détourna un instant le regard pour ajouter à l'intensité dramatique tandis qu'elle gauchissait sa bouche dans une moue de dégoût. Puis elle revint sur lui.

— Hastings désirait que je couche avec lui pour qu'il me fasse confiance, afin que j'accède à des informations. Je n'avais pas d'autre choix que de subir sa violence. Je n'en ai jamais parlé parce que mon devoir passait avant. Tu comprends ça, n'est-ce pas ?

Bordel, jura-t-elle intérieurement devant son mutisme, *je suis à moitié à poil devant toi. Quand ton verrou émotionnel va-t-il sauter ? Ou bien il encaisse et ne sait pas comment réagir.*

— Dalton est un pervers corrompu. Il m'a… forcée à faire certaines choses. Tu ne peux pas t'imaginer le calvaire que j'ai vécu, mais je ne pouvais rien dire.

Sean hocha la tête :

— Tu étais en mission. Pour la cause.

— Un soir, sanglota Aubrey, alors qu'il s'apprêtait à abuser une nouvelle fois de moi, j'ai réussi à l'assommer. Je l'ai attaché puis je suis partie chercher des secours. J'espérais te trouver, même si ça paraissait être une idée totalement dingue. Je n'ai pas eu de chance, je suis tombée sur Walter et Redwild. Walter m'a reconnue. Il savait que j'avais de la valeur et que je pourrais être une monnaie d'échange. J'ai voulu lui échapper, mais ce salopard m'a rattrapée, m'a frappée, m'a ligotée, trimballée dans un coffre sur des kilomètres jusqu'à ce rafiot où il m'a jetée dans une cabine.

Aubrey adressa un regard mauvais à l'homme de Kodiak.

Sean abaissa enfin son arme, lâcha Redwild, la laissant seule sur place. Une expression de colère mêlée de compassion habillait les traits du garde du corps. Il vint à elle.

Très bien ! Nous y sommes.

— Je suis désolée, lui dit-elle les yeux emplis de larmes. Je croyais que ça ne pouvait pas déraper à ce point, que j'avais tout sous contrôle. Je me suis trompée.

— Ce n'est rien, la rassura-t-il. Hastings t'en a beaucoup trop demandé. Tu as été héroïque.

— Tu es sûr ?

Ses yeux humides, l'ecchymose, le sang, la lèvre plissée, les vêtements déchirés, la poitrine partiellement dénudée, ces détails s'imprimaient dans l'esprit du garde du corps comme autant de preuves, de signaux allant dans le sens de son désir, de son vœu le plus cher en cet instant. Mais le plus important restait ce regard qu'elle posa sur lui. Il devait s'imaginer qu'elle le voyait enfin comme un héros, mieux, un sauveur qui venait la tirer des griffes de tous ceux qui lui avaient fait du mal. À commencer par Walter.

Sean pointa alors son arme sur la tête de l'homme de Kodiak en proie à la confusion la plus totale, sans toutefois oser formuler de protestation. Aubrey posa une main sur le canon.

— C'est à moi de le faire, lui dit-elle.

— T'es sûre ?

— Ce salopard m'a frappée et balancée dans un coffre. Quand ce sera fait, on embarque Redwild. On l'emmène jusqu'à Dalton et on l'abat devant lui. Mieux même, tes hommes pourraient… s'amuser avec elle avant. Et après, lorsque tout sera terminé, on rentre à la maison. Tous les deux. T'en penses quoi ?

Sean lui remit son arme. Walter écarquilla les yeux quand elle posa l'extrémité du canon sur son crâne sans sourciller.

— J'aimerais savoir une chose, s'adressa-t-elle ensuite à Sean. Comment tu les as retrouvés ?

Il hésita, mais il ne cessait de la dévorer avec une telle intensité dans le regard qu'il paraissait sous l'emprise d'une drogue.

— Ils vont mourir de toute façon, autant le leur dire, le poussa-t-elle.

— Dalton n'est pas le seul à avoir des alliés puissants.

— Les conglos ?

— Un type haut placé.

— Plus que Cleaver ? s'étonna-t-elle en se détournant de Walter. Qui ?

Le garde du corps hocha la tête.

— Je l'ignore. Hastings ne me l'a pas révélé. Ce mec dirige leurs opérations militaires depuis un navire en mer. Il nous a refilé des renseignements et aux Sibériens aussi. C'est tout ce que je sais.

— Quel dommage !

Red plaqua une main sur sa bouche.

Elle ne va pas le faire, pensa-t-elle, à demi rassurée.

Ces monstruosités grossières sur Dalton, elle comprenait qu'il s'agissait d'une manipulation, gonflée, dangereuse, mais qui prenait, à en juger par la réaction de Sean. Aubrey jouait sur la corde raide, mais elle connaissait le garde du corps. Mieux que n'importe qui ici.

Au cours de son existence, de son périple vers la Californie, Red avait croisé bien des personnages. La performance de la conseillère dépassait tout ce qu'elle avait vu, à en devenir effrayante de réalisme. La sculpturale copine de Dalton flamboyait à un point tel que Sean ne voyait plus qu'elle. Hypnotisé, si mordu qu'il en occultait son propre jugement. Le garde du corps en était amoureux. Éperdument. Red comprenait que Dalton le soit également.

Je l'ai mal estimée.

Le renversement s'opéra d'une façon magistrale. En une poignée de secondes, Aubrey exécuta un mouvement d'enveloppement avec la fluidité d'une danseuse et se retrouva derrière Sean. Elle lui appliqua une clef de bras, pressa le canon de son pistolet sur sa tempe.

— Le premier qui bouge, je descends votre patron !

Une onde de stupeur déforma les traits de Walter. Ou était-ce du soulagement ? Il s'empara rapidement de l'arme de son voisin, trop surpris par ce basculement d'un ordre des choses qu'il pensait acquis.

— Tirez ! s'écria le garde du corps tandis que la conseillère le forçait à reculer.

— La ferme Sean ! asséna-t-elle en le frappant avec la crosse.

Les deux hommes sur le bateau les tenaient toujours en joue. Leurs comparses, devant la passerelle d'accès, semblaient prêts à foncer dans le tas. Pour l'heure, ils rongeaient leur frein tout en avançant. La peur de perdre leur patron était en train de les sauver, se réjouit Red. Aubrey marchait à reculons, collée à Sean dont elle se servait comme d'un bouclier. Walter couvrait la retraite.

Puis Emily perçut une voix familière dans son dos.

— Dalton ! dit-elle quand elle se retourna.

Ce qui se produisit ensuite échappa à sa compréhension. Elle entendit d'abord le cri d'effroi d'Aubrey, le rugissement de Sean, puis les deux coups tirés par Walter qui éliminèrent les deux complices les plus proches avant d'attirer sur lui le feu des deux autres postés sur le bateau. L'homme de Kodiak courut vers la passerelle d'accès. Il parvint à toucher l'un des types. Le second déguerpit.

Le souffle court, les jambes en coton, Emily vit la conseillère au sol, un trait vermillon barrait son épaule dénudée. L'entaille semblait profonde. Le garde du corps récupéra le pistolet qu'il brandit aussitôt, un rictus déformait son visage. Mais il ne tirerait pas sur l'objet de son désir étalé à ses pieds, à sa merci. Il détourna sa colère vers Dalton. Red se trouvait exactement dans la ligne de visée. Elle lut les traits déterminés de Sean, juste avant qu'il ne presse la détente.

— Couche-toi ! hurla Dalton.

Ce qu'elle fit.

Deux détonations claquèrent. La balle de Dalton toucha le garde du corps à la cuisse. Il s'effondra dans un cri guttural. Quant au projectile de ce dernier, bien meilleur tireur, il se logea dans la poitrine de l'ex-maire de Seward. Miles Dalton lâcha son fusil, ouvrit la bouche sans qu'un mot sorte. Il tendit le bras vers Red. Ou bien vers Aubrey, à quelques pas. Emily ne parvint à bouger qu'après quelques secondes.

Elle cria son nom. Aussitôt imitée par Aubrey. Les deux femmes se précipitèrent vers Dalton qui venait de s'écrouler à son tour sur le quai. La tache rouge imbibait sa chemise à une vitesse dramatique. Elles lui soulevèrent la tête, lui parlèrent… Son regard vacillait déjà. Il serra leurs mains. À chacune. Il esquissa une grimace plus qu'un sourire. Aubrey secouait la tête. Les larmes roulaient sur ses joues.

— Tu vas t'en sortir !

Mais la conseillère n'avait jamais vu de blessure par balle. Red si. Et elle ne trouva pas les mots.

— Je… vous aime, articula péniblement Dalton. Toutes les deux.

La voix d'Aubrey se brisa en un sanglot :

— Dalton…

— Tu as été magnifique… Toi et moi, ça a été génial.

Ce furent ses dernières paroles. Le choc torpilla Red comme si elle avait elle-même reçu la balle. Elle ne parvenait pas à détacher son regard du visage figé de Miles Dalton. Elle leva péniblement la tête vers Aubrey. Ses yeux étincelaient d'une immense colère. Elle sut alors ce qu'elle allait faire avant même que ses yeux se posent sur le fusil abandonné sur le sol.

— Ce n'est pas une solution, dit Emily d'une voix étranglée. Il a des informations qui pourraient nous servir.

La conseillère s'empara de l'arme puis elle se leva.

Aubrey marcha d'un pas décidé vers Sean qui se tenait la jambe.

— Ton violeur ne t'embêtera plus à présent. Tu es libérée. Nous sommes li…

— La ferme, Sean. T'as rien compris. Je l'aimais lui. Pas toi. Ni cette folle d'Hastings.

Elle visa et tira.

KARA LAU

Le scénario de la chute du mur se rejouait sous ses yeux. Les équipes de traque recherchaient des camions de la *YuTL*, comme à Vancouver. Personne n'avait vu arriver l'embarcation furtive avant qu'elle fonce en direction du port artificiel de Spring Creek et qu'elle explose à une centaine de mètres du quai. La charge à micro-ondes avait produit un pulse grillant les appareillages électroniques dans un rayon d'un kilomètre. Plus une ampoule ne brillerait à Seward pendant quelque temps. Les réseaux de distribution de puissance, bombardés par l'émission massive, ne seraient pas rétablis avant plusieurs heures. Spring Creek fonctionnait en mode de sauvegarde, grâce aux batteries enfouies dans le sous-sol granitique. Les activités non essentielles étaient suspendues, et le chantier, à l'arrêt.

Une catastrophe qui leur coûterait cher, selon Cornélius.

— Nous n'avons que deux stratégies possibles, dit-il depuis la salle de crise. Soit nous utilisons la puissance disponible pour protéger Seward, soit nous la gardons pour terminer la mise à l'eau de la plateforme et son achèvement. Nous ne pourrons pas faire les deux. Il vous revient de faire ce choix et vite. Nous sommes désormais vulnérables.

— Quelle serait votre recommandation ? demanda Kara Lau, debout au milieu du cabinet du maire.

— Assurer prioritairement la sécurité de l'enclave de Spring Creek et lancer Resurrection au plus vite.

— Même si elle n'est pas achevée ?

— Nous pourrons terminer la jonction du bloc propulseur en mer ou dans la baie.

— Je vous remercie, Cornélius.

Kara coupa la liaison. Dokes fixait toujours l'écran souple devant lui. Il semblait perdu. Encore sous le choc. Un chopper les avait rapatriés à la mairie après avoir confié le corps de Green au personnel médical placé en alerte maximale.

— Ça ne s'annonce pas bien, hein ? lâcha-t-il, le regard lourd.

Pression sanguine, température à la surface de la peau, dilatation des pupilles, effet de papillonnement des paupières, des tremblements dans la voix, ces signaux traduisaient le désarroi du pêcheur. Il n'avait pas pris la peine de changer de vêtements. Avec sa veste rapiécée, déchirée, le sang séché sur son visage, dans ses cheveux gris, il ressemblait à un réfugié ou l'un de ses malheureux qu'ils allaient combattre du camp adverse. Il dégageait la même odeur, mélange de sueur, de peur et de suie, de brûlé.

C'est un marin, un dur. Il sait encaisser. Il le faut.

Somme toute, c'était aussi pour cela qu'elle l'avait choisi. Elle s'approcha de ce fauteuil qu'avait occupé Dalton presque deux ans auparavant, lors de sa première, quand Seward n'était connue que d'une poignée de familles. Elle le comprit comme une révélation : elle avait en face d'elle le dernier maire Seward.

— Tu dois parler à tes administrés et réunir un conseil municipal exceptionnel. Votre shérif est décédé.

Son front se plissa, mais Dokes resta silencieux.

— Green… est mort, entendit-elle.

Quand elle se retourna, elle découvrit la secrétaire sur le pas de la double porte.

— Que s'est-il passé là-bas ? Monsieur le maire, qu'étaient donc ces explosions ? Les gens sont en train de paniquer.

Le pêcheur se leva pour réconforter sa secrétaire dont les yeux s'écarquillèrent en le voyant ainsi accoutré.

— Mais… que vous est-il arrivé ? Êtes-vous blessé ? Voulez-vous que j'appelle Brockman ?

Il la prit par l'épaule et la raccompagna à l'extérieur de la pièce.

— J'ai besoin de vous, maintenant. Il faut convoquer le conseil. Séance tenante. Et dites à tous ces gens, dehors, que je compte m'adresser à eux dans quelques minutes.

— Bien, monsieur le maire. Voulez-vous que je vous apporte des vêtements de rechange ?

— Non, ça ira. Mary…

— Oui ?

— Appelez le pasteur Georges. Dites-lui de venir aussi vite que possible.

— Bien sûr.

Kara acquiesça.

— Tu fais ce qu'il faut. Il est essentiel que tu gardes un lien solide avec la population. Un lien de confiance.

— Je n'ai pas le choix.

En effet.

— Les conglos ne laisseront pas tomber Seward, lui promit-elle avant de quitter le cabinet. Et prends une douche.

Une fois sortie de la mairie, Kara rejoignit le chopper stationné sur le parking. Avant même qu'il ne s'élève au-dessus de la foule en train de se rassembler en prévision de l'allocution de Dokes, elle se connecta au serveur personnel de Cleaver. Le Solarien avait réuni de nombreuses informations sur Adrian Leach. De ses premiers pas au sein d'une grande famille du vieux complexe militaro-industriel à son ascension progressive, mais irrésistible dans les arcanes de la sécurité des conglos. Leach vouait un culte à l'histoire militaire du vingtième siècle, jusqu'à en adapter les principes dans ses propres opérations qu'il affublait de noms de code désuets. Rien dans la somme des données, des impressions ou des informations collectées au fil des années n'apportait de preuve directe d'une forme de trahison, mais le tableau dressé montrait que Leach avait la mainmise sur l'appareil sécuritaire de la zone Pacifique.

Dans ses notes, qu'elle avait déjà parcourues, Cleaver évoquait *une collusion antagoniste*. Était-ce pour cette raison que son patron était venu la chercher à San Francisco ? Leach l'avait déployée, elle et son équipe, sur les opérations les plus sensibles, des succès pour la plupart qui lui ont permis d'asseoir sa position et sa réputation d'homme infaillible et déterminé. Beaucoup de personnes lui étaient redevables, ce qui expliquait certaines décisions allant dans le sens de ses intérêts.

Comme d'ordonner une frappe sur le lieu de la négociation.

Il avait obtenu l'aval du conseil d'administration même en sachant que Kara se trouverait sur place. Elle avait refusé de liquider Kreiss. Avait-il voulu le lui faire payer ? Ou n'était-elle qu'un pion de plus à sacrifier ?

Kara afficha une carte du golfe d'Alaska. Le paquebot de commandement de Leach filait un bon train à cent kilomètres au sud-ouest de Valdez, au large de l'île d'Hinchinbrook. Il semblait sur le point de pénétrer dans la baie du Prince William. Pour quelle raison se rapprochait-il autant des côtes ?

L'impulsion EM avait chassé leur couverture aérienne au-dessus de la région. Les Ptérodactyles opérant à proximité du point zéro s'étaient écrasés dans les montagnes, les autres avaient suivi le protocole de perte de communication en trouvant refuge au milieu du golfe d'Alaska où ils multipliaient les hippodromes. Le ciel au-dessus la baie de Résurrection était en tout cas vierge de robots volants pour la première fois depuis des mois. Kara se connecta à un satellite évoluant à plus de trois mille kilomètres de Seward. Le relais renvoya un ping codé entrelacé avec de la télémétrie vers l'un des aéronefs survivants. L'interface rudimentaire lui apprit que les réserves d'énergie se trouvaient au plus bas, mais que l'appareil ne souffrait d'aucun dommage. La salve suivante comprenait les instructions pour un nouveau plan de vol ainsi que la coupure de son transpondeur IFS. Le Ptérodactyle lui retourna un bref message de confirmation.

Quelques instants plus tard, alors que son chopper atterrissait sur l'une des pelouses de Spring Creek, l'avatar de Leach apparut en premier. Il était impossible qu'il ait pu intercepter l'envoi de ses précédents ordres. Elle accepta l'appel.

— Je suis content de vous savoir opérationnelle.

— J'ai été conçue pour cela, monsieur. Ce n'étaient que des égratignures.

— Bien. Des unités spéciales sont en route pour renforcer vos positions. Où en êtes-vous avec James Dokes ?

— Il est sous contrôle.

— Le choc à venir va être rude. Est-ce qu'il tiendra le coup ?

— Absolument. Je serai à ses côtés.

Leach marqua une légère pause, comme une hésitation.

— C'est votre créature, Kara. Vous en êtes responsable. Je n'ai jamais aimé ce genre d'opération psychologique, mais j'admets que vous avez accompli un remarquable travail sur lui.

— Autre chose, monsieur ? répondit Kara en entrant dans le bâtiment principal.

— Non.

Elle coupa la liaison.

Cornélius l'attendait dans le hall.

— Nous avons un problème, annonça-t-il avant de glisser un écran souple entre ses mains. Ces images ont été prises quelques minutes avant l'explosion.

Une embarcation évoluait à faible vitesse à quelques encablures du chantier. Deux personnes se trouvaient à son bord. Des gamins qu'elle reconnut. Chance Daanak aurait dû rester à sa place.

— Que faisaient ces recrues au milieu de la baie ?

— Nous ne le savons pas.

À l'écran, le hors-bord furtif surgit sans prévenir et percuta le bateau, le coupant en deux comme une vulgaire coque de noix. Les deux jeunes gens avaient réussi à sauter à l'eau une poignée de secondes avant la collision. Kara repassa la séquence puis bascula sur le flux de données provenant d'un drone sous-marin. Avant de sombrer, l'esquif des deux recrues avait émis des centaines de salves d'écho sondage. Les formes d'onde révélaient l'usage d'un appareillage sophistiqué, hors de leur portée de compétences. Même pour une bricoleuse de génie telle que Sydney, dont Cecil-Diaz soulignait régulièrement l'excellence dans ses rapports.

— A-t-on fourni du matériel de catégorie TS à Seward ?

— Pas que je sache. Si tel avait été le cas, il aurait été livré avec une supervision. Vous pensez qu'ils cherchaient quelque chose de particulier ?

— J'en suis sûre. Où sont-ils ?

— En salle de soins.

— Je m'en occupe. Où en est la mise à l'eau ?

Le chef de chantier lui transmit une mise à jour. Le remplissage de la cale était terminé et les robots qui avaient pu être remis en service s'attelaient en priorité à assembler le bloc propulsion sous la direction des Calamaris.

— Avez-vous pris une décision ? requit alors Cornélius.

— Absolument. Je suis d'accord avec votre analyse, notre mission première est de protéger nos installations de Spring Creek. J'ai donné des ordres en ce sens.

— Ce qui signifie abandonner Seward.

— Ce n'est pas ce que nous allons faire, précisa Kara sur un ton l'invitant à clore le débat. Autre chose : qui est détenteur d'une accréditation C+ ?

— Vous et moi. Les directeurs Nathy, Berg et mon ingénieur en second, Thyme.

La chef de la sécurité localisa facilement les superviseurs. Ils se trouvaient dans la zone spéciale, engoncés dans des combinaisons de plongée. Un bref accès à leurs échanges indiquait qu'ils étaient en plein travail de manutention d'une tuyère avec l'aide d'un de leurs amis à tentacule. Quant à Thyme, elle n'était pas sur le site. Kara prit congé de Cornélius puis elle s'engouffra dans un ascenseur.

Trois étages plus bas, elle s'annonça au médecin qui avait déjà travaillé avec elle sur le cas de Dokes. Les dossiers des deux jeunes gens flottaient dans un cercle au milieu de la pièce.

— Ils souffrent d'une légère hypothermie, révéla le spécialiste, mais leur température corporelle revient peu à peu à la normale.

— J'aimerais comprendre, comment il se fait que malgré son traitement, Chance Daanak ait eu envie de se promener au beau milieu de la baie à la recherche de fragments de souvenirs ?

— Elle est peut-être responsable, avança le docteur en indiquant le portrait de Syd. Ils sont jeunes.

Ce qui reliait ces deux recrues avait surtout à voir avec leurs hormones, lesquelles pouvaient évidemment interférer. Peut-être qu'elle l'avait entraîné dans cette embarcation pour un tête-à-tête, pour finalement se retrouver face à un hors-bord furtif porteur d'une bombe EM. Kara se pencha sur les analyses sanguines de Chance à la recherche d'une charge résiduelle. Elle haussa un sourcil perplexe devant les courbes.

— Ces concentrations ne sont pas celles attendues, montra-t-elle.

— En effet.

— Est-ce qu'il prend correctement son traitement ?

— Je vérifie.

Kara traversa le nuage de données. Les deux jeunes gens étaient allongés l'un à côté de l'autre, comme l'était Dokes après son opération chirurgicale. Un drap blanc leur couvrait la majeure partie du corps. De leurs traits détendus, de leurs yeux clos émanait une impression de plénitude. De paix, de secret aussi. Deux méduses ovoïdes à la carapace laiteuse descendirent du plafond lumineux. Leurs filaments dansèrent un moment à quelques centimètres de leurs crânes. Une fois les scans préliminaires terminés, les extrémités se fichèrent dans le cuir chevelu de Chance et Syd. Kara accéda à de puissants courants de données, des rivières de train d'ondes, des torrents d'images qu'elle n'avait pas le loisir de fouiller. Elle se concentra sur les dernières heures, en superposant les deux cartes mentales qui, en ces instants, présentaient d'intéressantes similitudes. Des vallées et des pics émotionnels. Des battements du cœur presque synchronisés. Nul doute, ces deux personnes étaient liées sinon attirées l'une vers l'autre. La chimie particulière à l'œuvre à ces moments-là ne mentait pas.

La crête la plus intense cependant avait surgi quelques secondes après la collision. Les mêmes images s'étaient imprimées dans leurs jeunes esprits : des corps fuselés. Un énorme œil. Des tentacules. Ils ne le savaient pas encore, mais Chance et Sydney venaient de gagner leurs tickets pour le Protocole.

Ils ne rejoindraient plus jamais Seward.

— Les premières anomalies semblent se déclarer depuis quarante-huit heures, annonça le médecin.

Kara se déplaça sur la carte mentale, accéda à la mémoire à court terme, passa en revue la zone tampon où le cerveau stockait les événements récents. Elle concentrait un grand nombre de données, mais la chef de la sécurité s'intéressait surtout aux déclencheurs.

Les programmes de recherche remontèrent un visage, peu défini, flou, mais tout à fait reconnaissable après l'application du traitement algorithmique approprié. Kara ne manifesta aucune surprise en découvrant son identité. Elle aurait cependant préféré que ce soit quelqu'un d'autre. Dans les secondes qui suivirent, l'ensemble des services reçut une alerte assortie d'un portrait de l'ingénieure Thyme.

RACHEL

Accroupie dans l'allée, Sakari triait des cailloux de tailles et de formes semblables quand le grondement sourd et lointain la fit se lever et regarder vers Seward. Rachel sortit de la maison, son père de la grange.

— C'était quoi ce bruit ? s'inquiéta ce dernier.

— Je n'en sais rien.

Les Daanak quittèrent la propriété familiale pour se rendre sur le front de mer où se formait déjà un petit attroupement. Tous avaient les yeux tournés vers Spring Creek d'où s'élevait un panache gris cendré au-delà de la ligne des navires.

— Peut-être qu'il y a eu un accident sur le chantier, partagea l'un de leurs voisins.

Son cœur bondit.

Chance est là-bas.

L'explication sembla faire l'unanimité autour d'eux. L'envie de monter dans sa voiture et de se rendre sur place gagna aussitôt Rachel. Nicholas, qui la connaissait par cœur, posa une main sur son épaule.

— On va le chercher.

La foudre ne tombe pas trois fois au même endroit, affirmait l'adage. Elle s'était déjà abattue sur son fils à deux reprises. Il n'en fallait pas davantage pour la plonger dans une profonde angoisse. Rachel fit demi-tour. Elle se mit à courir en direction de la maison. Elle ralentit en apercevant un véhicule noir qu'elle n'avait jamais vu à Lowell Point. Elle s'arrêta quand une représentante des conglos en descendit.

Son être se fissura.

Ça ne peut pas être ça. L'accident vient seulement de se produire.

Nicholas lui prit la main. La serra. Sakari s'avança vers la jeune femme.

— Ingénieure Thyme ?

Cette dernière lui sourit.

— En effet. Je suis contente de te revoir, Sakari.

— Êtes-vous là à cause de mon frère ?

Rachel et Nicholas retinrent leur respiration. Leurs doigts collés si fort qu'ils semblaient incapables de se délier.

— En quelque sorte. Mais il va bien, répéta Thyme en remarquant la détresse dans le regard des parents.

— Où est-il ? s'enquit Rachel d'une voix étranglée.

— Il se trouvait sur un bateau. Avec son amie, Sydney.

Rachel ferma les yeux.

— Ils ont été percutés par un hors-bord porteur d'une ogive EM. Mais ils sont saufs ! Ils vont bien.

Une rixe sournoise. Une attaque. Et maintenant une bombe !

— La créature est revenue ? interrogea alors Sakari.

Thyme s'accroupit pour lui prendre la main :

— C'est exact. Elle a protégé ton frère et son amie.

L'ex-maire et son époux échangèrent un regard interdit.

— De quoi parlez-vous ?

La femme se releva.

— Du secret que dissimulent les conglos depuis des années. Votre fils va rejoindre le Protocole. C'est ce qu'ils font toujours en pareil cas. La seule façon de vous réunir consiste à connaître la vérité à votre tour.

Rachel n'y comprenait rien.

— Qu'est-ce que vous racontez ? J'exige d'être conduite à son chevet. Tout de suite !

— Je ne peux pas.

— Nous irons nous-mêmes dans ce cas !

Thyme produisit un écran souple qu'elle déplia devant les Daanak.

— Peu de gens ont vu ce que je vais vous montrer.

Sakari agrippa la main de sa mère.

— C'est Chance et Syd !

Que fait-il sur un bateau au milieu du fjord avec… une fille ?

Sous ses yeux soudain horrifiés, tout se déroula très vite. Trop vite pour donner du sens. Une vedette avait surgi de nulle part. Chance avait saisi son amie et l'avait entraînée par-dessus bord. Pendant plusieurs secondes, il y eut trop de bulles, trop d'angoisse. Rachel se maîtrisa pour ne pas s'effondrer sur place. Ses jambes flageolèrent. Puis son cœur parut s'arrêter de battre quand elle vit son enfant flottant entre deux eaux.

— Il est…

— Non, l'interrompit Thyme, il est en bonne santé. Le drone qui a filmé la scène se repositionne.

Un puis deux tentacules glissèrent vers Chance, le saisirent.

Sakari sautilla sur place :

— Tu vois. Je te l'avais dit !

Le souffle coupé, Rachel n'entendit rien. Les longs membres s'enroulèrent autour des chevilles et des bras de son enfant, puis une sorte de bulle engloba sa tête. Chance ouvrit les yeux. Étrangement, il était très calme. Il respirait. Il esquissa même un sourire.

Il sait. Il a déjà vécu cela.

En un sens, il parvint à transmettre un peu de sa sérénité à ses parents.

— Votre fils et son amie Sydney sont en sécurité. À Spring Creek.

L'ingénieure replia l'écran et le lui donna.

— Ceci est votre ticket d'entrée dans le Protocole. Rendez-vous à Spring Creek. Demandez à parler à Kara Lau. Et surtout ne vous arrêtez pas en chemin.

Rachel secoua la tête.

— Pourquoi… faites-vous cela ?

— Parce que vous avez le droit de savoir. Le monde entier doit savoir. Je dois y aller, à présent.

Le sifflement d'un moteur de chopper émergea alors. Thyme s'accroupit pour serrer Sakari :

— J'aurais aimé mieux te connaître, jeune fille.

L'aéronef les survola durant quelques secondes avant de se rapprocher du sol. La femme monta sur la rampe qui se referma aussitôt. L'appareil s'éleva dans un bruit de turbine puis s'éloigna rapidement.

— Allons retrouver notre enfant, déclara Rachel.

DOKES

Le premier adjoint de Green, Jeb Philips, connaissait son affaire. Devant le conseil municipal, le nouveau shérif de Seward dressa un tableau inquiétant, sinon sombre, de la situation. Les images de vautours se bousculant aux portes de la ville dans l'attente du signal de la curée tournoyaient dans l'esprit de Dokes.

— Les bandes armées se concentrent à proximité du Lac de l'Ours et sur le réseau secondaire, exposa Jeb.

Sur la vieille carte déroulée sur la grande table, ses doigts tracèrent les axes de pénétration.

— Ils sont très nombreux si j'en crois les informations que nous recevons des conglos. Plusieurs milliers. Au bas mot. Nous n'avons pas les effectifs pour les repousser ni même les ralentir. Ces gens en colère vont déferler sur la ville.

Kara Lau préconise que nous organisions notre défense sur un périmètre plus resserré. À Spring Creek.

Les élus blêmirent. Durant quelques instants, ils se regardèrent, conscients de la gravité de la décision à venir. Ils s'en remirent au premier magistrat.

— Est-ce que vous êtes d'accord avec ça, Dokes ? lâcha Al Correy.

— Ce sera la panique, prédit Paul Bremer. Ces… sauvages sont pratiquement à nos portes.

Quitter Seward. C'était ce que lui chuchotait JoAnn, tapie comme une ombre dans les recoins de son esprit.

Il est temps de tourner la page. Tu connais la vérité, Dokes. Tu la ressens au fond de toi.

— Ils vont nous massacrer, dit Alicia d'une voix chevrotante.

Dokes se leva de son fauteuil, la paume de ses mains sur la table, le regard dur. Il devait leur parler comme à son équipage, les yeux dans les yeux.

— Cela n'arrivera pas. Shérif, je vous donne l'ordre d'appliquer le plan d'évacuation. Réquisitionnez tout ce qui roule. Des choppers seront mis à votre disposition à partir de points de ramassage, à l'aéroport, sur le parking de la mairie et au centre médical.

Jeb Philips hocha la tête.

— Je dois y aller maintenant, dans ce cas. Il n'y a pas une seconde à perdre.

— Faites, dit Dokes.

— Mon Dieu… murmura Alicia. Je n'arrive pas à y croire. Nous quittons notre ville…

Elle n'était pas la seule à partager ce sentiment. Il suffisait de voir les mines déconfites autour de la table. Correy se dressa à son tour.

— Avec votre permission, j'aimerais rejoindre ma famille.

Paul, Alicia, Grace, Kowolsky se levèrent à l'unisson pour formuler la même requête. Le maire ne pouvait pas la leur refuser. Ils avaient des proches à mettre en sécurité. Il leur souhaita bonne chance et les regarda quitter les lieux en silence. La dernière session du conseil municipal de Seward s'achevait sans que le marteau ne frappe le bloc de bois qu'il fixa pendant quelques secondes avant de se rasseoir.

D'après ce qu'il en savait, Dalton gardait une bouteille sous la main pour les prolongations de séance avec un ou plusieurs élus. Le pêcheur fit pivoter son fauteuil, se pencha pour accéder au placard de la petite commode. Ses yeux brillèrent : Miles avait toujours eu bon goût en matière d'alcool.

Il prit la bouteille et un verre. Quand il se retourna, Dokes sursauta.

JoAnn.

Il en resta bouche bée.

Dans son uniforme noir, ses protections balistiques moulant son buste, son bas-ventre, ses épaules, ses cheveux ébène enserrés dans l'anneau, l'arme à canon court glissée dans son holster, le manche de sa lame qui dépassait de son dos, elle ressemblait à une guerrière sur le point de livrer bataille. Elle lui sourit.

— Tu comptais t'enivrer seul ?

Dokes arqua un sourcil puis il sortit un deuxième verre. Il le remplit, ainsi que le sien. Il alla ensuite rejoindre celle qui était devenue bien plus qu'une alliée. Kara leva le verre. Ses yeux brillaient à travers le breuvage.

— C'est la première fois que je bois de l'alcool, lui confia-t-elle.

— Vraiment ? Serais-tu une sorte de sainte ? Ou est-ce un rituel ayant cours chez les conglos ? Un sacerdoce ?

— Rien de tout ça.

— Pourquoi ici et maintenant dans ce cas ?

— Parce que ça pourrait être la dernière.

— Voilà de sombres pensées…

Kara tourna le verre. Elle y avait à peine trempé les lèvres.

— L'évacuation est lancée. Les choppers assureront les rotations et les habitants seront pris en charge par le personnel de Spring Creek.

— Bien, réagit Dokes en détaillant la chef de la sécurité. La tenue de garde noire et la quincaillerie militaire c'est pour affronter ces malheureux ?

— Il y a toujours des complications.

Le genre qui impliquait qu'elle s'expose en première ligne, comprit-il.

— Je t'apporte une bonne nouvelle. Emily Redwild est vivante. Elle se trouve sur un bateau de pêche qui était amarré à Valdez.

— Il n'y a que des rafiots à Valdez, objecta-t-il sur un ton mécanique, jusqu'à ce qu'il se souvienne de cette histoire d'armement concurrent monté par la maire Daanak et Dalton. Merde, *ce* bateau ?

— Celui-là même. Un drone a confirmé sa présence à bord ainsi que celle de deux autres personnes. Walter Webster et Aubrey Perry.

— La conseillère de Dalton ? Il est aussi avec eux ?

— Le président n'est pas à bord.

Se peut-il qu'il soit mort ? Le pêcheur but une gorgée pour faire passer l'idée.

— Cleaver avait un engagement avec Emily Redwild, poursuivit Kara. J'en ai un envers son compagnon. J'ai l'intention de les honorer.

— Pourquoi ai-je l'impression que ça ne va pas être simple ?

— Adrian Leach est un administrateur associé nostalgique des anciens temps et féru d'histoire militaire. Il a conclu une alliance avec Hastings. Il veut éliminer Emily, qui se faisait appeler Nancy Kreiss quand elle travaillait à San Diego.

Ses actions à la tête de la rébellion l'ont rendue célèbre. Elle est peut-être la seule personne à même de ramener les insurgés à une forme de raison.

— Pop est au courant ?

— Non, je te laisse le soin de le lui annoncer.

Elle posa le verre quasiment plein sur la table.

EMILY

Dalton avait été allongé sur une bâche posée à même la glace. Ses lèvres si translucides qu'elles paraissaient ne plus contenir une once de sang. Sa peau, bleuie, présentait un réseau de fines craquelures, à peine visibles. *Son épiderme se contracte peut-être sous l'effet de la baisse de la température*, songea Emily. Les yeux clos, il donnait vraiment l'impression de dormir. La tache cramoisie, sur sa chemise, les ramenait sans cesse aux instants terribles, à ses dernières paroles. Red écarta un bras pour chercher la main de la conseillère. Aubrey n'avait plus dit un mot après avoir exécuté froidement, c'était le terme exact, le garde du corps d'Hastings. Walter et Emily avaient laissé les dépouilles de Sean et de ses complices sur le quai et monté en vitesse celle de Dalton à bord. L'homme de Kodiak avait proposé de le conserver dans le congélateur en attendant de lui offrir une sépulture décente.

Aubrey ne frissonnait pas. Elle restait droite, meurtrie.

Des volutes s'échappèrent de sa bouche quand Red s'exprima pour briser la glace.

— Je suis désolée. Vraiment désolée.

— Il vous aimait, répondit simplement Aubrey.

— Ses derniers mots ont été pour vous. Vous êtes celle qui est parvenue à le changer à l'intérieur, là où les conglos n'ont fait que le remodeler à l'extérieur.

— Au début, ce n'était qu'une mission que je devais accomplir. Un rôle que je jouais pour Hastings avant de comprendre à quel point je me trompais. Avant l'attentat, je lui ai tout avoué. Il m'a virée. Je ne sais pas si la confiance serait revenue entre nous.

— Je suis certaine du contraire.

La conseillère baissa les yeux vers Dalton.

— Nous ne le saurons jamais.

Puis elle lui lâcha la main.

Red remonta sur la passerelle. Walter tenait la barre et au-delà les vitres, un mur blanc entravait leur vision. Le bateau fendait la mer d'huile à une allure prudente. La surface fumait, rejetant des arabesques diaphanes qui rampaient tels des spectres. Des purées de pois de ce genre bouchaient régulièrement *Resurrection Bay*.

— Est-ce qu'elle tient le coup ? demanda-t-il sans détourner le regard.

— Ce sera long, mais elle s'en remettra. C'est une battante.

— Tant mieux. Ce que Sean a dit à propos d'un type plus puissant que Cleaver, vous savez de qui il parlait ?

— Non. Les administrateurs associés sont légion parmi les gens des conglos. Tout le monde a des titres, ça fait partie de leur système de motivation et de récompense.

— Un peu comme les nobles du passé ?

— Quelque chose dans ce goût-là. Leur hiérarchie est aussi complexe. C'est sûrement quelqu'un avec de hautes fonctions.

— Ça ne me rassure pas. Si Hastings est cul et chemise avec quelqu'un de si important, alors elle ne va pas tarder à découvrir ce qu'il est arrivé sur ce quai. Il nous faut atteindre Seward avant qu'ils ne nous retrouvent.

— Combien de temps pour rallier la ville ?

— Quinze ou seize heures, en fonction des conditions de mer.

Red grimaça. De toute façon, les dés étaient jetés. Il n'y avait rien d'autre à faire que d'avancer. Au final, cette brume les protégerait peut-être. Un peu.

— Je vais m'allonger un moment.

— Bien sûr, lui dit Walter en levant la main. Allez-y, je gère.

Épuisée, bercée par le ronronnement régulier des moteurs, elle s'endormit d'autant plus vite qu'elle se trouvait dans un vrai lit. Un luxe après des jours de cavale, d'inconfort, des nuits agitées dans des sofas qui accusaient plus que leur âge. Son enfant la laissa tranquille. Peut-être était-il lui aussi fatigué par les épreuves.

Le bruit la réveilla en sursaut alors qu'elle avait l'impression de ne s'être assoupie qu'une poignée de minutes. Elle dressa l'oreille puis, reconnaissant le sifflement caractéristique, elle quitta la cabine en moins de temps qu'il ne faut pour le dire.

Sur la passerelle, Walter braquait son fusil en direction d'un chopper en vol stationnaire à deux ou trois mètres de la proue. L'appareil se maintenait à distance, sans manifester la moindre intention hostile.

— Ils nous ont trouvés plus vite que ce que j'aurais pensé, déclara l'homme de Kodiak. Je ne suis pas sûr qu'on puisse s'en sortir. Ils peuvent nous envoyer par le fond quand ils le veulent.

Aubrey arriva à son tour.

— S'ils sont avec Hastings, alors c'est fini.

Était-ce une pointe de soulagement qu'elle venait de percevoir dans les accents de la conseillère ? Red déglutit.

— C'est moi qu'ils recherchent. Je vais me rendre.

— Tu crois que ça fera une différence ? réagit Walter.

— Je n'en sais rien, mais ça vaut le coup de tenter. Nous n'avons plus rien à perdre.

Solennellement, elle s'approcha de l'homme qui l'avait tirée des griffes d'Hastings. Elle lui prit les deux mains.

— Je vous dois beaucoup.

— Tu ne me dois rien du tout. Je n'ai fait qu'essayer de réparer mes erreurs. J'ai échoué. J'en suis désolé.

— Ne faites rien d'idiot, ils vous laisseront peut-être partir si je négocie.

— J'en doute.

Red hocha la tête puis alla serrer Aubrey.

— Prenez soin de vous. Et merci de vous être occupée de notre héros.

La détresse jaillissait du regard de la conseillère de Dalton qui balbutia un timide encouragement du bout des lèvres.

— Bonne chance…

Je risque d'en avoir besoin, oui.

Elle lui adressa un sourire puis poussa la porte de la timonerie. Elle leva les bras en descendant les escaliers menant à la plage avant.

— Je ne suis pas armée ! Je me rends.

La rampe s'abaissa dans un chuintement d'air comprimé ce qu'elle estima être un signe positif.

— Laissez-les partir. C'est moi que vous voulez. Je n'opposerai pas de résistance.

Une jeune femme émergea du ventre de la machine. Red plissa les yeux.

— Ingénieure Thyme ?

Elle lui sourit.

— Mademoiselle Redwild, c'est un plaisir de vous revoir saine et sauve. Nous n'étions pas sûrs de vous trouver à bord.

Red se tourna vers la passerelle en agitant les mains.

— Tout va bien ! lança-t-elle. Venez !

Walter et Aubrey apparurent à leur tour. L'homme de Kodiak garda néanmoins son arme à portée de main.

— Nous allons vous mettre en sécurité, annonça Thyme.

— Vous nous emmenez à Seward ?

— Absolument. C'est Kara Lau qui m'envoie.

L'aéronef se repositionna de manière que la rampe surplombe le bastingage. Plusieurs soldats vêtus d'un treillis noir et gris débarquèrent aussitôt pour prendre le contrôle du navire. Dans un premier temps, Walter refusa de quitter le bord.

— Tu crois qu'on peut lui faire confiance ? demanda-t-il à Red.

— J'ai rencontré Thyme sur le chantier, à Spring Creek. Elle va nous mettre en sécurité.

Walter hocha la tête, abandonna son arme à un homme qui inclina légèrement le buste en guise de remerciement. Ils restèrent sur le pont pendant plusieurs minutes, le temps de transférer le corps de Dalton. Aubrey supervisa chaque étape de l'opération sans quitter la dépouille des yeux.

— Je crois que c'est le moment, dit alors Red.

Walter grimpa sur la rampe à son tour. Deux hommes demeurèrent à bord du bateau, avec pour mission de le ramener au port de Valdez. Il s'assit dans le siège baquet, à côté de celui de Red.

— Je suis content que tout ça se termine.

— Oui, on rentre à la maison, lui sourit Red.

Le vol dura quelques minutes à peine. Elle se fit une joie de retrouver son compagnon, ses proches, Rachel, Mary. Elle se fit la promesse de tout faire pour qu'Aubrey trouve sa place. Une personne avec ses qualités n'aurait aucun mal à rebondir au sein d'une communauté en plein développement et à la recherche de talents. Certes, le temps n'effacerait pas le souvenir de Dalton. Elle était bien placée pour le savoir, mais Aubrey avait l'avenir devant elle. Un avenir prometteur.

Le changement de régime des turbines indiqua que le chopper s'apprêtait à se poser. Les roues touchèrent le sol dans un léger soubresaut tandis que les moteurs s'éteignaient dans un long sifflement. La rampe s'abaissa faisant entrer une lumière vive. Et la plus terrible des surprises.

Les yeux d'Aubrey s'agrandirent. Elle agrippa le rebord de son siège en secouant la tête. Red eut l'impression qu'on venait de la pousser du haut d'un immeuble.

— Putain… lâcha Walter.

Emily se tourna vers Thyme qui, arme au poing, se fendit d'un *désolée*.

Au pied de la rampe abaissée, Hastings jubilait, un sourire triomphant habillait ses traits.

— Comme on se retrouve…

RACHEL

Pour la première fois de sa vie, Rachel, accrochée à la portière de la voiture conduite par son mari, se demanda s'ils allaient survivre à cette journée. Tous. Pas seulement elle ou sa famille. Nicholas roulait le pied au plancher sur la route du littoral. Des choppers filaient au ras des flots, au loin, en amont du fjord, vers Anchorage, des flashes illuminaient le ciel à intervalles réguliers.

— Ça doit chauffer dur là-bas, observa son époux en négociant un virage un peu trop rapidement.

Depuis la banquette arrière, Sakari poussa un petit cri.

— J'aimerais que tu ne nous tues pas avant d'arriver en ville, s'alarma Rachel.

De l'autre côté de la baie, la cité flottante, aussi brillante qu'un joyau, s'apprêtait peut-être à larguer les amarres. Les spires majestueuses pointaient vers les nuages qu'elles attendaient de crever.

Rachel repensa aux images de Chance et de la créature. Se pouvait-il que cette extraordinaire réalisation technique soit finalement leur œuvre ? Cette femme, Thyme, n'avait pas donné plus de précisions, mais elle avait parlé d'un secret.

Un aéronef passa en trombe juste au-dessus d'eux puis disparut en direction de Lowell Point. Un autre se posait à la hauteur du centre Providence. Nicholas ralentit. Des gens se rendaient vers des points de rassemblement, guidés par des adjoints du shérif et des volontaires, aidés par du personnel des conglos en treillis sombre.

— Pourquoi est-ce qu'ils ont des valises et des sacs ? interrogea Sakari.

— Je n'en sais rien, ma chérie.

Rachel regarda son mari. Ils avaient tout laissé derrière eux en pensant bien évidemment revenir à la maison. *Si Dokes a ordonné une évacuation générale, alors les choses sont très mal engagées.*

— On doit retrouver notre fils, recadra-t-elle sur un ton clair. C'est le plus important.

Nicholas acquiesça en appuyant légèrement sur l'accélérateur. Un adjoint leur intima de se ranger sur le côté.

— Vous ne pouvez pas circuler en ville, affirma ce dernier avant de reconnaître Rachel.

— Nous devons aller à Spring Creek, dit celle-ci.

— Bien sûr, madame Daanak !

Au moins, ai-je encore un peu d'influence ou de pouvoir.

L'homme s'adressa à ses collègues par radio pour les laisser passer. Ils traversèrent Seward où les mêmes scènes se répétaient, en bon ordre et sans animosité. En scrutant les regards inquiets, les mines sombres, Rachel se rendit compte que les habitants étaient terrifiés à l'idée d'un massacre perpétré par ces milliers de gens à l'extérieur, qui attendaient d'en découdre. Un frisson descendit le long de sa colonne vertébrale. Devant les *Trois Ours*, elle repéra la voiture de Dokes sur le parking.

— Stop ! ordonna-t-elle avant d'ouvrir la portière.

Rachel marcha vers l'enseigne emblématique. Des grondements sourds lui parvinrent, de brefs sursauts lumineux continuaient à éclairer la base des nuages. Des affrontements se déroulaient peut-être au niveau du Lac de l'Ours, à une dizaine de kilomètres, là où les conglos avaient établi leur première ligne de défense. Combien de temps tiendrait-elle ?

Quand elle entra aux *Trois Ours*, elle y découvrit Dokes et Pop au comptoir.

— Red est vivante ! s'exclama ce dernier en se précipitant à sa rencontre pour l'étreindre. L'ex-maire écarta les bras pour lui rendre la pareille.

Red…

— Elle est en vie !

— J'en suis heureuse. Et soulagée. Où se trouve-t-elle ?

— Kara est partie la chercher. Dokes est venu m'annoncer la nouvelle. Nous devons nous rendre à Spring Creek.

Ce que confirma le pêcheur d'un hochement de tête. Elle le revoyait pour la première depuis son humiliante éviction. S'il savait se montrer aussi expressif qu'une porte de prison, elle avait appris à décoder ses attitudes. Physiquement, il paraissait atteint comme pouvaient l'être des victimes d'accident, de guerre. Ses yeux semblaient presque éteints et il se tenait légèrement voûté. Elle le fixa et devina, sans même lui poser la question, qu'il s'était produit un drame.

Mais ce n'est pas Red. Qui alors ?

— Green a été tué, lui annonça Dokes d'une voix monocorde.

Green…

Ses jambes défaillirent.

— Green… est mort ?

— La négociation a tourné court. Un type des conglos a cru malin de bombarder les lieux de la rencontre. J'ai failli y passer aussi. J'ai eu de la chance de m'en sortir.

— Qui est responsable ? Kara ?

Il secoua la tête.

— Elle n'y est pour rien.

— Pourquoi est-ce qu'ils ont fait ça ?

Il haussa les épaules.

— Je n'en sais rien. Red a raison, les conglos poursuivent leurs propres objectifs et il semble que Seward n'entre pas dans leurs petits calculs.

— Quoi ? Que veux-tu dire ?

— Les effectifs sont insuffisants pour protéger la baie. Ils pourront retenir les assaillants pendant quelques heures au check-point, ensuite ils se replieront sur Spring Creek. La population est évacuée là-bas. J'ai fait dresser un grand panneau à l'entrée, avec un message qui décrète Seward, ville ouverte. Qu'aucune résistance ne leur sera opposée.

— Et après ?

— Ils vont nous envahir et j'espère qu'il n'y aura pas trop de dégâts, qu'ils ne se mettront pas à canarder à tout va.

Rachel eut envie de tirer une chaise pour s'asseoir, mais elle se ravisa.

C'est en train de nous échapper, tout ceci ne te concerne plus. Concentre-toi sur Chance.

— On pourrait rejoindre Spring Creek ensemble ? proposa-t-elle.

— Oui, bien sûr, répondit Pop avec un sourire retrouvé.

Le pêcheur lui parut davantage réservé.

Il est sur ses gardes.

Rachel s'avança vers lui sans le quitter des yeux. Puis elle lui tendit la main :

— Nous avons été adversaires, opposés, engagés dans une compétition parfois rude, mais nous avons à cœur les intérêts de la baie. Je te serai également éternellement reconnaissante d'avoir sauvé mon fils. Décréter Seward ville ouverte montre que tu as eu une réaction intelligente. Il n'est pas nécessaire que les rues se transforment en champ de bataille. Je serai à tes côtés. Tu peux compter sur mon soutien. Tu es notre maire.

Dokes hocha la tête. Il glissa sa main dans la sienne.

— Puissions-nous survivre à tout cela.

— Nous le ferons. Quant aux conglos, on dirait qu'ils nous cachent des choses. Dans la baie.

L'écran souple sorti de la poche de sa veste, Rachel lança la séquence sous les yeux interrogatifs du pêcheur et de Pop.

— Mon fils est en sécurité, tint-elle à préciser.

— J'en suis heureux. C'est… c'est incroyable en fait. Est-ce que cette chose est vivante ?

— Je n'en sais rien, mais ce n'est plus de mon ressort.

L'ex-maire de Seward tendit l'écran à Dokes qui arqua un sourcil.

— La seule question qui m'importe, c'est Chance. Fais bon usage de cette preuve, comme la vidéo du décollage de la cité.

Elle sourit en découvrant sa mine.

— Ne fais pas cette tête-là, j'ai toujours su que c'était toi qui étais derrière ça. C'était un joli coup. On se met en route ?

Pop rassembla quelques affaires puis il ferma l'établissement.

— J'ai l'impression qu'on ne va pas rouvrir de sitôt, dit-il alors qu'ils regagnaient les voitures.

La déflagration les figea chacun dans leur mouvement. Si proche que Rachel se courba. Une rafale d'arme automatique résonna, paraissant surgir de tous les endroits à la fois. Elle saisit au vol l'expression apeurée de Nicholas qui cria à Sakari de se coucher sur la banquette. Elle entendit des moteurs de camion, chercha Dokes du regard. Le maire s'était accroupi derrière l'aile avant de son vieux pick-up.

— On ferait mieux de se remettre à l'abri, proposa Pop qui retourna aux *Trois Ours* en courant à moitié plié en deux.

Rachel ouvrit la porte arrière pour extraire sa fille hors de l'habitacle.

— Il se passe quoi ? demanda cette dernière sur un ton paniqué.

— Je n'en sais rien, ma chérie. Viens !

Son époux leur emboîta le pas, aussitôt imité par Dokes. À l'intérieur, Pop tira les rideaux aux fenêtres.

— Mieux vaut éviter d'attirer l'attention.

— Nos voitures sont sur le parking, observa Nicholas.

Un camion apparut sur la route. Sur sa remorque figurait le logo de la *YuTL*. Rachel se raidit en croyant qu'il se dirigeait vers eux, mais il bifurqua en direction du port où il stoppa en lâchant un panache de fumée noire. Le hayon s'ouvrit alors, libérant des hommes en armes qui se déployèrent aussitôt en criant. Des coups de feu claquèrent, provoquant une accélération du débarquement. Les combattants, habillés de guenilles, mais équipés de vraies armes, couraient de façon désordonnée. Un véhicule de patrouille de la police arriva à toute vitesse. Il laissa une trace sur le bitume en glissant en travers de la chaussée. L'espace d'une seconde, elle crut qu'il allait se renverser.

— Mon Dieu, murmura Rachel en s'adressant au chauffeur. Ne reste pas là.

Les étincelles crépitèrent sur la carrosserie. La voiture recula sous un feu nourri, la portière du conducteur ouverte. Le policier riposta avec sa dérisoire arme de service. Comme il pouvait difficilement se diriger et tirer en même temps, il percuta une grille, passa par-dessus un muret puis il disparut derrière un hangar.

Rachel, blême, referma le rideau.

Les visages de Nicholas et Pop étaient aussi blancs que de la neige fraîchement tombée.

Dans la zone cargo du chopper, Kara se concentrait sur les échanges avec ses officiers restés à Seward. La situation se dégradait conformément aux prédictions. Si les adversaires les submergeaient, la configuration du terrain, un goulet d'étranglement au niveau du lac de l'Ours, et la désorganisation de la chaîne de commandement suite à l'élimination de Kobb occasionnaient une pagaille sans nom. Les assauts se succédaient sans la moindre coordination, lancés sur les ordres d'un chef de gang ou d'un autre. Kara esquissa un sourire en consultant le tableau des pertes, qui affichait zéro de leur côté. Elle avait donné pour consigne stricte de ne pas s'exposer plus que nécessaire.

— Des camions de la *YuTL* ont franchi le périmètre, ils ont foncé directement vers le centre-ville, lui apprit Matz d'une voix calme.

À Spring Creek, les équipes s'attelaient à rétablir et réorganiser la couverture aérienne effacée du ciel par la bombe EM. Kara ne pouvait pas exclure la probabilité d'une seconde explosion et une partie des moyens étaient mobilisés dans cette traque.

— Vous pouvez entamer votre repli, dit-elle. Seward doit être entièrement évacuée à l'heure qu'il est.

Elle ouvrit ensuite une nouvelle communication avec Spring Creek. Certains harmoniques dans la voix de Cornélius traduisaient sa nervosité. Ou son agacement. L'arrivée massive de réfugiés accroissait les tensions, les habitants de Seward étant plus nombreux que le personnel des conglos. Les installations sous-dimensionnées peinaient à accueillir autant de monde ce qui mobilisait des équipes d'habitude déployées sur le chantier.

— Nous les logeons autant que possible dans les annexes en surface, mais beaucoup préfèrent rester à l'extérieur. Nous avons imprimé des toiles de tente, dit-il avec une pointe d'exaspération.

— Le chantier ? s'enquit Kara.

— La cité est à flot. Il suffit d'ouvrir les portes du bassin pour qu'elle parte. Le premier étage de propulsion est posé, le second est en cours.

— Qu'en est-il des aménagements intérieurs ?

— Beaucoup reste à faire, mais ce n'est pas la priorité.

— Les secteurs achevés sont-ils prêts à accueillir du monde ?

— Oui. Mais ma plus grande crainte, c'est que les assaillants tirent sur la plateforme avec des armes lourdes. Nous venons tout juste de rétablir nos systèmes de distribution de puissance. Une seconde attaque EM signerait l'arrêt du travail pour plusieurs semaines.

— J'en suis consciente. Faites pour le mieux.

— Encore une chose. Où est mon ingénieure en second ?

Bonne question.

— Je l'ignore pour le moment.

— Est-ce qu'elle a… trahi ?

— Cela est en effet une possibilité.

Le chef de chantier ne répondit pas.

Kara consulta une vue extérieure prise par une caméra fixée dans le nez de l'aéronef qui glissait dans le ciel au-dessus de Bligh Island. Valdez se trouvait à une cinquantaine de kilomètres. Les écrans restaient désespérément vides. Pas le moindre bateau ni barque à la surface de la mer. Le drone qu'elle avait envoyé s'était abîmé après avoir épuisé ses réserves d'énergie.

— Vous devez vous concentrer sur le lancement de la plateforme, lui dit-elle.

— Nous pouvons mettre les bouchées doubles pour rendre habitable un maximum de sections. La capacité d'accueil peut être portée à six ou sept mille personnes, ce qui représente quinze pour cent du total.

— Nous nous en contenterons.

— Je ne pourrai évidemment pas m'occuper des réfugiés dans le même temps.

Ce qu'elle comprenait.

— Combien de temps ?

— Donnez-moi quarante-huit heures.

— Vous les aurez.

Kara coupa la communication alors que le chopper atteignait le fjord au fond duquel Valdez avait été fondée, en 1898. La ville avait été consacrée en devenant d'abord la meilleure route d'accès au Klondike et à ses mines d'or, puis en tant que terminal pétrolier, la vache à or noir de l'État. Ces richesses disparues, la civilisation lentement éteinte, les bâtiments se dressaient telles des coques fantomatiques, vides.

Les logiciels ne remontaient aucune trace du navire de pêche. Avait-il sombré corps et biens ?

Sans prévenir, les écrans virèrent au rouge. Les sangles plaquèrent Kara contre le siège tandis que le pilote automatique faisait piquer brusquement l'appareil vers le sol. L'accélération soudaine écrasa sa poitrine comme si un camion lui roulait dessus. Kara serra les dents. Les images des caméras tourbillonnaient dans un mélange de vert et de bleu. Sa combinaison comprima ses membres inférieurs et supérieurs ainsi que son bas-ventre afin que son sang continue à irriguer ses organes.

D'où vient la menace ?

Le chopper réagit de sa pleine autorité à une destruction imminente en plongeant vers le relief. Il roula sur lui-même, vira sur la gauche en lâchant un nuage de leurres scintillants dans son sillage. Dans la queue de l'appareil, la tourelle abritant le système de contre-mesure infrarouge activa son laser à cascade quantique qui pointa le zénith à la recherche des têtes chercheuses à griller. Il émit un faisceau incohérent de forte puissance et de divergence minimale, capable d'aveugler et d'enrayer le mécanisme optronique logé dans les missiles. Ces derniers arrivaient par le dessus, profitant de l'apport en énergie potentielle alors que le chopper dégradait la sienne à coups de virages serrés. Combien y en avait-il ? Sur sa visière, les G défilaient. Neuf, dix, onze fois la pesanteur terrestre… Sa respiration devint sifflante, douloureuse. Un flash satura l'objectif des caméras extérieures sans qu'elle parvienne à en déterminer la cause. Le chopper tomba comme une pierre entre deux montagnes, frôlant les flancs verdoyants comme un coléoptère de métal tentant d'échapper à un prédateur tenace. Un second chapelet de leurres EM éclata dans le sillage. Elle eut à peine le temps de voir un trait lumineux percer ce nuage artificiel puis percuter le sol. Le laser CQ traquait le dernier assaillant tandis que l'aéronef évoluait sous fort facteur de charge au ras des cimes. L'engin qui les avait pris en chasse se perdit quelque part derrière eux, ses systèmes électroniques mis hors service.

Kara put souffler. Le chopper collait toujours au relief, en suivant les cours d'eau au fond des vallons. Il ne pouvait pas remonter au risque de s'exposer à une nouvelle salve. Le temps de retrouver ses esprits, elle étudia les trajectoires estimées des missiles, calculées en fonction de leur dynamique au moment de la détection. La carte afficha une origine probable à plus de cent kilomètres de Valdez. Une seule plateforme dotée de telles capacités croisait dans les parages.

Les masques tombent, songea Kara en se demandant comment elle allait s'en approcher.

EMILY

— Seward est sous mon contrôle, annonça fièrement Helen Hastings. La ville est tombée sans combattre. L'intermède Dalton touche à sa fin. J'ai repris la place qui me revient et nous allons enfin pouvoir remettre l'Alaska en ordre de marche. Avec le Yukon, avec la Ligue, nous allons, ensemble, redresser la nation.

Emily absorba le choc en s'efforçant de paraître la plus indifférente, en affectant une émotion la plus neutre possible, debout, les mains liées dans le dos. Ce qui relevait du tour de force tant elle avait envie de hurler en découvrant les images de la ville. *Sa* ville. Une marée humaine sillonnait les rues, qu'accompagnaient des camions, d'antiques véhicules roulant au pas. Ici et là, des étincelles indiquaient des tirs de joie de vainqueurs. Seward était tombée entre leurs mains, mais elle n'arrivait pas à percevoir s'il s'agissait d'une bonne ou d'une mauvaise chose. Une fois sauté le verrou du check-point, plus rien n'entravait la déferlante qui avait commencé à San Diego et dont Seward constituait le point final. C'était à la fois un choc et un soulagement, parce que sa ville avait été épargnée par la dévastation un temps promise.

Ils ont dû évacuer tout le monde à Spring Creek. Kara a bien fait.

À ses côtés, Aubrey Perry restait de marbre, les traits marqués par la douleur, les yeux rouges. Walter arborait un masque sans émotion. Red fixa un point au-delà du visage rayonnant et victorieux de l'ex-présidente. Un double-A se tenait à sa droite. Dans son costume parfaitement coupé, à l'austérité sombre, cet anthracite propre aux membres de sa caste, il donnait l'impression de les évaluer, l'esprit ruminant les résultats d'opérations conduits par leurs sacro-saints algorithmes.

Ils se trouvaient tous les cinq dans une salle sans fenêtres, aux murs uniformes. Deux agents de sécurité gardaient la porte. Il n'y avait ni table ni chaise.

— Puisque vous avez gagné, dit alors Walter. Pourquoi nous retenir ?

Hasting esquissa un demi-sourire.

— Vous vous considérez comme un type malin, pas vrai ? Kobb disait beaucoup de bien de vous. Je dois reconnaître qu'il avait raison. Je ne vous pensais pas capable d'échapper à Sean, encore moins de le tuer. Je me suis trompée.

— C'est moi qui ai exécuté le salopard que tu as envoyé pour nous liquider ! cracha alors Aubrey dont les yeux brillaient de haine.

L'ex-présidente s'approcha de son ancienne conseillère, lui saisit le menton.

— Ta trahison est une cruelle déception, ma chère. J'avais des plans pour toi, dit-elle en la fixant. Ta mission a été une réussite. Au-delà de mes espérances de départ. Puis, il a fallu que la sotte écervelée qui se cache sous cette magnifique plastique tombe amoureuse de ce serpent de Seward. Quel venin a-t-il introduit en toi, hein ? J'aimerais comprendre. Qu'a-t-il bien pu te promettre pour que tu retournes ta veste ?

Aubrey ne se démonta pas.

— Que vous ont promis les conglos pour que vous trahissiez la nation ?

La réaction d'Hastings éclata sous la forme d'une gifle monumentale.

— Espèce de petite insolente !

Un filet de sang apparut sur la lèvre fendue de la compagne de Dalton. Qu'il en soit tombé amoureux était une évidence. *Je l'aime bien*, se prit à penser Red dont le regard revenait régulièrement se poser sur les afficheurs montrant une foule en liesse. Nancy Kreiss connaissait ces gens. Elle avait évolué parmi eux. D'une certaine façon, elle éprouvait une forme d'admiration, car ils avaient réussi.

Là où elle avait échoué.

L'Histoire fourmillait d'exemples de révolutions sincères finalement confisquées par des intérêts partisans. Des hommes et des femmes de pouvoir, tels que Hastings et les double-A manœuvraient en promettant, en trompant puis en trahissant.

Red se rendit compte qu'elle ne savait rien au sujet de Leach. Pour quelle raison s'était-il acoquiné avec une dictatrice en puissance ?

— Adrian Leach, dit-elle alors, c'est bien cela ? Je suis surprise que vos pairs vous laissent agir à votre guise.

L'intéressé hocha la tête :

— Je suis une puissance nucléaire à moi tout seul, mademoiselle Kreiss. Les quelques ogives sous mon contrôle garantissent le succès de notre entreprise. Toute plateforme qui s'approcherait à moins de mille cinq cents kilomètres des côtes de l'Alaska subirait une attaque foudroyante. Mes pairs, comme vous le dites si bien, préfèrent la négociation. Ils entendent l'essence d'un rapport de force, quand il convient d'observer une attitude raisonnable. Nous utilisons les mêmes modèles prédictifs et je sais exactement ce qu'ils pensent, je connais leurs marges de manœuvre.

— Je savais qu'il y avait des ordures ambitieuses chez les conglos, je l'ai appris à mes dépens. Je dois dire que vous atteignez un sommet.

Le double-A s'approcha du trio de prisonniers sans quitter Red du regard.

— Cleaver avait vu quelque chose en vous, mais il ignorait qui vous êtes. Moi, je le sais.

— Vraiment ?

— Vous êtes une meurtrière. Quand vous et vos soi-disant révolutionnaires avez massacré des collaborateurs, vous avez descendu sans sommation tout ce qui portait un costume-cravate ou une arme, ces symboles, ces uniformes d'une classe honnie dont vous connaissez finalement si peu. Il se trouve que mon épouse était vêtue d'un magnifique tailleur ce jour-là. Violet. Avec une chemise rose. Elle était ingénieure en systèmes embarqués, experte en algorithmique des capteurs d'environnement. Si cela peut signifier quelque chose pour vous.

Red plissa les yeux :

— Tout cela ne serait qu'une histoire de vengeance ?

— Non. Bien sûr que non. Mais cela m'a ouvert l'esprit sur ce que nous sommes réellement. Sur ce que nous sommes devenus à force de composer avec des gens comme vous.

— C'est une terroriste, intervint alors Hastings. Vous ne devriez pas discuter avec…

Leach lui intima de se taire en levant la main.

— Vous avez été la maîtresse d'un collaborateur de haut niveau lorsque vous étiez à San Diego. Du moins, Nancy Kreiss l'a été, lâcha-t-il avec un demi-sourire. Je me demande comment il a ressenti votre trahison.

Cela remontait à si loin. Une autre vie. Elle ne répondit pas.

— C'est bien ce que je pensais. Peut-être qu'en définitive, la question ne vous émeut pas. Que ce n'était qu'une mission d'infiltration, histoire d'instiller le ver dans le fruit.

J'ai aimé cet homme. Comme j'aime Pop. D'une certaine manière, comme j'avais, l'espace d'un instant, aimé Dalton.

— Dans le fond, ça n'a plus d'importance, reprit Leach. Les jeux sont faits, comme on dit.

DOKES

— Il y a de plus en plus de monde dehors, constata Rachel d'une voix anxieuse en refermant lentement le rideau qu'elle venait d'écarter pour la centième fois depuis qu'ils avaient trouvé refuge aux *Trois Ours*.

Dokes en arrivait à se dire qu'ils s'étaient peut-être piégés eux-mêmes en s'enfermant dans l'établissement, tout en admettant qu'ils ne seraient probablement pas parvenus jusqu'à Spring Creek.

— On se croirait revenus dix-huit mois en arrière, quand les Sibériens ont débarqué, réagit Pop. Sauf que ces types n'ont pas d'uniformes et qu'ils sont prêts à tout.

Le mari de l'ex-maire acquiesça. Il tenait les épaules de sa gamine comme s'il avait peur qu'elle s'envole.

— Ils ont l'air plus excités.

Comme pour lui donner raison, l'écho lointain d'une rafale de fusil d'assaut leur parvint. La fillette se crispa. Son père lui flatta le col.

— Ça va aller, ne t'inquiète pas. Nous sommes en sécurité ici.

Puis Nicholas échangea un regard contrit avec son épouse.

— Dokes ? questionna cette dernière sur un ton lui rappelant que dans cette salle, il était celui qui détenait le pouvoir.

JoAnn, où es-tu bordel ? On aurait bien besoin d'un coup de main là.

Les installations téléphoniques avaient grillé suite à l'explosion de la bombe

EM. Il ne leur était pas possible d'entrer en contact avec Spring Creek pour demander une évacuation. Personne ne savait où ils se trouvaient. En considérant que quelqu'un s'en inquiéterait.

Ils ont certainement d'autres chats à fouetter.

— On ne peut compter que sur nous-mêmes. À mon avis, on ferait mieux de bouger.

Leurs mines s'assombrirent. Rachel déglutit.

— Tu as un plan ?

— Nos véhicules sont stationnés devant l'établissement. Tôt ou tard, ils voudront vérifier s'il y a des gens à l'intérieur. D'autant plus s'ils cherchent des otages. En la matière, nous sommes tout en haut de l'échelle de valeurs.

— Si c'est le cas, ils ne nous tueront pas, observa Pop sur un ton optimiste.

Savoir Red en vie le sortait de la morosité dans laquelle il avait été plongé des jours durant.

La lèvre supérieure de Rachel se gauchit.

— On ne va ni se rendre ni négocier, grimaça-t-elle.

Dokes aurait bien aimé lui dire qu'en l'espèce, la décision ne lui appartenait plus, mais il souscrivait entièrement à son opinion.

— Ce sont des étrangers, ils ne savent pas à qui sont les véhicules, tenta de rassurer le mari. Il se peut qu'ils n'y prêtent même pas attention.

Détenir le maire, son prédécesseur, sa famille, le compagnon d'une femme de premier plan donnerait à coup sûr un sacré avantage à Hastings dans une partie serrée où les conglos se tiraient dans les pattes. Le pêcheur se dirigea vers la fenêtre, glissa son index entre le chevauchement pour écarter le rideau et, à travers la fente, évaluer leurs chances de passer inaperçus s'ils optaient pour une sortie. Un deuxième camion s'était rangé le long du premier. Des personnes en déchargeaient des caisses sous la supervision d'un homme en treillis et coiffé d'un béret. Des combattants se congratulaient, se donnaient l'accolade. L'un d'eux buvait au goulot d'une bouteille que ne devait pas contenir de l'eau. Elle passait de main en main.

Pas très disciplinés, ces gusses.

Ça les rendait imprévisibles. Plus dangereux et visiblement, ils s'installaient de l'autre côté de la rue pour un moment.

Ça sent pas bon.

— Qu'est-ce qu'ils fabriquent d'après vous ? s'enquit Pop.

— Rien de bon.

Un véhicule hybride à quatre roues motrices s'arrêta à la hauteur du militaire. Un homme en descendit. Même de loin, la casquette vissée sur son crâne était parfaitement reconnaissable. Les deux individus discutèrent, le second donnant des instructions au premier s'il en jugeait par la gestuelle. Puis il se tourna vers les *Trois Ours*. Instinctivement, Dokes retira son doigt. Le rideau bougea à peine.

— Quoi ? dit Rachel.

Quand le pêcheur l'écarta à nouveau, l'homme traversait la route. Deux autres gars l'accompagnaient, leurs AK calés dans le creux du coude, le canon levé.

— Merde.

— Quoi ?

Dokes rassembla Rachel, Nicholas, Sakari et Pop au centre de la salle. Sa décision fut prise en une fraction de seconde. Ainsi que l'ex-maire le lui avait rappelé, il était l'homme de pouvoir.

— Ils seront là dans quelques instants. Vous devez sortir par-derrière, vous descendez du quai et vous traversez la rue, vous courez jusqu'à l'ancienne station-service. Là, vous passez le monument et vous disparaissez dans Scheffler Creek.

— Et toi ?

— Je vais les retenir.

— Pas question ! réagit Rachel.

— On n'a pas le temps pour ces conneries, répondit-il en la dardant d'un regard métallique. Votre devoir est envers votre famille. Et comme l'a si bien dit Pop, j'ai trop de valeur pour qu'ils me tuent tout de suite.

Ils protestèrent, si ce n'est par les mots, au moins par les regards, mais le pêcheur n'en démordit pas et en vint pratiquement à les chasser vers l'arrière-boutique en leur affirmant qu'il ne lui arriverait rien.

— Déguerpissez, sauvez vos vies !

De retour au comptoir, il se servit un verre du meilleur scotch de Bill Redwild. Ce vieux briscard rangeait sa précieuse bouteille sous la caisse enregistreuse. Dokes avala un premier shot.

— Nom d'un chien, lâcha-t-il pour lui-même. J'espère que tu sais ce que tu fais.

Le bruit de vitre brisée signala l'entrée du premier individu, celui à la casquette. Dokes lui sourit quand il pénétra dans la grande salle plongée dans la pénombre.

— Au nom de la République d'Alaska, je réquisitionne cet établissement ! annonça-t-il sans reconnaître la personne de l'autre côté du comptoir.

— Dennis Maiden, répondit alors le pêcheur.

— Dokes…

Les deux autres hommes braquèrent leurs fusils sur ce dernier.

— Voyons messieurs, baissez vos jouets. Je vous offre un verre et c'est la maison qui régale.

— Ça, pour une surprise, lâcha Maiden dont les yeux étincelèrent.

— Assieds-toi, proposa Dokes avec le sourire tout en égrenant les minutes depuis le départ des Daanak et de Pop.

L'homme se montra méfiant. D'un signe de la tête, il ordonna à ses deux comparses de fouiller les lieux tandis que le pêcheur préparait trois autres verres. Il les laissa faire en feignant la nonchalance.

— Ils m'ont l'air plutôt nerveux tes nouveaux potes.

— Où est O'Phellan ?

— Je n'en sais rien. Il n'y avait personne quand je suis arrivé.

— Qu'est-ce que tu fiches ici, Dokes ? Pourquoi il y a la voiture de la Daanak à côté de ton pick-up ?

Ça sent pas bon.

— Je crois qu'ils ont été évacués.

— En te laissant ici ?

— Si je te dis qu'il n'y avait plus de place à bord, tu ne me croirais pas.

Maiden aspirait certainement à jouer un rôle dans le futur Alaska promis par Hastings en échange des services rendus. Sans son aide, les hommes de Kobb n'auraient pas attaqué la ville. Il leur avait sans doute fourni un paquet de tuyaux importants.

Son regard se durcit. Maiden leva son flingue.

— J'attends une explication.

C'est de l'intimidation. Ce n'est pas la même lueur que dans les yeux de Kobb.

— Tu connais la règle, le capitaine doit couler avec son navire. Alors je reste à la barre.

— Parce que tu crois que tu es toujours celui qui dirige ici ?

Dokes le darda d'un regard amusé tout en levant son verre.

— Pour le moment, je contrôle encore ce bar. Maire Maiden, c'est ce qui est prévu, non ?

Les yeux de Dennis s'illuminèrent comme ceux d'un enfant le matin de Noël.

C'est bien ce que je pensais.

KARA LAU

La bulle de déni d'accès générée par le navire de commandement de Leach combinait les méthodes de détection : des antennes à faisceau actif, des scanners à matrice quantique opérant dans les infrarouges, des systèmes optiques associés à un traitement d'image par des IA capables de déceler une épingle au milieu du ciel, des réseaux neuraux répertoriant, classant et analysant le moindre murmure électronique. La chape recouvrait la région sur plusieurs centaines de kilomètres.

Kara le savait : elle ne la pénétrerait pas. Du moins, pas avec des moyens conventionnels. Elle avait l'impression d'être une souris partie se réfugier dans un trou après avoir échappé de justesse aux griffes du prédateur dont elle percevait encore l'empreinte sous forme de lobes radar secondaires. La végétation dissimulait le chopper posé en bordure de la taïga, à l'est de Valdez. Une protection bien dérisoire qu'elle devrait quitter sous peu. Sa liaison *terminex* avait accroché le signal d'un cube-sat basse-couche, un engin cylindrique à peine plus gros qu'une boîte de chaussures. Il transiterait l'espace de quelques minutes. L'émission révélerait sa localisation, mais elle estimait avoir le temps de transmettre son rapport à la présidente du groupe W.

La bande passante disponible permettait tout juste d'acheminer de la vidéo à plat en basse définition, ce qui était toutefois suffisant pour ce qu'elle avait à dire :

— Madame la présidente, je suis actuellement en possession d'éléments attestant de la trahison d'Adrian Leach. Les preuves se trouvent sur le serveur personnel de Cleaver dont je vous encode la clef d'accès.

— Votre *terminex* semble très instable, perçut-elle en retour.

— L'impulsion EM a endommagé les infrastructures réseau et Leach brouille les communications.

La voix de son interlocutrice lui parvint hachée, par moments noyée dans les parasites. Kara sollicita ses filtres logiciels afin d'en extraire le sens. Les propos mélangeaient avertissement et nucléaire dans la même phrase. Le double-A avait-il menacé le conseil W ?

— Je suis liée par le conse… Il m'est impossible de… Vous êtes seule, Kara Lau, je vous charge de… la situation.

La connexion mourut dans un spasme de parasites lorsque le cube-sat passa sous l'horizon.

Tu es seule.

Kara remonta à bord du chopper. Moins d'une minute plus tard, l'appareil quitta son refuge temporaire pour suivre un itinéraire programmé à l'est de la chaîne des montagnes Chugach. L'IA de pilotage avait ordre de coller au relief. Kara se déshabilla au milieu de la soute, elle se débarrassa de ses sous-vêtements qu'elle abandonna sur le plancher. Dans le casier en face, elle décrocha une combinaison athermique qui épousait parfaitement les lignes fluides de son corps, puis elle chaussa des bottines pareilles à celles des plongeurs. Une ceinture tactique enserra sa taille. Elle y logea des chargeurs, un pistolet à impulsion et une gamme de couteaux de jet puis elle enfila un sac à dos ovale en forme de coque rigide sur laquelle brillaient un triangle rouge et la lettre V. Un fusil Kompact-EM à canon court, une arme légère, idéale pour le combat dans les espaces clos, compléta sa panoplie. Enfin, elle s'équipa d'une visière tactique dont le filigrane affichait les informations utiles.

Elle commanda l'ouverture la rampe. La taïga défilait à moins de cinq mètres sous le fuselage dans une confusion de vert et de marron. La cime des conifères battait furieusement au passage de l'aéronef à une vitesse quasi supersonique donnant l'impression de tracer un sillage au travers de la verdure. Il vira sur la gauche, perdit encore de l'altitude pour frôler les eaux étales du lac Eyak. À son extrémité se trouvait la ville de Cordova dont elle survola les rues abandonnées à peine plus de dix secondes avant de disparaître derrière une colline. La machine se fondait dans le relief, mais les données du système de guerre électronique embarqué montraient que l'ennemi reniflait déjà sa piste. Les ondes la traquaient en renvoyant par intermittence un écho pour l'instant trop diffus pour offrir une solution de tir.

Encore quelques kilomètres.

Le chopper longea la rive sud de l'île Hawkins puis se faufila entre les deux dorsales montagneuses de l'île d'Hinchinbrook. L'intensité et la fréquence des émissions radar évoluèrent brutalement au moment de débouler au-dessus des eaux du golfe.

Ils m'ont accrochée.

Elle agrippa les sangles de sécurité fixées à la carlingue, glissa ses bottes dans les cale-pieds puis elle ordonna à l'appareil de cabrer à la verticale et de délivrer la pleine puissance des turbines. Le soudain changement d'inclinaison la fit partir en avant. L'ouverture donnait directement sur la surface bleutée parcourue de crêtes d'écume. L'océan semblait agité. Passé quatre cent cinquante mètres, elle lâcha les poignées.

Kara se jeta dans le vide.

L'air frais sifflait dans ses oreilles en un rugissement sonore. Son paquetage dorsal s'ouvrit comme une carapace protégeant les élytres d'un coléoptère. Il libéra un petit parachute qui la stabilisa dans le flux afin de permettre le déploiement d'une aile furtive Vickers. D'abord brutalement ralentie, la jeune femme imprima ensuite un piqué léger tout en glissant ses pieds dans les suspentes et en maintenant les mains autour des sangles. La voile claqua dans son dos, elle la sentit se gonfler, se tendre tandis qu'elle plongeait vers la surface. Le nanotissu vibra en produisant des harmoniques aigus jusqu'à ce qu'elle redresse sa course en rasant les flots turbulents. Kara entama une spirale ascendante tout en gardant un œil, grâce aux informations de sa visière, sur le chopper pris en chasse par une meute de missiles SM-9. L'appareil plongea, remonta, virevolta, exécuta des manœuvres sèches, tenta de trouver refuge dans le relief d'une île voisine, mais il n'y eut pas d'issue heureuse cette fois-ci. La bulle orange éclata à une demi-douzaine de kilomètres au nord d'Hinchinbrook.

Le vent l'emportait dans la direction opposée. Kara fit le point en ramenant la carte à l'avant-plan. Si elle se fiait aux dernières triangulations de la menace transmises par le chopper, le vaisseau de Leach se trouvait à vingt-cinq nautiques au sud-ouest. Tout à fait à la portée de la Vickers, un équipement ultraléger qu'elle avait déjà utilisé en opération. D'un poids ridicule, silencieuse, avec une maniabilité extrême, elle possédait également une qualité essentielle : un risque de détection par des radars quasi nul. Sa finesse aérodynamique lui permettait de voler comme un albatros sur de longues distances. Kara glissait dans un ciel cotonneux, plus furtive qu'un oiseau.

DOKES

Des milliers. Ils étaient des milliers.

Les vainqueurs paradaient, leurs fusils crachant parfois des rafales vers les nuages boursouflés, aussi sombres qu'un mauvais présage. Dokes avança au milieu de la foule, menotté et exhibé comme un trophée.

Des crabes.

C'était ainsi qu'il se représenta la troupe bigarrée composée à la fois de visages réjouis et éprouvés. Les vivats, les applaudissements et les cris claquaient comme des milliers de pinces.

— Sacrée prise, Maiden ! entendit-il.

Ce dernier souriait, serrait les mains et levait le bras à l'adresse de ses nouveaux amis dont il avait, semble-t-il, gagné la confiance. Peut-être qu'il tenait sa revanche. Dennis Maiden faisait partie des déçus du système Dalton, ceux pour qui la nomination de Rachel Daanak avait ensuite été reçue comme une gifle.

— Qu'on le pende ! hurla quelqu'un.

Son escorte le poussa dans un véhicule dont le toit avait été découpé. Dokes se retrouva sur la banquette arrière, encadré par deux gaillards imposants. Maiden s'installa sur le siège passager.

— C'est toi qui as donné l'ordre d'évacuer la ville ?

— J'ai fait mon devoir de maire.

Maiden se tourna vers lui tandis que le véhicule se dirigeait vers le port. De nombreux hommes et femmes entraient dans les magasins, les entrepôts, les maisons voisines et en ressortaient avec des biens ne leur appartenant pas.

— Si j'en juge par ces pillages, poursuivit Dokes non sans une certaine ironie, on dirait que j'ai pris la bonne décision.

Maiden ignora la remarque.

— Je ne comprends pas. Tu détestes les conglos et te voilà à coopérer avec eux ? Que s'est-il passé ?

Je ne le sais pas moi-même.

— Tu connais l'adage : entre deux maux, choisir le moindre. J'ai pesé le pour et le contre.

Le *Molly Pen* était toujours amarré à son poste et personne ne semblait se trouver à bord, nota-t-il tandis qu'ils dépassaient le quai principal en direction de la capitainerie devant laquelle une tente avait été dressée, avec des tables, des lignes de communication. Des dizaines de personnes allaient et venaient en tenant des blocs-notes, des classeurs, des armes, ce qui contrastait avec l'indiscipline de la troupe précédente. Ici, la plupart des combattants portaient des treillis aux couleurs du Yukon.

— Contrairement à ce que tu imagines, nous sommes organisés. Nous exécutons un plan préparé de longue date et je suis fier d'y avoir contribué.

— Je n'imagine rien.

Ils descendirent de voiture. Dokes jeta un regard vers la baie : les navires avaient tous disparu. Quant à la cité, elle flottait, majestueuse et libre à quelques encablures du rivage. Était-elle en train d'appareiller ? Elle ne donnait en tout cas pas l'impression de bouger.

Dokes se surprit à penser que cet endroit honni pouvait être un refuge.

Un homme avec une casquette ornée de deux étoiles se présenta à eux.

— L'ennemi a établi de solides défenses autour de Spring Creek, nos bataillons sont en position. Conformément aux ordres, personne ne tire.

— Merci Major.

Dokes arqua un sourcil.

— Alors c'est toi qui diriges ce cirque ?

— Kobb est mort et je connais le terrain, j'ai grandi ici. Comme toi. En fait, toi et moi, nous sommes pareils.

Cherchait-il à le convaincre du bien-fondé de sa traîtrise ? Son regard étincelait. Maiden prenait manifestement son pied.

— Tu fais erreur, je ne vends pas les miens. C'est toi qui as enlevé Redwild.

Il ne s'agissait évidemment pas d'une question.

Maiden posa son flingue sur une table puis il dévissa une bouteille dont il versa le contenu dans une tasse au métal cabossé issue de vieux surplus militaire. Il en but une rasade.

— Daanak l'avait nommée pour gérer les relations avec les conglos ou un truc dans le genre. Peu importe en réalité, elle fait partie du système. Elle a bossé pour eux. La livrer faisait partie de l'arrangement. Une sorte de test de loyauté.

Dokes écarta les bras :

— C'est quoi la suite du plan ? M'exécuter en place publique après un procès expéditif, me flageller ou peut-être un chantage ?

— Je n'en sais rien, ce n'est pas moi qui décide.

— Au final, tu n'es encore qu'un sous-fifre.

Maiden reposa violemment le verre sur la table. Autour d'eux, la ruche de soldats s'interrompit l'espace d'un instant. Le nouveau maître de Seward vissa un regard haineux dans le sien.

— Mettez-le au frais, ordonna-t-il.

Deux hommes saisirent le pêcheur par les bras. Le visage affublé d'un demi-sourire, ce dernier n'opposa pas de résistance et il se laissa conduire jusqu'à une annexe de la coopérative. Une fois son escorte sortie de la pièce, Dokes s'assit sur une caisse en repensant au temps où, avec Green, ils partageaient une bière dans un lieu similaire, pas très loin d'ici. Il en aurait bien bu une.

Au moins, les Daanak et Pop sont à l'abri.

EMILY

Red s'était rapprochée d'Aubrey sous le regard impassible de l'homme de Kodiak adossé contre la cloison de leur prison, un cube cellulaire aux parois immaculées qui lui donnait l'impression qu'ils allaient finir dépecés sur une table de dissection. Un espace géométrique, lisse et à la lumière omnidirectionnelle. De quoi devenir dingue.

— Ils auraient pu mettre des chaises ou un banc, s'agaça Walter.

Red posa une main sur l'épaule tremblante de la conseillère qui la regarda avec des yeux rougis lui conférant un air d'albinos égarée.

— Je n'arrête pas de me repasser les événements en me demandant comment on aurait pu éviter qu'il meure.

— Je sais, répondit Red. On ne saura jamais ce qu'il se serait produit si l'on avait fait les choses autrement. C'est ainsi et il faut accepter de vivre avec. Je peux te dire qu'on y parvient. Avec le temps.

— Vous êtes déjà passée par là ?

Elle acquiesça :

— Il n'y a pas un jour où je n'y songe pas.

— Comment faites-vous ?

— C'est simple, confia Red en plaquant une main sur son ventre, j'avance. Je fais des choses nouvelles. Exaltantes. Je lance des projets d'avenir.

Aubrey arqua un sourcil.

— Parce que vous croyez qu'on va s'en tirer ?

— Eh bien… C'est pas parce que les chances sont faibles qu'elles sont nulles.

Walter esquissa un sourire :

— J'admire l'élan d'optimisme, mais en vérité, on est mal barrés.

Des plantons les sortirent de leur geôle clinique peu après. L'ascenseur au bout du couloir, qu'ils avaient emprunté en arrivant, les emmena vers une sorte de passerelle panoramique. Red cligna des yeux tant la luminosité combinée à la réverbération sur l'océan lui brûlait la rétine. Sa vision s'ajusta. À quinze, peut-être vingt kilomètres, estima-t-elle, des montagnes découpaient l'horizon en une ligne presque continue. Des nuages grisâtres apparaissaient au-dessus des reliefs, comme accrochés aux sommets marron. La passerelle en forme d'arche enjambait la salle de commandement à travers laquelle des hommes et des femmes s'affairaient, autour d'écrans disposés en cercles concentriques. S'en élevait un murmure qui se mêlait au bruissement léger de la ventilation. Quelques pas devant eux, l'air miroita, sembla hésiter entre deux états puis un affichage se matérialisa, présentant une vue aérienne de Seward. Sans doute prise d'un drone.

— Bordel, lâcha Walter. Ce truc est immense.

La colossale cité flottait devant Spring Creek, reliée à trois portiques par des câbles qu'elle savait être un composite de carbone tressé. La section du chantier inondée formait une sorte d'anse circulaire d'un diamètre à peine plus grand que celui de la plateforme. Une fois la ville lentement poussée en dehors, ils refermeraient cet espace, le videraient et une nouvelle construction prendrait la place vacante.

— Est-ce qu'elle va pouvoir sortir ? demanda Aubrey.

— Absolument, déclara Red, les fonds avoisinent les deux cents mètres à cet endroit. C'est somme toute pour cette raison qu'ils ont choisi notre baie.

Quelqu'un tapa dans ses mains. Quand elle se retourna, Red vit Leach, sourire aux lèvres.

— Quel spectacle magnifique que cette soucoupe géante prête à se couper de la terre. On dirait presque une naissance, un rejeton expulsé hors de son placenta d'échafaudages.

Sur les images suivantes, aucune fumée ne s'échappait de la ville qui ne semblait pas avoir subi de dommages, à son grand soulagement.

— Laissez-les partir, c'est Nancy Kreiss que vous voulez. Je suis là, lança crânement Red sous le regard ahuri de Walter. Je suis la responsable, indirecte ou pas, de la mort de votre épouse.

Elle écarta les bras.

— Prenez-moi. Mais libérez Walter et Aubrey. Tous deux ont, je crois, assez perdu.

— Non, murmura la conseillère.

Leach marchait en gardant les mains dans le dos, selon une posture d'aristocrate affectant un air grave. Il feignait de peser le pour et le contre dans le but d'ajouter à la tension dramatique du moment. Les double-A adoraient le théâtre et les effets de manche, se souvint-elle en l'observant aller et venir.

Puis il s'arrêta, pile devant elle.

Ses yeux de faucon traquèrent une faiblesse. Red soutint son regard sans se départir de son calme.

— J'accède à votre requête.

Elle n'eut même pas le temps de dire au revoir à l'homme de Kodiak et à Aubrey qui furent aussitôt emmenés hors de sa vue. Red s'efforça de rester sereine tandis que la détresse vrillait les traits de ses amis. *Prenez soin de vous*, leur adressa-t-elle par pensée avant qu'ils disparaissent.

Elle se concentra sur Leach.

— Saviez-vous, révéla ce dernier, que mon épouse et moi, nous attendions un enfant ?

Deux vies pour deux vies. Ça ne se présente pas bien.

Cette fois-ci, elle ferma les yeux en se demandant si elle reverrait Pop.

KARA LAU

Sous la Vickers, le V d'écume s'évasait dans une mer à peine agitée. Kara remonta le sillage tout en se maintenant dans la couche nuageuse. Sur sa visière, une croix bleue matérialisait la position du paquebot qu'elle apercevait entre deux trouées. L'aile furtive absorbait les turbulences générées par la brise qui la poussait dans la bonne direction. L'affichage photonique amplifié montra le décollage d'un chopper de l'une des plateformes d'atterrissage et sur le moment, elle crut que l'aéronef venait pour elle.

Mais il vira en direction de l'ouest. Sa carlingue brilla sous les rayons du soleil crépusculaire puis l'appareil s'enfonça dans la mélasse. Kara se concentra sur sa cible en s'interrogeant sur la meilleure façon de s'y poser. L'approche par l'arrière et dans le vent constituait la phase la plus critique. Avec une surface réfléchissante équivalente à celle d'un moineau, elle passait inaperçue aux yeux des radars. Restait à déjouer les caméras opérant dans les spectres visibles et infrarouges. Sa combinaison captait et dissipait une partie du rayonnement thermique émis par son corps grâce à un fluide caloporteur circulant dans de minuscules gaines.

C'est le moment.

Avant de se glisser sous la couche nuageuse, Kara activa le camouflage caméléon de la Vickers. La toile s'assombrit puis se fondit dans un arrière-plan en camaïeu de gris. Devant, à deux nautiques, la coque du paquebot longue de trois cents mètres s'ouvrait un passage dans les flots presque noirs. Kara se positionna dans l'axe, jouant sur le harnais pour maintenir une approche aussi rectiligne que possible. Elle contrôlait la vitesse et la descente en vrillant légèrement le bord de fuite ce qui accentuait la courbure de l'aile. Elle n'aurait le droit qu'à un seul essai. La cible se situait pratiquement à la poupe ou un encorbellement supportait une aire d'envol destinée à de petits drones-hélicoptères.

Une rafale la déporta sur la gauche. Kara grimaça en se tordant comme un ver pour rétablir la trajectoire recalculée par le logiciel de vol. Dans la vision photonique amplifiée, les superstructures lui apparaissaient comme en plein jour, avec tous leurs détails. La zone qu'elle visait ne comprenait pas de personnel. À vingt mètres de l'impact, elle retira ses pieds des suspentes et les ramena sous elle dans une posture presque fœtale. Dans la pointe avant, un rétropulseur souffla son air comprimé pour la freiner. Kara s'immobilisa en moins de trois mètres. Les automatismes prirent aussitôt le dessus : ses sens développés entrèrent en action, le Kompact-EM glissa dans sa main, elle s'accroupit tandis que son regard balayait l'aire d'atterrissage.

Te voilà revenue à la maison.

Du moins, le paquebot l'avait été pendant plusieurs mois après le départ de Concordia. Il était la base arrière de son équipe lorsqu'ils opéraient sur le continent. Elle connaissait les lieux.

Comme elle ne pouvait pas prendre le risque d'une détection prématurée, pas avant d'avoir trouvé Redwild en tout cas, elle jeta la Vickers par-dessus bord. L'aile furtive disparut dans le sillage.

Sa visière afficha le plan du navire. Vingt-trois ponts, des kilomètres de couloirs. La tâche s'annonçait pour le moins ardue.

EMILY

Lorsque Thyme vint la chercher, Emily se raidit. Sa lèvre se gauchit en un rictus, mais elle tint sa langue. L'ingénieure lui ordonna de sortir de sa cellule aux murs blancs ce à quoi elle répondit en croisant les bras sur sa poitrine.

— Je ne suis pas votre ennemie.

— Allez vous faire foutre, répliqua Red.

La jeune femme soupira.

— J'ai vu vos amis à Seward. Rachel et Nicholas Daanak. Ils vont bien. À l'heure qu'il est, ils doivent être sur la plateforme Résurrection.

Ces nouvelles lui apportèrent du baume au cœur, mais elle n'en laissa rien paraître, se contentant de durcir son regard. Thyme entra dans la cellule.

— Votre compagnon, Palluk O'Phellan…

Cette fois, son cœur rata un battement.

— … il va bien.

— Vous lui avez parlé ?

L'ingénieure secoua la tête.

— Qu'en savez-vous dans ce cas ?

— La dernière fois que je l'ai vu, il travaillait aux *Trois Ours* avec une dénommée Mary.

À nouveau, son être se contracta, les murs de sa prison vacillèrent. Si elle se laissait aller, sa psyché se fissurerait puis se briserait en mille morceaux sur ces carreaux blancs. Chaque personne possédait ses limites et elle sentait qu'elle était en train de les atteindre.

Elle déglutit. L'air lui parut soudain si sec, si irritant.

— Qu'est-ce que vous voulez ?

— Vous aider à sortir d'ici.

Instinctivement, Red recula d'un pas.

— Je ne suis pas votre ennemie, répéta Thyme en lui tendant la main.

— Vous nous avez livrés à Hasting et à Leach. Pourquoi vous croirais-je ?

— Vous vous rappelez ce jour sur le chantier, devant la porte ?

Le front de Red se creusa. Elle se souvint que le sas était apparu comme par magie, du logo enserré par des tentacules, de ce que Thyme lui avait dit.

— J'ai menti, avoua cette dernière, je savais où menait cet accès, ce que cachent les conglos. Comment croyez-vous que nous soyons capables d'élever des centaines de milliers de tonnes au-delà de la stratosphère ?

— Qu'y a-t-il alors ?

— Notre avenir en tant qu'espèce et celui de votre enfant. Venez avec moi, je vais vous sortir de là. Le temps presse !

Red secoua la tête, toujours méfiante. Elle avait l'impression que l'ingénieure enfilait les mensonges comme des perles sur un collier.

— J'ai fait ce qui était nécessaire pour gagner la confiance de Leach.

— Et mes amis ?

— Aubrey et Walter ont été transférés à Seward. J'ai modifié le plan de vol de leur chopper, ils ont atterri à Spring Creek, sains et saufs. Les techniciens de Leach vont remonter jusqu'à moi. J'ai laissé des traces dans le système parce que je ne pouvais pas faire autrement. Il faut y aller, maintenant !

Qu'ai-je à y perdre au point où j'en suis ?

Red accepta la main tendue. Aussitôt, elle fut entraînée à travers le couloir désert et une salle tout aussi vide.

— C'est ce qui arrive quand on remplace le petit personnel par des algorithmes, expliqua Thyme en s'arrêtant devant un mural interactif. Je nous dégage un chemin sécurisé vers l'arrière.

Ses doigts volaient de menu en menu, en lançant des commandes obscures, dont des codes, qu'elle énonça de vive voix. Thyme grimaça.

— Quoi ? s'alarma Red.

— Ils ont été plus rapides que je ne le pensais. Un avis circule sur le réseau interne.

L'ingénieure enfila une sorte de visière puis elle lui saisit le poignet. Les deux femmes se pressèrent le long d'une interminable coursive puis elles bifurquèrent à gauche, empruntèrent une écoutille, d'étroits escaliers débouchant dans un nouveau couloir. Ils se ressemblaient tous. Même éclairage, mêmes couleurs. Red était déjà perdue. Elle n'avait d'autre choix que de s'en remettre à Thyme.

Elles descendirent de deux ponts puis remontèrent d'un, *pour éviter des robots de maintenance*, expliqua l'ingénieure. Chaque fois qu'elles se trouvaient sur le point de croiser du personnel, le programme leur proposait de contourner la difficulté ou de revenir sur leurs pas, ce qui, en plus de la désorienter, lui tapait sur les nerfs. Red avait l'impression qu'elle ne sortirait jamais de ce navire.

Soudain, elle s'arrêta en plein milieu d'une galerie transversale.

— On a oublié quelqu'un, dit-elle.

— Qui ?

— Dalton. Où est son corps ?

Elle n'imaginait pas le laisser seul dans cet immense vaisseau, dans un caisson, dans un frigo où il finirait oublié ou jeté comme déchet.

— Nous n'avons pas le temps, pressa Thyme.

— Je… ne pars pas sans lui.

La femme fronça les sourcils et pendant un court instant, Red perçut l'exaspération, l'agacement au fond de ses prunelles. Thyme essayait de se sauver elle-même.

— Je suis désolée de contrarier votre plan, si vous voulez vous enfuir, libre à vous. Je comprends que vous cherchez à sauver votre peau. Mais, je ne peux pas me résoudre à le laisser ici. Il mérite une sépulture décente.

Et pas de finir dans un incinérateur.

Red campa sur sa position en espérant que l'ingénieure, tiraillée entre sa vie et l'honneur d'un cadavre, ne l'abandonne pas dans les entrailles du paquebot.

— Très bien, dit-elle finalement. Je ne vois qu'un seul endroit où ils auraient pu entreposer le corps.

La future mère poussa un *ouf* de soulagement tout en sachant ce que pourrait leur coûter le détour.

À travers sa visière, Thyme commanda un changement d'itinéraire qui passait, curieusement, par la salle des machines. Elles s'enfoncèrent de plusieurs niveaux, traversèrent une passerelle à l'aplomb de générateurs hémisphériques hauts de deux étages. Le bourdonnement grave satura l'audition jusqu'au franchissement d'une écoute. L'immense cuisine se situait deux ponts au-dessus d'elles.

— Il y aura forcément du monde, la prévint Thyme. Mais les personnels affectés à ce service ne sont pas informés des questions de sécurité, ce qui jouera en notre faveur. Ils me connaissent. Je vais donc y aller. Seule. Restez ici et ne bougez pas.

Red hocha la tête.

KARA LAU

Kara caressa le panneau du bout de ses doigts. Elle trouva le point d'entrée sur le côté, y glissa son index. L'extension sous son ongle renifla le port de connexion, en désactiva le protocole anti-intrusion avant de s'y brancher. En quelques instants, les programmes se déployèrent à la recherche de données utiles sur la situation sécuritaire à bord.

Son infiltration n'avait pas été repérée, mais une alerte silencieuse était en cours. Deux portraits accompagnaient la notice prioritaire diffusée aux principaux services de sûreté. Celui de Nancy Kreiss et, plus étonnant, celui de l'ingénieure en second de Cornélius.

Me serais-je trompée à son sujet ?

Deux cohortes investissaient les ponts quinze et seize sur bâbord avant.

Les cuisines. Qu'est-ce qu'elles font là ?

Elle se les imagina en train de se préparer un en-cas tandis que les soldats les encerclaient discrètement. Cela n'avait pas le moindre sens et elle devait attendre d'en apprendre davantage avant de passer à l'action. L'environnement tactique, fait de couloirs exigus, peu d'espace, des solutions de tir limitées, avec beaucoup de combattants, militait pour une approche prudente.

Ses logiciels reniflèrent la présence de Leach qui venait de transmettre des instructions claires : *Je les veux vivantes.* Elle échoua cependant à le localiser. Les double-A brouillaient souvent leur position afin de se soustraire aux investigations de rivaux. L'ordre sous-entendait une complicité entre Thyme et Kreiss, ce qui appelait d'autres questions. Se connaissaient-elles au point de se faire confiance ou bien s'agissait-il d'une alliance d'opportunité ? Et pourquoi les cuisines ?

Trop de paramètres indéfinis se promenaient dans son arbre de décisions, mais elle devait bouger. Rester au même endroit trop longtemps n'était jamais une bonne idée. L'extension de son ongle rétractée, Kara s'éloigna du panneau et remonta la coursive tandis que ses programmes offensifs de cyberguerre neutralisaient les détecteurs sur son chemin. Il y avait un ascenseur au bout du couloir, Kara lui préféra les escaliers accessibles par une porte coupe-feu. Les choses déraillèrent précisément à cet instant, quand elle tomba nez à nez avec un jeune homme qui portait une pile de linge de cabine.

— Comment… qui êtes… commença-t-il les yeux écarquillés.

La lame se retrouva dans sa main sans qu'elle en prenne conscience. Le geste, vif, automatique. La fin de la question de l'individu se noya dans un flot d'hémoglobine.

Au mauvais endroit au mauvais moment, pensa-t-elle avant de chasser l'image. Elle enjamba le corps agité par d'ultimes soubresauts puis elle grimpa les marches deux par deux. Trois ponts plus haut, elle marqua une pause, localisa une borne électronique où glisser ses doigts.

Les hommes de Leach étaient sur le point de donner l'assaut à la cuisine où les deux femmes avaient trouvé refuge. Cela n'avait toujours aucun sens si elles cherchaient à s'enfuir. Pour quelle raison venir s'enfermer dans un cul-de-sac ?

EMILY

Ainsi que le lui avait un jour expliqué un ancien militaire à San Diego, peu avant l'assaut contre la plateforme Horizon, *quand l'instinct souffle que quelque chose ne tourne pas rond, alors il faut l'écouter.* Red ne resta qu'une dizaine de secondes dans le couloir, avant d'emboîter le pas de l'ingénieure. Des odeurs de cuisson et d'épices embaumaient tout le pont. Son ventre gargouilla et lui rappela qu'elle n'avait pas avalé grand-chose depuis la mort de Dalton. La faim pulsa à travers son œsophage, stimulant ses glandes salivaires. Quand elle atteignit la porte, elle glissa d'abord un coup d'œil. Des commis travaillaient devant leurs fourneaux, leurs planches à découper ou des bacs remplis de légumes, de viandes. De la fumée s'échappait des gamelles où mijotaient probablement des délices. Les bruits d'ustensiles emplissaient l'atmosphère que les ordres des cuisiniers faisaient vibrer.

Red inspira. Puis elle entra.

Durant un moment, personne ne fit attention à elle ce qui l'encouragea à avancer. Chaque membre de la brigade s'attelait à son poste, concentré sur la réalisation de sa tâche. Son intrusion ne semblait intéresser personne, ce qu'elle trouva curieux. Entre deux piles d'assiettes rangées sur une étagère, elle surprit cependant le regard fugitif d'un jeune garçon, qui détourna aussitôt les yeux. Son cœur rata un battement.

Ils savent.

Red se mit à courir vers les congélateurs en criant le nom de Thyme. Cette dernière venait tout juste de sortir un chariot sur lequel reposait un long caisson recouvert de givre. Ses yeux s'agrandirent et elle fit des gestes avec ses bras. Les commis lâchèrent leurs instruments et quittèrent précipitamment leurs postes. Red les vit détaler comme des lapins fuyant un prédateur.

Durant la minute de pagaille et la confusion qui s'ensuivit, elle ne désira qu'une seule chose : atteindre le cercueil. Le toucher. Dire *au revoir l'ami*, à l'homme qui avait, en grande partie, influencé une décision vieille de dix ans. Son esprit entier se focalisa sur cette boîte, en oblitérant tout le reste : les cris, les injonctions, les visages sévères. Un individu la ceintura, l'éloigna de son objectif. Elle voulut hurler, mais ne put émettre qu'une grimace étouffée quand elle se retrouva plaquée contre la cloison et sous l'emprise d'une clef de bras.

Thyme la rejoint aussitôt. L'ingénieure paraissait si calme, si détachée.

— Je suis désolée, dit Red.

— Ça va aller.

DOKES

JoAnn, où es-tu ?

Sa chevelure ébène, son regard pénétrant, son ovale symétrique, parfait, occupaient ses pensées. Avait-elle retrouvé la fille de Bill ? D'autres questions surgissaient : qu'allaient devenir Seward et la baie ? Rien ne serait plus comme avant, à l'instar de ce matin où la route du *Molly Pen* avait croisé celle de Concordia. Depuis ce jour, l'histoire locale avait subi une accélération à peine concevable, sortie douloureusement d'une torpeur consécutive au délitement des États et de la civilisation. L'électrochoc continuait à secouer leurs vies qui s'inscrivaient dans des conditions certes difficiles, mais paisibles. Il avait ce sentiment qu'une tempête soufflait en permanence sur leurs existences.

Il repensait souvent à ce jour, à l'irruption soudaine de la cité flottante. Il revoyait la silhouette de la chef de la sécurité sur l'une des passerelles. Son regard magnétique.

J'ai changé, se dit-il avant de rectifier sa réflexion. *J'ai été changé. Par elles.*

Par deux fois, sa vie avait été transformée.

Du mouvement à l'extérieur le tira de son introspection. Il se mit debout. Pas question de paraître abattu ou affaibli devant Maiden et ces types. Il fronça les sourcils après plusieurs secondes d'attente. Ces soldats d'opérette ne brillaient certes pas par leur discipline, mais de là à ne pas parvenir à glisser une clef dans une serrure… Quand la porte s'ouvrit, sa mâchoire tomba.

Mike Finegan afficha un large sourire.

— Salut Patron ! On est venus vous tirer de là.

— Comment…

— On n'a pas le temps de discuter. Venez !

Le pêcheur suivit son second. Deux personnes, sûrement les plantons qui le gardaient, gisaient sur le sol.

— Ils vont dormir un moment, lui assura le gaillard taillé comme un ours qu'ils surnommaient Grizzly. Il était capable de manipuler des cages pleines de dizaines de kilos de crabes. Les visages lumineux de ses anciens compagnons étaient des phares dans l'obscurité en train de s'abattre sur Seward. Ils étaient venus pour lui. Ils l'emmenèrent à l'étage inférieur, puis à travers le tunnel de service chichement éclairé, celui-là même qu'il empruntait parfois pour rejoindre Green. Peu de gens connaissaient son existence à Seward et Maiden n'en faisait pas partie.

— On a attendu que le soleil se couche, expliqua Finegan. En fait, nous sommes en mission.

Ils accédèrent à l'entrepôt secret par le petit escalier de béton aux marches patinées. Là, il fut accueilli par Rachel Daanak, son mari, leur fille et Pop, visiblement soulagés de le voir arriver.

— Dieu merci ! lâcha l'ancienne maire dans un souffle. Vous êtes en vie !

Dokes arqua un sourcil.

— Je ne risquais rien. Maiden n'est pas très futé, mais il n'est pas idiot non plus. Je ne peux pas en dire autant de vous. Pourquoi n'avez-vous pas évacué ?

— On a tenté le coup par le port. Et on est tombés sur vos marins.

— Le *Molly Pen*, c'est toute notre vie, poursuivit Finegan, un peu comme notre maison et on ne voudrait pas qu'ils le saccagent.

Ce qu'il comprenait que trop bien. Des fidèles comme Grizzly ou son second y bossaient sans rechigner depuis leur adolescence.

— Comment ça se passe dehors ? s'enquit Rachel.

— Ils fêtent leur victoire facile. Ces types se vantent d'avoir chassé les troupes des conglos. Ils s'imaginent que Spring Creek va leur tomber tout cuit dans le bec.

— Ils négocient ?

— J'en sais rien. Personne ne tire en direction de la cité ou du chaudron en tout cas. Les militaires du Yukon ont installé des mortiers et font entrer des tonnes de matériel en ville. Ils veulent probablement renforcer leurs positions avant l'assaut final.

Grizzly lui tendit une bière qu'il prit dans l'une des caisses.

— Bonté divine, lâcha Dokes à sa première gorgée, ça fait du bien.

Ils trinquèrent à leur santé, à la joie d'être à nouveau réunis et au *Molly Pen*.

— Et maintenant ? s'enquit le patron pêcheur. C'est quoi la suite du plan ?

Finegan haussa les épaules.

— Aucune chance de rejoindre Spring Creek par la route. On peut tenter le coup par la mer, mais le *Molly Pen* n'est pas assez rapide pour échapper à ces allumés.

Et je n'ai plus mon hors-bord.

— Ils finiront par découvrir cet endroit, ce n'est qu'une question de temps. Ils doivent déjà être à ma recherche.

Le silence se fit, les mines s'assombrirent devant l'évidence.

— Quoi qu'il arrive, il n'est pas question de rester ici à attendre qu'ils nous coincent comme des rats, déclara Pop en s'avançant au milieu du groupe. Quelles sont nos options ?

— La seule chose que je vois, considéra Finegan d'une voix grave, c'est une diversion. On les occupe ailleurs pendant que vous, Pop et les Daanak montez à bord du *Molly Pen* pour tenter une sortie.

Reprendre la barre de mon bateau.

L'idée le fit frissonner. Le sacrifice que cela impliquait la rendait parfaitement inacceptable.

— Nous dirons à ces enfoirés qu'on ne voulait pas partir à Spring Creek et qu'on voulait défendre notre ville. Je pense que Maiden comprendra ça.

— Il va falloir une sacrée diversion pour attirer autant de monde.

Grizzly afficha un sourire.

— La réserve de carburéacteur des conglos à l'aéroport.

Le colosse mima une explosion avec ses mains tandis que le front de Dokes se ridait et que les yeux des Daanak s'agrandissaient. Grizzly fit un clin d'œil à Sakari qui se colla contre son père.

Au moins, on ne reste pas les bras croisés. L'inaction, c'est ce qu'il y a de pire.

— Vous n'êtes pas obligés de faire ça, jeta Dokes à ses deux hommes.

— Il n'y a pas d'autre moyen, Patron. Tu le sais. Même faible, c'est la seule chance de sortir le bateau du port.

KARA LAU

La pancarte sur la porte disait *Salle à manger*.

Kara la poussa délicatement. Plus fréquentés que les autres sections du navire, les ponts supérieurs présentaient davantage de risques. Elle devait cependant s'approcher de sa cible, Redwild, à laquelle il convenait possiblement d'ajouter l'ingénieure Thyme quand bien même une incertitude planerait sur son rôle. La chef de la sécurité se glissa à l'intérieur pour se faufiler entre les tables rondes, dressées tels des îlots. Deux personnes s'activaient dans le fond. L'une d'elles tirait un chariot avec des piles d'assiettes. À bord, le travail se poursuivait, indépendamment des événements extérieurs. Ces gens vivaient dans une bulle de métal filant sur l'eau en répétant inlassablement la même routine. Au point de ne plus faire attention au reste.

La porte de service donnait sur une coursive utilisée par le personnel affecté aux repas. Elle ne risquait pas d'y croiser des hommes en armure, mais elle redoutait un autre face-à-face avec un innocent qu'elle serait obligée de neutraliser. Le poste de sécurité se trouvait dans le couloir voisin et, une fois parvenue devant le panneau rouge indiquant *Personnel autorisé seulement*, elle renifla l'air, empli d'effluves variés. Il existait plusieurs lieux comme celui-ci sur le navire. La serrure comportait un code qui ne résista pas à ses programmes viraux. Le cliquetis signala l'ouverture puis elle poussa le battant.

Sur son fauteuil, une femme était absorbée par les images, les données et les flux vidéo affichés par le mur incurvé. Une visière holographique dissimulait la moitié de son visage. Au centre de son attention, le corps du jeune homme qu'elle avait tué et qu'examinaient deux autres personnes en armure.

— Nous avons un intrus à bord, énonça l'un d'eux. Armé et dangereux.

— C'est la conclusion logique, répondit l'opératrice de sécurité. Je constate également des anomalies sur nos programmes de surveillance. Quel que soit l'intrus, il camoufle ses traces avec des complexes viraux assez élaborés pour déjouer nos systèmes. Il – ou elle – est très doué.

— Si le client est aussi sérieux, il faut en aviser la hiérarchie.

— J'avertis les échelons supérieurs, dit-elle avant de couper la communication.

Kara ne lui en laissa pas le temps. D'un geste prompt, elle retira la visière de la coordinatrice de sécurité et projeta son poing contre son nez. Elle sentit le cartilage et l'os céder tandis qu'elle plaquait sa main sur la bouche. Les yeux de la victime s'agrandirent puis s'éteignirent progressivement, jusqu'au dernier spasme. La Concordienne allongea le corps sur le plancher avant de prendre sa place sur le siège, ses doigts caressèrent les ports de connexion intégrés à l'accoudoir.

Kara grimaça : la notification d'intrusion de niveau deux-alpha circulait déjà sur le réseau et des patrouilles supplémentaires commençaient à se déployer. Elle n'avait pas été assez rapide, mais il lui fallut moins d'une minute pour retrouver la trace de Thyme et Redwild.

Sur le pont-passerelle. Avec Leach.

EMILY

S'il était furieux à cause de leur tentative d'évasion, le double-A ne le montra pas. Leach s'exprimait calmement, avec des gestes fluides, son maintien restait droit et s'il jetait parfois des regards du côté des deux prisonnières, Red n'y décela ni haine ni animosité. C'eût été se rabaisser, se souvint-elle de ces années passées à leur contact. Laisser son émotion prendre le dessus sur l'intellect était pratiquement une faute professionnelle pour les membres de la caste.

Thyme observait la même discipline, les mains liées dans le dos, aussi immobile que possible, l'esprit peut-être aussi apaisé qu'une mer sans rides. Du moins en donnait-elle l'apparence. Red avait envie de hurler. Qu'ils les laissent partir. Qu'ils la laissent rejoindre les siens et mettre au monde son enfant. Qu'ils les laissent en paix. Elle grimaçait, pliait et dépliait les doigts, vrillait son poignet dans l'espoir – vain – de se libérer.

Mais elle devait essayer.

Une escouade avait pris position sur la passerelle. Équipés d'armures, d'exosquelettes, les soldats semblaient se préparer à l'arrivée de quelqu'un. L'un d'eux vint parler à Leach. Les deux hommes s'entretinrent pendant quelques instants puis le double-A mit fin à la conversation d'un geste de la main avant de revenir vers elles.

— Un grain de sable dans les rouages, le provoqua Red.

— Un chien égaré qui rentre au bercail, répondit-il en adressant un signe de la tête à ses hommes.

Plusieurs individus les encadrèrent promptement.

— Conduisez-les au secteur médical. Prévenez le docteur Jacobsen.

Red résista. Pour la forme. Pour montrer qu'elle ne comptait pas se laisser faire. Elle fut maîtrisée sans ménagement. *A contrario*, Thyme se plia aux ordres. Avait-elle accepté son sort ?

— Vous nous emmenez voir le médecin alors que vous allez nous liquider, cracha Red. Vous êtes ridicule.

Dans le couloir, elle put échanger avec Thyme qui remuait les lèvres de façon exagérée pour lui transmettre une information, laquelle tenait en deux mots : Kara et piège.

KARA LAU

Kara suivait les captives à travers le réseau de capteurs internes. En les déplaçant, Leach simplifiait une équation autrement plus complexe. Sur la passerelle, Thyme et Redwild étaient intouchables, encadrées par une unité qui occupait intelligemment l'espace, comme si elle avait elle-même positionné chaque individu. Le secteur médical, qu'elle connaissait bien, offrait davantage de possibilités d'intrusion. À commencer par la gaine technique qui amenait l'oxygène et qui évacuait les fluides usés. De gros tuyaux qui nécessitaient des aménagements spéciaux. Les équipes de sécurité étaient au courant de ces faiblesses, mais Kara estimait pouvoir les prendre de vitesse en arrivant la première sur les lieux. Elle quitta aussitôt le poste de garde puis remonta le couloir au pas de course. Elle dévala deux escaliers avant de courir vers la zone dédiée au triage des déchets. L'accès se situait à l'extrémité de la salle. En filigrane, sa visière affichait la position de Thyme et Redwild. La Concordienne entreprit de retirer le panneau puis elle se glissa dans la galerie, étroite, mais praticable, à condition de ne pas souffrir de claustrophobie et de plier un peu son mètre quatre-vingt. Dans le noir, elle longea les grosses conduites charriant les eaux froides, chaudes, usées. Le bruissement de la ventilation perturbait le fond sonore. Elle le filtra. Au croisement en T, elle prit à gauche. Le pont médical se situait à moins d'une dizaine de mètres. Elle s'arrêta, tendit l'oreille.

Un homme distribuait des ordres. Il était question d'établir un périmètre de sécurité de manière à empêcher une intrusion. Kara sourit.

Le loup est déjà dans la bergerie.

Redwild et Thyme furent installées dans une salle circulaire dont elle connaissait le moindre centimètre carré. Deux individus la contrôlèrent. L'un d'eux enleva le panneau de la galerie technique. Le faisceau de sa torche électrique balaya les linéaires de tubes et les alignements d'armoires. Il termina sa rapide inspection visuelle par un RAS puis il referma l'accès.

Kara se glissa hors de sa cachette, un espace exigu sous une conduite d'eau froide dont le métal lui avait glacé le dos. Elle se releva en prenant garde à ne pas se cogner, le moindre bruit donnerait l'alerte. Elle colla son oreille contre le panneau.

— Qui est Jacobsen ? entendit-elle.

— Aucune idée, répondit Thyme, mais ça n'annonce rien de bon pour nous.

— Je suis… vraiment désolée de vous avoir imposé de récupérer le corps de Dalton.

— Des tas d'autres choses auraient pu mal tourner. En fait, le plan avait peu de chances de réussir.

— Mais nous aurions pu y arriver.

— Écoutez-moi, dit l'ingénieure, avec des si, on peut refaire le monde. Ce qui est fait est fait.

Leur angoisse suintait des harmoniques de leurs voix. À raison.

Des dizaines de terroristes – selon la terminologie officielle des conglos – étaient passés entre ses mains. Jacobsen avait perfectionné la méthode d'exploration des aires visuelles du cerveau grâce à l'utilisation d'organites de taille nanométrique. Sa technique avait permis de reformer un « contexte », comme il disait, en s'appuyant sur les nombreuses données détenues en mémoire et que le cerveau gardait pour lui. Les neurones retenaient des millions de parcelles d'informations, certaines pouvant s'avérer capitales. *Le rêve, c'est la porte d'entrée de la boîte noire*, affirmait-il.

Elle devait à Jacobsen d'avoir pu recontextualiser Marvin Stoker et James Dokes, d'avoir transformé ces deux hommes pour en faire des alliés. Elle les avait remodelés.

— Qu'a-t-il voulu dire par *un chien rentre au bercail* ? questionna Redwild.

— Je crois qu'il parlait de Kara Lau.

Kara jugea le moment opportun pour faire son entrée. Elle fit glisser le panneau sur le côté et enjamba le rebord devant les yeux médusés des captives. La Concordienne plaça un doigt sur ses lèvres pour leur intimer le silence. Thyme réagit d'une manière inattendue :

— Partez ! Vous ne devez pas rester !

Kara hésita.

— C'est un piège !

Puis la porte explosa. Elle eut à peine le temps d'ajuster sa première rafale pour cribler le plastron en céramique du soldat de tête, qui recula sous la force d'impact. Puis, elle entraîna les deux femmes.

DOKES

La terre trembla lorsque la réserve de carburant à base d'hydrogène explosa sur l'aéroport. La poussière saupoudra le sol et leurs vêtements. Dokes adressa un signe à Rachel qui hocha la tête en retour. Le pêcheur ouvrit lentement la porte rouillée puis s'engagea le premier dans le couloir. Les murs recouverts d'une sorte de pellicule suintaient une humidité maladive. À l'extrémité, des marches glissantes débouchaient sur le vieil entrepôt, juste en face du poste d'amarrage du *Molly Pen*. Avec les Daanak et Pop, il se faufila entre les rangées et les empilements de caisses, vides pour la plupart, et des linéaires de vieilles cages à crabes. Son cœur se serra en constatant leur état piteux. Ils marquèrent une pause en atteignant la porte.

— Il y a une trentaine de mètres à parcourir jusqu'à la passerelle, dit-il en regardant Rachel, son mari et sa fille, étonnamment calmes. L'idée, c'est de marcher droit devant vous, de grimper à bord et de vous mettre à l'abri à l'intérieur.

Puis il se tourna vers Pop.

— Tu défais l'amarre de la poupe, je m'occupe de la proue.

Le jeune homme acquiesça.

Le pêcheur ouvrit la porte.

Une drôle d'odeur flottait dans l'air, un mélange de carburant et de matériaux brûlés. La plupart des hommes de Maiden avaient filé en direction de l'aéroport. Le plan de Finegan semblait sur de bons rails, mais la fenêtre dont il disposait pour l'appareillage était très étroite. Dokes retira les amarres qui glissèrent sur le bitume puis il gagna le *Molly Pen*.

Son bateau. Ses yeux se brouillèrent en arrivant à la timonerie. Ses mains caressèrent la barre.

Je ne croyais pas te revoir de sitôt, ma belle. Dommage que JoAnn ne soit pas là.

Il inspira profondément avant de presser le bouton de mise en route. Le moteur démarra au quart de tour. Dokes sourit : Finegan connaissait son boulot sur le bout des doigts. Dans son dos, il eut l'impression que Rachel relâchait une bouffée d'angoisse.

— On n'est pas sortis d'affaire, rappela-t-il afin qu'ils ne se déconcentrent pas.

Le navire dériva de quelques mètres, sans attirer l'attention des personnes restées sous les tentes de commandement après le départ de leurs camarades vers l'inquiétante colonne de fumée noire qui emplissait une partie du ciel.

— Vous pensez qu'ils vont nous tirer dessus ?

Il aurait préféré lui répondre qu'ils avaient une chance, mais il leur conseilla de descendre à fond de cale. Là où les balles ne risqueraient pas de les atteindre.

— Je reste avec vous, réagit Pop.

Le gamin voulait sans doute jouer les héros. Savoir sa compagne en vie lui avait rendu sa dignité et peut-être cousu des ailes dans le dos. Dokes ne le contredit pas. Le chef de la famille Daanak eut la sagesse de mettre les siens en sécurité. Le *Molly Pen* se trouvait à trente mètres du quai quand des têtes se tournèrent vers l'origine du bruit de moteur. Le bateau émettait un ronronnement audible. Il leur fallut quelques secondes pour comprendre. Dokes grimaça en voyant des individus pointer leur AK dans la direction de la source de rayonnement du fond sonore. Il donna un coup de barre de façon à présenter l'arrière, plus étroit que le flanc, aux tireurs. Mais le navire évoluait à petite vitesse et la manœuvre demandait du temps.

Des étincelles crépitèrent sur les superstructures. Le pêcheur et Pop s'abaissèrent. Une balle traversa une vitre en laissant un trou en forme d'étoile. Un hublot explosa en dispersant ses éclats sur le plancher dans la timonerie. Les deux hommes accroupis se couvraient la tête en attendant que l'averse passe. Dokes esquissa un sourire à l'adresse de Pop. Il craignait néanmoins que les envahisseurs mettent un mortier en position. Un seul coup bien placé pourrait couler le *Molly Pen* absolument pas conçu pour encaisser ce genre de dégâts.

Le navire prenait de la vitesse et les tirs se firent moins concentrés. Ils se relevèrent lentement. Quelques impacts fleurirent sur la plage arrière, ce qui incitait à la prudence, mais les mains expertes de Dokes retrouvèrent la courbure rassurante de la barre. Une gerbe blanche surgit à quinze mètres derrière la poupe. Cela ressemblait à l'explosion d'un obus de mortier.

— Merde ! lâcha Dokes. Accroche-toi, petit, ça va secouer.

Le pêcheur se mit à donner des coups de barre, engageant son bateau dans une série de manœuvres évasives quelque peu désespérées. La coque gîta de plus de vingt degrés sur bâbord, puis bascula violemment sur tribord prenant Pop par surprise. Le gamin s'écrasa contre la porte de la timonerie. Les embardées devaient être irrégulières, de manière à empêcher les tireurs d'estimer sa trajectoire. Des gerbes de quatre à six mètres s'élevaient sur un bord ou l'autre en fonction de la position du navire.

Tiens bon ma vieille ! l'encouragea Dokes. *Où est JoAnn ?*

La densité de fumée était telle que Kara avait l'impression qu'elle pouvait l'écarter de sa main de la même manière qu'avec un rideau. Thyme et Redwild s'étaient réfugiées au fond de la pièce, près de l'accès à la gaine technique qu'elle avait empruntée pour venir à leur secours. Les deux femmes toussaient à s'en arracher la gorge ; leurs yeux si rouges qu'ils semblaient saigner. La Concordienne lâcha une rafale puis les pressa vers la galerie.

— Comment faites-vous ? articula péniblement Redwild.

— Je suis immunisée. Avalez ça.

Kara lui prit la main, ouvrit sa paume et y déposa une gélule. Elle fit de même avec Thyme.

— Ça devrait faire effet rapidement, leur dit-elle. Fermez les yeux.

La mine qu'elle avait lancée au milieu de la pièce éclata, ajoutant à la confusion. Les ordres fusaient, les armes crachaient du métal, mais Kara savait qu'ils essayaient plus de les effrayer que de les toucher vraiment. Leach les sanctionnerait sévèrement dans le cas contraire.

Le double-A féru de stratégie l'avait donc habilement attirée dans une souricière et leurs chances de quitter le paquebot battaient sérieusement de l'aile. Kara cria à Thyme de prendre à gauche. L'ingénieure obéit sans discuter ; elle maîtrisait ses nerfs en pleine tourmente. Le trio déboucha dans une annexe qui ne tarderait pas à grouiller de monde si elle en jugeait par les déplacements des unités de sécurité. Ses logiciels faisaient leur possible pour maintenir un lien avec les caméras et les capteurs du vaisseau, mais ses programmes subissaient de vigoureuses contre-mesures qui se déployaient à travers le réseau. La vision tactique se réduisait à mesure qu'elle perdait ses accès. Dans moins d'une minute, elle serait totalement aveugle et sourde.

— Par ici, dit alors Thyme en indiquant une échelle qui disparaissait vers les ponts inférieurs.

— Non, opposa Kara. Il faut monter et gagner l'air libre.

L'ingénieure s'approcha d'elle, arborant un masque de sérénité contrastant avec le faciès apoplectique de Redwild, qui avait retrouvé un peu de couleurs.

— Faites-moi confiance !

— C'est de la folie, lâcha Redwild.

— La seule façon de sortir, c'est par en bas.

Kara venait de perdre la plupart de ses accès ainsi que sa liaison *terminex*, balayée par un puissant brouillage. Sa vision se limitait désormais aux pièces voisines. Plusieurs dizaines d'hommes armés jusqu'aux dents les encerclaient. Elle retira sa visière, l'abandonna sur le sol.

— Très bien. En bas alors.

Les trois femmes descendirent d'un étage, puis deux, trois… Cela ressemblait fort à une virée en enfer. Elles traversèrent un couloir, empruntèrent une écoutille desservant les sections situées sous la ligne de flottaison. L'ingénieure s'orientait sans hésitation, comme quelqu'un qui aurait reconnu les lieux. Kara était une habituée des compartiments supérieurs, ici, c'était le domaine de rares techniciens de maintenance et surtout, des robots. Des dizaines de machines circulaient sur des rails fixés sur les planchers et les cloisons, intervenant là où les superviseurs le leur ordonnaient. Elles traversèrent une salle où régnait un bruit infernal. Des turbines sifflaient en contrebas, aussi puissantes que le ramjet d'un jet air-espace. Redwild plaqua ses mains sur ses oreilles jusqu'à ce qu'elles atteignent la porte étanche, à l'autre bout de la passerelle. Kara jetait de fréquents coups d'œil par-dessus l'épaule. Si de prime abord elles ne semblaient pas suivies, ce ne pouvait être qu'une fausse impression. Grâce aux capteurs disséminés partout à bord, les hommes de Leach connaissaient leur position au centimètre près. Ils leur tomberaient dessus au moment opportun. Kara voyait arriver cette échéance à la vitesse d'un cheval au galop et jamais, de sa vie, elle ne s'était sentie aussi vulnérable.

La coursive se terminait par une simple salle sans issues, renforçant d'autant la sensation d'une fin proche.

— C'est un cul-de-sac.

— Je sais, réagit l'ingénieure. Est-ce que vous pouvez actionner le mécanisme de la porte étanche ?

Redwild se décomposa sous ses yeux. Ses mains se crispaient sur son ventre. Sa tête bougeait de droite à gauche en une supplique silencieuse. Kara se dirigea vers le panneau de contrôle, glissa son index sur le connecteur. Ses extensions se déployèrent, mais les commandes refusèrent d'accepter l'ordre de fermeture.

— Ils ont tout bloqué, je ne peux rien faire.

— Ce n'est pas grave, j'espérais juste gagner un peu de temps.

Sur l'instant, Kara se demanda dans quel monde vivait cette femme dont Cornélius disait le plus grand bien.

— Venez près de moi, dit Thyme en tendant les mains. Toutes les deux.

Kara hésita.

Dans le couloir, elle percevait le bruit des semelles sur le plancher, les frottements des armures sur les vêtements, les cliquetis métalliques des fusils. Quoi qu'il arrive, ce serait terminé d'ici une trentaine de secondes.

La Concordienne et la Sewardienne se regardèrent puis Kara posa son Kompact-EM sur le sol avant de hocher la tête. Elles rejoignirent l'ingénieure, tout sourire.

— Il n'y a qu'une manière de provoquer à coup sûr la fermeture de cette porte étanche, affirma celle-ci.

Redwild écarquilla les yeux. Kara vit très bien où l'ingénieure voulait en venir. C'était de la pure folie, mais il s'agissait en effet de la seule possibilité.

— Si je dois mourir ici, j'aimerais vous poser une question, dit alors Redwild en prenant la main de Kara. Pourquoi êtes-vous venue ?

— Cleaver connaissait votre mère, Victoria. Il lui a fait une promesse, celle de veiller sur vous. Il a toujours gardé un œil sur vous, y compris quand vous étiez Nancy Kreiss. Lorsqu'il a été tué sur le mur, j'ai… je l'ai remplacé dans ce rôle. C'est ce qu'il m'a demandé. Comme une dernière volonté.

— Cleaver ?

Un grincement de métal interrompit ce moment.

— À genoux ! cria Thyme. Il faut rester ensemble !

La cloison du fond se déforma, gondola sous l'effet d'une pression colossale. Deux arcs de soutien plièrent dans un gémissement sinistre. Une conduite éclata, déversant un puissant flot d'eau de mer froide tandis que les hommes de Leach prenaient position de l'autre côté de la porte étanche. Les gyrophares s'allumèrent et un message d'avertissement hurla à travers la salle. Aucune des trois femmes ne bougea. Pas même lorsque deux soldats enjambèrent le passage en criant qu'elles se trouvaient là, au milieu de la pièce.

La chute soudaine de la température leur procura une sensation d'engourdissement. L'ingénieure sentit que la main de Redwild lui échappait, mais elle la serra. La coque n'en finissait plus de gauchir, jusqu'à ce que soit atteint le point de rupture. La déchirure, de moins d'un mètre, déclencha un vacarme de tous les diables. Comme prévu, le jaillissement d'eau provoqua la fermeture automatique de la porte étanche que les deux individus ne purent franchir. Ils se tournèrent vers elles. Pointèrent leurs armes.

— Ayez confiance ! répéta Thyme. Et surtout, ne vous débattez pas !

Un craquement sinistre annonça l'agrandissement soudain de la brèche.

Puis l'océan entier s'engouffra dans la cale.

DOKES

Atteindre la cité flottante. Coûte que coûte.

Le vieux marin avait l'impression de rejouer la scène de l'an passé. Sauf qu'il ne cherchait plus à fuir des torpilles, mais des obus de mortier. Les tirs s'interrompirent, mais Dokes continuait à donner des coups de barre.

— Bordel ! grommela le gamin. On s'en est sortis, vous croyez ?

Ça lui paraissait miraculeux.

— Je n'en sais rien.

— Comment vont les Daanak ?

— Je vais voir, dit Pop.

Dokes lança plusieurs appels radio en espérant être entendu.

Il donnait moins de bande au navire pour éviter qu'il se cogne contre les cloisons tout en maintenant une trajectoire brisée vers le mastodonte en train de s'éloigner de Spring Creek. Peut-être avaient-ils peur de prendre quelques obus sur la figure ? Si le *Molly Pen* pouvait louvoyer et filer comme une anguille, ce n'était pas le cas de la colossale cité.

— Dokes, entendit-il alors dans son dos.

Quand le pêcheur se retourna, il vit Dennis Maiden qui pointait son pistolet sur la tempe de Pop. Trois autres types tenaient Rachel, son mari et sa fille. Les yeux et l'expression horrifiée de l'ex-maire le firent vaciller. Dokes recula.

— Nom de Dieu, Dokes ! s'exclama Maiden. Ça, c'était une putain de manœuvre !

Le marin médusé ne put rien répondre.

— Vraiment. Je dois dire que tu nous as sorti ton meilleur numéro, même si c'était parfaitement inutile. J'ai donné l'ordre à mes hommes de ne pas couler ton rafiot. Simplement de te secouer un peu. T'as dû avoir une sacrée trouille ! Si tu voyais ta tête.

La radio crachota.

— *Molly Pen*, ici la plateforme Résurrection. Nous nous préparons à vous recevoir. Un hangar va s'ouvrir devant vous.

Les lèvres de Maiden s'élargirent.

— En voilà une excellente nouvelle ! Je crois qu'on peut s'inviter à la petite sauterie, t'en penses quoi ?

La main de Dokes se posa sur le micro, entraînant une réaction immédiate. Il se retrouva nez à nez avec le neuf millimètres.

— Fais bien attention à ce que tu comptes dire.

— Je dois accuser réception de ce message.

D'une voix calme, le patron pêcheur annonça qu'il se présenterait face à la porte d'ici quelques minutes.

Satisfait, Maiden se planta devant le mari de l'ex-maire qui ne tressaillit pas, puis il s'accroupit pour regarder la fillette collée à son père.

— Quand j'avais ton âge, commença-t-il en agitant le canon de son arme, je me baladais sur les rives du fjord, j'allais explorer les montagnes, par-delà les sentiers, je m'enfonçais dans les forêts. Parfois pendant plusieurs jours. Je partais avec mon vieux paternel. On bivouaquait, on chassait…

Il marqua une pause. Dokes vit Rachel pâlir. Elle semblait sur le point d'exploser, ou de défaillir.

— … Mais tout ça, c'est fini. À cause des conglos, à cause de personnes comme ta mère qui ont pactisé avec eux, pour que les gens de ton espèce accaparent les meilleures pla…

— Ça suffit ! coupa Rachel retenue par l'un des sbires de Maiden.

— Oh, oh ! On dirait que maman inuite vient de grogner. Il paraît que vous autres avez le sang bouillant.

— Ils vont vous prendre, déclara alors Sakari de sa petite voix fluette.

— Sak, intervint le père qui se retrouva face au canon de neuf millimètres.

Dokes tressaillit. Les images que Rachel lui avait montrées lui revinrent aussitôt en mémoire.

— Voyons, laisse-la s'exprimer. Qui doit nous prendre gamine ?

— Le monstre au fond de la baie.

La digne fille de sa mère. Elle ne manquait pas d'aplomb, mais c'était un jeu dangereux avec ce genre de type.

— Des monstres… Ouais, j'en ai entendu parler des monstres. Le monde dans lequel nous vivons en est rempli.

Dokes arqua un sourcil.

— Mais tu sais quoi, Sak, je n'ai jamais eu peur. Ni des monstres ni des conglos. Personne n'aura plus jamais peur.

— T'es pas venu là pour tailler la bavette avec une enfant, dit alors le pêcheur pour désamorcer la situation. Pourquoi t'es sur mon bateau ?

L'homme délaissa la fille Daanak.

— C'est simple, cette cité ne peut pas quitter Seward.

— Et tu comptes t'en emparer avec une poignée d'hommes, s'amusa Dokes en croisant les bras sur son torse. Bonne chance.

— Il a embarqué une bombe, révéla Rachel ce qui lui valut un coup de crosse dans les côtes.

L'ex-maire s'effondra sur le plancher de la timonerie. Nicholas se débattit comme un diable, mais se retrouva plaqué contre la cloison par deux gaillards.

La mâchoire de Maiden se crispa.

— Le problème avec les femmes, c'est qu'elles ne tiennent pas leur langue.

Dokes ne se démonta pas.

— Tu as ramené une saloperie de bombe sur mon navire ?

— Ouais, et c'est toi qui vas effectuer la livraison. C'est pas beau, ça ?

— Des milliers de gens sont sur cette cité !

— Une bombe EM fait principalement des dégâts dans les systèmes électroniques. Je ne te cache pas qu'il y aura des blessés, peut-être quelques morts, mais la plupart devraient s'en sortir. Ensuite, nous envahirons Spring Creek, nous prendrons la ville flottante…

— Sakari ! s'écria Rachel qui venait de se relever péniblement.

Elle se débattit. Hurla plusieurs fois le nom de sa fille. Sous ses yeux, l'ex-maire se transforma en une furie, griffant, jouant des poings et des pieds pour se dégager. Elle parvint à se libérer et courut vers la porte entrouverte de la timonerie. L'un des hommes leva son fusil.

— Non ! ragea le mari toujours fermement maintenu.

Dokes saisit son mug et le jeta contre le tireur qui rata sa cible.

— Putain ! s'énerva Maiden qui lui asséna un violent coup sur le crâne avec la crosse de son pistolet. Pourquoi ces sauvages ne restent-ils pas tranquilles ?

Un filet de sang s'écoula du cuir chevelu du pêcheur. Pendant un moment, sa vision se troubla. Le pont vacilla, tout devint flou et un son aigu satura son audition. Il entendit l'un des comparses interpeller leur chef, d'une voix de stupeur. Dokes s'appuya sur la cloison, sortit sur la passerelle extérieure.

L'un des hommes de Maiden vola devant lui. Il agitait les bras, les pieds et il criait. Le coup sur le crâne l'avait-il rendu à ce point déficient ? Dokes secoua la tête, puis il remarqua la bouée qui ceinturait l'individu.

— Bordel ! lâcha-t-il lorsque son esprit fit le parallèle avec la vidéo de Rachel.

Il se cogna l'épaule en descendant de la passerelle pour gagner la plage arrière. La gamine de l'ex-maire se tenait debout, sur le rebord de la poupe. Des tentacules dansaient autour d'elle, chacune enserrant un être humain en train de gesticuler et de hurler. L'un d'eux fut lancé à plus de cent mètres de distance comme un vulgaire caillou. La fille Daanak ne bougeait pas, les bras le long du corps.

Où étaient les parents ?

La réponse fulgura sous la forme d'un cri d'effroi. Rachel passa fugitivement devant ses yeux, puis elle s'éleva dans les airs au bout d'un membre de la créature. Ou bien elles étaient plusieurs ? Des appendices épais comme des troncs d'arbres évoluaient autour du bateau. Combien y en avait-il ? Dokes devint à son tour la cible de l'une de ces choses qui fonça dans sa direction telle un serpent volant. Il hoqueta, trébucha dans un casier en reculant. Une pile de matériel se renversa sur le pont, obligeant le pseudopode à modifier sa course ce qui offrit quelques secondes au pêcheur pour battre en retraite. Dokes plongea à travers l'écoutille la plus proche qui résonna en un gong caverneux. Le navire fit une embardée violente. Le marin fut projeté contre la cloison de la coursive. La coque grinçait.

Le couloir donnait l'impression de tourner sur lui-même. Son crâne le lançait. Un goût métallique se mélangeait à la transpiration, à la peur qui suintait de sa peau. Les lumières vacillèrent, s'éteignirent soudain avant de revenir.

Ces créatures cherchaient peut-être la bombe et elles semblaient prêtes à éventrer son navire, comme un poulpe ouvre un mollusque en deux.

Dans la cale.

Une marche se déroba sous ses pieds. Dokes roula dans les escaliers. À la douleur lancinante de son crâne s'ajoutèrent celles de ses côtes et de ses bras meurtris par la chute. Il jura en se remettant tant bien que mal sur ses deux jambes. Le métal émit un drôle de gémissement et, juste en face, il crut voir la coque onduler, plier sous l'effet d'une force extérieure, comme un animal qui s'y frotterait contre en imprimant la forme de son corps.

La bombe se trouvait dans la zone de stockage et de congélation des crabes. Le cylindre d'un mètre de long ressemblait à un tonneau parcouru de câbles. À côté, Dennis Maiden brandissait son fusil, prêt à la défendre. Il braqua le marin.

— Dokes ! cracha-t-il.

Ses yeux écarquillés exprimaient une sorte de démence. Le pêcheur s'efforça à rassembler ses esprits.

— Tu ne vas pas faire péter ce truc.

— Oh que si ! Même si je meurs, elle explosera quand même.

Aucun minuteur n'était visible. Elle pouvait sauter à tout instant. Et lui avec.

— Arrête la bombe, Maiden !

— Impossible. Même si je le voulais.

— Tu vas y rester.

— Rien à foutre ! Plutôt crever que de me retrouver entre les… tentacules de ces choses.

Combien de temps me reste-t-il ?

Dokes recula dans l'intention de quitter les lieux. Le coup de feu claqua. Dans l'espace exigu, la détonation amplifiée lui vrilla le cerveau.

— Tu ne pars pas Dokes !

Le pêcheur leva les mains.

— Putain, Maiden ! À quoi tu joues ?

— Le capitaine doit rester à la barre de son navire. Ce n'est pas ce que tu m'as dit ?

Il exultait. À la manière d'un dément survolté à l'idée d'entraîner son adversaire, de ne pas mourir seul à fond de cale. Ses yeux… Il avait le même regard halluciné que Kobb.

Le bateau tangua violemment, projetant les deux hommes au sol. Un grondement explosa, qui fit vibrer la coque, le plancher, les machines, les outils… Tout se mit à trembler. Sur le coup, Dokes pensa que la machine infernale de Maiden s'activait puis il se rendit compte que le vacarme assourdissant provenait de l'extérieur.

L'océan se met en colère.

Jouant des coudes, le pêcheur gagna l'écoutille pour échapper au fou furieux. Le plancher s'inclina d'une bonne trentaine de degrés. Le vieil homme roula sur le dos ; son genou heurta le coin d'un groupe électrogène dont les boulons tremblaient tellement qu'il se demanda s'ils n'allaient pas se dévisser. Le bruit rageur le traversait. Il le ressentait au fond de ses tripes secouées par les vibrations et les ondes. Elle entrait en résonance avec sa propre folie. Pendant une seconde ou deux, il crut apercevoir un anneau d'argent. Des cheveux enserrés dans un chrome. Il tendit le bras, hurla le nom de son épouse.

Où était-elle ?

Le pont s'inclina davantage, les lumières vacillaient. Au-delà de quarante-cinq degrés de gîte, Dokes commença à glisser. Du bout des doigts, il agrippa le rebord de l'encadrement de l'écoutille. Une armoire s'ouvrit d'un coup libérant son contenu, des outils qui se transformèrent en autant de projectiles. Le rugissement appartenait à une machine infernale sur le point d'engloutir le *Molly Pen*, les mâchoires d'acier enserrèrent la coque déformée par la pression. Un cri émergea, à quelques mètres derrière lui. Dokes se tordit le cou pour tenter d'y voir quelque chose.

C'était son nom que Maiden hurlait pour couvrir le vacarme.

Il avait été projeté contre la cloison, comprit le pêcheur. Puis la bombe l'avait percuté. Elle compressait son torse. Un filet de sang s'échappait de sa bouche. La colère enflammait son regard. Il criait son nom.

— Dokes !

Ce dernier redoubla d'efforts, tira sur les bras, s'aidant de ses pieds pour se propulser hors de cet antre de l'enfer. La coque grinça. Si fort qu'il crut qu'elle allait céder et laisser entrer des milliers de litres d'eau. La perspective de finir ainsi lui procura un sursaut.

— Allez !

La gîte atteignit quatre-vingts degrés, mais il n'aurait su dire s'il s'agissait de bâbord ou de tribord. Il anticipa cependant ce qui allait se passer ensuite.

Oh merde.

En un instant, il se retrouva le dos au plafond. Des craquements parcoururent le navire de la poupe à la proue et l'eau, glacée, bouillonnante, s'engouffra dans la coursive en un torrent rageur. La pression le fit lâcher prise et la puissance du courant l'emporta à l'autre extrémité du couloir. Sauf qu'il n'y avait en fait plus d'extrémité. Dokes culbuta au milieu d'un chaudron de bulles plus grosses que des roues d'un véhicule de chantier. Des milliers de vésicules capables d'enfermer un homme.

L'océan grondait d'une fureur qu'il n'avait jamais entendue, même durant la pire des tempêtes hivernales. Le froid mordait la peau. Le manque d'oxygène brûlait les poumons. Dans cet univers sens dessus dessous, au milieu du chaos, une silhouette apparut. Dokes secoua la tête. Les bulles éclataient. Le vacarme résonnait dans sa cage thoracique faisant presque bouillir son sang. Mais elle était là. Souriante.

Aie confiance, perçut-il en se demandant s'il ne perdait pas l'esprit en plus de son navire et de son existence. *Ne te débats pas !*

Quelque chose le tira.

Quelque chose s'enroula autour de sa taille.

Il se débattit, tenta de se dégager. Son cœur battait à tout rompre. Il secouait la tête. JoAnn le rassura.

Ne te débats pas !

Un éclair illumina un instant les ténèbres. L'eau émit un son grave, celui d'une créature surgissant des profondeurs. Puis il comprit que c'était la bombe de Maiden qui venait d'exploser. L'onde de choc le frappa, mais curieusement, il en ressentit peu les effets.

Tu es dans une bulle, Dokes. Tu peux même y respirer.

Son instinct lui criait le contraire qu'il allait se noyer. Sans parler de cette chose obscène lovée autour de son bassin. Il résista. Autant qu'il le put, jusqu'à ce que son corps commande à son cerveau. Dokes ouvrit la bouche. Un air chargé en sel, dense, emplit ses poumons avides d'oxygène. La nausée le saisit et il hoqueta, cracha de l'eau.

Il pesta, grogna.

La luminosité n'était plus la même se rendit-il compte. Il montait. La clarté l'aveugla au moment de crever la surface. Il s'en protégea en levant le bras, le temps que sa vision s'adapte puis il découvrit le pilier de fumée. La colonne beige et boursouflée s'élevait à travers le ciel. À son extrémité étincelait une étoile presque aussi brillante que le soleil. Les montagnes, le fjord résonnaient d'un grondement sourd et désormais lointain.

— Ils ont décollé, murmura-t-il.

Tu vas les rejoindre, lui souffla la voix dans son esprit. *Tu es dans le Protocole à présent. Mais avant, il y a encore une chose que tu dois faire.*

EMILY

Ne vous débattez pas. Tu parles d'une connerie.

Red frissonnait, claquait des dents tout en se frictionnant la peau. Elle s'efforçait de contrôler sa respiration, transie de froid à l'intérieur de la bulle étanche. L'appendice autour de sa taille la maintenait sans pour autant la serrer. La créature savait-elle qu'elle était enceinte ?

Par-delà la membrane, à quelques mètres, Thyme évoluait dans son propre cocon. Elle paraissait si calme, si sereine. L'ingénieure leva un pouce à son adresse. Un signe auquel Red répondit par un hochement de tête. La luminosité indiquait qu'elles se trouvaient proches de la surface. Elle se tourna pour tenter d'apercevoir la créature, d'appréhender sa masse et sa longueur. Elle était forcément puissante pour réussir à percer la coque d'un paquebot. Elle devina une forme plus ou moins profilée rappelant le calamar dont elle avait vu une représentation dans un vieux livre.

Elle se souvint s'être demandé si ce genre d'animal existait vraiment, puis l'impression lui vint qu'un être assez intelligent pour se porter à leur secours de cette manière si éclatante ne pouvait pas être né sur Terre.

Red regarda à droit, puis à gauche.

Où est Kara Lau ?

KARA LAU

La créature l'avait déposée sur le pont promenade, sur tribord arrière. Savoir que les Calamaris existaient et en rencontrer un étaient deux choses fondamentalement différentes. Jusqu'ici, elle n'avait fait qu'apercevoir des silhouettes longilignes, de loin, à travers un épais hublot et dans une eau trouble. L'appendice se dressa devant elle après s'être déroulé tel un cobra démesuré. La Concordienne inclina légèrement la tête en guise de remerciement, puis elle courut vers l'échelle la plus proche.

Leach ne s'en sortira pas. Redwild est en sécurité.

Elle grimpa de deux niveaux.

Deux types en armure se trouvaient en poste à cet étage. De loin, ils ressemblaient à des moulages de carbone. Kara reconnut leurs armes : des fusils à impulsion Hecker, capables de couper en deux la carcasse d'un bœuf à cinq cents mètres ou de traverser plusieurs centimètres de métal. Kara se glissa derrière un canot de sauvetage en espérant qu'ils ne regardent pas dans sa direction lorsqu'elle changerait de position.

Le duo couvrait une ouverture, peut-être l'un des itinéraires de fuite de Leach. L'allée menait en tout cas vers une aire d'atterrissage, pour l'heure vide. L'un des soldats se tourna vers elle au moment où elle entreprit de se déplacer. Le Hecker cracha aussitôt une gerbe d'étincelles. Quand une telle arme entrait en action, il valait mieux ne pas demeurer dans son champ de dispersion. Un morceau de la structure qui soutenait le canot vira au rouge avant de céder. L'embarcation manqua de s'écraser sur Kara, qui roula de côté, toujours ciblée par les traits incandescents. Des éclats dorés bondissaient sur le sol chaque fois que le faisceau rencontrait le métal. La Concordienne sauta par-dessus la rambarde. Les projectiles accélérés du Hecker traversèrent le pont, le découpant sur plusieurs mètres à la poursuite de Kara dont la signature apparaissait certainement dans le viseur thermique des soldats. Elle s'élança à travers une ouverture et remonta le couloir, dont l'extrémité explosa en une lumière étincelante. À droite, l'escalier menait à une coursive technique où elle serait temporairement hors d'atteinte. Elle s'adossa à la paroi, se projeta un itinéraire jusqu'à la passerelle principale du vaisseau, où Leach se sentirait le plus en sécurité. Un coup de tonnerre pénétra la zone. Le son ressemblait à un rugissement torturé et elle se retrouva au sol. Quelqu'un venait de balancer une grenade. La porte coupe-feu derrière laquelle elle se tenait avait absorbé une partie du choc, ce qui n'empêcha pas ses oreilles de siffler. Kara grimaça.

Rester et combattre, se dit-elle. *Trouve-toi une arme.*

Elle se remit sur ses jambes, courut jusqu'à l'intersection suivante. Dans son dos, le monde paraissait être entré dans une phase éruptive. Les deux types en armures n'avaient pas l'intention de la laisser s'échapper. Les extincteurs dans les plafonds s'enclenchèrent, envoyant d'épaisses colonnes de vapeur blanche dans le couloir. Elle baigna rapidement dans une sorte de brouillard halogène qui réduisait la visibilité, la forçant à ralentir pour essayer de se repérer dans ce labyrinthe.

Ses poursuivants étaient proches et ils s'en donnaient à cœur joie, ne cessant de tirer. Kara avança. Une inscription sur un panneau lui permit de comprendre où elle se trouvait. Devant elle, à quelques mètres, une porte se vaporisa, enveloppée d'une boule de feu aveuglante. Elle le vit soudain : les hommes la rabattaient vers une seconde équipe, de la même manière qu'on traque un gibier. Un éclair déchira le mur de la coursive. Un nuage de fragments carbonisés vola autour d'elle. L'appel d'air ainsi créé chassa la fumée, révélant un homme.

Il se trouvait à portée de tir. Il aurait pu la descendre. Mais il n'en fit rien.

La voix de Leach tonna par le haut-parleur de son armure.

— Kara Lau ! Tu ne peux pas te cacher sur mon navire ! Tu es à moi.

La Concordienne sauta dans le trou. Une chute surprise de deux mètres là où elle s'était attendue à rencontrer un plancher. La réception un peu dure lui arracha une grimace. La douleur pulsa de la cheville gauche.

— Tu n'as nulle part où aller ! Rends-toi !

Kara se remit debout. Cette coursive ne faisait que quinze mètres de long. Elle s'élança. Autour d'elle, les couleurs se troublaient en un arc-en-ciel d'huile. Quelque chose explosa derrière elle, mais elle ne se retourna pas. D'un coup d'épaule, elle enfonça la porte en composite de Glare alvéolé.

— Nous allons retravailler ensemble ! Comme sur le Golden Gate. Il y a tant à faire.

Croyait-il vraiment à sa fable ?

L'iode mélangé à l'odeur du brûlé et aux émanations d'ozone des fusils à impulsion laissait un goût désagréable dans sa gorge, en plus de perturber son sens olfactif. Elle sentait cependant que des tas de combattants armés jusqu'aux dents se déployaient autour d'elle. Non pas pour la tuer, mais pour la ramener à son maître. C'était bien de ça qu'il s'agissait en définitive. Leach se voyait en seigneur et elle était une chevalière à son service.

Dans la section voisine, elle tomba sur un soldat isolé, de dos. Elle mit de côté la douleur, bondit sur lui au moment où il se retournait. Son tir EM ouvrit un trou de quelques centimètres dans le plafond. Ses mains trouvèrent un appui sur le carbone de l'armure réactive ce qui lui permit de pivoter, d'asséner un premier coup au niveau de l'articulation des genoux pour le déséquilibrer. Elle lui prit le poignet, le tordit tandis que son talon venait frapper le casque. L'homme bascula, désarçonné par l'attaque fulgurante. S'emparer de son Hecker, lui fracasser la visière d'un coup de crosse afin de le priver d'informations, régler la puissance sur paralysie, viser, faire feu. Le combattant sonné réagit en tressautant. Kara s'enfuit sans se préoccuper de l'état de sa cheville, le corps surchargé en adrénaline, le métal rassurant de l'arme calée sous son bras. Après quelques mètres, elle la pointa et tira devant elle pour s'ouvrir un passage. Le composite de la cloison explosa en une myriade de brûlures. Elle s'engouffra dans la déchirure.

Les vitres de la salle laissaient entrer une lumière vive. Elle vit des silhouettes défiler devant les fenêtres à toute vitesse. La Concordienne mit un genou à terre, prête à les arroser. La tension dans ses muscles était maximale. Ainsi que sa concentration. Sa cheville était un nœud de douleur et elle espérait qu'elle tiendrait le choc. Lorsque la baie coulissa, elle pressa la détente du Hecker qui cracha ses cartouches EM à une vitesse supersonique. Le premier homme de la cohorte roula au sol, son armure étincela sous les impacts, les plaques de carbone rougirent. Kara changea de position de tir. L'endroit où elle se trouvait un instant plus tôt se transforma en un gruyère de bois, de métal et de composite. Elle détala pour échapper à la visée automatique qui venait de la prendre en chasse. Les projectiles ouvraient les murs, déchiquetaient les tables, les chaises, éventraient les meubles dans un déchirement sinistre.

— Kara ! entendit-elle. Nous pouvons discuter.

Elle lâcha une rafale en guise de réponse, puis elle désintégra un accès vers la section voisine, un couloir transversal qui reliait les ponts tribord et bâbord. Elle fonça droit devant elle.

— Tu ne peux pas m'atteindre et je ne veux pas t'éliminer. Tu es précieuse. Tu es nécessaire.

Elle grimaça.

L'extrémité donnait sur une sorte de promenade. Le vent frais cingla contre la peau de son visage. Plusieurs déflagrations retentirent, vers la poupe. Des traînées blanches perforèrent le ciel. Le système de défense du paquebot venait de tirer quatre missiles hypersoniques. Contre qui ?

Des renforts ?

L'espace d'une seconde, elle se prit à espérer une intervention de son équipe, du sergent Matz. Encore fallait-il qu'il déjoue les vecteurs air-air dont elle avait eu tant de mal à se débarrasser. L'étau se resserrait. Elle entendait les cris, les ordres, les déflagrations. Cinq autres missiles furent expulsés de leurs silos dans un rugissement de flammes et de fumée.

Concentre-toi sur l'objectif. Neutraliser Leach.

Kara fonça vers l'avant du navire, vers la passerelle qu'elle savait défendue par une escouade. C'était le protocole de sécurité en cas de menace directe sur les installations du bord. Elle sourit. Elle était une menace. Le genre sérieux.

Elle pointa le Hecker sur une ouverture qui disparut dans un éclair. Un nuage de fragments carbonisés vola autour de Kara, elle se rua dans le trou qu'elle venait de créer. Trois silhouettes en armure se détachaient en contre-jour, vers le fond d'une minigalerie bordée de vitres. Il devait s'agir d'anciennes boutiques pour les touristes. L'enfer se déchaîna aussitôt. Une par une, les façades éclatèrent, propulsant des échardes tranchantes. Kara s'aplatit au sol pour éviter la grêle ; un goût métallique s'invita dans sa bouche, le visage enfoui dans le creux de ses bras. Le verre retombait en cascade autour d'elle, sur elle. Les trois hommes avançaient en ligne, sans cesser de tirer, avec un maximum de dispersion.

Ils ne visaient pas pour tuer, mais pour l'effrayer, la forcer à abandonner la partie, à rendre les armes. C'était ce que Leach voulait. Il était sur le point de parvenir à ses fins. Le vacarme cessa. Elle leva la tête. Un homme volait au milieu du hall en agitant ses bras. Il traversa la verrière et disparut de l'autre, projeté au loin. Ses deux camarades subirent le même sort, saisis par des tentacules, ils furent éjectés hors du navire.

Kara se redressa, ramassa le Hecker et courut vers les escaliers. Les morceaux de verre crissaient sous la semelle de ses bottes et sa cheville se rappela à son bon souvenir au moment de grimper les marches. Elle manqua de s'étaler quand elle rata la dernière. La douleur n'était pas le problème ; elle avait connu pire. Le déséquilibre et l'obligation de reporter l'essentiel de l'effort et des contraintes sur l'autre jambe, en revanche, diminuaient ses capacités.

Au sommet, une coursive s'évasait en direction d'une esplanade transformée en aire d'atterrissage qu'occupait un chopper dont elle entendait le sifflement de la turbine. Derrière une muraille d'hommes en position de tir. Ils formaient un rempart autour de leur chef.

— Vous devez comparaître devant le conseil du Groupe W pour trahison ! cracha-t-elle.

— Qui a trahi, en réalité ? Pose-toi la question, soldat. Qui a pactisé avec l'ennemi ? Avec cette diablesse qui a assassiné mon épouse et mon enfant ? Qui ?

— Vous ne vous en sortirez pas avec des arguments aussi faibles.

— Il est peut-être temps que l'ère des conglos s'achève, que nous reprenions notre destin en main au lieu de confier notre avenir à ces créatures venues d'un ailleurs dont nous ne savons que peu de choses. Vous et moi, nous pouvons faire la lumière sur les véritables intentions des Calamaris. Est-ce que tu es avec moi, Kara Lau ?

Si je ne le suis pas, je suis contre.

C'était ainsi que Leach voyait le monde. Un univers sans contradiction. Simplifié.

Une formidable déflagration ébranla les superstructures. Toutes les vitres explosèrent. Le sol se déroba sous ses pieds. L'onde de choc la souleva, la projeta contre un mur qu'elle traversa. Les débris tourbillonnèrent, la poussière alourdit l'atmosphère, lui donnant une consistance. D'autres détonations retentirent. Le paquebot tressaillit, gémit dans une longue plainte métallique, comme une personne soufflant continuellement dans une trombe. Kara se releva tant bien que mal, chercha le Hecker, sans succès. Son pantalon était déchiré au niveau du genou et des aiguilles de verre étaient fichées dans la chair. Elle saignait. Elle prit alors conscience d'autres lacérations, aux bras et aux cuisses, qui provoquaient des ondes de douleur, contrées par son système nerveux.

La Concordienne sortit du local dévasté. Une partie du pont était ouverte comme une fleur ; une épaisse fumée s'échappait des pétales déchiquetés. Au-dessus, les plaques du toit étaient recourbées comme des feuilles d'automne, les bords carbonisés laissaient entrevoir le ciel strié. Une longue série de craquements et de gémissements se répercuta à travers la structure du vaisseau.

Leach et ses hommes avaient disparu. Ainsi que le chopper. Avaient-ils été balayés par l'explosion ? Qui avait lancé cette attaque ? Le groupe W en avait certes les moyens, mais pas les prérogatives ainsi que la présidente le lui avait fait comprendre.

Un sifflement aigu l'arracha à ce spectacle de désolation et à ses interrogations. À travers les déchirures, elle vit passer un fuselage taillé comme la pointe d'un diamant, avec des ailes et une section arrière terminée par la langue chromée de l'évacuation du ramjet. Ces caractéristiques n'appartenaient pas à un chopper.

Un jet air-espace Challenger en vol vertical.

Sa cheville en sale état ne lui permettait plus de courir. Tout juste de marcher. Elle claudiqua au milieu des débris avec l'idée de gagner un espace dégagé où elle ferait des signes. Ou bien elle tenterait le coup à bord d'une nacelle de sauvetage. Il n'était en tout cas pas question de rester ici.

Comme pour lui donner raison, des explosions secouèrent le paquebot. Le plancher s'inclina de plusieurs degrés l'obligeant se cramponner à ce qu'elle put. La déflagration avait tordu les poutrelles et les piliers. Le hall semblait sur le point de s'effondrer. Le Challenger réapparut à l'autre bout de la galerie devant une ouverture presque assez large pour lui permettre d'entrer. Les ailes déployées, inclinées à quatre-vingt-dix degrés comme les nageoires d'un cétacé se présentant au public, supportaient chacune un réacteur à la jonction avec le fuselage, chargés de la sustentation. L'appareil se révélait plus pataud qu'un chopper dans ces conditions de vol pour lesquelles il n'était pas vraiment conçu. Il s'arrêta, effectua un demi-tour pour pointer sa queue vers elle. La rampe s'abaissa.

Kara fronça les sourcils.

Dokes ?

— JoAnn ! cria celui-ci.

Le pêcheur lui tendit la main, en se tenant de l'autre à une sangle.

— Viens !

Elle sourit, puis elle marcha vers lui.

Il l'accueillit dans ses bras, la gratifia d'une étreinte qu'elle trouva à la fois étrange et rassurante.

— T'es dans un sale état.

— J'ai survécu à pire.

— On rentre à la maison, lui dit-il ensuite.

— À Seward ?

— Il n'y a plus de Seward.

De la poussière et des cratères, songea Red debout devant la grande baie vitrée de la salle d'attente. Sous cet angle avec la lumière solaire rasante, la cendre de l'astre sélène donnait l'impression qu'elle allait se répandre sur la toile carbone. Elle imagina qu'une bouche géante soufflait sur ces mornes plaines, dispersant des myriades de confettis grisâtres. Puis son regard dériva vers la Terre. L'oasis à la couleur singulière attirait immanquablement l'œil. À l'échelle du cosmos, la ville volante, le *Resurrection Bay*, n'était qu'une poussière échappée du minuscule globe bleu.

Et son fils n'était qu'une si petite et fragile étincelle.

Une main se glissa dans la sienne. Pop lui sourit. La sérénité débordait de son regard, jusqu'à contaminer ses traits.

— Tout va bien se passer. Ils ont 100 % de réussite dans ce genre d'intervention, lui rappela-t-il.

— Je le sais. Ça n'empêche pas. C'est mon sang et ma chair qu'ils charcutent.

— Tu exagères.

L'accouchement s'était parfaitement déroulé la veille et, contre les injonctions du personnel, Red n'avait pas pu rester alitée dans sa chambre en se faisant des nœuds à l'estomac. Tout le monde avait donc rejoint le couple dans la salle d'attente : Rachel, son mari, Sakari, Chance avec sa petite amie Sydney, Dokes, Mary, Kara Lau, Walter, le docteur Brockman et même Aubrey Perry.

Ce tableau ne serait jamais complet, et les pertes, jamais remplacées.

Lancée pratiquement sous le feu ennemi sans avoir été achevée, la plateforme Résurrection connaissait des problèmes et devait être préparée pour son long voyage, d'où l'attente prolongée dans le système Terre-Lune. Les aliens assuraient qu'ils seraient capables d'atteindre le portail transpatial et de le traverser même si cela impliquait un retard. Personne ne comprenait ce que cela signifiait au juste.

Red n'en avait cure. Le centre de son univers pesait trois kilos et cent neuf grammes et rien d'autre ne comptait.

— Il va s'en sortir ce petit bonhomme, dit Pop. C'est un battant, comme sa mère.

Elle esquissa un demi-sourire.

Quelques jours après l'ascension sur orbite et durant les semaines qui suivirent, des spécialistes les avaient rejoints à bord de navettes air-espace Challenger. Des instructeurs étaient chargés d'expliquer aux réfugiés à quel point leurs existences venaient de basculer et leur rappeler qu'ils n'étaient pas préparés comme l'étaient les colons. Le Protocole avait été adapté en urgence pour faire face à cette situation inédite.

Les Sewardiens assistaient librement à des cours, des remises à niveau théoriques, techniques ; ils apprenaient à se servir d'appareils plus étranges les uns que les autres, de systèmes qui parlaient comme des êtres humains, à leur donner des ordres clairs, à nourrir et comprendre des algorithmes. Pour certains, l'ouverture programmée d'une simple porte posait problème.

Kara avait parfaitement résumé la chose : ils devaient passer de leur voiture, de leur maison de briques et de bois, d'un environnement sauvage, à la navigation interstellaire en milieu aseptisé, contrôlé et tout aussi dangereux. Bien sûr, ils ne seraient pas seuls, mais le défi s'annonçait colossal. La plupart des gens n'avaient connu de toute leur vie que *Resurrection Bay*.

Les plus à l'aise, comme Chance et Sydney, aidaient les plus anciens, les plus à la peine. À bord, les installations avaient été conçues pour des personnes en pleine santé et familières des technologies médicales de pointe à même de prolonger leurs existences. Certains habitants de Seward, trop âgés, ne verraient sans doute jamais leur destination.

Brockman avait dit que la meilleure façon d'asseoir la pérennité de leur communauté consistait à en développer la démographie. L'espace ne manquait pas, les ressources et les moyens techniques non plus, et, plus important, ils n'étaient pas seuls. Des alliés puissants, quoique discrets, collaboraient à cette incroyable odyssée. Il se racontait qu'ils n'étaient que deux ou trois à assurer la conduite du vaisseau, qu'ils étaient secondés par une sorte d'intelligence mi-organique, mi-artificielle. Les Calamaris maîtrisaient les technologies essentielles : la propulsion, la navigation. Ils ne s'occupaient de rien d'autre.

Officiellement du moins.

Pour ce qui relevait des affaires humaines, le commandement échoyait à un double-A. Une partie de la paroi s'effaça pour le laisser entrer. D'un geste de la main, Damian Evans-Akari salua la petite assemblée puis il s'adressa à Emily.

— Au nom de tous les membres de l'équipage et des grandes familles, je tiens à vous exprimer mon soutien. L'issue de l'opération ne fait pas l'ombre d'un doute, mais j'entends votre angoisse bien naturelle de parent. Il s'agit de votre chair.

Il la comprenait. C'était déjà ça. Red mit de côté sa méfiance à l'encontre des représentants de sa caste.

— Je vous en remercie, monsieur.

Les habitants de Seward, auxquels s'ajoutaient ceux de Kodiak menés par Walter, représentaient un peu plus de quatre mille personnes. Les circonstances tragiques, l'aménagement inachevé, les dommages causés par la bombe

EM et le décollage anticipé n'avaient pas permis d'embarquer le nombre prévu de voyageurs. La plateforme *Résurrection* avait été conçue pour en transporter jusqu'à quarante-cinq mille dans un confort digne des paquebots de luxe d'antan. Elle en accueillait un peu moins de douze mille, dont près de cinq mille transbordés par des navettes air-espace afin de compléter, en catastrophe, les effectifs. DEA héritait d'une situation complexe, d'un vaisseau inachevé, un nid à soucis, une population hétérogène dont les intérêts pouvaient diverger au moindre problème. Sa présence ici ne devait rien au hasard, il voulait rassurer, montrer qu'il tiendrait compte de leurs différences, de leurs défauts ou de leurs maladresses.

Un bon point pour lui, songea Emily qui, si elle ne portait pas ces dirigeants de conglos dans son cœur, savait qu'ils devraient faire, eux aussi, des efforts. À commencer par elle.

— Il est évident, reprit DEA, que nous n'allons pas vous demander de réintégrer immédiatement vos fonctions de conseillère et d'agent de liaison. Accordez-vous un peu de repos et autant de temps que nécessaire pour vous occuper de votre enfant. Nous avons également un excellent service pédiatrique.

— James Dokes, qui était maire par intérim, me remplace déjà, dit-elle. Il a joué un rôle crucial dans les événements et tout le monde le respecte, y compris dans vos rangs.

— Je suis au courant et c'est un très bon choix.

— Puis-je vous poser une question ?

— Bien sûr.

— Que sont devenus Leach et Hastings ?

— L'ex-présidente Hastings a été arrêtée à Whitehorse. Le président Powell s'est montré particulièrement coopératif à ce sujet. Leach est... porté disparu. Son navire de commandement a sombré dans le golfe d'Alaska suite à des missiles tirés par un sous-marin sibérien. J'ignore quelle était la nature de l'arrangement entre Leach et Hastings, mais il semble qu'ils n'aient pas eu la satisfaction escomptée.

— Est-ce que... Pourriez-vous transférer Hastings à bord ?

DEA arqua un sourcil.

— Elle doit être jugée par un comité spécial réunissant les membres du groupe W.

— Une juridiction qu'elle ne reconnaîtra pas.

— De toute évidence.

— *Nous* pourrions la juger.

— Vous ?

— Elle doit répondre du meurtre de Dalton, même si elle n'a pas appuyé sur la détente. Certaines personnes ont besoin de cela pour redémarrer une nouvelle vie.

Elle esquissa un regard vers Aubrey en train de discuter avec Walter.

— Dalton était… quelqu'un d'important pour beaucoup d'entre nous.

— J'ai pu m'en rendre compte à la cérémonie.

Tous les Sewardiens s'étaient réunis autour d'un immense portrait du président de l'Alaska, à défaut de sa dépouille qui gisait par plus de mille mètres de fond. Le pasteur Georges avait prononcé un vibrant éloge funèbre.

— J'en ai besoin aussi, confia-t-elle.

— Je vois. Je ne garantis rien, mais je vais transmettre votre requête. J'espère simplement que vous êtes motivés par un esprit de justice, de vérité et non de vengeance. Je ne voudrais pas embarquer davantage de problèmes que nous en avons déjà.

— Je le comprends, concéda Red.

— Encore une chose. Parmi les membres des grandes familles et les personnels qui se trouvaient à Spring Creek durant l'évacuation, beaucoup ont demandé de vos nouvelles et de votre fils.

— C'est vrai ? s'étonna Pop.

— Absolument, monsieur O'Phellan. Dans l'espace, nous devons nous montrer unis, solidaires. Nous ne formons désormais qu'un seul et même peuple. Ce qui s'est passé sur Terre reste définitivement sur Terre. C'est derrière nous. Un érudit, parti avec la première vague, avait théorisé cela en parlant du pouvoir égalisateur de l'espace, qui remet les choses et les ego à leur place. Cela apporte de la perspective, je trouve.

— J'achète l'idée, en tout cas. On pourrait leur parler, je veux dire, à tout le monde à bord ? T'en penses quoi ? demanda Pop à sa compagne. On pourrait organiser un truc avec Sara.

Emily hocha la tête.

— Ça me va.

— Si vous me le permettez, je peux mettre sur pied une conférence plus ou moins formelle. C'est la première naissance à bord de ce vaisseau et nous devons marquer le coup. J'espère qu'elle en appellera d'autres. C'est que nous avons beaucoup de places vacantes.

L'image d'une nurserie volante traversa l'esprit de Red. Elle sourit.

Puis un pan de mur devint translucide, avant de s'effacer. Une capsule oblongue lévitait au côté du médecin chargé de l'opération. Il arborait un visage confiant, très professionnel. *Un poil soulagé ?* Red ne put s'empêcher de penser qu'il paraissait bien jeune pour assumer une telle responsabilité, mais DEA lui avait assuré que c'était le meilleur dans son domaine.

— Tout s'est parfaitement déroulé, annonça-t-il. Aucun problème. Votre enfant vivra en bonne santé et longtemps.

Red et Pop, main dans la main, s'approchèrent de la nacelle. William gazouillait, agitait ses minuscules bras. Ses yeux ressemblaient à deux petites billes plus noires que l'espace.

— Vous pouvez le prendre, encouragea le médecin.

Emily Redwild saisit délicatement son fils, le colla contre elle.

— William Redwild ? prononça-t-elle. Bienvenue dans l'Univers.

FIN

TABLE DES MATIERES

BIBLIOGRAPHIE DE L'AUTEUR AUX ÉDITIONS DU 38 :

Exil saison 1, science-fiction

Roses mécaniques, thriller futuriste

Voyager 1 - Jonctions, space opéra

Voyager 2 - Confins, space opéra

Voyager 3 - Andromède, space opéra

Les Dividendes de l'Apocalypse, science-fiction

Jachère, science-fiction

Zoulag, Chroniques des jours d'après, anticipation

En savoir plus sur Stéphane Desienne :

Blog officiel :
https://www.stephane-desienne.com/

Page Facebook :
https://www.facebook.com/sdesienne/

Twitter :
https://twitter.com/DesienneAuteur

Instagram :
https://www.instagram.com/s.desienne/

Résolument engagées dans la littérature de genre, celle qu'on dit populaire ou grand public, les Éditions du 38 développent des collections autour d'auteurs qui savent raconter de belles histoires, emporter le lecteur dans leurs univers et lui donner envie de partager ses lectures.

Le catalogue se répartit en 6 collections fortes :

38 rue du Polar – Polars et Thrillers
Collection du Fou – Science-Fiction, Fantastique et Fantasy
Fiction Historique – Romans et grandes sagas historiques
Domaine Étranger – Traductions
38 Lignes blanches – Fiction contemporaine
Les Classiques du 38 – Sélection de grands classiques de la littérature

38 rue d'Alger
31290 Villefranche de Lauragais

Soyez informé de l'actualité et des nouveautés des Éditions du 38 et abonnez-vous à notre **newsletter** en vous rendant sur notre site internet :
www.editionsdu38.com

Nous écrire :
contact@editionsdu38.com

La version numérique de ce roman est disponible
sur les principales plateformes de téléchargement

Imprimé en France
FRHW011648300821
28177FR00017B/107

9 782374 538389